Binocular Vision

Edith Pearlman

双眼鏡からの眺め

イーディス・パールマン

古屋美登里 訳

早川書房

双眼鏡からの眺め

BINOCULAR VISION
by
Edith Pearlman

Translated by
Midori Furuya
First published 2013 in Japan by
Hayakawa Publishing, Inc.
This book is published in Japan by
direct arrangement with
Lookout Books
c/o Emily Louise Smith

ジョーゼフへ

目次

新しい作品

序

人間界の謎を列挙した長いリストには、ピラミッドの建設や、梱包材としてなぜか発泡スチロールを使いつづけていることなどが入っていますが、そこに是非とも付け加えたいものがあります。それは、なぜイーディス・パールマンが世に知られていないのか、という謎です。もちろん、パールマンの作品にしかるべき高い評価がいまだに与えられていないからこそ、彼女の作品の愛読者は、それだけで文学通だという自惚れに近い満足感を味わうことができるわけです。ためしにイーディス・パールマンという名を目利きの読書家に言ってごらんなさい。たちまち、この人は博識だ、美の本質を理解している、と思われるに違いありません。けれども、この『双眼鏡からの眺め』という素晴らしい本によって、イーディス・パールマンは知る人ぞ知る作家という立場から解き放たれ、国の宝という正当な地位を得ることになるでしょう。パールマンの本をジョン・アップダイクやアリス・マンローの本の横に置いてください。そこにこそ置かれるべきなのですから。

わたしが初めてパールマンの作品に出会ったのは、二〇〇六年に『ベスト・アメリカン・ショート

・ストーリーズ』（*Best American Short Stories*）の選者を引き受けたときでした。推挙された百以上の短篇から二十篇を選ぶことになっていたのですが、その中でわたしがいちばん気に入った作品がふたつあって――「ジュニアスの橋で」と「自恃」――そのふたつともが、同じ作家の、しかも名前を聞いたことのない作家の作品だったのです。どうしてそんなことがありえたのでしょう。『ベスト・アメリカン』シリーズの当時の担当編集者だったカタリナ・ケニソンは、「毎年毎年、イーディス・パールマンの新作を見つけるのが、この仕事をする最大の喜びなのよ」と言いました。考え抜いた末に、『ベスト・アメリカン』には「自恃」を入れることにしました。それはひとえに、同じ作家の作品を二作入れてはいけないという決まりがあったからです。それからすぐに、わたしはパールマンの既刊の短篇集――『落下の仕方』（*How to Fall*）、『偉人たちのあいだの愛』（*Love Among the Greats*）、『小さな牛《バキータ》』（*Vaquita*）――を読みました。そしてイーディス・パールマンへの並々ならぬ愛情が決定的なものとなったのです。

決定的なものになったとはいえ、愛情はいくらでも膨らんでいきます。二〇〇六年度版『ベスト・アメリカン・ショート・ストーリーズ』が出版されたとき、マサチューセッツ州ケンブリッジで出版記念パーティが開かれ、その中から三作品を三人の俳優に朗読してもらうことになりました。わたしの役割はその紹介をすることだけでよかったのですが、当日の二日前に俳優のひとりが来られないことになり、急遽わたしが「自恃」の朗読をすることになりました。

人前で朗読したことがなかったわけではありませんが、自分の作品を朗読するのと、プロの俳優と並んで人の作品を朗読するのとではわけが違います。それでわたしはホテルの部屋に閉じこもり、べッドの真ん中に座って、読む練習を繰り返しおこないました。長い作品ではないので、これで大丈夫だという自信がつくまで二十回は楽に朗読できました。そもそも、二十回も声に出して読むことのできる短篇などめったにありませんし、読むたびに味わい深くなっていく短篇は皆無に等しいのです。ところが「自侍」は、読めば読むほど輝きを増していきました。まるでヴァシュロン・コンスタンタンの時計を分解して徹底的に調べている見習いの時計職人になったような気がしました。初めてこの作品を読んだとき、優れた作品だということはすぐにわかりましたが、二十回読んだときには、これが傷ひとつない完璧な作品であることがわかったのです。どの文章のどの言葉も絶対にそこになくてはならないものであり、あらゆる表現が繊細で複雑なのです。言葉のリズムが、話の展開と同じように、読者を先へ先へと引っ張っていきます。これでニュアンスをすべて把握したと思っても、次に読んでみると別のニュアンスが現れてきて、静謐でほのかなものがわたしに発見されるのをじっと待っていたことがわかります。なにもわたしは、本書に収録された短篇作品を完璧に理解するためには繰り返し読む必要がある、と言っているのではありません。パールマンの短篇には繰り返し読めるだけの豊かさと精神の深さがあって、読者が遠くまで行こうと思えばいくらでも遠いところへ連れていってくれる、ということを言いたいのです。

自慢するつもりは露ほどもありませんが、当日の朗読は聴衆の大喝采を博しました。イーディス・パールマンご本人もその聴衆のなかにいました。そのためわたしは、チェーホフが観客席にいる夜に『ワーニャ伯父さん』の主役を演じる俳優のような気がしたものです。朗読している最中に唯一苦労したのは、読むのを途中でやめないようにすることでした。というのも、読んでいる最中に聴衆に向かって、こう言いたくてうずうずしていたからです。「いま読んだところ、ちゃんと聞いてました？この文章がいかに素晴らしいかわかりましたか？」と。

その一年後に、ナッシュビルの図書館で大人のための朗読会を開いてほしいという依頼があり（大人が昼休みに集まって大人のための小説を聴くという企画でした）、「自恃」をもう一度朗読する機会に恵まれました。再演というわけです！　そして、大勢の人々がこの作品に熱狂したのです。どうしてこれまでイーディス・パールマンの名前を聞いたことがなかったのか、その理由を知りたい、と人々が言いました。その気持ちはよくわかります、とわたしは答えました。割り当てられた時間がまだ半分以上残っていたので、この作品についていっしょに話し合いましょう、とわたしは言いました。するとし、「それより、パールマンのほかの作品を聴きたい」とだれかが大きな声で言ったのです。「お願いですから、もう一篇読んでください」と大勢の人が口をそろえて言いました。

それでわたしはパールマンの短篇集の一冊を選んで（なんといってもそこは図書館ですから）、朗読を始めました。練習はしていませんでしたが、素晴らしい作品のおかげですらすら読むことができました。わたしがこれまでおこなったなかでも一、二を争うほど見事な朗読になりました。

本書の序文を依頼されたとき、わたしは喜んで引き受けました。そして、ペンを片手に机の前に座り、作品を読み始めました。これはと思う文章に線を引いていけば、その文章をうまく配して序文が書ける、これはいい思いつきだ、と思ったのですが、すぐにばかげた考えであることがわかりました。わたしはあらゆる文章に線を引いていたのです。わかった、それなら好きな作品に印をつけていこう、そうすればその作品について詳しく書ける、と考えましたが、本書を読み終わったときには、あらゆる短篇に印が入っていました。ひとつ残らず。

いまあなたが手にしているのは宝物です。この本を持って無人島に行けば、読み終わるたびに最初に戻っていくらでも読み返せることがわかるはずです。バスの衝突もジャンキーも絶望もここには登場しません。絶望を描くのは自恃を描くよりはるかにたやすいのです。ここに収められた数々の短篇は、想像力と思いやりに支えられた営為であり、世界一周の旅であり、才能が修練の果てに成し得た逸品であり、類い稀な知性の産物なのです。本書を読めば、比類なき才能を持ったひとりの芸術家の姿を目の当たりにすることができます。そして読み終わったら、それだけで満足せずに、どうかこの素晴らしい芸術家のことを多くの人に伝えてください。イーディス・パールマンが世に知られずにいた期間はあまりにも長すぎました。

二〇一〇年七月　ナッシュビルにて

アン・パチェット

『ベル・カント』、『ラン』（*Run*）の著者

精選された作品

上り線

Inbound

地下鉄に乗ったソフィーは、駅名をひとつひとつ詩のように暗誦した。次に最後の駅から逆に暗誦した。逆から読むと簡単に覚えられるし、絶対に忘れない。

ハーバード・スクエア駅で家族といっしょに電車を降りると、ソフィーはプラットホームの表示を見て眉根に皺を寄せた。「下り、ってなんのこと?」と母親に尋ねた。

ジョアンナは、リリーが乗ったベビーカーの前にしゃがみこんで安全ベルトを調整していた。それでケンが答えた。「こういう場合の下りっていうのはね、町の中心部から遠ざかっていくという意味だよ。線路は二本走っているだろう、並列して」そこでケンは言葉を切った。並列でわかるだろうか? 三歳で本を読めるようになったソフィーは、七歳にしては語彙が豊富だ。とはいえ……。「二本が並んで走っているよね」と父親は言い直した。「片方の線路が下りならもう片方は……」

「上りね」とソフィーは答えた。「じゃあ、ホテルに帰るときには上りに乗ればいいのね。でもどうしてここは隣に上りの線路がないの? 昨日水族館に行ったときは……」

ケンは息を深く吸い込んだ。一瞬ソフィーは、父親に話すきっかけを与えたことを悔やんだ。「このハーバード・スクエア駅はね、以前は終点、つまり電車が最後にたどり着く駅だったんだよ。建築技師たちが駅を広げたとき下水管にぶつかった。それで、上り線と下り線を下と上とに分けなければならなかったんだ」父親は自分なりの考えを述べた。あるいは、どこかで聞きかじった知識かもしれない。「上りはこの下にある」これだけは確実なことだった。

一家は狭いスロープを下って中央通路へ向かった。ソフィーが先頭に立って進んだ。その真っすぐなブロンドの髪がバックパックを半分ほど隠している。多彩な色のバックパックは、誕生日に両親から贈られたものだった。ケンとジョアンナは、結婚したばかりのころは探検家用のリュックサックを背負って、人里離れた場所を旅していた。ソフィーが生まれてからは、子連れで一度フランスを旅しただけだった。北部平原から国土の半分を横切ってやってきた今回の旅は、二年前にリリーが生まれてから初めての家族旅行だ。「旅行は輪っかなの」とジョアンナはソフィーに明るい声で説明した。「家を出ていって、家に戻ってきて終わるのよ」

ケンは静かな乗り手を乗せた重いベビーカーを押しながら、ソフィーのそばにぴたりとついていた。その後ろをジョアンナがおむつの入ったバッグと擦り切れた茶色のハンドバッグを揺らしながら歩いている。中央通路のところでソフィーは立ち止まった。「左に階段がある」とケンが言った。ソフィーは左に向かい、両親は世話好きの熊のように彼女の後からついていった。ほかの人々は回転ゲートをさっさと通っていくが、ケンとジョアンナとソフィーとリリーは、大きなベビーカーがあるのでトークン購入窓口の横にあるゲートを使わなければならない。大通りに出る階段は幅が広く、横一列に並んで上ることができた。ケンとジョアンナがベビーカーを両側から持ち上げた。四人はまぶしさに瞬きしながらハーバード・スクエアの白い光の中に一斉に出ていった。リリーは行商人を見て目をぱちくりし、それを面白がっていつものように喉を鳴らした。

「ママ」リリーがケンに言った。

「パパだよ、ダーリン」とケンは応じた。

「パパ」

「ソフィーよ、ソフィー、ソフィー」ソフィーはそう言いながらベビーカーの前でぴょんぴょんと跳びはねた。

「ママ」とリリーは言った。

リリーはいまだに姉の名前を覚えられないが、リビングルームの床で遊んでいるときにソフィーがおもちゃを取ってやると、奇妙な形の目を上げ、つかの間興味深そうに姉を見つめることがある。

リリーはダウン症だ。二歳にしては小柄で色白で物静かだが、ケンとジョアンナには、この病気が平穏をもたらさないことがよくわかっている。いまではダウン症のことでふたりが知らないことはなにひとつない。最近リリーは這い這いをするようになって筋肉が発達してきた。それで医者は喜んでいる。クッションのあるベビーカーでならおおむね真っすぐに座っていることができる。

「リリーのおかげで生活が澄みわたってきたよ」父親が友人にそう言うのをソフィーは聞いたことがある。それはおかしい、とソフィーは思った。澄みわたるっていうのは眼鏡をかけて初めて見える風景のことでしょ。それに澄ますっていうのは、ママが前にやってみせてくれたけれど、溶かしたバターから上の泡を取って、クラッカーがくっつかないほどのさらさらの黄色い液体にすることよね。リリーは澄んだものなんて作れない。ぐちゃぐちゃにして、べとべとにする。ソフィーとケンとジョアンナは、リリーがやってくる前はみなひとりひとり別の存在だった。それがいまでは窓台にこびりついたガムドロップみたいに四人はくっつきあっている。

今日もそうだ。ケンとジョアンナが教えているカレッジによく似た大学の、でももっと古くて赤くてどっしりした正門を通り抜け、ハーバード・スクエアの買い物客から離れて、下りか上りの電車が走っていくときの突き上げるような震動を足下に感じながら、建物に囲まれた人気《ひとけ》のないキャンパスを縦横に伸びる小径を歩いているいまも、四人はひとかたまりになっている。

「マサチューセッツ・ホールだ」ケンが指で示した。「ここでいちばん古い建物なんだよ。あれがジョン・ハーバードの像。そしてパパたちがいたころにはなかった新しい寮。ソフィー、いつかここに住んでみたいとは思わないかい？」

「わかんない」

ベビーカーを囲むようにして歩きながら、四人は別の中庭に入っていった。左側には教会が、その向かい側には三つの建物を横に並べたくらい長い石の階段があった。階段の先には堂々とした柱廊《コロネード》がある。「これは世界で五番目に大きな図書館なんだよ」父親は娘に言った。

「じゃあ、六番目は？」

父親は微笑んだ。「パリの国立図書館。きみはそこに行ったことがある」

パリ？　そういえばステンドグラスを見た。二階に行くには狭い階段をぐるぐる回りながら上っていかなければならなかった。お腹の大きなママは荒い息をしていた。青い光が窓から四人に――背の高い痩せたパパ、背の高いお腹の大きなママ、まだ姿を見せない妹、そしてわたしに――降り注いでいた。デイキャンプのような嫌な臭いがしたメトロのこともよく覚えている。

「国立図書館、覚えている？」父親がもう一度言った。

「ううん」

「ケン」とジョアンナが言った。

四人は世界で五番目に大きな図書館に向かった。ジョアンナとケンはベビーカーを持ち上げて石の階段を上っていく。ソフィーは急に我慢できなくなって階段の上まで駆け上がり、それから駆け下りてまた駆け上がった。そして太くて高い柱の陰に隠れた。両親は気づかなかった。ソフィーは正面入口で三人を迎えた。

中に入ると、デスクにいる老人がバックパックの中を調べた。一家は大理石の廊下を横切って大理石の階段を上り、コンピュータの端末が並ぶ細い廊下に出た。とうとうリリーがぐずりだした。ベビーカーを押してカード目録が収められたエリアに入った。ジョアンナがリリーを抱き上げた。「読書室に行きましょうね」母親は、耳たぶのない娘の耳に口をつけてなだめるように言った。「窓から外を見るのよ」

ソフィーは去っていくふたりを見つめた。いつもの黒いコートを着た母親がやけにほっそりして見えた。「本はどこにあるの？」とソフィーは父親に訊いた。

「ぼくの可愛い学者さん」そう言って父親は娘の手を握った。

書架のある部屋の入口にあったのはただの扉だった。ソフィーの高校生の従兄によく似た、そばかすのある地味な少年がのんびりと番をしている。父親はいくつものポケットを探し回ってようやく入館許可証を取りだした。

「お子さんの入館は――」と少年が口を開いた。

「十分だけ」とケンは訴えた。家の前に張った氷に足を滑らせて転んだ女性を安心させようとしたときと同じ口調。癌で死にかけていた飼い猫をなだめていたときと同じ口調だ。「ミネソタから来たんだよ。ここの宝を娘に見せたくてね。五分だけでいい」少年は肩をすくめた。

ソフィーは父親に続いて扉を通った。とっくに沈んでいた彼女の心は、遊び場にいる子供たちに押しのけられたときのようにさらに沈みこんだ。背の高い金属製の本棚には本がぎっしり詰め込まれて並んでいる。息をつく余地がないほどの本また本、棚また棚、書架また書架が続き、そのあいだに細い通路が伸びている。あまりにたくさんの本！　大きな活字で印刷されていたとしても、気が遠くなるほどの量だ。壁に「四階東」という文字がある。

いくつもの通路を行ったり来たりしてようやく「四階東」の行き止まりにたどり着いた。そこで右に曲がった。四階東が四階南になった。格子窓の向こう側に小さなオフィスが並んでいる通路があるが、扉はみな閉まっている。ソフィーは、ママはどうしているのかな、と思った。次は四階西のセクションだ。四階東とまったく同じで本ばかりが続いている。小さなエレベーターがそのあいだに押しこめられていた。「これはどこに行くの？」とソフィーは小さな声で言った。

「上は五階、六階」父親も小さな声で言った。「下は三階、二階、一階、A、B――」

「五分、過ぎたんじゃない？」

「——C、Dに行くんだよ」

今度先頭に立ったのはソフィーだった。思っていたより簡単だ。縁に沿って進むだけでいい。出口の表示がある。外にいるそばかすの少年がふたりに会釈した。

母親はベビーカーのそばにいた。リリーはまたベビーカーのなかに座って哺乳瓶に吸いついている。ソフィーはリリーに七回キスをした。

「感動したみたい？」母親がそう訊くのをソフィーは聞いた。

「心からね」と父親が言った。

ソフィーはベビーカーを押して、木の脚がついた大きなカード箱のあいだを通った。両親は子供たちの姿が隠れたり現れたりするのを見つめていた。

「あの静まり返った書庫」とケンが言った。「あのエレベーターのなかで初めてきみにキスしたんだ。すっかり忘れていたよ」ケンはもう一度ジョアンナの上品に盛り上がった頰骨に、ふたりの娘に受け継がれなかった頰骨に、そっとキスをした。

ジョアンナは降り注ぐ陽射しを求めるように顔を上に向けたままだった。それから「美術館に行ってみましょうか」と言った。

「ソフィーはきっとルノワールを好きになるね」とケンが言った。

ところが美術館で「座る裸婦」を見たソフィーは、つまらないと思った。父親はソフィーにバレリーナの稽古場風景を描いた絵を見せた。この絵は何を言いたいの。唯一興味を引いたのは、繊細な羽根が重なり合った翼を持ち裸足で立っている天使の絵だった。「つまりきみはバーン＝ジョーンズが気に入ったわけだ」と父親は重々しい口調で言った。

四人は間もなく昼食のことを話しながら、また大通りに戻った。ケンとジョアンナはお気に入りのレストランに行くことに決めた。その店がまだあることを祈った。建物の裏手に隣接した歩道を歩いてレストランのあるほうへ向かう。「あれが図書館の裏口だよ」ケンはそう言ってそちらを指差した。ソフィーは目を逸らした。横断歩道のところで道路を渡った。

渡ったのは三人だけだった。ぎこちなく横を向いていたソフィーは、「渡るな」のライトが点滅したときにはまだ歩道の端にいた。両親はどんどん進んでいった。大勢の人が迫ってきてソフィーの視界を遮った。一団が通り過ぎると車がいっせいに走りだして、ソフィーはその場から動けなくなった。

大丈夫だ。両親の姿が見えなくなったときにはその場から動いてはいけない、と言われているのだから。「ふたりともが自由に動き回ったら、同じ時間に同じ場所にはいられないでしょう」と母親が言っていた。

「原子みたいね」とソフィーは応じた。

「そうかもしれない……。でもね、どっちかが同じところでじっとしていれば、動いているほうはじっとしているほうといつかは出会えるの」

そのとおりだ。ソフィーは、そうなったときには葉の裏にいる蜥蜴《とかげ》みたいに冷静でいられるだろうと思っていた。

ところがいまは心がざわめき、慌てふためいてさえいる。それで声をひそめて「ロディーおばさんに言っといで」を歌った。信号機が「渡れ」に変わった。「ロディーおばさん」の歌を終わりから歌った。ママとそのうち出会えるはずだ。でもママはベビーカーをほったらかしにはできない。信号機が「渡るな」に変わった。だったら、パパと出会うだろう。パパは道路を渡ってやってくる。ひとっ飛びで道路を渡り、わたしを抱き上げて肩車をしてくれる。肩車をしてもらうには大きくなりすぎちゃったけど、パパの肩に乗って何ブロックも進み、窓がたくさんあるとんがり屋根のレストランに行くのだ。パパとママはいつもそういうレストランを選ぶから。

ジョアンナはベビーカーを右に移動させて、一、二歩進んでから後ろを振り返った。娘の姿がないので右を二度見てから左を見、それからまた後ろを見ると、パントマイムの芸人のまわりに集まっている子供のなかに、ブロンドの髪と色鮮やかなバックパックがちらりと見えた。心臓が風船のように小刻みに上下に動いた。

「ソフィーは?」ケンがジョアンナの肩先で言った。

ジョアンナは自信たっぷりに娘のいるほうを指差すと、少し斜めになったパン屋の窓のそばまでベビーカーを押していった。リリーを抱き上げれば、三人でそろってパントマイムの芸人――見えない梯子を巧みに上っている――と、それを喜んで見ている子供たち、とりわけ青緑色の古い上着を着て新しいバックパックを背負ったソフィーの姿をよく見ることができるだろう。でもあれは、ソフィーにしては上着が緑がかっているし、背も高くて髪もかなり黄色っぽい。かなり黄色っぽい。あんなありふれた蠟燭の炎を愛しい娘の青白い炎と見間違えるのは、子供を愛していない親だけだ。

ここでじっとしているのよ、と自分に言い聞かせていたソフィーは、後ろから乱暴に突き飛ばされた。文句を言おうと振り返ったが、突き飛ばした本人はとっくに見えなくなっていた。信号機の表示が「渡れ」に変わった。何も考えずに、とはいえ動きたい気持ちがないわけではなかったが、彼女は道路に飛び出した。

汗まみれになり息を切らしながら反対側の歩道にたどり着いた。三人の姿はない。ベビーカーはそこここで目にするが、どれもリリーのとは違う折り畳み式の普通のベビーカーだ。車椅子も目にした。これはまったく関係ない、とソフィーは自分を叱って手の甲で鼻を拭った。だって、リリーはいつか歩けるようになるのだから。顔を真っ白に塗ったピエロが、こちらに向かって手を振っているみたいだ。ソフィーは見向きもしなかった。そして広場の中央に向かって歩いていった。新聞の売店があるのはわかっていた。キオスクだよ、と父親が言っていた。

それは雑誌と新聞と地図を売る小さな店だった。耳覆いをした男がレジのところに座っている。数分毎に地面がかすかに震動した。地下鉄がこの下を通っているのだ。

そこでソフィーはたったひとり、だれにも気づかれずに自由な気分を味わいながら待った。今頃パパとママは来た道を引き返している。わたしのいた場所を通り過ぎてしまったのだ。反対側の壁のそばにいるほうが落ち着く。さまざまな外国の新聞が積み重なっていた。パリに旅行したから《ル・モンド》の意味はわかる。「世界」だ。パパがいたらこれはどういう意味かな、と訊くだろう。ヨーロッパのほかの国の新聞もある。イタリア語かスペイン語で書かれているみたいだけれど、どんなことが書いてあるのかわからない。おかしなアルファベットが並んだ新聞もある。アラジンの魔法のランプのように丸まった髭みたいな文字や、下に点や線が暗号みたいにくっついている文字もある。中華料理店で見たことのある小さな家のように真っすぐに立っている文字は、ひとつひとつが家族みたいだ。リリーも字が読めるようになる、とママは言っていた。すぐではないけれどいつかはね、と。その日が来るまでリリーの目には本のページがこんなふうに見えて、わけがわからずに置き去りにされたような感じがするだろう。それでもあと何年かすればリリーは歩けるようになる。そうしたら、わたしのすぐ近くに立つ。ものすごく近くに。なんて書いてあるの？　とリリーは囁くだろう。なんて書いてあるの？　と不安そうな声で、わたしの袖を引っ張りながら。

耳覆いをした男が好奇心を露わにした目つきでソフィーを見た。ソフィーは改めて新聞を丹念に見た。ひとつひとつの単語が長く、活字が太い線と細い線の組み合わせでできている。これはドイツ語だとすぐにわかった。パパがチェンバロでバッハの曲を弾いていたとき、古い手書きの楽譜を見ていた。題名と指示がドイツ語で書かれていた。この売店のところに死ぬまで動かずにいたら、同じアルファベットが使われている外国語をひとつかふたつは身につけられるかもしれない。こうすればいい。英字新聞を最初から最後まで読んで内容を覚えておいて、外国語の新聞でそれに対応する言葉を探すのだ。

ジョアンナとケンは常識的な行動をとった。ジョアンナはパントマイムの芸人のそばで待っていた。芸人はいま、見えない綱を渡っているところだ。芸人が驚愕の表情を浮かべて立ち止まった。バランスを崩したことを表現しているのだ。硬直した体が、時計の長針のようにがくがくと動きながらゆっくりと傾いていき、十分を指したところでいきなり倒れ伏したが、一瞬のうちに綱からぶら下がる格好になって左腕を不自然なほど上に突き出し、右腕をしきりに振りまわして足をばたつかせた。

ケンはソフィーを探しに行った。これまでに歩いた道を引き返して美術館に行き、中に入ってバーン＝ジョーンズのキャンプ・カウンセラーのような天使の絵のところまで、ドガとルノワールの絵のところまで行っているはずだ。そこにいなければ図書館を探すだろう。バックパックを調べた入口の老人にせっぱ詰まった口調で訊いている夫の姿が目に浮かぶ。パントマイムを囲む人垣が大きくなった。首を伸ばさなければ芸人の姿が見えない。ケンがソフィーを見つけてきたら、ソフィーはこの見世物を見て大喜びするだろう。車で連れ去られていなければ。牛乳パックの行方不明児童の写真となって一生を終えなければ。だめ、だめ、そんなことを考えてはだめ。普通の母親のような、普通の子供を持った母親のような、普通の成り行きを想像しなければ。あの子がはぐれてわたしたちの一日を台無しにしたのは、ありあまる好奇心のせい、あの子には並外れた直観力があると医者は言うけれど、わたしならそれを考えなしと呼ぶ、もういいかげん、事態を複雑にするのではなく単純にすることを学んでほしい、わたしたちの苦しみはここにいる手のかかる子だけで充分なはずなのに、ああ、可愛いリリー、可愛いソフィー、愛しい娘たち。まどろんでいるリリーを見ていると、ソフィーが赤ちゃんだったころを思い出す、ソフィーはベビーベッドで横向きになって手足を伸ばして眠っていた、洞窟画のバイソンそっくりだった。そう、よく覚えている……。あの子もおそらく覚えているだろう。ケンは、ソフィーの桁外れの天才的な知能指数の持ち主で、歌詞を逆さから歌えてしまうのだから。

記憶力と変わった才能を、自慢の子を、人に見せびらかしたがる。パントマイム芸人は事無きを得て自転車を漕いでいる。喝采を浴びている。彼の帽子に入れる小銭があるだろうか？　でもベビーカーをここに置いておくわけにはいかない。わたしたちは離ればなれになってはいけないのだ。もちろんソフィーは覚えているはずだ、迷子になったとわかったら、その場から絶対に動いてはいけないという取り決めを。どこに行けるというの。あの子はこの町を知らない。今日見たのは、好きになれなかった美術館と、毛嫌いした図書館だけ。それでケンは傷ついた。地下鉄は好きだった。子供はみな地面の下が好きだ。下水道、埋もれた宝、ゾンビ。電車も好き。どこかに向かって行きたがる。上り線、下り線……。

ケンの顔は真っ青だった。

「図書館には？」訊くまでもなかったが、彼女は訊いた。

「いなかった」ケンは息を切らせながら言った。

「こっちよ」ジョアンナは言った。「あの子はきっとそこに来る」

ソフィーはバックパックの肩紐からなんとか片腕を引き抜き、フランス語の新聞から始めようと思った。どうせ来年は特別クラスの同級生たちといっしょにフランス語を学ぶことになっている。でもフランス語では自由に飛びまわることはできないだろう。ソフィーとリリーの母語である英語に縛られているからだ。それでも文法を身につけることはできる。聞いたり、ときには話したりもできるだろう。ソフィーはいま《ル・モンド》紙をじっと見つめながら、耳覆いをした男はいないものとして、目の焦点を軽く交差させるという、本当はしてはいけないやり方で段落と段落のあいだの余白に溶けこみ、新聞紙の向こう側の部屋に入っていった。燭光に照らされた羽目板張りの書斎の壁には、世界で五番目の図書館に並んでいてほしかった革装幀の本がびっしり並んでいた。これから読むことになる本の数よりはるかに多くの本が書かれてきた――四階東セクションを見た瞬間にそれがわかった――けれど、いま見ているような黄金色に輝く書斎で、わたしはたくさんの本を読んでいくんだ。パパとママがこれまで読んできた本と同じくらいたくさんの本を読んでいく。パパとママと同じくらい大きな大人になっていく。パパとママのように勉強し、結婚し、ワインを飲んでは笑い、人々を抱きしめるのだ。

その見通しに心が落ち着き、ソフィーはさらにその先を見ることにした。わたしの人生が繰り広げられていく場所はこの新聞の売店ではなく、現実の世界だ。そんな予感がした。それに、わたしが大きく強くなるにつれてパパとママは小さく弱くなっていくという予感もした。わたしに面倒をかけるつもりなんかないのに、パパとママもわたしの服を不安そうにぐいっと引っ張るようになるかもしれない。

リリーは決してわたしのそばを離れないだろう。「あの子はこの先も普通ではないままなのよ、ダーリン」とママが言っていた。そのときソフィーは、この家族はこの先も普通ではないとママは言いたいのだと思った。いま彼女は新しい註釈を付け加えた。わたしだって普通ではないままなのだ。

ソフィーの頬が、ざらざらして悲しい猫の舌で舐められたかのようにひりひりした。成長したらリリーの頭はきっとわたしの肩に届くくらいになる。リリーが覚えられることもいくつかあるだろう。

なかでもわたしのことはちゃんと覚えるはずだ。互いに前からも後ろからもわかるようになる。地下鉄の上り線と下り線のように、ふたりで並んで走るのだ。並列して。

家族のところに戻らなければならない。この旅行を完成させなければならないのだ。ソフィーは自由な手を肩紐に入れてバックパックを背負った。耳覆いをしている男のそばをさよならも言わずに通り過ぎた。


ケンとジョアンナはベビーカーを弾ませながら地下鉄の階段を下りていった。普段ならトークン購入窓口の列に並んでゲートを通るのだが、今回ばかりはジョアンナはトークンを回転ゲートの投入口に入れて急いで通った。ケンは幼い娘をゲート越しに妻に渡した。それから自分のトークンを投入口に入れて振り返り、ベビーカーを頭の上に持ち上げ、後ろ向きで勢いよくゲートを通った。そしてリリーをベビーカーに座らせると、スロープに向かって急いだ。

「下り線かな？」とケンが訊いた。

「あの子にはちゃんとわかっている」

スロープでは、左手にゴミ袋を持ち右手で壊れかけたカートを持って立ち止まっている老女を迂回しなければならなかった。「心配することあないよ」と老女が声をかけた。

上りの電車は出ていったばかりだった。プラットホームには乗りそびれた人が五人いた。三人の学生、髭の男、背の高い黒人女性。カリブ海の島から来たのね、とジョアンナは思った。堂々とした態度がその出自を物語っている。脇の下に挟んだ雑誌はフランスのものだろう。

ソフィーは両親から遠くないところにいた。売店を離れるとすぐに地下鉄の入口を見つけた。父親が空のベビーカーを持ち上げて後ろ向きで回転ゲートを通っているとき、ソフィーは階段を下り始めていた。母親が上り線に行くことを決めたとき、ソフィーはトークンを買う人の列に並んで料金は後で払うと言おうかと考えていた。しかし、窓口にいる男性と話をするような危険は冒さなかった。両親が上り線のプラットホームに到着したころには、回転ゲートの下をくぐり抜けていた。そしてスロープを駆け下りた。

下りきらないうちに家族の姿が見えた。母親はベンチに座ってリリーを膝の上に抱いている。その前に立っている父親は、ふたりのほうに身を乗り出している。三人はごく普通の人に見えたが、ソフィーは騙されなかった。母親はコートの下で膝をぴたりと合わせていたが、左右の足は大きく離され、足首が内側に力無くたわんで踝《くるぶし》が床に着きそうになっている。父親の顔は見えないが、涙を堪《こら》えているのがわかった。カートを引いた老女が壁に寄りかかっていた。ソフィーが姿を現すと、老女は「さあ、再会だ」と話しかけるように、だがかなり大きな声で言った。

ケンが首をめぐらせて身を起こした。バスケットボールのスローモーション・リプレイのようにゆっくりと。

ジョアンナは鎮痛剤の注射を打たれたように楽になった。痛みが消え、感情も消えた。娘が不安に満ちた経験をしてきたことがわかったが、いまはとても娘の気持ちに寄り添う余裕はなかった。今度ばかりは娘にも、忘却の祝福が与えられるかもしれない。

そして確かにソフィーは足取りも軽く近づいてきた。広がってゆく未来を目撃しただけではなかったかのように。

リリーの体はだらんとしていた。しかしミトンに包まれた片手を挙げて言った。

「フィー!」と。

畏敬の日

Day of Awe

彼は呪われた国の最後のユダヤ人だった。

荒廃した国、トリックスターの国。裕福な農園主は山の懐にひっそりと身を隠していた。バナナの箱の下には拳銃が潜んでいた。緑色の鸚鵡《おうむ》ですら人を騙した。鸚鵡は物音ひとつ立てずに木に留まっているが、いきなり姿を現すやいっせいに飛び立ち、観察している者を置き去りにした。

たったひとりのユダヤ人！

実を言えば、ユダヤ人はもうひとりいた。彼の息子のレックスだ。ふたりはキッチンの食卓に向かい合って座っていた。レックスは父親の境遇を憐れんでいるらしい。贖罪の日《ヨム・キプール》の前日だというのに、この町にはほかの九人のユダヤ人もいなければ、許しの祈りをあげられる場所もなかった（ユダヤの律法では、礼拝に必要とされる最低人数は十人）。

「革命のあとでみんなマイアミに逃げてしまったからね」とレックスが言った。「金を持って」

ロバートは眉をひそめた。

レックスは続けた。「きっと礼拝構成員《ミニャン》を見つけてあげるよ、ボブ」彼は父に思いやりのこもった眼差しを向けた（ボブはロバートの愛称）。

しかし、それは本当に思いやりなのだろうか。プロのソーシャルワーカーの物わかりの良さではないのか。息子から名前で呼ばれることに慣れてしまったように、息子の女性的な仕事もしぶしぶ受け入れてしまった。しかし、頷き方や小声で同意を表す様子にはどうしても慣れることができない。ロバート自身は投資コンサルタントをしている。

「ガイドブックを調べてもだめだった」とレックスは言った。「電話帳でシャピロ姓を調べてみようか。あるいは、カッツ姓を」

父と息子は笑った。ふたりの姓がカッツだった。

小さな男の子がふたりを順繰りに見た。

この子は飽くなき食欲があるらしいのにがりがりに痩せている。レックスが書いたジャイミー《Jaime》というその子の名が、冷蔵庫に貼られた落書きのようなクレヨン画に記されている。

ふたりが空しい努力を続けているのは、小さい家の中の疵だらけのキッチンだった。その家はユダヤ人がひとりもいない国の首都の、泥だらけの通りに面していた。ロバートはまだパジャマ姿のままだ。遠く離れたビヴァリーヒルズでは、ロバートの孫でレックスの姪にあたる女の子の描いた絵が、やはり冷蔵庫にたくさん飾ってある。モーリーン・マロイという署名。モーリーンは洗濯女のような自分の名もちゃんと書ける。冷蔵庫に絵を飾ったのはマロイ家に通うメキシコ人家政婦だ。彼女以外にそんなことをする者はいない。モーリーンの両親は、一日十二時間働く弁護士なのだ。

ジャイミー。この発音は「ハイミー」になった。ロバートは皿に載ったパパイヤの薄切りをフォークで刺した。

レックスは電話帳を丹念に見ている。「シャピロ姓はひとりもいないね、ボブ。カッツもだ。ここの番号も載っていない。組織の名義で契約しているから」

ロバートはパイナップルを口に入れた。

「大使館に電話してみよう」レックスが言った。

「エックス」ジャイミーがレックスの腕を叩いて言った。「おなか、すいた《テンゴ・アンブレ》」

「ケ・キエロ？」とロバートはスペイン語で言おうとした。「ええと、つまりだ、何がほしいの《ケ・キエレス》……」レックスはすでに立ち上がっていた。レックスとジャイミーは並んで立って冷蔵庫のなかを静かに調べている。ほっそりした青年とがりがりの少年。「何がほしいのか《ケ・キエレス》」とロバートはもう一度小声で言った。口ごもりながら話すスペイン語では男の子にうまく気持ちを伝えられない。どうして役にも立たないくそいまいましい語学学習テープをひと月も聴いていたのだろう。そもそもどうしてこんなところに来てしまったのか。

五日前の午後二時に、彼が旅客機のアルミニウム製の階段を下りて滑走路に降り立ったとき、滑走路はすでに火膨れのようになっていた。みすぼらしい空港には慣れていた。だが、時差ボケのない状態には慣れていなかった。北から南へ旅することはめったになかったからだ。太陽にずっと照らされていた。昼寝をする気にも、食事をとる気にもなれなかったが、空港から車に乗ってしばらくすると、ジャイミーがどうしてもタマーリを食べたいと言い張った。「エックス、エックスってば！」と叫んで屋台を指差した。レックスは車を寄せた。ロバートはレックスに笑いかけた。子供に甘い親が子供に甘い親と心を通わす笑みだ。だが、レックスはその笑みに応えなかった。まもなく養子となる男の子に気を遣うのは、同調されるためではなく、承認されるためだった。

その子が子音を落として喋るので、ロバートはかなり戸惑った。五日前の午後、男の子と絵本を見ていた。「牛《バカ》」が「アカ」に、「馬《カバロ》」が「カロ」になった。この子が従妹に会えば――ふたりがいとこ同士だと本当に言えるのだろうか――モーリーンはイーンになってしまう、とロバートは思った。ふたりはずっと会わないままでいるかもしれない。家族は散りぢりになっている。ロバートとベッツィはマサチューセッツ州に暮らし、結婚してマロイ姓になった娘はカリフォルニア州に住み、レックスは二年前からこの中央アメリカにいて、この先どのくらいいるのか見当もつかない。

「養子縁組みの手続きが終わるまではいるつもりだよ」その夜遅く、ジャイミーがようやく寝入ってからレックスが言った。「あと半年くらいかかるね。そのあとは……」レックスは華奢な肩をすくめた。「シカゴに行くつもりがないってことだけは確か。ロンのいる町には足を踏み入れたくないから」ロンはレックスのかつての恋人だ。「ジャイミーとボストンに戻ることになるかもね」

ロバートは頷いた。「小学校にはバイリンガル専門のプログラムがある」

「ぼくたちには無用だよ」レックスは呆れたように目を動かした。「これからも家ではスペイン語で話をする。ジャイミーは学校や遊び場で英語を耳で覚えていく。移民の子供たちが何代もずっとそうやってきたようにね」

そうはいっても、あの子はスペイン語も満足に話せやしないじゃないか、数も数えられないし、色を表す言葉も知らない。しかし、ロバートは口には出さなかった。「いくつなんだね？　手紙には七歳だと書いてあったが。ずいぶんと……小さいな」

「ぼくたちは骨格と歯から年齢を推定しているんだ」レックスが言った。「中央アメリカ人は北アメリカ人より小柄だし、ジャイミーみたいに先住民の血がかなり入っているとさらに小さい。パスポート申請のときには生年月日を適当にでっちあげるつもりさ。五歳ってことにしようかな。精神年齢は三歳くらいだし――恵まれない三歳児さ。学校に通わせてもらえなかったんだ。一年前、地元の孤児院で初めて会ったとき、一言も喋れなかった。ぼくと暮らすようになってからかなり話せるようになったんだよ」

時差ボケがいきなり始まったかのように、ロバートはだるさを感じた。

それでキッチンを出て隣の狭い寝室のベッドに入った。窓の外の中庭はかなり広かったが、洗濯用のロープ、流し台、実をつけたオレンジの木が一本あるだけだった。その木に鸚鵡が潜んでいた。

ロバートは日曜以降、日中はひとりで過ごした。レックスは仕事に行き、ジャイミーは託児所に預けられた。毎朝ロバートは、ふたりが朝食をとる音で目を覚ました。ふたりが話している内容はだいたいわかった。ジャイミーは朝食の献立や日課のこと、託児所での出来事などを繰り返し話していた。何度も何度も同じ話をした。その繰り返される話の合間に、新聞をめくる音とリノリウムの床をゴムの車輪が擦る音が聞こえた。ジャイミーが小さなおもちゃの車で遊んでいる音だった。喉でエンジン音を出していた。「ウウーン！」。二十五年前、ロバートとベツィが《グローブ》紙を読んでいるときにも、その足許でかわいいふたりの幼児がレゴをかき回して遊んでいた。ジャイミーにはレゴはまだ早すぎるよ、とレックスは言った。ジャイミーは、ロバートが贈り物として持ってきた初心者用セットですらうまく扱えなかった。組み立てるということがわからないのだ。孤児院に収容されるまで、おもちゃを見たことがなかったのかもしれない。二本のスプーンで遊んだり、履けなくなった靴に泥を詰めたりしていたのかもしれない。モーリーンならとっくに複雑な塔を作れるのに、と思って、ロバートは満足感と後ろめたさを覚えた。

仕事に出かける前に、レックスは必ずロバートの部屋の半開きのドアをノックした。

「どうぞ《エントラ》！」とロバートは言った。

するとレックスは、その日の過ごし方について二言三言、意見を述べた。大学に行ってみたらどう。図書館の入館証を渡すよ。野外マーケットに行くことがあればパイナップルを買ってきてくれる？唸りながら床で車を走らせていたジャイミーが、レックスの両膝のあいだから頭を突き出して顔を上げた。デニムの脚のあいだから覗く金色の小さな顔は、真面目くさった表情をしていた。いや、物わかりが悪いだけなのかもしれない。

ふたりが出かけてしまうとロバートはベッドから出た。ペットボトルの水を沸かしてお茶を淹れ、プレーン・クラッカーを三枚食べた。食べ物には気をつけていたが、便がゆるくなって、茶色っぽい水が大量に出た。「血が混じっていなければ心配することはないよ」レックスがそう言ったのは、初めて下痢をした二日目の夜だった。レックスの声は優しく穏やかだったが、唇はきつく引き結ばれていた。そして、バスルームの外でベルトのバックルを外して立ちつくしていたロバートは、パンツを汚した子供のようにふてぶてしく顎を上げていた。

しかし朝、便を出してしまえば爽快な気分になった。厳しい環境の中で自己主張したかのように。次に辞書を引きながら新聞の一面を読んだ。それから冷たいシャワーを浴び、冷たい水で髭を剃り、着替えをした。腹ポーチに地図、辞書、通貨、携帯用酒瓶を詰め込んだ。それを後ろではなく前につけた。ウエストポーチだ。そしてサングラスをかけ、キャンバス地の帽子を被って外に出た。

ここに到着したのは土曜だった。そして昨日の水曜の夕方までには、町中をくまなく歩き回っていた。貧しいバリオ地区にまで足を延ばした。怪しげな商人が売り込むチクレットやベイリウム（精神安定剤）には手を出さなかった。偶然、献身的な女性たちが管理する小さな考古学博物館を見つけた。ここでは巨大な嘴《くちばし》を持つオオハシが悪魔の化身だと信じられていることを知った。

それから窓がひとつもない大きな建物を見つめた。そこでは、最近よく耳にする無礼な言い方によれば、国民議会の面々が反対意見を屁のようにひっているらしい。バスに乗って、埃の舞う灼熱の町をふたつばかり訪れた。いずれの町にも殉教者博物館があった。首都に戻ると野外マーケットで水曜の夕方を過ごした。掏摸《すり》がいたるところにいるということだった。それで自分のポーチをずっと手で押さえていた。

ベツィのために黒珊瑚のネックレスを買った。妻を愛し大切に思っているが、そばにいなくて寂しいとは思わなかった。今回の旅行に妻が来なかったのは意見の衝突があったからではない——反対意見をひったりはしなかった。来ないのにはわけがあった。レックスは帰省したばかりだったし、レックスの家の来客用の寝室にはシングルベッドが一台しかなかった。それに、この普通とは言い難い状況——若者が小さな男の子の親になる——のため、妻を伴わない男、祖父となる老人がひとりで行ったほうがよさそうだと判断したのだ。

　祖父とは！　しかも孫というのが、その全身が存在そのものとうまくいっていないような子供なのだ。目は穏やかで、優しくすらある。歯がまばらに生えている口はゆるんでいる。体はときおり襲われる痙攣に備えてひどく緊張している。しかしその子がカッツ家の一員になるのだ。ジャイミー・カッツに。ロバートの祖父のような了見の狭い男だったら、こんな成り行きには我慢がならなかっただろう。そういえばザイード・チャイムは「畏敬の日」にシルクのショールを掛けていた……その瞬間、キャンバス地のポーチを手で押さえてマーケットの真ん中に立っていたロバートは、その日がなんの日か思い出したのだ。贖罪の日は明後日だ。あと二十六時間もすれば、コールニドレーの吟唱が始まる（贖罪の日の前日の夕方から日没まで、礼拝の初めに吟唱される祈禱文）。

　そしていま、木曜の朝、レックスが大使館に電話をかけて訊いてみると、この国には、この町には、ユダヤ人コミュニティはひとつもないという答えが返ってきた。レックスは電話を切った。「ユダヤ人の職員はひとりしかいないって。休暇をテキサスで過ごしているそうだよ」

「処置無しだな」

「残念だね」レックスはそう言って立ち上がった。「仕事に行かなきゃ。今夜のことだけれど……贖罪の日のこと、すっかり忘れてて……仲間を何人か夕食に呼んでしまったんだけど」

「来てもらってかまわないさ」ロバートは言った。「私は敬虔な信者じゃないからな。断食はしない。おまえのバルミツバ（ユダヤの成人式にあたり、十三歳の男子を社会の一員として認める儀式）のときもヘブライ語をもう一度勉強し直さなければならなかったほどだ。あのときもそんなに信仰に篤かったわけじゃない」

「ジャイミー?」レックスが寝室に向かって呼んだ。「早くしてくれ《ラピド・ポル・ファボール》」そして父親に向き直った。

「ダイヤモンドの研磨職人みたいにヘブライ語に立ち向かっていたね。ベツィは字訳を使っていたのに」

「彼女はヘブライ語を勉強したことがないからな」

「でもボブ、あなたはみごとにやってのけた。ぼくのために」レックスは深く頭を下げた。

「高校時代に習ったスペイン語でまたうまくやれたらいいんだが」ロバートはきまりの悪さに体がほてった。

レックスは頭を上げた。「あの子のために」そう言うとレックスは、ロバートから見ればいやに女っぽい仕草で肩を上げ、子供のいる寝室を示した。ロバートの腸から溶岩が溢れ出しそうになった。それをなんとか堪えた。果物を食べるなんて無茶なことをしたものだ。ジャイミーは、たっぷりと時間をかけてバックパックを身につけていた。混乱に満ちたこの国の、バリオ地区一みじめな子がバックパックを手に入れたのだ。「行くよ!《バモノス》」レックスがとうとう我慢できずに言った。

ジャイミーが駆け込んできた。レックスはジープのエンジンをかけに外に出た。ジャイミーは戸口のところでロバートを振り返り、無言で手を振って別れの挨拶をした。この子はまだロバートを名前で呼ぼうとしない。この国の別れの挨拶は手招きするような仕草だ。それを目にするたびにびっくりする。いまもびっくりした。本当に手招きされたかのように一歩前に進み出た。それから、いかんと思って立ち止まった。まったくこの国ときたら! 人を近くに呼ぶときには逆になる。つまり手をだらりと下に垂らし、手の甲を相手に向けて動かす。追いやるかのように。

あの子は私を嘲笑っているのか？　いや、例の弱々しい笑みを浮かべているだけだ。ロバートはジャイミーの「こっちへ来い」の動作を忠実に真似た。交通整理の警官になったような気がした。見下げ果てた老人になったような気がした。ジャイミーはにっこり笑うと威勢良く飛び出していった。ロバートはバスルームに駆け込んだ。

贖罪の日の前夜を、ロバートは賑やかな異教徒たちとともに過ごした。レックスの同僚たちは捨てたものではなかった。腹の弛んだ白髪交じりの六十代の高潔なカップルは、大義名分のために晩年を捧げていた。きれいな若い看護婦。そばかすのある逞しい年長の看護婦。ほかにも何人かいた。レックスがみごとに調理した米と豆を食べた。ジャイミーは床で遊んでいた。ときおりレックスの注意を引こうとぐずるような声を立てた。そんなときレックスは、話を途中で切り上げずに最後まで話してから男の子に目を向け、甲高い声でしつこく繰り返される短い言葉に耳を傾け、「いいよ《シ》」あるいは「だめだよ《ノ》」と言ったり、真面目に説明をしたりした。

大人たちが語ったのはこの国のむごさ、何世紀にもわたって先の世代が次の世代を虐げ続けてきた残酷さだった。「教会にも責任がある」と厳《いか》めしい顔つきのカナダ人女性が言った。「初期のミッション・スクールにも。そうした学校がわたしたちに苦痛の与え方を教え込んだのよ」ロバートは、その「わたしたち」とはだれのことだろう、と思ったが、すぐにその女性が先住民、つまり元からここにいた人々の末裔であることを思い出した。そういえば彼女には、今週の初めに彼女がこの家に寄ったときに会っていた。ぼさぼさの髪、眼鏡、不満そうな口元がブロンクス出身の従妹によく似ていた。

高潔なカップルにも、レックスに連れていかれた協同組合をテーマにした夜の講演会で会っていた。しかしロバートが親睦会に参加するのはこれが初めてで、会が終わるころになってようやく遅ればせながら、これが自分のために開かれた歓迎パーティであることに気づいた。

その翌朝早く、彼らはジープに荷物を詰め込んだ。この週末にロバート、レックス、ジャイミー、ジャネット――きれいな看護婦ではなく、そばかすのあるほう――は、山岳地方の孤児院を何軒か訪ねることになっていた。

ジャネットが車の運転をした。彼女はジープの扱い方をよく知っていた。二車線の高速道路を猛スピードで走り、追い越せるときにはいつでも追い越しをかけた。小型機関銃を抱えた作業服姿の少年兵に車を停められたとき、ジャネットが彼らの質問にあまりに威厳ある態度で応えたので、ロバートは少年兵がしまいには健康診断をしてもらおうと舌を見せるのではないかと思った。ところが少年兵は手を振ってあっさりジープを通した。ロバートは前の座席でガタガタと揺れ続けた。後ろの座席ではレックスがジャイミーにレゴのブロックの繋げ方を教えていた。子供はつまらなそうにそれを見ながら、指でおもちゃの車をいじっていた。

お昼近くに緑に包まれた小さな町で車は停まった。コーヒー園がこの近くにあるのよ、とジャネットが言った。レストランの中庭では鸚鵡が葉陰からこちらを窺っていた。ジャイミーは中庭の隅にいる顔見知りの猫のところに走っていってしゃがみこんだ。レストランの経営者の女性がジャイミーにパスタ料理を運んでいってから、完璧な英語でほかの三人に挨拶した。大きな曲がった鼻のその女性は満面の笑みを浮かべた。彼女が厨房に去ると、ジャネットが「あの人はチリ人よ」と言った。「彼女の作るトウモロコシのラザーニャは素晴らしく美味しい。革命政府の活動家でね」ロバートにはわかった。武器の密輸をしているのだ。

給仕をしたのは天使と見まごうような容貌の、感じのいいふたりのウェイターだった。この中性的な外見を真に受けてはいけないことがロバートにはわかっていた。レックスが以前同じタイプの青年について、「外見に女みたいだけれど内面は男なんだ。ゲイじゃない」と言っていた。現地の恋人がいるのか、と息子に尋ねたことはない。数年前に息子がセーフセックスをしていることは確かめたが、ロバートもベッツィも、それ以上詳しいことは知りたくなかった。

トウモロコシのラザーニャは確かに絶品だった。ジャイミーは猫といっしょにパスタを食べた。ロバートはコーヒーをじっくり味わいながらこう思っていた。この町を歩き回り、殉教者博物館に行き、カクテルが出される時間までに戻ってきて、鸚鵡がまどろんでいるあいだに勇敢なチリ人の女性と食前酒を飲みながら愉しいひと時を過ごしたい、と。しかし勘定を払って握手をし、手で人を呼びつけているとしか思えない別れの挨拶をした。

一時間もしないうちに車は高速道路を外れて山を登り始めた。農園の姿は消え、樹木と岩と茂みばかりになった。ジャネットは道路の穴ぼこをみごとに避けながら進んだ。ロバートは激しく揺れるジープの動きに抗おうとしてへとへとになった。食事のときに飲んだチリ・ワインのせいかもしれない。ヘッドレストに体を押しつけて目を閉じた……すると、首の横を何かが這うのを感じ、ぎょっとして目を開け、それをピシャリと叩いた。それは小さな手だった。

「ごめんよ、ジャイミー。悪かったね《エクスクルパ・メ》。おい、何をする！」そう叫んだのは男の子が叩き返してきたからだ。

「ジャイミー」レックスの声はジャネットの声と同じように威厳があった。それから低い声の、早口のスペイン語が続いた。すると肩をとんとんと叩かれ、うまく繋がっていない三つのレゴがロバートの顔の前に突き出された。

「アーサ」とジャイミーが言った。

カーサ。家だ。「いい出来《ブエノ》だ」ロバートは心からそう言った。振り向くと愛らしい瞳と不恰好な口があった。レックスが取り澄ました笑みを浮かべていた。

午後二時になるころに、その夜滞在する町に着いた。ロバートは用心しながら車を降りた。

町の広場は草の生えていない丘だった。教会がその広場に面して建っていた。化粧漆喰の壁は崩れかけているように見えた。平屋の宿は裏庭のほうへ沈みこんでいる。ロバートは奥の寝室に通された。

「腰をマッサージしたほうがいいわ」とジャネットが言った。

窓から牡牛の群れが見えた。

ジャネットとレックスに、孤児院までいっしょに行かないかと誘われた。「せっかくだが、裏庭で本でも読んでるよ」と答えた。それに可愛いモーリーンに絵葉書をもう一枚書きたい。

しかし三人が出ていくとすぐに心細くなった。こんなところにひとりでいるのはごめんだった。息子たちを追いかけたかった。

孤児院はここから西に真っすぐに三キロほど進んだ先にある、と言っていた。最初ロバートは早足で歩いた。五分も経たないうちに三人の後ろ姿が見え、間もなく三人が通り過ぎたばかりの石造りの小屋の前を通った。どの小屋も入口の戸が開け放たれて中が丸見えだ。部屋の中までが同じだった――籐の揺り椅子とテーブル。表情のない同じ顔つきをした女が戸口に立っている。子供たちは泥だらけになって遊んでいる。ジャイミーもこんな家に生まれたのだろうか。こんな掘っ建て小屋――ブリキと羽目板造りで、裏の便所はカーテンで仕切られている――で育ったのかもしれない。

レックスとジャネットは道路の真ん中を歩いていた。ジャイミーは忙しなく右側に行ったり左側に行ったりしている。ジャネットはレックスより背が高かった。薄茶色の髪がバックパックを覆って垂れていて、カーキ色のバックパックと見分けがつかなかった。

道路の行き止まりに丸太を二本横に渡しただけの門――近くの動物たちの侵入を防ぐためのものらしいが、それが功を奏しているとは言い難かった――があり、その向こう側に小さな男の子たちが群れ集《つど》っていた。ジャイミーは丸太と丸太のあいだをくぐって入った。レックスとジャネットは飛び越えた。

ロバートが丸太に足をかけて乗り越えようとすると、骨が軋む音がした。遠くから聞こえる悲鳴のような音だ。これは老人のむせび泣きなのかもしれない。

降り立つと男の子たちにとりまかれていた。男の子がひしめきあっていた。黒い前髪を垂らして三角形に見える垢じみた顔をした男の子たち。十年前の向こうの大陸でならお洒落だった服――ラガー・シャツ、サーファー・パンツ――を着た男の子たち。十歳にも満たないのに、みな現実を知り尽くしている。十二歳になっている子もいるかもしれない。未来には銃とコレラしかない男の子たち。

「ボブ！」ジャネットが大きな声で言った。レックスが笑みを浮かべて迎え入れた。

ふたりはすぐさまロバートを孤児院の院長のところに行かせ、院長の不満を聞き取らせることにした。院長は口髭をうっすら生やした元気のいい青年だった。男の子たちに囲まれ、たびたび辞書を引きながらようやく呑み込めたのは、現金とクレジットカード両方の金のことだった。補給品が少ない。前の料理人がラジオを持ち逃げした。ロバートは院長の言葉をすべて書き取った後で、三イニングのソフトボール試合の審判に借りだされた。子供たちは敏捷ではなかった。次にレックスが障害物競走の段取りをした。ロバートは、空気を入れて膨らませたピエロの手を胸の前で持たされた。ピエロの手はジャネットのバックパックに入っていた。それを彼女は、頬に散ったそばかすを三回伸ばしたりすぼませたりしただけで膨らませた。走る子は必ずピエロの手を叩かなければならない。中には誤ってロバートを叩く子もいた。子供たちの歯はチクレットのように真っ白だった。

それから全員が薄汚れた食堂に集まった。「こちらにどうぞ《セルカ・メ》」と何人かに言われた。ロバートは赤毛の小柄な子の隣に座った。子供たち全員にクレヨンと紙が配られた。これに優るものはないかもしれない。子供たちは至福に満ちた静けさのなかで三十分ほどひたむきに絵を描いた。そのあいだにジャネットは耳を赤く腫らした子たちを診察した――耳鏡も彼女のバックパックに入っていた。レックスは気難しい顔をした子供を狭い院長室に呼んで話をした。話し合いがすむとその子の怒りは少し静まったようだった。

ロバートは子供たちの描いた作品を褒めた。幼い芸術家たちが自分の名をサインするのに手を貸した。赤毛の子はミグエル・オレイリーという名だった。ミグエルは自分の名字に細心の注意を払ってアポストロフィーを付けた。

寄る辺なき子ら。あの子たちはどれほど自分が恵まれていないか知っているのだろうか。レックスが以前言っていた。生まれてすぐに孤児院の門の前に捨てられた子もいれば、幼児のときに食事を与えられず虐待されてここにたどり着いた子もいる、と。売春行為から救い出された子、あるいは少なくとも一時的に売春から逃れている子がいるのだ。ジェイミーはストリート・ギャングのマスコットとして働いていたことがあったという。

子供たちにはロバートが家長のように見えるのだろう。彼の未熟なスペイン語——乏しい語彙、はるか昔の征服者たちの舌足らずな話し方——に恭しく耳を傾けた。白髪交じりの頭にも尊敬の眼差しを向けた。この国では、ロバートのような年寄りはとっくに死んでいるのだ。

陽が赤くなり、影が長くなった。間もなく鸚鵡は音もなく木々から離れていくだろう。一日がもうじき終わる。どこかで、あらゆるところで、たぶんマイアミでも、同胞たちがともに祈りを捧げ、ひとつにまとまり、心安らかに過ごしていることだろう。

母斑のある子が腕時計を見せてと言った。ロバートが渡すとしかつめらしい顔つきで時計を見てから、笑顔で返してよこした。別の子がふたり、宿泊棟を見せたいと言った。ロバートは鉄製の簡易ベッドの下を覗き込んだ。そこに面白いものがあるということだったが、あるのは埃だけだった。鼠がついさっきまでふざけ回っていたのかもしれない。

ロバートがベッドにどさりと腰を下ろしたので、子供たちはびくっとした。彼はふたりを抱き寄せ、それぞれを膝の上に乗せた。子供たちは彼が英知の言葉を言うのを待っていた。「おお、われらが父《アビヌ・マルケ》よ《イヌ》」とロバートは呟いた。

ベルが鳴った。夕食の時間だ。子供の体が緊張した。ロバートはふたりを離した。痩せてごつごつした貪欲な男の子たち。どことも知れない狭い場所で何年か生き延びてきた小柄な遊牧民。牛は庭で糞をしている。運のいい日には夕食に豆料理が出る。

ジャイミーは嬉々としてあらゆる遊びに加わった。とても愉しいひと時を過ごした。

夕暮れのなかを四人は宿屋まで歩いた。建ち並ぶ小屋のなかに小さな店があることに、ロバートはようやく気づいた。薄暗い電球が缶詰や薬を照らしている。奥のほうでテレビの光がちらちらし、ハンモックを浮かび上がらせている。ここを第三世界と呼ぶとはなんという印象操作だろう。ここは地の底なのだ。

レックスは朝家を出る前にクーラーボックスに詰めたサンドイッチとコークを取りだした。「ジャイミーは一日一回しかレストランは受けつけないんだ」とレックスは言った。

「一回目なんかあったか」とロバートは訊いた。それから思い出した。昔見たことのある豪華なタペストリーから抜け出してきたかのような、笑みを浮かべたチリ人の女性と、小賢しげに木から見下ろしていたライム色の鸚鵡を。

「みんなの分もあるよ」とレックスが言った。

ジャネットは首を横に振った。「わたしはあなたのお父さんとカフェに行くわ」

宿屋の裏にあるカフェは調理場に仕切りがなく、テーブルが三脚あるだけだった。男がふたり、ひとつのテーブルで食事をしていた。メニューはない。今日の料理は鶏肉のスパイシーソース煮だ。胃袋がうまく消化してくれるといいが、とロバートは思った。安ワインを頼んだ。

「乾 杯《ラクサージム》」とジャネットがヘブライ語で言った。

ロバートは眉を上げた。

「わたしのひいおじいさんの名前はアイザック・フィンクといって」ジャネットが続けた。「行商人だった。行商するうちに間違ってミネソタに入り込んでしまったわけ。それでそこに留まった。わたしの家は骨の髄までルーテル派。でも……」

「でも、きみにはユダヤの血が少しは流れている」とロバートは礼儀正しい言い方をした。「乾杯」

ふたりはレックスの才能とジャイミーのひたむきさについて話した。今日の午後会った子供たちについて、ジャネットの仕事について話した。彼女は、あと数年はここに滞在する予定だという。「それで公共衛生の専門家になれると思う」その顔がぱっと赤らんだ。「わたし、本気であなたの腰をマッサージしてあげるつもりでいたのよ」

それに、ユダヤの血が流れているこの女性は、頼めば喜んで舌を診て、弱った胃腸をマッサージしてくれるだろう。この女性はレズビアンだろう。たぶんそうだ。ここでは人はあらゆるものになれる。

「ありがたいけれど、やめておくよ」と彼は言った。「贖罪の日の夜だしね」

「ああ、なるほど」と彼女は驚いたように答えた。

ベッドでひとり横たわりながらロバートは考えていた。あのきれいなチリ人の料理人にもユダヤの血が流れているのではないか。それに、昨夜のパーティに来ていたカナダ先住民の女性にも。正真正銘の不平屋《クベッチ》だった。八人のユダヤ人をもっと真剣に探すべきだった。町のどこかの仕立屋の奥まった部屋に、貧しい故にマイアミまで飛んでいけない敬虔な老人が住んでいたかもしれない。汚らしいバリオ地区の一角で、ユダヤ人との混血の偽医者が堕胎用の薬草を煎じていたかもしれない。ソンブレロを被ってヤムルカ（ユダヤ人男子が被る小さな帽子）を隠しながら、ロバに乗ってブリキの鍋を売った行商人もいたのだから。あらゆる人間がユダヤ人なのかもしれない。ジャイミーもユダヤ人だ。あらゆる人々が、オオハシを怖れる先住民――大きな嘴を持っているだけの鳥をどうしてあんなに怖れるのだろう――と、地下室のさらにそのまた地下で、ヤハウェに祈りを捧げた隠れユダヤ教徒の末裔なのだ。

翌朝、ようやく胃腸の暴走がおさまった。ロバートは荷物をまとめると広場を横切って壊れかけた教会に向かった。中に入ると、木の十字架にかけられたキリストは裸だったが、石膏の聖人たちはベルベットのローブを着ていた。町の人々も正装に身を包んでいるようだった。そのなかに、昨夜カフェで見た男性がいた。今日はガウチョの黄色い上着を見せびらかすように身につけていた。

ロバートは入口近くに座って礼拝に耳を傾けた。説教が始まった。わかりやすいゆっくりしたスペイン語だったが、理解しようとするのはやめた。ただ説教のテーマはわかった。ミセリコルディア、慈悲だ。ヘブライ語ではラチャミン。彼はレックスのことを思った。いま息子はこれから別の孤児院を訪ねるために、ジープに荷物を運びこんでいる。宿代も払っているだろう。「この旅行はこっちに任せて」と言ってロバートの金を受け取らなかった。期待外れの申し分のない息子。「汝も我が息子のごとき息子を授かるべし」とロバートは思った。古き呪い、古き祝福。

ロバートの腕に小さな手が置かれた。首をめぐらすとジャイミーがいた。その子は跳びはねながら離れていき、それから振り向いて開け放された二重扉のところで立ち止まった。その向こうに、木が一本も生えていない広場が見える。その先にあるのは宿屋とほかの家々とこんもりした丘だ。

ジャイミーが「オブ」と言った。「オブ！」そう言って、厄介者を追い払うかのように手を激しく振った。向こうへ行け、と言っているように見えるが、こっちに来い、と言っているのだ。ロバートにはいまではその違いがよくわかる。

オブ。アブ。アバ。家長。アブラハム。数多《あまた》の国の家長《アブラハム》の名を汝に与える。与えられたのか。だれを通して？　モーリーン・マロイという半分キリスト教徒の孫か。ジャイミー・カッツというこの地に生まれた子供か。

数多の国。なんと傲慢な考え方だろう。われわれの民が絶えず厄災に見舞われたのも無理はない。そこそこのわずかな土地、ではだめなのか。ロバートは心の中で神父に向かって、キリストに向かって、耳の中でざわめく神に向かって言った。子供たちの世話をする者、望まれない種から生まれた子供であろうとその世話をする者、ではいけないのか……。

「オブ！」

ロバートは立ち上がった。そして孫の後について薄暗く慈悲深い教会を出て、ぎらつく光の中へ足を踏み出した。

定住者たち

Settlers

日曜日の朝早く、ピーター・ロイはダウンタウン行きのバスを待っていた。十月のことで、強い風が舗道の縁石脇に溜まった塵をかき回し、コートの裾をはためかせ、その裾が膝のところで開いたり閉じたりした。不服そうな従僕のように風がコートを剝ぎ取っていってもいっこうにかまわない、と思った。こんなケープのついたグレンプレイドの服を着てくるべきではなかった。この服は自意識過剰な学生にこそ似つかわしい。六十を過ぎた元高校教師が着るものではない。長身痩軀で髪も長めだからこれを着たらシャーロック・ホームズみたいに見えるだろう、などと思ったのが間違いのもとだ。老いた貴婦人のようにしか見えない。

しかしそんなことはどうでもいい。奇抜な格好をしたところで、眉をひそめるような者はここにはいない。いまいるブライトン街はむさ苦しい大通りだ。彼が住んでいるコングドン通りには学生と外国人と老人しかいない。つい最近、そろいのブリーフケースを持った若いカップルがペンキの剝げた一軒家を購入したが、やがてここがおしゃれな通りになることを期待してのことだろう。休日には家のペンキを楽しそうに剝がしている。平日の朝ともなると、バスローブを着た白髪頭の女たちがアパートメントの窓から顔を出し、中年にさしかかった自分の娘が出勤していくのを見つめ、そのままずっとそこで外を眺めている。窓辺から動かない老女たちは、娘に幽閉されているように見えるが、昼頃になると、そうした老女のひとりが街角へ向かっていくのをよく見かける。女の足取りは、ブライトン街に近づくにつれて軽やかになる。ここには生活がある！　新鮮《フレッシュ》な魚、フィッシュ・アンド・チップス、フィッシュベルグ眼鏡店……。コングドン通りにも、大きな円柱と床が抜けそうなポーチのある――どことなく南部の大邸宅風の――三階建ての建物がある。中には大勢のカンボジア人が住んでいる。

ピーターがボストンのこのいかがわしい場所に引っ越してきたのは三年前、国語を教えていた私立高校を退職したときだった。いまのアパートメントは、バックベイの伯母のタウンハウスに比べればはるかに住み心地がいい。タウンハウスで、最初は気儘な寄宿人として、その後は伯母の遺産相続人として数十年も無為に過ごした。その家を隣に住むたたきあげの若き億万長者ジェロニマス・バロンにかなりいい値段で売った。売った後、引っ越しを急かせる者はいなかったが、早く出ていきたかった。引っ越してひと月もしないうちに、バロンはふたつの家を隔てていた壁を打ち壊し、すべての床を取り去り、ソーラーパネルを設置し、天窓をつけた。この壮大な家は《建築ダイジェスト》と《ニューヨーク・タイムズ》の特集に取り上げられた。寝室にあった美しいタイルの暖炉がそのまま残っていることがわかって、ピーターは満足した。

バスが来た。わずかな乗客はすでに疲れ切っているように見える。ピーターは、奇抜なコートを着ていても心は軽やかに、週一度の小旅行に出かけた。

数時間後のこと、メグ・レンが「研究のほうはいかが？」とピーターに尋ねた。

ジャックと三人の子供たちは裏の野原でサッカーボールを蹴って遊んでいる。野原はなだらかに傾斜し、その先に森が広がっている。一キロ半ほど先にはサドベリー川が流れている。その川は、いまピーターのいるキッチンの窓からは見えないが、ここに泊まるときに使う三階の来客用の寝室からはほんの少しだけ見える。

「ミセス・ジェリビーの位置づけに苦労しているよ」とピーターは言った。

「ミセス・ジェリビー？」メグは眉をひそめて聞き返した。

ピーターは待った。メグの青い瞳には知性が宿っているが、彼女がどれほど本を読んでいるかはわからない。ウィスコンシンで生まれ育ったメグは、十五年ほど前にカレッジを卒業して東部にやってくると、たちまちピーターの元教え子と結婚した。ふたりは教会で出会ったのだ。『荒涼館』かしら」とメグは言った。

「そう、『荒涼館』だ」ピーターは満足した。「ミセス・ジェリビーは変人でね、ボリオブーラ・ガーの原住民を救おうと毎日寄付金を集めて過ごしている。みすぼらしい服を着た自分の子供たちは階段を転げ落ちているし、家の中は不潔でめちゃめちゃになっている。〝絶対に使命なんて持ってはならない〟と哀れな夫は自分の娘に警告する。しかし最近では、ミセス・ジェリビーの無私無欲さは受けるだろうね。彼女がアフリカを案じていることを知ればみんな嬉しがるだろう。変わらないものがあるというのはおかしなものだ」

「〝貧しき者はいつも汝のそばにあり〟ですか」

「そうだ。そして貧しき者はいつも同じだ。ミセス・ジェリビーには過剰なほどの熱意はあっても、いちばん近くで自分を必要としている者の存在には気づかない。キリスト教的な慈善の姿とは違うね」

ピーターはそこで一息入れた。彼は娘のようなメグの優しさに甘えて講義をしてしまった。尊大な教師や口うるさい年配の女教師にまじって何年も過ごしているうちに、彼は聞き役に回ることにすっかり慣れていた。ところがようやく、自分と同じように、言葉を注意深く聞き取ろうとする相手に出会えたのだ。その才能を彼から受け継いだかのように――いや、それはありえないわけだから、感化されたかのように、と言うべきだろう。それにこの家は――とても古いが活気に溢れている――彼の言わずにおれない言葉を聴きたがっているようにも思える。「ミセス・ジェリビーの慈善行為はユダヤ教徒的でもない」と彼は続けた。「彼女の慈善はマイモニデス（十二世紀のスペインの神学者）の七番目の階級に当たるかもしれない。彼女は自分が救おうとしている人々の名前も知らないし、彼らにしても彼女のことなどまったく知らない。しかしディケンズは彼女を滑稽な人物として描いている。それで私はディケンズと議論中でね。マイモニデスは身近にある慈善のことを語っているとディケンズは言うんだ。そしてミセス・ジェリビーには慈善をおこなう資格がないとも言っている……ちょっと興奮しすぎたかな？」

メグは沈黙した。ピーターが経験してきたあらゆる種類の沈黙のなかで、メグのがいちばん気に入っている。メグの沈黙は、ピーターの母親のように落胆しているからではない。彼が求愛した女性たちのように退屈しているからではない。彼に校長職を与えられなかった調査委員会のメンバーのようにきまりが悪いからではない。夕方の補習授業の生徒のようにまどろんでいるからではない。脳卒中を起こしてから口が利けなくなった伯母のように恐ろしげなものではない。

「その作業を楽しんでいらっしゃるみたい」とメグはようやく言った。

「ニンジンの皮剝きのことかい？」笑いながらピーターは言った。ふたりで——というか彼が——話しているあいだずっと、彼はニンジンの皮を剝いていた。

「ディケンズとマイモニデスについて考えることを」とメグは言い、「ディケンズの小説のなかにマイモニデスの八つの階級を見出すことを」今度は注意深く言葉を選んで言った。「それは……すてきなことに思えるわ。先生がディケンズにお詳しいのは知ってましたが、ユダヤ教に関心がおありだとは知りませんでした」

「ユダヤ教には関心がないね。ユダヤ人にしか関心はない。ユダヤ人はとても複雑だよ……」

「そうでしょうか」メグは曖昧な返事をした。

「ずっとそうだった」戦争直後のハーバード大学で、頭のいいクラスメイトがみなユダヤ人であることにピーターは気づいた。彼らはスウィフトの奇怪さとジェイン・オースティンの純情さに精通していた。中世英語をマスターするなど、ヘブライ語を学んだ後では朝飯前だった。シェイクスピアの作品はミドローシム（古代ユダヤ人の旧約聖書の注釈）の延長のようなものだった。優秀なユダヤの学生と話をするたび、ピーターは驚嘆と嫉妬を覚えた。これまでメグはどんな出会いに耐えてきたのだろう。ディナーパーティでの議論か。偉そうに誘惑しようとしてくる男たち……そこにメグの夫が屈託のない表情で、中学を首席で卒業したときのような落ち着いた態度で入ってきた。彼は満面の笑みを浮かべて両腕を大きく広げた。

三人の子供がジャックの後ろで跳びはねていた。男の子がふたりに幼い女の子。弟の髪の色は窓辺に置かれたカボチャの色によく似ている。この髪の色はわたしのほうの家系なの、とメグは言ったが、彼女の滑らかな髪は茶色だ。三人の子供は気さくにピーターに挨拶した。この前ピーターに会ってから二、三日しか経っていないかのように。一時間以上かけてバスや路面電車や電車を乗り継いできたのではないかのように。いつもここで暮らしているかのように。いつか本当にここでいっしょに暮らしてくださいね、とメグは一度ならず言った。三階の部屋は、彼が引退後の生活から引退したときのために確保してあった。

昼食後、三人の大人は林檎の木の下でホットサイダーを飲みながら子供たちのことを話した。

「やる気のない子供たちだよ」とジャックが言った。「いつだったかネッドにチェスを教えようとしたら、難しすぎるよ、チェッカーのほうが好きだ、なんて言うんだ」

メグが口を挟んだ。「チェッカーのほうが好きな人は大勢いるわよ」

「おいおい、メグ。私立学校に通わせているんだよ。この古い家だってあの子たちのために維持しているわけだし」ピーターにはよくわかっていた。ジャックはそのことに不満を抱いているのではなく、自慢に思っているのだ。

「毎日、通勤に二時間もかけてね」とメグが言った。

「そうさ。だからあの子たちはすべきなんだ」

「すべきって、なにを?」メグが笑いながら訊いた。

「チェスをさ」ジャックも笑いながら言った。「先生はどう思います?」

「なにについてだね?」

「三人の手に負えないわからず屋について。私立学校の教育の価値について。田舎での生活について」ジャックは息を深く吸い込んだ。何代にもわたって農夫や牧師はこのような嬉しそうな深呼吸で自分の思いを表してきた。この家はジャックの一族がずっと所有してきた。祖先のひとりがこの家を建てたのだ。百年前、その人物は息子や作男たちとともにこの地を耕したのだろう。そして彼らは成功し、金も貯まった。当然のごとく、息子たちはハーバード大学に行った。いまジャックは学校長として毎日へとへとになるまで働かなければならず、子供たちは港湾労働者や駅の荷物運搬人の孫たちと競っていい大学に行かなければならない。その競争で勝利をおさめるために、メグは毎朝ケンブリッジの学校まで子供たちを車で送り、夕方迎えに行く。その合間にケンブリッジでプログラマーの仕事をしている。

ピーターが言った。「家はそれ自体が報酬だと思うよ」

庭の石壁は午後の陽射しを受けて赤く輝いていた。キッチンの窓が水面のようにきらきら輝いている。咲き誇る薔薇は柔らかな炎のようだ——去年は感謝祭になっても一輪か二輪がまだ咲いていたことをピーターは覚えていた。玄関まで続く小径には百日草とアスターの花が満開になっている。ここは帰りたくなる家だ。レン家の子供たちが家のなかでテレビを見ているとは、救いようがないとは思わないが、いかにも悲しい。メグの慎み深さとジャックの多忙さは、彼らの子供にはたいして役立っていないのかもしれない。

「子供は平均値《ミーン》になっていくものだよ」とピーターは言った。

「さもしく《ミーン》て質が悪い」とジャックが言った。

「ジャックとわたしのあいだの平均ということですか」

「彼らの世代の平均値だ」とピーターは笑いながら言った。

「避けられないものなんですか」と言ったメグは、笑ってはいなかった。

　ピーターは車の運転が嫌いで、車を持たないが、ここで暮らすようになれば、車で子供たちの送り迎えをしてもいいと思っている。そうすればメグは家で仕事ができる。プログラマーとしての彼女の技能は高く評価されている。会社側もそのくらいの優遇はするだろう。最近ではそうしたことが可能になった。そしてピーターの伯母の使い切れない遺産も、三人の子供に引き継がれるだろう。

　朝になると、コングドン通りに住む子供たちは、年長の子が年少の子を引きつれて登校していった。いちばん幼い子も旅行用のバックパックを背負っていた。その後を数人の母親が口出しをせずに用心深くついていった。母親たちは交替で監視役を務めているのだろうか、とピーターは思った。日中の危険は道路に潜んでいる。ピーターも窓から子供たちの様子を見守った。新聞を買うために早めに外に出たりすると、子供たちに囲まれることがあった。小柄なアジアの子と中央アメリカの子たちはピーターのために道を開け、彼の後ろでまた集団に戻った。自分がメイポールになったような気がした。子供たちはさまざまな色合いのコーデュロイを着ていた。可能性に満ちたこの国でこの子たちはどうやって暮らしていくのだろう。カンボジア人の建物の管理人N・ゴードンは、建物の管理を怠っているということで裁判所に訴えられた。管理できないのは彼のせいではない、と彼の弁護士は反駁した。この建物には人が多すぎる。カンボジア人は又貸しに継ぐ又貸しをしているのだ、と。

ピーターは毎日外に出た。いまではゆっくりと歩く白髪の老女たちの何人かと顔見知りになり、彼女たちに微笑みかける。彼はたいていダウンタウンの中央図書館を利用する。ディケンズとサバタリアンについて書かれた本と、ディケンズとユダヤ人について書かれた本を読む。ときどきかつての同僚や生徒と昼食をとる。午後の映画館に行き、後ろの席に座って長い脚を前の座席に載せる。友人の家で夕食をとったり、家で健康にいい料理を自分で作って食べたりする。

レン家は、ハーバード対イェール戦の後の日曜日の午後に、年に一度のパーティを開いた。メグが身内やピーターの手を借りて自分で料理を作ってもてなした。チェダーチーズパフを焼いた。サラミを筒状に丸め、ヨーグルトの器の縁に生野菜をきれいに並べた。ピーターは、伯母のところにいた料理人がトライフルを夢中で作っていたことを思い出した。層を重ねるにつれてまずくなっていった。メグの作るカナッペは少なくとも美味しかった。

この朝ピーターはキッチンのカウンターに立ち、四角い小さな黒パンにフィッシュペーストを塗りつけながら窓からの眺めを堪能していた。唐檜《とうひ》の木を見るとクリスマスを思い出す。彼の隣ではメグがキュウリを切っていた。ジーンズをはいたふたりは、ともにしなやかな体つきをしている。彼がメグの兄であってもおかしくなかった。

　パーティの参加者はいつものように多彩な顔ぶれだった——地元の上流階級の人々、昔からの友人、同僚、ジャックのずっと年上のふたりの従姉。それに子供たちの通う学校の親たちが加わったが、そのなかにとても有名なユダヤ人がふたりいた。ひとりはテレビのコメンテイターもしている心理学者、もうひとりはピーターのかつての隣人ジェロニマス・バロンだ。ふたりの妻は別段魅力的というわけではなく、自信に満ちているだけだ。一世代前のユダヤ人の妻はきちんとした身なりをし、洗練され、生き生きとしていたものだ、とピーターは思った。ところがいまではみな医療関係者になっている。このような面々とはつきあえるものじゃない。

　ピーターはこのパーティでは人気者だった。人々はピーターのことをよく覚えていた。メグの友人で夫に捨てられた女性は、食料保存室でピーターの肩に顔を埋めて泣いたことがある。その夫婦が元の鞘におさまったことを知った。レン家のかかりつけの歯科医師は、ディケンズの熱烈な愛読者だと自惚れていたが、『オリヴァー・ツイスト』しか読んでいないようだった。ジャックの従姉はピーターを尊敬していた。「もっとたびたび会ってお話ししたいわ」と言った。

「そうなるとすてきでしょうね」とピーターは応じた。

「ペギーに会う手はずを整えてもらいましょう」ペギーだって？（メグ、ペギーはマーガレットの愛称）

「幸せな家族はみな同じじゃない」とだれかが間違って言った。

「監視するより憐れむべきですよ。彼女は覗いてまわっていい気になっている」このお調子者はだれだ？　ああ、テレビに出演している心理学者だ。そしていつの間にかピーターの横にジェロニマス・バロンが立っていた。いったいいつからそこにいたのだろう。

「またお会いできて嬉しいですよ、ミスター・ロイ」

「ピーターでいいですよ」とピーターは言った。「あなたが今日来るとは知りませんでしたね、ジェロニマス。あなたは虎のように足音をまったく立てないんですね」

「企業乗っ取りのときもそんなふうにやるんでしょうね」と従姉のひとりが言った。

「さあ、どうでしょう」ジェロニマスは言った。彼はどんな質問をされてもできるだけ正確に答えるのを信条にしていた。そのために従順な雰囲気が漂っていた。「あなたを乗っ取るつもりはありませんよ、ミスター・ロイ――いや、ピーター。ですが、私のスタッフとして参加してくださったら嬉しい。あなたほど頭脳明晰な思索者はいない、とマーガレットは言っています」

マーガレットだって？　ジェロニマスは両手をポケットに突っ込んだまま、ワインのトレイを持って通り過ぎていく少年に慎み深い笑みを浮かべて断った。従姉たちは、このゲストの禁欲さを埋め合わそうとするかのようにグラスをふたつずつ手に取った。物静かなこの大金持ちは何歳なのだろう、とピーターは思った。四十くらいか。この男を真っ裸にし、なにも与えずに文明のない島に送り込んだとしても、五年後には島民の王の片腕になっているだろう。マイモニデスは記録的な速さで宮廷医になったが……。「ほかにマーガレットはなんと言っていました？」

「ペギーは口数が少ないわね」と従姉のひとりが言った。

「静かな川ほど底は深い」ともうひとりの従姉が言った。

「彼女と私は奨学金委員会の委員をしているんです」とジェロニマスは言い、それで話題が少数民族出身の新入生のことになった。つい最近、ピーターは以前勤めていた寄宿学校から送られてきた会報を読んだ。サウス・ブロンクスの少年をふたり入学させたという。上質なベラム紙の会報にこれほど不幸せそうな生徒の顔が載ったのは初めてだった。それを「罠」とピーターは呼んだ。ジェロニマスは耳を傾けた。

その翌朝メグは、子供たちを学校に送りがてらハーバード・スクエア駅まで車でお送りします、とピーターに言った。ピーターは一家の日課に自分が組み込まれたことが嬉しかった。車の列は弧を描いてのろのろと進んだ。車から子供を降ろせるのは一度に一台だけだった。車から降りる子供たちは裕福な浮浪児の顔つきをしていた。スキー用のセーターを着ているメグは裕福には見えなかった。健康そうだった。「ジャックが毎日長時間車を運転していることを考えると」メグは校舎を後にすると言った。「博士号を取れないのも無理はないと思うの。だって高速道路で時間を浪費しているんですもの。お抱え運転手を雇うべきじゃないかとときどき思うわ。そうすれば二時間は研究に没頭できるでしょう。後ろの座席に座ってラップトップを使って。おかしなことかしら？」

「とんでもない。革新的な考え方だね。ジェロニマス・バロンが考えつきそうな解決策だ」

「そう？　でもジャックは聞く耳を持たないんです」

「急かさないことだよ」ピーターは心配そうなメグの横顔をちらっと見た。「ジャックの頭は柔軟だよ」しかしそれは嘘だった。ジャックは柔軟な頭の持ち主ではなかった。柔軟な考え方ができるのはピーターのほうだった。中年以降に、絶望的で悲惨な思いを味わってからようやく柔軟に物事を考えられるようになった。それを誇りにしている。大切なものは歳を取ってから手に入れるのがいちばんいい。マイモニデスが最初の結婚をしたのは中年になってからで、それから息子を授かった。メグは思いやり溢れる妻のような笑顔をピーターに向けた。「アパートメントまでお送りできればいいのだけど、これから会議があって」

「図書館に行く用があるからここでいいよ」またピーターは嘘をついた。

メグはハーバード大学の門の近くに車を寄せた。ピーターはドアを開けた。

「では《マイ・ディア》」と彼は言った。

「ではまた《マイ・ディア》」とメグは魅力的に言った。彼女はピーターが車から降りてドアを閉めるのを待った。そして走り去った。

十二月のある夜。カンボジア人の住む建物でぼやがあった。ある女性が、ガスコンロが壊れたのかガスの供給がとまったのか、キッチンの床で間に合わせのバーベキューをしたのだ。損害はわずかだったので引っ越さずにすんだが、それでも建物の住人全員が一時間も、難民だったときのように一かたまりになって通りに立っていた。消防署員が建物に入る許可を出すといっせいに中に入っていった。窓からそれを見ていたピーターは何人かここに呼んで紅茶でも饗しようかと思ったが、いったいあの中のだれを呼べばいいのかわからなかった。キルトの部屋着を着たメグがそばにいてくれたら、と心の底から思った。

クリスマス前の金曜日の夜。電気仕掛けの蠟燭が弱い光を投げかけている窓もあったが、そろいのブリーフケースを持った、希望に満ちた若いカップルは、樅の木をリビングルームに据え付けると山の保養地ストーに出かけていったので、ツリーの電飾は消えていた。通りのほかの家は静かだった。ピーターのアパートメントだけが例外的に輝いている――彼は金曜日の夜が大好きで、職を離れてからだいぶ経つが、いまも金曜の夜には週末の開放的な華やいだ気持ちになる――が、ジャック・レンが身を震わせながらやってきて部屋の温もりを奪っていた。学校長のジャックはクリスマス休暇前にすべてを手抜かりなくこなすために遅くまで学校に残って仕事をし、それから道路の渋滞に耐えて真っすぐにボストンに、ピーターのところにやってきたのだ。着いたのは七時だった。いまは八時をまわっている。ピーターは馬鹿のひとつ覚えのように料理を食べていくよう勧めた。ジャックはそのたびに断った。すぐに家に帰らなければならないから、と言い続けた。ジャックとメグはまだ別居はしていない。子供たちにはなにも告げていない。いまだに夫と妻だ。メグが家で待っている。「信じられないよ」とジャックは言った。

言うまでもなく見苦しい、とピーターは思った。それに信頼できない。ジェロニマス・バロンは自分の妻とどうやって別れるつもりなのか。しかしその答えはわかる。ミセス・バロン――厳密に言えばバロン博士――は免疫学の権威だ。科学者の多くは彼女とお近づきになりたいと思っている。ジェロニマスも彼女のことが好きらしい。ふたりの結婚生活は申し分のないものだったのだろう。別れても友人としてつきあっていけるだろう。

しかしレンの子供たちはどうなる？　ピーターはそう自問して狼狽《うろた》えた。できのいいバロンの子供たちと別荘やヨット――それどころか、テントや屋外便所になりそうだ――を使わざるを得ないような状況になって、どうやって暮らしていくのだろう。いや、もしかしたら、バロンの子供たちも、平均値に向かっているかもしれない。ユダヤ人の子供とて、ほかの子たち同様、メンデルの法則に支配されているはずだ。ユダヤ人は……。

ジャックが言った。「あいつらはわれわれの仕事を奪い、金を奪い、学校での地位を奪った。町を乗っ取った。今度はわれわれの女たちを乗っ取ろうとしている」

「家は奪えない」とピーターは小声で言った。「われわれの家をすべて奪えるわけじゃない」

「メグはあの家を好きじゃなかったんだ」

「ジャック、それは違うぞ。メグはいまはそう言っているかもしれないが、それは――」

「彼女はいつもそう言っていたんだ」ジャックは窓に鼻を押しつけた。彼の子供がそうしていたように。「できれば片田舎のスキップフロアのある家で暮らし、子供を公立の学校に通わせたいって。いまではそうしておけばよかったとつくづく思う。村の公立学校のPTAならジェロニマス・バロンみたいな奴に会うこともなかった」

ピーターは同意せざるを得なかった。つまり、メグとジェロニマスは運命の糸で結ばれていたということだ。彼女は以前にこう言っていた。上流階級に入りたかったわけじゃない。わたしはお上品な人間じゃないもの、単純なだけ。コンピュータを使いこなせても頭がいいわけじゃない。野心もないの。そのときピーターとメグは林檎の木の下にいて、そばでメグの娘が眠っていた。ピーターが口を開いて、この思いがけない打ち明け話を、誤った自己評価を否定しようとしたところへ、彼女の指がピーターの唇に押し当てられた。そして「ごく平凡な草原の娘にすぎないのよ」と囁いた。いまピーターは彼女の青い瞳とそばかすのある青白い顔の際立った美しさを思い出す。彼女がジェロニマスに感じたものは草原の愛であり、風のように抗しきれないものだったのだろう。

ピーターはジャックのかたわらに立って腕をまわした。励ますように抱擁されて、ジャックは背を伸ばした。

「メグを忘れることはできないだろう」とピーターは言った。「しかし怒りはやがて消える。悲しみもだ」

「わかってます」とジャックは言った。ジャックと結婚するのはどんな女性だろう、とたいした興味もなくピーターは思った。気だてのいい娘だろう。そしておそらくあの家を気に入る。しかし、その附属品の中にディケンズとマイモニデスのことばかり考えている元教師が含まれていることには納得しない。年に一度は招待されるかもしれない。ジェロニマスとメグは、おそらく再開発された地区の波止場が臨めるペントハウスで暮らすだろう。パーティのオードブルは仕出し屋がすべて整えるようになる。そのパーティの招待客リストに自分を入れてほしいものだ、とピーターは思った。

眼下の舗道では大きな男と娼婦のような格好の女が忙しなく歩いている。反対側の舗道ではふたりの男が言い合いながら歩いている。ブックバッグを家に置いてきたようだが、髭とパーカを見れば法学科の学生だとわかる。卒業したらここを離れていくだろう。おそらく、チャールズタウンかサウスエンドへ。希望に満ちた若いカップルは妊娠がわかったらあの懐古趣味の家を売って西の郊外に引っ越していくだろう。学生のアパートメントや夫婦の家はすぐに別の人々が住むようになる。家はだれが来ようと、来る者を拒まず相手にすべてを委ねる。猫はそうはいかない。猫は無関心なままだ。犬もそうはいかない。犬は忠誠心をなくさない。家は女によく似ている、とピーターは自分にそう言い聞かせた。そして、あえて女性嫌悪を心の中に呼びこんで定住させてしまえば、また何年か後にはあの人はずっと女嫌いだったとだれもが思うようになるだろう。

非戦闘員

The Noncombatant

「戦争が終わっちゃったら、あたし、看護婦さんになれない」と、いちばん上の娘が不満そうに言った。

「どうして?」リチャードは訊いた。

「だって戦いがなくなっちゃうでしょ」と娘は言って、彼のベッド脇で眉根を寄せた。娘が子供用に書かれたフローレンス・ナイチンゲールの伝記を読んでいることをリチャードは思い出した。この子は不毛なクリミア半島の野戦テントを回って、勇敢なイギリス兵士の世話をすることを夢に見ているのだろう。

「平和な時代の看護婦さんになればいいさ」リチャードは言った。「パパが手術を受けたときに助けてくれた看護婦さんみたいなね」実を言えば彼女たち、赤い腕をした、哀れみを隠さない看護婦たちは、なんの助けにもならなかった。癌は転移していた。リチャードは四十九歳だった。

「あの病院の看護婦さん、ちっともかっこよくなかった」妥協を知らない八歳の娘が言った。「戦争、終わっちゃう？」

「終わるね」ヨーロッパでの戦争はすでに終結していた。一九四五年七月の初めのいまは、アジアでの戦争も終息しつつある。ラジオのコメンテイターが嬉しそうにそう伝えていた。軍人たちはほっとした表情を浮かべている。リチャードの一家がこのケープコッドの小さな町にやってきたのは三日前のことだ。その日の午後、妻のキャサリンが食料品店でパンと牛乳を買うために車を降りたとき、若い帰還兵がふたり、戦場を離れた解放感からか中学生のようにはしゃいで彼女に口笛を吹いたのを、リチャードは車の窓から見ていた。

いまではもう兵士の飢餓感を共有することはできないが、理解はできた。木綿のワンピースを着たキャサリンは、実際とても可愛らしかった。眉間で歩哨に立っているかのような二本の皺が、優しい大きな茶色の瞳を引き立てている。クエーカー教徒として育てられた彼女は、子供のころに身につけた落ち着きを失っていない。彼女はリチャードより十五歳年下だった。

下のふたりの娘はキャサリンに生き写しだ。戦争が続くことを願っている上の娘はリチャードに似ている。三白眼で、透き通るような肌をしている。「軍隊の看護婦さんになれないなら、お医者さんになるもん。パパみたいな」と言った。

「それは素晴らしい夢だね」娘の顔は夏の陽射しですでに薔薇色に染まっているが、彼の顔は相変わらず砂のような色だった。

しかし、七月の二週目には顔色がよくなり始めた。闘病中につかの間の小康状態が訪れたかのようだった。ここに来てから鎮痛剤の量を減らせるようになっている。それで敏感になった。気分よく目覚めることはないが、午前十時にはいま住んでいる貸家の網戸を取りつけたポーチで、多少は楽に過ごせるようになった。ねじ曲がった低木の下で遊ぶ子供たちを眺めた。入院中に届いた手紙の返事を書いた。キャサリンが軽やかに話す声に耳を澄ました。彼女はポーチの彼のそばで洗濯物を分けたりじゃがいもの皮を剝いたりジグソーパズルの盤に屈み込んだりした。

午後になると、キャサリンは決まって子供たちと浜辺に行った。リチャードは妻と娘たちの姿が見えなくなるまで見送り、それから病室に変えられたリビングルームに戻った。ここにベッドが据えられたのは、バスルームが一階にしかないからだ。バスルームが近くなったとは言え、間に合わないときもあった。浜辺から戻ってくるキャサリンたちを彼はポーチで出迎えた。キャサリンが三歳の娘を抱きかかえていることもあった。彼女は上の娘に、裏に行って足をよく洗いなさいと言った。「あまり騒いじゃだめよ。ヘイゼルトンさんに迷惑がかかるから」

たいていヘイゼルトンさんは留守がちなので、迷惑をかけることはなかった。小屋の横に自転車が立てかけられていなければヘイゼルトンさんは留守だった。それは娘たちにもわかっている。母屋を貸し出したヘイゼルトンさんは裏の小屋に住んでいる。自転車がないとき、娘たちは（両親に語ったことだが）ヘイゼルトンさんの小屋の窓から中を覗いて、そこにある物についていろいろ報告した（後には聞いてくれる人がいればだれにでも教えた）。初めて娘たちがそれを報告した日のことをリチャードはよく覚えている。子供たち——八歳と六歳の娘——は競い合うようにして言った。

「ちっちゃな、ちっちゃな流し台と——」

「ベッドがいっこ。ふわふわな、あれは毛布？」

「掛け布団ね」察しのいいキャサリンが言った。

「やかんがあった。金かな？」

「銅じゃないかしら」キャサリンが笑顔で言った。

「揺り椅子。たんす。蛇みたいな柄の敷物」

「……ああ、ブレイド模様ね」

「黒いストーブみたいなの。ずんぐりした」

「そこで子供を煮ちゃうんだぞ」リチャードがからかった。

「あのねえ、パパ」上の娘がそう言うと、二番目の娘が「あの人は魔女じゃないもん」と言った。しかし下の娘は泣き出した。でもその子はなんにつけよく泣いた。「ヘイゼルトンさんはいい魔女なんだよ」とリチャードは言った。


しかしリチャードとキャサリンが知る限り、ヘイゼルトンさんがひどく邪悪な魔女であってもおかしくなかった。ふたりが知っているのは、彼女がつい最近夫を亡くしたことと図書館で働いていることくらいだ。背は高くほっそりしている。リチャードと同い年くらいに見える。白いものが交じった髪は、嵐の中を橋の上で立ちつくしていたような乱れ方をしている。軍の支給品のズボンと男物のシャツを喉元を開けて着ていた。

「たんすの上に絵があった」娘たちがリチャードに告げた。

「どんな絵？」彼は気だるげに尋ねた。

「ほら、パパ、人の顔がうつってるやつ」

「写真、かな？」

「うん、そう」二番目の娘が言った。「男の人たち。帽子、被ってた。サイバーのついたの」

しばらくして彼は「サイバーって？」と言った。

「バイザーのことでしょ」上の娘が説明した。

母屋を貸しているあいだヘイゼルトンさんが住んでいる小屋には、部屋と窓がひとつずつしかなかった。小屋は裏庭の北東に建っていて、母屋とのあいだにはトマトや豆、レタスが育つ家庭菜園が広がっていた。「わたしたちが家に戻った後に、ここにはキュウリができるし、しまいにはカボチャができるわ」キャサリンはそう言って、野菜がたくさん育つ未来を思い描いて顔をほころばせた。ヘイゼルトンさんは籠に入れた野菜を母屋の裏口の階段に置いていく。一度、彼女が四つん這いになって草むしりをしているのを見かけた。大きすぎる軍帽を被っていた。一家はときどき、彼女が朝出かけていく姿や夕方帰ってくる姿を目にする。しかしたいていは、下の娘が眠りに就き、ほかのふたりが本を抱えてベッドに入る夜の九時までに自転車が戻ってくることはない。ときどき夜遅く、リチャードが最後に飲む薬の時間になるのを待ちながらベッドで本を読んでいると、自転車のタイヤが固い土を擦っていく音が聞こえた。彼は本から目を上げ、別の音が聞こえてくるのを待った。やがて小屋の扉が閉まる音がした。

七月の三週目にはだいぶ気分がよくなって、夕食前に大通りまで歩いて往復するのがリチャードの日課になった。最初はふたりの娘に挟まれて歩いた。ある日、いちばん下の娘も、旧式の乳母車に乗せていっしょに歩いていった。その乳母車だと、子供は親と向かい合う形になれるし、親は愛らしい褐色の瞳とアラベスクのような唇を見つめていられた。それ以来彼は、妻にうりふたつの幼い子を必ず連れていった。

七月の終わりには、一日に二回散歩するようになった。一回目は夕食前に三人の娘とともに。そして二回目はひとりでサーチライトに照らされた空の下を歩いた。ひとりで歩いていった初めての夜、町の中にあるピンク色のアイスクリーム・パーラーに立ち寄った。仕事帰りの女性たちが小さな丸テーブルを囲んでいた。女性も子供も巨大なサンデーを食べていた。体の中の止むことがない痛みの火が、ぱっと燃え上がった。ハーレムのようなパーラーの雰囲気のせいだと思った。

その翌日の夜にはバーに入った。あまり飲める口ではなかったが、飲むとたちまち気分がよくなった。店の壁ははっきりしない色だった。暗がりのブース席には軍人や一般人も座っていた。ラジオが太平洋からのニュースを伝えていた。リチャードは隅に座り、一杯のビールを長い時間をかけて飲みながら、痛みの度合いを測った。痛みはひどくなっておらず、慈悲深くなれることを誇示しているかのようだった。大通りに出ると相変わらず人通りは多かったが、家のある通りは暗かった。途中、生育の悪い松の木の陰で小便をした。

キャサリンは、夫の息がビール臭いのがわかると笑った。「飲んべえね」

「お祝いをしたのさ」

「それはなにより!」彼女は柔らかに歌うように言ったが、ふたりのあいだにはそれとは異なる思いが漂った。わたしたちに祝うようなことなどあるのだろうか。

訪問客があった。最近除隊したバニース・バスがやってきた（リチャードは軍隊が好きだった。あのままでいれば今頃は少佐になっていただろう。とはいえ軍隊は、適齢を過ぎた病気持ちの医師など求めていなかった。寛解していたとしても、身ごもった妻がいる医師に用はなかった）。

マッケチニー夫妻と四人の子供が、ガソリンの配給切符を惜しげもなく使ってプロビデンスからやってきた。配給はもうじき終わる、ということでみなの意見が一致した。キャサリンはレンジの後ろの缶に使用済みの食用油を捨てずに取っておいたが、間もなくそんなことをしなくてもよくなるだろう。「戦争が終わったら私の闘いが始まるな」ポーチでリチャードはマックに言った。

「コバルトか」マックは即座に言った。

「ああ。コバルト治療をするつもりだ」リチャードはため息をついた。試験薬の治験を受けるつもりだが、偽薬《プラセボ》のグループに入らなければいいが、と思った。

雨が降っていた。ふたりの妻は娘たちを連れてベティ・ハットンの映画を観に行った。マッケチニー家の男の子たちは静かにジグソーパズルと格闘していた。雨の猛襲を受けて木の枝が揺れ、葉擦れの音がした。遠雷が聞こえ、船の警笛が聞こえた。小径を通りに向かって音も立てずにペダルを漕ぐ人影があった。レインコートもレインハットも身につけていなかった。ずぶぬれの頭を高く上げ、嵐に向かってひたすら自転車を漕いでいた。少なくとも嵐にだけは愛されているとでもいうように。

バーテンダーは気さくな男だった。三、四人の常連客も礼儀正しかった。彼らの話は決まって、戦争はいつ終わるかというものだった。いったいおれたちはいつまで待たなくちゃならん？　あとどれほどの人が死ななきゃならんのだ？　元気のない痩せた夫婦が中央のブースに陣取っていた。陽気な中年女性たちは店の奥のテーブルを占領していた。ひとりは人工的にカールした黒い髪。別のひとりは総身を赤で飾っていた。三人目は女の色香を発散していて、リタ・ヘイワースの伯母役でも演じられそうだった。ある晩、彼女たちが新顔を連れてきた。乱れた髪をし、男のような服を着ていた。リチャードはバーの反対側から会釈した。ヘイゼルトンさんが会釈を返した。

ふたりは次に会ったときも会釈を交わしたが、毎日交わしたわけではない。彼女がバーに来るときもあれば来ないときもあった。

リチャードの兄の一家が来た。ふたりの家族は仲が良かった。兄の子供たちは、叔父が重い病にかかっていることを理解できるほどの歳になっていた。思いがけないことが起きた。昼食のあとで、リチャードの二番目の娘が木から落ちたのだ。彼女はしばらく気を失っていた。リチャードの兄も医師だった。兄が丹念に調べて——リチャードとキャサリンは不安げに手を握りしめていた——怪我はしていないと言った。しかしだれもが狼狽えた。それから、夕食の前に冷蔵庫の下に水たまりができているのを見つけた。食品は傷んでいなかったが、庫内は温かくなっていた。キャサリンはヘイゼルトンさんの小屋の扉を叩いた。返事はなかった。それでふたりの妻が料理を作った。九人がポーチでサラダとホットドッグとトウモロコシを食べているとき（「バターはもともと溶かそうと思っていたのよね」と二番目の娘が言った）、ヘイゼルトンさんが自転車に乗って通っていった。「帰ってきた！」娘たちが競い合うようにポーチを飛び出した。

言うことをきかない召使いをうまくあしらうのが魔女の資格であるのなら、ヘイゼルトンさんは本物の魔女だった。リチャードはキッチンの戸口から見ていた。キャサリンは食卓の椅子に座って見ていた。ヘイゼルトンさんが下にある扉を開けると冷蔵庫の内部が現れた。彼女はその前にしゃがみこみ、手を入れて何かを捻り、何かを引っ張った。たちまちブーンという音がして機械が動き出した。彼女はキャサリンに来るように合図した。ふたりはいっしょにしゃがんで冷蔵庫を調べた。なぜ説明をする相手にキャサリンを選んだのだろう、とリチャードは訝しく思った。ここでの指揮官はぼくではないのか？　ふたりの女性——優美な若いほうは水玉模様のワンピースを着て、角張った年配のほうは死んだ夫の服を着ている——は立ち上がると向かい合い、それからふたり揃ってリチャードを見た。一瞬ふたりが実際より大きく見えた。真面目な受容者とその無慈悲な姉である拒絶者に。すぐにもとの人間に戻った。愛らしいキャサリンと、ガスの炎のように青い目で彼を見つめる裏庭の未亡人に。

八月が始まった。痛みは弱まった。騙されはしなかったが、その小康状態を生かすことにした。ある晩ベビーシッターを雇い、妻とふたりで映画を観に行った。別の晩には外でふたりだけで食事をした。キャサリンの魅力に心乱された。彼女と暮らし、子供たちに恵まれ、いい職業に就けたとは、なんという幸運な人生だったのだろう——それでもなお、この素晴らしい人生を捨ててでも生き長らえたかった。洞窟に隠れても、裏通りを這い回っても、牛のように鋤をつけて働いてもいい。生き長らえるためならなんでもする。

八月六日、バーのラジオが広島のニュースをがなりたてていた。大勢の常連客が拍手喝采をした。みな酒を囲んで乾杯を繰り返した。ヘイゼルトンさんは仲間の女性たちから顔を背け、リチャードを見つめた。彼女の両手は膝の上に置かれていた。そこに紐で結びつけられてでもいるかのように。

八月九日に長崎が破壊されたニュースが流れた。ヘイゼルトンさんはバーにいなかった。リチャードはすぐに店を出た。家ではキャサリンがラジオのそばで編み物をしていた。彼女は見開いた目をリチャードに向けた。「恐ろしいこと」と彼女は言った。

「戦争とはみな恐ろしいものだよ」彼はキャサリンの足許に座りこんだ。「この爆弾で戦争が終わり、多くの命が救われるかもしれない。そのためには仕方がないことだ」ふたりは、ラジオから流れる得意げな声に耳を傾けた。

それから数日のあいだに町は、日本からのニュースを尋ねあう民間人と兵士たちで溢れ返るようになった。長崎の爆撃の翌日、リチャードと娘たちは人でごった返す大通りの舗道を進んでいくことができなかった。くしゃくしゃの緑青色のサンドレスを着た見知らぬ女性が乳母車に屈み込んで、下の娘に感情のこもったキスをしたが、あっという間のことだったので娘は目を見張るばかりで泣くこともできなかった。

キャサリンが、浜辺はぎゅうぎゅうよ、と知らせてきた。八月十一日には、うるさくがなりたてる飛行船が海の上空をゆっくりと移動していき、うっとり見つめる子もいれば怖がる子もいた。飛行船はゆるゆると西へ向かって進んでいき、姿を消した。そのあいだに新しい屋台が現れた。綿菓子屋が大きな丸い金属製の桶から綿菓子をすくいとった。子供たちには初めて見るものだった。家に帰ってきた子供たちの頰には、鮮やかなピンク色の筋が網目のように付いていて、酔っぱらいの赤ら顔そっくりだった。

八月十三日、バーは満員で、空いているスツールがなかった。立ち飲みをするしかなかった。痛みは再び強くなっていた。痩せた年配の夫婦が見知らぬ人々といっしょにブース席に座っていた。バーテンダーはてんてこ舞いだった。バーテンダーの息子も手伝っていた。十代の痩せた少年で、彼がカウンターの向こうにいるのは法律に反することだった。

八月十四日の午後、リチャードは落ち着かない気分だった。家族が浜辺に出かけていったあと、大通りまで歩いた。バーは開いていて、中には常連客全員がいた。バーテンダーの親子が取りつけた黄褐色とピンク色の布テープが、天井の真ん中から垂れ下がっていた。捻られてたわまされた布の端が、壁の上部にピンで留められていた。祝いの飾り付けは下着のような色のせいで見るも無惨だった。
「赤と白と青のテープは売り切れだったんだよ」とバーテンダーが言った。何本かのテープが切れて、蠅取り紙のようにぶら下がっている。店内はますます混み合ってきた。七人から八人がひとつのブースに入っている。威勢のいい女性たちはすでに店の奥におさまり、男たち――ふたりの将校と海兵隊の制服を着た男――と知り合いになっていた。そのなかにヘイゼルトンさんの姿はなかった。
店の空気が息苦しかった。リチャードはグラスを持って入口に向かったが、引きも切らず出入りする人たちにぶつかり、とうとうグラスを持って通りに出た――これも法律に反する行為だ。水兵がおおっぴらに女性の胸を愛撫していた。仲間の三人がベンチに腰掛けて一本の酒瓶を飲みあっていた。水兵たちは、通りを挟んだ真向かいの公立図書館の正面で、この違反行為を堂々とおこなっていた。ウールワースの建物の――この町で唯一の三階建ての建物だ――三階の窓に大勢の人々が群がり、紙吹雪を投げていた。カードショップは騒々しい陽気な客で溢れていた。煙草店、ドラッグストア……。

どこかで爆竹の音がした。すると次々に爆竹が弾ける音が聞こえてきた。そうするうちにもバーの喧噪は大きな唸り声となった。「勝利だ!」という声。「打ち破った!」という声。「降伏した!」。大きな笑い声が弾けた。教会の鐘が鳴りだした。町の西の外れにあるエピスコパル派の教会からも、東の外れにある会衆派の教会からも。自動車の警笛が騒がしく鳴っているが、道路を走る車は一台もない。通りに人が溢れているからだ。あらゆる体格の、あらゆる年代の、あらゆる服の色と髪の色をした人々がいた。歌を歌ったり、叫んだり、抱擁したり、泣きわめいたり、ひとりで、ふたりで、三人で、集団で踊ったりしている人々がいた。アコーディオンを弾いている人。トランペットを吹いている人。軍用トラックが一台、脇道から大通りに鼻を突き出してから、バックし、見えなくなった。次に兵士の一団が到着した。どんちゃん騒ぎを収めるためではなく、それに加わるためだった。なぜならとうとう戦争は終わり、だれもがその栄誉の一員だからだ。リチャードの目の前を、小さな男の子が泣きながらひとりで歩いてきた。するとたちまちだれかに抱き上げられた。おそらく母親だろう。警察は留置場の扉を開け放ったのか。さっき鳴ったサイレンはそのためだったのか。リチャードはバーの窓にもたれた。半分ほど入ったグラスをまだ手にしていた。彼はシャツのボタンを外し、残ったビールをシャツのなかに空けた。ビールが胃の上に広がる。緩いウエストバンドの下まで垂れたビールが下腹部を冷やした。内側の炎は消えはしないが、少しだけ、ほんの一瞬、和らいだ。彼はビールのグラスをゴミ容器に投げ入れた。

通りを隔てた向かいにある食料品店から怒号と歓声が聞こえてきた。理髪店からも、歯科医の診療所からも。図書館の通りを走ってくる人がいる。ベンチに座っている三人の水兵の前を通り過ぎた——そのベンチにはいまや二十人もが座っている。いや、三十人だ。その女性は通りを斜めに横切り、酔っぱらいたちに目を留めることなく、彼のほうに走ってくる。髪が船首の像のように後ろになびいていた。

彼女は笑ってはいなかった。泣いてもいなければ叫んでもいなかった。喜びに顔を輝かせてもいなかった。激怒していた。怒りがようやく解き放たれたのだ。リチャードは脇を走り過ぎようとする彼女を抱き止めた。彼女は喘ぎ、緊張し、拳を上げて撲《ぶ》とうとした。そのとき相手がリチャードだとわかり、苦しそうに呻いて彼の腕のなかに身を投げた。ふたりは、狂ったこの国で勝利を祝い勝利に酔っている無数の人々と同じように立っていた。リチャードは自分の死が、彼女の怒りで、その激しい抵抗で食い止められるような気がした。彼女があたかも凶暴な新薬、実証されていない、試験されていない新薬、最後のもっとも危険な賭けでもあるかのような気がした。彼女は身を反らせ、一瞬リチャードを見つめた。青く燃えるその炎が、彼の額を、鼻を、顎を、そして再び額を舐めるように動いた。いや、もしかしたら、ほかの場所を見ないようにするためにそうしたのかもしれない。たとえばびしょびしょになったズボンを見ないために。そこが濡れているのが彼女にはわかったはずだ。それから彼女は顔を忙しなく左右に振り、その激しい拒絶の動きで髪が揺れた。それで彼女を放した。彼女はバーの中に飛び込んでいった。リチャードは家に向かってとぼとぼと歩いていった。体は濡れそぼっていたが、心はくじかれていなかった。いまはまだ、くじかれてはいなかった。

小《バ》さ《キ》な《ー》牛《タ》

Vaquita

「いつか必ず」と厚生大臣は秘書官に言った。「湖のほとりにある保養地に行けるように手配してね。縞模様のテントに泊まるの。免疫の注射が必要な子供たちをよこしてね。市長といっしょによく冷えたスペイン産ワインの瓶を真っ二つに割って、それから粉ミルクの缶が積まれた最後の貯蔵庫を爆破してやるわ……」

大臣はそこで話をやめた。秘書官のキャロラインは疲れているようだ。「キャロライン、明日わたしが視察に行くのは神に見捨てられた地なの？」と大臣は訊いた。

「カンポ・デル・ノルテです」という返答。「水は充分。下水は問題なし。コレラは心配なし。赤痢はときどき……」

マルタ・ペレーラ・デル・レフコウィッツ厚生大臣は報告をしっかり聞いて頭に入れた。顎がかすかに上がり、瞼は半分まで垂れて薄い色の目を隠している。新聞の諷刺画によく描かれる表情だ。政府を支持する新聞は、多少は精彩のある描き方をする――好奇心旺盛な雌牛に似せる――が、反政府系の新聞では、目の下の皺を強調し、くわえ煙草をした姿で、上着の襟には小枝の形をしたダイヤモンドのブローチが必ず描かれている。

「不穏な状態にありますね」キャロラインは続ける。

ペレーラ大臣が煙草を取りだす――一日五本と決めたうちの四本目の煙草だ。たいてい夕方のこの時間に、そこにいるだけで心が落ち着く秘書の前で煙草を吸う。白くて広い大臣室には、壁に美しい彫刻が施されている。そこに長方形の跡が残っているのは、最近まで絵画が飾られていたからだ。カーテンは集めたリボンを繋げたように見える。

「不穏というのは？」

「ある一家が国外に追放されました」

「どんな愚かな罪で？」

秘書はノートをめくって見た。「彼らが情報を漏らしたせいで、オーストラリア人記者がラテン・アメリカでの密輸入を暴く記事を書いたんです」

「恐ろしいことね。もうじき、われわれの金をロンダリングしているのはニューヨークだと言い出す人が現れる。先を続けて」

「そのほかはいつも通りです。栄養不良。栄養失調。不作。多産」

ペレーラ大臣は目を閉じた。授乳期間が長かったおかげで、この何百年のあいだ多産は抑制されていた。人口を一定に保っていられたのだ。ところが粉ミルクを使う世代が現れ、すべてが変わった。貧困家庭に毎年必ず赤ん坊が生まれるようになった。大臣は目を開けた。「テレビはあるの？」

「いいえ。ラジオが何台か。七十キロ離れた町に映画館が一軒あります」

輝かしい夢だ。「診療所が――必要としているのは？」

再びノートをめくる音。「注射針、手袋、脱水症対応用品、破傷風ワクチン、煙草……」

そのとき銃声が響き渡り、秘書官の声が途切れる。

大臣と秘書官は顔を見合わせ、しばらく黙りこくった。銃声はそれきり聞こえなかった。

「わたしが国外追放されるのも時間の問題ね」大臣が言った。

「ご自分で国を出ればよろしいんです」静かな声で秘書官が言った。

「そんなの牛のクソだ」とペレーラ大臣は言ったが、それはポーランド語だった。秘書官は次の言葉を待っている。「仕事をやり終えていないのに」大臣はふたつの言語を混ぜて言ったが、それは聞き取れなかった。「反政府組織はわたしをマイアミに追放するつもりでいる」彼女はスペイン語で、いつもの口調で言った。「ほかの大臣はみなマイアミに逃亡した。首相のペレス以外、全員がね。でもペレスはおそらくもう生きていない。彼らはわたしの家も欲しがるでしょう。ギダルヤを救い出してくれる？」ギダルヤは大臣の鸚鵡の名だ。「うまく救い出せたらね、キャロライン、次は厚生省を救うのよ。彼らはあなたに公共医療サービスの責任者になってほしいと頼んでくるわ。彼らが大臣に据えるのはろくな人間じゃない。でも、ここの仕事ができるのはあなたしかいないってことくらい、向こうもわかってるはずよ。あなたには主義主張があっても政治的思惑はない。だから引き受けるのよ」

「鳥を救え、責任者になれ、厚生省を頼む……ですか」キャロラインはため息をついた。

った。

「それでうまくいく」

それからふたりは省内の問題を話し合った——西の都市で医学生たちの反乱が起きている。不法占拠者のキャンプで両手のない女の赤ん坊が生まれ、聖人と崇められている。そしてふたりは立ち上がった。

キャロラインが言った。「明日の朝五時に、ルイスがお迎えに行きます」

「ルイスが？　ディエゴはどうしたの？」

「ディエゴは反政府側に寝返りました」

「あのごろつきが。でもルイスのニンニク臭い息には耐えられないわ——迎えは結構よ」

「付き添いは不可欠です」キャロラインはあえて言った。

「今回の付き添いは手錠を持ってくるかもね」

ふたりは形式的なキスを交わしたかと思うと、いきなり抱き合った。それから、ほとんど人のいない冷え切った建物を別々の出口から出ていった。キャロラインは裏口へと走った。そこに彼女の小型車が停めてある。ペレーラ大臣は、タイル張りのレセプション・ホールへ弧を描きながら下りていく壮麗な階段を使った。靴音が響いた。警備員が力を込めてオークの大きな扉を引き開けた。そして鉄の門を開けた。警備員はお辞儀をし、「お疲れさまでした、大臣」と言った。

髪を赤く染めたこの小柄な初老の女性はバス停でバスを待った。いつでも前年の流行として通用する襞のないスカートと対になったダークスーツを着ていた。ダイヤモンドのブローチが襟元で光った。彼女がバスに乗るのは人気取りだと思われている。むしろ、これは彼女の気晴らしなのだ。公用のリムジンの後部に座ると死体になったような気がする。しかしバスに乗ると、プラハで医学を学んでいた若いころの自分に、赤毛を三つ編みにしていた昔の自分に再び戻れた。六十年前には、路面電車に乗ってどこへでも出かけていった。カフェへ、恋人の住むアパートメントへ、ふたり目の恋人となったチェコ人の教授の家へ。部屋でカナリアを飼っていた。オペラを聴きに行ってスメタナに涙した。お金が足りなくなればクラクフにいる両親に手紙を書いた。それからナチが台頭し、戦争が始まり、パルチザンに入った。そして一年のあいだ、農家の納屋に一頭の牛といっしょに身を隠した。解放、難民キャンプを経て、船で「新世界」へ渡った。

彼女の経歴はその気になればだれにでも調べられた。少なくとも、年に一度はテレビかラジオのインタビューを受けた。しかし国民が主に関心があるのは、牛と過ごした日々のことだった。「納屋で暮らしていた時期のことですが、どんなことを考えていましたか」必ずそう質問された。「あらゆることを考えました」と答えるときもあれば、「なにも考えていませんでしたね」と答えるときもあった。粉ミルク製造会社に対する実りのないキャンペーンをしている最中には、「母乳で育てることですよ」とにこりともせずに怒鳴ったこともあった。国民は彼女を「ラ・バカ」――雌牛――と呼んだ。

今日はバスの到着が予定より遅れているが、革命派が再び勢いを増していることを考えれば、たいした遅れとは言えない。苦しげに呼吸する母親と首都の地に降り立ったときから、多くの革命勢力が台頭した。まずコーヒー戦争があり、次に将軍の反乱があり、それから……。バスが来た。乗客は半分ほどだ。彼女はドアの支柱につかまり、唸りながら体をぐいっと引き上げた。運転手は彼女のダイヤモンドに目を留め、中に入るように手で合図する。乗車券を見せる必要はない。

車内には熱気がこもっている。窓がすべて閉まっているのは、偶然飛び込んでくる迷い弾を怖れてのことだ。ペレーラ大臣は窓を押し開けた。ほかの乗客は文句を言わない。だから自宅に戻る途中、彼女は頬杖をついて外の匂いを好きなだけ吸い込むことができた。町の中心部のディーゼル燃料の臭い、公園のユーカリの木の香り、川の悪臭、日中開いていた市場で売れ残った柑橘類の濃厚な匂い、そしてようやく丘から漂ってくるハイビスカスの香り。銃弾が飛び込んできてバスが止まることはなかった。彼女は降車する前に窓を閉め、残りの五人の乗客に会釈した。

アパートメントに帰ると、ギダルヤは不機嫌に黙り込んでいた。ここを初めて訪れる人は必ず、彼女がどうしてこんな地味な鳥を――ギダルヤの羽はほとんどが茶色だった――ペットにしているのか不審に思う。「この子のラビのような賢そうな眼差しに惹かれたんです」と彼女は説明した。ギダルヤは普通の罵り言葉すら覚えなかった。かすかな怒りを表して「ギイ」と鳴くだけだ。「ただいま」とペレーラ大臣は鸚鵡に呼びかけた。鸚鵡は恨めしげな目で見た。籠を開けても止まり木から離れようとせず、胸の羽を啄《ついば》んだ。

彼女はパンを二枚焼き、パパイヤを薄く切り、ワインをグラスに注ぎ、それをすべてトレイに載せた。トレイを持って中庭に出て食事をし、煙草を吸いながら戒厳令下の町を見下ろした。川がわずかに見える。第二帝国橋と、装飾の施された支柱も見える。一キロほど北に広場がある。白い火山岩で造られた聖堂が投光照明でさらに白く輝いている。投光用の青白い光が、葉の茂る周囲の場所をちらちらと照らしている。鐘がかすかに鳴った。十時だ。

ペレーラ大臣は空になったトレイをキッチンに持っていった。リビングルームの明かりを消し、ギダルヤの籠をスカーフで覆った。「おやすみ、これが最後になるかもしれない」まずスペイン語で、次にポーランド語で言った。寝室に入り、襟元からダイヤモンドのブローチを外し、翌朝着る予定の上着に付けた。寝る支度をしてベッドに入ると、たちまち眠りに落ちた。

この有名な未亡人の過去のなかには、インタビュアーが聞きだせなかったことがいくつかあった。大臣は、若き日の思い出――医学研究を始めたことや左派の小さな新政党のために仕事をしたこと――を懐かしそうに語っても、妻子持ちの裕福な男に高額の中絶費用を出してもらったことには一切触れなかった。若きフェデリコ・ペレーラのことやふたりの蜜月のこと、彼が法曹界で重要な地位を占めていったこと、彼女の政党が勢力を増してさまざまな政党と連合を組んできたことは話した。夫の不貞については一切語らなかったが、フェデリコが新しい愛人を囲うたびに妻に贈った宝石のことで政敵が下品なジョークを言っているのは知っていた。ダイヤモンドのブローチ以外、みな模造品だった。

五十代で文化大臣に任命された。彼女のきめこまやかな保護のおかげで国立交響楽団と国立劇場は人気を博した。それを誇りにしています、とインタビュアーに語った。ソプラノ歌手のオリビア・バルデスとの友情も誇りにしていた。オリビアはオペレッタのスターだったがいまは引退し、エルサレムで暮らしている。しかしオリビアのことは語らなかった。その代わり、北アメリカに住む陽気な姪たちのことを話した。夫の身内のその姪たちはよくテキサスからやってきた。だが、姪たちを引き合わせたユダヤ系スペイン人の名家の青年たちが、まったく教養というものがない彼女たちに驚いていたことは暴露しなかった。自分に子供がいないことにも触れなかった。帰化した国についてはなにも語らなかった。革命は国家の娯楽だという有名な警句に、彼女はずっと戸惑っていた。牛と過ごした一年のあいだに？　あらゆることを考えました。なにも考えませんでした。

どんな種類の牛だったんですか？

焦茶色で、ダニにたかられていましたね。わたしもたかられましたよ。

その牛の名前は？

可愛い牛、と二、三の言語で言った。

あなたを匿った家族は？

高潔なキリスト教徒でした。

あなたのご両親は？

強制収容所にいました。父は死にました。母は生還しましたよ。この国に連れてきました。

……母はこの国の空気を吸うことができませんでした。この国の曖昧な言葉を覚えることを拒んだんですよ。わたし自身は言語を学ぶ必要はありませんでした。数世紀前に、スペインから追放されてからというもの、スペイン語を忘れたためしはありません。ここには母の気持ちを引き立てるものはなにもありませんでした。母は死ぬまで毎晩泣いて暮らしました。

ペレーラ大臣は最後の暗い事実についてはインタビュアーに語らなかった。「この国の人々は――家族のようなものです」と彼女は折に触れて言った。「豚のように頑固です」と言い足したこともあった。だれにも聞こえないような嗄れた声で呟いた。しかしマイクを持った女性は、その言葉めがけて襲いかかった。その台詞が逃げていく仔猫ででもあるかのように。

「あなたはこの下水のような国が好きなのよ」オリビアは祖国を去っていくときに怒り狂ってそう大声で言った。「あなたには愛すべき子供はいないし、夫は愛するに値しない。それにわたしのことをもう愛してはいない。だって声はひび割れ、お腹は垂れてしまったから。それでこの国を愛することにしたのよ。わたしにはまだこの国を憎むだけの分別がある。あなたはお世辞のうまい将軍を愛している。体を引っ掻いている上流階級の人たちを。コンサートのあいだいびきをかいているインテリを。下着しか着ない革命家たちを。そしてあんな鸚鵡ですらを！　あなたは頭がおかしいのよ！」

オリビアの才能にふさわしい別れ方だった。それに続く手紙のやりとりには愛情が溢れていた。オリビアのイスラエルのアパートメントがペレーラ大臣の終の棲家となるはずだ。マイアミに着いたらすぐにエルサレムに飛んでいこう。ダイヤモンドを売れば数年は質素な生活を続けられるだろう。でも、もうしばらくはここに留まっていたい。悪臭、ピックアップ・トラックからがんがん鳴り響くラップ、ダンスホール、ピンク色の福音派の教会、青い制服、高速道路の塵埃、変色した川に囲まれたここに。牛小屋とはまったく違う、この不安定な場所に留まりたいのだ。

明け方、ルイスがリムジンの横で待っていた。しみだらけのつなぎを着ている。

「昨夜は大変だった？」彼女は尋ねた。彼の臭い息を吸わないようにしながら、サングラスの奥を覗き込んだが、なにも見えない。

「別に」と言ってルイスはげっぷをした。大臣の立場など考慮せず、敬意すら払わない。この無礼な態度のおかげで、彼女はリムジンの助手席に仲間のように座ることができた。

　空港に着くと、ふたりは傾きかけた小さな飛行機の搭乗階段を上った。ルイスは後部にある医療用供給品の横に機関銃を隠した。そして副パイロット席に座った。ペレーラ大臣と看護婦――スペイン語がなんとか通じるオランダ人ボランティアだ――はバケットシートに体を預けた。ペレーラ大臣は遠ざかる大地を見たいと思ったが、パイロットの肩越しからでは空と雲しか見えず、高速道路が少し視界に入り、山の斜面がちらりと見えただけだった。それで記憶をさらって街並みの全体像を組み立てた。環状に連なる山々に囲まれたモザイク模様のような住宅地、中心部に膿瘍のように盛り上がったわずかな高層建築。川、パリにありそうな滑稽な橋。広場。いまごろ人々はそこに集まって今日の演説を聞いているのだろう。

　オランダ人の看護婦はかなり大柄で、女神のようだ。背を丸め、大きな手を太腿のあいだから垂らさなくてはいけなかった。顎から濃い産毛が何本か飛び出している。小型飛行機が落ちるようなことになったら、この人物が死出の旅の道連れとなるのか。しかし、いっしょに死んだからといってこの鈍そうな大女と死後の世界で永遠におつきあいをしなくてはならない義理はない。ペレーラ大臣は、死んだらオリビアの隣で憩うつもりでいる。フェデリコ、あの老いた獣も千年に一度くらいは仲間に入れてやってもいい。ギダルヤも。ラビの王がギダルヤの魂を亡骸から解き放ってくれたら、あの鳴き声の意味がようやくわかるだろう……。大臣はポケット瓶を看護婦に差し出した。「一杯どう？《ダッチ・カリッジ》」（「オランダ人の勇気」との掛詞）と大臣は英語で言った。看護婦はその意味がわからずかすかに笑い、一口ぐいっと飲んだ。

一時間もしないうちに山脈を越え、ひび割れた滑走路に降り立った。ヘリコプターが待機していた。ペレーラ大臣と看護婦は野外トイレを使った。トイレットペーパーのロールがふたりのために釘からぶら下がっていた。

ヘリコプターで空高く上がった。どこまでも広がる原生林の上を過ぎていく。眼下にオレンジ色の花々をつけたけばけばしい木々と、白い花をつけて泡立っているような木々が見える。いきなり伐採地が現れるが、たちまちずんぐりした広葉樹に呑み込まれていく。ライムグリーンの鸚鵡たちがいっせいに飛び立つ——ギダルヤの華麗な仲間たち。

ヘリコプターは町の広場の真ん中に着陸した。その横には野外演奏用ステージがあった。ふたりを出迎えた筋骨隆々の職員と握手した。これがシニョール・レイね、と大臣はキャロラインの説明を思い出した。記憶力はいまでも彼女の友だ。いまでも頭蓋骨神経の名前をそらで言える。何十年も前、毎晩毎晩、牛に向かって誦《そら》んじていたのだ。あらゆる分子構造も説明した。わたしの可愛い牛《マ・プティト・ヴァシュ》……。牛に「四質問」（過越の祭りの第一、二夜に家庭で営まれる、行事の意味に関する四つの質問）を教えた。

シニョール・レイがセメントの板の上に置かれたバラックに彼女を案内した。診療所だ。ここに来たのは診療所を視察するためなのだ。職員——看護婦長とふたりの助手——が、逮捕されるのを待っているかのように建物の外でしゃっちょこばって立っていた。これまでここを訪れた政府の要人がひとりもいなかったせいかもしれない。もちろん、密輸業者を除いて。

娼婦のように濃い口紅をつけた看護婦長が、一時《いっとき》も休まずに喋りながらふたりをみすぼらしい診療所に案内した。婦長はあらゆる患者の詳細な既往歴を熟知していた。投薬による不全、間違った投薬による衰弱、薬不足による悪化について説明した。オランダ人の看護婦は、その機関銃のようなスペイン語を理解しているようだった。

ついさっき洗ったばかりの外科用手袋が洗濯紐に吊り下げられている。貯蔵室の棚には注射用アンピシリンの瓶、ベイリウムの瓶が置いてある。これがいまの民間療法だ。安静室には患者が数人横わっていた。隅には死にかけた老人が身を丸めている。衝立の陰に、ぐったりした子供がいるのを大臣は見つけた。リンパ腺が腫れ、爪が青くなっていた。大臣はその子を丁寧に診察した。一年前なら、この子の両親に、精密検査と治療のために町の病院に搬送する許可を求めただろう。いま町の病院が扱っているのは外傷と緊急治療で、疾病ではない。ともあれ、両親は応じないだろう。人々に絶望しか与えない癌治療設備とはなんなのか。彼女は子供の太腿の付け根に親指を当て、しばらく頭《こうべ》を垂れて立ちつくした。それから服を着ていいわ、と子供に言った。

彼女が衝立の陰から出ると、ふたりの看護婦が窓の向こうにいるのが見えた。ふたりは公共の調理場にソイケーキの奇跡を見に行くところだった。ルイスが窓の外の壁にもたれていた。

彼女は窓から身を乗り出し、彼の蠟細工のような耳に向かって言った。「あのふたりに付き添っていったらいいわ。わたしはシニョール・レイの家をひとりで見に行く予定だから」

ルイスは不機嫌そうに離れていった。シニョール・レイは恨めしそうに押し黙ったまま彼女を自宅へ案内した。コカインか拳銃を自宅に隠し持っているのではないか、とわたしが疑っているとでも思っているのだろうか。しばらくルイスを厄介払いしたかっただけなのだ。しかし、一時間の自由を手に入れるためにこの悪党にちょっとした尋問をおこなわなければならない。

そのとき、もっといいことを思いついた。シニョール・レイの小屋にオートバイが置いてあり、その後ろ半分が覗いていた。

フェデリコはあれと同じようなバイクで夏の海岸線をぶっ飛ばし、彼女はその腰にしがみついていた。両腕で抱えた分厚い彼の体を思い出す。その翌年の夏には、自分が同じことをした。その腰にしがみついていたのはオリビアだった。

「あれに乗ってもいいかしら?」

シニョール・レイは仕方なく頷いた。彼女は彼に鞄を渡した。スカートをたくし上げてバイクにまたがった。靴の低いヒールが足置きにかかった。

しかしこれはぶっ飛ばせそうにない。村人が道路と呼んでいる、一筋か二筋の轍がついている道が上りになると、バイクは苦しげに喘いだ。小高い丘には草が生い茂り、花まで——赤い小さな花だ——咲いている。彼女はスピードを少し上げて村を抜けた。貧しい農場を過ぎ、植物が密集する場所を通り過ぎた。道は上ったり下ったりした。上りきったところから茶色の湖がちらりと見えた。尻がずきずきした。

ようやくバイクを停めてサドルから下りたとき、シューという音がしてスカートが裂けた。期待外れのバイクを松の木に立てかけて森の中に入り、湖に向かう。霧が樹木のあいだに漂っている。ごつごつした根が靴の下に感じられる。しかし木々から垂れ下がる蔓の向こうは開けていた。煙草を吸うのに格好の場所だ。蔓を分けて進んでいくと、ひとりの女がいるのが見えた。

いや、少女だ。多く見積もってもせいぜい十八歳くらいだろう。少女は敷き詰められた松葉の上に座り、ざらざらした木の幹に寄りかかっている。しかし俯いたその顔は、絹張りのクッションの上で憩っているかのように満ち足りている。母乳を飲んでいる赤ん坊は肌理の粗い縞模様の布に包まれている。小さな手が母親の茶色い胸に添えられている。母子は一見微動だにしていないように見えたが、ペレーラ大臣は規則的に脈打っているものを靴の下に感じた。まるで大地自体が大きな乳首でもあるかのように。

彼女は物音を立てなかった。老女ならではの息遣いをしていただけだ。しかし少女はそれに応えるように顔を上げた。あばたのある痩せた顔。この国を征服したスペイン人の血が彼女の体内に流れていたとしても、いまではすっかりそれも征服されていた。少女はインディオそのものだった。その茶色の細い目に怖れはなかった。

「立ち上がらないで。どうかそのまま……」しかし少女は右膝を立て、赤ん坊の体を動かすことなく立ち上がった。

少女は進み出た。ペレーラ大臣から数歩離れたところまで来ると、襟に付けられたダイヤモンドに目を留めた。ささやかな興味を持ってそれを見てから、見知らぬ女性の顔を見つめた。

枯れかけた低木を挟んでふたりは見つめ合った。医者ならではの冷静さで大臣はインディオの少女の目を通して自分の姿を見た。この女はおばあさんではない。おばあさんならこんなに赤い髪をしているはずがない。兵士でもない。兵士ならスカートなどはいていない。密輸業者ではない。密輸業者なら取り入るような態度をとる。聖職者ではない。聖職者なら戦闘に疲れた顔つきをして煙草を配る。それにジャーナリストでもない。ジャーナリストなら偽善的な挨拶をする。もちろん、女神なんかではない。女神なら光に包まれているはずだ。だとすれば、この女は魔女だ。

魔女には威厳がある。「赤ちゃんを母乳で育てているとは、素晴らしいわ」とペレーラ大臣は言った。

「はい。歯が生えてくるまでは」

「歯が生えてきてもね、娘さん、噛まないよう教えることはできますよ」ペレーラは口を開けて舌を突き出し、その上に人差し指をのせた。「ね？　歯の上に舌を出して吸うことを覚えさせなさい」

少女はゆっくりと頷いた。ペレーラ大臣は同じように頷いた。ユダヤ人とインディオ。どちらもスペインのイザベラ女王のお気に入りの生け贄。それから五世紀が経ち、ユダヤ人は国家を創り、金持ちになった。インディオは子供をたくさん産み、貧しくなった。ブローチを外して低木越しに渡すのはたやすい。しかし、この少女はダイヤモンドをどうやって金に換えるのだろう。シニョール・レイは分け前をほとんどとってしまうに違いない。それに農民が大金を手にしてどうする──混乱している首都に引っ越すのか？　ペレーラ大臣はなにも持たない手を赤ん坊のほうに差し出し、記憶の生まれていない頭を撫でた。母親は白い歯を見せて笑った。

「この子は偉大な人間になりますよ」と大臣は請け合った。

少女の薄い睫が上がった。魔女がいきなり予言者になった。ちょっとした神秘的な戯言を言うだけで予言者は貴婦人になる。「この子は偉大な人間になります」ペレーラ大臣は時間を稼ごうとしてポーランド語で繰り返した。それから、言葉を言うときにどうしてもそうなってしまう嗄れ声のスペイン語で「母乳で育てなさい！」と命じた。そしてブローチを外した。オリビアがオペレッタで演じたような軽やかな手つきで、優しさと情熱と威厳も込めてダイヤモンドを少女の空いている手に押し込んだ。「その子が大人になるまで持っていなさい」そう囁くと、踵を返して来た道を戻った。漂う霧の中にいきなり吸い込まれて姿を消したように見えるといいのだけれど、と思いながら。ペレーラは自分にひどく腹が立ち、「無一文の亡命者はエルサレムに這っていく」と思った。

オートバイのところに戻ると、吸わずにいた煙草に火をつけ、再び冷静さを取り戻した。ともかく、どこに行こうとスペイン語を教えて暮らしていける。

シニョール・レイは小屋の前で待っていた。彼女の破れたスカートを見ると、驚いて舌打ちをした。そして、ルイスはヘリコプターの近くでパイロットと話しながら待っていた。ブローチのない襟を凝視した。オランダ人の看護婦は、郵便配達のジープが到着する来週の土曜まで滞在することになっている。だから帰りは三人だけだ、とルイスが言った。ルイスがわたしを拘束するのはヘリコプターのなかか、とペレーラは思った。あるいは滑走路に着陸したときか。それとも小型飛行機に乗ったとき。もしくは首都に到着したとき。アパートメントに着くまで拘束しないのか。そんなことはどうでもいい。お節介焼きの仕事は、あの空き地で口にした言葉を最後に、立派にまっとうされたのだ。母乳で育てなさい！　その言葉を広めるのだ。そうすれば国中のミルクは酸っぱくなる。缶に入った粉ミルクですら。

そしていよいよ——国外追放か。むしろ引退と呼ぼうではないか。ならず者たちははるかに苛烈な罰を与えようと思っているかもしれない。そんなことはもうどうでもいい。牛と過ごして以来、わたしは神から与えられた時間を生きてきたのだから。

族長《アログ》

Allog

デロンダ通りのアパートメントには五世帯が住んでいた。玄関ホールに郵便受けが五つあった。その木の蓋が戸惑うほど隣接している様子は屋外トイレさながらだった。

住人たちは、そこにいる自分の姿を人に見られたくなかった――中年の男やもめも、モロッコ人一家も、三人の老婦人も。

それというのも、男やもめに手紙が来ることはめったになかったからである。

モロッコ人一家には手紙が大量に来たが、どれも請求書だったからである。

ソプラノ歌手のところに来る手紙は、まあまああった、充分だった、多すぎた、少なすぎた――数なんてどうでもよかった。エルサレムにコンサート・シーズンが到来すると、彼女の名前が招待リストに必ず入る。慈善団体は彼女を心安らかに放っておいてはくれなかった。しかし、心の底から求めている手紙が届くことはめったになかった。やっと届いたと思っても、アイロンをかけてから凍らせたような、青い薄っぺらの真四角の封筒で、掌にのせるとふわりと浮いた。何十年も前、ソプラノ歌手は盛大な喝采に応えた後で、感謝の気持ちを込めて伴奏者に向けて同じ仕草をした。あなたが相手に応える番だと示すために。待ち望んだ手紙は一ペセタ紙幣より軽かった。中にはポーランド語とスペイン語が混ざり合った、さして重要ではない文章が四つ並んでいるだけかもしれない。そんなもの、封を切らずに燃やしたほうがましだ。顎を上げ、涙を見せずに、彼女は階段を上がっていった。

タマルは、ソプラノ歌手の部屋と廊下を隔てた向かいの部屋に祖母とふたりで住んでいた。学校から帰ってくると郵便受けの蓋を開けた。ほかの住人とは違って、手紙を人に見られてもまったく気にならなかった。タマルは十七歳。サバティカルを延長してアメリカに住んでいる両親から、週に一度手紙が届く。祖母宛の手紙の差出人は、ほかの土地に行き着いた大勢の年配のウィーン人たちだった。しかし、タマルの祖母は郵便受けに行くのを、さらに言えばどこに行くのも好まなかった。もちろん、展覧会や、講演や、市場に行くために外出はした。しかし、そうするのは社交嫌いを隠すためではなく、教養ある女性としてそれを超越しなければならなかったからである。

一階に住むゴールドファンガー夫人は社交家だった。だが、郵便受けには泥棒のように足を忍ばせて行った。封筒に書かれたヘブライ語を解読し、宛名が夫か自分の名であって、十年前に自分たちに部屋を売ったギルボア家の名ではないことを確かめるときには、ひとりきりでいたかったからである。ゴールドファンガー夫妻は十年前にケープタウンからやってきた。いまもギルボア家宛に日焼けサロンからのダイレクトメールが届く。ゴールドファンガー夫人はそんな手紙は捨ててもかまわないと思っている。しかし、重要な手紙が入っている朝もある。そういうことが何度かあった。そんなときはどうするか。ゴールドファンガー夫人は配達人がまだデロンダ通りを、コルセットを絞る紐のようにジグザグに配達していることを祈りながら、その姿を求めて走っていく。配達が終わっていれば、宛先違いの手紙を持って郵便局に出向き、デリカテッセンまで続く長い列に並び、あまり上手ではないヘブライ語で説明しなければならない。パリの銀行から来たこの手紙を受け取るべきギルボアさんはもうここにはいないんです、転送先の住所を知らせずに出ていってしまったんです、国外へ、と。

そのためゴールドファンガー夫人と郵便受けとの関係は、ほかの多くの事柄と同じように不安に満ちたものだった。ところがきわめて珍しいことに、八月のある朝届いたいちばん上にある封筒の差出人の名を解読したとたん、ほかの手紙には目もくれず――ギルボア家宛のは急ぐわけではないのだし――まとめてひっつかんだ。そして愛らしい顔をほころばせながら階段を駆け上がった。

ゴールドファンガー夫人は八十五歳。かかりつけの医師は、心臓は三十代ですよ、と言っている。この法外な賛辞を真に受けはしなかったが、それを聞いて、すでに抱いていた体への相当な自信がいっそう強まった。彼女は夫の介護をものともしなかった。夫を抱き上げてベッドから車椅子へ、車椅子からベッドへ移動させ、夫が望めばともに散歩もした。だが苦悩は深まっていた。夫におむつをつけるのはいくらなんでも無作法に思えたし、夫の意味のつかめない言葉を聞いているうちに三十代の心臓も粉々になりそうだった。雇った介護者はみな冷淡だった。思いやりのある介護者はたちまちもっとましな職に就いていった。

でも今日、とうとう……。彼女は二階の部屋のドアをノックした。ドアを開けたのはタマルの祖母だった。いつものようにスラックスとブラウスという格好だ。彼女の部屋着姿を見た者はひとりもいない。

ゴールドファンガー夫人はアンテロープのように部屋の中に飛び込んだ。「来ましたわ！」

タマルの祖母はお役所から来た手紙をつぶさに調べて、それをバルコニーからふらりと入ってきたタマルに渡した。タマルはそれまでナイトガウン姿のままバルコニーで朝食をとっていたのである。

タマルも手紙をつぶさに調べた。そして「臓器占い師がやってくるってわけね」と言った。


一年前、イスラエル共和国は東南アジアの貧しい国と協定を結んだ。イスラエル国民はその協定のもと、老人介護のために東南アジア人を雇えることになった。子守りや家政婦やデイケアの介護施設の職員としては雇えなかった。そうした職には身体健全なイスラエル人が就いた。だからといって彼らがその仕事を喜んでやっていたわけではない。アジア人の仕事は長生きをして賢明さを失くしてしまった老人の介護に限られた。

雇う側は飛行機代——往復の航空運賃——を払い、雇われる側は被介護者が死ねばさっさと帰国しなければならない。雇用に市民権は付随していない。そういう人々はすでにどこかの国の市民であるからである。帰還法は、大半がキリスト教徒である被雇用者には適応されない。臓器占い師だと噂される人々にも適応されなかった。

役所にその担当部署ができるやいなや、ゴールドファンガー夫人はアジア人を雇うための申請書を提出した。

「臓器占い師とはなんです？」ゴールドファンガー夫人はタマルの祖母に尋ねた。

タマルの祖母は言った。「臓器占いというのは、哺乳動物の、羊や齧歯類の内臓、とりわけ肝臓を見て未来を占うことですよ」

「まあ」

「あの野良猫たち」タマルが呟いた。「ついに役に立つのね」

ゴールドファンガー夫人が役所から手紙を受け取ってからというもの、タマルの祖母は何週間にもわたり、彼女に付き添って役所に足を運んだ。年上の老婦人は年下の老婦人に助けられて必要な書類の欄を埋めた。書類の束が郵送されてくるたびに、ゴールドファンガー夫人はタマルの祖母のところにそれを持っていった。彼女は食堂のテーブルの席にゆったりと座った。ブラインド越しに射し込む光が彼女の錆色の髪をさらに錆色に照らした。ずいぶん不自然な色ね、と後でタマルが言うと、祖母は「ヘナは自然素材よ」と言った。

そしてとうとうアジア人が来るのである。いや、正確には、三週間のうちに来ることになった。九月、ゴールドファンガー夫人が午前十時に役所に行き、介護人に引き合わされ、最終契約書にサインをすることになった。

「いっしょに行きましょうか？」とタマルの祖母はため息をつきながら言った。

「今回は、大丈夫です」とゴールドファンガー夫人は言った。「戸惑うようなことはないはずですからね」と戸惑いながら言った。「でも、いろいろありがとうございます。お知らせだけはしておきたくて」

それで三週間後に彼女は、すっかり見慣れた薄暗い役所にひとりで出かけていった。たったひとりで、真面目そうな男と握手した。たったひとりで、ようこそと英語で言った。彼の喋る英語は、彼の育った島に打ち寄せる波のように軽やかだった。ゴールドファンガー夫人はだれの助けも借りずに役人にこう言った。雇用者も被雇用者も四カ月に一度は役所に顔を出さなければならないんですね（後に彼女は、顔を出すのはひと月に四回だったかしら、とちょっと考えこんだ）。彼女は微笑んで男についてくるよう合図した。

彼の肩掛け鞄はとても小さなものだった。黄褐色のズボンとシャツ、その上に格子縞のシャツを上着として着ていた。近くのタクシー乗り場に車がたくさん待機しているといいけれど、とゴールドファンガー夫人は思った。この国が豊かであることを知ってもらいたかった。望みは叶えられた。三台のタクシーが待機していて、先頭の車が早速エンジンをかけた。しかしふたりが車に乗り込もうとしたとき物乞いが近づいてきた。ゴールドファンガー夫人は物乞いに硬貨をやった。ジョーが自分のポケットを探った。あらあら。「ふたり分払いましたよ」と彼女は言った。

ゴールドファンガー家に初めてやってきた日、ジョーはバルコニーで何時間もかけて車椅子を修理した。四つん這いになっていたので、蔦に覆われた鉄製の手すりの陰になり、外からはその姿が見えなかった。とはいえ、ガラス製のテーブルの上にある道具箱と、外された車椅子の車輪は見えた。学校から帰ってきたタマルは、ユーカリの木の下で立ち止まり、目を細めて手すりの蔦を透かし見た。横倒しになった車椅子のそばに跪いて作業をしている人物がいるのがわかった。その人物が何をしているにせよ、細かい作業をしているようだった。目立った動きはなかった。その人物は長いあいだ跪いていた。タマルは木の下にまっすぐ立っていた。ようやくむきだしの腕が上に伸びるのが見えた。

やみくもに伸ばしたように見えたが、確固とした意志に従って動いていた。手は迷わずにスクリュードライバーをつかんだ。タマルは建物の中に入った。

その後、ゴールドファンガー家の部屋は作業場さながらになった。ハンマーの音に爆撃のようなドリルの音が加わった。ソプラノ歌手は、新しい使用人が廊下にあるゴールドファンガー家のヒューズ箱の前で顎を撫でているのを目にした。間もなくステレオ装置が息を吹き返した。ゴールドファンガー夫人が何カ月も聴けずにいたビッグバンドの曲が、バルコニーの開け放たれた窓から秋の穏やかな大気の中に流れていった。

「ジョーは奇跡ですよ」とゴールドファンガー夫人はタマルと祖母に言った。「天界から遣わされてきたに違いありません」

タマルの祖母は疑わしそうな目つきをした。雇われた者は熱心に仕事をすることがよくある。気だてのよさは温帯地方で生まれた者ならではの天性だ。思いやりは温暖な気候でこそ育まれる。熱暑の気候ではしおれてしまうのだ。そしてこの国、傷つけられた五百万人の者たちが暮らすこの国では、思いやりは睡蓮の花と同じく、めったに目にすることはできない。ここの人たちは一世紀前に礼節を失ってしまっていた。

ゴールドファンガー夫人はジョーの素晴らしさを大袈裟に喋った。タマルの祖母は人間の本性についての意見を自分だけの秘密にしておいた。「わたしの夫は本当に幸運でした」とゴールドファンガー夫人は言った。

ゴールドファンガー氏は少しずつ衰弱していったのだが、タマルと祖母は、彼が引っ越してきたときからぶるぶる震えているのに気づいていた。一階のゴールドファンガー家の向かいの部屋に住む子供たちは、彼のことを口を利かない小鬼《グレムリン》だと思っていた。耳はおかしな格好にピンと突き出ているし、その耳から毛も飛び出している。しかも彼はいつも何かを喋ろうとしているらしいが、一言も喋れなかった。あの人をからかってはだめ、と子供たちはきつく言われていた。

この一家は、アパートメントの住人からはモロッコ人と呼ばれていたが、両親と三人の子供全員がイスラエル生まれのイスラエル育ちだった。前の世代もその一家をそう呼んでいたので、この呼び名はおそらくこれから何百年も続いていくに違いない。モロッコ人の母親は休日や夜には目いっぱいめかしこんで出かけていったが、普段の日は汚いサテンのローブを着てぶらぶらしていた。杏色の髪でそばかすがあり、悪戯っぽい笑みを浮かべていた。子供たちはいつも足許にいた——母親の足許に、あらゆる人の足許に。夫はタイルの店を経営して成功を収めていた。リハヴィアにある素晴らしいキッチンのなかには、彼のおかげで輝きを放っているものがいくつかあるということだった。

夫は芸術肌だった——少なくとも芸術を解する目を持っていた——が、不器用だった。実を言えば、モロッコ人一家は全員が不器用である。だが耳ざとく、目ざとかった。ゴールドファンガー家の新しい介護人の並外れた器用さに気づかないわけがなかった。なんて手先が器用なんだろう！　それで十日に一度ほどの割合でモロッコ人一家の家電のどれかが壊れると、「ジョー！　ジョー！」と彼を呼んだ。「トースターが壊れたんだ！」するとジョーは、老人の要求に応えるときに備えて部屋の扉を開けたまま廊下を横切ってモロッコ人の部屋に行き、機器を調べ、修理を施し、静かに戻っていった。

「ジョーの親切につけこまないよう気をつけなくちゃね」ある朝、モロッコ人の妻が言った。夫は嬉しそうに彼女を見た。その言い方が面白かった。物憂げな様子も味わい深い。タイルを買う溌剌とした女性たちとはまったく違う。妻は怠け者で忘れっぽいが、物欲しげではない。新婚旅行以来ずっと、みすぼらしい赤い服を着ている。妻は子供をその時々のやり方で愛している。何度か上の子を下の子の名で呼んだり、娘を自分の姉の名で呼んだりすることはあるが。「ジョーの親切につけこまないように、とはどういう意味だい？」と彼は言った。

しかしいつものように妻は、そのことは説明せず、あるいは説明できずに、取り散らかった食卓の向こうで微笑んでいるばかりだ。それで彼は立ち上がり、出がけのキスをして部屋を出た。廊下に出ると、ジョーの落ち着いた声が聞こえてきた。ああいう人たちにおれたちは何を求めているのだろう、不意に彼は苛立ちを覚えた。この国にはもう充分面倒事があるというのに。今度トースターが壊れたら、ブルガリア人の修理屋のところに持っていこう。それから苛立ちが消えると、こう思った。ジョーなら、ずっと袖を通していないあの斑《まだら》模様の上着を着てくれるかもしれない。あの上着の色はおれの肌にはちょっと派手に映るが、黄色人種の男にはぴったりだろう。

ソプラノ歌手は、スペイン語を話すコミュニティと音楽界に大勢の友人知人がいたため、リサイタルによく出かけた。しかし、たいていの時間を、生まれ故郷に出す手紙を書いたり書き直したりして過ごした。

カーラ、あなた以外でわたしがとても懐かしく思い出すのは農民たちのことです。覚えているかしら？　公演旅行に行くといつもあの人たちはわたしを歓迎してくれた。列車を取り囲んでわたしの歩くところに花をばらまいてくれた。あの穏やかな茶色の目が懐かしい。

それどころか、彼女の公演旅行は失敗続きだった。ラテン・アメリカでは、田舎に行く列車は埃だらけの車両しかなかった。窓は開け放されたままか、閉め切られたままだった。ソプラノ歌手と旅をしたのはピアノ伴奏者だ。眼鏡の向こうから不機嫌に睨みつける平凡な若い娘だった。ふたりは賞賛されることもなく、気づかれることすらなかった。しかし、ソプラノ歌手はファンの群れに囲まれた自分の姿をよく想像したため、心の中にはその風景が鮮やかに刻まれていた。花飾りをつけたロバがいた。脂ぎった市長から手に接吻された。市の映画館はコンサートホールも兼ねていた。市長の妻は家で宴会の準備をしていた。大勢の人がコンサートにやってきたが、宴会に来た人数はそれを上回った。古くてがたのきた市長の邸宅は、人が歩くたびに床が揺れ、歓声が上がるたびに部屋が揺れた。

この野心に満ちた国には農民がいません。大地を愛する者がひとりもいない。農場では派遣された傭兵が働いています。田舎の土地はいまや国家が支配している。あの広大な砂漠はなくなった。これは廊下の向かいに住むしっかりした考えを持っている女性の意見です。

ソプラノ歌手はバルコニーに座り、便箋の表を引っ掻くようにして文字を書きつらねた。一通を書くのに一週間かかった。だれのためにそんな文学作品を書いているの？　とタマルの祖母が訊いた。それはね、故郷にいる親友を喜ばせたいからよ、とソプラノ歌手は答えながら、柔らかなショールを胸元で掻きあわせた。彼女は色違いの同じショールを何枚も持っていた――明け方に似た灰色、夕暮れに似た紫色、痣に似たラベンダー色のショール。

歌のことなどだれも気にしてやいません。ここは弦楽器奏者の国。ロシア出身の天才ばかり。それに、大きなデパートの前でヴァイオリンとカップを持って立っている演奏者がいます。それで生計を立てているのです。

「もちろん、わたしはもう歌ってはおりませんよ」ソプラノ歌手はジョーに言った。

「あなたの話す声が音楽です」とジョーは言った。あるいはそんなようなことを言った。

ジョーは川沿いの村で育ちました。支柱の上に家が建っているのです。ジョーは薬剤師として訓練を積んだそうです。

ソプラノ歌手は、木の根を砕いて粉薬を作っている彼の姿を思い描いた。ぼくの国では村の薬剤師は医師の役目もこなさなければなりません、とジョーはソプラノ歌手に語った。「アメリカの警察部隊の援助を受けました」と彼は言った。

「ああ、平和部隊のことね」

午後になると、ソプラノ歌手はゴールドファンガー家に立ち寄ってジョーと高徳なアメリカ人について話をした。それから、彼女がちょっとうなだれて訪問時間の終わりを告げると、ジョーが二階の彼女の部屋まで送っていった。

ここにいらっしゃい、愛しいカーラ。あのいまいましい鸚鵡も連れて。一刻も早く。


三階全体を占めていたのは男やもめだった。彼は悲しみを抱えていたが、目ざとかった。ほかの人たちが親切にされていることに気づくと、自分もそのおこぼれにあずかろうとした。

「この町には信頼できるタクシー・ドライバーはひとりもいないんだ」食料品を運ぶのをジョーに手伝ってもらって階段を並んで上りながら、男やもめはそう打ち明けた。「アラブ人？　笑わせないでくれよ。ロシア人はひとり残らず詐欺師だ。その荷物はそんなに重たかないだろ？　ちょっとした筋力があれば足りる。しかしだよ、そっちの袋を踊り場に置いて、あとで取りにきたっていいんだ。あ、そのキャベツはおれが持ってく」男やもめは袋のてっぺんに載った青いキャベツの玉をつかんだ。彼の一日分の郵便物であるパンフレット類も同じようにつかんだ。

男やもめは現在菜食主義者だった。野菜は鶏肉より軽いからな。ジョーはいつも一週間分の食料の入った紙袋をふたつ、両腕に双子のように抱えて運んだ。新しいテレビも運んだ。

ある日、「きみはチェスはやらないんだろ？」男やもめが尋ねた。

「しますよ」

間もなくふたりは週に二、三回、夜にチェスをするようになった。ゴールドファンガー夫人が在宅しているときは、ジョーがゴールドファンガー氏をベッドに寝かしつけてから男やもめの部屋に行ってチェスをした。男やもめの部屋は、彼の文具店の在庫品と事務用の備品とが入り乱れて置かれていて、見るに堪えない状態だった。ふたりは背もたれの真っすぐな椅子に腰を下ろし、段ボールが積み重なった金属製のテーブルの隅でチェスをした。

ゴールドファンガー夫人がコンサートに行ったりブリッジをしに出かけたりするときには、ゴールドファンガー家でチェスをした。男やもめはチェス盤と駒とワインの瓶と野菜のパイを持参した。ジョーはオレンジと紅茶を出した。男やもめはリビングルームのコーヒーテーブルにチェス盤を置いた。ジョーはオレンジと紅茶を出した。男やもめは固いクッションをテーブルの上に引っ張り上げた。そしてクッションに寄りかかり、チェス盤の上に身を乗り出してゲームをした。ジョーは花柄の長椅子に座った。ゴールドファンガー氏はジョーの横に無言で座っているが、たいていはジョーの肩に頭を預けて眠っていた。彼が寝入ると、ジョーは自分の体を動かさず、男やもめに自分の駒を動かしてもらった。

土曜日の朝には、ゴールドファンガー夫人は礼拝に出かけ、タマルの祖母はドイツ哲学の本を読み、ソプラノ歌手はほかの亡命者たちと死海で泳ぎ、男やもめは娘の家で孫たちと遊び、モロッコ人一家はよそいきを着て――末っ子はローラーブレードを履いて――何かのお祝いに出かけていった。そして土曜の朝には、タマルがジョーを訪ねてきた。

「散歩しない？」

それに応え、ジョーはゴールドファンガー氏に散歩しますかと訊いた。

ゴールドファンガー氏は満ち足りた様子でジョーを見上げた。

「いいですね《トヴ》」とジョーは言った。彼はゴールドファンガー夫人より上手にヘブライ語を話せるようになっていたが、内気すぎてアパートメントのほかの住人とはうまく話ができなかった。モロッコ人の子供とは話せた。大人とは英語で話した。

ジョーは車椅子を部屋から出し、アパートメントの外まで押していった。それをユーカリの木の下に置き、車輪をロックする。そしてアパートメントの中に戻る。しばらくすると後ろ向きになって出てくる。両腕を前に差し出し、掌を上にしている。その掌に手を預けた小柄なゴールドファンガー氏が、よたよたと歩いて出てくる。最初ゴールドファンガー氏は自分のスニーカーしか見ていないが、そのうちそろそろと目を上げてジョーの目を見つめる。ふたりは車椅子のところまで行く。そこでふたりは九十度向きを変え、ジョーが頷き、ゴールドファンガー氏が腰を下ろす。ジョーがその体を安定させ、車椅子の後ろの定位置につき、車輪のロックを解除する。

「すぐ行くから」二階のバルコニーからその様子を見ていたタマルは声をかけた。セーターを取りに戻らなくちゃ、あるいは、本を取りに行ってくる、と言って部屋に戻ったのは、ふたりのゆっくりした踊り《パ・ド・ドゥ》を二階から眺めたかったからである。ボックス席から見下ろす王女のように。

三人の行き先は、植物園やリバティ・ベル・パークのときもあったが、たいていはゴールドマン・プロムナードだった。そこから森の向こうにある旧市街の壁が眺められた。

英語とヘブライ語を混ぜながら、ふたりはタマルの将来について話した。彼女はテレビのニュースキャスターか映像プロデューサーになりたいと思っていた。

「もちろん、テルアビブに住むのよ」

「テルアビブのことは聞いています。戦闘が繰り広げられていますね」

ふたりはジョーの過去――島――について話した。

「実際は、小さな島がたくさん集まってできているのです。新月の形をしてます」

「連絡の手段は?」タマルが訊いた。

「橋があります。船を使うときも」

「水がたくさんあるんだね。ここは干からびていると思ったでしょう」

「そうですね……。ガラリヤ湖があるそうですね」とジョーは敬意を込めて言った。

「爬虫類はいる?」

「蜥蜴がたくさんいます」

「ジャングルも?」

「ジャングルも」

「ジャングルって見たことない」

「ここに来る前、私は砂漠を見たことがありませんでした」

ゴールドファンガー氏が車椅子で眠っていれば、ふたりはその老人のことも話した。ジョーの意見では、ゴールドファンガー氏は口が利けないものの、いや口が利けないからこそ、たいていの人より物知りだということだった。「植物の神秘、地下水の場所をご存じです」

「政府はお金を払ってでもその情報を知りたがるでしょうに」

「この方は、私の島の〝アログ〟に似ています。議会に出るには歳を取りすぎていますが、畏敬される人です」

「アログ？」

ジョーはしばらく考えた。「族長のようなものです」

「アログ。オルギム」タマルはヘブライ語に直して言った。それから動詞型、その受動態、能動態、再帰動詞の変化を言った。ジョーは辛抱強く聞いていた。

「年長のアログ、賢者のところには、大事が起きれば必ず意見を聞きにいきます」

「名誉アログね」

ジョーは再び黙った。それから「あなたは大変聡明ですね」と言った。

タマルは恥ずかしそうに笑った。「そしてあなたは若いアログね。いまも大きな責任を担わされているもの」

「アログは集団のために決断します。それに調停者でもあります。悔悛者の告白を聞きます。というのも、教会はいまではなんの助けにもなりませんから」

「臓物を見て占うって本当？」タマルは早口で訊いた。

「その習慣は宣教師が来たときになくなりました」

「いつのこと？」

「十六世紀です」

「ジョーはイエズス会の神父から教育されたのよ」ソプラノ歌手がタマルの祖母に話した。「ワインをもう一杯いかが？」

タマルの祖母は頷いて「じゃあ、あの人は医療従事者の訓練を受けたのね」と言った。

「薬剤師の、よ」とソプラノ歌手は訂正した。

その後の刺々しい沈黙は、しだいに和やかで気さくな沈黙に変わった。医療従事者であろうと薬剤師であろうと、ジョーの生まれ故郷の小さな島では仕事がなかった。ふたりの女性が会話を再開したとき、そのことで意見の一致を見た。ジョーの妻は教師で、やはり島では職がなかった。それでいまはトロントで家政婦として働いている。互いに相手を呼び寄せたいと思っている。それから八歳になる娘も呼び寄せたい。島に残されて祖父母と暮らしている娘は、いまの状態に嫌気がさして登校拒否をしているという。「ストライキをしているんです」とジョーは言った。

「学校というのは」タマルの祖母が言った。「保守派の坩堝《るつぼ》ですからね」

もしタマルがストライキなどしたら、祖母は彼女を自宅で教育し、十八世紀のドイツ哲学を教え込むだろう。だからタマルは学校に行くのだ。よほどのことがない限りは。

とはいえ、さもしくて自己中心的な考え方しかできない同級生たちに嫌気がさして学校に行かないときもある。そんなある日、彼女はゴールドファンガー家のドアを叩いた。

「驚いたでしょう！」

「学校はお休みですか」ジョーが静かな声で訊いた。

「お休みよ」タマルは嘘をついた。「散歩しない？」

ゴールドファンガー氏が同意した。三人は散歩に出かけた。タマルが、今日は平日でどの店も開いているから、ダウンタウンにあるネット・カフェに行ってみない？と言った。ジョーは、ゴールドファンガー氏はそういったところはお好きじゃないでしょう、と言った。タマルは、この人は行ったことがあるのかしら、と思った。ふたりは歩きながら話し合った。結局、車椅子を押しながら人通りの激しい通りを歩いているだけだった。

三人はからからに乾いた中庭で、ジョーが用意したお弁当を食べた。修理屋や埃まみれの食料品店が庭に面して並んでいた。鉄製品を売る店もあった。

「美味しいオレンジね」とタマルが言った。「臓器占いをした人たちは、どんなことを占っていたの？」

ジョーはサンドイッチのラップを剝がし、その半分をタマルに渡した。「過去を見ていたんです——どのような変化が起きたかを。一口食べてください、ゴールドファンガーさん」

「変化？　どんな変化を？」

「人間から魚に。木から戦士に」

男から介護士に？　タマルは返事を待ったが、ジョーは何も言わなかった。じゃあ、介護士から守護者に。

「少女から学者に」ジョーはにっこりした。「分厚い本ですね」

分厚い本は『使者たち』（ヘンリー・ジェイムズの小説）だった。彼女は英語の読解力を高めようとしていた。最初の節はタナッハ（旧約聖書を三部に分けたもの）と同じ長さだった。

　ゴールドファンガー氏から嫌な臭いがし始めた。タマルはサンドイッチのゴミを手にして、中庭の隅にあるゴミ容器のところまで歩いていった。彼女が近づくとやせさらばえた猫が四、五匹、いっせいに飛びのいた。

　戻ろうとして振り返ると、中庭の向こう側のふたりのところに三人目の男が加わっていた。物乞いだった。よくある話をしているのだろう。その陳腐な演説が聞こえるところまでわざわざ行かなくても、タマルには男がなんと言っているか手に取るようにわかった。女房がついこの前死にましてね、旦那。母を亡くした子供たちには靴も教科書もありません。外国人の旦那、教科書のない子供が自殺をするってのをご存じで？　タマルは大袈裟な演説が聞こえるところまで近づいた。この国で仕事を見つけることなんて、できやしません、この国では仕事はみんなエチオピア人に奪われているんで。あいつらは旦那と同じようにユダヤ人でもなんでもないのに、ねえ、旦那。旦那！

　ジョーはゴールドファンガー氏の頭に手を置いて立っていた。そして首を傾げて物乞いの話を聞いていた。物乞いはぼろぼろの布きれのフェドラを頭に載せていた。そして情けを乞うように両手を広げた。

　ジョーは自分のポケットを探り、紙幣を何枚か取りだして渡した。物乞いはそれを自分のロングコートの中に突っ込んだ。それからゴールドファンガー氏に向かって手を差し出した。ゴールドファンガー氏はその手の上に自分の手を無邪気にのせた。

「それで充分でしょう」とジョーは物乞いに言った。そのヘブライ語に内気さはなかった。

「旦那」物乞いはそう言ってお辞儀をすると、軽やかな足取りで去っていった。

三人は気持ちのいい沈黙に包まれて帰途についた。デロンダ通りの角で、三人はモロッコ人の母親に出くわした。そして数ブロック進んだところで男やもめが追いついてきた。アパートメントの入口で彼らは郵便物を取りだした。ジョーには娘から手紙が来ていた。

冬が来て、雨が降っていた。ジョーはゴールドファンガー氏の車椅子に傘を取りつけた。傘があれば霧の日や霧雨が降る日に外出できる。しかし本降りの日には家にいなければならない。そんなときは音楽を聴いた。ジョーは掃除や繕い物をしながら耳を傾けた。ソプラノ歌手が、アリアを歌っている自分のレコードを貸してくれた――ＬＰレコードで、再録盤ではなかった。

ジョーは男やもめのところの水漏れを直した。階段の手すりを修復した。向かいの部屋から預かったスペアキイを裁縫箱に入れた。モロッコ人の子供たちが鍵を忘れてドアを叩くことが、少なくとも週に一度はあった。ジョーはゴールドファンガー氏が昼寝をしているあいだにクッキーを焼いた。子供たちが鍵を忘れる回数がぐっと増えた。

ある午後、ソプラノ歌手が弦楽三重奏のリサイタルから帰ってきて、ゴールドファンガー家に立ち寄った。ゴールドファンガー夫人はトランプの一人遊びをしていて、夫はその様子を眺めていた。ソプラノ歌手はブランデーを一杯飲みながらしばらく妻と話をした。ふたりの声はガラスの玉のように涼やかだった。クッキーを並べた皿を運んできたジョーは、顔色がよくありませんね、と歌手に言った。夏になれば治るのよ、と歌手はジョーに言った。そして、部屋まで送っていきますよ、というジョーのいつもの申し出を断った。

自分の部屋のドアに鍵を差し込もうとしたとき、歌手は体が思うように動かないことに気づいた。前屈みになった。なんとか体を動かし、手を伸ばしてドアを押した。体が横向きになり斜めに倒れた。曲げた膝がぴたりと合わさった。上半身が、三階へ続く階段にもたれる格好になった。その横顔は威厳に満ちていた。

タマルが芝居のリハーサルから戻ってきて階段を上がっていくと、脚が目に飛び込んできた。彼女は悲鳴をあげなかった。踵を返し、一階に戻るとジョーのいるドアを叩いた。ジョーが扉を開けた。ジョーは彼女のぽっかり開いた口と差し伸ばされた指先を見た瞬間、上着を脱ぎながら階段を駆け上がった。ゴールドファンガー夫人は、ここにいてね、とわざわざ夫に念を押してからジョーの後に続いた。タマルがその後に続いた。モロッコ人の妻はこの小隊の靴音を聞いてドアを開け、階段を上り始めた。子供たちは母親のまわりを取り囲んだ。鼻風邪を引いて一日中ベッドに横になっていたタマルの祖母がドアを開けた。昔ながらのベルトのついた部屋着を着ていた。男やもめは自分の部屋を出て階段を下りてきた。

仕事から帰ってきたモロッコ人の夫がアパートメントの玄関を開けて最初に目にしたのは、開け放されたふたつの部屋のドアだった。自分の家のドアとゴールドファンガー家のドア。ゴールドファンガー氏は花柄の長椅子に腰を下ろしてブランデーグラスを口に当てて飲んでいたが、中身のほとんどはこぼれ落ちていた。モロッコ人の夫は、階段の途中で子供たちに囲まれて立っている妻を見た。それからゴールドファンガー夫人の肩を抱いているタマルを見た。夫が急いでその人々の横をすり抜けていくと、敬虔なユダヤ教徒のような衣装を身につけたタマルの祖母が戸口に立っていた。そして床の上に丸めて置かれている、かつては自分のものだった斑模様の上着を見た。それから踊り場に仰向けに横たわっているソプラノ歌手を見た。ジョーがそのように横たえたのだ。歌手のスカートが膝までまくれ上がり、片方の靴が脱げていた。サイレンの物悲しい音が聞こえた。

死を知らない者はひとりもいなかった。子供たちは最近の小競り合いで愛する従兄を亡くした。テレビでは絶えず道路での大殺戮の模様を映している。モロッコ人の夫は一度戦地で戦った。男やもめは何度も戦った。そしてタマルの両親も兵役に就いていたことがある。モロッコ人の妻は軍隊にいるあいだに情報局の将校付き秘書に昇進した。のらくらと過ごしていると思われていたが、実は仕事を巧みにこなしていた。タマルは高校を卒業したら兵役に就くことになっている。両親のいるアメリカに行かない限りは。両親はアメリカに来いと熱心に言ってくる。三年前、タマルの憧れの的だった親友がコーヒーショップで爆死した。ふたりの老婦人は大勢の死者を見送ってきた。

ジョーは死体の上に屈み込み、人工呼吸をして蘇生させようとした。それから、亡くなられた、と言って泣いた。

ジョーとその家族は、ソプラノ歌手の部屋にあるものを一切変えなかった。ショールまでそのままにしておいた。幼い女の子はそのショールで人形をくるんだ。女の子は地元の小学校に通っている。登校拒否をしていた、修道女が経営する学校の格子縞のスカートをはいた姿は、特権階級の娘のようだ。彼女はモロッコ人の女の子と遊んだ。ヘブライ語をすぐに使えるようになった。

男やもめは相変わらずジョーとチェスをしている。ジョーが仕事をしているときには――彼はいまもゴールドファンガー氏の介護を続けている――いままでどおりゴールドファンガー家でチェスをする。ジョーが家にいるときにはジョーの家でチェスをする。ジョーの奥さんは香辛料の効いたシチューを作る。しばらくして男やもめがその材料について訊いた。肉とさつまいもと木の実だとわかった。それからしばらくして、今度は料理の仕方を訊いた。彼の食生活はよいほうへ変わりつつある。

ふたりはチーク材の、見事な彫刻が施された低いテーブルでチェスをする。ほかの家具と同じように、ラテン・アメリカで作られ、ソプラノ歌手が亡命したときにいっしょに運ばれてきたものだ。いまも壁には歌手がステージに立っているさまざまな写真が飾られている。女の子は三人目のプレイヤーのようにテーブルの横の床に座って、駒の動きを追っている。

ゴールドファンガー夫人は、ジョーの運命が変わればここでの人間関係が変わってしまうのではないかと案じていた。もちろん、彼がいてくれてありがたいが、彼女は考えていた。考えていたのだ……あの人にはこの部屋を遺すような身内がひとりもいなかったのか、と。

「あの人に身内などいませんでしたよ」とタマルの祖母は言った。

「そしてあの人はまったくの正気だったと思いますしね」ゴールドファンガー夫人はそう言ってため息をついた。

「おっしゃるとおり」

実のところ、アパートメントの中ではなんの変化も起きなかった。ジョーは妻に遺贈された部屋で暮らしているが、夜の介護をいつも快く引き受けた。そんな晩にはときどき夕食を作ることもあったが、たいていは彼の妻が料理をした。そしてモロッコ人の子供たちが立ち寄ったり、男やもめや、ときにはタマルや、タマルの祖母もやってきた。ゴールドファンガー夫人が帰宅すると、まるで彼女の家で小パーティでも開かれているかのような賑やかさだった。ゴールドファンガー氏は人の集まりが好きだった。彼は、ジョーの姿が見えなくなったときだけそわそわしたが、ジョーが部屋に戻ってきて目が合うと、いつものように穏やかで空っぽの状態に戻った。

協定が更新され、範囲が拡大され、市民権の条項が加わり、ジョーの祖国の人々がたくさんやってきて、いろいろな職に就くようになった。ある者は凄腕の物乞いになった、と言われている。「アログ」という名詞はヘブライ語の語彙に入った。族長という本来の意味からは離れたが、基本概念は失われていない。少なくともエルサレムでは「なくてはならない住民」という意味で使われている。物事にこだわらないテルアビブでは、管理人を意味する言葉で使われている。

巡り合わせ

Chance

わたしたちの町の会堂《シナゴーグ》が、チェコスロヴァキアにあったモーセ五書《トーラー》の新しい落ち着き先に選ばれたとき（それを所有していた村が消滅してしまったのだ）、巻物委員会は象牙色の紙に緑色の文字で書かれたきわめて麗々しい招待状を各家に送った。それには、一九七五年十一月十六日の日曜日、午後二時に開かれる受納式へご参列ください、と書かれていた。

招待状からは、巻物委員会が独善的な委員長――先唱者《カンター》（礼拝堂で典礼を司る人）の奥さん――の下でやきもきしていたことなど窺い知れなかった。でも両親もわたしも、隣に住む委員会のメンバーのサムから逐一報告を受けていた。先唱者の奥さんは、受納式は――キリスト教徒の冴えない安息日である日曜ではなく――金曜の夜か土曜の午前中におこなうべし、と言い張ったのだ。委員会のメンバーは一致団結して反対した。このアメリカの中部では、日曜こそが式典をおこなうのにふさわしい、と。日曜日なら、大学職員や興味を持っている非ユダヤ人や、ひょっとしたら市長だって参加してくれるかもしれない、と。そこでシナゴーグの管理人《セクストン》が、トーラーが到着しても受納式をおこなうのは三週間先になる、という驚きの事実を告げた。

トーラーは地下室に安置しておくしかなかった。死体でもないのにですよ！　と管理人は嘆いた。なぜなら、トーラー到着直後の日曜日にはレイボヴィッチ家とサットン家の婚礼が執りおこなわれる予定になっていたし、その次の日曜日にもリーマン家とグロスマン家の婚礼がおこなわれることになっていたからだ。

ほかに手だてがありますか？　婚礼を延期するなどありえなかった。サムと管理人はシナゴーグの真下にある集会所脇の小部屋を洗い清め、ラビがその部屋を祝福した。そしてドアを閉めて鍵を掛けた。ユダヤ人たちの忙しい日常は続いた。

シナゴーグでは毎週さまざまな活動がおこなわれていた。月曜の夜に開かれるのはタルムード学習会。火曜には大人のためのヘブライ語教室。水曜には各種の委員会。木曜には六時から八時まで、大学教授がハシッド思想に関する研究会を開いていた。金曜の夜と土曜の午前中は礼拝に使われた。そして日曜には子供たちが、新しい聖所に隣接する古くて不愉快な校舎に入っていった。その日曜学校のために親たちは金を払わなければならなかった（自分の子供に金を払って参加させる親もいた）。日曜学校以外の授業は無料で、だれでも参加できた。

月曜の午前中にチェコのトーラーが飛行機で到着した。先唱者、ラビ、シナゴーグの管理人、サムが、掃除の行き届いた小部屋にトーラーを恭しく安置した。鍵の掛けられた部屋に置かれていたので、タルムードの学習者やヘブライ語教室の生徒、ハシッド思想研究者、各種の委員会のメンバーなどは、そこにトーラーがあるとは思いもしなかった。管理人はときどき見に行った。しかしトーラー研究会の人たちはあくまで近づこうとしなかった。

トーラー研究会にはだれもが参加できるわけではなかった。研究会の人たちは日曜の夜に個人の家に集まった。たいていはわたしの家だったが、先唱者の家に集まるときもあった。先唱者の家の食堂はひどく格式張っているんだよ、鏡板が張られていて、壁紙は暗い色で、シャンデリアは薄暗いんだ、と父は言った。研究会の人たちが先唱者の家のマホガニー製の長テーブルに集まるときには、上座や下座に座る人はいなかった。テーブルの真ん中あたりの両側に三人ずつかたまって座った。先唱者の奥さんは、レースのテーブルクロスを敷いてくださいよ、と言った。みなその繊細な模様のレースに手こずった。わたしの家に集まったときに機械のような声でカードを配る母の癖より、はるかに質《たち》が悪かった。

「先唱者の奥さんがそんな細かいこと言うのはどうしてなの」とわたしは両親に尋ねた。

「ブリュッセル出身だからなあ」と父は言った。

「子供がいないせいかもしれないわ」と母が説明した。

「それとも、アントワープだったかな」と父はため息をついた。「チップがあのひどいレースにひっかかって厄介このうえないんだ」

わが家のキッチンにある、朝食用のフォーマイカの丸テーブルには、テーブルクロスなど必要なかった。八人が楽に座れた。九月のわたしの十四歳の誕生パーティでは、十人以上の友だちがそこで押し合いへし合いしながらピザを食べ、アジンタの指導のもと、ブードゥー教のへちまを作った。大学二年生のアジンタは、そのときはまだわが家に寄宿していた。

トーラー研究会の人たちのために、テーブルの上に置かれるのはたいていプレッツェルの入った器だった。でも、リーマン家とグロスマン家の婚礼があった日曜の夜にテーブルの中央に置かれたのは、百合とフリージアの生花だった。わたしの両親はその式と披露宴に出席し、母がお皿の下に紙の雛菊の花があるのを見つけたからだ。それは生花のテーブル・アレンジメントをもらえるという印だった。

わたしは蕾をいじくりながら「ディディ・オ・サヴァルー！」と歌った。アジンタが家から出ていっても、わたしはまだブードゥー教から離れられないでいた。

「もう、うるさいわね」母はそう言ったが、怒ってはいなかった。「お料理を手伝って」

それでわたしは、食堂とキッチンとを隔てるカウンターで下ごしらえをしている母のところに行った。ハロウィーンは過ぎていた。窓の向こうに見える裏庭は落ち葉に覆われていた。カボチャが窓かまちでひっそりと腐っていた。

母は、研究会の人たちに出すための牛肉を薄く切っていた。チーズとトマトとライ麦パンも薄く切った。わたしはそれを横長の大皿に、水平に並べて盛りつけた。それからピクルスをあちこちに垂直に置いた。楽譜みたいに。母はそれを冷蔵庫にしまった。

わたしはテーブルの上に吊り下がっている明かりをつけた。間もなくこの明るい円錐形の光は、リーマン家とグロスマン家の婚礼花だけではなく、ビールとサイダー用の七脚のグラスも照らすことになる（先唱者の家では奥さんはジンジャーエールしか出さなかった）。夜も更けるころになれば、色とりどりのサンドイッチを照らす（先唱者の家では硬いペイストリーの皿を食器棚に入れておくだけだった）。そしてゲームがおこなわれているあいだは、博識な六人の男とひとりの女の顔を照らすはずだった。

七時半になった。父が書斎から出てきて伸びをした。玄関の呼び鈴が鳴った。

先唱者とラビが前後して部屋に入ってきた。このふたりは多くの時間を共に過ごしていた。ふたりで礼拝を執りおこない、バトミツバ（十二歳から十三歳までの少女をユダヤ人社会の一員として正式に受け入れる儀式）の準備をし、上層部に活動報告をした。それればかりか、冬になればスケートをし、春になれば農場の広がる辺りまでサイクリングに出かけた。ふたりが自転車に乗っていくのを目にしたことがある。先唱者の大きなお尻は郵便袋のようにシートからはみ出していた。ラビの巻き毛は羊の角のように帽子の両側から突き出していた。先唱者の奥さんもときどきサイクリングに出かけた。十段変速の自転車に乗っていても背筋をしゃんと伸ばしたままだった。

「いやあ、こんばんは」と先唱者はわたしたち家族に言い、わたしの頬をつねってはいけないことを思い出して堪《こら》えた。

「こんばんは」とラビは父とわたしに言った。

その次に、わたしの友人マージーのお父さんとおじいさんがやってきた。マージーのお父さんはシナゴーグの会計係だった。金融業を営んでいて羽振りがよかった。マージーはお父さんを「高利貸し」と呼んでいた。「高利貸し」は奥さんが亡くなってから自分の父親を家に呼び寄せていっしょに暮らしていた。マージーはおじいさんを「家長」と呼んでいた。家長の湿った口が、縁取りのような髭の中から突き出ていた。高利貸しはいつも家長に、真っ白い模様が浮き出た白いシルクのシャツと、へちま襟のセーターを着せていた。

高利貸しの歩き方はダンサーのように優雅だった。挨拶代わりにわたしの母を気さくに抱擁し、わたしの頬に、唇が肌に触れるか触れないかというような中途半端なキスをした。家長は手を挙げて、いつもの祝福をした。

サムは隣に住んでいるのに、やってくるのはいつも最後だった。玄関の扉を開けてサムを招き入れたのはわたしだった。ほかの人たちはとっくにキッチンのテーブルに着いていた。リーマン家とグロスマン家の花は母がカウンターに移していた。

サムの背丈はわたしの肩にかろうじて届くくらいだった。五十代でくたびれ果てていた。「こんばんは、お嬢ちゃん」と陰気な口調で言った。

サムの後に続いてわたしはキッチンに行った。サムは母の横の空いている席に座った。わたしは自分の椅子を母の右斜め後ろの、少し離れたところに置いた。でも、ずっと席に座って見ているつもりはなかった。すぐに立ち上がってテーブルの周りを移動しながら、人々の手の中に扇形に広がるカードを順繰りに覗き込むことになる。移動する自由は、絶対に口を利いたり表情を変えたりしないという約束と引きかえに手に入れたものだった。ちょっと鼻息を荒くしただけでも、覗き込んだ人の手札が何なのかほかの人にわかってしまうからね、と父に言われた。だからわたしは表情をぴくりとも動かさなかった。テーブルを一巡すると、たいていカウンターのスツールに腰を下ろし、スツールの横棒にかかとを引っかけ、組んだ手をデニムの腿のあいだに突っ込む。そうやって背を丸めてその後の勝負の行方を見守った。

でもいまはまだ、わたしは母の絹をまとった肩の後ろにいた。母は婚礼に着ていったルビー色のドレスを着たままだった。わたしのところからは、母の「分を弁《わきま》えない鼻」の尖端だけが見えた。母はユダヤ教に改宗した熱心な信徒だったが、ひときわ美しい横顔まで変えることはできなかった。ランプのぼんやりした光に照らされていても、母は意地悪な大叔母ハンナの言葉によれば、「〝美しきものは永遠に異教徒《ゴイ》〟」だった。

白髪頭の先唱者と若いラビも美男子で、スポットライトを浴びるにふさわしかった。家長は高齢であることで品格が加わっていた。

高利貸しは端正な顔立ちをしているという評判だった。マージーの話によれば、女たちにいつも追いかけられていて、追いかけているのは独身女性ばかりではないということだった。テーブルでは高利貸しは、配られたカードを温かく迎え入れた。一枚一枚のカードを愛する気持ちは無限でもあるかのように。降りる——参加しないことを表明してカードを伏せて置く——ときには、できの悪いわが子を思いやるような手つきでカードを伏せた。頭上のランプがその髪を明るく照らし、唇に陰影を作った。

隣家のサムはハンサムではなかった。小さな曲がった鼻に気持ち悪い毛が生えていた。上唇がしょっちゅうめくれあがって、黄ばんだ歯が剝きだしになり、そのまま唇が上の歯茎にひっついて戻らず、ひくひくすることもあった。上半身もひっきりなしに動いていた。「ああいう亡霊みたいな人は」アジンタが九月のある日、キッチンの大きな窓から隣家の落ち葉の掃除をしているサムを見ながら言ったことがある。「墓にきちんと横たわれないかもね。自分に復讐しなくちゃならないという思いに苦しめられて」

　アジンタ――洗礼名はアン――の両親はデトロイトに暮らしている歯科医で、娘がカリブ海風のしゃべり方をするようになったことに怒り心頭に発していた。さらに、娘が十月にアイヴス・ニールソンと部屋を共同で使うことになるのを知って堪忍袋の緒が切れた。ニールソンは〈赤髭〉という名の自然食品店のオーナーで、店名どおり赤い髭をしていた。ある晩、わたしの母はアジンタのお母さんを安心させるために長電話をした。わたしは寝室の子機で盗み聞きした。

「そういう年頃なのよ」と母は言った。「アジンタは、ええと、つまりアンはね、哲学科が性に合わなかったの」

「あんなスウェーデン男なんかに夢中にならずに、医学コースに変更することだってできたのよ」

「つかの間の反抗よ」と母は言った。

「あなたのときみたいな？」と歯科医は言い返した。

　亡霊であってもなくても、サムはその夜ずっとチック症に悩まされていた。負けるたびに両肩がしょっちゅう上下した。

　父もハンサムではなかった。父の容貌がよくないことに、つい最近、突然、わたしは気づいたのだった。蛇が耳元で秘密を囁いたかのように。気づいたことが恥ずかしかった。父の禿げ上がった頭がランプの下でてらてらと光っていた。大きく突き出た鼻も輝いていた。口にくわえた葉巻も明るく光っていた。父の内面を表しているのは声だけだった。博識な人物ならではのベルベットのようななめらかな声。父は政治学の教授だった。笑みを浮かべると、二本の前歯のあいだに隙間が見えた。その隙間は、夏に湖で泳ぐときにがぜん威力を発揮した。水面から天を仰いで鯨のように潮を噴くのだった。

ポーカーについてわたしが知っていることはみんな、トーラー研究会のゲームを見て覚えたものだ。最強の手がロイヤル・ストレート・フラッシュだということもそこで知った。でもこれはもっともだと思う。円錐形のエースのテントの下に王と女王、その子、さらに家令10のいる集団より強いものがあるだろうか？　次に強いのが、同数字のカードを四枚揃えたフォーカード。たいていの勝負に勝てる。その次は、同数字のカード三枚と別の同数字のカード二枚を揃えたフルハウス。同マークの札を五枚集めたフラッシュ。いちばん弱いのはワンペア。ワンペアすらだれも作れないときは、手札にいちばん大きな数のカードのある者が賭け金をさらっていく。

カードを配る人《ディーラー》はその回の親として、ポーカーの種類や賭け方を決める。親は時計回りに順番に変わっていく。勝負で賭け金を表明する順番も時計回りにおこなう。ドローポーカーの場合は自分の手札を場にさらさない。他の人の手札は、その態度や賭け方、カードを何枚捨てて取ったかを見て推測する。スタッドポーカーは、カードをテーブルの中心に向けて、一枚目は表を伏せ、二枚目からは表を出して配られる。表を伏せたカードを「ホール」という。プレイヤーは自分のホールしか見ることができない。

二十代のころ、毎週大きな金額を賭けてポーカーをやっている男と短いあいだつきあったことがあり、そのときに、トーラー研究会の人たちがおこなっていたのはポーカーとは名ばかりのものだったことがわかった。「勝者がふたりもいるだって？」とその男は馬鹿にしたように笑った（両親の家でおこなわれていたスタッドポーカーでは、最強の手の人とビリの人とで賭け金を分けていた）。「シカゴというのは？」と彼は訊いた。ホールにスペードの最弱の札がある人が最強の手を作った人と場の金を山分けすることよ、とわたしは気後れしながら言った。「人種差別主義者が命名したんじゃないだろうな」と彼は言った。

「ひどい言い方」

「きっと楽しい集まりだったんだろうね」と彼は急いで言い足した。

白いチップは五セント、赤は十セント、青は二十五セントに換算された。わたしの母が不思議なルールを編み出したが――四番目に強い人が勝つ「真ん中の逆襲」とか、勝負から降りたければ場にある金額と同額のチップを払わなければならない「奴隷」など――採用されることはなかった。所場代《アンテ》はドローポーカーでは十セント、スタッドポーカーでは五セントだった。スタッドではペアカードができるまで十セントは出せず、レイズする場合の賭け金は最初の賭け金の額より多くしてはならず、一回の勝負で三回しかレイズできなかった。つまり、両親の友人たちはきわめて少額で勝負をしていたのだ。そのためサンドイッチ代すら稼げなかった。

とはいえだれもが――少なくとも男の人たちはみな――勝負に熱中した。値段のつけられない高価なもの、たとえば富や名声や王女を賭けて勝負しているかのようだった。

この夜、最初に親になったのは家長だった。「カード五枚のドローポーカー。アンティは十セント」と言った。

　家長は全員に五枚のカードを配った。わたしのいるところから見えるのはサムと母の手札だけだった。サムにはジャックと10がある。このカードなら勝負に出るだろう。母は低い数字のワンペアだが、母ももちろん勝負に出る。

　家長は左にいる先唱者に「どうぞ」と言った。

「十セント」と先唱者は言い、赤いチップを一枚投げた。

「レイズ」とラビは言い、赤いチップを二枚出した。ラビは先唱者の左側、サムの右側に座っている。わたしのところからはサムの表情は見えず、お粗末な手札だけが見えた。そしてラビは巻き毛しか見えなかった。

「コール（同額で勝負を継続すること）」とサムが言い、ラビと同じく二枚のチップを出した。

「レイズ」と母が言った。弱っちい5のワンペアで。

　高利貸しはにっこりと笑ってコールした。父は額に手をやってコールした。家長は降りた。残りの人たちもコールした。

　ドロー（捨てたカードと同じ枚数を山から引くこと）が始まる。先唱者は一枚引き、ラビは二枚、サムは三枚引いた。母は二枚引いた。クラブの5とクイーンが来た。父は一枚引いて眉をひそめたが、それは仲間を惑わすためかもしれなかった。

　次の回は母から始まった。母は十セントを賭けた。高利貸しは降りた。父も降りた。先唱者も降りた。ラビは赤いチップを投げた。サムは降りた。サムの肩がぶるぶると震えた。

ラビと母がテーブルにカードを広げた。ラビは9のスリーカードで、母は5のスリーカードだった。同じカードが三枚も揃うなんてことがあるだろうか。トランプのカードは五十二の階乗の順列で、ジョーカーが入ると五十三の階乗の二倍になる（トーラー研究会では、母がジョーカーを入れてほしいと頼んでも、聞き入れられなかった）。五十二枚の階乗は膨大な数だ。とんでもない奇跡としか言いようがない。さらに、ラビが9のスリーカード（スペードの9がない）で母の5のスリーカード（ダイヤの5がない）に勝ったその夜の一回目のゲームから、かれこれ二十年も経っている。わたしも自分の記憶を怪しいと思うだけの知恵は身についてるはずだ。

でもその瞬間のことは昨日のことのように鮮やかに覚えている。ふたりは互いの手札を見た。それから母はラビの目を見ながら、にっこり笑いかけた。ラビは母に笑いかけたが、目はチップの山を見ていた。

「ぼくはツーペアだった」と父が興奮した声で言った。「しかし引いたカードが悪かった」

「わたしだってワンペアだったのよ」と母が言った。

「ワンペアでレイズしたのか？」と父が言った。「なんてことだ」

「引きが強いってことよ！」

「でも惜しかったですね」高利貸しはそう言って微笑んだ。

ラビが身を乗り出してチップの山を手前にかき寄せた。白いチップが一枚床に転がった。わたしはそれを拾い上げ、なんとなくジーンズの前ポケットに入れた。

トーラー研究会で札を礼儀正しく配ることを学んだ。少なくとも研究会ではそのような態度を実践していた。スタッドポーカーでは、表を出して配られるカードは全員に見えるが、親はそのマークと数字を言いながら配るのが習わしだった。さらに、そのカードで作れそうな手についても意見を述べた。先唱者は二回目の勝負でラビにカードを配りながら「またハートですね。フラッシュかな」と言った。8のカードが置かれたサムの前に9のカードを配るときには「ストレートができそうですね」と言った。母の前にある6のカードの次に4を置いたときには「なかなかいい数字ですよ」と言った。高利貸しのダイヤのジャックの次にスペードの8を置いたときには「役は無理そうですね」と残念そうに言った。「誰にもわかりません」先唱者は遅かれ早かれ肩をすくめてそう言うことになる。そして祖先のイディッシュ語で「ヴェア・ヴェイスト」と言うのだ。誰にもわからない《ヴェア・ヴェイスト》というのは、ペアにも、ストレートにも、フラッシュにもならない、値打ちのない寄せ集めの手札のときに言う言葉だ。どうしようもないカードばかりが配られて、役が作れないのに降りずにいる者には、「ヴェア・ヴェイスト」という言葉が不吉なものに聞こえ、わたしたちには見ることのできないカードがあり、知ることのできないものがあることに、否応なく気づかされた。

　日曜日の夜のわたしの役目は飲み物を注いだり、電話がかかってきたときに両親は外出していますと告げたりすることだった。だからとても忙しかった。マージーから必ず電話がかかってきた。

「彼、どんな服を着てる?」という質問が彼女の挨拶だった。

「普通の法衣」

「そんなはずないでしょ!　焦らすのはやめて」

「灰色のズボン、灰色のストライプのシャツ、茶色いセーター」

「ありがとう。ちょうど『井戸のリベカ（「創世記」に登場する女性で、イサクの妻になる）』を読んでいるところ。来週の宿題の。チェコの巻物の儀式には出る？」そしてわたしの返事を待たずに彼女は続けた。「なにを着て行く？」さらに返事を待たずに、「わたしは聖書に出てくるようなすてきな服を着るつもり。リベカが旅人の駱駝に水をやったとき、いくつだったと思う？」と言った。

「三十」

「十三よ！」

わたしは勝負を見に戻った。親はひとまわりしてまた先唱者になっていた。たしかそうだったと思う。七枚のカードのスタッドポーカー。わたしは家長の後ろに立った。母はハンカチで眼鏡を拭いていた。お母さんが美しい青い目に眼鏡を掛けているのは、あえて魅力を消すためなんだよ、と父が言ったことがある。父の曾祖母もその理由から既婚婦人用の鬘をつけていた（既婚婦人は頭髪を剃り、鬘を着けるのが古くからのユダヤの習わし）。

「クイーンのワンペアに違いないですな」と先唱者は家長に頷きながら言った。

「十セント」と家長が言った。

「コール」先唱者は愛の告白を始めたような口調で応じた。三十数年前、高校を卒業したばかりの先唱者はアンツィオの海岸で戦った。北進するときにテノールの声に磨きをかけたのだ。解放後のパリで、彼は後に妻となる女性と出会った。

サムは配られた札を見てあからさまに落胆した。でも落胆は惨めさとは違う。集まりが終わって家に帰らなければならなくなると、サムは見るからに惨めな様子になった。サムには息子がふたりいたが、ふたりとも陰気な家から逃げ出した。ひとりはニューヨークで理学療法士になり、もうひとりは西海岸で、言うのが憚られる生活をしていた――いずれにせよ、サムはその息子の話は一切しなかった。

わたしの知る限り、サムの奥さんはマージーの気の毒なお母さんと同じようにこの世に存在していないと言ってよかった。ときどきキッチンの窓からちらりと見える青白い顔や、二階のカーテンを閉めるときに見える腕だけの存在でしかなかった。ある雨の朝、わたしが風邪で学校を休んで家にいたとき、その奥さんが郵便配達人に手紙を渡すために玄関の前の小径を駆けてくるのを目にした。ポストに投函し忘れた手紙か、配達間違いの手紙だったのだろう。配達人はその手紙を受け取った。サムの奥さんは踵を返し、ゆっくりと小径を戻っていった。風のせいでわずかしかない赤毛が乱れ、ピンク色の部屋着ははだけ、栗鼠のような顔に雨が激しく打ちつけていた。

「どうしてサムの奥さんはあんなふうなの？」と母に尋ねたことがある。

「お酒のせいね」母は酒飲みには詳しかった。社会福祉の非営利団体で働いていたからだ。

十時半に、家長が最強の手と最弱のスペードの札の両方で勝って賭け金をすべてせしめたとき、母は椅子を後ろにずらした。「わたしは抜けます」

「もうそんな時間か？」とサムは唸った。

男たちはゲームを続けた。母が冷蔵庫から皿を取りだし、コーヒーメーカーにプラグを差し込み、わたしは空になったビールのグラスを片付け、解凍したキャロットケーキを八つに切り分けた。母がグラスを食器洗い機に入れると、わたしは高いスツールに腰をおろし、ようやくゆっくりとラビを観察することにした。マージーの指示でそうしたのだ。わたし自身が好きなのは学校の化学の先生だった。

ラビは三十歳くらいだった。社会学で博士号を取り、聖職の資格を持ち、ギターも弾けた。たどたどしくも雄弁だった。二年前にこの町にやってきてからというもの、土曜の朝の礼拝はいつも人で溢れ返った。金曜の夜、マージーは髪を洗い、蚤取り石鹸も使ってボリュームを出した。土曜の朝になるとベルベットのスカートとふわりとした袖のブラウスを着た。そしてシナゴーグまで歩いていった。礼拝が終わると集会所に行き、婦人たちが配る甘いワインを飲み、木の実入りクッキーを食べた。しばらくすると彼女はラビににじり寄っていった。飲み物を持った女性たちの顔がこわばった。母に死なれた哀れな男たらし！　マージーはトーラーのことでなにか尋ねた。その質問はJ・H・ヘルツの解説書から拝借してきたものだが、陽気さは自前のものだった。ラビは丁寧に受け答えをした。彼女は離れていった。

七枚カードのスタッドポーカーになった。ラビは自分のホールを落ち着き払って二度覗いた。目は墨のように黒かった。目の下にかすかな染みがあった。ラビの髪を見ているうちにわたしの指先がずきんと疼いた。突然、化学の先生の顔を思い出せなくなった。さっき拾った白いチップがわたしの太腿を焦がした。もはやマージーのためにラビを見ているのではなかった。自分のために彼の姿を心ゆくまで見ていたのだ。そのとき、ラビが見ているのが自分の手札ではないことにわたしは気づいた。暗くなったキッチンの窓に映ったわたしの母を心ゆくまで見ていたのだ。

窓に映った寒そうなキッチンは、いつの日かわたしの息子が見るかもしれない一枚の写真のようだった。息子はおそらく写真に写ったわたしとわたしの両親はわかるだろうが、ほかの五人はだれなのだろう、と思うはずだ——芝居に出てきそうな白髪頭の男、髭を生やした老人、ラテン系の色男、小柄な男、炎を内に秘めた若い男。わたしはまだ生まれてもいない詮索好きな息子に思いを馳せ、それから鍵のかかった部屋に置かれ、新しく生まれるのを待っているチェコのトーラーに思いを馳せた。わたしは体をぶるぶると震わせた。犬みたいでないといいけれど、と思いながら、もう一度ラビを見た。水の妖精みたいでしょ？

その勝負でラビは家長に負けたと思う。そして最後の勝負になった。父がポットリミットと言い、ポットにある合計金額を賭け金の上限とする勝負でその夜を締めくくることになった。カード五枚のドローポーカー。何度レイズしてもよし、テーブルにある手持ちの金額を全部賭けてもよし。

父が親だった。すぐにチップをテーブルに放り投げた。わたしが見ていたのは父の手札だけだった。ジャックと10の札が来た時点で父は降りたが、他の人たちは三回レイズした。だれもがカードを二枚捨てて引いたが、ラビだけは一枚も替えなかった。

その強さの、あるいは臆病さの表れた行動に、だれかが低い声を漏らした。

「チェック（賭けずに様子を見ること）」と家長が言った。

「チェック」と先唱者も応じた。

ラビは賭け金の上限を賭けた。そのとき五ドルくらいにはなっていたと思う。

「とても払いきれない」とサムは言って勝負を降りた。

しかし高利貸しはにこやかな天性の笑顔でさらにレイズした。家長と先唱者が降りた。

そしてラビがもう一度レイズした。わたしはスツールから降りて家長の後ろにまわった。グシャッという音がした。窓かまちに置いてあるカボチャが破裂したのだ。わたしは先唱者の後ろを通り過ぎてラビの背後で歩みを止めた。彼の手札はスペードのキング、クイーン、ジャック、10。そしてクラブの9だった。

われらの神の僕《しもべ》が、ストレート・フラッシュ崩れのストレートで無謀にも勝負に打って出たことを知ってわたしは衝撃を受けたが、それでも父との約束を必死で守ろうとした。声を出したり、息を呑んだり、笑みを浮かべたり、顔をしかめたり、もっと首を傾げたり、肩の位置を変えたり、ラビの椅子の背もたれを握る手にさらに力を込めたりはしなかった。でも、額のあたりが炎を近づけられたように熱くなった。髪の毛が焦げてると言われても不思議はないくらいの熱さだった。

高利貸しはラビの表情を確認しようとちらっと目を上げた。わたしの顔も目に入らないわけにはいかなかった。わたしが必死で隠した動揺を誤解した彼をだれが責められよう。わたしが見ているのはロイヤル・ストレート・フラッシュ、少なくともフォーカードだ、と彼は思ったに違いない。

「賭け金はあなたのものだ」と高利貸しは礼儀正しくラビに言った。そしてそうする必要はなかったが、自分の手札を見せた。ストレートだった。一方ラビは、手に持っていたカードを伏せて下に置き、もう一方の手でほかの捨て札をかき集めると、意味をなくした自分のカードを、役割を終えたほかのカードと混ぜ合わせた。ラビは手札を見せなくてもよかった。はったりがきかなかったとき、その手札を見せるのは戦略上大事だというのはわたしも知っていた。でも、はったりが成功したときには手札を見せずにおくのがいちばんなのだ。とりわけ背後からカードを覗いていた者の力を借りてうまくいった場合には。後で父がわたしに言った、おまえの顔はトマトそっくりだったよ、と。

チェコのトーラーを受納する式典は予定通り二時に始まったが、信徒とほかの宗派の人々はみなその十五分前には着席していた。

会衆席は人で溢れ返っていた。八角形の礼拝堂は明るいオーク材でできていて、大きな窓は、ステンドグラスではなかった。明るい午後の光が礼拝堂に射し込んでいた。

両親とわたしは一時半には着いていた。まるで自分の婚儀ででもあるかのように両親に挟まれて入っていったが、通路側の席に座らせてくれた。入ってくる人々がよく見えた。サムの奥さんは夫にぐったりと寄りかかっていた。サムの体はそれを支えるために奥さんのほうにぐっと傾き、彼がふたり分まとめて歩いているように見えた。マージーはおじいさんと腕を組んで通路をしずしずと歩いてきた。彼女の衣装はアジンタに手伝ってもらって集めたようなもの――オレンジ色のカフタン、オレンジ色のターバン、そしてキドゥーシュ・カップ（ユダヤ教で、安息日の祈りのときにワインを注ぐグラス）ほどもある大きな銀のイヤリング――だった。市長は知り合いに会釈した。大学の偉い人たちはだれにも会釈しなかった。ほかのキリスト教徒たちはコンサートに来たみたいに真剣に耳を澄ましているように見えた。アジンタはスカンジナビア人の恋人の手を握りしめていた。開拓者風の肌によく合う茶色のハイネックのドレスを着ていた。いまではスカンジナビア風のアクセントで話しているのだろうか、とわたしは思った。

二時ぴったりに先唱者の奥さんが入ってきて、講壇《ヒーマー》を通り過ぎて聖書台のところまで進んだ。男のような声で挨拶した。「これは重要な式典です」と大きな声でがなりたてた。「多くの人々の努力が結実したのです」彼女のスピーチは短かった。短くするつもりはなかったのかもしれないが、彼女が

五、六行読んだところで、わたしたちの注意がシナゴーグの後ろのほうに逸れてしまったのだ。開け放たれた入口に先唱者が立っていた。「畏敬の日」に着用する白い法衣を着ていた。体の前でチェコのトーラーを捧げ持っていたが、安息日《サバス》にわたしたちのトーラーを運んでくるときほど自信満々という感じではなく、壊れやすいものを持っているかのようにびくびくしていた。黄色い絹にくるまれた巻物は、ひ弱な赤子のようだった。

先唱者は進み出た。通路に分厚い絨毯が敷かれているため足音は聞こえなかった。オルガンも合唱もなかった。音が一切消えていた。先唱者の後ろを、白い法衣を身につけたラビが続いた。その目は、先唱者の白い肩の上に突き出ているトーラーの軸に注がれていた。ラビの後には、スーツの上にタリート（儀礼用肩掛け）を掛けた礼拝堂の役員たちが続いた。高利貸しのタンゴを踊るような足取りは影をひそめていた。

タリートの集団は白い法衣の後から中央通路を進み、前通路を横切り、三段の階段を上がって講壇まで行き、そこから聖書台に向かった。しかし、先唱者は聖書台から少し離れたところで立ち止まり、会衆のほうに体を向けた。ラビもこちらを向いた。リハーサルをしなかった老人の中には、白い法衣のふたりにぶつかって講壇の上で足を取られ、倒れそうになる者もいた。間もなくだれもが動きを止めた。先唱者の奥さんの姿は講壇から消えていた。でも、彼女の緑色の堂々とした肩先が最前列にあるのが見えた。その肩先が見えなくなったと思ったら、なんの合図もなく、会衆全員がいっせいに立ち上がった。

「おお、わが父なる神よ」と先唱者が始めた。その低くよく響く声がひび割れた。「神よ」ともう一度言い直した。顔をガラスのように輝かせながらも話を続けた。「われら、ベト・シャーロムの者たちは、この聖なる巻物を、スラフコフ村の汝の崇拝者たちが唯一遺した巻物を、受納いたします。村の人々はひとり残らず、マイダネク強制収容所で滅ぼされました。このトーラーを読むたびにわれわれは滅ぼされた兄弟姉妹、その愛する子供たちのことを考えることでしょう。神よ、われわれがこのトーラーに恥じない者でありますように」

先唱者はヘブライ語の祈りを唱えた。わたしはそのあとに続いて祈りを捧げてもよかったのだが、心の中で思っていたのは成人の儀のための講習会で学んだスラフコフ村のことだった。その村のユダヤ人は職人と行商人と金貸しだった。なかには学びの舎《ベイス・ミドラシュ》で一日中聖書を読んでいた人もいただろう。さらにわたしは、想像するしかないことに思いをめぐらせた。なかには酒を飲み過ぎる人も、隣人の銀を欲しがる人もいただろう。農家の女と寝た者もひとりやふたりはいたはずだ。小さな男の子のなかには学校に火をつけようと思った子だっていただろう。日曜の夜に店の前に集まり、しばし現実の煩わしさを忘れてトランプでの頭脳的な駆け引きを楽しんでいた男たちもいたはずだ。

先唱者は祈りを終えた。彼は巻物をラビに渡した。ラビはそれを真っすぐに立てて持った。そして聖なる櫃《ひつ》（儀式用のトーラーを収納するために、シナゴーグのエルサレムに向いた隅に置かれた箱）に向かった。会衆の長が聖なる櫃を開けた。ラビがチェコのトーラーを、いつも使っているトーラーの横に置いた。

信徒たちはすすり泣いた。わたしも泣いた。繋がりを失ったもの——ヴェア・ヴェイスト——を思って。母を慕うマージーと、ひとりで暮らしているラビのことを思い、子供のいない先唱者の奥さんと、見捨てられたサムの奥さんを思って泣いた。そして愛を夢見ていたのにいまや灰となったスラフコフ村のユダヤの息子や娘たちを思って泣いた。頬が燃えた。目の前の会衆席をつかみ、その拳を見てから顔を上げると、高利貸しの悲しげな眼差しに出会った。

トイフォーク

Toyfolk

町の広場でファーガスは、習い始めたばかりのチェコ語を口に出してみた。「店はみな一階にあって、人々は二階に住んでいます」

「英語しか話さないよ、おれは」新聞売りがドイツ語ではねつけるように言った。左手が手押し車の日除けの上に置いてあった。人差し指と中指がなかった。その見えない指がファーガスの喉元を指していた。

「この道路の丸石は、以前は明るい灰色でした。いまはくすんだ灰色です」ファーガスはなおも続けた。

「手押し車の底に別の雑誌があるぜ」と新聞売りはフランス語で言い返した。

ファーガスは首を横に振ったが、咎めるつもりはなかった。広場の真ん中に建つ古い教会は傾いていた。その時計の長針は六十秒毎にカチリカチリと鳴った。あれをずっと聞き続けていて頭がおかしくならないのだろうか。キスのように、あれなしでは暮らせなくなるのだろうか。買い物客の列は少しずつパン屋の中に吸い込まれ、八百屋はキャベツに水を振りかけながら横歩きをしていた。十月の陽射しの下では、小さな町全体が――教会、小売り店、庇のある店先が――ニスを塗られたように輝いている。

「さようなら」とファーガスは新聞売りに言った。

「さよなら、おもちゃ屋《オルヴォワール》さん」

ファーガスは笑みを浮かべながら歩き去った。

彼はトイフォークの事業部長だった。建設用地が選ばれると新しい土地にやってきて、おもちゃ工場の建設を監視し、労働者を雇い入れ、当面のあいだ――普通は十年ほどだが、それほど長いとは思わなかった――工場を運営することになっている。

編み物店には毛糸の玉がピラミッド状に積まれていた。真ん中あたりの毛糸玉に猫が飛びかかれば、全部崩れてしまいそうだ。薬局の窓には昔ながらの真鍮の秤が飾られている。その隣は不動産屋だ。中年の女性がタイプライターの前に落ち着き払って座り、若い女性がコンピュータの画面をうんざりした顔つきで覗いていた。

その隣はなんの店だろう。外から覗けばわかるかと思ったが、小さな窓ガラスがびっしりと塡められていてよく見えない。何かの商品が並んでいるようだ。女性用のアクセサリーだろうか？　妻のバーバラと娘たちと息子の妻のことが頭に浮かんだ。それで彼は店の中に入った。

扉に取りつけられた呼び鈴が彼の来訪を告げた。何かが頭の上に落ちてきて、それから靴にぶつかった。手編みのピエロだった。

「あっ！」という女の声。

「おやおや」という男の声。

ファーガスはピエロを拾い上げると、屈み込んだまま、人形の上半身に一列に取りつけられた小さな木のボタンをじっくりと眺めた。ひとつひとつが手彫りだった。ピエロを掌で包み、その頭を二本の指で支えた。ようやくファーガスは体を軋ませて立ち上がり、周りを見た。

人形だらけだった。棚には無数の人形が、船上の奴隷のようにぎっしり詰め込まれている。乳母車には仲良く乗り合っている。あらゆる大きさの人形が重なり合っていた。揺り椅子に乗ったひときわ大きな人形はくたびれ果てたようにほかの人形たちを支えていた。

ノアの方舟があった。甲板にきれいに並んだ動物たちが鳩の知らせを待っていた。

びっくり箱。腕を組んで並んでいるパンチとジュディ。小さな印刷機。

たくさんの熊のぬいぐるみ……。それを見て、目頭が熱くなったりはしなかった。本当だ。目頭が熱くなったことを思い出したのだ。子供たちが大好きなぬいぐるみを腕に抱えて眠っていたことを。そして昔持っていた熊のぬいぐるみのビロードの手触りも。

「おやおや」と言った男と「あっ！」と言った女がおもちゃのケースの前に立っていた。ふたりとも四十代半ばくらいか。妻のバーバラは痩せていた四十代のときがいちばんきれいだった——辛く大変だった育児期間が終わり、加齢による衰えが始まるのにはまだしばらくの間があったときだ。いまファーガスをしっかりと見据えているこの女性にとって、美は昔からなじんだものに違いない。白い顔を縁取っているかつては金色だった髪は、いまは透き通っている。顎には、腕のいい彫刻家が彫ったような繊細なくぼみがある。青みがかった灰色の虹彩の縁は黒みがかっていた。花柄のスカートに、違う花柄のブラウスを着、ショールにも別の花が刺繍されていた。

男の目は優しい青い色だった。宮廷人のような小さな顎鬚を生やしているが、黒い服――だぶだぶのズボン、Tシャツの上にゆったりしたベスト――を身につけた姿は農夫のようだ。

ファーガスはぜんまい仕掛けのおもちゃが並ぶ棚まで歩いていった。横に一歩踏み出した。ケースの中では、小さなバレリーナたちが大きな鏡の前でポーズを取っていた。その鏡に、倉庫に続くアーチ状の、カーテンのかかった入口が映っていた。

さらに横に進むと、ひどい衣装を身につけた美貌の男女が鏡の中に現れた。

ファーガスは振り返って、「ここはお店ですか？　それとも博物館かな？」と尋ねた。

「中古のおもちゃを売っています」と男が答えた。フランス語訛りがあった。「それで博物館みたいになっていますけれど。たいていの観光客は入ってきて見るだけです。でも、ときどきは蒐集家もやってきます」

「自分たちの集めたものを売ることから始めたんです」と女性が言った。彼女にもフランス語の訛りがあった。「ここには工房もあるんですよ」

男は肩をすくめた。「ちょっとした木のおもちゃを作っているんです」

「町中の人が電気製品を修理してもらいたくてベルナールのところにやってきます」

「アンナは言い方が大袈裟なんだ」

「私はファーガスです」

ベルナールは頷いた。「噂のアメリカ人ですね。トイフォークの社長の」

「この町で隠し事はできません」とアンナは言った。

ファーガスは笑った。「社長ではなく事業部長です」

「トイフォークが来たら景気はよくなる。みんなそう言っています。お茶をいかが？」とアンナが言った。

新しい土地に出向いていくたびに、特別な友だちができた。ブルゴーニュでは羊を飼っている漫画家と親しくなった。ランカシャーでは日曜日が来るたびに、勝手気儘でひょうきんな歯科医夫婦といっしょに過ごした。歯科医夫婦の子供たちは、ファーガスとバーバラの子供たちと歳が同じだった。カナリア諸島では独身の市長が、はにかみながらも熱心に行く先々についてきた。そしてここでこのカップルに出会った。コース料理の最後の一品のように。しかもおもちゃを愛する人たちとは。素晴らしい巡り合わせだ。

「わが社が進出したところはたしかにどこも景気がよくなりました」ファーガスは用意された折り畳み椅子に座るとふたりに笑いかけた。アンナは踏み台に腰掛けた。ベルナールは立っているほうが好きだから、と言った。「わが社が進出するとそれまでよりよくなるんですよ。とにかく、そんなふうに思えます。美味しいお茶ですね。ブラックベリーですか？」

「ええ。ご家族は？」アンナが訊いた。

「子供たちはみな結婚して、それぞれ別の州で暮らしています。妻は来週こちらに来ます。いまはミネアポリスの孫のところにいましてね」

「おたくのアクション・フィギュア、ぼくは好きですね」ベルナールが唐突に言った。「あれを見ると鉛の兵隊を思い出すなあ。ただ、おたくは鉛ではなくプラスチックを流して成型している——そうですよね？」

「そうです。手足と上半身と頭部はね」ファーガスは咳払いをした。「調査によればアクション・フィギュアの市場が成長すると、昔ながらのおもちゃ市場も成長する。つまりあなた方と私は……いわば一蓮托生ですね」

「おっしゃるとおり！　でもぼくたちはおもちゃで生計を立てているわけじゃない。ぼくたちは家電の修理で暮らしているんです」

「わたしが暮らしていけるのはあなたのおかげよ」アンナが低い声で言った。それから敵を威圧するかのように顎を上げた。彼女はオルゴールを手に取り、それを膝の上に載せてネジを巻いた。正装した男女が、「チーク・トゥー・チーク」の曲に合わせてくるくる回ったが、たびたび音が外れた。

「そのシリンダーを直そうとしたんだけれど」とベルナールが肩をすくめた。「なかなかうまくいかない。夕食をいっしょにいかがです？」

「今夜は先約がありましてね」ファーガスは言った。「それに宿屋の主人からシュナップスを一杯どうか、と呼ばれています」

「じゃあ、明日は？」アンナが言うと、曲は気難しそうなゆっくりしたテンポになった。

ファーガスは片手に花束、片手にワインを持って訪ねていった。ふたりが暮らすこぢんまりした住まいにも、溢れ返らんばかりのおもちゃがあった。椅子の隅に腰を下ろしている人形もあれば、背の高い箪笥の上から見下ろしている人形もあった。サクランボ色のがらがらが白鑞《しろめ》のマグカップに入っていた。

「危険なんだ、あのがらがらは」とベルナールが真面目な口調で言った。「なんでも口にくわえてしまう子供のおもちゃにペンキを塗るなんてね。当時はひどいおもちゃがあった」

「いまだってひどいものはある」ファーガスは言った。「クリスマスが来るたびに、危険なおもちゃの名前をフランスやイギリスのラジオでは放送しているよ」

「ここでもやってます」ベルナールが言った。「ぱちんこほど危険なものはない、でしょう？」

「それは聖書で認められているわ」アンナが言った。「でも……ビー玉は、もし子供が飲み込んだりしたら……」彼女は体を震わせ、それからあの挑むような笑みを浮かべると、シチューを熱心にかき回した。

キッチンとバスルームを繋ぐ廊下に写真がずらりと並んでいた。どれもスナップ写真だが、画廊に飾られた写真のように、引き伸ばされて象牙紙に艶消し加工で現像され、銀色の額に入っていた。写っているのは同じ子供だ。金髪で青い目の女の子。二歳のときには、真面目な表情の女の子がカーテンのかかった部屋でぬいぐるみといっしょに椅子に座っている。四歳では、やはり真面目な顔つきで海を見ている。ここではゴム製の裸の赤ちゃんがいっしょだ。六歳ではラゲディ・アン人形を抱きしめて笑っている。八歳のときには、バービー人形を持ち、人工的に造られたらしい池の前で棒のように真っすぐに立っている。リュクサンブール公園にある池かもしれない。背もたれが横木の椅子や煙草をふかしている老人たちや右へ向かって進んでいくおもちゃのボートが見える。

それ以降の写真はなかった。

ファーガスはいつの間にか固唾を呑んでいた。

コーヒーをご馳走になってから、宿屋に帰るために明るく照らされた広場を横切っていった。最近市長が教会の横に投光照明を取りつけたのだ。カフェの野外テーブルでは旅行客が数人、人形同士のように、額を寄せ合って話している。戸口では男たちがふたりずつ、ぴくりとも動かずに立っている。そのパイプからは煙が立ちのぼっている。新聞売りは手押し車の横に立っている。教会の時計がカチリと鳴った。

ファーガスはタイル張りの屋根を見上げ、さらにその向こうに広がる山並みを眺めた。孫たちならおとぎの国の風景だと思うだろうと、つかの間の幸せに浸りながら思った。時計がカチリと鳴った。

それにしても、あの女の子は。


バーバラのいるところはまだ昼間だった。彼女は娘が雑用をこなしているあいだ孫のお守りをしていた。「もしもし！」ファーガスの声は不安そうだが思いやりが込められている。「元気かい？」

彼女は元気だったし、子供たちも元気だった。昨日、みんなに電話をかけたのよ。しかしファーガスはそれだけでは満足せずに、いつものようにひとりひとりの近況を尋ね、その連れ合いのことまで訊いた。「それで、おチビさんは？」と言った。

「天才よ、間違いなく」とバーバラは言った。孫は生後六カ月だった。

「そりゃ、そうだろう。で、発疹は？」

「あせもよ。すっかり治ったわ」バーバラは小さく斑になった湿疹のことで夫に心配をかけさせたくなかった。それでふたりはフランスやイギリス、カナリア諸島にいる友人のこと――バーバラはいまも彼らと連絡を取りあっている――を話した。それからファーガスが、息子は本当に法律学校で楽しくやっていると思うかい？　と言った。息子が法律学校を嫌っているのを知っているバーバラは、法律学校は楽しめるようなところじゃないでしょう、と言った。開業したら楽しくなるかもしれない。

「あなたみたいに恵まれた仕事をしている人なんてそうめったにいないわよ」言ったそばから、彼女はそう言ったことを後悔した。夫は自分の子より恵まれていたいなどと思っていないのだ。

「子供たちが私の仕事だったんだよ」とファーガスは言った。

「でも、それはトイフォークの人たちに言っちゃだめよ。多額の退職金を失うことになるかもしれないから」バーバラは長い歳月のあいだに過ごしてきたいくつものリビングルームの床を思い浮かべた。五つの床、木のブロック、ドールハウス、アクション・トイ。保護者会。上の娘が束の間拒食症になったこと。下の娘がわずかなあいだ暴走族の男とつきあっていたこと。三人の子供は各地を転々として軍人の子のような強さを身につけた……。「ダーリン、あの子たちはもう独立したのよ」

バーバラはふたつの音を聞いた。諦めたようなため息。そして息を呑む音。まるで自分で不幸を組み立てているかのように。

「早く会いたいわ」と彼女は言った。

「そうだ、実はここで知り合ったカップルがいて――」

二階から泣き声が聞こえた。「赤ちゃんが目を覚ました」

「じゃあ、また」彼は優しい声で言った。


二日後の夜、ファーガスは夕食後にアンナとベルナールの家を訪ねた。リビングルームでアンナは着物姿の日本人形の頭髪を修理していた。着物の柄は川と葦が描かれた繊細なものだった。人形の顔は真っ白だ。おしろいをつけた芸者の顔の色が再現されている。「その髪は人毛？」とファーガスは訊いた。

「一部はね」とアンナは言った。

「博物館ならきっと――」

「この子は売り物じゃないの」

食卓ではベルナールが薬局の息子とチェスをしていた。ベルナールがファーガスにその少年を紹介し、椅子に座るよう手で合図した。しかし対局を切り上げもしなければ、愛情に満ちた指導をやめもしなかった。彼は自分の駒の動きを少年に伝え、対抗手段について説明し、その説明がうまく伝わらなくても我慢し、ミリク少年が徐々に負けていく様子を見守った。頬を真っ赤にした少年が「明日も？」と訊いた。

「明日も」とベルナールは少年の格子縞に包まれた肩に手を置いて言った。それからミリクはアンナにお辞儀をしてリビングルームを走り抜けていった。

「こつがわかっていないんだよ」とベルナールは言った。「あのあどけない男の子はね」

バーバラが到着する前の晩、ファーガスはまたアンナのシチューを食べに行った。花束とワインのほかにブランデーも買っていった。食事の後でアンナが、わたしの舌はフランネル同然の鈍さだから、高価なコニャックをいただくのはやめにしておくわ、と言った。

ファーガスはベルナールに「きみの工房を見せてくれないかな」と言った。

「ブランデーを持っていこう」

倉庫から螺旋階段を下りていくと石造りの地下室があった。「昔はワインセラーだったんだ」ベルナールが言った。天井に取りつけられた明るすぎる蛍光灯のせいで、ファーガスの目が潤んだ。ベルナールが紐を引っ張ると、小さな高窓から射し込む教会の投光照明の明かりだけになった。ふたりの男は作業台で向かい合った。周りにはトースターや掃除機やラジオ、その残骸などが置かれた棚、頭部のない人形や糸のないマリオネットなどがある。

「おもちゃ作りをどこで覚えたんだい？」とファーガスが尋ねた。

「ああ、独学だよ。彫刻が好きだった。生まれつき機械いじりが好きでね、エンジニアとしての訓練を受けた。パリの会社で働いていたんだ」

「私もジョージア工科大で工学を学んだよ。しかし性に合わなかった。経営管理のほうが向いていたね」

「組織を作る手腕、温厚さ、言語能力。あなたなら外交官にもなれただろうに……」

「それほど機敏じゃないんだ。心配性だしね」

ベルナールはパイプに火をつけた。「だからトイフォークには貴重な人材というわけだ」

「かもしれない。きみが煙草を吸うとは知らなかったな」

「上で吸うとアンナが咳をするから」

あの写真の女の子になにがあった？　おもちゃのミサイルが目に当たったのか？　ビー玉を飲み込んだ？　列車が大破して車両が転覆し、機関車が横向きに倒れた？　溺れた？　薬に耐性のある微生物が胸に入り込んで毒を排出すれば、患者は遅かれ早かれ死んでしまう。ファーガスは自分の子供たちが小さかったころ、防がなければならない悲惨な出来事を数えあげていた。

彼は作業台の向こうでパイプを吸っている男を見つめ、目を逸らした。作業台の端に置かれた長方形の木の箱が目に留まった。ひとつの面にだけガラスが塡められている。彼は手を伸ばしてそれをつかんだ。横からクランク軸が突き出ていた。「これは昔の機械仕掛けのおもちゃか？」

「新しいものだ」

ファーガスはクランクを回した。箱の中で電球が灯った。奥の壁に城が描かれている。半ズボンと上着姿の手彫りの兵士が三人、ライフルを構えて、野良着を着て目隠しをされた人物を狙っている。兵士のひとりには金色の顎鬚が、ふたり目の兵士には突き出た眉毛が、三人目には大きな鼻がついていた。ファーガスはクランクを回し続けた。兵士たちがいっせいにぐっと動いた。小さな弾ける音がした。目隠しをされた人物が前のめりに倒れる。明かりが消える。ファーガスはなおもクランクを回した。電球がつき、同じシーンが現れた。死刑執行の準備が始まり、目隠しされた人物が立ったままその時を待っている。

ファーガスはしばらくそのおもちゃを動かしてから「これをどうするつもり?」と訊いた。

「ええと、……不動産屋の子供たちが大好きだから、クリスマスに……」

「たいした才能だ」

「そんなことはない……。暇つぶしにしているだけで」

ファーガスはクランクをもう一度回した。「その通りだよ。なにもかもが暇つぶしなんだ。工場を管理することも、言語を習得することも、家族を養うことも……」言い過ぎた。「ブランデーをもっとどうだい?」彼は返事を待たずにブランデーを注いだ。その酒がまだ自分のものでもあるかのように。

ベルナールはそれを飲み干した。「おたくのアクション・フィギュアだけど……みんな同じ顔をしている。違うかい?」

「同じ顔だ」ファーガスは言った。「ヘッドギアで見分けがつくようになっている。コスチュームでも。子供たちは、幼い子供たちはコスチューム、装備、色を見る」

「顔つきの違いはわからないのかい?」

「そうだね、調査によれば……」

ベルナールは遮って言った。「実は、それは不動産屋の子供にあげるものじゃないんだ」間を置いてから続けた。「あなたに差し上げたい」

「いや、私は――」

「あなたが高く評価してくれたから」

「――こんなプレゼントはもらえない」しかし彼はそれを持って帰った。

バーバラは山のなかをシュッシュッといいながら走る小さな汽車に乗っていた。窓から上を見ると松の木が連なり、下を見ると小さな町が広がっていた。魅力的な町だと思った。センチメンタルな夫の最後の職場としては理想的だ。

汽車が停まると、彼女は小さなスーツケースとペイパーバックの小説が入った袋を持って威勢良く飛び降りた。骨張った顔を柔和に見せてくれると思って買った派手な色の、両端が上を向いた新しい眼鏡をかけていた。

彼女はファーガスに向かって走り出し、ファーガスも彼女のほうに走ってきた。

それからファーガスは本の入った袋の紐を肩にかけ、スーツケースを手に持った。「宿屋はほんの数ブロック先だよ」と彼は言った。「どこで暮らそうが、歩いて行けるとこに何でも揃っている。二カ月もすれば、ここでも町中の人と知り合いになれるさ。食事はすんだ?」

「かわいらしい食堂車があったわ。もう町の半分の人とは知り合いになってるんでしょ。本はわたしが持つ」

「役人には会ったよ」彼は袋を渡さずに言った。「それから弁護士。不動産屋」落ち着いた古い建物群の前を通り過ぎながら、彼は名前を列挙した。「医者にも、契約人が開いたパーティで会った。みんな活気がない。ただ、何カ国語も喋るちょっとおかしな新聞売りは別だけどね」

宿屋でバーバラはそこの主人に会った。そして二階の部屋に案内されると、「なんて模範的な部屋！」と言った。「ふんわりしたベッドカバー。箪笥にはステンシル。それから、これはなに？」機械仕掛けの木箱を見て言った。

バーバラは、おもちゃに愛情を捧げた夫婦の話に耳を傾けた。そして木箱を手にとってクランクを回し、処刑シーンを何度か見つめた。「目隠しの下にある顎」バーバラがようやく口を開いた。「とても挑戦的な感じね。これを作った人に会ってみたいわ」

「じきに会えるよ。疲れたかい？　ダーリン」夫が言った。

「それほどじゃないわ、ダーリン」

ファーガスとバーバラがベルナールとアンナに会えたのは五日後のことだった。その五日のあいだに、会議に出たり住宅を探したり個人教師を雇ったりしていた。「でもわたしはもう、これ以上別の言語を覚えるなんて無理よ。身ぶり手ぶりでなんとかやっていく」とバーバラは言った。

土曜の夜、宿屋のダイニングルームでようやく四人は会った。ベルナールはベストの下にTシャツではなくボタンダウンのシャツを着ていた。樵《きこり》のようだった。アンナはカクテルドレスを着ていた――ファーガスは母親が同じようなドレスを持っていたのを思い出した。青いタフタで、スカートがふんわりと広がっているドレスを。

宿屋の主人がワインを一瓶おごってくれた。四人は二本目を買った。広いダイニングルームには、宿の泊まり客や町の住人がカップルやグループで集まっていた。

「土曜日の夜は」とアンナが言った。「いつもこんななんです」

十時になると、宿屋の主人がビッグバンドのレコード・コレクションを持ってきて、広場を見渡せるガラス張りのテラスでダンスが始まった。ファーガスはバーバラと踊り、それからアンナと踊った。

「奥さま、すてきな方ね」とアンナは言った。

「この村もすてきですよ。ここでなら幸せに暮らせそうだ」

「あなたならどこにいても幸せに暮らせるでしょう」

「とても幸せですよ」ファーガスは言葉を選びながら言った。「どんなささやかなものにも感謝できる質《たち》なので」

「あなたならここで、わずかなものから多くのものが作れるわ。あの新聞売りが味わったような過去の悲惨な出来事からも。あの人、十二歳のときに、癇癪を起こした父親に指を切り落とされた……」

「なんてひどい」音楽が止んだ。

「あの人は六カ国語を話すわ。しらふのときはもっとね。彼にとって、人生とは遊びなのよ」

音楽が再び始まった。レコードのビッグバンドが同じ曲を演奏する。さまざまな男女がダンス・フロアに現れた。ファーガスはこれまで会った人々に微笑みかけながら、どの人と親しくつきあうようになるのだろう、どの人がただの友人で終わるのだろう、と思った。

「私に話せるようなスキャンダルがほかにもあるのかな?」とファーガスは尋ねた。

「ベルナールとわたしのことも、ちょっとしたスキャンダルよ……わたしたち、結婚してないんです」

「それは知らなかった。でもそれは、近頃じゃあそれほどスキャンダラスなことではないね」彼は気軽な口調で言った。

アンナは傷ついたような目を向けた。フロアは人で溢れ返っていたが、ファーガスはだれにもぶつからずに彼女を前後左右に導いていった。これまでも巧みなダンサーだった。

「わたしには夫がいます」とようやくアンナが言った。「ベルナールは独り身。あの子の写真、あなたはご覧になっていた。あの子、可愛いでしょう?」

「あなたにそっくりだ」

「あの子とパリに住んでいた。夫は宝石店を経営していたんです。わたしはブローチやネックレスのデザインをしていた。十年前、ベルナールに駆け落ちしようと口説かれた。わたしは離婚しようと思った」

耐えられない事項を挙げたファーガスのリストに離婚は入っていなかった。考えたことすらなかった。「親権は?」とファーガスは訊いた。

「共同で持つはずだった」

「あの子は人形が好きだった」

「アンティークには関心がなかった」

「そうか。それで……」

「あの人でなしの夫は、人形のコレクションをすべてタクシーに詰め込んで送ってきたわ」彼女はいまや興奮した口調で言った。「食料品でもあるかのようにね。そして店を売り払って娘といっしょにひそかに姿を消した。わたしはふたりを追ってニューヨークまで行ったけれど、その後の足取りはつかめなかった」

「それは誘拐じゃないか」ファーガスは言った。「そんなことがあってはならないのに」

「ところが、実際にあったのよ」

「お嬢さんは……十八歳になる？」

「十八歳よ」たしなめるような口調で静かに言った。

曲はまだ続いていたが、ふたりは動けないままだった。ファーガスはかかとを揃えて立ったまま、宮殿の警備兵のように微動だにしなかった。彼女はシルクのスカートを指でなぞった。彼は左手で彼女の右手をとり、右手を彼女の背中に添えて、機械的に優しく前に進んでいった。「まだ若かったのだから、子供を作れただろう」

「ええ、とても若かった」彼女は頷いたが、今回は傷ついたようには見えなかった。「でもあの子が戻ってこないうちは、ほかの子供を産むつもりはなかった。義理立て。わたしはそういう人間なの」

彼女はあの勇敢な笑みを浮かべた。憎悪が、紙の蛇のようにとぐろを解いた。ファーガスはその蛇が動くのがわかった。ベルナールがある願望に苦しめられているところを想像した。ライフルを肩に据えて、彼女の首のくぼみに狙いをつける……。音楽がようやく終わり、アンナの時代遅れのドレスが相応の扱いを求めていたので、彼はもう一度彼女をくるりと回転させてから左腕であおむけに抱きとめた。習わし通りに彼女の上に身を倒すことはせず、代わりに明るく照らされた広場を背にして、向かい合って横顔を見せているバーバラとおもちゃ屋を険しい目つきで見つめた。

バーバラは夫の視線を感じてそちらに目を向けた。夫はおかしな姿勢でアンナを衣装のように抱えている。片手を夫の二の腕にかけて真っすぐに立ったアンナは、傷ついているように見える。バーバラはそつなく首をめぐらせて広場のほうを見た。そこにいる男たちのパイプからは煙が立ちのぼっている。カフェのウェイターは椅子を積み上げている。新聞売りは帰る時間が来たのか、手押し車の取っ手を上げ、敷石の上をごろごろと押していく。足取りが教会の時計の音とぴたりと合うように動いている。おぼつかない足取りで十歩進む……カチリ。十歩進む……カチリ、十歩……。

「明日は日曜だ」ファーガスが大きな声でそう言うのがバーバラの耳に聞こえた。彼の肩がバーバラの肩に触れた。「合衆国に朝早く電話しなくちゃならない。時差があるからね」夫はそう言ったが、長年海外で暮らしているのに時差の計算を間違えていた。あるいは、間違えたふりをしていた。いずれにせよ、彼は新しい友人にそっけない挨拶をしただけで、妻を連れて急いでその場を後にした。

パジャマ姿のファーガスは、ふんわりしたベッドカバーの上で足の爪を切ってはゴミ籠に捨てていた。ナイトガウン姿のバーバラは短い髪を梳かしていた。

「娘を亡くしたものだとばかり思ってた」と彼は言った。

「消息がつかめなくなったのね」

「ベルナールは娘を亡くした父親なんだと思っていたよ。いや、ある意味では亡くしたんだ。彼の子供は生まれさせてもらえなかったんだからね」ファーガスは立ち上がり、ゴミ籠を部屋の隅に戻し、爪切りを箪笥の上に置いた。

「ベルナールは他人《ひと》の子をわが子の代わりにしている」バーバラが言った。ファーガスはそのことを考えながら肘を箪笥の上にかけた。「人の親となる怖さを味わうくらいならそういう方法も悪くない、という人もいるわね」と彼女はさらに言った。

ファーガスは不愉快そうに彼女を見た。

彼女は大胆な視線を返した。「いっそ、そのほうがいいかもしれない」

「という人もいるだろう」ファーガスは、彼女が同じ言葉を繰り返さないよう、急いでそう言った。安心できる環境で人の親となる喜びを味わってきた彼女――あの律儀に時を刻む時計の音に耳を澄ませばいいのだ。「ともあれ、私たちにはよくわかっている」と彼は言った。

そして妻が同意するのを待った。

さらに待った。

テス

Tess

病院の顧問弁護士がいくら早い時間にやってきても――五月のこの火曜日はかなり早く病院に着いたが――担当医たちはすでに出勤していて、地味な車が何台もガレージの指定の場所に停まっている。看護師たちが来ているのもわかる。だが看護師の大半はバスでやってくる。ピエロたちが乗ってきた紫色のワゴン車が、二台分の駐車スペースにまたがって停めてあって、はた迷惑もいいところだ。管理部はあのお調子者たちとよく話をすべきだ。研修医の自転車は鎖で支柱にしっかりと繋げられている。

顧問弁護士は車をロックして駐車場を足早に歩いていく。その薄暗がりのなかで彼の金髪は埃のように見える。今朝、真っ先にすべき作業は予備陳述の書類を作成することだが、それには数時間はかかるだろう。病院はようやくテスの医療費の支払いを求めて、州に対して訴訟を起こすことになった――可哀相なテス、と顧問弁護士は思った。愛らしいテス。

いつも火曜日が休日でした。その火曜日、駅に向かう途中であの食堂に寄りました。わたしは優秀なウェイトレスだったんです。妊婦に関する労働規制とかいう条例のせいで、ひと月前に〈海の眺め《シーヴュー》〉を辞めなければならなくなったんですが、そのときビリーは、心配しなくていい、と言ってくれました。戻れるようになったらいつでも戻っておいで、と。彼女が給料を上げてくれたので、赤ちゃんの面倒を見てもらうために確保しておいたおばあさんにお金を払えるようになっていました。でも結局は、その人に頼まなくてもよくなったわけだけれど、わたしが店に戻っても、ビリーは上げた給料分をそのままちゃんと払ってくれました。

ビリーはわたしを見てびっくりしたに違いないのに、コーヒーを飲む？　と言っただけでした。

テスは愛らしい。体の正中線近くに差し込まれた管から、二歳のテスに必要とされるあらゆる栄養が送り込まれている。二歳になってもテスは話すことはおろか、歩くことも自分の意志で体を動かすこともできないが、ぐらぐらする頭を持ち上げることはできるし、差し出された指をぎゅっと握り返すこともある。もう一本の管は胸から上大静脈に入っている。この管はプラスチックの薄緑色の装置を通ってさらに四つの管に繋がっていて、その先の半透明の袋の中から必須ミネラルを送り込んでいる。充分な栄養が与えられているので、テスの手足はまるまると太り、頬はぷっくりしている。愛らしい。

はしばみ色の目をしているところも愛らしいし、長くてカールした茶色の睫がついているところがとりわけ愛らしい。睫に気品が備わっている。それでときどきスタッフたちは彼女を「お姫さま」と呼ぶ。顔色が白いところが愛らしいが、白いときは用心しなければならない。輸血した後は、頬紅をつけたみたいにほんのりと染まり、パーティガールみたいでとても愛らしい。

わたしはコーヒーが飲みたかったわけではなくて、ビリーにひと目会いたかっただけでした。だから座らずに立っていました。ビリーはこう言いました。そんなジーンズと革のジャケットを着ていたら三十六歳には見えないね、いっそ、その辺にいる学生をひとりぶちのめして定期券を奪って列車に乗ったらどうなの、と。ふたりで大笑いしました。

この二年間を過ごすまで、二年間がこんなに長いものだとは思ってもみませんでした。

テスの薄くて柔らかな髪は、毎日看護助手が洗って形を整えているが、その髪も睫と同じ茶色をしている。鼻は先の丸まった小さな出っぱりにすぎない。しかし唇は素晴らしく魅力的だ。上唇のふたつの山は小さな吊り橋にそっくりだ。芸術作品のような唇、と今日テスに着せる服を選んでいる看護学生は思う（薄い薔薇色の上衣と、濃い薔薇色のズボンにライムグリーンの靴下。この看護学生はファッションセンスに秀でている）。下唇は、テスが顔をしかめると小さな枕を横にふたつ並べた形になり、笑みを浮かべると三日月形になる。

笑み……この笑みは興味深い。反応しているように見える。だれかの笑みを、だれかに教えられた笑みをそのまま真似しているように見える。詰め物で膨らんだ車椅子に乗ったテスに屈み込んだり、かたわらにしゃがみこんだりして心を込めて挨拶をする人たちの笑みを。テスの耳が聞こえないことを知らない人々は、普通の赤ん坊に話しかけるようにテスに話しかける。「将来、美人さんになるね」と彼らは言う。「なんて愛らしい女の子なの」と言う（テスの性別は間違えようがない。衣服にはすべてフリルがついている）。「きみはかわいいなんてものじゃないなあ」と、ロビーにある熱帯魚が泳ぐ水槽のところまで行く途中ですれ違った製薬会社の社員は言った。テスはにっこりした。この病院には数え切れないほど大勢の友だちがいる。テスが生まれた海辺の病院からヘリコプターで救急搬送されて以来ずっとわが家同然のこの病院にいる友だちは、テスの耳が聞こえないことを知っていても、かまわずにどんどん話しかける。動いている顔や唇を見せるのはテスのためになる、と聴神経学者が言っているからだ。テスはそうした人々の努力にも笑みで応える。特殊なベビーカーのトレイに置かれたおもちゃにも、黒いフェルトの目がついた黄色いビロードのウサギや、だれかがボタンを押せばすぐに回転するプラスチック製のメリーゴーラウンドにも笑いかける。しかし、だれもいない空間やなにもないところに笑いかけていることもあった。無頓着に、心がないかのように微笑んでいるようだ。補助器具に支えられた頭が傾いている様子は、四十雀か駒鳥、ひょいと急に動く駝鳥に似ている――よく旅に出る研修医はひそかにそう思っている。

この研修医には楽天的な見方と未熟な考え方とが危なっかしげに同居している。テスをとりまく人々のなかで、この研修医はテスの未来をはっきりと想像できる数少ない人物のひとりだ。いやもっと正確に言えば、テスの未来のあり方を変えようと考えている人物だ。想像するだけならどんな介護者もしているのだから。しかしこの研修医には計画がある。この決然とした小柄な女性医師は、テスの脳神経の欠損が複合的に絡み合っていることを知って、様々な症例の記録を読んだ。それで知り得たことについて考えている。いまは当直室で待ち望んだ仮眠をとっているはずの時間なのだが、考え続けている。机に両肘を置き、ほっそりした茶色の指で密集した頭髪を探りながら、健全な神経細胞が欠損した細胞の代わりを果たすことを考えている。

あのゆっくり走る列車が気に入っています。列車は次々に町を通り過ぎていきますが、三つ目の駅に着くまでは海が見えているんですよ。それからメイン州の松の木そっくりの木々のあいだを走っていきます。わたしはメイン州の生まれなんです。列車は工場地帯を過ぎ、この町で停まりました。

この町でわたしは列車を降りました。

恐ろしかったけれど、引き返しはしませんでした。

研修医が考えているのは、シナプスは勝手に増殖するということだ。そして彼女は、テスの損傷した脳には完全にスキャンされていないところがあることを覚えている。テスが安定期に入るまでは――いまはその段階ではないし、いまもテスはがんばっている――その成長を妨げるものはなにもないのだ。

年のいった医師たちはそれほど楽観視していない。神経の欠損に加えて消化器官の欠陥もあるのだから、悲惨な予測をするしかない。医師たちは根気よく対処している。脳神経科の担当医はこの症例に関心がある。論文を書くかもしれない。テスの特殊で複合的な症状にはまだ病名がつけられていないのだ。外科医は必要なときに栄養剤注入管を取り替える。実に手際よくおこなう。管はテスの生命線だ。テスはこの先、上部消化器官を使ったり、口から飲んだり食べたり噛んだりすることはない。それでも——と歯科医は青い真剣な目で看護師たちに言う——すでに生えている十二本の乳歯は、尖端に小さなフォームラバーがついた棒で頻繁に丹念に磨かれなければならない。使わなくても、小さな門歯は虫歯になりやすいのだ（それに白い歯はテスの笑顔の魅力をさらに引き立てる）。感染科医——いまプリンターから吐き出されている別の子供の検査報告を見て顔をしかめている——は、テスが感染症にかかるたびに処方箋を書く。彼はベンガル人で、故郷で医師の研修を受けてからこの病院にやってきた。テスを襲う病原菌と戦いながらも、遠くから眺めているかのように、テスを死なせる病原菌はなんだろうと考えている。すでに、抗生物質の中には、テスにとっては大麦の重湯（小児の下痢止め薬）程度にしか効かないものがある。以前彼は「あの子はぼくらの蜘蛛の巣にかかった蠅だよ」と言って看護師をびっくりさせた。その発想もさることながら、そう言ったときの彼の断固たる口調に看護師はぎょっとしたのだ。感染科医は、普段はとても寡黙な男だ。

テスの症状についてスタッフたちは定期的に話し合い、消耗しきった担当医が少なくともひとりはそれに参加する。テスの状態に関して喫緊の問題が告げられると——昨日、研修医が「頭蓋の外周が大きくなっていません」と報告すると、脳神経科医は「うーん」と唸った——話題はテスの今後のこと、テスの立場のこと、彼女の装置を外すこと、個室から移すことにまで及ぶ。個室にはテスの特別なおもちゃ、モビール、詰め物で柔らかく膨らませたベビーカーがある。ほかの病室に揃っている設備ももちろんある。壁の上のほうで跳ねているキリンたち。病院のほかの建物が見える窓。テレビ、流し台、ゴミ箱。汚れたシーツ類を入れるバスケット。危険なゴミを捨てる箱。サークルベッドの上にあるゴム手袋の箱。身内や見舞い客が使うトイレも備わっている。テスのトイレに入るのは、毎朝やってくる清掃員と母親だけだ。母親は初めのころはちょくちょく見舞いに来ていたが、最近ではひと月に一、二度しか訪れない。

この町で地下鉄を待っていました。煙草に火をつけたら、制服姿の黒人の娘がやってきて、ここは禁煙だと言われました。でも、彼女は感じがよくて、吸い終わるのを待っていてくれました。電車がやってきました。ラッシュアワーはとっくに終わっているのに混んでいたので、吊り革につかまったんです。わたしの前にふたりの子供を連れた女性が座っていました。子供たちはたぶんメキシコ人で、かわいくてとても大きな目をしていて、わたしがおかしな顔をしてみせると、ふたりは声を立てて笑いました。でも母親が身をこわばらせたのでやめました。黒い窓にわたしの姿が映っていました。丸顔に丸眼鏡、短く刈った髪。ビリーは、女子高生みたいに見えると思っているかもしれないけれど、わたしは、少しも成長せずに八十歳になった男の子そっくりだと思ってます。そういう病気があるんですよ。前に本で読みました。

いつもわたしはおかしな顔を作って子供を笑わせるのが好きだったんです。

清掃員とテスの母親を除くと、ぴかぴかに光るトイレを使う人はひとりもいない。テスの父親は、テスの母親が妊娠したときには住所不定で、出産したときにはとっくに州から去っていた。テスの入院費、治療費、つまりテスにかかる費用は、最近では病院が肩代わりしている。その費用が莫大な額になっていることを新聞に暴かれ、市民に衝撃を与えた。経理部にとってテスはとんでもない数字だ。病院の顧問弁護士にとってテスはいつも悩みの種だ。そして今日は、辛い仕事だ。

ほかに何ができるというのだ、と顧問弁護士は草稿を書いている途中で声に出して言う。オフィスにひとりでいる彼は、七階上にいるテスに向かって訊いてみる。医療適性審議委員会にずっとつきまとわれてきたんだ。この二年間。あいつらも数は数えられる。

テスを養護施設に移そうと努力はしてきた。彼女がこの先も生き続けるのであれば施設に行くしかない。福音修道女会はテスを迎え入れ、慈しんで彼女の面倒を見、彼女を愛するだろう。しかし施設は病院ではない。手のかかるこの子に同じような医療を施せるはずがない。支柱から下がっている袋は頻繁に交換されなければならない。栄養剤の管と繋がっているシリンダーもそうだ。針の入った場所は絶えず無菌状態に保っておかなければならない。そして物理療法をおこなわなければならない。視覚的な刺激も……。テスには専門家の奉仕が必要だ。修道女会に愛されたら、テスは一週間も経たずに死ぬだろう。

テスはとてもついている、と看護師のひとりは思う。彼女は今日のテス担当の新人看護師で、栄養剤を入れる管のまわりの皮膚を綿で優しく消毒している……。テスはこの個室で暮らせて、腕のいいスタッフに囲まれてとてもついてるわ。ここでテスはさまざまな笑顔を目にする（いまテスは彼女に笑いかけている）。彼女の世話をしている経験豊富な看護師たちはとても優しい。テスだけではなく、泣きわめいたり小さな拳で殴りかかったり、哺乳瓶やおしゃぶりを激しく噛んだりするほかの患者に

スが眉をひそめる)。

過程とともに消える。ほとんどの患者たちは治る。戻ってくることもあるだろうが、退院していく(テ口唇裂は固定され、人工肛門は修理され、バクテリア感染症は投薬で抑えられ、ウィルスは時間の経も優しく接している。吐いたり怒りを露わにしたり顔を真っ赤にしたりする患者たちもいる。患者の

地下鉄の駅からエスカレーターで昇っていきました。そこの壁には美術学校の生徒の作品が飾ってありました。ボトルの蓋やがらくたで作ったものです。わたしはいつもその壁に触れます。その壁はわたしの友だち。

エスカレーターを降りると、ちょうど病院行きのバスがやってきたところでした。

そのときも引き返しはしませんでした。

ビリーは、いつでもあたしを頼りにしなよ、と言ってくれています。

火曜日と金曜日にはピエロたちが気取った足取りで病室を回る。ボランティアは毎日テスを車椅子に乗せて遊び部屋に連れていくので、テスはほかの子供たちの姿を見ることができる。ほかの子供たちはテスを見る。子供たちには、テスが声を立てずに穏やかでいることが、おもちゃを喜んで使わせてくれることが嬉しい。使わせてくれるといっても、子供たちがベビーカーのトレイにあるおもちゃを勝手にひったくって、違うおもちゃを代わりに置いておくだけのことだ。手でつかめないテスには、どのおもちゃもいっしょだ。テスは一度もおもちゃをしゃぶったことがない。永遠に人を羨やむこと

はない――ファッションセンスのある看護学生はそう考えてにわかに羨ましくなる。テスとテスでないものの違いが永遠にわからない――疲れ切った研修医はそう結論づけざるを得ない。

今日担当のボランティアは、テスの能力には限りがあることを知っているが、それでもこう思う。突き出した人差し指、桃色のマニキュアが剝げかけたわたしの人差し指を握っているこのふっくらした手に、おもちゃをつかませることはできるはずだ、おままごとセットにある、中が空洞になっているローストチキンをつかませることが、と。ローストチキンはいまベビーカーのトレイに載っている。袋を吊り下げている長い支柱の下にいるテスはいま、人差し指ではなくローストチキンを握っている。テスは前屈みになっている。ボランティアは、補助器具が正しい位置にあるのだろうかと思うが、テスを抱き上げて座り直させ、管を直すことを考えると気持ちが沈む。彼女がトレイに沿ってローストチキンを少しずつ動かしても、テスは四本指でそれをつかんだままでいる（親指は動かない、少なくともいまはまだ）。不気味なほど黄色いローストチキンは、ボランティアのマニキュアが剝げた爪に支えられ、ようやく形のいいテスの口にたどり着く。テスの唇が開き、ローストチキンのキスを受ける。

さあ、とボランティアは心のうちで念じる。さあ、もっと。

看護助手が来て身をかがめ、テスの髪を蠟燭の火でもあるかのようにふっと吹くと、テスはその温かな息を受けて微笑む。……来週には、ボランティアはひそかに誓う、来週には必ずこの親指を動かしてみせる。

実を言えば、親指に力が入らなくても、テスのだらんとした指は栄養剤の管にぶつかると、それをかすかに引っ張ろうとするときがある。新人看護師とファッションセンスのある看護学生は、この点についてテスの昼寝を準備しているときに意見を述べ合う。一、二カ月もすれば、テスの反射的な動きが強くなり、こちらが狼狽えるような、よくない事態をもたらす可能性が出てくるかもしれない、と暗澹とした思いで話す。でもいまは、管のまわりで留められている衣類のせいで、だらりとした手は管にまでは届かない。

テスはなかなか寝付かれないときがある。そんなときはめそめそと泣く。その物悲しいかすかな泣き声を自分で聞くことはできない。看護学生はテスのそばにいたいと思う。彼女を抱き上げてあやしてやりたい。子供をあやすことは日に幾度となくおこなわれている。テスだけではなく小さな患者たち全員に。むずがっている子、退屈している子、暑がっている子、眠れない子を、ボランティア、看護学生、看護助手、看護師たちが、そしてときには疲れ果てていてほかのことができない研修医や医師までもがあやしてやる。金縁の丸眼鏡をかけ長方形の口髭を生やした感染科医が、椅子に座って熱を出した赤ん坊をあやしているところをときどき見かける。そうしていれば解熱剤がなくても熱が下がるとでもいうように。

看護学生が新人看護師に眉をあげて合図し、テスを抱き上げようと手を差し出す。看護師は首を横に振り、テスに薄手の毛布をかける。「お姫さまはそのうち落ち着くわ」ふたりは病室を後にする。

清掃員がモップの入ったバケツを押し、カートをごろごろ転がして部屋に入ってくると、テスは目を覚ましているがもうめそめそしてはいない。

病院の中に入りました。あのおかしな魚たちは一日中水槽のなかを泳ぎまわっているんです。エレベーターで上の階に行きました。そして椅子に座りました。あの子が生まれたとき、悪いところがあるだなんてわたしにはわからなかった。でもお医者さんにはすぐにわかったんです。「ロレッタ、ちょっと気がかりなことがある」と言いました。そしてあの子を連れて廊下を走っていきました。手術をしたけれど、結局ヘリコプターでこの病院に搬送することになりました。

テスは横向きに寝ている（丸めた毛布が背中に押し当てられている）。その姿勢なら、サークルベッドの柵にかけられた鏡、自分の顔を映し出している鏡を見ることができる。生後三日目の赤ん坊は人の目が認識できると言われている。テスの精神活動は生後三日目の嬰児よりはるかに進んでいる――それを否定する者がいたら、スタッフたちは戦士のように憤然と立ち上がって反論するだろう。それに確かにテスは、鏡に映った自分を見ているときにはいつも感情がある表情をする――いや、はっきりと感情が読みとれる表情だ。ありがたいことに、テスの目と口元にはいつだって感情が表れているのだから。しかしテスの睫を見ると介護者たちはときどき居心地が悪くなる。この病室にかかわっている女性で――外科医からボランティアにいたるまで――幼いテスに美しい睫が備わっていることに驚かない者はひとりもいない。この世を司っている者がいかに無関心か、あるいは無駄な贅沢を好むかを示すいい例だ。それに女性たちはひとり残らず、男性もそうだが、その不釣り合いな組み合わせをひそかに賞賛してもいる。というのも、スタッフたちは不器量な子供にも温かく接している――そう、不器量な子供にも、あたかも怒れる神の御手で目鼻を顔の片側へと力ずくで引っ張られてしまったような子供にも優しく接している——が、それでも美しい顔を見れば心が弾んだり一体感にときめいたりもするので、囚われの身のテスが束縛されていないように見えて、夜通し見守る者たちは長い夜を過ごしやすくなるようだった。

飛び去っていくヘリコプターがベッドから見えました。許諾書にサインしたんです。その二日後に、野球帽を被ったビリーの車に乗せてもらってこの町に来たとき、わたしの赤ちゃんはたくさんの機械に繋がれていました。「あれが赤ん坊かい?」とビリーが言いました。「それとも芽が出たタマネギかな?」その言葉でわたしがむっとしたと思われるかもしれませんが、そうじゃなくて、むしろ気持ちが楽になりました。こういうときにビリーはいつも機転が利くんです。

それから何カ月か経って、管は二本だけになりました。お腹に入れられた栄養の管と心臓に直接入れられた管の二本に。袋に入った薬が洗濯ばさみみたいに見える液体装置を通って心臓の管に送られていました。

それでわたしはようやくあの子をこの腕に抱くことができました。ある日、ぎゅっと強く抱きしめたら何かを引っ張ってしまったみたいで、十分くらい経って気がついたんですが、心臓に入っている管が洗濯ばさみのところで緩み、液体が体の中に入らずに、逆に血がゆっくりと溢れてきて、わたしのスカートにちょっと染みがついたくらいでしたけど、看護師さんたちは、管を洗い流さなければ、と言いました。看護師さんのひとりがそれをするのをほかの看護師さんたちが見ていました。

清掃員はめったに使われないトイレを律儀に擦ってきれいにする。床にモップをかける。ゴミ箱のゴミをカートに入れる。そして部屋を出る前にちょっと一息入れる。

テスはまだ鏡に映った自分の目を覗き込んでいる。

清掃員は感染科医と同じアジア人だ。インド亜大陸で生まれた医師とは違い、清掃員は太平洋の外れで生まれ育った。子供が五人いる。皆体は丈夫で毎日学校に通っている——ただ、いちばん上の息子は時間になると家を出るが、隠し事があるような目つきをしている。とはいえ、いまのところ悪い噂は耳に入ってこない。清掃員は自分の子供が健康であることに、仕事があることに、そしてアメリカ合衆国に感謝している。病気の赤ん坊を救い、奇形の赤ん坊を治すこの国は、ときには(又聞きだが)出産前の子すら治すらしい——どうしてそういったお節介をするのか、彼は理解に苦しむ。

この二年のあいだテスを見てきて、テスの美しさは天使のものだと思っている。天使のような存在にはその存在理由など必要ない(感染科医の信じる宗教には天上における階級はないが、この清掃員は敬虔なキリスト教徒だ)。しかし、天使に似ていてもテスは天使ではない。欠損があってもテスは人間だ。それに小耳に挟んだところによれば(彼はちゃんと英語が理解できる)その欠損のせいでやがて彼女は死んでしまうという。彼の故郷では、もしテスが彼の故郷に生まれていたら、死ぬのを許されただろう。もしテスが故郷の病院で生まれていたら、死なせてくれただろう。どうしてきみはこんなところに生まれたのか。苦痛と死と悲しみは、神が作りだした運命の一部だ。しかし、このような生き方は?

テスの睫が下がる。清掃員は分厚い黄色の手袋を外し、壁にかけてある箱の中から薄いゴム手袋を取りだしてはめ、その指でぷっくりした頬を一度、二度、三度撫でた。無謀にも。これは規則違反だから、知られたら戒告処分を受けるだろう。しかし、働きづめのテスの担当医、看護師、看護助手、ボランティアはもちろん、部長、医療適性審議委員会のメンバー、会計士、危険廃棄物処理係などは言うまでもなく、そのうちのだれがわざわざ彼を厳しく責めたりするだろう。とにかく彼は責められることなくテスの頬を撫で、ゴム手袋をゴミ箱に投げ入れ、足を引きずるようにして廊下に出ていく。

中国人があの子の病室から立ち去っても、わたしはエレベーター脇の椅子に座っていました。もう怖れてはいませんでした。でもビリーに何も言わなくてよかったと思いました。彼女が被っている野球帽に惑わされてはいけません。彼女はどんなことにでも深く傷つくんです。

次の、そして最後から二番目の訪問者は病院の顧問弁護士だ。清掃員よりかなり背が高いので、その淡い金髪がモビールに触れそうになる。裁判所に提出する予備陳述を作成し終えたので、眠りについている子供にそのことを心の中で告げる。彼はテスに触れないし、清掃員とは違ってその態度から敬意の念は感じられないが、感慨深げだ。頭の中は尋問モードではなく、ちょっと脅迫的な条件文だ。ここできみを生かし続けるとしたら、だれかが責任を取らなければならない。もちろん、彼の言う「責任」とは財政的な意味だ。

背の高い男がエレベーターのボタンを何度も何度も押して、ようやくエレベーターがやってきました。

わたしは病室に入りました。

あの子は元気そうで、横向きに眠っていましたが、わたしが上掛けを剝いでボタンをふたつほど外すと、おむつかぶれがまだ治っていないのがわかりました。腹這いになったり寝返りを打ったりできず、あの管をつけて横たわっているだけなので、ときどきひどい炎症を起こすんです。いつか寝返りが打てるようになるかもしれないね、と病院の人に言われました。あの子は食べることも飲むこともできず、耳は聞こえず、健康ではありませんでしたが、わたしのことはいつもわかっていました。

上掛けをかけました。しばらくのあいだ耳を見ていました。曲がりくねったくぼみのある形を。わたしの娘の小さな耳を。

あの子のいちばん好きなおもちゃを窓台のところから持ってきました。赤い柔らかな犬です。病院の人たちはその犬のことに気が回らないんです。わたしはその犬をサークルベッドの隅に置きました。それから心臓に入っている管を薄緑色の洗濯ばさみから外し、それを上掛けの下に隠しました。血液が月経のように静かに人知れずそこに溜まるように。最後の一滴まで。

忠誠

Fidelity

視力がたちまち落ちて家に閉じこもらざるを得なくなった老ヴィクター・カレンが、日本のアタラクについてのでっちあげ原稿をベッドで書いて郵送してきたとき、同じように老いてはいるが心身ともに健康な《ワールド・イナッフ》誌の担当編集者は、それにどう対応すればいいかわからなかった。それでいつもしていることをした。つまり、原稿に手を入れ（目に余る省略記号は直したが、ほとんど直さなかった）、ゲラにし、青焼きをチェックした。アートディレクター——彼もヴィクター・カレンの友人で同僚だった——の手を借り、松島、津和野、青森の写真をいじくり回し、説得力のある合成写真を作りあげた。ちょうど貧しくて若い日本人アーティストがいて、彼女をこの悪戯に引き入れた。彼女は架空の神社のみごとな淡彩画を描いた。担当編集者は校正刷りをゴドルフィンに送った。ゴドルフィンというのは、ヴィクターと妻のノラが二十年前に——いや二十一年前だ——越していった町だ。このニューヨークを去って。いや、ニューヨークを捨てて、だ。その町はボストンの隣にあった。彼らの娘がそこで医院を開業していた。

ノラはすぐに電話をかけてきた。

「グレッグ」柔らかな声でノラは言った。「このアタラクは……こんなところは――」

「わかってる」グレッグは遮って言った。彼女の声にはいまだに彼の心をとろかす力があった。「大丈夫だ。ヴィクターのファンは何を書いてもありがたがるよ」

それは本当のことだった。雑誌の読者はヴィクターの鋭い目と耳、言い回し、調査力に惜しみない賛辞を送っている。《ワールド・イナッフ》にヴィクター・カレンの記事が掲載されるたびに、熱狂的なファンレター――手書きのもの、壊れかけたタイプライターでこつこつ打ったもの、ワープロで作成したもの、そして最近では電子メール――が担当編集者のところに届いた。「アタラク――豊かな静謐」はいつもどおりの収穫をもたらした。

これが悪ふざけだとグレッグにはわかっていた。怒りに満ちた老帝王が忠実なる従僕の助けを借りておこなった悪気のない悪戯だ。帝王ヴィクター。これで気が済んだかもしれない。

次に来た原稿はウェールズのストウィスについて書かれたものだった。そこの住人は皆同じ「プー」という名字だという記事。

ストウィスの次は南アフリカのモスフォンテーンの原稿だった。贅の限りを尽くした庭園を紹介していた。

グレッグは三階のオフィスでストウィスとモスフォンテーンの原稿を整理し、二号続けて巻頭特集にした。雑誌を刊行しているのは二十階にある出版社だ。あの豪華な部屋にこの雑誌を読んでいる奴がいるだろうか？　《ワールド・イナッフ》は金を稼ぐ――コングロマリットのお偉いさんたちが知りたいのはそれだけだった。《ワールド・イナッフ》はいつでも金を稼ぎ出したが、ホテルや航空会社、豪華客船、パッケージツアーからの広告掲載の依頼を一切断っていた。その代わり、ウィスキー製造者、煙草メーカー、ツイードとカシミアの仕立て業者が喜んで広告ページを買った。さらに古書店、絨毯を輸入する貿易商や、最近では退職後によりよい生活を提供するコミュニティや施設の広告なども徐々に増えていた。

次の原稿はナイルの村アクメドからの報告というものだったが、封筒にはゴドルフィンの見慣れた消印がついていた。若いアーティストのカツコは、ピラネージ（十八世紀イタリアの銅版画家）の精密さをもってアクメドの廃墟を描いた。臀部の手術を終えてオフィスに復帰したアートディレクターは、バックナンバーに載ったエジプト人の写真をグレッグの机の上に広げ、「エジプト人ばかりじゃないんだ。ヨルダン人も混ざっている。これなんかアフガニスタン人だ」と言った。皺だらけの顔には知恵がたくさん詰まっている、とグレッグは思った。ページの中で輝くだろう。アートディレクターは咳払いをした。

「ヴィクターにはいつも通りの原稿料を払うのか？」

「いいや。もっとだ」

「それならいい。ノラがけちけちした生活をしているところなんか、想像したくもないからな」彼はグレッグの目を見ずに言った。「娘は離婚したようだから、たいして力にはならないだろう」

「われわれの仮の住まいである華麗なルバツ城は、ブダペストから二十キロ離れたところにある」ヴィクターの最新の原稿の出だしは快調だった。「寝室には類い稀な衣装箪笥があって……」

グレッグとアートディレクターは新しい原稿を丹念に読んだ。ヴィクターの文章にぴったり合う室内を探し出して写真を撮った。グレッグの部屋にある、顎鬚を生やしたケルビムが彫られた衣装簞笥が使われた。ヴィクターは、ケルビムの性器は顎鬚の長さと同じである、と書いていた。ヴィクターが本当にこの屈託のない簞笥を目にしたと読者は思うだろう。しかしヴィクターがこの簞笥を見たことは一度もない。ヴィクター夫妻がニューヨークを去ってから、グレッグが三番街で見つけたものだからだ。

ノラがその簞笥のことを話したに違いない。グレッグは疑わしそうな目でゲラを最後まで読んだ。ヴィクターがベッドから起きあがり、ハンガリー人の職人の作品を思い描こうとしている姿が目に浮かんだ。「それでね、グレッグはその大きな簞笥を天窓の下に置いているの」ノラが口を滑らせてそう言ったのかもしれない。いま彼女は八十歳だ。秘密をうっかり漏らしてしまうことは充分にあり得る。

「ほほう、そうかね」ヴィクターはゆっくりとそう言ってから、ピシャリと言うだろう。「どうしてきみがそんなことを知っているんだ?」

二十年前の九月の朝――その日が一日中さわやかに晴れわたっていたことを、グレッグはいまでもよく覚えている――ノラは早朝の列車でボストンからニューヨークにやってきた。ハンドバッグには織物のデザイン画が入っていた。織物会社の副社長との面談は一時間続いた。そして、うまくいったことで頰を紅潮させたノラが、マディソン街のレストランまで走ってきた。たどり着いたときには、頬はさらに赤く、目はきらきらと輝いていた。「三つも買ってくれたのよ、グレッグ。しかも、子供部屋のカーテン地用に面白い動物をもっとデザインしてほしい、ですって。カンガルーやウォンバットなんかをね。そんなの、すぐにできちゃうわ。それで、あなたは元気だったの？」

もうすぐ六十歳になるというころだった。長いあいだグレッグは、よき隣人、よき友人、パーティの客、雑誌の担当編集者としての役割を演じてきた。そしてヴィクターがまれにひとりで旅に出るようなときには、ノラに付き添ってコンサートやパーティに行き、その滑らかな頬にキスをして別れ、むさ苦しい自分のアパートメントに戻り、そこでしか見られない空を眺めた。それ以上のことは期待などしていなかった。ところがふたりは別々の町に住んでいた。別々の習慣ができていた。

「元気だったかって？　ノラ、きみに会いたくてたまらなかったよ」

「騎士にふさわしいお世辞ね」ノラはそう言ってメニューを手に取った。「このホッキョクイワナってなにかしら？」

「お世辞じゃない。心からの気持ちだ」

彼女は驚いてメニューから目を上げたが、グレッグの目は見ずにしばらく彼のネクタイか、もしくは顎鬚の先を見つめた。髭を剃ったほうがいいかもしれないと思った。

「ぼくを見てくれ、ノラ」

彼女はグレッグと目を合わせようとしなかった。しかし驚きの表情はゆっくりと消えて、優しく受け入れるような表情になった。それでグレッグの心臓は、彼女の描くカンガルーのように飛び跳ねた。

「ぼくを見て」とグレッグは乞うた。

「そんなこととてもできない」

その簡潔な言葉は、彼が耳にすることになった言葉のなかでもっとも愛の告白に近かった。それだけで充分だった。それからヴィクターが病気になるまでの五年間、彼女は季節がめぐるたびにやってきた。年四回の配当のように。ふたりはグレッグの部屋にある、たいして大きくないベッドで午後を過ごした。彼女が列車で帰る時刻を空が教えてくれた。無慈悲な午後五時の空の色は、十二月にはロイヤルブルー、三月には青鼠色、六月にはトルコ石色、九月には濃い青だった。


ふたりで過ごした部屋の天窓の下にある衣装箪笥、顎鬚のケルビムがついている箪笥は、実はハンガリー製ではなかった。アルバニアのものだ。「ルバツ城」を編集しながら、グレッグはこの不一致に不安に駆られた。だれかがこの小さな嘘から大きな嘘を見破るかもしれない。しかし、鷹揚な読者がそうした嘘に気づいたとしても、ちょっと苦笑いをするだけで、ウィスキーやカシミアのスカーフ、初版本、サイン入りエッチング、退職者用コンドミニアムなどを買い続け、広告主を満足させるだろう。そして相変わらずグレッグ宛に感謝の手紙が届くのだ。どうせ彼らはどこへも行かない。旅に出たくてうずうずしている者は、ガラパゴス諸島の尖端やペルシアの人目につかない場所、中東の発掘場所などが満載のほかの旅行雑誌を読むはずだからだ。《ワールド・イナップ》の読者の大半は、ペルシャ絨毯の上に置かれた革の椅子に腰を下ろして葉巻を吹かしながら本を読んで充足するような人々なのだ。

グレッグは案じるのをやめた。

最後のかなり薄い封筒が届いた日、ヴィクターとノラの娘がゴドルフィンから電話をかけてきた。娘は「亡くなりました」と言って、言葉を途切れさせた。「ふたりとも」

氷のトングがグレッグの声帯をつかんだ。しばらくしてから「ふたりとも？」とようやく聞き返した。

「十二時間違いで。母は、何かを飲んだかもしれません、グレッグおじさん」長いあいだしゃくり上げる音が続いた。「わたしもここにいたのに……。それに子供たちも……」

ふたりはそれから二言三言交わし、電話を切った。グレッグは封筒を開けた。

青の国《アズーラ》

アズーラ王国は丸い形をしている。火山が西側に突出しているので完璧な円ではないが、出っ張った円という感じである。アズーラは一本の川にすっかり囲まれている。その川は、反時計回りに動く水流が発見されるまでは湖だと考えられていた。水面には空——われらの天空、忠実な澄んだ青空——を映している。

アズーラは一六七八年に、ルドルフォ五世から浮浪者のような音楽家に無償で払い下げられ、その音楽家の統治の下で繁栄した。いまは人の訪れない寂しい場所である。しかし宮殿の床に敷き詰められたモザイクは栄光の日々そのままに輝いている。ひっきりなしに動き回る黄金虫が、このモザイクの入り組んだ模様の謎をさらに深めている……蜘蛛の巣が張りめぐらされた部屋には、亜麻色のカーテンが下がり、まるで老人の肘から垂れた肉のようだ……屋根はない。近くにある、不治の病にかかった人々の病院はかなりぼろぼろになっている――二階のベランダには足を踏み入れてはいけない。ノラはもう少しで落命するところだった。かつてのハンセン病患者がふたり、ここに住んでいる。

実を言えば、アズーラはカップルの隠れ家である。一生相手を変えないカラスの番《つがい》が、梁のところでうるさく鳴きながら暮らしている。私たちの世話をしてくれている男女は正式な夫婦だ。中庭にはヒクイドリの番が住んでいる。この飛べない鳥の堂々とした様は、カバーから大量の羽根が飛び出している大きな枕に似ている。二羽は首を誘うように曲げ、顔と顔とで激しく求愛する。

設備はどうか？　トイレは厚板で、シャワーはバケツで代用、料理はいつも同じ魚と根野菜、シーツはエビ取り網。そして注射や会話、トレイ、定期刊行物、孫、浣腸がない喜び。

私たちはここで待っている。床には黄金虫、天井にはカラス、ヒクイドリはいない。かつてのハンセン病患者が庭の手入れをする。女の使用人は料理をし、男の使用人は漁をする。そしてノラと私は泳いだり、食事をしたり、抱き合ったり。わが愛しいノラ。皺だらけのノラ……あの如才ないアーティストに作家の立派な連れ合いの絵を描かせるんだな。私のぼろぼろの顔は描くなよ。

間もなく火山が噴火するか、大地がぱっくりと口を開けるか、あるいは暑い午後にふたりで川に入って出られなくなって、私たちはあの不変の青色の中に沈んでいくだろう。おまえと彼女が見つめていたニューヨークの午後の空の色とは似ても似つかない色の中に。グレッグ、このろくでなし。

ちがう、そうじゃない。グレッグは心の中で叫んだ。私は騎士だ。彼女を幸せにしたのはおまえのためだったんだ。ヴィクター、ばかな奴。

鉛筆が指のあいだでくるくるとまわっていた。意志を持っているかのように。ヴィクター、ばかな奴。グレッグの頭は制御できずに動いているかのように同じ言葉をずっと繰り返した。ノラ、私の愛しい女。彼は力無く呻いた。

彼の指に力が入った。鉛筆の回転が止まった。「ルドルフォ」はふさわしくないだろう。オペレッタとクリスマスソングの名だ。王の名は「ゴドルフォ」にしよう。そして川は——川の終わりが始まりになるなどということがあるだろうか、あるいは……。アートディレクターがよろけながら部屋に入ってきたのが、グレッグには見ないでもわかった。

寄稿者欄に載せるため、グレッグはスタジオで撮ったノラの写真をカッコに渡した。アートディレクターは財布からスナップ写真を取りだして渡した。仕上がった絵を提出したときカッコは、もっとこの女性について知っていればよかった、といつもの抑揚のない声で言った。グレッグが絵を見ると、ノラがそこに、クリーム色の紙に茶色のインクで描かれていた。機嫌のいい口元、瞼をかすかに伏せていても輝いている瞳。片方の眉を上げ、唇を開いて——ああ、グレッグ、彼の熱波から離れていなくちゃならないときがあるの。さもないとわたし、干からびてしまう。でもあなたは涼やかね、ダーリン。まるで埋葬布みたい。

「アズーラ」に添える画像に関して、協力者たちは《ワールド・イナッフ》にある膨大なファイルに目もくれなかった。その代わり、普通ならやらない軽い罪を犯した。必要経費をすべて使ったのだ。ケアンズに飛んでヒクイドリの写真を撮った。イスタンブールまで行ってモザイクの床を撮った。エルサレムでハンセン病の病院を見つけた。

そしてふたりの疲れ切った老人はジャンボ機に乗ってニューヨークに戻った。到着したのは早朝だった。グレッグのアパートメントにたどり着くと、ふたりはリビングルームに鞄を置き、ネクタイをケルビムの上にかけ、背広と靴を身につけたまま貧弱なベッドに並んで横たわった。灰色の筋が走り、小さな雲が連なっている空を眺めた。正午を過ぎると、筋も雲も消えてなくなった。光沢のある色が騎士の旗のように目の前に広がった。「藍色《トゥルー・ブルー》だ」とグレッグは言った。アートディレクターはベッドの上に立ってレンズを空に向け、何度も何度もシャッターを切った。

愛がすべてなら

If Love Were All

I

「ここに来る前はどんな仕事をしていたの？」とミセス・レヴィンジャーが言ったのは、ソーニャがロンドンに来てからひと月も経たないころだった。

「帳簿」

「ちょうぼ？」

「帳簿をつけていました」

「じゃあ、この事業は貸借対照表《バランスシート》だと思ってちょうだい。結局のところ《オン・バランス》、これは子供たちのためなのだから。ソーニャ、ハンカチは持っていないの？　じゃあ、わたしのを使いなさい」

このやりとりをするきっかけとなった一種の手続き——医療関係者が子供たちを同胞から引き離す

こと――はやがて頻繁におこなわれることになるが、ソーニャがそれを目の当たりにしたのはこのときが初めてだった。医師と看護婦の優しげな顔。子供たちは無表情だったが、心の動揺を隠しきれてはいなかった。多くの子が、ブロードウェイのサンドイッチマンのように段ボールのプラカードをつけていた。そこには「ロンドン」「ロンドル」「ロンド」「イギリス」とさまざまな言語で書かれていた。

「きみの胸はちょっと具合が悪いようだね」と医師はドイツ語で子供に話していた。

「すぐに治りますよ」と看護婦がフランス語で言った。

小さな男の子はポーランド語とイディッシュ語しか話せなかった。男の子は連れ去られていきながら、ポーランド語とイディッシュ語で交互に訴えた。それから歩くまいと足を突っ張りながら、ふたつの言語で悲鳴をあげた。男の子は抱き上げられたときに「ママ！」と叫んだが、その母親がこの世にいないのは明らかだった。運ばれていくときに「おねえちゃん！」と叫んだが、八歳になる姉はすでに床に倒れていた。

「そのうち慣れますよ」とミセス・レヴィンジャーはソーニャに言った。「悲しいことにね」

ソーニャは戦争のためにロンドンに来たアメリカ人だった。それまでの数年間、夏になるとロードアイランドの海岸でジプシーのような生活を送っていた。海辺で踊り、気も狂わんばかりに彼女を愛する年上のテノール歌手と同棲していた。こうした事実はミセス・レヴィンジャーには、そして空襲を受けているロンドンの人々にはどうでもいいことだったし、……ソーニャが自分の過去を語ったところで、とりたてて気にする人もいない。しかし、彼女は自分のことはなにひとつ話さなかった。その前年、プロビデンスにいる友人が（夏以外の季節はそこで過ごしていた）、どうして仕事をなげうってでも（当時日曜学校でヘブライ語を教えながら、さまざまな中小企業の経理を担当していた）外国に行きたいのか教えて、と言ったり、人々がそういった質問をしたりしたときにも、彼女は「ここはハリケーンが来るから」と答えただけだった。

ソーニャが暮らしていた海辺の家は、四方の壁が傾き、屋根はいつ剥がれるとも知れなかった。電気も水も来ていなかった。一九三八年に襲来したハリケーンは、セメントの土台から上の部分をごっそり持ち上げてどこかに運んでいった。持ち物はなにひとつ戻ってこなかった。薪ストーブ、化学処理式トイレ、紅茶ポット、フックにかかっていた衣類、なにもかもが。嵐が過ぎて一カ月ほど経ったころ、彼女はプロビデンスの丘の麓に建つアパートメントで、荒廃した町が少しずつ復興していくのを見ていた。しかし自分の生活は元に戻りようがなかった。すでに地味な社会的名士になりつつあった。そのうちだれかが求婚してくるだろう。中年であろうが美人でなかろうが、かまわず求婚する男はいるものだ。テノール歌手からはすでに求婚されていた。自由気儘な夏を二度と味わえなくなったことで、いいわ《イエス》と気弱にも承諾してしまいそうになった。

それで、「アメリカ・ユダヤ人共同配給委員会」という、「ジョイント」の愛称で呼ばれる組織に身を捧げることにした。面接を受けにニューヨークに行った。面接官は、シャツとしわくちゃのベストを着た太った男で「あなたがヘブライ語を話す点が気に入りましたよ」と言った。

「話せないんです」とソーニャは言った。「ヘブライ語の聖書を読んで子供たちにアレフとベースを教えられる程度です（アレフとベースは英語でAとBに当たる）」

「パレスチナに送られたらヘブライ語が上達しますよ」と彼は言った。そして経歴書をちらりと見た。

「フランス語は話せるんですね」

「高校で習った、と申請書には書きました。ケベックでワインを一杯注文したことはあります。それにイディッシュ語は——何十年も使ったことがありません」

ふたりの目と目が合った。「ヨーロッパの状況は絶望的ですよ。何万人にも及ぶポーランド系ユダヤ人がドイツから追放され、ポーランドからは入国を拒否され、ふたつの国の中間地帯で飢えに苦しみ、凍え、赤痢で死んでいます。その多くが子供たちだ。いくつかの組織が協力して救援活動をおこなっています。そして共同で活動するのは、あなたはラテン語も勉強したようだが、われわれの普段《モーダス》のやり方《・オペランディ》ではない。ユダヤ人がふたりいれば三つの意見が飛び出す。あなたもご存じでしょう」彼はその後に続く言葉を懸命に堪えた。何度か口を開けたり閉じたりしたが、それ以上言わなかった。

「どんな仕事でもします」その間隙をとらえて彼女は言った。「ただ、わたしに言語能力は求めないでください」

「歌はどうです？　歌を歌う人は、われわれの仕事になじむことが多いんですよ」

「音楽はそこそこ好きです」ほんのささやかな程度だった。彼女はテノール歌手のことを考えた。いまでも「いいわ《イエス》」と言うことはできる。でも、介護人にはなりたくなかった。

太った男の眼差しがようやく逸れた。彼は窓の外を見た。「あらゆる組織が協力して、ユダヤ人をポーランドのズボンシンからイギリスへ移送させようとしています。そのため、なんとしてでも、感情に流されない有能な人物が必要なんですよ。言葉を話せる話せないは二の次です。ジョイントは私の判断を信頼しています」

彼女は契約書に署名した。その後で言った。「知っておいていただきたいのですが、感情に流されるときはあります」

笑み、あるいはそれに類したものが彼の大きな顔に浮かび、たちどころに消えた。太った男がえてしてそうであるように、この人もダンスが上手なのかもしれない、と彼女は思った。

ソーニャは列車でプロビデンスに帰った。その数カ月後、自分がロンドンに送られて難民の子供たちを救う別の組織に派遣されることを知った。それでクライアントの帳簿を整理した。その数カ月後に汽船の乗船券が送られてきた。家具を保管する手配をし、何もないアパートメントでお別れ会を開いた。再び列車でニューヨークまで行き、サウザンプトン行きの船に乗った。太った男――ローランドという名だった――がカーネーションの花束を持って見送りにきた。

「お優しいのね」とソーニャは言った。

「確かに普段のやり方じゃありません」と彼は認めた。

彼女がイギリスに到着するまでに、ドイツを追放された大勢のポーランド系ユダヤ人が救出されたり行方不明になったりしていた。戦争は始まっていた。一年間をハルで過ごし、すでに到着していたドイツ系ユダヤ人女性を家政婦として地方へ移すのを手伝った。それからロンドンに行くよう命じられた。

ジョイントは、カムデン・タウンのアパートメントの一部屋を用意していた。一階には女家主とその一家が住んでいた。ほかの部屋は独り者ばかりだった。それぞれの部屋にはガスストーブとコンロがついていた。そこの臭いに慣れるまでしばらく時間がかかった。足音にも慣れなければならなかった——上の階に住む人々はソーニャの部屋の前の、絨毯が敷かれていない廊下を必ず通ったからだ。小幅な足取りで歩く老婦人がいた。その婦人はソーニャと顔を合わせるたびに「ご機嫌よう」と言った。大男は黄ばんだ目で興味深そうに彼女を見た。その男は高所からパンケーキを落としたようなゆっくりとした足音を立てた。ある老人は軽やかに行進した。形のいい顎鬚と白い口髭を見れば外交官のようだったが、実は近所の新聞スタンドの店主だった。女性秘書のふたりは毎朝いっしょに、こてできれいに巻いた髪型をして軽快な足取りで出ていった（初めて髪の焦げる臭いを嗅いだとき、ソーニャはアパートメントから出火したのかと思った）。

それから四十がらみの足の不自由な男がいた。唯一の外国人だった。ソーニャは自分を外国人だと見なしてはいなかった。アメリカ人のいとこだと思っていた。しかし足の不自由な男にはドイツ訛りがあった。肌が浅黒く、歯が悪かった。長い眉毛が鋭く光る目を隠していた。その目は廊下のテーブルに置かれた封筒を見るときでさえ、炎を反射しているように光った。両足の長さが違っていた——それで足を引きずっていたのだ。ソーニャは彼の足音の違いに気づいた。階段を上り下りするときには、いち、と、に、いち、と、に、というリズムだったが、彼女の部屋の前を通るときには、いち、に、いち、に、になった。

子供たちが次から次へと送られてきた。ポーランドの子供たち、オーストリアの子供たち、ハンガリーの子供たち、ドイツの子供たち。親たちにはパスポートを発行しない政府から、荷物のように送られてきた子供もいた。どの子もコートを着て、肩に鞄をかけていた。山中の栗鼠や川べりの鼠のような生活をして、手に負えない集団となってたどり着いた子もいた。一刻も早く子供たちを手放したいと思っている民生委員に連れられて来た子もいた。英語を話せる子はほとんどいなかった。イディッシュ語しか話せない子がいた。感染病にかかっている子がいた。知能が遅れているように見える子がいたが、それは耐え難い苦しみのせいで一時的に心身が衰弱しているだけだとわかった。

子供たちはウォータールー駅近くのみすぼらしいホテルで一晩か二晩過ごした。組織の責任者ミセス・レヴィンジャーとソーニャもそのホテルでなんとか眠ろうとした。空爆が始まっていたのでふたりはいつも疲れ果てていた。しかし、寝付かれなかった。子供たちが泣いたからではない。子供たちはめったに泣かなかった。寝付かれなかったのは、子供たちが廊下を歩き回ったりクローゼットの中に隠れたり、煙草を吸ったり、エレベーターで上がったり下がったりしていたからだ。翌日かその翌々日、ミセス・レヴィンジャーとソーニャは子供たちを連れて田園地方の支援者のもとへ行き、勇敢な農場の人々に、牛を一度も見たことのないウィーンの子たちを託し、老齢の学校教師たちが務めるにわか仕立ての孤児院に、子守り女の優しい手しか知らないベルリンの子たちを預け、司教館に、キリスト教徒は悪魔だと教えられてきたポーランドの子たちを匿まった。ウィーン生まれの子たちなら司教館が自分たちに合っていると思ったかもしれない。ハンガリーの子たちであれば孤児院でわんぱくな一団を形成するかもしれない。鶏に馴染んでいるポーランドの子たちは、農場でなら心地よく過ごせたかもしれない。だが、子供たちと預け先とがぴったり合うことはめったになかった。組織は手に入るものはすべて使った。子供たちが、不安げではあるが、宿になんとか落ち着くと、ソーニャとミセス・レヴィンジャーは列車でロンドンに戻った。ミセス・レヴィンジャーは夫のもとへ、そしてソーニャは孤独のもとへ。

この数カ月のあいだに、ソーニャは浅黒い肌の男に会釈をし、彼もソーニャに会釈を返すようになった。

「こんばんは」と挨拶を交わした。

ある日、ふたりは同じ時間にアパートメントを出て地下鉄に向かった。

男はソーニャの部屋の二階上に住んでいると言った。彼女は足音を聞いていたのでそのことはとっくに知っていた。

彼の部屋には、前の住人が置いていったアップライト・ピアノがあった。男は調律を欠かさないようにしていた。「ピアノが備え付けてある……下宿屋《ディグス》なんてめったにありませんよ」そう言った彼は、イギリスの言葉を大切にしているようだった。

彼はピアノを教えに行くところだった。生徒はロンドンに住んでいる子供たちで、その親は子供を疎開させなかったのだ。ソーニャはオフィスに向かうところだった。先に来たのは彼の乗る列車だった。「またお会いできるといいですね、ミス……」

「ソフランコヴィッチです」とソーニャは言った。しかし正しい敬称が「ミセス」であることは伝えなかった。子供のいない結婚生活は、はるか昔に終わっていた。

そのとき以来、これまでふたりの生活を司っていた時計が違う時計と入れ替わったかのように、ふたりはちょくちょく顔を合わせるようになった。曲がりくねった狭い通りで顔を合わせた。同じアパートメントに住む堂々とした男が経営するキオスクで新聞を買った。同じ八百屋の列に並び、傷んだ林檎を買った。魚屋では気が付いたら一緒にいた。ふたりはスモークされた魚が好きだったので、それを買うために喜んで特別配給券を使った。

夜には、仕事から帰ってきてソーニャの部屋のガスストーブのそばで時間を過ごすようになった。

「プロビデンスですか」物思いに耽るように彼が言った。「ハリケーンが襲った場所は？」

「ナラガンセットね」

「ナガーガーンセット」彼ははっきり発音したが、母音は貴族が話すように長く伸ばされ、子音は喉音になった。

「そんな感じ」ソーニャは闇に向かって笑った。

ユージンはアメリカ合衆国には一度も行ったことがなかったが、若いころにパリでピアノを学んだ。「ええ、ブーランジェを聴きに行きましたよ」その素晴らしい時期を除いて、彼はずっとドイツに住み、三年前に別の難民支援組織の力を借りてロンドンに移民としてやってきた。当時は四十前で、両親は死に、姉は結婚して上海にいて、彼は自分の生活のことだけを心配すればよかった――この人は本国へあっさり送還されるタイプだ、と彼女は思った。

父親は皇帝のために戦った、と彼は言った。

その戦争のころ、ソーニャはまだ若い娘だった。確かに、ドイツが自国のユダヤ人に親切だった時代が、ユダヤ人も支配者に忠誠を誓っていた時代があったのだ。

彼は左右の長さの違う長い足を、乏しい青い炎に向けて伸ばした。「会えてよかった」と言った。ある日の正午――「語るも不思議なことながら《ミラベリ・ディクトゥ》」とニューヨークにいるあの太った男なら言うだろうが――ふたりはアパートメントからかなり離れたケンジントン・ガーデンで偶然に出くわした。

「コンサートに行くところです」とユージンは言った。「いっしょに行きましょう」

「お昼休みで……そんな時間はないわ」

「演奏者も昼休みのあいだにやっているんですよ」と彼は言った。「仕事に遅れることはありません。いい、いや、それほど遅れることはありません」彼はいつもの少しもったいぶった口調で言い直した。

ふたりは川へと通じるいくつもの通りを急ぎながら、爆弾が落ちた穴の横を過ぎ、煉瓦やセメントや波状鉄板で作られた待避壕《シェルター》のそばを通り過ぎた。カムデン・タウンにある彼らの待避壕は地下貯蔵庫で、ここの待避壕より安全だった。とはいえ、この貯蔵庫がときどき震動すると、幼な子は泣き、女たちの顔は、男たちの顔も、蒼白になった。ソーニャは膝に乗ってきた幼児を抱き寄せ、その母親に勇気づけるように笑いかけた。息をするのが辛かった。これが崩れ落ちたら全員が窒息死するだろう、と思った。上の地面にいて爆撃されたり、あの海辺の小屋のようにばらばらになってしまうほうが、窒息するよりましに思えた。それであえて地下の待避壕に行かず、真っ暗になった部屋の床で膝を抱えて座っていることもあった。背後の窓台には丈夫なゼラニウムが花を咲かせていた。昼間は赤い花が闇の中では紫色に見えた。アパートメントに着弾して、ばらばらになった木材や粉々になったガラスや煤けた煉瓦の中から自分の死体が発見されたら、きっと頭は変な角度に捻れ、焦げた髪は若いころのように真っ黒になっているだろう……もし瓦礫の中から発見されたら、空襲警報が鳴っているあいだも彼女は寝ていたのだ、とみんなは思うだろう。なにかを思うとすれば。彼女はちょっと飲み過ぎていたんだろうよ、とワインショップの主人は妻に言うだろう――店の主人は間違いなく、彼女が食料品を犠牲にしてウィスキーを買っているとわかっていた。彼女は必死で働いていました、とミセス・レヴィンジャーは言うだろう。

ユージンに連れていかれたのは教会だった。ソーニャはオルガンのある上の階を見上げた。数人の信徒が昼休みの時間を人気のない会衆席で過ごしていた。前の座席の背に額をゆっくりと押し当て、それから顔を上げ、また額を押し当てている男性がいた。

下の階の小さな礼拝堂では、十人ばかりの人々が席に着き、演壇にはふたりの演奏者が立っていた。若い男性はヴィオラのネックのところを持っていた。若い女性はピアノの前に座り、死刑の執行を待っているかのように首を差し出していた。ガリ版で刷られたプログラムの解説には、この二十歳の双子は最近チェコスロヴァキアから来たばかりだと書いてあった。演奏が始まった。姉の演奏は正確だった。ユージンは曲に合わせて自分の太腿の上で指を動かした。弟は楽器と愛を交わしていた。曲と曲の合間に、耳ざとい観客には上の階で練習しているオルガンのかすかな音が聞こえた。コンサートは一時間も経たずに終わった。双子と観客が一列になって階段を上っていくと、ソーニャは会衆席の背に額を押し当てていた信徒を探してみたが、彼の姿は消えていた。

ユージンの約束どおり、ソーニャはそれほど遅れることなくオフィスに戻れた。ミセス・レヴィンジャーはとっくに戻っていて、電話で話をしていた。彼女はソーニャに気もそぞろに頷いて受話器を置いた。

「次の一団が来たわ。フランスの子供たちよ」

いつもどおりの配置。広い部屋の片側に置かれた何脚ものブリッジ用テーブルの横にボランティアが立ち、もう片側に置かれた細長いテーブルに、切り分けられたパン、ビスケット、ソーセージの盛られた皿、牛乳の入ったピッチャーが載っていた。

この半年のあいだ自力でなんとか生き延びてきた四十人の子供たちが、部屋の中央にひとかたまりになって身を寄せ合っていた。食べ物が用意されたテーブルに近づきでもしたら銃撃されるとでも思っているかのように。

ある少女の髪はランプの明かりのような金色をしていた。

ミセス・レヴィンジャーは折り畳み椅子に身を押し込み、尻でバランスを崩しそうになり椅子の背もたれを一瞬握りしめた。それから立ち上がった。立ち上がるや、怯みも震えもしなかった。

ソーニャは細かな点をいろいろ書き取った。それが仕事の一部だった。病気にかかっていそうな青白い顔をした子がいたが、医師は病院に収容させなかった。飢えと疲労のせいなのだろう。ふたりの女の子が手をしっかり握り合っていた。多くの子が年下の子を連れていた。

金色の髪の女の子は楽器ケースを持っていた。

ミセス・レヴィンジャーはフランス語で歓迎の挨拶をした。あなたがたはコッツウォルズの村へ送られます、と言った。丘のある地方です、とさらに詳しく述べた。持ち物はそのまま持っていってもいいんですよ、きょうだいが離ればなれになることはありません、里親の方々はユダヤ人ではありませんが、とても思いやりのある人たちです、と。

「ぼくだってユダヤ人じゃないよ」髪の黒い男の子が言った。

「あのね、ピエール」年長の少年がたしなめた。「ここではそんなこと言わなくても大丈夫だ」

子供たちは食べ物の並んだテーブルへそろそろと進んでいった。

間もなく全員が食べ始めた——楽器ケースを手にした、背の高い金髪の少女だけは別だった。少女はミセス・レヴィンジャーのところへ行くように見えた。ところがそれは見せかけだった。急に向きを変えてソーニャの前に立った。「マダム……」

「ウィ、ヴーレ・ヴ……」ソーニャは答えた。

「英語で大丈夫です」少女の目は灰色だった。真っすぐな鼻、弧を描く口、小さな顎。「田舎には行きたくありません」

「お名前は?」

「ロッテ」どんな名前でもかまわない、とでもいうように肩をすくめた。「パリから来ました。ロンドンにいたいんです」

「その楽器は……」

「ヴァイオリンです。マルセイユで食料が尽きたときに売ろうとしたんです。でもだれも買ってくれなかった。マダム、わたしは高い技術を身につけています。オーケストラで演奏できます。カフェでも——ジプシー音楽を弾けます」

「そうさせてあげたいわ」とソーニャは言った。「でも無理」と言い直した。「ロンドンには難民の子供を預かるところがないの」ようやくそう言った。「村にしかないのよ」

「わたし、子供じゃないわ。十七歳よ」

ソーニャは首を横に振った。

目が伏せられた。「十六歳です、本当です、マダム」

「ソーニャと呼んで」

「メルシ。マダム・ソーニャ。来月で十六歳になります。書類があれば証明できるのに、書類をなくしてしまって。なにもかもなくしてしまった。パパの写真も。ヴァイオリンだけが……」ロッテは唾を飲み込んだ。「あと三週間で十六歳になります。どうか信じてください」

「信じますよ」ミセス・レヴィンジャーがふたりを見ていた。ほかの子供に注意を向けなければならない。「いまはとにかくコッツウォルズに行かなくては。もっといい方法を探してみましょう」

ロッテが「口先だけね」と言って、背中を向けた。

「待って！」絶えず感情を抑えていなければならないのか？　ずっと有能でいなければならないのか？　音楽がそこそこ好きでしかないわたしは。「ジプシー音楽は好きよ。待って、これがわたしの住所」ソーニャは茶色の紙に殴り書きをした。「カフェを探してみましょう、ひょっとしたら……」

ロッテはその紙を受け取った。ソーニャが最後にロッテを見たのは、ソーニャ自身が乗っている列車とは別の列車に乗った姿だった。ロッテは通路に立ち、薄い胸にヴァイオリンを抱きかかえていた。

「指輪をもらってくれないかな」とユージンが言った。

「まあ！」

「抑留されるかもしれない」

「そんなことにはならないわ」ソーニャは必死に否定した。しかしそういうことは毎日のように起きていた。スパイだと疑われた外国人は――なかでもユダヤ人は――黄色い監獄に収容された。

ユージンが言った。「ぼくのスーツやピアノの楽譜――それはなんとかなるだろう。でも母の指輪はとても大事なものなんだ。これはドイツの税関をかいくぐってきた。ぼく自身の良心をもかいくぐってきたんだ」

彼女はユージンを見た。ガスストーブの炎に照らされた彼の肌は、ゼラニウムのような暗紫色に見えた。

「ぼくを救い出してくれた人にお礼をするために売るべきだった」と彼は説明した。「でも、小さなダイヤモンドの粒がひとつしかない。それでも母にはとても大切なものだった」

「それは……お父さんからの贈り物なの？」

「母の恋人が贈ったものだ。母はリヨンで生まれた。ベルリンに行っても、結婚に対するフランス風の考え方は変わらなかった。それに、もちろん、父とはずいぶん年が離れていた」

「どのくらい？」ソーニャとユージンのあいだには十二歳の年の開きがある。わざわざ言いはしなかったが、彼女は五十二歳になったばかりだった。

「二十歳年上だったんだ」ユージンはポケットを探った。きらりと光った。それを彼女の手の中に押し込んだ。

その二週間後、ユージンは連れ去られた。

II

ロンドンに来て二年目になると、ソーニャには女性の友人と男性の友人、気に入ったティールームが一軒、パブが二軒、散歩道が幾筋かできた。まわりの女性たちと同じ服装をするようになった――コットン・ドレスにローヒールの靴――が、華やかな小ぶりの帽子は軽蔑していた。灰色の髪を額から後ろに梳かし上げ、耳の後ろで髪留めで留めた。髪が髪留めの下で乱れた羽根のように揺れた。

どこの闇市に行けば必需品を手に入れられるかわかるようになった。ときどき、幼い子供たちのためにその知識を使った。ときには自分のためにも利用した。衣装箪笥の底にしまわれた輸出入禁止のコニャックが、ユージンの帰りを待っていた。

彼女はすきま風の入るホールに講演を聴きにいった。ビシーやサロニカ、ハイファからつい最近戻ってきた人々と打ち合わせをするために会いにいった。かろうじて人数を合わせたコンサートオペラや素晴らしい芝居を観にいった――ある劇場では、ローレンス・オリヴィエの声が爆撃の音をものともせずに朗々と響き渡るのを聴いた。

新しい水彩画の展覧会を観にいった。夏のあいだ、何度かブライトンへ泳ぎにいった。「愉しまなくちゃいけません！」とミセス・レヴィンジャーが命じたのだ。ロードアイランドの友人とシカゴの伯母とニューヨークの太った男とテノール歌手とユージンから手紙が届いた。最初に出会った結核の少年の消息を追い、海辺のサナトリウムまで見舞いにいった。初めのころは、ソーニャは子供時代のうろ覚えのイディッシュ語を必死で思い出して話していたが、数カ月もすると、学習している新しい言語が少年にしっかりと根付いたのがわかった。ふたりは間もなく英語だけで話せるようになった。ふたりでいっしょに青鼠色の海を眺めた。ソーニャは小さな寝椅子の横に座り、透き通った小さな手を握りしめて、自分の人生を真っ二つに分けたハリケーンのことを話した。「高波が入り江に押し寄せてきたの」

「水が丘のようになるんだね」と少年は考えて言った。「そうだ、そうだ！　大きな山みたいになるんだ」

ソーニャは田舎に引き取られた少年の姉とも連絡を絶やさなかった。姉弟が引き離されてから一年後、ソーニャとミセス・レヴィンジャーは、薔薇色の顔をした姉と、青白いが病気がすっかり治った弟がいっしょに暮らせるよう手を尽くした。姉の里親は、少年も引き取ると言った。「あの子がしきりに寂しがるものだから」と心優しい里親は言った。

「もちろん、ローランド・ローゼンバーグは覚えているわね」とミセス・レヴィンジャーが言った。

「もちろんです」ふたりは握手した。彼は前ほど太っていなかったが、そんなことを言えば不作法になるだろう。ふたりは必要もないのになぜか仕事の話をした——彼女は彼の膨らんだブリーフケースの中の書類をすっかり諳んじているかのように、そして彼は、彼女の顔にある一本一本の皺がどのような状況でそこに刻まれたのかつぶさにわかっているかのように。とはいっても、陰気なレストランでふたりきりで話もしたのだ。彼のテーブルマナーは最悪だった。彼のハンカチは汚れていた。ときおりあの奇妙な笑み——唇をくいっと上げて、驚いた表情をする——を浮かべた。マーク・トウェインを愛することに関しては人後に落ちない、と彼は言った。いつかトウェインの足跡をたどって世界中を回りたい、と。

「好きな作曲家は？」とソーニャはなんとなく訊いてみた。

「フランツ・レハールがいちばん好きだね」

レハール——ヒトラーに愛された男。「まあ、まさか」とソーニャは言った。

「恥知らずでしょう？　ジョイントは私を首にすべきだね」

タクシーは一台も走っていなかった。タクシーが走っていたのはいつのころだろう。ローゼンバーグはソーニャをアパートメントまで送っていった。「いつかまた来ますよ」と彼は言った。

「それはよかった」よかっただって？　ジョイントはユージンに対してどんなことをしているの？

「《ニューヨーク・タイムズ》をください」ある晩、彼女はそう言って堂々とした紳士から新聞を受け取った。そこに立ったままで新聞の一面を見た。戦争の記事ばかりだが、町の醜聞もいろいろ載っていた。サウスダコタ州とノースダコタ州は早魃《かんばつ》の被害に遭っていた。彼女は新聞を畳んで脇の下に挟んだ。家に帰ってランプの下でゆっくり読むつもりだった。最近は空襲がなかった。

奥まったところから紳士が重々しい声で言った。「お変わりありませんか、ミス・ソフランコヴィッチ？」

ソーニャは振り向いた。「……ええ。ありがとう」

「ベオグラードから今日届いた新聞がありますよ。めったにないことなんですが」

「ええと、わたしはユーゴスラビア語はわからないので」

「そうですか？　フランス語はお読みになるでしょう。ここには――」

「いいえ。ドイツ語も読めません」彼女は先を見越して言った。「読めるのは基礎のヘブライ語です、ミスタ――……」

「スミスです」

「スミス」ソーニャは彼のいるところを覗いた。その背後に闇が広がっていた。「わたしの両親も新聞を売っていたんですよ」と彼女は打ち明けた。

「ほほう」

「ええ。お店を持っていて。煙草も売っていました。お菓子も、アイデア商品も。アイデア商品は――アメリカ特有のものですね――こちらでは馴染みがないでしょう」

「そんな発想《アイデア》はありませんね」彼は次の客に目を向けた。もちろん、商売第一だ。しかしソーニャはどうしても彼に話をしたくなった、小柄で太った夫婦のことを、自分の両親のことを。子供を持つことを諦めてずいぶん経ってから赤ん坊が生まれた清廉な夫婦のことを。子供ができるまでは店が――閉め切られた温かな小さな場所が――ふたりの子供だった。その場所でソーニャは背の高い女の子に育った。高校を卒業し、師範学校を卒業した。ハンサムで信頼できない青年と結婚した。両親が心安らかなままこの世を去るまで、彼女は結婚生活を続け、店も続けた。

ミスター・スミスは客をさばいた。ソーニャは新聞の飾り棚に寄りかかった。人ふたりに充分な広さがある——そのふたりが仲良く並んでいるとすればだが——店の中には、剝きだしのボードに挟み込まれた雑誌類があり、ビールの広告が貼ってあった。煙草の匂いと子供時代の匂いに満ちていた。喫煙のせいでさらに茶色くなったユージンの悪い歯を思い出した。彼女は深く息を吸い込んだ。「大恐慌のときにお店を売ったんです」とソーニャはミスター・スミスに言った。彼は一枚のポスター——「口の軽さは命とり」——に寄りかかった。彼女は前屈みになった上半身を起こして真っすぐに立つと、自分の話を続けた。「住まいも売りました。アパートメントを借りて、家を……海辺の家を買ったんです。それがハリケーンで壊されてしまった。でもここに住んでいる人たちはハリケーンのことは知らなかったでしょう」

「知っていましたよ。写真で見ました。いいですよ《コマン》、どうぞ《ドンク》！」ミスター・スミスはそう言って、馴染み客らしい人物のほうに顔を向けた。フロアマネージャーのようなフロックコートを着てぴかぴかの靴を履いた小柄なフランス人だった。

ソーニャは背を向けると大通りを歩いて家に向かった。

家、なのだろうか？　ガスストーブのついた壁紙の貼られた部屋。丸テーブルと折り畳み式のベッド、机、肘掛け椅子、ラジオ、ランプ、傾いた衣装箪笥。そして鍵のかかった小さな宝石箱、その中に母の結婚指輪とテノール歌手からもらったシルクのハンカチ——テノール歌手自身が有名なメゾソプラノ歌手からもらった品物——とユージンのダイヤモンドの指輪。そう、家なのだ。自分のいるところが家なのだ。「おまえには巣作りの本能がない」と彼女を責めて、夫は去っていった。「子供がいなくてよかったよ。いたら、おまえは箪笥の引き出しにでも入れていただろうからな」

郵便物は来ていなかった。そして階段を上った。コンロで卵をふたつ茹で、柄の長いフォークの上にパンを載せて焼いた。バターもジャムもなかったが、昨日開けたワインがグラスに一杯半ほど残っていたので、ありがたく思いつつコルクを開けた。食事をしながら新聞を読んだ。訃報欄というちょっとした素敵な短篇を読むのは最後にとっておいたが、そこに知り合いの名が出ることはありそうになかった。まるまる太ったローゼンバーグが血管を破裂させて死ぬようなことがない限りは。いや、彼は脳卒中を起こすようなタイプではないし、体重も減っているし……テノール歌手の死が報じられていた。

テノール歌手は、フォート・ディヴェンズで大勢の兵士たちを前にして歌っているときに倒れた。七十三歳だった。歌手人生は六十年に及んだ。あらゆる主要な役を演じたが、メトロポリタン・オペラ劇場には一度も出なかった。三〇年代には彼の出演するラジオ番組は大人気を博した。テーマソングは「星月夜の物語」。娘が三人、孫が八人。

ソーニャと別れたときには孫は七人しかいなかった。その点を除けば、彼女が書いたかのような訃報記事だった。

その夜、ソーニャは彼を偲んで泣いた。もちろん、自分の運命を彼の運命と重ねなかったのは賢明だった。彼女は、ソーニャは、アイデア商品を売る暖房の効きすぎた店の子供として思いがけなく生まれ、喜びと戸惑いとを感じていた両親に甘やかされて育てられたこの人間は、安定した生活を送るようには生まれついていなかったのだ。ああ、ママとパパはわたしを愛してくれた。そしてわたしもママとパパを愛した。ほんの短い間だが、夫を愛した。夫と別れて何人かを愛し、テノール歌手も愛した。でもその愛は空気のようで、地についていなかったからこそ、ひと群れのハコベのように、ローランド・ローゼンバーグの手ですくい上げられ、ロンドンの瓦礫の中に放り出され、浅瀬を這うように生きてきた子供たちを、あちこちの村に、アパートメントに、川のそばの見捨てられた地下室に送り込んできたのだ。あの子供たち。眠れぬままに彼女は子供たちひとりひとりのことを思った。ロンドンで暮らしている子供も何人かいる。国境で長男が銃に撃たれて死んだときに気が触れてしまった母親と暮らす幼いふたりの男の子がいる。この小さな男の子たちが母親の面倒を見ていた。ある一家の娘は知能が遅れていて、その娘が産んだ子供も知能が遅れていた。「そんなことは起きないはずよ。子供は平均に向かっていくはずだもの！」と彼女は異を唱えた。まるで遺伝法則が自らの失敗に気づいて幼な子の知能を修正できるとでもいうように。ミセス・レヴィンジャーはその激烈な言葉を無視した。ミュンヘンからやってきてウェイトレスをしている十代の少女たちは、ソーニャを信頼してはいないが、いつもソーニャに夕食を買ってもらっていた。それに……。

ドアを小さな生き物が引っ掻いているような音がした。足音がしただろうか。ソーニャはすぐにベッドから出て、左手をかんぬきにかけ、右手を取っ手に置いた。煙草の匂いがしただろうか。ドアを開けた。

ロッテが敷居を跨いで入ってきた。視線を部屋の隅から隅へと動かした。丸テーブルを見ると、その下にヴァイオリンをそっと置いた。それから振り向いてソーニャの腕の中に飛び込んだ。

翌朝、ふたりでベーコンをご馳走になった。ロッテが農場から持ってきたのだ。ソーニャは、大事にとっておいたトマトといっしょにそのベーコンを炒め、最後になった二枚のパンを焼いた。ふたりはパンで脂をすくいとって食べた。

「さあ、話してちょうだい」一枚しかないナプキンを使ってふたりで指を拭き取ると、ソーニャが言った。ロッテの指は華奢というより思慮深かった。ピアノを弾いているユージンの指に似ていた。

「里親の人たちは」とロッテは話し始めた。「優しかったわ。教会のオルガン奏者もいろいろ助けてくれた。学校にも優しい男の子がいた。イギリス人の子がね」ロッテが何を言いたいのかソーニャにはわかった――イギリスの少年から寄せられた想いは、すでに彼女に夢中になっていた移民の少年たちの幼い恋の代わりにはなっても、それを凌ぐものではなかったのだ。この魅力的な睫の動き。

「農場には」ソーニャが先を促した。

「手紙を置いてきたの。あそこには送り返さないで。ここに置いてください」

それは組織の規則に反することだった。しかし組織の規則が破られることはしょっちゅうだった。川の南側では、ブカレストから来た十代の少年五人がひとつの部屋で協力して暮らしていたが、掏摸をしているという疑いがあった。ミセス・レヴィンジャーはときどき少年たちを呼んで、「そんなことをしていると、ユダヤ人の評判が落ちますよ」と言った。少年たちは俯いていた。

「あの子たちのせいで組織が危険にさらされるわ」とミセス・レヴィンジャーは後になってソーニャ

に言った。

「あのなかのふたりは漆喰職人としてちゃんと働いています」

「そういえば、ここにも漆喰職人が必要ね」ミセス・レヴィンジャーは話題を逸らせた。「噂では、あの子たちは金持ちの酔っぱらいからしか掏《す》らないそうよ」

「噂といえば！　チャーチルが侵攻を始めるという噂ですよ。本当に侵攻が始まったら信じることにします。こっちが侵攻されることになるのかもしれない」ソーニャは、ミセス・レヴィンジャーが暖炉用シャベルをつかんで、彼女のオフィスに愚かにも入ってきたドイツ兵の頭をぶん殴っている姿を思い描いた。

そうしているあいだも、ブカレスト出身の少年たちがメイフェアで財布を掏っていた。ポーランド人のふたりの医師がクラファム・コモンで無認可の医院を開業していた。服の縁にダイヤモンドをたくさん隠してやってきたベルギー人たちは、闇市でそれを売って南アメリカにひそかに去っていった。だが自分たちをロンドンに逃がしてくれた組織には一シリングも払わなかった。それが別の組織だったにせよ。「規則違反じゃありませんよ。でも、適《コム・イル・フォ》切じゃないわね」とミセス・レヴィンジャーは言った。ソーニャはユージンの母親の指輪のことを考えた。

「床で寝ます」とロッテが言っていた。「仕事を見つけるし、部屋代もちゃんと払います。見ていてください」

「フランスの女の子の件はどういうことなのかしら？」数日後、ミセス・レヴィンジャーが言った。

ふたりは相手の目をじっと見つめた。「多少の手当は出せますよ」ミセス・レヴィンジャーが言った。

「わたしのところにいます」

「里親から手紙が来て……」

「お知らせします」

「その必要があれば」ソーニャはいまにも泣きだしそうになったのでかなり冷ややかな声で言った。

その必要はなかった。土曜日にロッテが、何シリングか貸してください、と言った。それからこのアパートメントにいる人からねじ回しを借りてきてもらえますか、と言った。やってみるわ、とソーニャは言った。ミスター・スミスはキオスクで仕事中だった。小幅な足取りで歩く老婦人は娘と暮らすことになって部屋を引き払っていた。黄色い目の男は外出中だった。ユージンも、もちろん不在だ。ソーニャは結局、無駄足だろうと思いながら、ふたりの秘書が住む部屋を訪ねた。ところがふたりは工具一式が揃った道具箱を持っていた。窓のところに囲いを作ったからだ。ふたりはウサギを何世代にもわたって飼っていた。「なんて……かわいいの」とソーニャは言った。

「お金のためよ」と片方の娘が言った。「お金持ちはいまもウサギの毛皮が好きだから」

ソーニャがねじ回しを持って階段を下りていくと、ロッテが真鍮の錠と二本の鍵を手に入れて大通りから戻ってきたところだった。一時間もしないうちに、衣装簞笥の扉に錠を取りつけた。そしてコニャックの隣にヴァイオリンをしまい込んだ。それから鍵をかけた。しばらくロッテは椅子に沈みこんでいた。「これで大丈夫」と言ってため息をついた。ソーニャは爆撃のことは言わずにおいた。もしかしたら爆撃はもうないかもしれない。

ねじ回しを返しにいくときに一階の女家主に出くわした。「わたしの部屋に……居候がいるんです」

「知っていましたよ。家賃を少し多めにいただかなくちゃなりませんね」

毎日ロッテは仕事を探しに出かけていった。がっかりして帰ってきた。夜にはふたりでコンサートに出かけた。ユージンが戻ってきたかのようだった。ロッテは「聖エイダン教会で、聖歌隊が歌を歌うそうよ」あるいは「メリルボーンでバス歌手が歌うみたい、こっちに着いたばかりなんですって」と言った。ばらばらになった音楽家たちは間に合わせのアンサンブルを作った。

「このコンサートのこと、どうやって知ったの?」三重奏を聴いて家に帰る道すがら、ソーニャは尋ねた。

「仕事を探しにレコード店に行ったら、偶然弦楽器の演奏家たちに会ったの」

ロッテは街角で演奏するようになった。ソーニャは警官に気をつけて、と言った。最初ロッテはロンドン郊外で演奏していた。熱心なファンがそこそこ集まったが(当たり前のことのようにソーニャに報告した)、蓋を開けて足許に置いた楽器ケースにはわずかな硬貨しか落ちてこなかった。それで町の中心部に移動した。ピカデリーで、ストランド街で、ホワイトホールの近くで演奏した。「チャーチルを見たわ」とロッテは驚いて報告した。チャーチルが地下の執務室から戦争の指揮を執っていることはだれもが知っていたが、敵の目を欺くために、そしておそらく国民の目も欺くために、瓜二つの替え玉を何百人も配置しているという噂だった。

新しい仕事で稼いだ金は、ロッテが女家主の上げた家賃を払い、チーズや魚の燻製や桃を買い、いつでもこのお金を使ってとソーニャに言うに足るほどの額だった。「だって、あなたはわたしの保護者で、恩人で、天使なんだもの」

「そんな役目はごめんだわ。この桃、信じられないくらい美味しい」

「じゃあ、わたしのお母さん……あ、だめだめ、あなたはもっとずっと若いもの」

「若くなんてないわよ」

「お姉さんだわ！」

ソーニャはいまもジョイントからミセス・レヴィンジャーのところに出向している形だったが、ミセス・レヴィンジャーの指示がすっかり変わっていた。いまでは受け入れるべき難民はいなくなったが、すでにロンドンで暮らしている難民のためにやるべきことが山ほどあった。みな飢えに苦しんでいた。ソーニャはそうした家を回りながら配給カードや現金を配り、ときには工場の日雇い仕事を斡旋した。労働者をこき使う現場監督にでもなった気分だった。ロッテは現金を得るためにヴァイオリンを弾いた。

ある春の夜、ソーニャはテムズ川を渡って家に帰ることにした。ここしばらく空襲はなく、数機の飛行機がときどきやってきては高射砲で追い払われていた。河岸にピエロがいるのが見えた……いや、ピエロではなかった、少女だった。いや、あれはピエロなのだ。ロッテだ。

彼女は空襲で大きな被害を受けて再建が始まっている場所の近くにいた。漆喰職人たちが働いていた――あのなかにブカレストの少年たちがいるだろうか。ロッテはいつものみすぼらしい上着を着て、格子縞のぶかぶかのズボンをはいていた。どこからか探してきた中折れ帽を被り――かっぱらってきたのかもしれない――上の前歯の隙間を黒く塗り、顔のそばかすを濃く描いていた。淡い金髪が帽子の下から泡立つように出ていた。家で練習した路上演奏用の曲――クライスラー、スメタナ、ドヴォルザーク――を、哀愁や陽気さをことさら強調しながら弾いた。「聴き手の涙腺を緩ませるために」とロッテは説明した。「フィナーレが劇的に感じられるように」

劇的なフィナーレの後、ロッテは逆さにした帽子を手に持って人々のあいだを歩いて回った。ソーニャのところに来ると深々とお辞儀をした。からかうように帽子を揺すった。ソーニャは小銭を出そうとレインコートのポケットに手を入れたが、ロッテはかまわず先に進んでいった。

聴き手たちが散っていった。笑みを浮かべたロッテがソーニャのところに戻ってきた。「ご馳走を食べに行こう！」

「そんな服装で！」ソーニャは笑みを返した。

中折れ帽がトリックハットに早変わりして折り畳まれた。ロッテが腰を器用にひと振りしてぶかぶかのズボンを落とすと、下からプリーツスカートが現れた。ロッテが持っている二枚のスカートの一枚だ。片手にズボンと帽子を、片手にヴァイオリンを持って、ロッテはパブまで案内した。

ふたりは――ヴァイオリンを入れれば三人だ――隅のブース席に座った。街灯の光がステンドグラスの向こうから騒がしい店内を照らしていた。

「今日はかなり稼いだわ」ロッテはそう言って、お金をソーニャに手渡した。ソーニャは断らないほうがいいとわかっていた。「でも、もっと安定した仕事のほうがいいなあ」

「あなたは学校に通っていなくちゃいけないのに」ソーニャが悲しげに言った。

「じきに、オーケストラの空きを見つけてみせる。あるいはナイトクラブをね」

ソーニャは二杯目のウィスキーを頼んだ。

その翌週、ローランド・ローゼンバーグがやってきてロンドンに四十八時間滞在した。相変わらず太ってはいたが、以前よりげっそりしていた。しかし彼は、「体重が減ってきたね、ソーニャ・ソフランコヴィッチ」と遠慮なく言った。「体を大事にしなさい」

そして、ロッテの常軌を逸した夢が現実のものになった。あるレストランの経営者がロッテの噂を聞きつけ、彼女を雇い、クレープ地のズボンとスパンコールの上着を支給してくれたのだ。〈カフェ・ボヘミア〉の内部は長椅子、壁画、金めっき、廃品の寄せ集めでできていた。ソーニャは週に一、二度立ち寄った。

もう涙腺を緩ませるような弾き方も、きらびやかなグリッサンドもなかった。ロッテはブラームス、リスト、メンデルスゾーンを弾いた。実際より二倍近い歳に見える、とソーニャは思った。しかし、ソーニャ自身もおそらく実年齢より二倍は老けて見えているだろう。

第二ヴァイオリンを探しているという三重奏楽団——老人ふたりに老女ひとり——をロッテが見つけてきた。「あの人たち、演奏がとても上手なの」とロッテは言った。「みんなユダヤ人じゃないけどね」リサイタルは無料だったが、演奏者はときどきカナダにある財団から給付金をもらった。ロッテは、襟付きの青いドレスを買うために、ソーニャとふたりで使っている口座から預金を全額おろさなければならなかった。スパンコールの衣装はふさわしくないように思えたからだ。

ロッテが預金を使うのはもっともなことだった。ソーニャよりもはるかに生活に貢献していた。折り畳み式のベッドを買ったので、もう床で寝なくてすむようになった。二鉢目のゼラニウムとウィスキーも買ったが、ロッテ自身はときどきワインをグラスに一杯飲むだけだった。そしてソーニャが五十三歳になったとき、ロッテは列車の切符を二枚手に入れた。ふたりは週末をコーンウォール地方で過ごした。ペンザンスのホテルに滞在し、姉妹のように手を繋いで浜辺を散策した。

いち、と、に。いち、と、に。

いち、に。いち、に。

土曜日の午後。ロッテは四重奏楽団で演奏していて留守だった。

ソーニャはドアを開けた。今度こそ、彼だった。

「戦争が長びいているので、平和であるかのような錯覚さえ覚えます。変化のない毎日です。新しい恐怖はなく、古い恐怖があるばかりです」ソーニャは伯母に手紙を書いた。この手紙は検閲にひっかかるだろうか、と思った。

ユージンは忙しかった。彼の不当な抑留の埋め合わせをするために、だれかが陰で力添えをしていたのかもしれない。数え切れないほど多くの人々が見えないところでとてつもない努力をしていた。ソーニャとミセス・レヴィンジャーは組織の仕事を黙々とこなしていたが、規則に反することばかりが増えていた。上の階に住んでいる黄色い目の男は、ブレッチリー・パークにある暗号解読センターで何週間も過ごしていた。ロッテは予定のない午後には街角でヴァイオリンを弾いた。秘密開示をさせるのに見事な手腕を発揮していたミスター・スミスは、スパイであることが発覚し、逮捕された。

ユージンは新聞に音楽批評を書いた。ソーニャが文章の推敲を手伝うときもあった。新しい人々が、自分たちの子供にピアノを教えてほしいと依頼してきた。そうした子供たちは、以前は高級住宅地だった瓦礫のなかでツェルニーを練習していた。彼も演奏した。ときどきロッテの四重奏楽団に参加し、ロッテとチェリストと三重奏をし、ロッテと二重奏をした。二重奏をするときには、かつてソーニャとユージンがチェコの双子の姉弟の演奏を聴いた教会で練習した。「とてもいいピアノだよ」とユージンは言った。

ソーニャはさまざまな家族をコンサートに連れていった。知能の遅れた娘とその両親を一回。気の触れた母親と幼い男の子たちを数回。若いウェイトレスたちや掏摸の漆喰職人たちも連れていった。

もちろん――ソーニャは自分にこう言い聞かせた――いっしょに演奏する男女はみな親近感を抱く。生まれたときから親近感を持っている者もいる――チェコの双子の姉弟やメニューイン家の兄妹がいい例だ。ユージンとロッテは兄妹ではないが父と娘のようなものだ。二十歳離れている。ソーニャはもう一度計算した。二十四歳だ！　テノール歌手のことを思った。……ユージンの茶色い横顔が鍵盤の上に屈み込んでいる。口元は歪み、唇が結ばれている。ロッテは顎をハンカチの上に載せている。左手の指が踊るように動く。青いドレスの脇の下には黒い汗の染みができていた。夜、ロッテは折り畳み式のベッドで眠りながらときどきフランス語で叫んだ。

ある夜、ソーニャがだれもいない部屋に帰ってくると、煙草の匂いに満ちていた。持っていた牛乳を窓のゼラニウムの隣に置いた。一ブロック先に教会があった。英国国教会に異を唱えるプロテスタントが集まる、あまりきれいではないこぢんまりした教会だ。ソーニャはそこに行き、後ろの会衆席に腰を下ろし、前の席の背もたれに額を押し当て、そして頭を上げ、また背もたれの木に押し当てた。頭を上げては押し当てた。

Ⅲ

連合軍がフランスに侵攻を始めてから一週間後に、最初のドイツ軍の無人飛行爆弾が飛来した。それからは何度も来襲した。以前の空襲とはまるで違っていた。安全な場所に逃げる暇《いとま》がなかった。そもそも安全な場所などどこにもなかった。人々はその場で腹這いになり、叩きつけられたり差し貫かれたり粉々にされたり木っ端微塵に吹き飛ばされたり生き埋めにされたりするのを待つだけだった。爆心地から離れたところにいれば、なんとか死なずにすむかもしれなかった。

「もうすぐ終わる。もうすぐ終わりますよ」と女家主はソーニャに言った。「終わりは近いわ」知能の遅れた娘を持つ両親はため息をついた。「ヒトラーの最後のあがきよ」とミセス・レヴィンジャーはきっぱりと言った。総統には永遠にあがくだけの体力があるように思えたが、ソーニャは気の触れた母親と男の子たち一家をロンドンから疎開させるべきですね、とだけ言った。「ハルにあるあの家がいいでしょう」ソーニャとミセス・レヴィンジャーは三十分ほど、子供たちを実質的な精神病院に閉じこめておくことの是非について話し合った。すでに友人になっていたふたりの女性は、遠慮することなく互いの意見を補い合った。そして農場のような隠れ家のほうがいいということで話はまとまり、ソーニャがその手配をした。

仕事は休みなく続き、復興も続いた。コンサートも続いた。

ある日、ソーニャが昼過ぎにハイドパークのベンチで林檎を食べていると、ブーンという聞き慣れた音がした。彼女は林檎を食べ続けた。飛行爆弾が飛んでくるのが見えた。たった一機、ひとつの爆弾にすぎないが、爆弾しか搭載していないのだ。なかには爆発しないものもあると聞いたことがある。しかしこれは、公園の南側に着弾した。彼女はまだ林檎を噛んでいた。黒々とした灰色の分厚い煙があがり、いまや彼女の耳に聞こえるのはサイレンと、彼方で続く爆発音、建物の破壊音、悲鳴、足音。その中に自分の足音も混じっていた。林檎を手にしたまま公園を走り抜け、爆弾の落ちたほうへ向かっていたからだ。爆弾が落ちたのはあの教会ではないか。しかもあのふたりは昼休みに教会で練習をしているのではなかったか。キングズロードを渡って人だかりの中に入り込んだ。同じ方向に走っていく人たちもいれば、こちらに向かってくる人たちもいる。両側の家々が消滅している。人々の顔は黒ずんでいる。ソーニャは女性につまずいて足を止めた。だがその人は死んでいた。ソーニャは走り続けた。瓦礫の中から腕が飛び出している。再び立ち止まり、今度は消防士といっしょに瓦礫を掘って女性を助け出した。ありがたいことに生きている。その女性はもう片方の腕で赤ん坊を抱きしめていて、その赤ん坊も、ありがたいことに生きていた。ああ、ありがたいことに。煙のせいで息ができない。建物はいまもがらがらと崩れている。皮膚が炙られる臭いがする。ソーニャはようやく教会の通りにたどり着いた。教会は吹き飛ばされている。すでに非常線が張られていた。自治当局の動きはなんて速いのだろう。爆撃されてから十分も経っていない。勇敢な人々。しかしロープをくぐっていかなければならない。手に持っていた林檎がなくなっていた。彼女は身をかがめて通り抜けようとした。「奥さん！」という声がし、強い力で腰を引っ張られた。引き戻され、ヘルメットを被った真っ赤な顔の男の腕に抱えられたとき、その肩の向こうに、ユージンの姿が見えた。額が黒く、怪我をしていて、ひどく汚れたロッテの姿も見えた。ふたりは手を繋いでいた。ロッテのもう片方の手には楽器ケースが握られていた。ふたりがいたのは教会ではなかった。ソーニャが近づいていくとふたりはそう言った。部屋で過ごしていたのだ。

弾幕砲火は数カ月に及んだ。飛行機の来襲を阻めるのは嵐だけだった。ソーニャはハリケーンの到来を祈った。チャーチルはロンドンが攻撃に晒されていることを認めた。飛行爆弾はイギリスが勝利する三週間前まで止むことなく降り続いた。

しかしその前に——勝利の五週間前に——ユージンとロッテはマンチェスターに移っていった。新しい市民交響楽団の指揮者が四重奏楽団と演奏しているロッテのことを小耳に挟み、仕事を提供してくれたのだ。マンチェスターならユージンにピアノを習いたいと思う子供もいるだろう。

教会が爆破された日を境に、ロッテはユージンのベッドで寝るようになった。ロンドンを去る前の夜、ロッテはソーニャのドアを引っ掻いた。彼女は古い衣装——帽子、格子柄のズボン——を着ていた。そして「いつの日かあなたを見つけるわ《サムディ・アイル・ファインド・ユー》」と「また会いましょう《アイル・シー・ユー・アゲイン》」の二曲を演奏した。

その日の朝、三人は地下鉄の駅まで歩いていき、電車に乗って鉄道の駅まで行った。ユージンとロッテのすぐそばにいても、ソーニャはふたりが遠く離れたところにいるような気がした。才能豊かな、みすぼらしい身なりをした移民の男女。父親と娘？　義理の兄妹？　どうでもいいことだ。ふたりは列車に乗り込むや、窓を見つけてその向こうからじっとソーニャを見つめた。最愛のふたりの顔が、ソーニャへの愛情で硬くこわばっていた。ロッテはどれくらいのあいだ、ユージンの陰気な保護下でのびのびと活躍できるだろう、どれくらい経つと、ロッテは彼の許から身を翻して去っていくのだろう、とソーニャは思った。ロッテはフランス人ではないか。フランス女は不実だ。あ、ユージンのお母さんのダイヤモンド！　ソーニャは粗末な手袋をはめた左手を上げ、右手の人差し指で左手の薬指を示した。

窓の向こうでユージンが首を横に振った。「あなたのものだ」と口を動かした。

それでソーニャはその指輪を売った。思っていたより安かった――石にひびが入っていたのだ。パラシュート素材で作られただぶだぶのレインコートを買った。新しい手袋と派手なズボンを買った。残りの金はしまった。

Ⅳ

「お久しぶりね」とソーニャが言ったのは、ミセス・レヴィンジャーがふたりを残して出ていった後だった。

「いやあ、こっちに寄りたかったんだよ」ローランドが言った。「リスボンとアムステルダムには来ていたんだが……。そのたびに別のところに行かされて」彼は体に合わなくなった上着のなかで身を動かした。ローランドはさらに痩せていた。ミセス・レヴィンジャーが、あの人は一種の英雄だとほのめかしていた。

ふたりはオフィスを出て風雨の中を歩いた。ソーニャの新しいコートが風に煽られてはためいた。防水のはずなのにびしょ濡れになった。それで歩みが遅れた。結局彼女は、ローランドの目指している場所に楽に飛ばされていけるように、コートの裾をたくし上げた。

パブだった。ふたりは腰を下ろした。ソーニャは、彼が自分がしてきた仕事のことを話そうとしないのがわかった。そして一杯目のビールを飲んでいるあいだも、二杯目を飲んでいるあいだも、彼は仕事の話をしなかった。ほかの話も。それで「どこに?」とソーニャが口を開いた。使い古されたテーブルに疲れ果てた両手を置いて。

ローランドは戦災難民のキャンプについて話した。これからオーバーアマーガウにある難民キャンプに行くという。「あなたに来てもらいたい。あなたは粘り強く、頭が良く、思いやり深い」その言葉を振り払うようにソーニャが動かした右手を、彼は宙でつかんだ。「では、そういうことを言うのはやめよう。お世辞ではないんだが。あなたにオーバーアマーガウに来てもらいたい」

「ドイツ語は喋れないのよ」

「しかしあなたは音楽が好きだ」彼は彼女に思い出させた。ローランドは、テーブルにそっと置かれていた彼女のもう片方の手も取った。その手は逃れようとしているとは言い難かった。「ソーニャ・

ソフランコヴィッチ、来てくれるね？」

彼女はしばらく何も言わなかった。彼の不思議な笑み——この笑みに、彼に、慣れる日が来るだろうか——が、どうしても聞きたいのは「いいわ《イエス》」という言葉だ、と告げていた。

「いいわ《イエス》」と彼女は言った。

祭りの夜

Purim Night

グリュエンヴァッサ難民キャンプはプリムの準備の真っ最中だった。プリムとは、悪者と王、娼婦と王妃の区別がつかなくなるくらいまで飲み続ける陽気なお祭りだ。

「プリムってなに？」とルードヴィヒが質問した。

ルードヴィヒは十二歳。ほかの少年たちと同じように青白い顔をして痩せ細っている。だが「その前」に、ハンブルクで甘やかされた幼年時代を送っていたころも、青白い顔をして痩せ細っていた。叔父とともに身を隠しているあいだ、血色がよくなることも太ることもできなかったのだ。

「プリムは祝日なのよ」とソーニャが言った。五十六歳のソーニャも生まれつき痩せて青白い顔をしている。戦争中はロンドンで過ごした。いま戦争は終わり、難民キャンプを共同で運営している。難民。なんと遠回しな呼び方だろう。彼らは残虐行為から逃れてきた人々。家を失った人々。人に疎まれてきた人々だ。「プリムは、ユダヤの民が解放されたことを祝うお祭りよ。悪い男から解放されたことをお祝いするの」

「解放ね。連合軍に解放してもらったってこと？」

「いいえ。そうじゃない。シュ、シュ、シュシャンでの出来事。むかしむかしのこと……」彼女は英語で「むかしむかしのこと」と言った。その後の会話——ルードヴィヒが午後を過ごしにやってくる、人でごった返した仮オフィスでのやりとり——は、ドイツ語で続けられた。ルードヴィヒはおませな子にありがちなもったいぶったドイツ語を話し、ソーニャは語学の才能のないアメリカ人ならではのひどく下手なドイツ語を話した。もっとも、ソーニャのイディッシュ語はグリュエンヴァッサ難民キャンプに来てからかなり上達した。ここでの共通語はイディッシュ語で、安定通貨は煙草だった。

「シュ、シュ、シュシャン」ルードヴィヒは真似をして言った。「四つの音節があるの？」

ソーニャはしばらく目を閉じた。「昔の歌を言ったのよ。古い歌の歌詞を」そして目を開けると、赤茶色のルードヴィヒの目を見た。「ハマンというのがその悪い男の名前でね。ヒロインはエステルという王妃。王妃《クィーン》といえばね……」

「そうじゃないよ」

「そうじゃないって、なにが？」

「ぼくたち、王妃のことなんて話してなかった」

「でもね」ソーニャは言った。「昨日の配給と一緒にチェスの駒が届いたのよ。でもポーンがひとつ足りないの。石で——石で代用できるかしら？」

「うん。それに叔父さんはこんなときのために箱にコーンをいくつもしまってる」

ソーニャは壊れそうな椅子を壁際の棚の下まで引っ張っていき、その上に乗ってチェスの駒の入った箱を引っ張り出し、ルードヴィヒに渡した。

ルードヴィヒが急ぎ足で立ち去ろうとすると、アイーダが声をかけた。「待ちなさい」秘書のアイーダは難民だが、「その前」は帽子屋だった。「わたしがプリムのことを教えてあげる。きみみたいなユダヤの少年は知っておかなくちゃいけないことだから」

ルードヴィヒは出ていきかけた格好のまま、壁に背をあてて動きを止め、サーチライトに照らされたように目を見開いた。「シュ、シュ、シュシャンでその昔」アイーダはそこまで英語で言ってソーニャに頷くと、ドイツ語で先を続けた。「アハシュエロスという王さまと、ハマンという実力者と、宮殿の門のそばで一生を送ったモルデカイというとても頭のいいユダヤ人がいたの。アハシュエロス王の妃が王の機嫌を損ねたため、王は新しい妃を娶《めと》ることにした。そしてモルデカイが……」アイーダは聞き慣れない言葉を使った。

ソーニャは独英辞典をめくった。「調達？　それはちょっと……」

「……調達してきたのは自分の姪エステルだった」アイーダはそう言って黒い瞳で相手を見据えた。「モルデカイはハマンに屈服するのを拒んだ。ハマンはユダヤ人を殺そうと画策していた。新しい妃となったエステルは、アハシュエロスに殺戮を止めるよう進言した。それでユダヤ人の命が救われたわけ」

「調達、って」ソーニャはなおも異を唱えた。ルードヴィヒは壁にへばりついたまま言った。「それで奇跡が起きたわけだね」

「奇跡がね」アイーダは頷いた。

「ぼくは奇跡なんて信じない。特にファ、ファ、ファックのおかげで起きた奇跡なんかは」アングロサクソンのそっけない単語音が、ドイツ語の多音節に打ち込まれた。子供たちの語彙はアメリカ兵と接して増えていた。しかし、ルードヴィヒが森の小屋や道路脇の馬小屋やマルセイユの湿った地下で慌ただしい野蛮なセックスを目にしたのは、アメリカ兵のせいではなかった。

「容姿端麗で美しい帽子を被った娘は奇跡を起こせるものなの」アイーダが言った。「ファックなんかしなくたってね。それからね、ルードヴィヒ、これは使ってはいけない言葉よ」アイーダはタイプライターに戻った。ルードヴィヒは走り去った。

ソーニャは今日、三人が一週間かけて処理するよりも多くの仕事をこなすことになっていた。彼女は細い窓のところまで歩いていった。二月の昼下がり。長細い木造の兵舎に囲まれた中庭に長い影が伸びている。ドイツ軍が大慌てで放棄していった兵舎には、いまだに銃の部品やボタン、記章、手紙の断片（ハインツ、愛する人《リーブリング》、子供たち《デア・キンダー》）などが落ちている。中庭にはそれでも三角形をした日溜まりがあり、そこでぼろ着姿の子供たちが遊んでいる。ルードヴィヒはあの子たちに混じって遊ぶべきなのだ。彼が大人とのつきあいを好む変わった子でなければ、あの中にいるはずなのに。

今年はユダヤ暦では五七〇七年、キリスト教暦では一九四七年に当たる。プリムのパーティは夕食後に始まる。そこではペイストリー――ハーマンターシュ、つまりハマンの帽子――が出るだろう。このペイストリーがなければ、祭りなどしないほうがいい。このペイストリーがなければ、メギラー――巻物に書かれたエステルの物語――は水槽に突っ込んだほうがいいくらいだ。今夜はなにがなんでもハマンの帽子が必要だ――それがジョークになるだろう。「その前」シェフだった男たちは、ザッハトルテやリンゼルトルテなどあらゆるお菓子の焼き方を知っている。でも、砂糖は、木の実はどこにある？　今日シェフたちは、粒子の粗い小麦粉、代用バター、ほんの少しのブラックベリー・ジャムを使って、代用ハーマンターシュを焼いてくれるだろう。ひとり当たり一、二枚食べられる数を。ペイストリーを焼く老練な職人たちが赤ん坊を人数に入れているかどうかソーニャにはわからないが、赤十字やアメリカ軍は赤ん坊もちゃんと人数に数えていた。嬰児ひとりひとりにビタミン入りチョコレートバー、ランチョン・ミート、煙草が配給される。しかし、ソーニャは充分な数の缶入りミルクを調達することができなかった……。パーティの前に出す夕食はいつものお粗末極まりないものになる。水っぽいほうれん草のスープ、じゃがいも、黒パン。アイゼンハワーは、難民には一日に二千カロリーを与えなければならないと命じた。寛大な意見だが、元帥は新しく入ってくる人々の数を把握できていない。新たな参入者があっという間に増える。

「わたしの工房に来るお客は、とても優秀で国際的な感覚を身につけた女性ばかりだった」アイーダはタイプライターのキイボードの上で手を休めて言った。「わたしはターバンやつばなし帽やトーク帽を作っていたのよ」

「つば広の帽子やマンティーラもね」とソーニャはその先を促した。その昔話は前にも聞いたことがあった。

「五カ国語を話していたし、それに――」

「ソーニャ！」ローランドの声がした。ローランド・ローゼンバーグはソーニャと共同でキャンプを運営している。「ソーニャ？」声の後から声の主がオフィスに姿を現した。彼の視線が麗しいアイーダの姿を捉え、ソーニャのやつれた顔で止まった。彼はいまも太った男特有の優雅さがあり、相変わらず胴回りも立派だが、ほかのスタッフ同様体重は減っていた。「北棟の敬虔派の人たちが、自分たちのメギラ（エステル記の入った巻物で、プリム祭のときに読む）を使わせないと言っている。礼拝をボイコットした」

「啓蒙主義者たちもボイコットしたわ」アイーダが言った。「スピノザの研究会を開いていた」

「ブラックベリー・ジャムが少ししかないのよ。腹立たしいったらないわ」ソーニャが言った。最近彼女は突然苛立ちを覚えるようになった。それが「変化」よ、訳知り顔でそう言ったアイーダは、三十五歳そこそこだった。

「それにケシの実だ。どうしてケシの実を送ってこないのか」とローランドが言った。「私はケシの実を送れと頼んだのに」ローランドはリストを見ながらそう言うと、オフィスに入ってきたときと同じように不意に出ていった。

「ローランド、なんとかなるわよ」ソーニャはその背中に声をかけた。「親切なドイツ人の農民がいるから。パーティ用に子牛を何頭かつぶしてくれるはずだし」彼女は戸口まで行ったが、ローランドはすでに角を曲がって姿を消していた。「ホイップクリームは波のように流れるでしょうし」ソーニャは声を張り上げたが、ローランドの耳には届いていなかった。「アイゼンハワー元帥が――私人として参加してくれるって」

「ソーニャ」アイーダが厳しい口調で言った。「お散歩の時間よ」

ルードヴィヒはプリムのことを知らないふりをしたのだった。知らないふりをするといつもうまくいく。なんでも知っている人間は、殴られたり罰せられたりする。実は、エステルの物語についてはこれまでに何度も聞かされてきた。初めて聞いたのは、隣の部屋に住む、赤くほてった顔の若者からだった。ルードヴィヒはその赤い顔を見た瞬間に、この人は次のX線検査でひっかかるな、と思った。その間も、ほてった顔の若者は即席の講義を続け、大演説までやってのけた。あの男は自分をメシアだとでも思っているのか、とクラウド叔父さんは文句を言った。先週のある日、若者は自分のまわりに子供たちを集めてプリムの話をした。ルードヴィヒは子供たちのいちばん後ろで聞きながら、この人は自分を偉く見せたくて話をしているんだ、と思った。若者は口角に泡を溜めながら、ハマンとその十人の息子が絞首刑になり、三百人の共謀者が殺される最後の話をした。それから、北棟の二階の教室でもハマンの話を聞かされた。煤けた窓からは平屋の台所と、虫のいる、根菜ばかりが育つ庭が見えた。石ころだらけの土地だ、とクラウド叔父さんは言った。男爵の声のように重々しかった。おれたちがフランスの内陸の豊饒な土地から収穫したアンズダケなど、ここでは望むべくもない、と。庭の向こうにある道は農場のあいだを通ってタイル張りの屋根の集まる村まで伸びている。村の先にはこんもりとした緑の丘があった。ユダヤの風習を教える教師が、窓の外に広がる見慣れた風景には目もくれず、ヘブライ語で書かれたプリムの話を朗読した。理解できたのは六人くらいかもしれない。教師はそれをイディッシュ語とロシア語に翻訳して話した。教師が三つの言語で語った退屈な話では、ユダヤ人を助けるために仲裁に入ったのはエステルではなく神になっていた。その夜、歴史の教師は、聖書にはそう解釈する正当な根拠がないと言った。その翌日、哲学の教授は、その話はメタファーにすぎないと言った。

「メタファーって？」とルードヴィヒは訊き、間もなくその意味を知った。ルードヴィヒは何かを学ぶのが大好きだ。オフィスで時間を潰すのが好きなのは、ローランドがたくさんの知識の断片を、自分を偉く見せたりせずに、まるで馬が屁をひるようにとめどなく聞かせてくれるからだ。ソーニャも観察するには面白い人だ。議論は苦手だけれど、それでも議論をしようとするし、説得は嫌いだけれど説得しようとする。彼女がひとりで本を読んだり空想したりするほうが好きなことは、ルードヴィヒにもわかっている。ソーニャを見ていると母親を思い出す。それにアイーダのあの美しい青い目、パレスチナに必ず行くという強烈な意志。もしクラウド叔父さんがアイーダとファックしたら、聖地パレスチナで三人で暮らせるようになるかもしれない。いや、あそこはそれほど聖なる場所ではないけれど、兵舎もない。パレスチナでは人々はテントで暮らし、外には駱駝がまどろんでいると聞いたことがある。でも、クラウド叔父さんは男のほうが好きなのだ。

話など聞かずとも、ルードヴィヒにはプリムが来ることがわかっただろう。このキャンプにいる難民たちのなかで、体が不自由でない人、絶望で心が麻痺していない人、肺結核病棟に収容されていない人、ひどい年寄りか幼い子供でない人、そしてなんらかの手配違いで入ってきたキリスト教徒ではない人はみな、祭りのことで頭が一杯だった。兵舎の部屋では、小部屋を仕切っている防水帆布とカーテンの陰で仕立屋が救い出した服地をサラサラ言わせているし、階段のところでは喜劇俳優たちが寸劇の練習をしているし、西棟では発酵させた干しぶどうがいまも泡を立てている。そして難民たちは村に行って、煙草とチョコレートバーを地元のワインに換えていた。「あれは酸っぱくて薄いんだ」とクラウド叔父さんはせせら笑った。叔父さんは自分の持ち物の中に、いったいどこで調達してきたのか、コニャックの瓶を隠し持っていた。クラウド叔父さんは配給分の煙草を、ルードヴィヒの分も含めて、ほとんど吸ってしまっていた。だから交換できる品がなかった。コニャックは、シオンの水みたいなものだとルードヴィヒは思っている。「シオンに水はない」とクラウド叔父さんは言い張った。毎晩、最後のゲームをした後、叔父さんはルードヴィヒに燃えるようなコニャックをちょっぴり飲ませてくれる。

ふたりはチェス盤を持っていた。ときどきただで駒を借りてくることはできた。しかし、たいていは隣の部屋、つまり熱心なメシアの部屋にいるリトアニア人から使用料を払って借りた。リトアニア人はチェスにはまったく興味がないが、その駒はいまでは灰になっている兄の遺品だった。だから人に預けたり売ったりせず、貸し出すだけなのだ。クラウド叔父さんは夜毎の楽しみのために煙草を一本ずつ手放さなければならなかった。

ところがこうして……ルードヴィヒはふたりの小部屋を仕切っているぼろぼろのキャンバス地を押し分けて入り、下の寝台にいる叔父の横に腰を下ろした。「ほら、見て！」そう言ってソーニャからもらった箱を振ると、ガラガラのような音がした。

クラウド叔父さんは、にやっと笑って咳をした。「リトアニア人め。ざまあみろってんだ」

ソーニャがオフィスを出ると、アイーダはタイプライターで文字を打ち始めた。タイプしているのは請願書だ。サルファ剤。本。糸。食料、食料、食料。

親愛なるスポルディング大佐殿

前略

仰るとおり、難民が一日に必要な二千カロリー分の食材は、赤十字の救援物資と村からの購入品で充分にまかなえます。ですが、赤十字の救援物資はいつ届くか定かではありません。それに私たちのキャンプには、ランチョン・ミートを食べられない人々もおります。闇市で手に入れるしか方法はありませんが、闇市の利用を奨励するのは賢明なことには思えません。私たちが心の底から必要としているのはドライフルーツ——干しぶどうの蓄えは完全に使い果たしました——と生理用ナプキンです。

草々

ソーニャ・ソフランコヴィッチ

アイーダは髪を手で梳いた。その張りと黒々とした色は十年前と少しも変わらない。十年前、彼女は捕らえられ、夫と離ればなれになり——夫のサミュエルがこの世にいないことは、いまではもうわかっている（ああ、サミュエル）——武器工場で強制労働をさせられた。強制収容所にいても、そこから逃げ出しても、親友が自分の腕の中で死んでも（おお、ルーバ）、再び捕らえられても、解放されても、何週間も体を洗わずにいても、森にある木の実を食べて餓えをしのいでも、一年ほど月経が来なくなっても、一年後にひどい出血を見ても、インフルエンザで虱にたかられて化膿しても、浅く埋められたために動物に掘り出された嬰児の死骸を森の中で見つけても、一度のレイプと無数の殴打を経験しても、なにが起きようとも彼女の髪の艶と張りが損なわれることはなかった。この髪はアイーダが幸せを望んでいることの証だった。そして、その幸せはどこに行けば見つかるのか？　イスラエルの地だ。帽子屋ねえ、と地下組織の調査員は嫌悪感も露わに彼女に言った。帽子屋はイスラエルが求めているものじゃないんだよ、と。鶏に餌をやるときにシャポーを被る奴がいるか？　ジヴェリットさんよ。牛に絹の花飾りをかけるつもりかい。木の椅子に腰を下ろし、両手を膝の上で握りしめながら彼女は話した。仕事は簡単に変えられます。乳搾りをします。畑が耕され、水が引かれ、アラブ人を撃ち、イギリス人を吹っ飛ばすまで。そして身を乗り出して無礼な開拓者の男にこう言った。「多くの町がイスラエルの地となり、商業が栄え、ロマンスが生まれたら——また帽子を作ります」と。男は長いあいだ彼女を見つめていた。それからリストに彼女の名前を書き加えた。それで彼女は、呼び出しがかかる日を待っている。

その日が来るまで、彼女はほかの難民のために申請書類をタイプする。つい最近、ベルギー政府は難民の受け入れを発表した。オーストラリアもだ。カナダも。アメリカは移民法があるのでまだ躊躇っているが、中西部のルーテル派教会は五十人の難民を自発的に受け入れた。農業従事者でなくてもよかったし、ルーテル派の信者でなくてもよかった。しかしこのミネソタ州は仕立屋を何人受け入れてくれるだろうか？

アイーダは手書きのイディッシュ語を英語に翻訳して申請書類をタイプした。名前——モリス・ロソウィッツ。そう、その人物の本名はメンデルだが、モリスのほうがいかにも英国風でいい。年齢——三十五歳。これは本当だ。扶養家族——妻と子供三人。これも本当のことだが、お腹に赤ん坊がいることをわざわざ書く必要はない。職業——電気技師。ポーランドではユダヤ人小学校の教師だった。でも電球の替え方くらいは知っているだろう。言語（流暢な順に）——イディッシュ語、ポーランド語、ヘブライ語、英語。まったくもってその通り。「アイ・ウォント・トゥ・ゴー・トゥ・アメリカ」と言えるし、そのほかの単語も一ダースくらいは言えるだろう。奥さんのほうがもっと上手に英語を喋れるし頭もいい。でも申請書類は妻には関心がないのだ。

アイーダは次から次へとタイプした。午後も遅くなり、かなり暗くなった。天井から電球を吊り下げている縄が揺れた。上のホールで馬鹿騒ぎが始まったのだ。四方の壁には装飾が施され、オーケストラが練習をし、プリムの呼び込みが、寸劇の最後の仕上げをしている。

彼女は手を止め、タイプライターにタリートの残り布で作った覆いをかけた。オフィスに鍵をかけて中庭に出た。難民キャンプの警官がふたりいた。偉そうな馬鹿どもが。ふたりはアイーダににやりと笑いかけた。彼女は、凍えるような暗がりの中で遊んでいる子供たちのそばを通った。東棟に入った。なんてやかましいのだろう。果てしない言い合いをしている男たちの集団。そして片時も離れないハンガリー人の姉妹はいつも手を握り合うか、手の甲を触れ合わせるかしている。トイレにもいっしょに行く、とアイーダは聞き及んでいた。最初の部屋には排気口があるのでだれかがストーブを持ち込んでいて、そこではいつでも野菜シチューや玉葱のスープが煮立ち、そばには洗ったおしめが必ず吊り下がっていたが、乾ききることはなかった。彼女はその次の部屋に入った。入ってすぐのカーテンで仕切られた個室が彼女の居場所で、二段ベッドの上段を占める上品な老女は、鼠がこの場所に大挙してやってくると信じて上段を選んだのだが、英国占領区から衛生部隊が来てからというもの鼠の姿を見ることはない。しかし、老女は鼠が戻ってくると思いこんでいて、午後も半ばを過ぎなければ藁のマットレスから出ようとしなかった。

老女はベッドから出て、今頃はどこかでうわさ話に花を咲かせているのだろう。アイーダはベッドの下からずだ袋を取りだし、中身をマットレスの上にあけた——絹のブラウス、絹の下着、裁縫道具、接着剤、ぼろぼろになってひびの入ったドイツ軍のヘルメット。そしてセロハン。セロハンの包み紙、何百枚ものセロハンの包み紙。皺のよったもの、千切れたもの、無傷なもの。どれもみな、ラッキーストライクとキャメルの箱を包んでいたものだ。彼女は作業にとりかかった。


心配性のアイーダにオフィスから追い出されたソーニャは、散歩に行くふりをしただけだった。オフィスの窓から見えないところまで来ると、南棟へと引き返した。南棟にいるふたりの女性は出産間近だが、ふたりともすぐにも分娩室に移されるほどではなかった。自分たちの部屋で、三人の男がプリムの寸劇の練習をしているのを面白そうに見ていた。モルデカイ役の男は分厚い本を持ち、アハシュエロス王はマント姿で、道化師は鈴のついた帽子を被っている。道化師？　プリムの寸劇はコメディア・デラルテ（十六から十八世紀にかけて流行したイタリアの仮面喜劇）と繋がりがある、とローランドは言っていた。道化師がハーモニカを吹き、王が「だれの心にも秘密はある」を歌い、本を開いたモルデカイが、体を左右に揺らしながら格言を述べるのだ。

次にソーニャは倉庫に行った。ニュージャージーのユダヤ人から寄贈された、ハヌカー祭の残り物を入れた箱が盗まれていた。役に立つ寄贈品ではなかった。このキャンプが今年の十二月に解散することはここにいる者ならだれもが知っていたし、そのころにはみな、シドニーやトロント、ニューヨーク、テルアビブなどでゆったりと暮らしているはずだ。それでも、倉庫の責任者は怒鳴った。身内から盗むなんて、最低の行為だ、村から豚でも盗んできたらいいのに、と。

その後でソーニャが向かったのは、かつてドイツ軍が牛小屋として使っていた肺結核病棟だった。病棟を管理している従軍看護婦は、きつい口調でこう言った。なにもかもいつも通り、昨日の入院患者はふたり、退院はなし、レントゲン機械は壊れかけ、目新しいことじゃないけれど。彼女のアシスタントで、「その前」に医師だった難民の女性たちはもっと詳しい事情を伝えてくれた。「ええ、いまここにいる人たちは遅かれ早かれきっとよくなります。神様がそう望んでいれば、すぐによくなる。そう望んでいなければ、たまたま別の方向を見ていれば、もしかしたらよくなる。生を選べ。そういう定めではありませんか？」

ソーニャは自分の部屋に戻った。キャンプの責任者である彼女とローランドには私室があった。その部屋には三段ベッドが据えられている。ローランドが下段を、ソーニャが中段を使い、ときおり本部から派遣されてくる調査員には上段を使ってもらう。ほかのどこに泊まる場所がある？　部屋には流し台と、引き出しがふたつついた箪笥がある。ソーニャは下の引き出しを開けて奥に手を伸ばした。プリムのパーティのときくらいドレスアップしてもかまわないだろう。生を選べ、美を選べ、すべてのアメリカ女性が望むものを選べ。それが黒いドレスだ。二年前にそこにまるめてしまっておいたそのドレスをつかんで、薄暗い光のなかに引っ張り出し、それを持ち上げて振り動かした。なかなか広がらない。彼女はブラウスを脱いで頭からドレスを被り、スキーズボンを脱いだ。ドレスが大きすぎる感じがした。流し台の上に、鏡が斜めに置かれている。ローランドが髭を剃るときに使っている鏡だ。彼女はその鏡を真っすぐにし、後ずさりした。

ぎざぎざの鏡から見つめ返しているのは魔女だった。大きな衣装を身につけ、白髪交じりのぼさぼさの髪をした痩せ細った無力な魔女だ。

かつては自由な精神を抱いていたのに、とソーニャは思い、昔のことを思い出した。五十代になったばかりのころは、ロードアイランドの浜辺に暮らしていた。月の下で踊っていた。ハリケーンの怖さを知った。ロンドンのアパートメントの一部屋に住み、ユダヤ人共同配給委員会のために働いた。子供たちを救い出した。そこでドイツ軍の無人飛行爆弾を知った。一九四五年のじめじめしたパブで、グリュエンヴァッサ難民キャンプをいっしょに運営しないかというローランド・ローゼンバーグの誘いを受け入れた。そばかすの浮いたふっくらした彼の手に自分の手が包まれるに任せた。

鏡に映っている小さな魔女をさらにじっくり見つめた。そのとき空気の流れが乱れたのか、鏡が木の床に落ちて粉々になった。

ローランドは鏡を見ないで髭を剃らなければならなくなる。あるいは剃らずに伸ばすかもしれない。ガラスの欠片を拾おうとしたとき、彼が部屋に入ってきた。

「ソーニャ、触るな」彼は廊下を歩いていき、共同で使っている箒とちりとり――柄のついた大きな薊《あざみ》のような箒とブリキの板――を取りに行った。彼が戻ってきたとき、ソーニャは指先を吸っていた。彼がその傷を調べた。「しばらく水で流しておいたほうがいい」彼女はしばらく傷に水を当てていた。そして振り向くと、ちらばったガラスの欠片はきれいに片付けられ、掃除用具は元に戻され、ローランドは目を閉じてベッドに横たわっていた。二年間に及ぶ苦労の絶えない仕事ではなく、いまの掃除ですっかり消耗しきったかのように。

彼女はドアを閉めた。彼の擦り切れたベルトを外した。フランネルのシャツのボタンを外した。もともとがどんな色だったのかわからない。いまはすっかり色褪せ、彼の目と同じ黄みがかった緑色をしている。袖のボタンも外したが、シャツを脱がそうとはしなかった。脱ぐ脱がないは彼に任せよう。感覚のある生き物のはずなのだから。違うのだろうか。死体のように横たわっている。しかし彼女が手荒くボタンを外してズボンを脱がせ、下着を引き下ろすと、彼女のために準備ができているのがわかった。この前したのはいつだっただろう。三ヵ月前？　半年前？　難民と同じようにふたりにとっても、灰色の一日は次の灰色の一日に吸い込まれていく。それでも喜びはあった。死んだと思っていた身内から届いた手紙、ときおりスープに入っている肉、そして今宵のようなパーティ……。ソーニャは身を起こし、魔女の体の上に黒いドレスをたくし上げながら脱いだ。ぼさぼさの魔女の髪がさらに乱れた。ドレスを床の上にそっと置いた。ローランドの勃起したものに跨り、前後に、左右にこすりつけるように動くと、内部がどんどん濡れてくるのがわかった。彼も同じように感じたらしく、彼女の二の腕を素早くつかみ、ふたつの体をくるりと回転させた。まるで一頭の生き物、緑のフランネルを着た鯨ででもあるかのように。ソーニャが彼を見上げる格好になった。「ローランド、愛している」彼女は初めて口にした。本当に愛していた。なんともまとまりのない彼の全体を愛していた。女のように柔らかい肩、顎の下の弛んだ肉、小さな目、加工処理した肉の匂いのする息、薄い眉毛、丸まるとした手、事実を愛するところ。それは愛すべき点ではないのか。ああ、それから優しいところ。

ローランドは腰を突き出し、突き出し……「ああ」とソーニャは言った。快楽のさなか、魔女の喜びのさなかにあっても、ドアがそっと押し開けられる音が聞こえた。首をめぐらすと、齧歯類のようなルードヴィヒの目と出会った。

ローランドとソーニャが大ホール――小さな舞台のある大きな部屋――に行くと、寄せ集めのオーケストラが演奏しているところだった。弦楽器、木管楽器、ギターを演奏する人は複数いて、トランペット、アコーディオン、バラライカ、ドラムはそれぞれひとりしかいなかった。ブリキの缶に入った蠟燭が、舞台の端に沿ってずらりと並べて灯され、ホールのまわりの出っ張りや窓にも置かれていた。大きな蠟燭は、ハヌカー祭に使う小さな螺旋状の蠟燭をまとめて一束にしたものだった。ハヌッキーヤー(ハヌカー用の燭台)も何本かあった。広いテーブルには「ハマンの帽子」が山のように積み上げられている。別のテーブルは液体の入った大きな器の重みでたわんでいる。「メタノールを手に入れる者がいないことを祈ろう」とローランドが言った。ポーランド人の難民が大半の別のキャンプでは、メタノールを飲んで失明した男がふたりいたという。

ローランドが、ディオニソスに扮したんだ、と言った。二本の杜松《ねず》の枝を薄い頭髪に差している。一本は額に落ちかかり、もう一本は襟の内側に入り込んでいた。

ほとんどの衣装は特別なものではなかった。難民が生地やらアクセサリーやら薄いショールやらをどこで手に入れられるというのだ。とはいえ、そういった貴重なものを自分で調達してきて作る者はいた。ある妻は夫のために王族の衣装を作った。黒い絹のケープは、一着しかないコートの裏地からこしらえたものだった。パレスチナに行けば裏地付きのコートはいらなくなるでしょうから、と愛情深いその妻はソーニャに言った。ケープの裾に付いている白い小さな毛皮は、近づいてよく見ると、生理用のナプキンの中の詰め物を工夫したものだとわかった。若いモルデカイの何人かは、耳の前に学者特有の巻き毛が垂れていて、それは赤十字の支援物資に使われていた紐で作ったものだ。ひとりのエステルは、亡き母親の衣類の中から救い出したビーズのドレスを着ていた。別のエステルは、ギャザースカートと、イングルウッド高校と記されたジャージーのシャツを着ていた。キリスト教徒の家族が復活祭用の華やかな服を着て恥ずかしげに入ってきた。長年段ボールの中にしまわれていたその衣装も、段ボールのような色合いになっていた。ルードヴィヒと叔父のクラウドは、じゃがいもが入っていた裂けやすい樽に上半身を入れ、枯葉で作った王冠を頭に載せていた。ルードヴィヒの樽には黒い王という文字が、叔父の樽には白い女王という文字が書いてあった。

王、女王、賢人、時代の英雄。葉巻をくわえているのはチャーチルで、煙草を手にしているのはルーズベルトだ。ハマンの格好をした者はひとりもいない。しかし部屋の黄色い壁にハマンはいた。緑色の絵の具で描かれたり、黒い石炭で描かれたり、鉛筆で描かれたり、茶色の紙を切って作られたりしていた。丈夫な張り子で作られたハマンのレリーフもいくつかあった。「これは何から作ったの?」とソーニャは歴史の教師に訊いた。彼は「《スターズ・アンド・ストライプス》紙を溶かしたものですよ」と答えた。ハマンの多くは頭と足が逆さまに描かれていた。どれも黒い小さな口髭をたくわえていた。

オーケストラが吹き、叩き、かき鳴らした。難民は踊り、相手を変えて踊り、さらに踊った。ハーマンターシュの山が低くなればたちまち補充された。ハンガリー人の姉妹が手を繋いでホールに入ってきた。ホールの隅で寸劇が始まった。帽子を被ったアイーダが入ってきた。舞台でも寸劇が始まる。だれかが下手な歌を歌った。三人の男が廊下からアップライト・ピアノを引きずってきたが、オーケストラは、ピアノはいらないとあらかじめはっきり言っていた。ピアノはいりませんよ、特にあのピアノは十七の音が出ないのでとても使えません、と。オーケストラの指揮者は、ピアノを動かしている三人の男のひとりに向かって、傘の骨で作った指揮棒を「いりません」とばかりに振った。ローランドが仲裁に入った。ピアノは、椅子はあってもピアニストがいないまま、弦楽器グループの近くに置かれた。南棟に住む赤い顔の若者が、取れない染みをつけたままの青と白のテーブルクロスをまとって入ってきた。あれもニュージャージーのイングルウッド高校からの寄贈だろう、とソーニャは思った。哲学の教授が……

え？　あの女性はアイーダ？　口紅をつけたアイーダを見るのは初めてだった。口紅をずっと大切にしまっておいたに違いない。ぼろぼろになっていなくてよかった。それにあの鮮やかな赤い絹のブラウス。どうして無傷でいられたのだろう……。アイーダはソーニャに投げキスをし、メンデルに踊りを申し込んだ。臨月間近のメンデルの妻は、笑って黙認した。メンデルが身につけているのは黒くて長いコートで、幅広のベルトのバックルは銀紙で覆われていた。ピューリタン風の服はルーテル派を模したつもりなのだろう、とソーニャは思った。アイーダはほかの男性たちとも踊った。彼女の帽子がこちらで輝いたり、あちらで煌めいたりした。細いつばのついたどっしりしたクローシェで、全体を覆っているのはきらきら瞬く無数のリボンだ。いや、蝶々かもしれない。あるいは喜び溢れる透明な鳥か。蠟燭の明かりを受けてルビーのように赤く煌めいたり、トルコ石のように青く瞬いたり、緑色に光ったりする。あのリボンのような蝶々のような鳥のようなものは絹だろうか。それともダイヤモンド？　翼を持った本物の生き物？　アイーダはくるくると回っている。虹色に変わる帽子の下からたっぷりした巻き毛が覗いている。湿り気を帯びてうなじにへばりついている巻き毛もある。

「お客さんが来ているね」ローランドがソーニャの耳に囁いた。

彼女は三人のアメリカ軍人のことは気にしないでいたが、それぞれの階級は確認し、勲章にも気づいていたし、あの有名なにやにや笑いを目にしてもいた。「ローランド、わたし、疲れたわ。わたしに魅力なんてものがあったとしてもいまはもう底を突いた。しばらくのあいだ、あの人たちのお相手をしていてくれないかしら。妻は間もなく参ります、って伝えて」

「妻だって？」

「わたしたちが夫婦だってみんなは思っているんだから、なにも動揺させるようなことを言わなくても……」

「本当に妻だったらいいのに。私の妻になってもらいたいと心から思うよ」

「いいわ《イエス》」彼女は彼のその願いを認め、その申し出に応じさえしたのかもしれない。そしてソーニャがそろそろと後ずさりすると、こちらに歩いてきたアコーディオン奏者にぶつかった。オーケストラは休憩に入っている。ソーニャは壊れたピアノの前に座った。

「あなたと夜と音楽と」を弾いた。失われた音はほとんどが両端に偏っていた。中央のラと、中央のシのフラットが鳴らないのは困りものだがそこはうまくごまかした。シュトラウスのワルツの曲と

「ファウスト」のワルツを弾いた。煙草の煙がシチューのように濃くなった。ホールの空気は濁って暖かく、活気に満ちている。生そのものが、火のついた煙草のこんな熱の中から生まれたのかもしれない。ソーニャは「煙が目に染みる」を弾き、「陽気な未亡人《メリー・ウィドウ》」を弾いた。

騒々しくなった。だれかが叫んでいる。別の寸劇が始まっているのだ。アイーダが元帥とワルツを踊っているのが見えた。アイーダは帽子の下から元帥を見上げている。ふたりの体がくるりと回転すると、アイーダの可愛らしい顔に物問いたげな表情が浮かんだ。またふたりの体が回転すると、アイーダの顔は感嘆している表情になった。また回転し、今度は喜びに溢れた表情になっていた。

「アイーダはあいつをファックしている」とルードヴィヒが英語で言った。ルードヴィヒは黒い王の樽を脱いでいた。ソーニャの隣に腰を下ろした。ブランデーの匂いがした。「ぼくはね、メタファーを使ってみたんだよ」とルードヴィヒが説明した。

次に元帥がツーステップを踊った相手は、アイーダのルームメイト、黄昏時になると活気を取り戻す小柄な老女だった。ウクライナ人の集団とはコサック・ダンスを踊った。そしてまたアイーダとワルツを踊った。その二十分後、ソーニャとローランドとルードヴィヒとアイーダとほかの十人余りの人々は、三人のアメリカ軍人を乗せたジープを門のところで見送った。元帥は自分の帽子に軽く手を触れた。金色の記章がついた本当に形のいい帽子だったが、アイーダの帽子とはまったく不釣り合いだった。

ソーニャは、キャンプの配給量が間もなく増えるだろうと期待していたが、その気配はなかった。

アイーダのところに個人的なプレゼント——絹のストッキングとか——が届いてほしいと思っていたが、なにも届かなかった。新しい移民法が合衆国議会ですぐにでも通過するだろうとも思っていた。

「一度踊っただけのことよ」とアイーダが言った。

「二曲よ。あなたはとってもきれいだったじゃないの」

「彼は軍人よ」アイーダはため息をついて言った。「王様じゃないわ」

ところが変わったことがあった。難民ひとり当たりの煙草の配給量が正式に増えた。しかし、それは（公的な手紙によれば）難民に配るべきものではなく、運営者が活用するために備蓄しておくべきものということだった。その配給の煙草は物々交換をするのに充分な量だということが、ソーニャと、髭をたくわえるようになったローランドにはわかった。その煙草でバター、牛乳、野菜、生理用ナプキンを手に入れた。雌豚を買った。それに激怒した人も中にはいたが、そのほかの人たちはそれを食べて元気になった。村のガラス工を雇って壊れた窓を直した。ガソリンを調達してフランクフルトまで遠出をし、さらにたくさんのバター、牛乳、野菜、生理用ナプキンを手に入れた。そしてアメリカ人たちの多額の寄付金のおかげで、アイーダを含む相当数の難民が陸路でイタリアのブリンディジまで行き、そこでイスラエルのハイファ行きの船を待つことができた。

ある日、アイーダの後を引き継いで秘書になったメンデルの妻が、ソーニャ宛の手紙を持ってきた。「パレスチナに着きました」とヘブライ語でルードヴィヒは書いていた。「ぼくたちはふたたび救われたのです」

コート

The Coat

「ほかの国の首都は」とそこまで言うとローランドは、ときどきするように言葉を途切れさせて息を吸い込んだ。ソーニャは心穏やかな態度を装ってその続きを待った。「もっとひどいことになっている」と彼は言った。

　ふたりは手を繋いで新しい橋《ポンヌフ》の上に立っていた。そして、破壊されたパリがそう命じたかのように、いきなりふたりは抱き合った。

　ローランド・ローゼンバーグは六十歳で、ソーニャ・ローゼンバーグは五十八歳だった。ふたりは一九四五年からグリュエンヴァッサ難民キャンプを運営していたが、ようやくそこを閉鎖することができて、最後の難民をルーマニアに送還した。それでローゼンバーグ夫妻も列車を乗り継いで西へ向かって旅をしながら祖国に帰ることにした。ふたりとも戦前の衣服を身につけ、それぞれ不恰好なスーツケースを提げている。彼らこそ難民に見えたが、アメリカのパスポートのおかげで自由を満喫し、ユダヤ人共同配給委員会《ジョイント》に雇われているおかげで現金はあった。

パリでは埃っぽいカフェに行き、二流の演奏家のコンサートに何度か足を運び、黒パンを食べ、「新しい」という名の古い橋に来た。抱擁を解くと、ふたりは再び川面を見つめた。「旧世界は滅びたね」とローランドが言った。

ソーニャは戦争中を火に包まれたロンドンで過ごし、その前の五十年間をロードアイランドで過ごしていたため、「旧世界」のことは人から聞いた話でしか知らなかった。カフェ、画廊、図書館、室内音楽会、サロン・ド・テ。複数の言語を話し、エレガントな服を着て、午後の恋の戯れをしてから大銀行に戻っていく人々……。見捨てられた舟がふたりのほうへ向かってきて、下を通り過ぎていった。靴を履いていない痩せこけた子供たちが甲板で遊んでいた。

パリに来て三日目、バスティーユ近くのビヤホールから出たときにローランドが心臓発作に見まわれた。一週間入院した。ソーニャは彼のかたわらを離れなかった。木の床の、金属製の寝台が並ぶ細長い病室には、グリュエンヴァッサ難民キャンプの医務室と同じフェノールの臭いがたちこめていた。ソーニャは表向きは落ち着いた態度を貫き、心の中も落ち着いていた――ご主人は今回は大丈夫でしょう、とフランス人医師は「今回」を強調して彼女に伝えた――が、細長い指で長い髪をひっきりなしに梳くことをやめられなかった。灰色の髪は戦争中と戦後にかけて、すっかり白くなっていた。

ローランドが退院するとふたりは列車でル・アーブルに行き、そこから船でニューヨークに向かった。ジョイントはふたりのために五番街の南に住まいを用意していた。

うねるような形をしたアパートメントには、マホガニーの家具と金めっきを施された鏡があり、濃い赤色のカーテンがかかっていた。サーカスのワゴン色と呼びたいところだが、ソーニャは十年前の一九三九年に祖国を出た後でその色に新しい名がつけられたのを知った。ワインとリキュールから取られた名だ。カシス、ポート、シャンパン、シャルトリューズ。アパートメントの家賃は払わずにすんだ。ジョイントが、その部屋の借り主で一年間カリフォルニアに移り住んでいる人物に家賃を払ってくれたからだ。その年の終わりには、ローランドとソーニャは自分たちの趣味に合う部屋を探すことになるだろう。どんな趣味になるのかはわからないが。グリュエンヴァッサでは、オフィスをともに使い、ベッドもともに使っていた。ふたりが結婚したのは半年前だが、ふたりだけの住まいを持つことはなかった。

すぐにソーニャは髪を切った。女優のメアリー・マーティンがブロードウェイで海軍の従軍看護婦役を演じていた。メアリー・マーティンの髪は男の子のように頭皮すれすれにまで刈り込まれていた。マンハッタン中の女性がその髪型にしようとしたが、一回試してみてやめる人が大半だった。どんなに可愛い顔をしていても、まわりにふわりとした髪がないと地味に見えてしまう。ところが、短く刈られた髪は、ソーニャの細長い頭と落ち着いた目によく合った。美容院から不安な思いで帰宅したソーニャを見て、ローランドは「きみはいつだってきれいだよ」と言った。その言葉は、抑揚のない口調のせいでいっそうの効果があった。そして「死ぬまできみを愛し続ける」と同じように感情のこもらない口調で付け加えた。ソーニャにもそれが真実の言葉だとわかっている。その日がすぐには来ませんように、とソーニャは祈った。病院のフェノールの臭いが脳裏に蘇った。

ローランドの肌は相変わらず青白かったが、息が切れる回数は減っていた。新薬のおかげだった。

ジョイントから講演の依頼がひっきりなしに来た。確かに、この二十年に及ぶヨーロッパのユダヤ人の苦難について、ローランドほどよく知る者はいない。大陸に残された同胞の状況を正しく判断できる者は彼をおいてほかにいない。未来を正確に推測できる人がほかにいるのか？　講演から帰ってくるとシャツがじっとりと湿っていた。ありがたいことに、アパートメントの建物にはエレベーターがついていた。

その部屋の借り主は女性だろう、とふたりは思っていた——四柱式ベッドの浅黄色の絹のカバーからそう判断した。エッグノッグ色とでもいうのか？　簞笥の引き出しの奥にしまってあった、くしゃくしゃになったレースの縁取りのハンカチは香水の匂いがした。そしてドイツ語の本を読んでいる。ドイツ語の本がいたるところにあった。「この人はドイツ人よ」とソーニャは結論を下した。

「オーストリア人かスイス人かもしれないよ」とローランドは言った。「あるいは、リトアニア人」

「リトアニア人じゃない」ソーニャはそう言い張り、グリュエンヴァッサの寒い宿舎で震えていた、バルト諸国から来た難民たちのことを思い出してやるせなくなった。「この人は貴族に決まっている」

「リトアニアにも貴族はいるさ」と理性的な夫が続けたが、ソーニャはすでに上流階級の趣味が色濃く表れているものを数え始めていた。千花模様のペイパーウェイト、額に入った十八世紀のスケッチ、リルケとノヴァーリスの本、書棚にびっしり並んだフランス語の小説。そして机の上の家族写真。眼鏡をかけた父親、上品な顔立ちの母親——メアリー・マーティンの髪型にしてもやっていけるだろうか——二〇年代に流行った緩いドレスを着た五人の金髪の姉妹。自然な姿を撮ったものらしい。大好きな叔父さんが撮ったのかもしれないね、とローランドは言った。とても幼い女の子たちが庭で遊んでいる写真。遠くに山並みが見える。少し大きくなった五人姉妹が居間でくつろいでいる写真――三人が長椅子にもたれ、ひとりがピアノの前に座り、いちばん下の子が窓の外を見ている。船に乗り込む道板のところで一家が肩を寄せ合い、束ねられたように立っている写真。みなコートを着ているが、父親だけはコートを腕に抱えている。母親は左右非対称の帽子を被っている。五人の姉妹――十代になっている――はクローシェを被っている。

「無事に逃げ出せたんだな」ローランドが言った。

「この人たちはユダヤ人じゃないわ。でも、知識人で、進歩的で……」

「ナチに嫌われたわけだ。どの娘がここの住人だと思う?」

ソーニャは五人の顔を覗き込んだ。よく似てはいるがみな違っている――眼鏡をかけた娘、ふっくらした唇の娘。ローランドが咳をし、胸に手を置いた。「巻き毛の子ね」とソーニャが言った。

大家らしき女性の人物像がだいたいわかったので、ふたりは気持ちを切り替えた。ジョイントの仕事でローランドは多忙を極め、ソーニャは家事をしたり長い散歩に出たりした。肉屋や食料品屋、魚屋と顔見知りになった。金物屋や貸本屋、ドライクリーニング店の固定客になった。四番街のコーヒーショップの常連客になり、そこの経営者とかりそめの友情を築いた。ジョイントを介して知り合った不安そうな移民たちの力になった。そして本当の友だちがふたりできた。彼女の従姉の知り合いで、ひとりはイーストサイドの宝石デザイナー、もうひとりはウェストサイドのソーシャルワーカーだ。週末になるとときどきソーニャとローランドは、彼女たちとその夫とともに映画を観に行ったりレストランに行ったりした。「これが普通の生活なのね」とソーニャは感に堪えない口調で言った。キャンプにいたとき秘書だったアイーダのことを考えた。イスラエル、旧称パレスチナで元気にやっているかもしれないし、迫撃砲で殺されたかもしれない。

ふたりが書斎と呼んでいる部屋に衣装簞笥があった。その簞笥の右側にソーニャの夏用のドレス数着と、ローランドの夏用のスーツを一着しまった。彼は冬用のスーツも一着持っていた。それだけでは足りなかった。ジョイントは、費用は持つからタキシードを誂えるように、と言ってきた。ローランドは講演者としてひっぱりだこになり、いまやシオニストと社会主義者ばかりでなく、裕福な博愛主義者の団体からも講演依頼が来るようになった。ローランドはしぶしぶメイシー百貨店でタキシードを買い、彼の体にぴたりと合うように仕立て直してもらった。それが届いたのが土曜日だった。「あの簞笥に隠しておくよ」とローランドは言った。「そしてそれを引っ張り出すような時が来ないことを祈るよ。熱弁をふるう別の人物を見つけてくれたらいいのだがね。彼らと食事することを考えただけで胸焼けがする」と言って安楽椅子で唸り声をあげた。

「そこにいて。わたしがしまっておくから」急いでソーニャは言った。

簞笥の左側の扉を開け、タキシードのかかったハンガーをランプのように高く掲げた。タキシードは新素材のビニールに包まれていた。ポールに掛けようとしたが、邪魔をするものがあった。すでに何かがそこに掛かっていた。右の扉を開けて夏用の衣類の間にタキシードを押し込むと、邪魔になっているものを取りだした。

上等な黒いウールでできた細身のダブルのロングコートだった。右身頃にボタンが並び、左身頃にボタンホールがついている。ということは――彼女は自分が着ている縞模様の木綿のブラウスを見て確認した――男物だ。ショールカラーに毛皮がついている。茶色の、おそらくミンクの毛皮だ。宝石デザイナーの友人がミンクのコートを持っていて、これはその艶やかな毛並みによく似ている。ウェストエンド街に住んでいるプロデューサーが、有名なミンクの外套を着ているのを見たことがあった。

居間を覗いてみた。ローランドはうたたねをしていて、膝の上の新聞がだらしなく開いている。彼女は木製のハンガーからコートを外し、両腕で捧げ持つようにして寝室へ運んだ。

そこでコートに袖を通した。三角形になった毛皮の襟元から覗いている縞模様のブラウスが、別の世界の物のようだった。このコートに似合うのは、ローランドの一カ月か二カ月分の給料に相当するブランデー色の絹のスカーフだ。黒でもいい。彼女は真ん中の引き出しを開けて黒いスリップを引っ張り出し、それを襟元に当ててみた。悪くない。

女性のスラックス姿が流行り出したばかりだった。スラックス姿は、ヴィレッジの通りででもなければ、外出着としてはふさわしくなかった。ソーニャは熱心にスラックスを身につけた。大股で歩く彼女にはよく似合った。男性用の既製のスラックスでもよかった。今日は黒いスラックスにオックスフォード靴を履いている。

寝室の窓と窓の間に姿見がある。彼女はゆっくりと近づいていった。

なんと高貴な紳士だろう。毛皮の襟に白髪がとてもよく似合う。このコートの持ち主はほっそりした男性に違いない。コートはソーニャの痩せた体をぴったり覆っている。この男はウィーンから脱出し、さらにパリから脱出し、ニューヨークへたどり着くだけの現金を持っていたということだ。小柄な靴職人のイェンケルと彼の大勢の子供たちとは違って。三段ベッドの下段で煙草を吸っては咳をしていたチェス好きのクラウドとは違って……。

ソーニャは脱いだコートを居間まで持っていった。ローランドは目を覚ましていた。彼女は売り子のようにコートをローランドに掲げ、ボタンのついた右袖口のみごとな出来映えを見せた。左の袖口のボタンはなくなっていた。

「上等なものだね。しかしカリフォルニアでは使い道がない」ローランドは言った。「だからここに残していったわけだね、彼女は」

「彼、よ」

「彼、かもしれないな。そのほうが理屈にあう。女ならアイロンをかけるから」ここに到着したとき、アイロン台がなかったので買いに行かなければならなかった。「それに女ならまったく違うカーテンを選ぶだろうな、もう少し淡い色合いの。そうだ、ここに住んでいるのは男だね」

「コンロの上に香味料の棚がないしね」ソーニャが言った。ローランドは思慮深げにソーニャを見た。ソーニャは背を向けて、ビーダーマイヤー様式のソファにコートを斜めに置いた。肩がソファの硬い背もたれにかぶさり、裾が座面の上に広がった。

「でも、あの写真」ローランドが不意に言った。

「そう、あなたの最初の勘が当たってたのよ」ソーニャはローランドに向き直って彼に近づいた。「素敵な一家の写真を撮ったのはこのコートの持ち主でこの部屋の借り主、愛されている若い叔父さん」

「もはや若くはないだろう」彼はため息をついた。

「愛されているのは確かよ」ソーニャは彼の腕に軽く触れた。


彼女はコートを近所の裁縫店に持っていった。なくなったボタンが腹を空かせたペットのように彼女の心を苛んだからだ。「これに合うボタンはありますか?」ソーニャはカウンターの向こうにいる女性に、ボタンのついている右袖を差し出した。コートの袖以外の部分は、庇護するように抱えていた。


「おやおや、こんなボタンにはもうお目にかかりませんよ。そちらの袖を見せてくださいます?」そう言うと、彼女はソーニャの返事も待たずに身を乗り出してコートの脇をつかみ、ソーニャから取ってカウンターの上に広げた。そしてコートの胸の、装飾が施された半円形の革製ボタンを丹念に調べた。小さな緑の目でソーニャの目を見返した。「こんなボタンはありませんね。どこに行けばあるかもわかりませんけど、ブダペストなら……」その声は昔を思い出すかのようにそこで途切れた。「でも、ひょっとしたら!」彼女は指輪をはめた手をコートのポケットに差し入れた。そんなところにポケットがあるとは、ソーニャには考えもつかなかった。膨らみが少しもなく、縫い目も巧みに隠してあった。「おやおや」またもや彼女はそう言った。「ボタンが取れそうになったのがわかって、もぎ取ってここにしまっておいたんですよ」

「だれが?」

「あなたの雇い主がですよ」十月の凍えるような寒さに備えて、ソーニャは古いカーディガンを着ていた。たしかに家政婦のように見えるだろう、と彼女は思った。「これはちゃんとした仕立屋に頼まなくちゃだめですよ。自分で縫いつけたりしないように」

ユニバーシティ・プレイスの仕立屋がボタンをつけているあいだ、彼女はそこで待っていた。突風が吹き、捨てられた新聞が煤けた窓にへばりついた。外に出ると気温が下がっていた。それで彼女はコートを着た。

家までたった三ブロックだ。西に一ブロック、北に二ブロック。チェスのナイトのように進んでいった。いや、王様のように。いや、違う、それは過大評価だ。せいぜい小貴族だ。

ローランドはまだ帰宅していなかった。エレベーターの昇降が始まる午後五時まで、ソーニャはそのコートを彼の椅子に座らせておいた。それからしまった。

翌日の午後、彼女が料理をしているあいだ、そのコートはキッチンで彼女といっしょにいた。別の午後、彼女がベッドに寝そべって本を読んでいるときには、ロゼ色の長椅子の上に横たわっていた。

ソーニャが再びそのコートを身につけたのは、クリスマス休暇が終わってからだった。寒波がやってきた。もちろん、自分のコートは暖かかったが、紳士物のコートはもっと暖かいのではないか。絹とウールに挟まれて見えない裏張りは、軽いのに保温性があった。その部分の生地を摘まむと、内側で何かが生き物のようにするりと動いた。

ソーニャはコートのためにスカーフを買った。本物の絹ではなく合成繊維という新しい素材だった。色は――コニャック色――完璧だ。カシミアの裏地がついた革の手袋を安売りで買った。中古品店で、ミンクそっくりに染めた栗鼠の毛皮でできた円筒形の帽子を買った。

日課の散歩が長くなっていった。五番街から始め、ユニオンスクエアでブロードウェイ通りに進み、陽の当たる側の歩道を歩く。三十分ほどは周りにいるのは移民ばかりだった。午後のあいだずっと言い合いをしている、忘れられたジャーナリストたちがたむろするカフェテリアには入る気がしなかった。しかし、捻った口髭の、茶目っ気のある男が経営するカフェがあって、彼女はそこを贔屓にした。この男はブルガリア人だとソーニャは思った。グリュエンヴァッサ難民キャンプで仕事をしていたおかげで、出身国を当てるのがうまくなっていた。ブルガリア人のカフェには、新聞とチェス盤と駒があり、白い上着に身を包んだウェイターがいた。間もなく彼女の席は窓際のテーブルに決まり、人差し指を上げるだけでオムレツを注文できるようになった。コートは向かい側の椅子に横向きに休んだ。帽子と手袋とスカーフは眠っているような袖の下で憩った。鍵と財布は彼女のスラックスで休憩した。

画廊のオープニングパーティに出かけた。無料だったがカナッペとシャンパンが出た。教会で開かれる昼休みのコンサートに出かけた。これも無料だったが飲食物は出なかった。暖かい格好なので、図書館裏の未開発の敷地に行って鳩に餌をやった。改革派の教会で開かれる土曜日の朝のミサに参加した。ローランドは週末はいつも遅くまで寝ていた。大きな保守派ユダヤ教の会堂《シナゴーグ》に行った。古い会堂にも行き、一階に座った。

ソーニャはコートが合法的に自分のものになったとは思っていなかった。そんな、とんでもない。しかし、無断で着ているコートに守られて、彼女はひとかどの人物になった。移民の男たちは、新世界に適応しようとして、フェルトの中折れ帽と肩幅の広い中古のスーツを身につけていた。そのつもりはなくてもギャングそっくりに見えた。そしてプリント模様のドレスを着た彼らの妻は家政婦のようだった。アメリカで生まれ、師範学校を出て会計学を学んだソーニャは、五十になるまで祖国を出たことがなかった。彼女は旧世界を持ち続けていた。リングストラッシェン、大学、コーヒーハウス、サロン、美術館、連合国、国会、議会、銀行といった旧世界を。彼女は歩き続けた。トラック運転手たちが乱暴な言葉で怒鳴り合っていた。昼休み中の売り子は、きらきら輝く口紅をつけていた。ときどき彼女は百貨店の窓の前で足を止め、そこに映る自分の姿にお辞儀をした。

三月の水曜日、私立学校の発表会に出かけていった。米国聖公会が設立した学校だが、ドイツ系ユダヤ人家庭の子たちが数世代前からそこで学んでいた。学校はブラウンストーンでできた一ブロックすべてを占めていて、中の壁はすっかり取り払われていたため、中産階級風の正面の奥は驚くほど広かった。廊下には小学生の描いた絵が掛けられ、水槽があり、希望に満ちた活動のざわめきが聞こえた。その広い敷地の中に小さな講堂があった。ソーニャは真ん中の列の真ん中あたりに空席をひとつ見つけた。プログラムを見ると、どうやら朗読と演奏会とバレエの発表があるようだった。

「お孫さんがお出になるの?」と隣の席の女性が言った。肩のところで内巻きにした髪がベレー帽から出ていた。鼻はひどい形に整形されていた。

「ええ……。バレエをするんです」

「そうですか」女性は少し親しみを込めて言った。「お孫さんのお名前は?」

「娘の子供なんですが」子供を産んだことのないソーニャが言った。「わたしの名は……」

そのとき校長が階段を上って舞台に向かった。隣の女性が崇めるような目でそちらを見たので、ソーニャは鼻を整形したその見苦しい横顔を見て満足しなければならなかった。

「……グリュエンヴァッサです」とソーニャは終いまで言った。

しかし女性はもう聞いてはいなかった。正体のわからない難民の言葉にだれが喜んで耳を傾けるだろう？　舞台では上品な声でスティーヴン・フォスター作曲の歌を歌っている。難民キャンプの子供たちはベルリオーズの曲をみごとに歌った。そう、あの子たちは一世を風靡したドレスデン出身のバリトン歌手に指導されたのだ。彼はいまアルゼンチンにいる。彼はガウチョのなかでうまくやっているのだろうか、とソーニャは思った。

発表会が終わった。三十分後にエレベーターから出ると、アパートメントの部屋で電話が鳴っているのが聞こえた。

「ローゼンバーグさん？　モンテフィオール病院のドクター・カッツです……」ソーニャは鍵と財布を電話台の上に投げた。「……心臓発作を起こし……命に別状は……」彼女はコートのボタンを外し、床に脱ぎ捨てた。「……意識はあります。状態は安定して……」脱いだコートから足を抜き出すようにして横に移動し、コートを蹴り飛ばし、病室の番号を聞きだし、電話を切り、クローゼットからレインコートをつかみだし——本当に春がようやく訪れたのだ——電話台にある財布と鍵をもう一度手にした。正方形のシャリスをつかみ、五階から階段を駆け下り、タクシーをつかまえた。タクシーの中で彼女はシャリスを頭から被り、それを顎の下でしっかりと結んだ。誕生日にローランドが贈ってくれたものだ。首に巻くスカーフとして使うように——流行のペイズリー模様だ。ああ、来年の誕生日のプレゼントも彼に贈ってもらえますように。またバブーシュカを買ってくれますように。あの人をどうか生かして。

「わざわざおいでくださってありがとうございます」

「こちらこそ、ご招待いただきありがとうございます」どこに座ったらいいのだろう、とソーニャは思った。ローランドを見ると、いつも座っていた椅子に腰を下ろしたので、彼女も自分の椅子に座った。ふたりを招待した女性はソファにゆったりと座った。

彼女は巻き毛の娘ではなかった。ふっくらした唇をした娘のほうだった。その唇はいまもふっくらし――それはそうだ、まだ三十五にもなっていないのだから――長い髪もいまだに金色だ。「お目にかかりたいのです」と彼女は電話で言った。その声はハスキーで、おそらくこれまでに幾度となく、たまらなく魅力的だ、と人から言われてきただろう。そして、確かに魅力的だった。ソーニャとローランドはその魅力に抗えなかった。「おふたりは、わたしがお渡ししたときよりはるかに居心地のいい部屋にして返してくださったわ」と彼女は続けた。「なにもかもが理想的に収まっていて。しかも使いやすくなって！」香味料の棚のことね、とソーニャは思った。それにアイロン台、脚ががたがたしなくなった椅子、観葉植物……それから、あのボタンも？「ただ、タキシードを忘れていらっしゃったわ」彼女はそう言ってくすくす笑った。

いまマダム・シューマッハーは――「エリカと呼んでください」と彼女は言った――シェリーを気前よく注いだ。「いまはウェストサイドにお住まいですか？」と彼女は訊いた。

新しい建物ではエレベーターがいつも大きな音を立てる。寝室はひとつしかない。ローランドが寝付かれない夜にはベッドに起きあがって本を読むので、ソーニャは居間の長椅子で眠るとロンドンの街と爆撃の夢を見る。しかしその部屋には午後の陽射しがよく入る。ふたりは木綿の敷物と中古の家具を買った。それから花の模様が描かれたフィンランド製の衣類箱に大枚をはたいた。それをコーヒーテーブルとして使っている。

「ええ、ウェストサイドです」とソーニャは答えた。

「カーネギー・ホールにはバスに乗ってすぐですよ」とローランドが言った。三人は音楽のこと、市長のこと、映画のことを話した。

「ハリウッドに行ってらしたの?」とソーニャは訊いた。単刀直入に質問することは彼女の性には合わなかったが、この美しい女性より四分の一世紀も年上だし、身につけている紺色のシャツブラウスが子守りのような品のある威厳を醸し出しているのだからいいだろう。ソーニャはもうメアリー・マーティンの髪型ではなかった。真っすぐに肩まで伸ばした白髪がブラウスの襟をかすめている。

「一族はみな映画関係の仕事をしています。俳優はひとりもいませんが。わたしは翻訳の仕事をあれこれやっているんです……ニューヨークを去るとき離婚しようとしていて、いまはようやく離婚がかないました」彼女は優雅に肩をすくめた。訛りはなく、喉音になることはまったくなかったが、ときどき濁音が清音になり、「離婚《ディボース》」が「ディヴォース」になった。姉妹は家庭教師から英語を学んだ、と彼女は説明した。そして彼女、つまりエリカは、夏のあいだはセーヌ川が見える美しいアパートメントで暮らす伯母のところで過ごし、フランス語を身につけた。ソーニャは破壊されたパリの街並み、油の浮かぶ川や橋に思いを馳せた。

さらに会話は続けられ、やがてだれもが口を閉ざした。三人が再び会うことはないだろう。社会で活躍する女性と、引退した夫婦。ソーニャとローランドが暇《いとま》を請うために立ち上がると、エリカも立ち上がって部屋を出ていき、タキシードを抱えて戻ってきた。「ここに戻ってきたばかりのときには気がつきませんでした。フランツの古いコートの陰に隠れていたんです」

「ああ、ええ。あのコートですね」ソーニャが言った。

「わたしの別れた夫。恨んでいたので隠しておいたんです。あの人はあのコートをとても大切にしていましたから。文芸家中古品店に持っていくつもりです」

「わたしたちの組織は貧しい人たちに衣類を配給することもしているんですよ」

「覚えておきますね」とエリカは言った。しかし、エレベーターがロビーにたどり着かないうちに彼女は忘れてしまうだろう。

歩道に出たローランドは、ソーニャが腕に抱えているタキシードを指差して、「もう二度とそんなものは着ないから」と言った。

「どうしてそんなことわかるの？ 〝ちゃんとした治療をすればあと二十年は生きられますよ〟」ソーニャは主治医の言葉を言った。

「ちゃんとした治療のなかには、滑稽なスーツを着てディナーの後で演説することは含まれていないよ」

「それはそうね」でも、あのコートは。あのコート……。

「タキシードは……死装束にしよう」

……コート。それが店頭に現れるまで文芸家中古品店に足繁く通うことになるだろう。そしてそれを買って、フィンランド製の衣類箱にしまっておくのだ。その中でなら、旧世界の遺品は安らぎを見出せるかもしれない。見出せなければ、苦しませればいい。愛、愛……。「死装束ですって？　クソ食らえよ！」ソーニャは鼻を鳴らして言い、ローランドをびっくりさせた。ローランドは笑みを浮かべた。「あなたはずっとわたしのそばにいなくちゃだめ。ねえ、美味しい料理を食べに行きましょう」

ソーニャは夫の腕に手を回すと、東十二丁目の新しくできたイタリアン・レストランを目指して歩いた。毛皮の襟のついたコートを身につけた優雅な旧世界の紳士には常連になることすらできなかった店を目指して。

連れ合い

Mates

キース・マグワイアと奥さんのミッコは流れ者のようにこの町にたどり着いたのです。もっとも、乗ったのは、ボストンからの路面電車だけで、ほかの人たちと同じように電車の運賃を払いました。でも放浪者のように身軽で、スーツケースひとつ持たず、帽子もキャンバス地の野球帽ひとつだけでした。それを交代で被っていたんですよ。ふたりとも、ハイカー専用の寝袋とナップザックがセットになったフレーム付きのバックパックを背負っていました。ミッコのバックパックからは薄緑色のスニーカーがぶら下がっていましたね。

その日の午後、ロゴウィッツ公園のベンチに座ってビールふた缶と一個のパンを分け合っているふたりの姿が見られました。その後、山毛欅《ぶな》の木陰でペイパーバックを読みながらのんびり過ごしていました。まるでキャンプをしているような感じでした。でも野宿するのは、二十五年前も違法行為でした。後でわかったのですが、ふたりは法を順守する人でした。ですから最初の晩は普通の旅行者のようにゴドルフィン・インに宿泊したのです。二日目の夜は、ルイス通りにある三階建てアパートメントの最上階の部屋を借り、そこで過ごしました。そのアパートメントはわたしが少女時代からずっと住んでいる家のすぐそばにあったんですよ。

ふたりはその部屋で四半世紀のあいだ暮らし、一階に住む家主や、二階を借りては去っていった幾世帯もの家族ととてもうまくつきあっていました。

毎年秋になると、チューリップの球根を庭に植え、キースはその脇の芝を刈りました。夏には裏庭で野菜を育て、収穫したものをアパートメントの住人たちに分けていました。

ほかの人なら、子供が生まれれば、特に二人目が生まれたりすれば、一戸建てや分譲アパートメントを買って引っ越すのが普通です。溶接工のキースはかなりよい給料をもらっていましたし、ミッコはコンピュータ・プログラマーのアルバイトをして家計を助けていました。でも、この世に所有権など存在していないかのように、ふたりは家賃を払い続けていたんです。テレビはありませんでした。ミキサーはスピードを三段階しか変えられないものでした。窓にかけられたレースのカーテンは花嫁のベールのように儚く見えましたが、簡素なオークの家具にはしっかりした厚みがありました。廊下の奥に取りつけられたフックには子供たちの雨具やキースのヘルメット、ミッコのスニーカーが掛かっていましたね。薄緑色だったスニーカーは履きつぶされて黒く変色していきました。ほどなくミッコはピンク色のスニーカーを買いましたけれど。

わたしはマグワイア家の三人の男の子を全員教えました。いちばん上の子が六年生のときにわたしが担任になったのですが、その子はとても熱心にサッカーに打ち込んでいました。眼鏡をかけた真ん中の子は本が大好きでした。背の低い下の子はひょうきんでしたね。三人とも、父親似のケルト的な顔立ちをし、母親似の東洋的な目をしていました。すっきりした端正な顔立ちでしたよ。「子供」というイメージそのものでした。

ミツコの背は子供とたいして変わりませんでした。下の子は、高校に入るときには母親の背をとっくに追い越していました。ミツコの小ぶりな顔には、ベージュ色の柔らかな口とそう高くない鼻と優しい目がついていました。毎月、短い髪をキースに切ってもらっていました（そのお返しにミツコはキースの薄くなった巻き毛と錆色の顎鬚を整えていました）。Tシャツとジーンズとスニーカーしか身につけませんでした。公の場に出るときは別で、そういうときにはプラム色のスカートと白い絹のブラウスを着ました。いつも同じスカートとブラウスだったと思います。学校医が一度、彼女を「ノーブランドだね」と言ったことがあって、わたしが品名は？　と訊くと、彼は太った体からため息を漏らして、「〝母親〟かな？　必要最小限のものしかないという意味だよ」と言いました。なるほど、とわたしは思いました。確かにミツコには基本的要素だけが備わっているという感じでした。平べったい小さな耳、ふたつの目、バッファローのステーキでも噛み切れそうな頑丈な歯。もっともその歯が噛み切るのは繊維質が多いもので、林檎と生のセロリくらいだったんですが（ミツコは野菜料理しか作りませんでした）。胸の膨らみは赤ちゃんに授乳しているときにはティーカップくらいになりましたが、すぐに元に戻りました。学校医の胸が夏のシャツから透けて見えることがあったのですが、彼の胸のほうがミツコのより少し大きかったくらいです。

マグワイア一家は教会には行きませんでした。選挙名簿には無党派で登録していました。クラブの類には属していませんでした。でも、毎年春の地元のお祭りや、秋の公園掃除には参加していました。

ミツコは学校のバザーにとても繊細な焼き菓子を作ってきましたし、校長が退職した折にはキースが人事委員会のメンバーになりました。わたしが上の男の子の担任になったとき、ふたりに「わたしの職業」というテーマで教室で話をしてもらいました。それ以降、年に一度必ず教室に呼んで同じ話をしてもらったのです。キースは道具がずらりと付いたベルトを締め、両手で顔を保護するマスクを持ち、炉での溶接の起源について話しました。武器や道具類、自動車の組み立てについても話してくれましたね。風の手強さ、足場の揺れ、トーチランプの優しい重みなどのことを。「アークに火がついてから青く光るんだ。熔けた鉄の板が別の鉄の板と一体になる」と。教室の前に立ったミツコはコンピュータの歴史から話を始めました。バベッジが考案した最初の電算機はひどく騒々しかったことを話しました。ホレリス・コードの発明（彼女が見せてくれたパンチカードはパピルスと同じくらい古い時代のもののように見えました）、ブラウン管、マイクロチップについておおまかな説明をし、それから自分の仕事のことを話したんです。「わたしの仕事は、コンピュータと楽しく交流して、その思考のねじれを追いかけ、あらゆることができるように手を貸すことです」と言いました。教室から出ていくときには、戸口で振り返ってかすかに頭を下げました。

町の中でマグワイア一家のことを知っている人は大勢いましたよ。一家の男の子たちと同じ学校に通ったり、友だちになったり、いっしょにスポーツをしたりしていたのですから、知らないわけがありません。一家は、ほかの家族と同じようにいろいろなものを必要としていました。注射や健康診断をすませ、薬、野菜、金物などを買っていました。子供たちがノートや雑誌を買っていたのはダントン煙草店でした。毎年十一月のミツコの誕生日には、キースと子供たちが笑いながらロベルタ・リネン店に行って、プレゼントに新しいベルギー製のハンカチを買いました。翌年の学校行事では、そのハンカチのレースが彼女の絹のブラウスの胸ポケットから覗いていました。

でもね、あの一家をよく知る人はひとりもいませんでした。マグワイア家はだれとも親しくつきあわなかったのです。そして出ていくときには、一瞬にして姿を消してしまいました。ある日、いちばん下の子が医者になるために家を出たという話を人づてに聞きました。その翌日くらいだったと思います。ミツコとキースは瞬く間に町を去っていったのです。

その前の週、ミツコに偶然会いました。彼女は果物屋でアボカドを買っていたんです。冷たい牛乳とチョコレートといっしょにアボカドをミキサーにかけるんです、と彼女は言いました。「蜻蛉のような薄緑色になるんですよ。とても清々しくて、元気になります」と。

ええ、いちばん下の子は医学部に入りました。真ん中の子はオレゴンで木工を教えていました。ミネソタでジャーナリストになった上の子は結婚して、双子の女の子の父親になったそうです。

つまり、ミツコに孫娘ができたんですね。彼女は五十間近になっていましたけれど、十代の娘といっても疑われなかったでしょう。パイナップルを丹念に調べるふりをしながら彼女に近づいてよく見ると、目の下にかすかな皺があるのがかろうじてわかりました。でも、短い髪に白髪は一本もありませんでしたし、Tシャツとジーンズを着ていると若者そのものでした。

彼女はアボカドの最後のひとつを選ぶと、「先生にここでお会いできてよかった」といつものように礼儀正しく言いました。後になっても、あれが別れの言葉だったとは思えませんでした。マグワイア家の人々は、町の住人に会うといつも嬉しそうにしていました。もしかしたら後ろ姿を見ても嬉しく思ったかもしれません。

「きみは未婚女性だからね」その数ヵ月後、学校医がわたしにそう言いました。この町でいっしょに育ったので、彼は言いたいことを何でもわたしに率直に言うのです。「結婚生活の不可解さは当事者にしかわからないものだよ。子供たちが家を出ていくと親は空っぽになった気がするそうじゃないか」

「でもたいていの夫婦はここで暮らし、共に死んでいくわよ」

「どうかな」彼はそう言って肩をすくめました。「私も未婚女性みたいなもんだからね」

九月の朝、路面電車を待つキースとミツコの姿を見かけた人はわずかでした。でも見かけた人は、キャンプ旅行にでも行くのかと思ったそうです。確かにキャンプに行くとしか思えない格好でした。ふたりとも、ハイカー専用の寝袋とナップザックがセットになったフレーム付きのバックパックを背負っていたのです。

町の大半の人は、あのふたりは別の町で暮らしているだろう、と思っています。そこで職に就き、キースは鉄と炎を相手に、ミツコは電子の狐火を相手に働いている、と。そしてアボカドのシェイクを飲み、ペイパーバックを読んでいる、と。

想像力豊かな人々は違うことを考えています。あのふたりがハイキング・ブーツを叩いてこの町の埃を払い落としたとき、ここで過ごした年月も払い落とした、そして若返ったふたりはどこかの町でまた一から新しくやり直している、ミツコの小さな胸はいまごろ次の赤ん坊のために膨らみ始めているに違いない、とね。

わたしはこのふたつの仮説には賛成しません。わたしは未婚女性ですから、孤独とは人が避けることのできない状態であるばかりか、賢明な選択であると思っています。そう、確かにキースとミッコはいっしょに路面電車に乗っていったでしょう。でも、わたしはこう思うのです。ダウンタウンの人混みのなかで、たとえばバス停で、ふたりは愛情溢れた、でもとても礼儀正しい別れ方をしたのではないか。キースはそこからさっさと歩き去ったのではないか、と。

ミツコは自分の乗るバスが来るのを待っていた。そしてバスが来ると、アルミニウムとキャンバス地のバックパックを背負っているにもかかわらず、実に軽やかにそれに乗って去っていったのではないか。熟れたような鮮やかな赤い色のいまのスニーカーをサクランボのように背中で揺らしながら。

落下の仕方

How to Fall

「ファンレターです！」癇に障る声でパオロが言った。「取りにきてください」

月曜と火曜には必ずパオロがキャンバス地の袋を持って、撮影スタジオからホテル・パモナのリハーサル室にやってくる。つい最近までパオロはポールという名前だった。名前を変えたところでポールあるいはパオロの中身が変わるわけではない、というのがジョスの意見だ。しかしティーンエイジャーたちは毎月自分を変えなければならない——そんなことをどこかで読んだことがある。パオロは郵便物を運んでくる前に、テレビのお偉いさん用の弁当を買ってスタジオに届けてきた。パオロはジョスに、将来はコメディアンになりたいんだ、と言った。袋の中の手紙はデリの匂いがした。油の染みがついた封筒も何通かあった。

「手紙ですよ！」パオロが部屋の隅にある丸テーブルの上にどさりと袋を置いてその口を緩めると、何通か手紙がこぼれ出た——こいつは妙に騒ぎ立てるし、こせこせした動きをする。しかしジョスは口を閉ざしていた。指導者ごっこをする気はない。それに喋らないことで給料をもらっている身なのだ。

ハッピー・ブルームは、窓と窓のあいだにある大きな鏡の前でオープニング用トーク――タキシード姿で、歯切れのいいジョークを交えたお喋り――の稽古をしていた。しかしパオロが姿を現すと、くるりとこちらを向いて足を踏みならし、休憩を宣言した。彼はファンを愛している。彼には大量のファンレターが来る。すべてが熱狂的なものだ。「新しいメディアの新しい巨匠」ハッピー・ブルーム――そう評したのは、彼を昨年の十二月号の表紙に起用した《タイム》誌だった。その前号の表紙はチャーチルで、その後はスターリンだった。これではハッピーがふたりの政治家とともにヤルタで会談していると思われてもおかしくない。だが、ハッピーは政治家よりはるかに偉大だ。アメリカのあらゆる家庭に受け入れられている。木曜の夜八時五分前には、国中の人々がテレビの前に座って『ハッピー・ブルーム・アワー』を見る。……そして金曜日の夜になると、これはジョスしか知らないことかもしれないが、彼はヘシェル・ブルームバーグとなって灰色のスーツに鼈甲縁《べっこうぶち》の眼鏡といういでたちで――ドーランも鬘もつけないため、だれにも正体がわからない――ブルックリンの会堂《シナゴーグ》に行き、大勢の信徒たちと安息日を迎えるのだ。

ジョスはこのコメディアンの信仰心に感服していた。ジョス自身は、十八年前に娘が洗礼を受けて以来、教会に足を踏み入れたことはない。しかし、イエズス会の高校を卒業した。その当時はいろいろなものを信じていたのだ……。「会堂でおこなわれる神事は好きだね。即興的なものがないからな」ハッピーはジョスに言った。「先唱者のバリトンの声は、痰好きなら悪くないぜ」と。

金曜の夜の穏やかな礼拝者へシェル・ブルームバーグは、土曜日の朝にハッピー・ブルームに逆戻りする。脚本の直しとリハーサルが始まるのは九時だ。そして十時頃には最初の癇癪を起こす。しかし今日は火曜日。ショーの内容は決まり、寸劇も完成している。感情が爆発するのは二回ぐらいだろう。

いまハッピーはテーブルでファンレターを夢中で読んでいる。ジョスは窓のひとつに近寄り、ニューヨークの十月の空気を胸一杯に吸い込んだ。ハッピーはこの国といちゃついているのかもしれない。しかしジョスは、この無機質な大都市、自分の名前を忘れ続けている街の人間なのだ。やれやれ。

「ホイルさん、あなた宛のファンレターがありますよ」パオロがそう言って、グルーチョのように眉毛をくいっと上げてみせた。そして手紙の山の中から薄緑色の四角い封筒を引き抜くと、おかしな足取りでジョスのところまでやってきた。かかと、つま先、かかと、つま先、ばかな奴だ。

封筒には差出人の住所が書かれていなかった。ジョスは開封した。霧のような色の便箋に斜めになった文字が記されている。彼は鼻先に手紙を持っていった。何の香りもしない。

ジョスリン・ホイルさま

わたしはかなりの読書家《ビッグ・リーダー》です（でも体は小さいの）。テレビを見ると寒々とした気持ちになります。ですからめったにテレビは見ません。あのレスラーたちは減量センターと契約すべきではありませんか。それにハッピー・ブルームは笑いすぎです。あまりにもにやにやしすぎて気持ちが悪いくらい。

でも、あなたの表情は素敵。大きな口がスリリングに歪みます。黒い目がかすかに動くんです。その目は希望を知っています。延期された希望を知っている目です。届かなかった希望を知っている目です。ああ！

緑衣のレディ

ジョスは目を上げた。「これはファンレターなのか？」彼は街に向かって問いかけた。そしてもう一度便箋の匂いを嗅いでみた。

二通目は翌週のショーの放送当日にスタジオに届いた。水曜と木曜はスタジオでリハーサルがおこなわれる。ハッピーはオーケストラを怒鳴り、小道具と台本係の女性（この番組が始まったころからいる協力者で、名前はあるが「准将」という愛称で呼ばれている）を怒鳴り、脚本家を、カメラマンを、ジョスを怒鳴った。パオロが肩に郵便袋をかけてやってきた。ジョスはパオロから手紙を受け取ると開封しないままポケットに入れた。

ショーは上出来だった。最後から二番目の曲をテノール歌手に歌わせ、ハッピーの「お別れのトーク」、感傷的なトークへ繋げていった。ジョスは舞台袖と呼ばれているところで歌手の歌声に耳を澄ましていた。ワイヤとケーブルが四方八方に伸びているこの場を、スタジオの面々は厚かましくも舞台と呼んでいる。ジョスはブロードウェイ、レパートリー劇団、ボードビルに出演してきた。これまで出演した最低のところでも、テレビよりはるかにましだった。巡業を共にこなしたサーカス団は、戦艦のように厳しい管理下にあった。サーカス団では悪癖を身につける暇などなかった。……テノール歌手は「ネスン・ドルマ」、昔を懐かしむ歌を歌っている。人気は凋落しつつあるが、ジョスはいまの彼がいちばん好きだ。野心は潰えた、高音などクソくらえだ、ようやく響きより感情をうまく出せるようになった。ジョスは化粧を施しタキシードを着ているが、裸でいるほうがましな気がする。コルセットの下の太鼓腹がありありと感じられるし、脱腸帯も想像できてしまう。ああ、肥満した男の果てしない悲しみ。

ショーの後でみなで一杯ひっかけた。ジョスとプロデューサーと准将はウィスキーを飲み、テノール歌手はブランデー、ハッピーはいつものジンジャーエール。それからジョスは地下鉄に向かう。ポケットの中からトークンを取りだそうとして手紙に気づいた。

ホイルさま

うわお！　あなたを見つけました！　つまり、「アメリカン・エンターテインメント紳士録《イド・エスト》」であなたを見ました。ニューヨーク公共図書館の新聞に載ったあなたも。

一九〇三年にバファローで生まれたんですね。曲芸師だった。わたしもそうなんです——夢の中では。あなたは戦争中軍隊に従事。妻とひとり娘。

あの穏やかな瞼。取り憑かれたような目。あなたの表情は聖者のよう。

イエズス会の高校を卒業後、どこの大学に行ったのですか。紳士録には記載されていませんでした。

ジョスは貧しかったが、高校の子供たち全員が貧しかったのだ。どの教科も好きだった。特に歴史が好きだった。トム神父の滑らかな弁舌で聞く歴史は生き生きとしていた。トム神父の目は緑色でしっとりし、吸取紙のようだった。神父たちが住んでいたのは、校舎の裏にある、静かに笑っているような家で、ジム神父という知能の遅れた愛すべき人物もそこに住んでいた。ぼくもいつか教師になる、歴史の教師に、とジョスはその当時思っていた。神父たちは州立大学で奨学金を受けられると言った。しかし、あとでわかったのだが、自分が大好きだったのはトム神父が教える歴史でも、歴史を教えることでもなかった。好きだったのは話し方だったのだ。冗談も大好きだった。ジム神父がよく口にするような冗談、言葉による冗談ではなく、目配せや目立たない演技やへまをしでかす面白さが好きだった。高校を卒業してすぐに彼がサーカスの一座に入ると、教師は落胆し、母親の心はうち砕かれた。手紙をよこした人物は、彼があの時代の記憶を甦らせることを望んでいるのだ……。夜遅く、人のまばらな地下鉄の車両で、彼は立ったまま、一瞬怒りを感じ、黒い窓ガラスの前でマリオネットのように体を震わせてみた。窓に自分の顔が黒く映っている。聖者のよう、とレディが言った顔が。ひとりの男が、居心地悪げに尻を移動させてジョスから離れていった。

家に帰るとまず最初に、二通目の手紙を化粧箪笥の最下段の引き出しにあるセーターの下に押し込んだ。キッチンのテーブルの塩と胡椒の容器のあいだに突っ込んでおいても、妻は気にもとめないだろうが。

メアリーは、ほっそりした手をカバーの両脇に出して仰向けで眠っている。彼女はリビングルームを暗くしてバーボンを肘のそばに置きテレビを見ていたのだ。すでにナイトガウンと部屋着に着替えて。すでに？　ここ何日もメアリーはずっと同じ格好のままだ。明日彼女は、鉄道の駅に向かいながら感情のこもらない声で、今日の彼の演技のことを話すだろう。カメラがあなたの姿を半分しか映していないことが一度ならずあったわ、フィナーレのあいだあなたは一度も画面に映らなかった、ハッピーは視聴者の心を完全に掌握していた、あなたはもういなくてもいい存在になっている、と……いや、それは口には出さないだろう。

メアリーを診た専門家たちは、最初に娘の悲劇的な状況を知ると必ず、メアリーの愛着と悲しみは度を越しているようだと言った。ふたり目のお子さんを作るといいですよ、と専門家たちは言った。ふたり目のお子さんをお作りなさい。まだあなたは二十代じゃありませんか、ミセス・ホイル……それがやがて、あなたはまだ三十代なんですよ、……四十にすらなっていないのに、となった。

病院側は手を尽くした。湯治、インシュリン療法。だがどれも効かなかった。ふたりが娘を見たとき、柔らかな睫をした愛らしい小さな赤ん坊だったが、尖った顔に浮かんだ小さな下向きの笑みは、虚弱であることをジョスに警告していたのかもしれない。ふたり目のお子さん？　子供なら大勢いた。要領の悪いドジな弟たち、傷ついた妻、ハッピー。そしてテオドラ——唯一の実の子のテディが。毎週金曜日に、ジョスは妻とふたりでテディに会いに行く。今日はもう金曜日ではないか？　疲れ切っている彼は服を脱ぎながら時計を見た。午前一時。数時間後にはメアリーとともにグランド・セントラル駅に向かい、列車に乗り、列車を降り、バスに乗り、バスを降りて二ブロック歩くことになる。そして鉄の門のところにたどり着く。守衛がふたりに会釈する。彼はふたりをよく知っていた。

テディはふたりをよく知っていた。テディは大きな唸り声を立てる。あるいは大きな手で目を覆う。ときどき、テディのいちばんの欠点は太りすぎているところではないかと思う。テディはメアリーが縫った木綿のワンピースを着ている。どれも子供っぽいデザインで、短い袖はふわりと膨らみ、白い襟がついている。布地は鶏や花やバンビの柄。ジョスはときどき、ハッピー・ブルームの仮装——口紅をつけた顔、髪の毛が逆立った鬘、大きなチュチュを着て筋肉のついた肩を剝きだしにする、あるいは黄色い三つ編みをエプロンドレスの上で跳ねさせる——を見て恥ずかしさを覚えるが、どうして自分が恥ずかしさを覚えなければならないのかわからない。そう感じるべきなのはハッピーのほうだ。体格のいい知恵遅れの女の子の真似をしている有名なコメディアン、ハッピーのほうだ。真似？ハッピーがテディに会ったことは一度もない。「お嬢さんはどうだ？」年に一度くらい、視線を逸らしながらハッピーは尋ねる。「変わりはないよ」ジョスは必ずそう答える。

しかしテディはいつも変わりがないわけではない。変わったと思うときがある。疲れ果てたスタッフは肩をすくめた。「成長、してません」と医師のひとりがたどたどしい英語で言った。「成長の期待、無理。まったく」それはそれでいい。しかし、テディの険しい表情がほんの少し和らいだり、ぼんやりした目つきが、ぼんやりとはしているが歓迎するような目つきになったりするときがある。テディが話すことさえできたら。もしかしたら、少しは理解しているかもしれない。テディとふたりだけになると——メアリーが部屋を出ていき、フェンスで囲まれた池の周りを塞いだ気持ちで歩いているあいだ――ジョスは愛しているよとテディに話しかける。その丸まるとした指を握りしめる。その丸まるとした頬にキスをする。

「ホイル！」

ジョスはハッピーと准将と脚本家たちとテーブルについた。全員で読み返し、意見を出し合い、笑い合った。ときおりジョスはポケットの中に手を入れて、今週届いた緑衣のレディからの手紙を弄んだ。内容はすっかり暗記している。いまでは一行一行を、台本のように、呼吸するように簡単に思い出せる。

ハッピー・ブルームの大袈裟なユーモア――大衆はそれを求めているのだと思います

ハッピーと脚本家たちは、最近の戦争をショーのテーマとして扱わないことにした。とはいっても ハッピーは、戦争に晒されたヨーロッパに想を得て、さまざまな新しい人物を創り出した。たとえば、イギリスの戦争未亡人、フランスのデパートの売場監督、ヨーデルを歌ってからイディッシュ語で声を震わせて歌う乳搾り女などだ。

けれどもあなた――物言わぬパートナー――を、大衆は必要としているのです

大衆が未亡人の気弱な夫を必要としている？　売場監督にびくびくしている客を？　乳搾り女の山羊を？　角を出し、花輪を首に飾り、二本の蹄で立ち上がり、二回フラップして一回シャッフルする、ジョスの顔をした山羊を？

あの踊る山羊はとても素晴らしいと思います

ハッピーとジョスは、今週の木曜日には壁紙貼り職人を演じることになっている。オーバーオールに身を包み、抗う事務員や椅子など、すべてをオフィスから外に運び出す。そして書棚、ラジエーター、絵画の上に、かまわず壁紙を貼っていく。壁紙のロールの幅が合わない。ハッピーは扉のないクローゼットの内側に壁紙を貼るために中に入る。ジョスはへこんだその入口に壁紙を貼る。クローゼットの中に閉じこめられたハッピーが、さまざまなアクセントで大声をあげる。そして「ひとりぼっち」を数小節歌う。「いつかわたしは自分を見つける」を歌う。ようやく壁紙を突き破って彼の頭が、丸くて愛らしい顔が、出てくる。元々わずかに出ている歯が間の抜けた顔をいっそう引き立てる。幾筋もの巻き毛が額に垂れかかっている。眉毛は黒く、目の回りには黒い縁取りがされている。ハッピーが大袈裟な表情で拍手に応えているあいだ、ジョスは視聴者に背中を向けている。物言わぬパートナーは窓に壁紙を貼っているのだ。

「ショーは面白かったわ」翌日の金曜日、列車に乗るとメアリーが言った。「あなた、面白かった」彼女の笑顔が、若いころのように俯きかげんになる――しかし笑みは笑みだ。そう、妻が笑っている。

ふたりが入っていくと、身を起こしていたテディは目を逸らし、介助者の腰に額を打ちつけた。しばらくすると打ちつけるのをやめた。一月にしては穏やかな気候だ。茶色しかない庭で、三人は金属製の椅子に腰をおろした。彼の椅子のペンキが剥げていた。こんなに払っているのだから、と考え……いや、なにも考えないほうがいい。

あなたはご存じですか？　彼があなたなしではやっていけないことを。あなたとハッピーは支え合っているのかもしれませんね

そしてそう書いている彼女も、相互依存の関係に耐えているのかもしれない。便宜上の結婚に、ハッピーとの連帯関係のような結婚という同盟関係に。可哀相なハッピー――態度の大きな母親、強欲なふたりの前妻、長年に及ぶドサ回り、何年にも及ぶラジオ出演、そしてようやく新しいメディアの新しいスタッフに声をかけられたのだ。

ジョスはそのころミュージカルで三番目の主役、義理の父親役を演じていた。ロングランになった。復員兵に気に入られた。普通の人もまた旅行をするようになっていた。田舎から来た人々に気に入られた。その役でタップダンスが少し踊れるようになった。

ハッピーから呼び出された。「『ハッピー・ブルーム・アワー』にはおまえが必要だ！」

「画面におれの顔が出る？」ジョスは言った。「とてもじゃないがそれは無理だ。映画界では失敗作だった」

「今度のは違うぜ、キッド。今度の画面は葉書くらいの大きさだ。人々が見たがっているのはハンサムな顔じゃない。ひたしみのある顔だ」

「なんだって？」

「おじさんみたいな顔だよ」ハッピーが大声をあげた。

「親しみのある顔ってことだな」

「そうだ。そういうことだ。いまおまえが出ている駄作な、ジョス、いつまであれを続けられると思

う？　テレビなら永遠に続けられる。おれといっしょならな」ジョスは考えてみると言った。「ああ、考えろ。おまえのはまり役はすっかり考えてあるんだ。今度は口を利かない役だ。笑ってはいけない役だ」

最初のころは、放送中に思いがけない災難が降りかかったこともある。ゲストが泥酔してやってきた。その男はしくじり、動けなくなり、ケーブルに足を取られて転倒し、気を失った。そして女の子のひとりが舞台裏で出血し、病院にかつぎこまれた。まだ准将に出会っていないころだったので、小道具は見当違いの場所に置かれていた。ふたりは即興ですべての曲を歌わなければならなかった。ハッピーは体をくねらせながらタキシードを着て、内巻きになった金髪の鬘を被った。ジョスはアシスタント・プロデューサーが持っているツイードの上着をつかみ取った。そしてゆっくりと、愛に溺れて身を持ち崩した教授に姿を変えていった。舞台のアップライト・ピアノの前にどかりと座り、「再び恋に落ちて」を弾いた。オーケストラは静かにしていた。ハッピーがピアノに寄りかかり、マレーネ・ディートリッヒのアクセントを真似して歌った。みごとだった。wとrを発音するときには、口の端を引き締めた。ジョスも真似をするのなら、そのようにして歌っただろう。車輪付きのカメラが近寄ってきた。ジョスはカメラの焦点が自分の顔に合っているのを見て、涙を絞り出してみせた。その週の新聞が彼らのことを大々的に取り上げた。ミスター・ブルームとミスター・ホイルは、諷刺劇に感受性を取り入れ、喜劇と悲劇を統合し、泣き笑いを作りだした、と。

ポスト紙に載った記事は、さまざまな秘密を暴いていましたね。ハッピー・ブルームの脚本家のこと、辞めた人やいま働いている人のこと。ホテル・パモナでのリハーサルのこと。いまやファンが一日中パモナのまわりにたむろしているのではありませんか。

リハーサルをしている場所が、数カ月前に知れ渡ってしまった。ファンはすでにホテルのまわりで時間を潰している。しかし鬘を被らず化粧もせず、眼鏡をかけたハッピー・ブルームは、ブルックリンの聖なる場所にいるときと同じく、ニューヨークのホテルでも無名の人物にすぎない。五時になると、彼は横の回転ドアからだれにも気づかれずに素早く出ていく。

わたしは、パモナ・ホテルのロビーにいます。次の月曜日、四月十三日の正午に。

緑衣のレディ

土曜日。

「ランチ？　月曜日の？　外で？」ハッピーが大声を張り上げた。

「仕方ないんだよ」とジョスが言った。「早口の歌でも進めておいてくれ。おれはあれには出ないしな」

それからハッピーは、考えをがらりと変えて言う。「歯医者がゲシュタポのように脅かしてくるんだ。おまえの歯茎はみんななくなっちまうぞ、ってな。わかった、月曜はみんな外でランチだ。パオロはおれたちがいないことを知ったら自殺するな。火曜の朝まではフリーだ。おれの歯医者がおまえを祝福するだろうよ、ホイル……。しかし、月曜は朝の八時に始めるぞ。九時じゃなく」

リハーサルは月曜の八時に始まり、十二時十五分前には休日の子供のように全員が一目散に外に飛び出していき、ジョスだけが残った。

大きな鏡の前でネクタイを真っすぐに直し、上着を整えた。第一ポジション、第二ポジション、第三ポジション……彼は手すりをつかんで右脚を高く振り上げた。これはいい持ち芸になるかもしれない。嘆き悲しむバレエ狂の男。顔を白く塗ったほうがもっと面白いだろう。ジゼルを踊ろうとするバレエ狂を演じる自分を想像してみる。教会の鐘が鳴った。顔色が真っ青だ。片脚で立ったまま、ジョスは手すりを放して自分の頬をつねった。二十年前にメアリーがそうするのを見たことがある。いつもの自分に戻ると、彼は部屋を出てドアを閉め、鍵をかけた。

エレベーターに乗ってロビーに向かった。

エレベーターのドアが開いた。足を踏み出す。

椰子の木のそばにある椅子に、眼鏡をかけた女が座っていた。エレベーターのほうではなく、フロントのほうを向いている。深緑色の上着とプリーツスカートはスーツというより制服のようだ。ストッキングははいていない。足首までのソックスだ。十四歳くらいに見える。

ジョスはゆっくりと近づいていった。小さな隆起のある骨張った鼻をしている。ウェーブした黒髪にはこしがない。ユダヤ人か、あるいはユダヤの混血か。ジョスはもう一度足を見た。編み上げ靴の片方の靴底は厚く、かかともついていた。

ジョスは彼女の若さに憤りを覚えたが、いまや足の欠点を見て憤りが憤怒に代わった。よく知っている落下の感覚。兄弟のひとりが玄関に姿を見せると——ちょっと金を借りたいだけなんだよ、兄貴、少しあればなんとか乗り切れるんだ——ジョスはかっとなる。しかし、おれにはガキがいるんだよ、兄貴、という言葉を聞くと、そいつを殺したくなり、それからそいつに殺してもらいたくなる。

ジョスはその場で、頂点にまで達した怒りがおさまっていくのを待った。その間に、少女が眼鏡を外した。ジョスは再び進み出した。静かに彼女の椅子の背後に回り、両手で彼女の目を塞いだ。彼女は驚きもせずに——もしかしたら、ジョスが近づいてくるのを察していたのかもしれない——自分の手でジョスの手を包んだ。しばらくふたりはそのおどけた姿勢のままでいた。それから彼はおじさんのような優しい手を少女の手の下から引き抜いた。椅子の前に進み出ると手紙の差出人を見下ろした。

「ジョスリン・ホイルだ」と彼は言った。

「メイミー・ウィン」彼女の目は怯まなかった。小さな丸い目は茶色だ。そして再び眼鏡をかけた。

「ランチはまだだといいんだがな」とジョスは言った。「まだだと言ってくれ」

「青少年は早い時期にお酒を知っておくべきだ、とオットーは信じているの」とメイミーはブース席の向かいからジョスに話しかけ、飲み物は何にしますか、と訊いたウェイターに「キールをお願いします」と言った。

「何だそれは?」

「白ワインにカシスの果汁を入れたもの」

「カシスなんて忘れろ、メイミー」ジョスは言い、ウェイターに「おれは生ビール」と言った。キャシディの店を選んだのは間違いかもしれない。未成年に酒を強要した罪で逮捕されたらどうする。この娘の正確な年齢を知らなかった、と弁明するしかない。彼女が中学生だとわかっていたはずだ、と検察側は言うだろう。ウェイターが飲み物を運んできた。

「オットーというのは？」とジョスは訊いた。

「隣のアパートメントに住んでいる人。ウィーンの出身。シカゴ大学こそがアメリカの本当の大学だってオットーは言ってる。ほかのはみんなヨーロッパの大学の猿真似だって。だから、わたしはシカゴに行きたい」彼女はワインを一口飲んだ。グラスに口紅が付いた。化粧のやり方をもっといろいろ学ばなくてはだめだ。「あなたのお嬢さんは大学生？」と彼女が言った。

「どうも」ジョスは、片腕に特別料理の皿を二枚載せて運んできたウェイターに言った。「娘は寄宿学校に入っている」とメイミーに答えた。言い慣れた嘘だ。「きみの筆跡は素晴らしいな」

「ああ、筆記体ね。子供のころにずいぶん練習したの」

「それに、文章も」

「私立学校に通っててね」そして彼女はその名前を言った。「奨学金で。だから制服を着なければならない」そう言って自分のプリーツスカートを指差した。

「緑衣のレディたちか」

「金持ちのクソ女ばっかり」不遜な笑みを浮かべた。「みんな無知！　『緑園の天使』が最高傑作だと信じてるし」

メイミーは、うるさいことを言わず気の利いたことを口にする大家族の中で育った。「ハッピー・ブルームみたいな叔父さんがいるの」と彼女は言った。男たちはセールスマンで、女たちはセールスレディばかりの楽天的な一家には、チェスプレイヤーや陸上競技の選手もいれば、デブ、痩せ、お人好し、塞ぎの虫、変人──「大叔母はマンハッタンの北から南まで毎日歩いているのよ」──に、共和党支持者までいるという。彼女は映画とジンラミーと小説が大好きだ。知能指数がとても高かったので──「つまりIQテストが得意ってだけのこと」と気取らず正直に言った──緑色の学校に送られてしまった。「制服はね、みんな均一。それはいいわ。衣装なんだから、それもいい……」

「メイミー」ジョスは遮った。無駄口はもういい、と思った。彼はコーンビーフの上に身を乗り出した。「どうしてあの手紙を？　どうしておれに？」

彼女は顔を赤らめた。それでも美しさは引き出せなかった。

「面白半分で？」ジョスは助け船を出した。

「最初はね。ひょっとしたら返事が来るかもしれない、って思った」

「住所がなかった」

「返事は違った趣向で来ると思ったの。ハッピー・ブルームが〝レディ〟とか〝緑衣〟という言葉を言ったりするような。ほら、そういうちょっとしたトリックで。でも、どうでもいい。返事なんて期待してなかった。文章をあなたに読んでもらって、考えてほしかっただけ。彫刻のようなあなたの顔が画面に映ると、まるでわたしを探しているみたいで、わたしをじっと見つめていて……」

「なるほどね」彼はなだめるように言って、カメラの赤い光のことを考えた。見つめなければならない光のことを。

「学校ではね、みんなボーイフレンドがいるの」彼女はいきなりひとりぼっちの四十女になった。その身にはこれまで何も起きなかったし、これからも何も起こりはしないだろう。「あなたの沈黙が好き」しばらくしてようやく言った。

「おれの沈黙――強制されたものだ」

「だれもが家ではひっきりなしに喋っている。あなたの踊り方は素敵よ」

「口を利かない人物――ブルームがおれに与えた役だ」

「あなたの落下の仕方も好き」

その技術は若いころに身につけた。まだイエズス会の高校に行っていたころ。あらゆるサーカスとボードビルショーを観に行った。道化師の動きとアクロバットを研究した。そして最初の一座に加わり、次の一座に加わって何年も過ごしながら、直《じか》に芸を観察し、模倣し、身につけた。綱の上で軽業師とともに訓練した。骨折したことはなかった。後頭部や背骨の基部、肘、膝に衝撃がかからない落下の仕方を身につけた。どの筋肉を緊張させ、どの筋肉をリラックスさせればいいかを身を以て知った。

「あなたを見ていると落下したくなる。でもこの体では……とても無理」彼女は間を置いた。「でもわたし、落ちたのよ」彼女は打ち明けた。眼鏡を外した。小さな目が和らいだ。この娘が可愛くなることはあるのだろうか？　「本当に、恋に落ちたの」そう言って「あなたに」と彼女は念を押した。

彼が意味を汲み取れない場合を考えて。

この局面で彼が取れる行動はいくつかあって、それについて考えてみた。悲しみの漂う鋭い視線で彼女を見つめてもいい。効き目があることはわかっている。見つめられた彼女は取り乱し、それがやがて愛情のようなものへ発展することもあるかもしれない。不思議な恋心がすでに芽生えているのだから。彼女が二十歳になれば、おれは……。あるいは機知に富んだ話をしてもいい。長々とたわいもないお喋りをする。アメリカ系アイルランド人について、辛かった少年時代について、イエズス会の神父について、初期の仕事について、大衆の冷淡さについて、落胆し続けた人生行路について。彼女をいたたまれない思いにさせて、幼い恋をスウィングドアから放り出してもいい……。それともパオロを紹介しようか。なかなかのカップルだ……。酔っぱらったふりをしてよろめく足取りで店から出ていき、彼女に勘定を払わせるのはどうだ。五ドル札を二枚ぐらい、あの矯正靴の中に入れているかもしれない。

彼はどの行動も取らなかった。その代わりに手を伸ばして彼女の鼻を、小さな隆起のある骨張った鼻を引っ張った。

ふたりは料理をゆっくり食べ、それから五番街に沿って歩き続けた。彼女は歩くときに足を引きずらなかった。

「わたし、運動はできないの」と彼女が言った。「階段を上り下りするのも大変なときがある」静かにそう付け加えた。

もちろん、ふたりは話をした。エンパイア・ステート・ビルディングのこと、波止場のストライキと市長のこと、音信が途絶えていた友人と会ってつまらない会話をしたこと、もう二度とその人物には会わないかもしれないということ。八番街の地下鉄の入口で、ふたりは足を止めた。ジョスは彼女の両手を取り、最初は左右に振って、それから頭上に持ち上げた。ロンドン橋が落ちた、の格好。そして彼は手を放した。

「今日のことは、本当に……」彼女は言いかけた。

「わかってる」と彼は言った。

彼女はどしんどしんと音を立てて階段を下りていった。ジョスは階段の上に立ち、小さくなっていく彼女の姿を見ていた。間もなく、彼女は振り返るだろう、そのときまで見ていよう……。「すみません」帽子を被った女性が、彼の横をかすめるように通って急いで階段を下りていき、彼の視界に映るメイミーの最後の姿を遮った。

その週の木曜日、『踊る大紐育』のパロディを演じた。戦争を茶化すことは無理でも、踊る水兵を使うのはかまわないだろう。映画に出ていたバーテンダーがふたりと共に踊り、もうひとりも加わった。しかしパロディ劇を演じるには時間が足りなすぎる。三分後には「お別れのトーク」に入る、と准将が合図をしている。ハッピーが「スイート・ジョージアだ」と小声で言った。その曲は十二年前に巡業先でいっしょにやった。足はステップを覚えている。ニコラス・ブラザーズが得意としていた踊りだ。だが、それがどうした？　ふたりは新しい出し物でなければだめだと思ったことはない。ハッピーのジョークの大半は人から盗んだものだ。准将が「ジョージアを」とオーケストラに伝え、ハリウッド俳優たちを舞台から下ろした。それで舞台上のジョスとハッピーは、ふたりだけで踊りに踊った。ハッピーが舞台の袖に駆け込んだのは最後のトークの三十秒前で、その三十秒のあいだに水兵の服を脱いでタキシードに着替えた。ジョスはずっとクランプロールを続けた。メイミーの目が自分にひたりと据えられ、自分の目が彼女の目を捉えているのを感じた。二倍のテンポで飛び上がる。当然だ。両足のかかとを打ち合わせて着地し、それから斜めに滑る。完璧だ。太腿が体重を支えている。そして体が水平になる。カメラのレンズの位置が低くなり、滑らかに彼の動きを追う。カメラマンの腕は上がっている。片肘を床につき、その掌の上に顎を載せ、体を伸ばして片脚を上げ、足をくいっと動かし、にっこり笑う。そう、にっこりと。

「どうして笑ったりしたの？　番組から降ろされちゃうでしょう」一時間後にメアリーが言った。

ジョスは彼女の髪に触れた。なんてぱさぱさしているのだろう。彼女の吸う煙草で発火してしまってもおかしくない。「きみに笑いかけたんだよ」と彼は言った。

身の上話　*The Story*

「ありきたりだわね」と言ったのは、ジュディス・ダ・コスタだった。

「いや……なかなか見込みがあるよ」と言ったのは、ジュディスの夫ジャスティンで、相変わらず揺るぎなく寛容な口調だった。

「どちらも違いますよ」とハリー・サヴィツキーは言ったが、別に喧嘩を売ろうとしたのではなく、会話の糸口を探してのことだった。いやむしろ探していたのは出口かもしれないが、夜は始まったばかりだ。

　ハリーの妻ルシエンヌが何も言わないのは、彼女らしくなかった。曲に聴き入っているのだ。リストの物悲しい曲に。

　四人の客が評価しているのはヴァイオリニストで、その演奏と風貌もいくぶん評価に含まれていた。新しいレストラン――ハリーとルシエンヌが提案した店――は〈フッサール〉といい、ピロシキとグーラーシュ（ハンガリーの煮込み料理）を出す、ジプシー調の雰囲気がたちこめる店だ。シェフは二十六歳だという。

〈フッサール〉はこのシェフで、このヴァイオリニストで、この立地で、そして明らかにこの従業員で、一か八かの勝負に出たのだ。だが、ウェイター助手のひとりはすでにピッチャーを落としていた。

「ぴりぴりしてるわね。この店内は」とジュディスが言った。

「厨房もね。理由はわからないが」ハリーが言った。

親しみ溢れるパリの街なら〈フッサール〉のようなレストランは流行るだろう……でもここはパリではない。ゴドルフィンだ。ボストンの西の外れにある町。退職した高校教師ハリーとルシエンヌの故郷だ。このゴドルフィンは、近隣の町ほど時代遅れではない。

ハリーと同じだ、と言う人がいるかもしれない。彼の好きな紳士服の店はダウンタウンにある陸海軍の放出物資店だ。しかし、ルシエンヌは生粋のパリジェンヌなので（四歳までパリで過ごしたものの、もちろんパリは占領されていたし、アパートメントからめったに外に連れ出してもらえなかったのだが）服の色やラインに関してフランス人女性ならではのセンスが備わっている。ブエノスアイレスで教育を受けていたときも、一九五〇年代にボストンで働いていたときも、彼女はお金をかけないお洒落な着こなしをすることで知られていて、兄とふたりで未亡人の母を支えてもいたのだ。とはいえ、ルシエンヌはいまでは六十を過ぎ、友人の孫のバルミツバのために買ったトルコ石色のドレスは、この集まりにはかなり派手に見える。それに、ちょっと体重が増えたと彼女が言い、ありがたき肥満とハリーが言っている体には、そのドレスはきつすぎるかもしれない。ハリー自身も太っている。

自制心の強いダ・コスタ夫妻を前にすると、ハリーはいつも自分たちの健啖ぶりにいささか戸惑いを覚える。だがほかに恥じるところはなにもない。なにひとつない！　ハリーとルシエンヌは高等教育を受け、退職するまで高校教師として華々しい活躍をしていたのだから（彼女はフランス語を、ハリーは化学を教えていた）。ルシエンヌは三カ国語に堪能だ。イディッシュ語を入れれば四カ国語になる。ハリーはブルックリン訛りの英語しか話せないが、ルシエンヌの話す言語はみな理解できる。《ニューヨーカー》と《サイエンス》と《アメリカン・ヘリテージ》を講読している。

しかしダ・コスタ夫妻は、長身痩軀を絵に描いたようなカップルだ。黒い服を身につけ白鑞のような髪の色をしたジュディスは、イギリス人家庭教師といっても通るほどだ。ジャスティンも同じように威圧的で、額が高く鼻は細く、薄い唇はいつも意味深長な表情を浮かべている。ただ、話をしているジュディスをちらりと見るときには、彼の顔は不安げにぴくぴくとし、そこに意味深長な表情が混ざることもある。そういうとき、ジャスティンとハリーはしばし連帯感を抱く。喫煙がばれてしまった幼い兄弟のように。あるとき、朝食を食べながらハリーはこのときおり抱く連帯感のことを妻に話した。するとルシエンヌはしばらく夫を見つめてから立ち上がり、テーブルをまわって彼にキスをした。

パプリカのスティックパンだ！　ウェイターの若々しい手がバスケットを差し出すときに震えた。ジュディスは一本も取らなかった。ジャスティンは一本取ったが食べなかった。ルシエンヌは一本取ってすぐに食べ始めた。ハリーは一本取り、さらにもう一本を取って耳の横に挟んだ。

「ふ」とジュディスはつまらなそうに言った。

「はは」とジャスティンは言った。

ルシエンヌはハリーを見て、ため息をつき、そしてにっこりした。その慈母のような笑みを見たハリーは、年に一度のこの外食の目的を思い出した。彼はスティックパンを耳から外し、肩にこぼれたはずのパン屑を払い落とした。「子供たちから連絡がありました？」彼はジャスティンに言った。「あの子たち、サンタフェが気に入っているようだね。あんな場所が好きだという趣味にはとてもついていけない」ジャスティンはそう言って上品に肩をすくめた。

「あなたはずっと昔からニューイングランド人ですからね」とハリーは言った。

ハリーはよく知っていたが、ダ・コスタ夫妻はポルトガル系とオランダ系の旧家の出身で、その祖先たちはこの新世界に到着したとき——一八〇〇年くらいだろう——からその土地に同化し、結婚してくれる聖公会の信者がいればいつでも結婚してきた人々だった。夫のほうは五十年前に精神医学を学ぶために医学を修得した。いまも開業医として繁盛している。郊外にある、かつては馬小屋だった診療所で患者を診ている。その診療所はボストンから二十キロほど離れた広い敷地の、かつては農家だった自宅の裏手に建っている。妻がその改装をすべて手がけた。診察室の窓の外には樺の木立が広がっている。

サヴィツキー夫妻は三年前に一度、このダ・コスタ家を訪問した。ミリアム・サヴィツキーがジョサム・ダ・コスタと結婚式を挙げる前夜のことだった。そのときサヴィツキー夫妻は、ボストン郊外の家の裏庭ではウサギが走り回り、鹿が飛び跳ねていること、精神科治療の専門家たちは強い酒を一切飲まないことを知った（ジャスティンは流し台の下の奥まったところからスコッチの瓶を引っ張り出してきた）。そして厳格なジュディスがニュージャージーの薬剤師の娘であることもそのときに知った。当の薬剤師は芝生のデッキチェアに座っていた。かなり老齢でお喋りだった。ハリーは新しく親類になった薬剤師と、合成セロトニンについてしばらく話した。その老人は三カ月前の一月にこの世を去っていた。

カクテルが来た！〈フッサール〉が出すのはスコッチだ。ほかにいい酒を知らないのかもしれない。ヴァイオリニストの曲が民謡――ロシアのメロディ――になった。ハリーは、ルシエンヌならイディッシュ語の歌詞を知っているだろうと思った。ダ・コスタ夫妻はその曲を聴いて聴かぬふりをしている。彼らが愛しているのはクラシック音楽だ。公平に判断すれば――そしてハリーはいつもダ・コスタ夫妻を公平に判断しようとしているが――ダ・コスタ夫妻は、サヴィッキー夫妻と会って食事をするのは一年に一度が我慢の限界だ、という気持ちを必死に表に出さないようにしているようだ。気の毒にな、とハリーはひそかに思った。穏やかな野生動物を大事にしながら共生しているせいで、どぎつい色や音や意見に馴染めなくなっているのだろう。それに、体重不足で三十七歳にもなってまだニキビをこしらえているジョサムの結婚相手は、腰回りが太くて髪が多く、大声で笑う弁護士なんかでなく、別の女性のほうがよかった、と思っているのかもしれない。

「あの子たちのアパートメントは……すてきね」とルシエンヌは言った。

「あの散らかりようではよくわからないけどね」とハリーが言った。

「ほとんどがジョサムの絵とキャンバスですよ、散らかっているのはね」とジャスティンはあえてそれを認めた。

「ミリアムはあっちの部屋にブリーフケースを、こっちの部屋にポケットブックを放り出し、鍵をトイレのタンクに放り投げているんですよ」ルシエンヌは言った。「わたしの育て方が間違っていたんだわ」そう言って後悔しているふりをした。

「仕事が好きなんですよ。ふたりとも幸せそうだもの」ジュディスはそう言って、大きなカーキ色の目をハリーに注いだ——穏やかな視線だ。ジャスティンは「幸せそうだな」と言い、ルシエンヌは「幸せそうね」と言った。その様子を給仕長が見ていたとしたら、ヴァイオリニストが見ていたとしたら、その様子をぼんやり見ている者がいたとしたら、だれもがこの四人は子供の結婚によって縁戚関係になって喜んでいる二組の夫婦だと思ったことだろう。ときどきは見た目どおりに喜びはした。ジョサムはサヴィツキー夫妻にしてみたらちょっと神経過敏すぎるかもしれないし、ミリアムはダ・コスタ夫妻にしてみたら議論を好みすぎるようだ。しかしすべてを望むことはできない。そうではないか？

「何も持たない人だって大勢いる」ハリーが声に出して言うとジュディスはびっくりし、ジャスティンの経験を積んだ共感的態度は警戒態勢に入った。「というと？」医師はその続きを促した。しかし五本目のスティックパンを食べているルシエンヌはまったく気にしていなかった。

前菜が来た。四つの皿にそれぞれ違った料理が、人を殺しかねないほど大量に載っている。すべての料理を四人で分け合った。サヴィツキー夫妻は熱心に食べ、ダ・コスタ夫妻は控えめに食べた。四人は、いや少なくともサヴィツキー夫妻は、レッドソックスのことを話した。レッドソックスはシーズン最初の成績はいいが、そのうちいつものようにひどく落胆させられるだろうから、様子を見ているしかない、と。ダ・コスタ夫妻は曖昧な相槌を打った。

メインディッシュとワインのボトルが来た。ジュディスがワインをそれぞれのグラスに半分ほど注いだ。四人は知事選について話した。ダ・コスタ夫妻は筋金入りの民主党支持者だが、そのせいでときどき痛い目を見ている。「みんながもっと自然環境のことを気にかけるべきです」とジュディスが言った。ハリーは頷いた。彼は自然環境のことなどまったく気にかけていなかった。

ヴァイオリニストが曲を弾いた。四人はスターリンについて話した。新しい伝記が出版されたのだ。四人ともその本を読んでいなかったので、会話はすでによく知られている極悪非道な行為のことに移った。

ハリーはワインの残りを飲み干した。

四人は観た映画——もちろんいっしょに観たわけではない——について話した。

ときおり沈黙が降りた。


ルシエンヌは今夜、あの身の上話をするだろう、とハリーは思った。

もうすぐあの身の上話をするだろう。ダ・コスタ夫妻は一度もその話を聞いたことがない。ルシエンヌはいつものように、会話が途切れる瞬間を、落ち着いた雰囲気になるときを、きっかけとなる質問を、親密さが増す問いかけをずっと待っていた。

ハリーはその身の上話を幾度となく聞いてきた。イディッシュ語で、フランス語で、ときにはスペイン語で語られるのを聞いてきた。でもたいていは、軽い訛りのある英語で語られた。

彼はその話をさまざまな場所で聞いた。会堂《シナゴーグ》の内陣では、講壇《ヒーマー》から妻の声が流れてきた。妻はそのとき〈生還者講演会《サバイバー》〉に参加していた。一度も強制収容所に入ったことがなかったので、厳密には生還者ではなかった。だが、それでも生還者なのだ。数多《あまた》のリビングルームで、裏庭のデッキで、海辺のバンガローのポーチで、〈フッサール〉のようなレストランで妻が語るのをハリーは聞いてきた。一度だけ――ハリーの知る限り、妻が見知らぬ人にその話をしたのはその一度きりだ――アイルランドの列車のコンパートメントの中で語った。旅の道連れは神父だった。彼は深い共感とともに耳を傾けた。映画館で話したこともあった。別のカップルといっしょに映画を観に行ったのだが、時間を間違えて早めに着いてしまい、三十分ほど映画について細々としたことを訊いて時間を潰した。そのとき、彼の左側に座っていたルシエンヌは身を乗り出すようにして、彼の右側にいる友人ふたりに――ふたりともレズビアンの教師だった――話したのだ。いつものように緊張した面もちで妻がふたりを見つめつつ話しているあいだ、ハリーはじっと動かず、自分の膝の上に身を預けるようにしている妻の愛らしい横顔と、アプリコット色の髪と顎から波打つように垂れている肉を見つめていた。

どの言語で話そうと、言葉は簡潔で、文章の組み立ては平易でわかりやすかった。子供に理解できない単語はひとつもなかった。もっとも、彼女が幼い子供にこの話をしたことはない。ミリアムを別にすれば。

ハリーは自分でもその身の上話を語ることができた。彼女が操るどの言語でも。

わたしは四歳でした。ナチスがやってきました。わたしたちは必死で逃げようとしました。わたしの父は毎朝出かけていきました。あちこちの列に並んで、ちゃんと逃がしてくれる人にお金を払おうとしたのです。

その朝、父は兄といっしょに出かけていきました。兄は十二歳でした。ふたりはある事務所に行き、それから次の事務所に行こうとしました。その途中でヘルメット姿の兵士が父の腕をつかんだのです。兄はトラックを見ました。それに乗っている大勢の人たちは泣いていました。兵士はトラックのほうに父を突き飛ばしました。「おまえの息子もだ」と兵士のひとりが言い、コートを着た兄の両腕をつかみました。

父は立ち止まりました。兵士はなおも父を引っ張っていこうとしました。「息子だと?」と父は言いました。「その子は私の息子ではない。そんな子は知らない」それでもドイツ兵はわたしの兄を放しませんでした。父は背を向けると、再びトラックに向かって歩き出しました。その片方の肩がすくめられるのを、兄は見ていました。そして父の声が聞こえました。「どこかの異教徒の子だ」という父の声が。

それで兵士たちは兄の腕を放しました。兄は家に駆け戻り、コートの袖の、ドイツ兵につかまれて破れたところを示しました。その夜、わたしたちは逃げるための手はずを整えました。わたしたちはオランダに行き、そこから船でアルゼンチンを目指したのです。

デザートが来た。種類の違う四つのお菓子。再び四人で分け合って食べた。

ルシエンヌが言った。「わたしたち、九月にサンタフェに行くつもりなんですよ。バカンスで」

ジュディスが言った。「わたしたちは感謝祭に行きます」

「子供たちが東部にやってくるのは……十二月だね」とジャスティンが言った。

若いカップルは休暇の半分を片方の親と、もう半分をもう片方の親と過ごす。「あちらには部屋がたくさんあるの」とミリアムは両親に言った。「でもここには料理がたくさんあるわ」

勘定書が来た。彼らはクレジットカードで払った。神経質なウェイターが四人のコート類を急いで持ってきた。オーバーコートが二着、ジュディスのダウンジャケット、ルシエンヌの母の形見の毛皮のストール。

「ジュディス」とルシエンヌは呼びかけた。「お父さまのことでお悔やみを言うのを忘れていたわ」

「カードを送ってくださったわね」ジュディスはこれでおしまいというように言った。

「わたしの父はわたしが幼いころに死にました」とルシエンヌは言った。「母が死んだとき、わたしは五十歳になっていたのに、そのときのほうが本当にひとりぼっちになったような、孤児になったような気がしたわ」

「父は自分の人生に満足していました」ジュディスが言った。

ヴァイオリニストは演奏をやめていた。会話が途切れる瞬間。ジャスティンがルシエンヌのほうに身をかがめた。

「あなたが幼いころに?」と優しい声で言った。「お父さんはどうしてお亡くなりになったんです?」

店の常連客は熱心に料理を食べていた。落ち着いた雰囲気。親密さが増す問いかけ。

「どこでです?」とジャスティンが尋ねた。

彼女は片方の肩を上げ、唇の両端も上げた。「海の向こうでです」と言った。彼女は立ち上がると、みすぼらしいストールに身を包んだ。そして妻がとても速く店のドアへと向かっていくので、ハリーは少し走らなければならなかった。

規則

Rules

秋になって〈ドナの台所〉——ゴドルフィン・ユニテリアン教会の地下室にある無料炊き出し所——は、たちまちあらゆる人がこよなく愛する場になった。「寝室のスリッパと同じように、福祉活動にもはやりすたりがあるのよ」と軽蔑したような口調で言ったのはジョウジーで、彼女は六年前に炊き出し所が始まってからずっと、パートタイムのボランティアとして働いている。「この人気が続くだなんて思っちゃだめよ、ドナ」

ドナは長続きするものなどない、と思っている。それでも、新しい支援者たちには感謝していた。地元の会堂《シナゴーグ》の信徒たちが、料理したご馳走の配送を引き受けてくれた。ゴドルフィン支援グループのメンバーは、寄付するためにクローゼットをあさってくれた。近くにあるカトリック系のメイヴ女子大が、炊き出し所のチラシを掲示板に貼ってくれた。その結果、熱心な女子学生が数人、ほとんど毎日「どん底」（ジョウジーの言い方）にやってくる。どん底は染みだらけの壁に囲まれた広い地下の食堂で、黒いオーヴンが鎮座している古いキッチン、その隣には高窓からほんのわずかに光が射し込む部屋が二室あった。貧困に関する期末レポートを書くために現場体験をしようと思ってやってくる学生もいれば、嘘偽りのない優しさから訪ねてくる学生もいる。しかしメイヴの学生にとってジョウジーは忍耐の鑑のような存在で、学生たちがフードプロセッサーを壊してもすぐに修理してくれるし、来訪者に対して示す控えめな優しさはなによりのお手本で、学生たちもそうなるために本当によくがんばっている。訪問者の悲惨な話を聞いたりすると感情を露わにしてしまい、しょっちゅう泣いてしまう。でも泣いて目を充血させていても、学生たちの目はぱっちりしていて愛らしい。

「あの子たちは、わたしがあの年頃のときになれると思っていた可愛さの上をいってる」とドナはスタッフ会議のときに言った。「信仰のおかげかな？」

ベスが言った。「笑顔のせいよ。あの出っ歯の覗く笑顔を向けられてごらんなさい」そしてベスは魅力的な三日月形の笑みを浮かべた。「歯科矯正は許しがたい過ちだわ」

パムがさらに踏み込んだ発言をした。「歯科矯正は児童虐待」

そのこじつけに同僚たちは笑った。少年みたいなパム、小太りのベス、やせっぽちのドナは、社会福祉相談員でも社会学者でも児童擁護家でもないが――この三人は炊き出し所のフルタイムの職員と管理責任者にすぎず、三人とも身を粉にして働く若い女性だ――虐待されてきた子供たちをずっと見守ってきた。虐待する者に食事を供してきた。激怒した母親が子供を殴るのを目撃し、それを止めてきた。「ここでは人を殴ってはいけません」三人とも、威厳はあるけれど決して相手を責めない口調で言う術を心得ていた。数週間前、パムが思いがけない出来事に怒りを覚えてから数時間後に、青ざめたままの顔でほかのふたりにこう報告した。コンセプタが孫息子——生後一歳半のスペイン系の男の子——に胡椒を振りかけているのを見て、やめさせた、と。

「胡椒を?」ドナが尋ねた。「だれに?」

「孫にだよ。男の子を膝の上に抱いて、胡椒入れを振って、まるでピザかなんかみたいにその子に振りかけていたんだ。目の中には入らなかったと思うけど。あのババアの首を絞めてやりたかった」パムは唇を嚙むと巻き毛の頭を下げた。

「それからどうしたの?」ドナは優しい口調で言った。

「〝だめだよ、コンセプタ。ここでは人を傷つけてはいけないんだ〟と言った。そして彼女のかたわらに腰を下ろしたら、彼女、くすくす笑いながら男の子を渡してよこした。〝ふざけてただけだよ〟と言ったんだ。その子の脇を支えて膝の上で飛び跳ねさせてあげると泣きやんだから、しばらくしてコンセプタに返してあげた。ほかにどうすればよかった?」

「上出来よ」ベスが静かな声で言いながら、そのふっくらした小さな手を膝の上でもぞもぞ動かした。

「それでよかったと思う」ドナが言った。

そのことを専門家に報告するなど考えられないことだった。〈ドナの台所〉では、来訪者の姓がわかることはめったにないし、ファーストネームすら、彼らが通称やあだ名で参加していれば知る手だてはない。住所があったところで、こちらにはかかわりがない。この胡椒事件は、いまのところは一度だけしか起きていない。コンセプタはいつもひとりでやってくる。酔っぱらってはいるが、ここで酒は飲まない(「ここでお酒を飲んではいけません」というのがもうひとつの規則。怒鳴ること、麻薬を服用することも禁じられている。この四規則はしょっちゅう破られているけれど)。

「子供室のことを言ってみた?」とドナがパムに訊いた。子供室はダイニングルームに接するドアのない部屋で、たいていは壊れている寄付されたおもちゃと、少なくとも一ピースは欠けているパズルやゲームが置いてある。

パムは細い肩をすくめた。「それは前にも言った。彼女が孫に胡椒を振りかけようと心に決める前に。でもコンセプタは、リッキー・メンドーゾのいるところには絶対に孫を行かせないし、リッキーはその朝も子供室にいた。〝感染したらどうしてくれる〟ってコンセプタは言い返してきたんだ」

リッキー・メンドーゾの母親はエイズ患者だ。リッキー自身は病弱で、よく入院している。ドナとパムとベスには、鼻水を垂らしてしょっちゅうパンツを汚しているリッキーとは遊ばせたくないというコンセプタの気持ちがよくわかる。三人の知る限り、リッキーはエイズではない。しかし、彼女たちにわかっていないことも多い。

ある程度のことはわかっている。ここに来る子供たちが好きなのは、ぬいぐるみとトラックと、乗るおもちゃと登るおもちゃだ。クレヨンと絵の具が好きでお片付けは嫌い。物を自分の回りに並べたり寝そべったり、人の膝に乗ったりしたがる。アイスクリームには目がないが、体が汚れるのを嫌う。うるさいし所有欲が強くて自己中心的だけれど、ほかの子のおもちゃをひったくるときには「貸して!」と言わなければならないことをどこかで学んでいた。

しかしランチの後で、母親や伯母や祖母や父親の恋人たちが迎えにくると、染みだらけで嫌な臭いがする何人かの子供たちの内側で、怯えが首をもたげる。子供たちは引き渡しの際におこなわれる荒っぽい儀式――「おまえの帽子、どこやったんだよ？」「また、とっ散らかしたんだろ？」――で、帽子を取りだしたり、牛乳をモップで拭き取る真似をしたりして自分の役を演じる。しかしスタッフには子供たちの心が重く沈みこんでいくのがわかる。そしてメイヴの学生たちはこう訴えた。更生宿泊所や汚いアパートや、義理のきょうだいにいやいや貸してもらった部屋では、〈ドナの台所〉の脆弱な規則なんか適用されやしない、そこに帰ってから子供たちが虐待されるのではないかと思うだけで心が引き裂かれそうになる、と。十一月の穏やかな午後、「あの子は今朝、機嫌良くやってきたのに」とひとりの学生がジョウジーに訴えた。ナサニエルの母親の声――「あたしの言うとおりにするんだね？　聞いてんのかい？　言うとおりにしないっていうんならひどいことになるよ！」――が、開け放たれた窓の向こうの歩道から聞こえたときだ。

「〝ひどいこと〟というのが、平手打ちをくらわせるだけかもしれない」ジョウジーは心配そうな顔の学生に言った。「でもあの子は今朝機嫌良くやってきたんでしょ。大事なのはそのこと」

遊び場を維持するために昼食の作り手が足らなくなろうと、子供室をいつでも使えるようにしておくのは大事なことだ。子供たちの中には、ナサニエルやカッサンドラやアフリカやイライジャのように、毎日来るようになった子もいる。そのほかの子供たちはときどき顔を出した。最近では支援グループからの衣料寄付のおかげで、炊き出し所に来る幼児たちはニーマン・マーカスとブルーミングデールズで売られていたような服を着ている。

ところが、ある十二月の朝にやってきた、七歳くらいの姿勢のいい厳かな顔つきの女の子が着ていたのは、ゴドルフィンの子供たちの古着ではなかった。二十世紀の子供らしい服ではなかった。灰色のフランネルの裾の長いドレスは、背中にジッパーが付いていなければ、マサチューセッツ湾の初期入植者の女性の服と見まごうほどだった。その子を連れてきた女性が身につけていたのも、お手製の裾の長い地味なドレスだった。ふたりはまったく同じ茶色のケープを羽織っていた。ふたりとも金色のたっぷりした髪を一本の三つ編みに編んでいた。子供は真っすぐな眉にくすんだ色の瞳をしていて、母親にそっくりだった。ただ、母親の顔の左側には、瞼の下から頬の真ん中にかけて鋭く抉られた傷痕があったが、子供にはなかった。

ふたりが訪ねてきたとき、ベスは広い食堂を歩きながらトレイに載せたクニッシュを配っていた。

「こんにちは」とベスは言った。「わたしはベスよ」

ふたりとも無言だった。しばらくしてようやく女性のほうが「はい」と言った。

〈ドナの台所〉では、職員が質問していいのは料理と快適さについてのみ。それでベスは子供の前に屈み込んで、「ミート・ペイストリーはいかが？　ふたつ取って」と言った。ところが女の子は、ありがとうと小声で言ってからひとつしか取らなかった。ベスは腰を伸ばした。「来てくれて嬉しいわ。どうぞごゆっくり。正午には昼食が出ます。お好きなテーブルに座ってね。朝食の料理は壁に沿って並べるビュッフェ形式よ。後ろにあるのが安静室」そう言って、空いている手で、三つの寝台が並ぶ狭い部屋を示した。「子供室はその隣ね」ベスは引き下がった。「どうぞごゆっくり」と繰り返したが、この母娘はどこにいようとゆっくりとはしないだろうと思い、小さな声になった。

ベスはこのふたりのことを、キッチンで甘酸っぱいソースを作っていたドナに報告した。ドナは木杓子をボランティアの学生に渡し、食堂を隅から隅まで見渡せる仕切り窓まで行った。

「右のほうにいる」とベスが言った。

ドナは、動物のぬいぐるみに歌を歌ってやっている二十歳のビッツィーの姿に気を逸らされた。

「薬を飲んでいないの？」

「ええ。飲むと頭がぼうっとなるんですって」

ドナはその横のテーブルに視線を動かし、新しい来訪者の姿を見た。ふたりは並んで座っていた。子供の両手は組まれたままテーブルの上に置いてある。母親の両手は膝の上に置いてある。ふたりとも目の前の空間をじっと見つめていた。理想の地《ニュー・エルサレム》を思い描いているのだろうか、とドナは思った。

「女冒険家みたいじゃない？」ベスは言った。「わたし、可哀相なビッツィーと話してくる」

「お昼休みにやってきた女優だよ」と、ドナのもう一方の肩先から言ったのはパムだった。「あのアーサー・ミラーの芝居、なんだっけ？」

「『るつぼ』ね」ドナが言った。パムは離れていった。

「異世界からやってきたって感じ」ベスのいた場所に来てそう言ったのはメイヴの学生だった。

そしてパムのいた場所に来たジョウジーは「変わり者だわ」と言った。

ドナは返事をしなかった。新しい来訪者は、ここで目にする貧困家庭の者とは違っていた。ドナは詐欺師や頭のおかしい者や、酔っぱらいや麻薬《ヤク》の売人には慣れている。アイルランド訛りを震える声で話す、退職した小柄な家政婦たちに好意を抱いている。元家政婦たちは情けないほど安い年金の足しにするためにここに食べにくるのだ。サウス・ブロンクスから来る南部出身の気短な姉妹も好きだった。カリブ諸島出身の手品好きたちを戸惑いながらも敬意を込めて見ている。そして遠慮会釈なく話す狂信的な信者たち――キリストのじゃじゃ馬、とジョウジーは呼んだ――にもすっかり慣れている。しかし簡素に暮らす清教徒が来ようとは。この施設で何をするつもりだろう?
その母娘は困窮しているようには見えなかった。しかし〈ドナの台所〉の方針は守らなければならない。詮索は禁物。来訪者のなかに、何百万ドルもの信託財産を持っていて、〈ドナの台所〉が閉まっている日にはリッツ・ホテルで食事をしているらしい変わり者の淑女たちがいる。彼女たちにも、何も聞かずに食事が提供された。だからこの母娘にも食事が提供される。それが規則だ。

それから数カ月のあいだにドナとベスとパムは、その親子のことで知り得たわずかな事実について、週一度のスタッフ会議で報告し合った。母親の名前はサイニ。子供はリア。サイニはリアの父親の牧師と別居している。母娘は、ボストンとの境にある地下二間のアパートで暮らしている。牧師から月に一度小切手が届く。ふたりの生活にはそれで充分だった。「でもかろうじて生活できる額です」とサイニはドナに言った。昼食後のことだった。食堂には人気《ひとけ》がなく、テーブルについているのは三人だけだった。「ここで朝食と昼食をいただけてありがたく思っています」

「それはよかった。でもほかにも利用できる支援がありますよ」ドナは言った。「州議会は低所得者に補助金を出していますし、市は――」

「結構です」

しばらくしてからドナは、どう言っていいかわからずに、こう言ってみた。「仕事もいろいろありそうですよ。仕立屋の――」

「リアがわたしの仕事です」

ドナは近寄りがたい雰囲気を醸し出している娘を見た。分厚い本を読んでいた。聖書だろうか。ドナは不思議に思った。目を細めてタイトルを見た。

「グリム童話だった」その週のスタッフ会議でドナが報告した。「モダン・ライブラリー版の。絵のないやつよ。たいしたもんだわ」

「サイニが自宅教育をしているのよ」とベスが言った。

「それ、違法じゃないの？」

「違法じゃない」とパムが言い、それからハイキング・ブーツに視線を落とした。知識をひけらかしていると思われるのが嫌なのだ。

「教えて」とドナは笑いながら言った。

パムは両手の指で巻き毛を梳いた。「自宅教育をおこなうための法律もあって、ちゃんと規則が定められている。でも、教える人は試験を受け、その後カリキュラムをこなし、教材を揃えなければならない……。サイニはその資格を満たしているかもしれない。でも、申請をしたとは思えないな」

サイニとリアは、たいてい子供室で午前中を過ごした。昼食が始まる少し前に食堂に現れ、座る場所を決めた。食べる前に頭を垂れて無言で祈り、それからどんなものであろうと目の前に出された食事を静かに、上品に、きちんとした作法で食べた。それから子供室に戻った。そこでリアは母親の隣の低い椅子に座って本を読んだ。静かにページをめくり、めったに顔を上げなかった。

ミッシェルというメイヴの学生——七人きょうだいの五番目——が、リアに姉のような関心を寄せた。ミッシェルは、いっしょに遊ぼうとリアに声をかけた。公園まで散歩しようと誘った。あるときは、ナヴァホの民話を語って聞かせようと誘った。「わたしの副専攻は民話なの」ミッシェルは空き時間に子供室でそう言った。「そしてアメリカ女性について研究しているの。いまドナに関するレポートを書いているところ」

ドナはイーゼルにこびりついたオートミールを剝がしていた。ドナは目を上げた。「それはよして」

「あら、もうすぐ書き終わっちゃう」ミッシェルが言った。

ミッシェルのリアへのお誘いは、いつも礼儀正しいお断りの言葉で幕を閉じた。しかも子供自身から。母親はなにも言わずに耳を澄ましていた。

「上の階にはすてきな説教壇があるのよ」ある朝ミッシェルが言った。「ちょっと見に行ってみない？」

「いいえ、でもありがとう」

「わたしのいる寮を見たくない？　ほんの数ブロック先にあるんだけど」

「いいえ、でもありがとう」

ドナはミッシェルを部屋の隅に呼ぶことにした。「彼女の近くで大きな木みたいに突っ立っていたら、彼女のほうから近づいてくるんじゃないかな」

「あの子、ひとりぼっちなんだもの」ミッシェルは悲しげな声で言った。

「カッサンドラがブロックで高い塔を作りたがっているみたい」

「カッサンドラは張り合いがないわ」

「そうね、それでも」ドナは小声で言った。「あの子の相手をして」

リアは、遊ぶときにはひとりで遊んだ。ドールハウスの家具の配置を替えたり、レースのテーブルクロスのデザイン模様のような精巧な図形を描いたりした。そのあいだサイニは本物のレースを編んでいた。両手と鉤針を動かしながら、丸い玉になった小麦色の糸を長くてゆったりした編み物に変えていた。キャンバス地の袋の中から出てくる糸で編まれた作品が、再びその袋の中へと徐々に収まっていくので、その作品が幾何学模様の編み地なのか、ドイリーなのか、ただの縁飾りなのか、スタッフにはわからなかった。サイニは娘と同じく無言で作業に没頭した。しかし、幼児のひとりがむずがったりすると、彼女は編み物を下に置いて椅子から立ち上がり、泣いたり叫んだり体を揺らしたりしている子供を抱き上げた。すると子供はサイニの内面の穏やかさに影響されるのか、恐怖で身がすくむのか、たちまちおとなしくなった。しばらくするとサイニは子供を元の所に下ろし、元の作業に戻った。彼女の頬の傷痕が涙の跡のように光った。


冬がゆっくり過ぎていった。殴り合いの喧嘩が二件起きた。ナイフを使った喧嘩が一件あった。これは警察を呼ばなければならなかった。コンセプタがトイレで酒を飲んでいるのが見つかり、一週間出入り禁止になった。来訪者の老人のひとりが賃貸の部屋で死んでいるのが発見された。別の老人は路地で死にかけているところを発見された。自尊心と期待といったテーマでおこなう昼食後の話し合いをパムが始めた。カッサンドラとその母親が〈ドナの台所〉に来なくなった。ある日、デザートを食べながらドナが、ふたりはどうしたんだろう？　と言った。テーブルではいろいろな意見が飛び出した。

「南に向かったのよ」

「ニューヨークに行った」

「おばあちゃんがふたりを呼び戻した」

「あの最低の男と結婚したんだよ」

ドナはこのグループの談話に感銘を受けた。たまにしか吸わない煙草に火をつけた。カッサンドラと母親は戻ってくるかもしれない。あるいは、戻らないかもしれない。

「でもあの説明の通りだなんてあり得ない」ミッシェルが皿を運びながらドナに言った。「あり得《う》るわよ。順番に起きればね。いずれにしても、これはわたしたちにはかかわりがないことよ、お嬢さん」

「じゃあだれにかかわりがあるの？」

「保護観察官。ありのままに受け止めなくちゃいけないこともあるのよ、ミッシェル」

ミッシェルは憤懣やるかたないというふうに背中を向けた。仕切り窓に重ねた皿を置いた。がたがたと音を立てて、かつて弁護士だったという来訪者の横に腰を下ろした。ドナは、ミッシェルが元弁護士の女性に、これまでの経験を本にしたらどうだと熱心に勧めているのを聞いた。喜んだ元弁護士は、自分の伝記を口述してくれるものと誤解し、「わたしが生まれたのは……」と話しだした。

ドナはミッシェルを救い出そうかと思ったが、それはやめて子供室に避難した。数分後、ドナはあぐらをかいて床に座っていた。リッキー・メンドーゾが彼女の膝で鼻をぐすぐす言わせている。ナサニエルとイライジャは言い合いをしながらトラックを並べている。ビッツィーはテディベアを抱えて子供室の戸口でぶらぶらしている。

「今日のお魚にかかっていたソースはちょっと変だった」とビッツィーが言った。「ドナが作ったの？」

「ジョウジーよ」

「あの鸚鵡みたいな格好をしたボランティア？」

「赤い髪で色鮮やかな服を着た女性」ドナは表現を和らげて言った。

「あのソースには何が入ってたの？　え？」

「ヨーグルトとマヨネーズね」

「わたしのナサニエルはどこ！」ナサニエルの母親がビッツィーの横を走り抜けた。

「レモン・バターのほうが好きだな」とビッツィー。

「ほら、ナサニエル。支度はできた？」

ナサニエルはドナのほうに走ってきた。まだドナの膝の上にいたリッキーが、ナサニエルに弱々しい蹴りを入れた。ナサニエルは悲鳴をあげてリッキーを殴った。ナサニエルは母親にひっぱたかれた。イライジャはトラックをビッツィーに投げつけた。

喧嘩が渦を巻き、それから落ち着いた。ドナは、やっと元弁護士の思い出話から逃れてきたミッシェルの手を借りた。午後三時までにはほとんどの子供と母親は立ち去った。ベスとボランティアの学生数人がキッチンの片付けをしている。ミッシェルはアフリカに歌を歌ってあげている。パムはイライジャのきれいな青い目をした母親をなだめている。母親はソーシャルワーカーが売春で稼げと言った、と訴えている。ドナは食堂の床をモップで拭いていた。

「さようなら」という低い声がした。サイニだった。サイニは袋と本を持っていた。リアは両脇に本を抱えている。ふたりの着たケープがその荷物のせいで広がり、蝙蝠の翼のように見えた。

多くの来訪者が公共図書館を利用している。ただで使えるトイレがあり、定期刊行物が読め、うたたねのできる椅子があるからだ。しかしサイニとリアは実際に本を借り、読んで返している。ふたりは美術館にもよく行く。あるボランティアが、オランダ室内画の講義でふたりの姿を見たと報告してきた。パムは一度、州議事堂で予算委員会の討議に耳を傾けているふたりを目にしたことがあった。それはリアの自宅教育の一環だったのかもしれない。おそらく、小学生たちがよくおこなっている美術と社会の校外学習と同じなのだ。ただこの場合、バスでだれがだれの隣に座るかといった面倒なことはない。リアは同世代の子供たちより優れた教育を身につけることになるだろう。「あの子はハーバードに行くね、きっと」とパムが予言した。「わたしよりはるかに勉強ができるもの」しかしドナは、あの子は小学校に通って、同じ仲間の中で我慢したり交流したり学び合ったりすべきだと思った。学校は好感の持てる人のためだけにあるわけではない。母親のミニチュアのような、薄気味悪いほど冷静な少女のいられる場所だってあるはずだ。ふたりが離ればなれになれないのなら、サイニは廊下で編み物をしていればいい。あのおかしな習慣はよそでやってもらいたかった。

「さようなら」とドナは言った。

そしてふたりが出ていくのを見ていた。モップに寄りかかっていると、ふたりに対する嫌悪感がこみ上げてきて、頬が赤くなった。母親たちが子供に平手打ちをしたり罵声を浴びせたり子供を脅したりするのを、〈ドナの台所〉では毎日のように目にするが、それはサイニの妥協の余地のない沈黙に比べたら何ほどのことでもない。サイニは、この炊き出し所の抜け目のない常連たちにも想像できないような薬を持っていて、それで娘を思うままに支配しているのではないか、とドナは思った。地下のふたりの部屋のストーブの上では、地獄の釜がぐらぐらと煮立っているのではないか、と。

「あのふたりが帰ってくれてほっとしたよ」とアフリカの伯母が、ようやくトイレから出てきて言った。彼女がアフリカのニットの帽子をきつく締めすぎたせいで、子供の顔が赤く膨らんでいる。

「どのふたりのこと?」

「どのふたりだって? あの悪魔とその子に決まってるだろ。あのふたりを見ていると虫酸が走る。それに、神様が作った中でいちばん可愛らしいのはあんただろ?」伯母はアフリカに訊いた。アフリカは聞き取れない呟きを漏らした。

「悪魔って男じゃなかった? オーリー」

「ドレスくらいは着られるんだよ。ところで一ドルか二ドル持ちあわせていないかい? パンパースがひどく高くてさ」

確かにパンパースは高い。定期的に店からかっぱらわれて通りで売られている。いい小遣い稼ぎになるのだ。オーリーに金とパンパースの両方を与えると、大袈裟に抱きすくめられて、ドナは思わず苦笑した。とても単純で、力強く、その場限りの誠実さで、これほど無意味なものはない。

「もう一度抱きしめて」とドナは言った。

オーリーはその申し出に応じた。それから「パンパースをもう一枚、どうだい？」と言った。

ドナは、箱に入っていた残りをすべて渡した。オーリーとアフリカは跳びはねながら帰っていった。

「悪魔はあなたたちのほうよ」とドナはふたりの背中に向かって笑いながら言った。それに比べてサイニは――彼女は厳格で荒涼とした世界からの訪問者そのものだった。

ドナは差し迫った問題のことを考えることにした。ゴドルフィン支援グループが、動物愛護に力を入れることになり、炊き出し所への協力を断ってきた。メイヴの学生ボランティアの数は少なくなっているが、ミッシェルはいまだに熱心に通ってくる。野菜の値段が上がり、ブロッコリーすら食卓で見かけなくなった。鼠は食料庫を自由に走り回っている。明日の木曜日は悪夢になるかもしれない。パムが昼食後に社会的地位向上についての話し合いをすることになっているが、その結果どうなるかだれにもわからない。先月の社会的地位向上についての話し合いの際はとんでもないことになった。元弁護士がだらだらと事例を引用し、うんざりしたビッツィーが初めて来た人の背中にアイスティーをぶちまけた。明日の打ち合わせはもっと落ち着いたものになるかもしれない。州政府の代表者が立ち寄ることになっている。彼がアイスティーの洗礼を受けなければいいが。

ところが、社会的地位向上の話し合いはうまくいった。参加者たちは、予算削減に抗議する請願書の草稿を書いた。ビッツィーは面倒なことを起こさなかった。ミッシェルとイライジャといっしょに子供室にいたからだ。食堂ではイライジャの母親が政府の代表者の隣に座り、節度ある妖艶な態度で、この州がいかに彼女を見捨てたかを縷々説明した。彼女の持ち物すべてが入っているナップザックがテーブルの上に置いてあった。それを言葉に合わせて殴りつけた。政府の代表者はメモを素早く取ってはいたが、ほとんどの間彼が飢えたように見つめていたのはイライジャの美しい母親だった。インディアンの三つ編みのように編んだ豊かな髪と象牙色の肌と青緑色の横長の目だった。

話し合いの最後のころ、スーパーマーケットの少年が、ウナギの鼻のような藤色のアスパラガスの箱を運んでくるのがドナのところから見えた。「寄付だよ！」と彼は大声をあげた。食料庫の鼠は、毒をすっかり食べたようだ。壁の裏側で死んでいるに違いない。

そして金曜の午後のこと。〈フリーフード〉が、ぶよぶよのトマトの入った籠をいくつも運んできた。スタッフたちは直ちにそのトマトを煮込むことにした。パムとドナは腐っているものと完熟したものとを選り分けた。

「この前、サイニの編んだものをちらっと見たんだけど」とパムが言った。

「どんなものだった？」

「見たことがないようなものだった。ところどころで裏と表がひっくり返っている輪っかみたいなものでね。何に使うのか全然わからない」

「投げ輪かもね」

パムは肩をすくめた。「毎晩、解いているのかも。ほら、あの神話の人みたいに。ええと、なんて名だっけ」

た。

「ペネロペね。でもサイニはふたりの服を縫っているんだから、実用的な裁縫はできるはずよ」

「あの輪っかは彼女の趣味かも」パムが言った。「うわあ」トマトが掌の中で破裂して、声を漏らした。

ほとんどの来訪者が帰った。職員とボランティアが床の掃除をし、キッチンを片付け、椅子とテーブルを積み重ねた。週末をボーイフレンドと過ごす予定のミッシェルがそのそばを走っていった——歯の覗く笑みと、デニムに包まれた両脚が見えた。「ああ、ドナ、子供室にバケツを置いたままにしちゃった。バスに間に合わない。ごめんなさ——い！」

ドナは彼女に手を振り、人がいなくなった子供室にバケツを取りに行った。

しかし子供室には人がいた。サイニとリアが低い椅子に向かい合って座っていた。ドナには聞き取れない言葉を暗唱している。旋律はないが感情をゆさぶられるような歌、質問とその答えで構成された歌だ。サイニが声に出して質問する。リアがその答えを言う。子供の目は閉ざされ、薄い睫が傷ひとつない頬に長く影を落としている。サイニの目は開かれ、我を忘れたようにじっと娘を見つめている。「だめですよ、ここでは——」ドナはそう言って足を踏み出した瞬間、向こうずねをバケツに嫌というほどぶつけた。

リアが目を開けた。サイニとリアが首をめぐらせてドナを見た。ドナはいまや片脚で立って、片方のすねを撫でている。だめです、って何が？　と母娘が訊いているように見えた。いったいどんな規則を破ったというんです？　お酒は飲んでいない。薬をやっているわけではない。叫んでいない。殴り合っているわけじゃない。ふたりの儀式的なやりとりには緊張感が漂っていたが、罵っていたわけではない。どのような忠告をすればいい。変わり者に見えてはだめですよ、とでも？　堕落から子供を救おうとしてはいけません、とでも？　ここで祈ってはいけません、と？

「ごめんなさい」ドナは小声で言った。片脚を引きずりながら車輪付きのバケツを部屋から押し出した。耳障りな二重奏が再び始まった。リアの言葉は数字のように聞こえる。世界中の首都の人口を暗唱しているのかもしれない。あるいは平方根を計算しているのかもしれない。

その問答がなんであれ、まもなくそれはやんだ。母と娘がケープを羽織って姿を現したとき、ドナは洗いたてのテーブルクロスの山を片付けているところだった。そのとき、手足が六本もあるかのような小さな人影がトイレのほうから食堂の中へとくるくる回りながら突入してきて、三人はそちらを見た。逃げてきたイライジャだ。彼は人気《ひとけ》のない食堂を斜めに横切るように突進してくる。火花を散らす風車のようだ。その次に彼の母親が走り込んできた。いまや三つ編みが解かれてサテンのように広がる艶やかな髪がナップザックの上を覆い、猫背の鳥のように見える。「捕まえてやるから！」

不意になにかが現れた。風車は捕まった。しかし、捕まえたのはカラスではなく蝙蝠だった。サイニだ。彼女はイライジャを抱きとめると、仰向いた顔の上に子供を高く上げた。イライジャは彼女に笑いかけた。彼女の背中でケープが柱のように垂れ下がった。イライジャの母親は足を滑らせてから止まった。

「わたしの子よ！」と彼女は言った。

リアがそこに加わった。

「ぼく、ひこうき！」イライジャはそう叫ぶと両肘をぱたぱたと動かした。「ドナ、ぼく、ひこうき！」

リアは母親の真似をするかのように両腕を高く上げた。イライジャの母親も両腕を上げる。「わたしの子」今度は優しい声で言った。サイニは、抱き取ろうとするリアの手にイライジャを渡す。リアはしばらく男の子を高く掲げ、それから男の子の母親に渡した。母親もしばらくのあいだ聖杯のように息子を高く掲げ、それから自分の肩に乗せて堂々と歩いて出ていった。

サイニはケープを直した。それから自分の娘に向き直った。ふたりは言葉を交わさずに静かに長いあいだ見つめ合った。穏やかで親密で喜びの入り交じった眼差しだった。ふたりのあいだの空間が一瞬光を放った。すねが痛んだが、ドナは静かに見つめていた。そして、わたしはもう二度と、人々と仲良くやっていくという取るに足らない美徳に敬意を抱くことはないだろうと思った。ドナにはわかったのだ。これから自分が母と子の関係についてわかったような口を利くことは決してないことが。

ふたりは去っていった。ドナはキッチンに戻った。皮が破れるまでじっくりとトマトを煮込むのは大きな喜びに違いない。

自宅教育

Home schooling

胃がむかむかして頭がふらふらするので、わたしは埃まみれの車の後ろの席で横になり、父のタキシードが二着入っている袋の上に頭を載せていた。折り曲げた膝の向こうに見えるのはモルタルのような空。前の座席の向こうに見えるのは、ケイト叔母さんのポニーテールの頭と肩、それから双子の姉ウィリーの頭。いや、見えているのは野球帽のてっぺんだけだ。ウィリーはラジオのつまみを回しながら、父と母に習ったフランスの歌を口ずさんでいた。「うぐぐ」とわたしはときどき声を出した。

「気分、よくなった?」ケイト叔母さんが、道路から目を離さずに言った。ほんの二日前に叔母さんは、古典文学を専攻していた大学院を退学し、ローマ人を負け犬ででもあるかのように捨て去り、ボーイフレンドたちも捨ててきた。「あの子たちはいつまでも待ってればいいのよ」と叔母さんは言った。「あなたたちのパパがわたしの当面のボーイフレンド」わたしたちは前の日にシンシナティを出てきた。「気分、相変わらず?」と叔母さんは言った。

「気分、悪くなった」

「車を停めてほしいときは言ってね」

「停めてほしい」

停められる場所を見つけて、ケイト叔母さんは車を道路脇に寄せた。わたしはこんもりとした草地に腰を下ろし、太腿の間に頭を突っ込んだ。ニューイングランドのタンポポはオハイオのタンポポとは違っていたけれど、八月の下旬に生えている雑草はオハイオのより茶色味が濃いように思えた。高速道路にあるマクドナルドからハンバーガーのにおいが流れてきた。それまで吐きそうになっていなかったとしたら、ここで吐き気がしただろう。ケイト叔母さんがかたわらに立った。ウィリーは車の中からこちらを見ていた。

「吐いたほうが気分は良くなるわよ、きっと」とケイト叔母さんが言った。思いやりのある口調だった。「車酔いは個性ね」

「吐くのは個性なんかじゃないよ」と言ったけれど、スカートに向かって言ったので、叔母さんには聞こえなかったかもしれない。わたしはいまでもスカートのあのひどいチェック——青緑色と桃色——の柄を覚えている。そのときは——わたしたちは十歳だった——なんてきらびやかですてきな模様、と思っていたのだ。吐き気はようやくおさまった。向こうでわたしたちを待っている珍味のことに思いを馳せた。貝にロブスターだ。ボストンの通りは貝とロブスターで舗装されているんだよ、と父は言っていた。

きみの車酔いは内耳のせいなんだよ、とかかりつけの小児科医は言った。内耳前庭器官が特殊なんだ、と。ウィリーの前庭器官はそんなに特殊じゃない、小児科医は説明を求められて如才なくそう言った。もっとまともでましなのだ――そう言いはしなかったけれど。でも、そんなことはどうでもいい。わたしはウィリーよりはるかに特殊な記憶力を持っていた。つまり、ウィリーはいろいろなことを覚えていたけれど、わたしはあらゆることを覚えていた。

それ以外は、性格も趣味も実によく似ていた。ただ、外見はなにひとつ似ていなかった。わたしは黒い髪で、ウィリーは金髪だった。わたしはだんご鼻で、ウィリーは細長かった。当時はふたりともおさげ髪にしていた。

ボストンまで二日かかった車の旅で、わたしは一度も吐かなかった。父は病気になったばかりのころ、頭痛がし始めるとよく吐いた。わたしたち三人が車で移動し、わたしが吐かずにがんばっているあいだに、父と母は新しい住まいに着いていた。三階建てのアパートメントが建ち並ぶ地区にある賃貸住宅だった。ふたりはスーツケース二個と父のヴァイオリンを携えて飛行機に乗ったのだ。「ボストンのお医者さまのほうがここのお医者さまよりいいのよ」と母は言った。「いいえ、いいってわけじゃないわね。パパのような病気をたくさん扱っているってこと」

「あんなに甲殻類を食べるからだよ」父はおどけてそう言った。

その魚介類好きの医師たちの治療を病院で受けていないときには、父は母といっしょに玄関そばの寝室で眠った。そこのマホガニーの家具はふたりに欠かせないものだった。脚が付いた背の高い箪笥の上には父の飲み薬がずらりと並んでいた。そのそばで母の香水瓶が薬に媚びを売っていた。ヴァイオリンのケースが背の低い鏡台の上に置いてあった。だれがパパの代わりにカルテットで演奏しているの？　と尋ねることはしなかった。たぶん、パパの代わりを務めたのはプレマクだった。彼も交響楽団で演奏していた。

ケイト叔母さんは真ん中の部屋を使った。ウィリーとわたしは奥の部屋を使った。その部屋の窓からピンク色のゼラニウムに囲まれた細長い茶色の地面が見えた。向かいの三階の部屋の眺めのほうはかなりの見物《みもの》だった──同じ羽目板を張った三階建てのアパートメントが何棟もすぐ近くに建っていて、夜になるとその奥の寝室の中までよく見えたのだ。どれも子供部屋だった。わたしたちは子供たちに、鼻ほじり、巻き毛、四つ目、アマリリス、というあだ名をつけた。アマリリスは美しい大きな顔とほっそりした体の女の子だった。十三歳くらいだった。そうしたアパートメントのあいだやその屋根の向こうには、通りの反対側の家々──玄関ポーチのある家がたくさんあった──と、さらにその奥にある別の建物の裏窓が見えた。「芝居の書き割りみたい」とウィリーが言った。その意味がわたしにはよくわかった。重なり合って遠近感を台無しにしている平板な建物は、日中に見ると書き割りの幕そっくりだった。でも夜になって近くの窓辺に明かりが灯ると、部屋に奥行きができはっきりした輪郭まで生まれた。鼻ほじりは恥ずかしげもなく鼻をほじっていた。巻き毛はベッドで雑誌を読んでいた。アマリリスは電話で話しながら笑っていた。

黒い胴の火鉢が玄関ポーチに置いてある家が何軒かあった。火鉢が流行っていた時代だ。自立意識が高まっていた時代だ。その前年、わたしたちが三年生のとき、女性は自分のなりたいものになれるのです、と言われた。どうして先生がそんなに勝ち誇ったような言い方をするのか不思議だった。わたしの家では、女性がなりたいものになるのは当たり前のことだったからだ。戦争反対と暗殺の年だった。ヒューバート・ハンフリーがホテルのテレビに映った自分の顔にキスをしていた（ハンフリーは民主党の副大統領となり一九六八年の大統領選でニクソンに敗れた）。癌治療で画期的な進展があった。

治療で入院した父の病室には、いつももうひとりの患者さんがいた――お年寄りのときもあれば、若者のときもあった。その人たちも手術から回復したり、治療を受けたりしていた。父は真っ白なターバンを巻いていたけれど、その真ん中に宝石はなかった。父とケイト叔母さんは兄妹で、双子ではないのに、わたしとウィリーよりはるかによく似ていた。ふたりとも滑らかな赤毛で、茶色い優しい目をしていた。当時の父の目は物憂げだったし、赤毛はスルタンの帽子の中に入っていて見えなかったけれど。

朝ウィリーとわたしが起きてキッチンに行くと、ケイト叔母さんと母はたいてい食卓で静かにコーヒーを飲んでいた。秋のあいだはキッチンの染みだらけの窓から茶色い光が射し込んでいたけれど、冬には食卓のスタンドが唯一の光源だった。スタンドは黒い小さな壺で、紙製の笠には老人の顔のような筋が何本もついていた。電気器具はひとつもなかった。キッチンにカウンターがなかったからだけれど、かえってそのほうがよかった。台所用品や食器は、下に引き出しがあって上に棚が付いている独立した食器棚に入れた。缶詰類は薄茶色のエナメル製コンロの上にある棚に重ねて置いた。エナメルはところどころが剝げ落ち、病気になった獣の毛皮のようだった。ケイト叔母さんと母は、この特殊な模様のコンロは年代物で、時代を生き延びてきたのよ、と言った。ペットの飼い主が抱くような愛情を感じているようだった。

真新しい冷蔵庫が廊下の奥の大半を占めていた。狭いキッチンの、かつて小さな冷蔵庫が置いてあった黒ずんだ場所に新しい冷蔵庫が収まらなかったからだ。古い冷蔵庫があった場所に、母はテレタイプを設置した。その機械のすぐ上の壁にコルク板を取りつけた。コルク板から、コンピュータのプログラムが記された紙がぶら下がっていた。朝にはその電源は切られていたが、出力テープが届きそうな朝には母が電源を入れておいた。そんなときわたしたちがキッチンに行くと、ブーンという機械の唸る音が聞こえた。朝食のあいだ、その機械は来襲に備えて肩を怒らせているように見えた。そしてメッセージがタイプされ始めた。ローラーから紙がぐぐっと出てきた。ときどきキッチンの中にずるずると長く伸びて出てくるのは、母の打ち込んだプログラムのコピーで、三文字の指示と風変わりなアドレスがついていた。

TAK FEEBLE
PUT FOIBLE
TRN ELSEWHERE

この三行は、まず情報を転送、次に制御を転送せよ、ということを表していた。八進法と二進法とそのふたつによる永遠に続く通信。でも、わたしたちはまだ分数と小数を習っていなかったし、ウィリーは特殊ではない記憶力を言い訳にして、長除法のやり方を覚えようとしなかった。

朝食のとき、母とケイト叔母さんはレースのついた花柄の部屋着を着ていた。ふたりは一日中暇であるかのようにのんびりコーヒーを飲んだ。秋の初めには、父は病院より家にいることのほうが多く、朝食の時間に起きてくることができたので、そんなふたりの姿を見てよくこう言った。母とケイト叔母さんは愛妾みたいだし、ウィリーとわたしは愛妾のお付きにそっくりだ、ここは父のハーレムで、テレタイプは宦官だ、と。

ニューイングランドに冬が訪れると母はオートミールを買ってきて、暗い朝にストーブの上でぐつぐつと煮立てた。わたしたちはオートミールが大嫌いだった。でもそれは正常さの糊であり、午前中に算数と文法を勉強しているあいだに、子供たちの血と肉になると思われていた。それで器に少し取り分けて、母と叔母さんのいる丸い食卓についた。ふたりは新聞をふたつに分けて読んでいた。そしてふたりは読んでいるページをさらに分けてわたしたちに渡した。テレタイプが動きだした。ケイト叔母さんは立ち上がってコーヒーを注いだ。その腰回りは少年のようにほっそりしていた。叔母さんが腰を下ろした。テレタイプが紙を吐き出した。しばらくして母が立ち上がった。母は、レースに覆われた胸元に片手をあてがい、髪を前に垂らすようにして機械の上から覗き込んだ。

当時、プログラマーが自宅にテレタイプを取りつけていることは珍しかった。しかし母は普通のプログラマーではなかった。母の頭脳は機械の電子回路の中に入り込めた。コンピュータ言語を理解し、その単純な論理を使いこなせた。「わたしにはちょっとした才能があるの。生まれつき備わっていたのよ、そばかすみたいに」と母は熱心な口調で言った。五十年前なら――十年前ですら――そうした人はその才能を会計とか機織りとかパズル作りに活かすしかなかっただろう。母は自分の能力を充分に活かせる時代に生まれた。そういう意味で、母はとても運がよかった。

わたしたちが到着すると、母はその週のうちにパートタイムの仕事を見つけてきた。ひと月後には会社から家用のテレタイプを支給され、これからは好きなだけ仕事をしてかまわない、元の給料の二倍出そう、と言われた。ただ週に一度は必ずスタッフ会議に参加しなければならなかった。それが母に課せられた唯一の条件だった。でも母は、同僚たちと接するのは大事なことだと考えていたし、それにもともと人からの求め以上のことをする人だったので、週に二日はわたしたちを連れてオフィスに行き、深夜までそこにいることが多かった。そういう日、母は午前中に車に乗って父を見舞い、それから家にとって返してわたしたちを拾ってオフィスに向かった。わたしは背筋を伸ばして前の座席に座り、意志の力で車に酔わないようにした。

当時のコンピュータは、ライトとスイッチと回転する磁気テープがついた巨大な箱だった。母の機械はエアコン付きの倉庫で唸りをあげていて、そのまわりを囲むようにごみごみしたオフィスが並んでいた。それぞれのオフィスはファイバーボードの壁で仕切られ、厚板に鉄製の脚をつけただけの机が置いてあった。プログラマーたちは、机のそばの壁に写真やパーティの招待状や麦藁帽子を留めていた。母のオフィスの壁にはなにもなかった。でもオフィスの片隅には肘掛けのついた古い学校椅子が二脚、三十度の角度に開いて置かれていた。母が病院近くの中古品店で買ったものだ。椅子と椅子のあいだにかなり大きなブリキのバケツがあり、本とゲームがたくさん入っていた。その下には偽物の小さなペルシャ絨毯が敷いてあった。

わたしは「幸せ」という文字を見ると、いつもあのオフィスの片隅を思い浮かべる。

母の同僚で結婚しているのはほんの数人で、子供のいる人は皆無だった。仕事場に犬を連れてきている人は何人かいた。ある夜わたしたちは、母の仲間のプログラマーに連れられて、レスリングの試合を観に行った。レスラーがマット上でフォールされるたびにわたしたちは息を詰め、復活するたびにため息をついた。その年の暮れ、若い女性がフラワーショーに連れていってくれた。郊外の町のクラブが、大きく描かれた家の絵の前に本物の土を敷いて本物の庭を造ったのだ。わたしたちはラッパ水仙と紙の罌粟を買って帰った。「その花から紙の阿片を抽出してみよう」と父はか細くなった声で言った。「そうしたらすごい夢を見るぞ……夢を！」いきなり父は大声を上げた。

しかし社会見学はめったになかった。母がオフィスに行くときはたいていオフィスの片隅で過ごした。

年配の女性が母のグループの担当秘書として働いていた。彼女の勤務時間は従来通りだったので、わたしたちと交流する時間はあまりなかった。ただ、十二月のある日の午後五時ごろ、その女性がサンドイッチの自動販売機から戻ってきたわたしたちを呼び止めた。タイプライターの前に座っていた彼女は、話しかけてきたときタイプを打つのは止めていたが、キイから指先を離さなかった。「ハリエットとウィルマ」と挨拶代わりに彼女は言った。

わたしたちは、「こんにちは、マスターズさん」と言ってにっこり笑い、慌ててその場を去ればよかったのだ。ところが「ハリーとウィリーよ」とウィリーがわざわざ訂正した。

マスターズさんは両手を膝の上にどさりと置いた。「双子なのに似ていないのね」

「二卵性なの」とウィリーが言った。

「何年生？」

「四年生」とわたしが言うのと、ウィリーが「五年生」と言うのが同時だった。

「あらまあ、あらまあ」としかマスターズさんは言わなかったが、口調はとても厳しかった。

「この子は飛び級したの」というわたしの言葉と、ウィリーの「この子は知能が遅れているの」という言葉が恐ろしいほどぴたりと重なった。それで慌てて逃げ出した。いつもの席に戻るとわたしはウィリーの骨張った肩をつかんだ。

「学校に行きたいの?」ときつい口調で訊いた。

「まさか。行きたくないよ」

「なら、いいけど」

母は厚板の机に向かってプログラムを書いていた。仕事に集中しているときはいつでも、たっぷりしているけれど張りのない肩までの髪が、自然にうなじの両側から分かれて垂れていた。わたしたちがサンドイッチと本を持って椅子に座っても、母はそれに気づかなかった。でもわたしたちにはわかっていた。母が気づかないのは無関心のせいではなく、仕事に没頭しているせいだということを。父が急に感情を爆発させるのは怒りのせいではなく病気のせいだとわかっていたのと同じように。母の鉛筆がカリカリと音を立てた。わたしたちは本を読み、サンドイッチを食べた。母が鼻歌を歌い始めた。それは問題が解けたという合図だった。母が背筋を伸ばして背もたれに押しつけると、椅子がかすかに「アアー」と抵抗した。わたしは顔を上げて母が口ずさんでいるメロディの歌詞を歌った。映画『雨に歌えば』の「グッド・モーニング」という歌だ。この映画はシンシナティのリバイバル映画館で二度、だれかの家のテレビで一度観た。ウィリーが三度高い音で歌に加わった。わたしたちは歌を歌い、母はメロディを歌うのをやめて低音をハミングした。レスリングに連れていってくれたプログラマーが、フロー・ダイアグラムを片手に歩いてくると、足を止めて間に合わせのセレナーデに耳を澄ました。

母のオフィスに行かないときはケイト叔母さんの職場に行った。母が病院に見舞いに行ってしまうと、わたしたちは家の掃除をすませてから（ケイト叔母さんは頭に青いバンダナを被って掃除した）図書館に行ったり、南北戦争の記念碑を見に行ったり、小さな煉瓦造りの教会でオルガン奏者の練習に耳を傾けたりした。あるいは、バスに乗って凍える寒さのウォールデン池まで行ったり、電車に乗ってグロスターまで一日の漁獲高を調べに行ったり、あるいは家でだらだらして、叔母さんが翻訳したオウィディウスの詩の朗読を聞いたりした……その後で、三人で〈ビジー・ビー・ダイナー〉に向かった。ケイト叔母さんは〈ビジー・ビー〉で四時から八時まで働いていた。

レストランに行く途中で、近所の子供たちがいろいろな子供らしい遊びに夢中になって興じているのを目にした。フラフープを練習したり、幼児のお守りをしたり、雑貨店ではお菓子のショーケースを物欲しそうに見つめていたりした。あまりにもぎらぎらした目で見ているので、チョコレートバーが子供たちのポケットに飛び込んでいきそうだった。わたしたちの部屋の窓からこっそり覗いていた子供たちの姿もよく見た。鼻ほじりの手は、ポケットの中におとなしく入っていた。巻き毛は可愛かった。アマリリスは華やかだった。ほかの子供たちの姿も見た。その子たちが身につけていたのはお下がりの服で、厳しくしつけられているようだった。みな白人で、ほとんどが金髪だった。でもアマリリスは違った。彼女は黒い眉に黒い目をしていた。アイルランド系の地区に咲いた地中海の美女だった。

わたしたちは見慣れているけれどつきあいのない子供たちを見つめた。子供たちもわたしたちを見つめ返した。あのふたりは何者だろう、と思っていたのだろうか。カトリックの教区学校に通っている子供たちはおそらく、わたしたちが公立小学校に通っているものと思っていたのだろう。公立小学校に通っている子供たちは、わたしたちがシンダーブロックの校舎に通っていないことをよく知っていた。でも、わたしたちがカトリックスクールの制服であるプリーツスカートと白いブラウスを着ていないことに気づいていただろうか？　あの子たちはわたしたちのことをなんと言い合っていたのだろう。子供たちがどう思っているか、わたしたちはいろいろ考えてみた。

「ひ弱だから家で教育をうけていると思ってるのよ」ウィリーが言った。

ケイト叔母さんはにやっとした。

「年寄りの親戚からね」とわたしは付け加えた。

〈ビジー・ビー〉の所有者であり経営者はハラツ一家だった。ハラツさんのライス・プディングはリコッタで作られていた。ハラツさんのチョコレートパイにはチョコレートケーキのナゲットが入っていた。父が出所してくると（退院のことをケイト叔母さんはそう言った）、わたしたちはそのデザートのひとつと箱入りの大麦とビーフのシチューを家に持ち帰った。料理はとても美味しかったけれど、父は全部食べられなかった。

わたしたちはカウンターの後ろでアントン・ハラツといっしょに即席料理を作ってみたり、ケイト叔母さんといっしょに注文を取ったり料理を運んだりしてみたくて仕方がなかった。でも児童労働法は登校拒否に関する法律よりはるかに厳しい内容だった。アントンのお父さんのフランツ・ハラッさんは、客に姿を見られない高い所にある四角い部屋のキッチンでなら働いてもいい、と言ってくれた。シェフ帽の代わりにベレー帽を被っていたハラッさんは、外科医のように手をきれいにごしごし洗うやり方を教えてくれた。ハーブをがんがん叩いて、掌のあいだで粉末にすることや、ローズマリーでまろやかな味にした挽肉をキャベツに包むこと、卵をガーゼの包帯みたいに白くなるまで泡立てることを教えてくれた。

午前中にケイト叔母さんが父の見舞いに行っているときには、母がわたしたちと宦官と自宅で過ごすこともあった。ふたりだけで留守番をさせてもらえないことを恨んではいなかった。わたしたちの能力が問題になっているのではないことはよくわかっていたし、それと同じように、ケイト叔母さんが〈ビジー・ビー〉の常連客のだれかから口説かれてもそれを鼻であしらい、アントンからも距離を置いていたのは、男を嫌っているせいではないこともわかっていた。それに寒い朝の居間で、母がウィリーの頬に自分の頬を押しつけようとするのは、ウィリーがやせっぽちだからではないことも、キッチンで突然わたしをきつく抱きしめるのは、わたしがすぐに目眩を起こしやすいからではないこともわかっていた。それに、ウィリーとわたしは近所の子供たちの様子を見るのが好きだったけれど、覗き見の技術に磨きをかけていたのはアマリリスが髪をブラシする姿を観察するためではなかった。わが家のふたりの愛妾の様子を観察するためだった。その年の初め、ふたりが目配せをするのをわたしたちは目にした。そのうち、ふたりのほうを見なくても目配せをしているのがわかったし、しまいにはふたりで交わす必要もない目配せまでわかるようになった。

わたしはよく夜に目が覚めた。見とがめられたら、トイレに行こうとしたの、と答えるつもりだったけれど、本当は居間を占めている暗い熱に引き寄せられていたのだ。ケイト叔母さんはときどきアップライト・ピアノでショパンやシューベルトを弾いた。でもたいていは、長椅子に横になって本を読んでいた。母は机の前でプログラムを書いていた。ハイファイから音楽が流れていた。ロザムンデ、エグモント、ジークフリート。ふたりは一言二言、言葉を交わした。あるとき、いきなり母が机の前から立ち上がり、部屋を横切り、床に膝をついてケイト叔母さんのお腹に頭を載せた。そして突然声を出さずに泣き始めた。ケイト叔母さんは読んでいた本を開いたまま、自分の額の上にソンブレロのように載せた。そして強風に煽られているかのようにそれを左手で押さえ、右手で母の乱れた髪を撫でた。

三月に、父はリハビリテーション・センターに移された。ある土曜日の午後、わたしたちは母に連れられて父に会いに行った。車に乗って街を通った。リハビリテーション・センターの近くには、何に使われているのかわからない気味の悪い建物がいくつかあって、その中には、人気のあるローラースケート・リンクもあった。

父は点滴の装置に繋がれていなかった。「自由な鳩だよ」と言って両肘をぱたぱたと動かしてみせた。父の足取りは頼りなかったが、杖は使わず、母にたいして寄りかからないで——母の肩に回した腕は抱擁しているようなものだった——歩くことができた。わたしたち四人はまるで止まる勇気がないかのように、廊下を何度も往復した。父には、この先に何が待ちかまえているか――腫瘍が大きくなり、右目が見えなくなり、新たな手術をし、その手術が失敗することになる……――わかっていたと思う。ぴかぴかに磨かれたリノリウムの廊下を、妻の耳に何か囁きながら父はゆうゆうと歩いていた。両側に分かれた後ろの髪のところから、母の柔らかなうなじが見えていた。わたしたちはふたりの後を歩き続けた。

四時半になって、ようやく父と母は歩くのを止め、父のベッドに腰を下ろした。食堂で夕食を分け合って食べることにする、とふたりは言った。栄養学的には病人に適した料理だった。「ひどい代物なんだ」と父は打ち明けた。「きみたちはピザでも食べに行きたいんじゃないかな」

病院にいれば、わたしたちは母が食べるのを見て、父が食べるふりをするのを見て、自分たちもクラムケーキと煮込んだ果物を嚙まずに飲み込むことができた――ほら！　いい子たち。「でも――」

ウィリーが口を開いた。

「食べてらっしゃい」と母が言った。

わたしたちは重い足取りで廊下を進んだ。各病室には悲しい病人がふたりずつ横たわっていた。病院から二ブロック離れたところにあるピザパーラーは、タイル張りの壁で、なんとも嫌な臭いが漂っていた。ブース席はなく、テーブル席しかなかった。早めの時間だったので夕食を食べる人はいなかった。ウィンドブレーカーを着た数人のひとり客を除けば、客はわたしたちだけだった。わたしたちはピザを注文し、座って待った。

四人の少女が威勢よく入ってきた。家の近所の子供たちだった。路面電車か地下鉄でわざわざここまで来たに違いない。覗き見をしていたわたしたちには、彼女たちが車を使わないことがわかっていた。ローラースケートが肩からぶら下がっていた。アマリリスのローラースケートはデニムのケースに入っていた。

「こんにちは」と彼女たちが言った。

「こんにちは」とわたしたちは言った。

彼女たちはカウンターに集まってピザを注文した。わたしたちは四人を入念に観察した――それぞれ違う背中(まっすぐ、まるっこい、ほっそり、三つ編みで分断)、それぞれ違う姿勢(びくびく、前屈み、女王然、後ろのポケットに両手つっこみ)、そして首をめぐらせて横顔になったときの鼻の形、ジュークボックスやトイレに向かうときの気だるげな、あるいは決然とした様子、テーブルに四人揃っているときのくつろいだ態度、だれかひとりがいつも何かしらの理由で腰を上げている様子、あれナプキンはどこ、喋ったり笑ったり、顔を寄せては離れたり、テーブルに肘を滑らせたりする様子を。眼鏡をかけた少女――彼女の名は絶対にジェニファーだと思った、ジェニファーという名の少女が実に多かった――が、わたしにはお馴染みの座り方をした。右の膝頭を外側に突き出すようにして脚を折り曲げ、右足を座面に載せ、左の太腿でその右足を固定したのだ。クリスマス・プディングの重石のように。この格好をするとふくらはぎに鋭い確かな痛みが走る。わたしはその痛みをよく知っていた。

「ウィルマ」とピザの男が呼んだ。ウィリーが立ち上がってピザを取りに行った。少女たちはウィリーを見なかった。ウィリーはピザを持ってテーブルに戻ってきた。わたしたちはそのピザとサラダを分け合って食べた。「ニコール！」とピザの男が呼んだ。ジェニファーだと思っていた少女が体を伸ばしてアマリリスといっしょにピザを持ってきた。ニコールとアマリリスは特大のピザを慎重にテーブルに置いた。そして見苦しいまでの争奪戦になった。少女たちは歓声をあげ、ピザをつかみ、互いの貪欲さを罵り、だれかがコークをぶちまけた。「食いしん坊の豚！」とみんなが叫んだ。「あんたこそ」「ジェニファー、泥棒」眼鏡をかけたニコールが笑いながらそう言ったのは、アマリリスがピザの一片をひっくり返してサンドイッチのようにして二枚食べたからだった。「くそったれ、ジェニファー」

ということは、アマリリスがジェニファーなのだ。彼女は顔を上げた。口のまわりにトマトソースの跡が髭のようにくっきりついてきれいだった。彼女はわたしを正面から見つめた。それからウィリーを見つめた。四つ目——ニコール——も顔を上げ、アマリリス——ジェニファー——の視線を追いかけた。すると三人目の少女もそれに続き、四人目も続いた。

たちまちわたしたちは彼女たちのテーブルに加わった。男の子みたいな十一歳のふたりの女の子がセクシーな思春期の四人の少女に対して群がるという言葉を使えるかどうかわからないけれど、とにかくわたしたちは群がった。十一歳？　そう、わたしたちはひと月前に誕生日を迎えたばかりだった。正式にティーンエイジャーだね、と父は玄関のそばの寝室のベッドで言って（その週末、父は出所していた）、それぞれに革製の日記を手渡した。茶色の日記と青い日記を。十一歳と十九歳のあいだの年齢はすべて、数学的には十代に属すのよ、と母が言った。だから自分の年齢を、イレブンではなくワン・テンとかワン・ティーンとか呼んでもいいの、と。多くの言語ではそういった言い方をしている、とケイト叔母さんも請け合った。

わたしたちはワン・テンだった。この面白い情報を新しい友人に伝えた。わたしたちはピザのトッピングについて話した。見たこともないテレビの番組について話し合った。近所の男の子たちのことも。

「ケヴィンって知ってる?」とニコールが訊いた。

「知ってるよ」とわたしは嘘をついた。「質の悪い子《ウィキッド》だよね」わたしたちは「質が悪い」というのが「素晴らしい」という意味のことだということを知っていた。

ロバート・レッドフォードは? ストーンズは? ガスメーターの男を見たことある?

わたしたちの学年のことは、だれも尋ねなかった。

スケートする?

スケートほど好きなものはないよ、とウィリーが言った。実のところ、あの小さな金属のローラーをつけて生まれてきたんじゃないかってくらい。テレビを見ることと眉毛を抜くことの次に好き……。

「土曜日にはたいていこのリンクに来てる」とアマリリスが言った。彼女はわたしにとってジェニファーではありえなかった。彼女が立ち上がると、ほかの三人も立ち上がった。「いつかまたここで会えるかもね。ここで」

おやおや、そういうこと。ここ、で。親しくつきあうのなら家の近所では無理ということなのだ。わたしたちは理解した。少女たちの家では、わたしたちのことは有名で、しかもあまりよくは思われていない、ということを。もしかしたら少女たちの家族は、娼婦のような部屋着を着た母と叔母を目にしたのかもしれない。ターバンを巻いた男たちに偏見を抱いているのかもしれない。

少女たちはいっせいに店を出ていった。ウィリーとわたしは足を引きずりながら病院に戻った。母が暗いロビーでわたしたちを待っていた。三人は無言で車まで歩いていった。


春の終わりに父は退院してきた。最後の帰宅だった。父の体はもう何も受けつけなかった。お茶を除けば。「ちょっと演奏したいな」と父はケイト叔母さんに言った。

カルテットや交響楽団で演奏するときにはいつも、父はステージの上で椅子に真っすぐ座っていて、まるで音楽がわたしたちから父を連れ去ってしまったかのように、まるで前後に滑るように動く弓がわたしたちの手の届かないどこかに父を引っ張っていってしまったかのように、よそよそしかった。父は自分の体からも引き離されていた。左手の指が勝手に踊っているように見えた。でも一度、舞台ではなくわたしたちの中で演奏したことがある。母の弟の結婚式でリクエストに応えて「アニバーサリー・ワルツ」を弾いたのだ。雇われたトリオから楽器を借りて。父は結婚式用のタキシードを身につけていて、礼服の上で揺れる赤毛が熱狂的なお祭りのような雰囲気を醸し出していた。母が「アニバーサリー・ワルツ」というのは、古いロシアの曲なのよ、それを盗んできて、ミュージカル映画に合うような歌詞をつけたの、と言った。

わたしたちの貸家の居間で父が演奏したのは「アニバーサリー・ワルツ」ではなかった。短い小品――メンデルスゾーンとグルックの曲――を演奏し、ケイト叔母さんが上手に伴奏した。本当にとても上手だった。声を出さずに泣いていたのに。それから父は「ロマンティックじゃない?」を演奏し、ケイト叔母さんは元気になってオスカー・ピーターソンのような素敵なソロをやりとおした。わたしたちはその曲と歌詞を知っていた。ハミングしたり、曲に合わせて歌うこともできた。でも、わたしたちは母を真ん中に、黙ってソファに座っていた。家の外では、街灯がよその家の平べったい正面を照らしていた。空は紫色だった。父はカスタード色のパジャマの上に、縞柄の病院のローブを着ていた。最後の音にたどり着いたとき、父の目が閉じた。静寂が満ちた。キッチンからテレタイプがカタカタと鳴りだした。

「従属節を習っていないのね」八月に、故郷の学校の校長先生が言った。「中世のことも」校長先生は不満げに言った。でも優しそうな口ぶりだった。先生はわたしたちを五学年に入れるべきか、飛び級させるべきか決めかねていた。「どんなことを学んだのか聞かせて」

ウィリーは座ったまま校長室の窓の外に広がる校庭を眺めていた。わたしはウィリーを見ていた。「どんなことを学んだの?」と校長先生は穏やかに繰り返した。

わたしたちは黙っていた。それで五学年をやり直す羽目になった。いや、五学年に初めて編入された。かまやしない。どちらにしても同じだ。ウィリーは長除数の計算ができるようになった。わたしが忘れ方を身につけることはなかった。

遅い旅立ち

Hanging Fire

ナンシーはシンシアの結婚式でちょっとした人気を博した。シンシアの伯父のひとりがナンシーに恋してしまったのだ。

「お名前はたしか、ミス……ハンクス？」

「ヘイスケンです」

「そう言いましたよ。愛くるしい学生さん。愛らしい緑の若芽。おいくつです？　ミス・ハンクス――二十歳？」

「二十一です」とナンシーは言った。テーブルの上に一組の男女が踊りながらのしかかってきた。ナンシーはビーズのバッグを皿の上で振った。眼鏡が落ちたのでそれをつかんだ。男女はシンシアと新郎で、踊りながら遠ざかっていった。

「眼鏡、そして薄緑色のドレス――学問好きな水の精ナイアスのようですね」シンシアの伯父が言った。彼の手がゴブレットのあいだから彼女の肘のほうへ這うように伸びてきたとき、とうとう彼の妻の堪忍袋の緒が切れた。連れ去られながら彼は「私は惚けてなどいない」と激しく抗った。

結婚式はそんなふうだった。翌日の午後、ダンガリーとTシャツ姿のナンシーは、グレイハウンド・バスの窓際の席にどさりと腰を下ろした。バスはニューハンプシャーのハイウェイを北に向かって進んだ。ダッフル・バッグは上の棚に載せた。後ろのポケットからコンパクトを取りだして開けた。あの伯父さんは惚けていなかったかもしれないが、類似点を探し出す能力に欠けていた。ナンシーは妖精ではない。彼女が似ているのは家庭教師だ――ドイツ文学を教える家庭教師。イタリアのドロミーティでハイキングをしている若い紳士たちのために雇われたような人物。教え子たちが酒場の女といちゃついているあいだもゲーテを暗唱しているような男。そういった学者の写真を伝記で見たことがある。耳を覆うこしのない髪、金縁の眼鏡、長い顎。まったくよく似ている。ナンシーは櫛で髪を梳かしながら、ドロミーティってどこにあるんだろう、と思った。

ハイウェイ沿いの並木はしだいに背が高く、色が濃くなっていく。メイン州だ。彼女は椅子に座り直し、「悩みの数珠」を取りだした。不安なときは自分の強みを思い出すのがいちばん。学士号、卒業証書は第三位優等。ボーイフレンドのカール。数カ国の言語に秀でている。テニスではフォアハンドが得意。そうだ、それにスキーはプロ級。分別もある。というのも一年以上、旅好きのテニス・コーチに救いようのないほど熱をあげているのに、だれにも感づかれていないのだから。この熱は冷めそうにない。これから家族にも会う――血の繋がった三人の女性が悠然と待っている。大丈夫。

バスは六時にジェイコブズタウンの駅に到着した。ナンシーはコンパクトと櫛と数珠を尻のポケットに入れ、ダッフル・バッグを肩にかけてバスを降りた。町の中心部から早足で遠ざかる。歩道はしだいに狭くなり、しばらくすると活気もなくなる。道は丘に向かって上り坂になっている。丘の上に来ると、ジェイコブズタウン・カントリークラブの入口を示す看板が立っている。その看板の下にナンシーは座りこんだ。

数日前の今頃、ナンシーの卒業式に出席して車で戻ってきた身内の女性たちも、この看板のそばを通っただろう。シャンパンの飲み過ぎからくる頭痛に悩まされながら。ナンシーにはその様子が手に取るようにわかった。ローレット伯母はジープのハンドルを握りながら、分厚い唇を腕組みのように引き結んでいる。隣には、アスパラガスのようにほっそりしたナンシーの母親が座っている。後ろの座席では従姉のフィービーがうとうとしている。三人を乗せた車は土煙をあげながら丘を上り、草むらで寝ていた浮浪者の目を覚まして……。ナンシーが立ち上がって見ると、今日そこで停まった車は身内のジープではなくルノーだった。金色のふたつの目が彼女を照らした。「ミス・ヘイスケン？」

「……ええ」

「レオポルド・パパスだ」彼は、ナンシーがその目で見てわかることを告げ、彼女が幾度となく想像した状況を具現化させた。この時間、この丘の上に彼はやってくる。勝った試合で流した汗もそのままに、車に乗らないかと誘うのだ。遠くまで、彼方まで……「送っていこうか？」

「本当のことを言うとね、歩いているのにはわけがあるの」

「なるほど。消化にいいからね」

「……たぶんね」

「この夏もクラブで会えるかな？」

彼女は頷いた。

彼は去っていった。

心が空っぽのまま五分か十分が過ぎた。それからナンシーは勢いよく立ち上がり、ダッフル・バッグを持ち上げ、一歩一歩確かめるような足取りで進んでいった。間もなく母の屋敷にたどり着いた。松の木と樅の木が密集している。道路から小径に入ると広い空き地に出た。樹木の陰に隠れて、彼女は自分の家を見つめた。

屋根の低い白い家は、夏の宵のなかで銀色に光っている。家を取り囲むように広いポーチがついている。二階には、屋根窓、小塔。この家の住み心地はすこぶるいい。戯曲を書くのにもいいし、革命を画策するのにもぴったりだ。いまポーチでは、サンクトペテルブルク出身の三人の伯爵夫人がハイ・ティーのひと時を愉しんでいる。三人の態度はいささか傲慢すぎるようだ——それを確かめるには目を細めないといけない。いかにも、傲慢だ。ナンシーはため息をついた。ポケットから取りだしたものを高く掲げ、狙いを定めた……。

「ナンシーなの？」

「そうよ、ママ」ナンシーは芝生を横切ると、振り上げた脚をポーチの手すりに絡めた。従姉のフィービーは身をかがめてナンシーの膝をとんとんと叩いた。

「あそこでなにをしていたの？　銀色に光るものが見えたけど」

「ステンレスよ」ナンシーは訂正した。「ステンレススチールの櫛」

「あら。てっきりピストルかと思った」

ナンシーは櫛を手渡し、もう片方の脚を手すりに載せた。

「お帰りなさい」と鼻にかかった声で言ったのはローレット伯母だった。

「お帰りなさい」ヘイスケン夫人が優しく言った。

「お帰り」フィービーが言った。

三人はティーカップでジンを飲んでいる。ヘイスケン夫人は穏やかだ。ローレット伯母は大きく丸く結い上げたオレンジ色の髪の下でにこやかに笑った。フィービーはナンシーの櫛で自分のスカートを梳った。三人は貴族でもなんでもない。代役にすぎない。

「ねえってば」とフィービーは言った。「ねえ、ねえ、お嬢さん。家に帰るのはそれほど悪いことじゃないでしょ」

たしかに悪いことではない。学期が過ぎていくあいだ、ナンシーは自分の将来について必死で考えていたが、納得できる職業はひとつしかなかった。住み込みの家庭教師だ。とはいえ、この時代に住み込みの家庭教師を雇う人がどこにいる？　近頃では上流階級の未婚女性は別の職業に就いている。ナンシーにはわかっていた。そういう女性はワシントンで、こっそりと娼婦なりロビイストなりになっている。ナンシーの友だちの中にも、ニューヨークのアパートメントに引っ越した者が何人もいる。ヒッチハイクで西に向かった者。ハウスボートで暮らすために去った者。でもナンシーにはそうした冒険心がない。彼女には考えなければならない家族がいるのだ。

この瞬間、三人の身内はナンシーのことを考えながら、ジンの向こうから三人の伯母のように冷静な目で彼女を見つめている。三人とも多かれ少なかれ伯母のようなものだ。フィービーは従姉にしては親しかったし、ヘイスケン夫人は母親にしてはよそよそしかったからだ。しかし、伯母であれ祖母であれ、直系であれ傍系であれ、この風変わりな婦人たちはナンシーと血で繋がっている。三人がここにいるのは血縁関係があるからだ――血縁と愛情。

ナンシーは手すりから降りてブランコに座った。フィービーが、ジン・ジュレップをナンシーに手渡した。母親が微笑んだ。ローレット伯母は口笛を吹き始めた。

「お帰りなさい、ナンシー」窓辺でそう言ったのは家政婦だった。

「久しぶりね、イーネス」イーネスは姿を消した。

「結婚式ではたくさん踊ったの？」ヘイスケン夫人が言った。

「ほんの少しだけ。シンシアの伯父さまたちと」

「男はみんないけすかない」ローレット伯母が言った。伯母は毎年冬になるとカリブ海に行き、落胆に満ちた二週間を過ごしている。「ねえ、わたしって本当にシモーヌ・シニョレに似てる？」

「姉妹と見まごうほどに」とフィービーが言った。

「カールは元気？」ヘイスケン夫人が尋ねた。

「昨日以降ってこと」とフィービーが付け加えた。

「……元気よ」

「彼を愛していないのね」ヘイスケン夫人の薄青い虹彩には黒い線が放射状に入っている。未亡人になって十年になる。

「ええ、愛してない」とナンシー。

「彼はあなたを愛してるわよ」とフィービー。

「世の中ってそういうものよ」とローレット伯母がそっけなく言った。「たいていは、男女が逆の立場になるけど。でも、愛ってなに？　騙すこと、攪乱すること。わたしはカールが好きよ」

「わたしならこう言うわ、彼をつかまえなさい、それがいやなら、やめなさい」フィービーが言った。

「マキシマ・グルックが亡くなったわ」とヘイスケン夫人。

「あの先生が？　お気の毒に」

「それにサージェント先生も」ヘイスケン夫人は小枝細工の二センチ上のところをじっと見つめた。

フィービーは静脈の浮き出たふくらはぎを揉んだ。ローレットはこの光景の値段を計算した。

フィービーが言った。「わたしたち、十二歳の男の子を養子にしようかと思っているところ」

「もう話がついてるの？」

「いいえ。二台目のテレビで我慢したほうがいいかもね」

「あなたのお母さんは小枝を編むようになったのよ」とローレット。

ヘイスケン夫人が「それ以外、変わりはないわ」と言った。

「昨日以降はってこと」とローレットが言った。

ポーチのブランコのばねは効きが悪く、相棒のダッフル・バッグはぐったりしていたが、ナンシーはなんとか動かそうとした。ブランコは床を擦って止まった。「荷物を解いてくる」ナンシーは小声で言ってその場から退散した。

二階の彼女の部屋では、衣服があたりを飛び交った。ようやくセーターのあいだから額に入ったカールの写真が現れた。彼の顔はナンシーの顔と同じくらい細い。眼鏡をかけているところも、千切りにしたような髪型も同じだ。大学では、親戚同士によく間違われた。兄弟にね、とナンシーは思った。写真を机の上に置き、木で造られた狭いバルコニーに出た。そこで不労所得で暮らす者特有の格好——両腕を大きく広げて手すりをつかむ——をとってみた。面白そうな仕事を徹底的に追いかけよう。ヘルマン・ヘッセとトーマス・マンを研究しよう。夜におこなわれるブリッジの四人目には絶対にならない。退屈な地元の人たちの家を訪問したりしない。この禁欲生活は次の行動に向けての助走となるはずだ。現在は未来を届けてくれるのか？　それとも捕鯨船の銛《もり》打ちのように、運命を追いかけなければならないのか？　そのとき、夕食を告げる母親の声がした。ナンシーは部屋の中に駆け戻って服を脱ぎ、黒いロングスカートと円錐形の袖のついたブラウスを着た。この服を着ると女装した校長のような気分になる。恭しい態度で料理を食べた。その夜が過ぎていった。

帰省第一日はこんなふうだった。それ以降の日々は朦朧としているが、第二週の週末からはずっとポーチのブランコから離れなかった。ブランコに体を預けて、伯母が集めた探偵小説を読みふけった。朝寝坊して起きてくると、陽気なイーネスの用意した朝食が待っていた。イーネスには恋人がいるのよ、とテーブルの遠い席から母親が報告した。ナンシーは新聞の求人広告を丹念に見た。町では、ブティックを営んでいるローレットが、夏の商品を売り込んでいた。従姉のフィービーは木陰で回想録を書いていた。

夕食の始まりにはポーチでカクテルを飲み、終わりにはリビングルームでビールを飲んだ。

「仕事に就くつもりでいるの？」ときどきヘイスケン夫人が訊くこともあった。

「ええ」

「そりゃあそうよね」とフィービー。

「そのうちにね」伯母が請け合った。「映画を観に行きましょうよ」

四人は二日おきに弾むジープに乗って町に繰り出した。行きはローレット伯母が運転し、帰りはナンシーが運転した。青葉の茂る暗い道をゆっくりと用心しながら走った。前の座席に座っている伯母とナンシーは恋人同士のように押し黙っていた。あとのふたりは後ろの席でうつらうつらしていた。

ナンシーは三人に甘やかされている気がした。愛らしい若き甥として。ナンシーには守るべき日課がなかった。ただ週に三日、テニスのレッスンには通った。コートの上では体中に力が漲った……。

「斬りつけてはだめだよ！」とレオが叫んだ。「ラケットはサーベルじゃないんだよ」

七月のある月曜日、紺碧の空。ナンシーはネットのところで眉をひそめた。レオがボールを高く打ち上げた。ナンシーは頭上でラケットを構えたまま動かなかった。抗議するかのように。ボールがラケットの顔に当たり首に沿って落ちた。レオがネットのところにやってきた。冬のあいだに、彼の腹はベルトの上に少しせり出していた。右の膝には見慣れた傷痕があった。

「悪くないよ。アングルに気をつけて」

「はい」とナンシーは言った。「じゃあ、水曜日に」

その夜の夕食でフィービーが言った。「彼、しまりがないわよ」

「しまりがないってどういう意味？」伯母が厳しい口調で言った。「女たらし？　それとも尿漏れってこと？」

「見境いなしってこと」フィービーが答えた。「去年はだれともつきあわなかったのに、今年は町の軽い娘たちとかたっぱしからデートしてるそうよ。前は美術史を教えていたんですって。知ってた？その後ヨーロッパで何年かぶらぶらしていたのよ。それからようやく医学部に入ったとか。いま三十」

「三十一よ」とナンシーは言った。「彼はマイペースなの。それだけ」

「あの人の目、咳止めドロップみたい」と言ったのはローレット伯母だった。

ナンシーは早めにレッスンに行くようになった。しかし、服装はいつも同じだった。ぶかぶかのサッカー地の短パンとTシャツ。眼鏡の上に、フックで留められる茶色いレンズをつけた。新聞を持っていった。練習時間が半分すぎたところで休憩に入り、白く塗られたベンチに並んで座るのが習慣になっていた。レオは、外国で暮らしていたこの半年のあいだ、行く先々で好きなものが増えた、とナンシーに言った。ロンドンのあるホテルのタペストリーは色褪せ、リネン類はぼろぼろだったけれど、イギリスの伝統をすべて引き継いでいるという感じがするんだ。デルフィの中庭は日中は白く、黄昏時には燃え上がるような赤と肉桂色に染まる。パレ・ロワイヤルに行くのを躊躇う人がいるけれど、その厳めしい回廊《コロネード》の裏手にアイスクリーム・パーラーがあるし、ルーマニア人の室内装飾家がいるんだよ。

「旅行が大好きなのね」ナンシーは非難するような口調になった。

「大好きだね」

「人は家でじっとしているべきよ」

「そうかな？　きみも新しい土地を探検したくなるかもしれないよ」

「ドロミーティならね」と低い声で答えた。

レオは擦り切れたフェルトの帽子を被っていた。行商人の子馬の帽子だ。琥珀色の彼の目は充血緩和剤を彷彿とさせた。彼の首を描きたいと思った。

「映画を観に行きましょうよ」ローレット伯母はまた誘った。

「いいわね！」ナンシーは映画館の席に座って映画をゆったりと観ているあいだは魂が抜かれたような状態になり、この映画が終わったらわたしはすっかり変わっている、といつも確信できた。映画の次に好きなのはポーチで本を読むことだった。だが、八月になるころには探偵小説を読むのはやめて、だらだら続く分厚い長篇小説を読んだ。

自転車で町まで行き、図書館で過ごすこともあった。縦長の窓の向こうにはスプリンクラーで散水された芝生が広がっていた。ある日の五時半頃、本から目を上げて窓の外を見ると、芝生の庭のはるか向こうにレオがいた。その横には贅沢な服を着た若い女性が立っている。通りに彼のルノーが停まっている。レオはパーキング・メーターを調べ、親指で硬貨の投入口を押さえ、顎を引いた——メーターが故障しているのだ。レオの連れはお腹をへこませた。やがてふたりは歩き去った。ナンシーは図書館を出ると家に向かって自転車を漕いだ。いつものように、カントリークラブ近くの、道路脇の大岩のところで自転車を止めた。大岩のところからはレオの夏の家がよく見えた。一部屋のキャビンだ。ナンシーはそのキャビンの中に、簡易ベッド、紐で編んだ敷物、フックにかけられたフェルトの帽子などを想像で配置していた。彼女はしばらく眺めてから自転車にまたがり、勢いよく漕いで家に帰った。

あなたに会いたいわ、とシンシアが書いてよこした。どんな予定を立てているの？

ナンシーはブランコに死体のように横たわっていた。麦藁のカンカン帽が額の上にあった。『サー・チャールズ・グランディソン』が下腹部を守っている。天井では蠅が唸っている。月曜日の午前十一時、ローレット伯母の休暇の初日だ。伯母がポーチに足音を立てずにやってきた。ワンピース姿で髪をローラーで巻いている。

「ナンシー、わたしは二週間ほどしたらニューヨークに行くつもり。あなたもいらっしゃい。素敵なホテルで過ごすの」

「いいわね」

伯母は手すりの近くに腰を下ろし、太陽に顔を向けた。「舞踏会を開くのよ。秋の服を買ってあげる。ベルベットのパンツスーツがいいかもね。そんな帽子をどこで手に入れたの？」

「チャリティでよ。店員さんにうるさく質問して困らせてくれる？」

「いいわよ」伯母は目を閉じた。「でも笑いを誘うのがわたしの本質なのよね。別れた夫がわたしを選んだのは、わたしがひょうきん者だったから」

ナンシーはその男を覚えていた。口が真ん中よりずれた化学者だった。彼は再婚して四人の息子の父になった。「どうしてあの人を追い出しちゃったの？」

「もっとうまくやれると思ったんだけどね」伯母は頭を起こして目を瞬いた。オレンジ色の髪に陽の光が当たってきらめいた。「ねえ、わたしって本当に――」

「姉妹と見まごうほどに」とナンシーは請け合った。

伯母が姿を消すと、ナンシーは別の手紙をちらっと見た。愛しています、と相変わらず書いてあった。そろそろぼくたちは……。ナンシーがしばらく蠅を見つめていると、ヘイスケン夫人がポーチに出てきて腰を下ろした。

「ブランコに座りたい？」

「そうでもないわね」ほっそりしすぎているが、母親の顔はとても美しい。五十歳になってもまだ白髪はない。帽子を被り、鼻歌を歌い、ラジオの面白い話に笑い声をあげるような女性だ。愛する男が病気になり衰弱していく姿を見守り、その死に耐えた女性だ。たったひとりで、すきま風の入る納屋でおこなわれたバレエの発表会を見にきて、卒業式で拍手し、ナンシーを寝ないで待っていた女性だ。長椅子に横向きに横たわっていたせいで、生地の綾織り模様の跡が頬に刻まれていた。

「『ツチボタル』を覚えている？」とナンシーは訊いた。

「そうでもないわね。パ・ド・ドゥのこと？」

「イルマ・フェローズが舞台の上でわたしを箒みたいに突き飛ばしたでしょう」

「丸ぽちゃのイルマね。彼女、結婚したわ」

「今日の気分はどう？」

「とてもいいわ！」頬を手で撫でた。「いいようには見えない？」

見えなかった。でもナンシーはすでに医師と話していた。髭をたくわえた腹の出た医者と。

「高血圧は」と医者は言った。「抑えられています」

「特別な食事療法をしなくても大丈夫ですか?」とナンシーは訊いた。

「ええ。あなたの調子はどうなんです?」と医師は言った。

「まあまあです」

「ははは。大勢の男たちに胸ときめかせているとか?」

「残念ながら」

「けしからんな。結婚しなさい、お嬢さん」と医師は言った。

このメッセージをひっきりなしに受けていた。結婚しなさい、とローレット伯母は熱っぽい目で訴えた。さもないと、この先自分を笑い飛ばす心構えが必要になるわよ、と。結婚しなさい、とフィービーは忠告した。さもないと、あなたもだれかの家で道化を演じる羽目になるから、と。「結婚して!」とシンシアはドレスの裾を腕に巻き付けて悲しげに叫んだ。「ねえ、ナンシー、結婚するのよ。みんなあなたと踊りたがっているじゃないの!」結婚なさいな、とヘイスケン夫人はため息をつきながら言った。わたしが引退する前に。「結婚はぼくたちふたりのためになるはずだ」とカールは書いていた。

その通りだ。ナンシーは男が心をときめかせるような女性ではない。やせっぽちで才能はなし。カールに求められているなんて運がいい。礼儀正しいこの若者のことを考えた。一所懸命に考えたので彼が目の前に現れた。学者で指導者だ。いつか小さなならず者の集団を率いることになるかもしれない。彼がにっこりすると、ナンシーは自制心を失いそうになる。素晴らしい笑みの持ち主だ。カールを手すりのところに置いてみる。次に自分の求めている男を出現させ、細かな点——膝の傷痕、少し出た腹——を確認してからカールの横に置いてみる。

ナンシーは、この三人でなら幸せを見つけられるはずだと思う。ニッカーボッカーと帽子を身につけ、洞窟の中に隠れる。一月の深夜、氷の上を滑るように走る狼を見張る。春が来たら筏を作って川を下る……。ナンシーはブランコの上で体を捻った。苦しんでいるかのように。二十一歳の若い娘がハックルベリー・フィンの真似などできはしない。良識に従って結婚するか、別の方法で意義のある存在になるしかない。

でも、どうしたことだろう。真実は、彼女が近づいていくたびに水の中に頭を隠してしまう。それにナンシーは副鼻腔炎に悩むようになっていた。翌朝、彼女は朝五時に起きて森の中を散歩した。その翌日も。三日目の夜明けに散歩に出たら、午前中は頭がはっきりしたが、午後には怒りが湧いてきた。散歩はやめた。

その夕方、薄汚れた黄色い便箋にこう書いた。「カールさま、それはできません。ごめんなさい」思いやり深いことに、彼女はその続きを書くのをやめた。「思いを込めて、ナンシー」と書いて、それを投函した。

その翌日、「楽しそうじゃないね」とレオが言った。太陽は顔を出さず、霧が流れていた。ふたりはベンチに座った。レオは子馬の帽子を、ナンシーは麦藁帽子を被っていた。

「情緒不安」彼女はそう呟いたが、診断するような彼の目に見られて不安になった。レオはわたしの胸が異常に平べったいことに気づくに違いない。肩の位置が高すぎるし、長い顎は栞に使えるほどだ。

「大丈夫？」

彼女は我に返った。「暑くて」と言った。

「テニスをするには暑いね」

「暑すぎる」

レオが「ぼくのキャビンでビールでも飲もうか」と気だるげに言ったとたん、彼女はパニックに陥り、口ごもりながら言った。「家で飲みます」

「そう」

「……でも、グラスに半分だけなら。大丈夫かも。半分の大きさのグラスはある？」

「半分にするよ」と彼は請け合った。

小径は木々のあいだを這うように下っていた。レオが先を行った。ナンシーは彼のうなじから目を離さなかった。間もなくキャビンに近づいた。ナンシーは壁にぶつかってもいいように両腕を前に伸ばし、掌を外に向けた格好で、最後の険しい坂を駆け下りた。前を行くレオがキャビンのドアを開けると、彼の横をすり抜けて部屋の中に飛び込んだ。簡易ベッドに体をどさりと載せ、麦藁帽子をテーブルに放り投げた。レオは冷蔵庫の扉を開けてしゃがみこんだ。ナンシーは茶色いレンズを眼鏡から外した。レオは彼女にマグカップを手渡した。ナンシーは眼鏡をとった。ぼんやりしたものが椅子に座るのが見えた。

「わたし、裸眼の視力は〇・〇五なの」とナンシーは喋り始めた。「軍隊には絶対に入れない。従軍牧師なら別だけど。外国人部隊もかなりいい視力じゃなくちゃだめだし」

「なるほど」

「重要人物の多くは近眼だったのよ。近眼は発明の才と不安症と相関関係にあるわけ」彼女はテーブルを手探りして眼鏡を見つけた。再び視力を取り戻すと、レオの裏をかいたかのように彼に笑いかけた。「テニスはしないの？」

「しないね。テニスのほかにスカッシュはしないの？」

「わたしはブリッジ」

「ぼくはポーカーのほうがいいな」

「あら、そう」

「そうなんだ」

外の霧が不意に晴れた。キャビンの中に光が射し込んできた。ダイヤモンド型の黄色い光が、編まれた敷物の中央にある卵形の模様に落ちた。ナンシーは菱形と楕円形の交点をじっと見つめ、その面積の計算法をおさらいした。それから特殊な作家のことを考え始めた。オスカー・ワイルド。トーマス・ハーディ。シェイクスピア。空騒ぎ。ベアトリスとベネディクとふたりの軽口。そういうナンセンスは避けるほうが身のためだ。「あなたのキャビンでふたりきりね」ナンシーはレオの傷痕に向かって言った。「このチャンスを生かしたいわ」

「え？」

「わたし、あなたを愛してる」

「ちょっと待ってくれ、ナンシー。ぼくはずっと年上で、まるで──」

「おじいちゃんみたい。でもそれには目をつぶるつもり。わたしと結婚してくれる？」

「……いや」

「……聞こえなかったんだけど」

「だめだ」

「そんなこと言わないで」彼女は低い声で言った。「あなたが欲しいの」

「そう思っているのはいまだけだよ」落ち着いた口調だった。

「わたしは男に不自由してるわけじゃない」

「ナンシー、そこまでだ」

「わかった」ナンシーは素早く言った。「じゃあ、いっしょに暮らすだけでいい。あなたに仕える妹になるわ。服を繕ったり、かがったり、シチューを盛りつけたり、あなたの愛人の下着を洗ったりする」

「だめだ」

「だめ？」

「だめだ」

ナンシーの体が舞い上がった。切り離され、浮き上がった感じがした。ナンシーにはわかった。打ち負かされることは、重荷を解かれることなのだ。それでもっと身軽に進んでいける。それでもなお……レオの咳止めドロップのような目が輝いている。彼の大きなスニーカーは大洋を渡る定期船のようだ。ナンシーは彼のお腹に抱きつき、鼻をその腹に押しつけたかった。カールの粗末なベッドで過ごした味気ない夜のことを思い出した。男と女のあいだには彼女がまだ受ける資格のない取引があるのかもしれない。

ナンシーはまだ簡易ベッドに前屈みになって攻撃するような姿勢のままでいた。片腕を伸ばしてなんとか帽子を取ると、それを頭に斜めに被った。それから短パンのポケットに両の拳を勢いよく突っ込んだ。「考え直す気はない？」

「ないな」

遊び人の娘は肩をすくめた。「じゃあ、これでおしまい」

レオは身を乗り出した。「ねえ、よく聞くんだ。いいかい？　運命は勇者を好むんだよ、ナンシー。ここではきみの人生は見つからない。しばらく違う場所に行ってごらん。五千万人のフランス男がそう言っているって歌も……。ああ、スイートハート、泣かないでおくれ」

「……めったに泣かない。いまも泣いていない」

レオは彼女の前にしゃがみ、彼女の肩を撫でた。「世界を見てくるんだよ、お嬢さん」

「むりよ。責任があるもの」

「そうさ。きみ自身に対する責任がね。ちょっと女を磨くんだ。パリに行ってごらん」

「オートクチュールを見に？」好奇心から訊いた。

「人生を見にだ。チューリッヒで白鳥を眺める。アムステルダムで健康的な生活について学ぶ。ローマでイタリア人から愛を学ぶ」

「あなたに手ほどきをしてもらいたかった、このジェイコブズタウンで」無愛想にナンシーは言った。

レオは笑って彼女に二回キスをした。従姉がするような、チュッという陽気なキスを。拒絶された求婚者はそれ以上のことは期待できないのだから、二回のキスで満足しなければならない。

五時にナンシーは自転車でポーチのところまでやってきた。彼女が片脚を手すりにかけるのを女性たちは笑って見ていた。カールとは同居しないことを決めたし、レオとはだめになったし、女性だけの気儘な集まりで満足しなさい、とナンシーは思った。あなたには責任があることを思い出せばいい。折を見て、気が狂ったように不可能なものを追い求めることだってできる。気晴らしをすればいい！手すりに跨ったまま、ナンシーは夏を過ごす自分の姿を思い描いてみた。お洒落なジャケット、しわくちゃなシャツ。褒められ、甘やかされる。取り返しのつかない両性的な姿。彼女は涙を堪えた。

翌朝早く、デニムのズボンをはいてダッフル・バッグを肩にかけたほっそりした人物が、ヘイスケンの家からするりと出てきた。ポーチには、重々しい顔つきをしているがくじけてはいない三人の人物の姿があった。眼鏡をきらきらと輝かせて、ナンシーはしっかりと歩いていった。バスの発着所で、彼女は収納箱に寄りかかった。イスタンブール？　泥棒ばかり。チューリッヒは面白みがない。アムステルダムでは自転車に轢かれかねない。彼女はカウンターのところまで行き、チケットを買い、コーヒーの自動販売機をしばらく見つめていた。これからどうする？　クックの旅行代理店に行って決めよう。もっと生き生きと思春期を愉しめばよかった、もっと前に旅立てばよかった、とナンシーは一瞬思った。それからダッフル・バッグを担ぎ、南行きのバスに乗り込んだ。

貞淑な花嫁

Unravished Bride

「あなたのことを聞かせてください」マーリーンは初めて会ったラファティ社の男性にそう言った。あらゆる結婚式に高揚感はつきものだが、この結婚式でも彼女の気持ちは高まっていた。郊外の小さな教会は荘厳な雰囲気に欠けていたが、九月下旬のこの日は美しく、花嫁となったマーリーンの従姉の娘は麗しかった。マーリーンの祖母によく似ていた。花婿はラファティ社のセールスマンだった。ハンサムだがあまり信頼できない感じがした。豊かすぎる髪に、抜け目なさすぎる目、歯を派手に見せる笑み。若きケネディと言っても通用したかもしれない。しかし、彼の名はオリオーダンだった。

披露宴のあいだにいつの間にかマーリーンは、夫と子供たちと離れてしまっていた。こうした身内の行事では、ポールと子供たちはいつもみなの関心を惹くらしく、あるいはあまりにもユダヤ人らしいせいかもしれないが、ふたりのところには前菜のように人が集まってくる。それで彼女は主賓に挨拶する列のほうへたったひとりで移動しかけていたのだ、未亡人のように。いや、オールドミスのように。そのときヒュー・ラファティが彼女の横に現れた。マーリーンは花嫁のペギー・アンにキスし、花婿に「どうぞお幸せに」と言った。ヒューも同じことをした。ふたりはいっしょに人混みから逃れた。すると、ヒューが通り過ぎていくトレイからシャンパングラスをふたつ取った。

「あなたのことを聞かせてください」とても洗練された始まりとは言い難かった。しかし世慣れた言い方をしたらこの男はそっけなくいなすだろう——男の様子を見ただけで彼女にはそれがわかった。そして次のこともわかった。男は上流階級に生まれ、それにふさわしい教育を受けた（後でハーバード大学だとわかった）尊敬に値する用心深い人物で、妻は自立した女性で（地元の大学の広報責任者だと彼が後に誇らしげに語った）、彼はたくさんいる子供たちを愛している。ヨットとスキーとテニスをするが、お腹はせり出してきている。

目は明るい青い色で、子供がクッキーに描くような口角を上げた笑みを見せた。マーリーンはいつもパーティでそうするように途中で離れていくつもりだった。別のところに行きたいと思っている人を引き留めているのではないかと心配になるのだ。しかしヒューは嬉しそうにその場に留まり、自分のことを話した。彼は家業の材木業を営み、サウス・ショアの家に住んでいる。祖父が創業した会社と家を引き継ぎ、仕事を愛し、家で幸せに暮らしていることがはっきりと感じられた。彼の笑顔はその昔、乙女たちの夢にたびたび登場したことだろう……。

「ウェルズリーのご出身ですか？　お会いしたことがあるでしょうか」と彼が言った。

「わたしは消防士の娘で、デトロイトから奨学金を得てこちらに来たんです。今日の結婚式は母方の身内として参加しました。母は亡くなりました。父も。きょうだいはそれぞれ独立して暮らしています」彼女は当たりさわりのないことを喋った。

ポールがやってきた。マーリーンはふたりを紹介した。そして夫に向かって「テス伯母さんにかかりきりだったわね。わたし、見ていたのよ。伯母さんは今回は痛風ですって？」と言った。

「歯茎が痛むそうだ」

「歯科医でいらっしゃる？」とヒューが訊いた。

「放射線医です」

「テス伯母さんにはどちらでも同じなんです」とマーリーンが言い、三人は笑った。それからヒューは握手をして暇《いとま》を告げた。

それで終わりになるはずだった。再会することなどありえないように思えた――ヒューはケープコッドへ半分ほど行ったところに、マーリーンは都市部に住んでいたからだ。彼は裕福な集団《グループ》に属し、彼女は高潔な集団に属していた。もしオリオーダンがペギー・アンに斧を振り上げたりすれば、葬儀場で、あるいは裁判所で、もう一度会うこともあったかもしれない。それ以外で会うことなどありえなかった。

その五日後に、ふたりは偶然再会した。マーリーンは趣味のために――伝記を書いていた――ボストン市立図書館へときどき来る用があった。ヒューは仕事で一週間に二度は、プルデンシャル・センターにある会社のオフィスに行かなければならなかった。その木曜日の十二時十五分、彼はオフィスに向かっていた。彼女は図書館に入ろうとしていた。

「やあ！」と彼が大きな声で呼んだ。

よくある狼狽。そして彼は――そんなにあっさりと誘うべきではなかった――「ランチはもう？」

と言った。

「ランチは……普段食べないんです」

「じゃあ、まだなんですね。では是非ごいっしょに」

その昔、大学のパーティで、背の高いハンサムな青年が、彼女の用心深い表情に惹かれてダンスを申し込んできたことがあった……。マーリーンはヒューと並んでボイルトン通り、クラレンドン通りを歩いた。友だちにこの勇姿を見てほしい、と思った。

ふたりは打ち解けて話をした。話題がなくて困るということがなかった。ワインを飲み、デザートを分け合って食べた。その後で、元の場所に戻った。図書館の入口で彼女は振り向いて握手をした。

「どうもありがとう」マーリーンは彼を見上げて言った。「ランチの愉しさを思い出させてくれて」

「じゃあ、もう一度誘ってもいいかな」彼は彼女の手を放すと、自分の手をポケットに突っ込んだ。この誘いを深刻に受け取らないでくれ、とその態度が告げていた。

「毎週木曜日にはここに来ているの」と彼女は嘘をついた。

「じゃあ、次の木曜日は？　いつもどのあたりで仕事をしているのか教えてくれないかな」

「歩き回っていろいろなセクションを見てるのよ。製本された雑誌のところで会うことにしましょうか。たとえば、《フォーチュン》誌のそばとか」

「いいね。一時に？」

そうして始まったのだ――木曜のランチが。ふたりはいろいろなビストロでご馳走を食べたり、空腹を抱えてサラダ・バーに駆け込んだりした。海苔に巻かれた生魚を食べた。ヒューが急いでいたのでドーナツショップのカウンターで食べた日もあった。その翌週彼はリッツのコース料理を食べようと言い張った。

クリスマスの時期には、ヒューは家族と南に行っていたので木曜のランチは途切れた。二月にはマーリーンが一週間ほどインフルエンザで寝込んだため、木曜の朝に震えながら彼のオフィスに電話をかけた。

「ラファティさんをお願いします」と秘書に言った。秘書の声はあでやかだった。「ワイノカウアと申します」

「マーリーン？」と受話器を取るとヒューが言った。電話で彼の声を聞いたのは初めてだった。お腹が水となって溶けてしまいそうだった。でもそれはおそらくインフルエンザのせいだ。病気が重くて外出できないと彼女が伝えると、「ああ、それは気の毒に」と彼は言った。「早く良くなるといいね」彼の声は率直で堂々としていた。その会話を聞いている者がいたとしても、ランチの約束をキャンセルしているただの友人同士と思ったことだろう。

それに、それ以外の関係であるはずがなかった。仮にどこかの修道女が加わって三人でいたとしても、週に一度の集まりに非難されるところなどひとつもなかった。ふたりは彫像のように正々堂々としていた。政治やバスケットボール、これまで出席してきた数々の聖餐式、彼女が伝記を書くために調べた人たちの人生、彼が気に入っている木のことなどを話した。ほんのわずかな共通の知り合いのことを話した（若いオリオーダン夫妻にはもう赤ん坊ができた、など）。ふたりは一世代前の、規則でがんじがらめのおつきあい――デート――をしている男女の学生のようだった。しかしデートというのは始まりにすぎないのではないか？　ゆっくりと始まったものが、やがて忙《せわ》しなくなり、大慌てなものに変わり、頂点を迎え、双方が涙にかきくれるか、あるいは石造りの教会で式を挙げるかして、終わる。「どうしてこんなことになったのかしら？」パニックに陥った花嫁たちが一度ならずマーリーンに言ったものだ。どうしてこんなことをしているの？　マーリーンはいまそう思っている。わたしたちはどこに向かっているの？

初めて寒さが和らいだ五月の木曜日、ふたりはプレッツェルを一袋買い、チャールズ川の岸辺で食べた。ヒューのレインコートを敷いてその上に腰を下ろした。彼はネクタイを緩めた。この町の大勢の男たちが、暖かな春の陽射しにネクタイを緩めていた。しかしマーリーンは頬の赤味が消えるまで目を逸らしていなければならなかった。

夏になると、川べりでピクニックをしたり庭園で白鳥型のボートを眺めたりしながら木曜日を過ごした。雨が降れば歩道脇のカフェのアンブレラの下に腰を落ち着けた。偶然にも休暇が——地理的にではなく、時期的に——重なった。ラファティ家はワイオミング州にキャンピングに出かけ、ワイノカウア家はハムステッドの一家と家を交換して過ごした。九月にはふた家族とも町に戻ってきた。ふたりが初めて会ってから一年近くが過ぎていた。

休暇の後の木曜日、ふたりは港をめぐる午後のクルーズに参加した。遊覧船は人でごった返し、騒々しかった。女子トイレは故障中だった。ヒューがマーリーンのスカートにコーヒーをこぼしてしまった。彼は謝ったものの、マーリーンは彼の苛立ちが自分に向けられているような気がした。

「行く手を遮ってしまってごめんなさい」彼女はぎこちない口調で言った。

「謝らないでくれ！」

そして遊覧船が港に着くのが遅れ、ふたりはタクシーを拾って町に戻る羽目になった。マーリーンは後ろの座席の隅に身を縮め、彼の横顔を見ていた。学生の恋愛はたいてい、夏休みの終わりまで生き長らえない。まるでこれが恋愛ででもあるかのような言い方！　なぜわたしたちはここにいるの？　彼女は心の中で繰り返しそう思った。わたしたちはどこに向かっているの？　夫に知られたらどうなる？

しかし、なにを知られるというのだ？　唇を重ねたことは一度もない。手を握ったことすらない。一度だけ、メニューを手渡すときに指が触れ合ったことはある。河岸で隣に座った彼が腹這いになったとき、青と白のストライプのシャツの背中に一瞬だけ手を置いたことはある。彼は身震いをして顔を背けた……。

「ホテルに行ってくれるかな？」彼がそう言った。

マーリーンのスカートはコーヒーでぐっしょり濡れていた。「わたしに言っている？　それともタクシーの運転手に？」

それで彼は彼女の顔を見なければならなくなった。ヒューは笑っていなかった。少年のように顔が紅潮していた。

「ええ。いいわ」と彼女は答えた。

ふたりはどこに行くべきかわかっていた。二度ほどオーランド・ホテルのロビーのカフェでランチをとった。働き盛りのセールスマンがよく使うホテルで、旅行鞄を持たずにチェックインする男女たち——見た目がよくて、身なりのいいカップル——をふたりは見つめていたものだ。

「じゃあ、来週の木曜日」とヒューが言った。

「来週の木曜日に」とマーリーンは応じた。

彼女はポールを愛することをやめはしなかった。約束の木曜日までのあいだ、彼女はポールを優しく、感謝の気持ちを込めて愛した。その筋肉質の短軀、心ここにあらずといった様子、子供たちに向ける思いやりなどを愛した。ある人を愛することと別の人を愛することとはまったく関係がない。ポールはいっしょに幸せに暮らして歳を取っていく相手だ。しかし、ヒューとの関係は、ともに四十を過ぎていても、青春期の幸せな一時《いっとき》の恋のようなものだ。あらゆることがそれを証明している。未来に対する無関心、一週間の出来事についての気の利いた会話。彼は彼女のボーイフレンドだ。彼女は彼のガールフレンドだ。

マーリーンは新しいドレスを身につけた。ローウェストのシルクのドレスで、ヒューの目と同じ色だった。美しく見えるといいのだけれど、と彼女は思った。頬が少し丸くなって、笑うと青鼠色の目が隠れてしまうけれども。短くカールした髪は流行の髪型だ。遠くから見れば魔性の女《ファム・ファタル》で通る。

そして次の木曜日、ふたりは遠くから互いの姿を認めた。ヒューが回転ドアを通って入ってきたとき、彼女はロビーの奥に立っていた。ふたりのあいだにロビーのカフェが広がっていた。彼は少しぎこちなくテーブルの間を縫って近づいてきた。大半の男たちより背が高い。だれよりもハンサムだ。曲線を描いている。弧を描いている。弧を描く笑み……しかし、それは偽りの笑み。マーリーンにはすぐにわかった。「しなくてもいいのよ」と彼女は小声で言った。そして彼の顔が間近に迫った。キスできるほど間近に。キスしたところでだれが邪推するというのだろう。旧友のキスだ。みんなも始終そうしている。ポールはいつも、パーティでろくに知らない女性たちがタンゴの踊り手みたいにぼくに抱きついてくるんだよ、とこぼしているではないか。彼女はもう一度言った。「しなくてもいいの」

「とても無理だ」と彼は言った。

彼女は彼を説得することもできただろう。「ペッサリーをつけてきたわ」と言ったりして。そうすれば彼は、その行為ですでに彼女が結婚に背いたことを理解するだろう。あるいは、無念の涙を流してみせることもできただろう。彼女が情熱的に接し、喜びを表せば、彼は気圧されて事を進めたかもしれない。しかし彼女はそういった狡猾な手管を使わなかった。

「しなくてもいいの」彼女は三度目にそう言った。「でも、ほかの人たちはみなしている」そう付け加えないわけにはいかなかった。

彼は彼女の腕を取ると、テーブル席に向かった。「ぼくたちはほかの人たちとは違う」

その通りだ。わたしたちはほかの人たちとは違う、と彼女はサラダを食べる格好だけしながら思った。ほかの人たちは――ボストンでも、パリでも、テルアビブでも、プロテスタントも、カトリックも、ユダヤ教徒も、白人も黒人も老いも若きも富める者も貧しき者も――だれもかれもが、いまの時代のルールに則って火遊びをしている。若きオリオーダンにしても、十年も経たないうちにこのホテルに姿を現すだろう。マーリーンの子供たちも、時期が来れば。そしてヒューの子供たちだって……。ほかのだれもが現代的な生き方をしている。しかしマーリーンとヒューは古いタイプの人間だ。青春期の倫理観——自制心、礼節、忠誠心——に従わなければならない。そして彼女は激しい痛みを感じながら理解した。その不自由な価値観のおかげで、ふたりはこの先もずっと貞淑なまま、永遠に愛し合うことができるのだ、と。

双眼鏡からの眺め

Binocular Vision

わたしの父は、四十歳の誕生日に双眼鏡をもらった。父の同僚の医師たちがお金を出し合って買ったプレゼントだった。父はバードウォッチャーでもなければスポーツ観戦が好きでもなかったから、その双眼鏡はドレッサーの上にトロフィーさながらに置かれているだけだった。

初めわたしは双眼鏡に心を動かされなかった。以前、父の検眼鏡を覗いてがっかりしたことがあったからだ。検眼鏡では物が大きく見えなかった（それに、コネチカットにはニューイングランド六州でいちばん背の高い二十四階建てのビルがあって、そこには硬貨を入れて覗く望遠鏡が据えられていたけれど、その望遠鏡も好きではなかった。何かを見ようと焦点を合わせ始めたとたん、硬貨がガチャンと落ちて時間切れになった）。でも、十二月のある日の午後のこと、両親の寝室であてもなく過ごしていたときに、子供らしい好奇心から双眼鏡を手にして、通りに面した窓辺に行って葉の落ちた木を覗いてみた。茶色のぼんやりとしたものが見えたので、調整リングを指で回した。すると今度は木はくっきりと鮮やかに見えすぎて、目の奥がずきずきした。調整を繰り返してようやく目にした木は地味で、わけもなく威圧的ですらあった。先日の一族の集まりのときに、ネクタイがわたしの目の前でゆらゆら揺れるほど近くに身を寄せてきた大伯父に似ていた。でも、その幹に触れようとして考えなしに手を伸ばしたら、窓ガラスにぶつかった。

寝室の左手にある窓は——テラスハウスの端にあるほかの部屋の窓も——隣接する同じ煉瓦造りの二階建てアパートメントに面していた。そこにサイモンさん一家が住んでいた。

双眼鏡を覗いて、わたしはサイモンさんの家の居間に身を置いてみた。暖炉は洞窟のように暗かった。マントルピースの上にある背中の丸まった時計は、蹲るような格好をしていた。暖炉の両側に置かれた二脚の椅子の一方にサイモン夫人その人が座り、白髪交じりの頭を垂れていた。レースを編んでいたのだ。編んでいる模様やサイモン夫人の服の柄まではわからなかったけれど、緑色の椅子にレースの肘掛けカバーがかかっていることや、テーブルの上のランプの光が積まれた雑誌を照らしていることは見てとれた。もちろん、テレビはなかった。そのころテレビを持っていたのは、ひけらかし屋の金持ちだけだった。

わたしは自分の寝室に行った。そこからサイモン家の食堂をじっくり観察した。空っぽの銀のボウルが食卓の真ん中にでんと置いてあった。サイモンさんが四十歳を迎えたときに同僚から贈られたものかもしれない。妹の部屋に行った。そこの窓からはサイモン家の台所が見えた。二組のティーカップとソーサーが水切り台の上にあった。壁にカレンダーが掛かっていたが、いくら調整リングを回してみても、そこに書かれた文字を読むことはできなかった。

わが家の最後の寝室、来客用の寝室からは、闇に沈む広々としたサイモン家の寝室が少し見えた。

それより狭い寝室がもう一室あるのはわかっていた。友人のイレインの住む南側のアパートメントは、サイモン家とまったく同じ間取りだったからだ。その狭い寝室は裏庭に面していた。裏には貧弱な細長い庭と小さな車庫が六棟建っていて、アパートメントに暮らす六家族が使っていた。狭い寝室の中はどうやっても見ることができなかった。広い寝室にはダブルベッドがあり、アフガン織りのカバーは足のほうで完璧な正三角形に折られていた。こうした幾何学模様を日常生活に取り入れていることを知って、批評的精神が旺盛だった十歳のわたしは大いに満足した。

学校が休みだったその一カ月のあいだに、サイモン夫人がとてつもなくきれい好きであることがわかった。サイモン夫人は居間で椅子の肘掛けカバーの位置を直したり、皿に盛られたチョコレートを並べ直したり、本棚のガラス戸を磨いたりしていた。週に一度、堂々とした黒人と白人の混血《ムラート》女性がやってきて徹底的に掃除をしたが、それでもサイモン夫人はときどき台所の流し台の前に立って、強情そうな横顔を下に向け、凄まじい勢いで何かをごしごし擦っていた。ときおり、彼女は広い寝室で横になった。姿が見えなくなるときもよくあった。廊下にある電話機でだれかと話をしていたのかもしれない。窓のない場所を双眼鏡で覗くことはできなかった。あるいは、数ブロック先のエルム通りまで歩いていったのかもしれない。近所の主婦たちは魚や野菜を買ったり、図書館に本を借りに行ったりするために、日中の大半は外に出ていた。一度だけ、買い物に出たサイモン夫人と出くわしたことがある。わたしたちは同じ背丈で――わたしは背の高い子供で、彼女は小柄で背中がいくぶん曲がっていた――彼女の表情は、その巻き毛と同じように硬くこわばっていた。双眼鏡のレンズを介することなくふたりの目が合った。「こんにちは」とわたしは小さな声で言って、急に気恥ずかしくなった。サイモン夫人はまったく挨拶を返さなかった。

夕方になるとサイモン夫人は忙しく立ち働いた。コンロの鍋をかき回す。食堂の食卓に食器を並べる。夕刊をああでもないこうでもないと何回も畳み直してからようやくサイモンさんの椅子の肘掛けに置く。さらに肘掛けカバーの位置を整え、お皿のチョコレートを並べ直した。

四時半に日が暮れた。わたしは来客用の寝室の窓辺で、懐中電灯の光で本を読みながら、六棟の車庫に帰ってくる車を確認していた。投光照明が車庫を照らしていた。サイモンさんの車が現れると、わたしは本を閉じて懐中電灯を消し、双眼鏡を構えた。

長身のサイモンさんが体を広げるようにして車から降りる。白髪交じりの頭髪を手で撫でながら車庫の扉を押し上げ、車の中に戻り、車庫に車を入れる。サイモンさんはたいてい車の中にしばらくのあいだ座っていたので、ナンバープレートをしっかり見ることができた。三つの数字とふたつの文字のプレートだったが、いまではもう覚えていない。彼の車のトランクの曲線を丁寧に目で追った。フェンダーに小枝がひっかかっていた。あんな物をくっつけて帰ってくるとは、いったいどこに出かけていたのだろう。セールスマンだろうか。サイモン夫人とわたしが彼の帰りを待ちわびながら時計を何度も見ているあいだ、彼はどこで何をしていたのだろう。

そんなことをわたしが考えているあいだに、サイモンさんはブリーフケースを片手に再び車から出て車庫の扉を下ろした。ハンカチがコートのポケットからはみ出していた。いまにも落ちそうになっている。あのハンカチが落ちるのを目撃するのは、神のように察知できない存在であるわたしだけなのだろうか。あの布がアスファルトに落ちるのを見たのがわたしだけだとすれば、ハンカチが落ちたと本当に言うことができるのだろうか。それとも、学校で習ったあの木、長いあいだ哲学的な問題になっている、だれもいない森の中で倒れた木と同じなのだろうか。砂金を探して川底をさらう人のように細心の注意を払って洗濯物を分類しているサイモン夫人は、ハンカチがなくなったことにすぐに気づくに決まっている。とはいえ、サイモンさんがゆっくりと裏庭を横切り、アパートメントの裏口に向かうまで、ハンカチはポケットにしがみついていた。

わたしは両親の暗い寝室に音を立てずに入っていった。母は一階の台所で、サイモン夫人とまったく同じことをしていたし、父は診察室で患者さんたちの視力を救っていた。わたしは魔法の眼鏡を、ほんの数メートルしか離れていないサイモン家の明るい居間に向けた。

サイモンさんが帰宅する場面を見たくて仕方がなかった。ところが残念なことに、それはいつも内側の廊下でおこなわれていた。だから、わが家での父の帰宅と似たりよったりだろう、と思うしかなかった。女は急いで玄関に駆けつけ、男は外気と興奮とを身にまとって玄関から入ってくる。愛情たっぷりの、ときには戸惑うほど長い抱擁。そしてようやく抱擁が解かれ、二階から駆け下りてきたふたりの女の子がコートを着た父親の腕に抱き上げられる。でもサイモンさんのところには子供がいなかった。あの夫婦は品のいいキスを交わしたのだろう。

わが家の夕食の時間はサイモンさんの家と同じだった。食事の後でわたしは母を手伝って食器を洗った。だから夜にならないと、再びサイモン家を見ることができなかった。

わたしの好きな場面はこういうものだ。居間にいるのは、暖炉のそばに座ったふたりの男女と姿の見えない来訪者。わたしには、サイモンさんが新聞を一ページ一ページ丹念に読んでいるとき、その面長の顔が微動だにしないでいることや、決して脱ごうとしない上着の下で彼の肩がこわばっている様子が手に取るようにわかる。マントルピースの上の時計の音が聞こえてきそうなくらいだ。

サイモン夫人のほうを見ると、編み針を何度も交差させている。そして唇が上に下に、上に下にと忙しなく動いている。ひと時も休むことのない口元。その口は、わたしには挨拶のひとつも生み出さなかったが、最愛の夫が自宅にいるときにはいともたやすく、次から次へと引きも切らずに喋り続けている。話をしている。笑っている。また話をしている。

冬休みが終わると、わたしがサイモン家を訪れる回数はぐっと減った。一月の終わりには、たまにしか訪れなくなった――コンロの上で何を料理しているのかを知りたくて、夕方頃にちょっと覗くくらいだった。

そして二月のある朝、朝食をとっていると警官がふたり、わが家の裏口にやってきた。「先生、ちょっとよろしいですか……?」父は上着を着るための暇《いとま》すら惜しんだ。そのままの格好で逞しい警官の後について裏庭に出ていったが、後ろ身頃が絹のベストとシャツの白い袖のせいで警官の従僕みたいに見えた。三人は硬く凍った雪の上を横切り、隣のアパートメントの裏庭へ入っていった。母は心臓の上に手を当てて台所の窓辺に立っていた。

わたしたちが学校に行く前に父は戻ってきた。「アル・サイモンだ」父が母に言った。「夜のあいだに亡くなった」

妹はまだブーツのベルトを締めていた。

「殺されたの？」とわたしは訊いた。

「いいや。どうしてそんなことを訊くの？」と父が言った。

「お巡りさんが来たから」

父はため息をついた。考え深げな沈黙の後で、ようやく父は「サイモンさんは自殺したんだ、車の中でね」と言った。

「崖から車ごと落ちたの？」

父と母は苦りきった顔で見つめ合い、肩をすくめた。なんて子だろう、好奇心ばかり旺盛で思いやりの欠片もない、これを教師は英才と言うのか？　ふたりの顔がそう語っていた。それでも辛抱強い口調で父はこう言った。サイモンさんは車庫に車を入れ、車庫の扉を内側から閉め、その隙間に新聞紙を詰め込み、それから車の中に入り直してエンジンをかけたんだよ、と。

翌日の新聞の訃報欄には自殺をほのめかす言葉は見つからなかったが、「突然に」という遠回しの表現が使われていた。しかし最後の文章は衝撃的なものだった。「サイモン氏は独身で、母親がひとり残された」

わたしは母のところに駆けていった。「わたし、あの人が奥さんなんだと思ってた！」

「あの人もそう思っていたのよ」と母が言い、それでわたしはいきなり複雑な大人の世界に入ることを許され、わたしがそれまでひたすら見てきたものが何であったかを教えられたのだった。

新しい作品

おばあさん《グランスキー》

Granski

「顔は違うのに、鼻はまったく同じだね」とトビーが言った。「人相学的な面白さだな。どの祖先からこれを受け継いだんだと思う？」

「アイザック・アブラヴァネルね」アンジェリカが答えた。とはいえ、この著名なポルトガル貿易商が一族の祖先であることが、これまでに立証されたことは一度もない。

起源がどこにあるにせよ、鼻は細長く湾曲し、かなり麗しい形をしている。同じ形をした鼻を除けば、このふたりのいとこに似たところはなかった。アンジェリカの目はトパーズ色。黒い髪はさまざまな色合いに変化する。トビーの細い目は灰色で、髪はむらのない茶色だ。

ふたりは十六歳。学校に通っているあいだは——彼女はパリ、彼はコネチカットで——それぞれ最新流行の歌を聴き、適切な場所にピアスをし、映画を観ている。もちろん、携帯電話を持っていて、マリファナの買える場所を知っている。しかしここメイン州では、飾らない本当の自分でいられた。

飾らない本当の自分への評価は、親族によってさまざまだった。「インテリぶった齧歯類《アグーチ》」、年下のきょうだいや従弟妹たちからはそう思われていた。「感じのいい子」。これは、それこそ「感じのいい人」である祖父の意見だ。「お利口すぎる」というのがふたりの母親――姉妹同士――の意見だった。トビーとアンジェリカの叔母――母親たちの妹――によれば、「この特権的な一族のなかでもさらに純度が高い、洗練された空気を吸っている子供で、わたしたちはもうすでに地球上でいちばん甘やかされて育てられているわけだから……」叔母の不満げな声はいつものようにだんだん小さくなっていき、終いまで聞き取れなかった。祖母――長身で短髪、薄い目の色をした祖母――は、この風変わりなふたりの孫について思っていることを、わざわざ口に出さなかった。

ふたりは特別な学校教育を受けていることに――アンジェリカはエコール、トビーは寄宿学校――満足していた。トビーのフランス語はアンジェリカの英語と同じくらい流暢だった。メイン州にいるときには、ふたりでテニスをしたり、ハイキングに出かけたり、泳いだりした。祖父はふたりに車の運転を教え、それから、車を使ってはならない、と命じた。「克己心は糧になるからね。それに、運転免許証なしで車を動かしたら逮捕されるよ」と祖父は言った。

「克己心は恐怖だよ」ある午後、小さなボートハウスまで歩いていきながらトビーが言った。「ぼくらは恐れ戦《おのの》く一族なのさ。アントワープを出て以来ずっとね」

七十年前、一族はアントワープで船に乗り込みハイファに向かった。下船したときの状況を何度も繰り返し聞かされてきたので、アンジェリカはその光景をありありと思い描くことができる。いちばん下の女の子が、船から陸《おか》に渡された道板を走っていく。コートの内側にはダイヤモンドが縫いつけられている。彼女のふたりの兄がその後に続く――上の兄が後の祖父だ。彼らの母親――曾祖母――

が次に現れる。身につけたコートの襟の毛皮の上には悲しみを湛えた顔がある。彼女は息子をふたり、ショムレ・ハダス墓地に残してきたのだ。最後に父親が姿を現す。彼がベルギーから脱出する手はずを整え、家族を安全な場所に一気に移したのだ。子供たちは彼のおかげで二度命を与えられたことになる。曾祖父の肖像画は、マンハッタンにあるブラウンストーンの家の、祖父の机の上に掛かっている。

「ひいおじいちゃんはある種の典型だよ」とトビーは言った。「教養あるヨーロッパ人の典型」

「先見の明があったのよ」アンジェリカは言った。「ひいおじいちゃんがいなかったら、わたしたちは生まれていなかったんだから」

「ぼくたちは生まれるべくして生まれたのさ」

「ちがう、ちがう。運がよかったの」昨日彼女は、二カ国語を使ったスクラブルで「幸運《ハップ》」を作ってボーナスポイントを稼いだ。「幸運と勇気ある行動のおかげよ」

勇敢な曾祖父母はエルサレムに移住して成功し、イスラエルの誕生を不安げに見守った。ところが、そこで暮らすうちに、子供たちは不穏な国を次第に嫌悪するようになった。戦争が終わるや、祖父はひとりで再び船に乗り込んだ。今度はアメリカのホーボーケン行きの船だった（その二年後、祖父の弟はケープタウンに移住した）。一族は銀行との繋がりを捨てなかった。それがふたりの息子の助けとなった。ニューヨークに到着すると、祖父は金で金を生んでいった。彼はダンディだった。音楽の才能に恵まれていた。そして獣医の助手として働いていた。ユダヤ教に改宗した東部娘と結婚した。グレース・ラーコム――いまの祖母だ――はひとりっ子で、両親が歳を取ってから生まれた子供だった。祖母は、夫がその必要はないと言ったにもかかわらず、ユダヤ教に改宗すると言い張り、少なくとも自分は改宗したと言っていた。生活に困窮していた祖母の両親が娘に与えられるものといえば、このメイン州のサマーハウスだけだった。それを喜んで与えた。「父と母はわたしが人間と結婚したことで、胸を撫で下ろしましたよ」と祖母は嗄れた声でアンジェリカに語った。「父も母も種の違う相手と結婚するのではないかと覚悟していたんですからね」それから何十年かが過ぎ、次々と夏が過ぎていった。三人の娘は結婚して遠くで暮らし、夏が来るたびに夫と子供たちを連れて戻ってきた。アンジェリカの美しい母親はパリから。トビーの芸術家の母親はワシントンから。文章を最後まで言い終えない三番目の娘はブエノスアイレスから。

アンジェリカはトビーよりひと月早く生まれた。それで九人いる孫の中で最年長になった。この偶然による順位はなんの足しにもならなかった——全員が等しく雑用をこなした——が、三階のひと部屋を手に入れることができた。三階に上がるにはがたのきた裏階段を使わなければならなかったが、回廊のある二階に行くには広々とした玄関ホールから延びる華麗な中央階段を使った。この階段は上半分のところで二手に分かれていて、巨大なYの字の形をしている。「この階段が似合うのはオペラハウスくらいなものね」祖母は不満げに言った。とはいえ、祖母は彫刻の施された支柱をよい状態にしておくための努力をいまも続けている。この堂々とした階段を別にすれば、家の中は左右対称ではなく、秩序というものがなかった。応接間は別の応接間につながっていた。配膳室の食器棚はステンドグラスで覆われているが、それも年月を経た汚れがこびりついている。ピアノを覆っているブロケードの縁の房飾りは埃まみれだ。館のいたるところに置かれている家宝も、特別な署名のある銀器を除けば、ほとんど価値のないものだった。「邪魔な物ですよ」と祖母は言った。密集した松の木が、降り注ぐ陽の光から家を守っていた。とはいえ、思いがけないところで光がちらちらと瞬いた。銅のシャベルや、ずいぶん前に天井から落ちて横向きに横たえられているシャンデリア、ぼんやりした紫色の液体の入ったデカンターなどに反射した光が。

「あの紫色の液体は有機物質になっている」とトビーは言った。「そのうちあそこから扁形動物が這いだしてきて、新しい宇宙を形成するだろうな」

乱雑な家のなかを、九人の大人とふたりのティーンエイジャーと七人の子供が、探したり、隠れたり、本やワインやラケットや花やテディベアを抱えたりしながら動き回っていた。小さい子供たちは父親や伯父の背中に乗ろうとした。ときどき祖父はポニーになって孫たちを背中に乗せて遊んでやった。「こっちがまいってしまいそうだ！」とこぼしながらも、その唸り声は嬉しそうだった。

毎年夏になるたびに、ブエノスアイレスに住む娘が、家のなかの不用な物を処分するための予定表を立てた。しかし早晩その計画は放棄された。そのあいだも、週に一度の掃除をしてくれていたのは近くの町に住むふたりの女性（母と娘）だった。ふたりの歯は茶色になっていた。食事はマールという猫背の大女が作った。マールは祖母のまたいとこの子か孫にあたる女性で、よくぶつぶつと呟いていた。彼女は給料をもらい、一族といっしょに食事をした——彼女も一族の一員なのだから。みんながいっせいにお喋りをする夕食時、彼女は沈黙したまま耐えていた。延々と続く安息日前夜の食事にもよく耐えた。祖父はだいぶ後になってユダヤ教に再び帰依し、十二人の子孫のそれぞれの頭の上に手をかざし、長い時間をかけて祝福の言葉を述べた。三人の娘と九人の孫は祖母が考え出した複雑な交代表に従ってキッチンの手伝いをした。片付けをする際にはマールが短い指示を――「ここに」とか「捨てて」とか――出すこともあった。数日前、トビーとアンジェリカがゴミ缶の前で並んで立って皿をきれいにしているだけだったのに、「いいかげんにしな」と厳しい口調でふたりに言った。マールはアンジェリカの隣の部屋で寝起きしていた。一日の大半を家のなかで過ごしていたが、いちばん下の子供といっしょに散歩に出ることもあった。その子はまだ片言のスペイン語しか話せなかった。ふたりはバケツ一杯のブルーベリーを摘んで満ち足りた様子で帰ってきた。そしてテーブルに隣り合って座った。「無口で聡明」ある夕食時にマールが言った。明らかに祖母に向けて言った言葉だった。「わたしたちの始祖、製材所を興した女性アビゲイルはそういう人だったよ」それに祖母は頷いた。

夜になると、キッチンは祖母の城になった。そこで祖母は、よく知られた不眠症と根気よくつきあっていた。絶滅した哺乳類についての本を読み、子供のころに集めた鳥の骨格標本を眺めた。「わたしの猫が持ってきた鳥の死骸ですよ」煙草を吸い、チェスの詰め問題を解き、古いフルートを吹いた。そのフルートは日中には使い道のない広い玄関ホールのテーブルの上に置いてあった。この楽器もときおり光を反射した。

トビーとアンジェリカは湖にボートを浮かべていた。トビーがときおりボートを漕いだ。アンジェリカは指で水面に跡をつけた。陳腐な仕草だ。この愉快ないとこ、いちばん好きないとこになぜこんな仕草をしてみせるのだろう。彼は兄弟のようなものだ、姉妹のようなものだ。「わたしたちって、恐れ戦く一族なの？」彼女は疑問を声に出した。

別の男だったら、自分の言った言葉を覚えていないこともあるかもしれない。しかしトビーは覚えていた。トビーは王の在位期間と大統領の就任期間をすべて覚えている。スクラブルでの言い合いをすべて覚えている。本当に「呪い《アナセマ》」に「トゥス」という形容詞語尾を付けられる？　付けられるさ、「呪わしい《アナセマトウス》」という言葉はアメリカン・ヘリテージ大辞典にちゃんと載っている。トビーは、ふたりが毎年秋に別れて次に会うまでの九カ月間に読もうと取り決めた本から一段落まるまるを暗誦できる。アンジェリカはパリの家で、トビーは寄宿学校の部屋で、約束どおりにランサム、コレット、ナイポールの作品を読んだ。昨年はふたりでロシア文学を読んだ。大学ではロシア語を習おうと約束した。一族でロシア語を話せる者はひとりもいない。ふたりが初めてになる。この夏トビーは、さまざまな言葉をロシア語風に変化させている。ゴッサム・シティ《ゴッサムグラッド》、ヴォルヴォの《スカヤ》、アナセマトゥの《スキー》などなど。

トビーの灰色の目がアンジェリカの顔を探るように見た。笑っていなかった。「恐れ戦いているよ。自分の姿を見てごらん、モイ・アンジェリカ。きみは自信を持ってしかるべきなんだ。きれいだし——首を横に振るのはおやめ、ダーシェンカ。その黒い瞳《オーチ・チヨールヌイエ》、目は黄色くて黒くはないけど、黄色というロシア語は知らないんだ」ほかのロシア語はすべて知っているような口ぶりだが、実際には五つぐらいの単語しか知らなかった。「きみは立派な一族に属しているし……」

「つまらない言い方しないで、トビー。ユダヤ人が認めるのは決意の尊さだけよ」

「精神的実力主義だね、確かに。でも、それでもぼくらは家族のなかで最初の人間になるんだ」

「——わかった」彼女はため息をついた。

「それに、ぼくらの大切なものは砂の上にある。ぼくら全員、それがわかっている。きみもわかっている」

「ダイヤモンドのこと？」

「ダイヤモンドは炭素だ。ぼくが言っているのは形而上学的な砂……いや、隠喩的な砂だな」そう訂正すると、彼が急に幼く見えた。「流れていくんだ、砂はね。ぼくらを放り出す、あるいはしぶしぶ受け入れる。ぼくらはどこにも属していない。だからそれぞれの世代がほかの場所へ逃亡していく」

「ポルトガルね」とアンジェリカは言った。恥ずべき伝説だった。ある祖先がポルトガルの王に、コロンブスの航海を支援するのはやめなさいと進言したというのだ。「わたしたち一族はポルトガルから始まったのよ」

「砂漠のなかから始まったんだよ、ほかの人たちと同じようにね」

ふたりは入り江にたどり着いた。「本物の砂だ」そう言ってトビーはボートから飛び降りると、アンジェリカを船尾に乗せたままのボートを小さな浜辺へ引っ張っていった。そして彼女がボートから降りるのに手を貸した。孫たちは全員、きちんとした礼儀作法を教え込まれていた。ふたりはトビーを先頭に小径を進んでいった。「恐れ戦くという言い方は強すぎたな」彼が肩越しに言うと、小刻みに揺れる横顔が彼女から見えた。「不安を抱えた……この言葉のほうがいいね」

しかし彼女はいま、本当に恐れ戦いていた。彼の真っすぐな長い髪は、ヘッドバンドで前から後ろに押さえつけられている。茶色の背中、玉虫色に光るトランクスの中で張りつめた尻。十代の大半のパリジェンヌと同じように、アンジェリカも年上の男性をセクシーだと思っている。成熟した経験豊かな男性と結婚するつもりでいる。そして自分の父親とその父親と同じように、やがてはソルボンヌ大学で教えたい。鉛筆のスケッチを続けていきたい。若い男の子たちは人生設計にはなくてはならない存在だ。そのうちだれかに身を委ねるようになるのはわかっている。でも、この双子のような相手は？　彼の肩はあまりにもがりがりで……。

　ふたりは空き地で足を止めた。石を並べた古い焚き火の跡、切り株、敷き詰められた無数の松葉。トビーが振り返った。

「アンジェリカ・ローレントヴナ、よろしいですか？」厳めしい声でトビーが言った。いきなり抱きすくめられたら、アンジェリカは身を翻して逃げ出していただろう。しかしとても敬意のこもった依頼……。

「いいわ」と言うと、彼女の恐れは溶けていった。

　アンジェリカは水着を脱いだ。彼の目が見開かれた。彼はトランクスを勢いよく脱ぎ捨てると、それを浜辺に放り投げた。彼女は横になった。松葉が背中とうなじをちくちくと刺した。彼が跪き、彼女は脚を開いた。こうするのよね？　彼が中に入ってきた……まるで化学者みたい、とアンジェリカは思った。だって、ビーカーから壺の中に液体を移し替えようとしている人みたい。トビーは顔をしかめた。アンジェリカはどうしていいかわからず、べそをかいた。餓えたような目で彼が見下ろしていた。くそ《メルド》。彼の欲望は痛みよりはるかに痛々しい。ありがたいことにようやく灰色の瞳《オーチ・グレイスキー》を閉じた。彼は一回、二回と体を前に突き出し、そしていきなり終わった。彼の顔が松葉の中にずさっと沈んだ。

「くそう」と彼は言った。「アンジェリカ、ごめん。あっけなくて」

可哀相な子、彼も初めてだったのだ。アンジェリカは濡れた目を松葉に埋まった彼の顔に向けた。

「とても痛かった?」とトビーが小声で言った。

「うん」

「次は痛くしないよ。絶対に」


痛みを感じることは二度となかった。なんて奇妙な猛り立った棹だろう。柔らかな薄紫の肉の棒が徐々に膨らんでいく。静脈がそれに沿って走っている。その棹は、ふたりが「奇形化期《テラ・フェイシェント》」と呼ぶ、毎月やってくる数日間は不透明な衣をまとった。生まれる子が奇形になると決まっているわけではなかったが。「近親交配をする世代があってもいいと思う」ある夜アンジェリカが言った。

「ぼくらは遺伝子の八分の一が同じだからね」トビーは疲れ果てていて口数が少なかった。同じ鼻が寝室の天井を向いている。「とはいっても、それは統計上の数字にすぎない。遺伝子の半分が同じでもおかしくない。だってぼくらの母親は双子みたいにそっくりだし、なにもかもが偶然の賜物さ」

「違う。運命よ」

「そしてきみの幸運の賜物。幸運になにが起きたにせよね」

「しーっ。大きな声を出さないで。わたしたちの運命ははるか昔に決まってたの」アンジェリカはなおも言った。「恐竜が現れる前から。ユダヤ人が生まれる前からよ」

ふたりは松葉の敷き詰められた空き地には戻らなかった。空き地ではなく、アンジェリカの寝室で密会するようになった。その部屋にある家具を使っていたのは、祖母の何世代も前の先祖たちだ。持ち物を捨てなくともよく、ニューイングランドから外に出なくともよく、いちばん下の子供の服に一族の財産を隠して新しい土地に逃亡しなくともよかった人々だ。ベッド横の骨格のような形をしたナイトテーブルの上には、真鍮の器に入った銅製の雉が置いてある。すっかり黒ずんだ壁紙は、深紅と緑色が相互に混じり合って豊かな色合いになっている。ガラス戸のついた本棚に医学の専門書が並んでいた。「あれは大伯父のジムのものです」と祖母は言った。「立派な人でしたね。往診に行くためにお酒を控えていたわ」

三階の窓ガラスは菱形をしている。大きな菱形の中に小さな菱形がたくさん入っている。窓には蝶番がついていて、外側に開いた。百年前に注文して造られた網戸は、いまではいたるところに穴が空いていた。「おかしなダイヤモンド形の窓」祖母はぼやいた。「一世紀前に、わたしがアントワープの旧家とかかわりを持つことがわかっていた人がいたのかもしれないわね」

「でも、ご先祖さまは、おばあさまが類人猿と結婚することを怖れていたんでしょ」

「そうよ、父と母はわたしが猿と結婚するのでは、と心配していました。そして実を言えば、わたしはお猿さんと結婚したのかもしれない」祖父は鼻の下が長く、鼻の穴が大きかった。立派な服を着た背高の猿、手回しオルガン弾きのハンサムな相棒。祖父母は若いころ、食器を割ったことで大喧嘩をしたという。でもそれを伝える祖母の口調は穏やかだった。女性にしては背高のっぽの祖母は陽気な夫を愛した。夫も妻を愛した。ふたりが愛し合っているから三人の娘は不便なサマーハウスに戻ってくるのだ。「わたしたち、先祖の情熱をそっくり真似しているのよ」とアンジェリカはトビーに言った。

「どんな言い訳も通用するさ」トビーはそう言って笑った。

アンジェリカの夜の寝室で、彼女とトビーは黒大理石の像となり、互いに擦り合っては命を吹き込んだ。変色したガラスの裏で医学の本がぼやけていたが、若い恋人たちはその題をすべて暗記していた。棚に並んだ順番まで覚えていた。『耳鼻咽喉学原理』『眼科学教本』『疫学の進歩』……。「その当時にはどんな伝染病があったと思う?」アンジェリカがトビーの肩先で呟いた。

「インフルエンザにリューマチ熱にユダヤ嫌い」

アンジェリカはトビーの背後にある、ナイトテーブルの上に置いてある真鍮の器に入った銅製の雉を見つめた。「リューマチ熱は伝染しないでしょ」

アントワープの墓に眠る幼い男の子はリューマチ熱で死んだ。ジェイコブ。祖父よりひとつ上の兄。祖父がいつもいっしょに遊んだ仲間。「何十年も前のことなのに……毎日ジェイコブのことを考える」と祖父は、猿のような軋む声で言っていた。「兄弟は連れ合いより近しくなれるものだね」と。

アンジェリカは、あの雉は真鍮の器と離ればなれになったことがあるのだろうかと思った。「夭折するように運命づけられている人もいる」と彼女は言った。古い事実が新しい格言のようだった。

「幼いジェイコブのこと?　そうだね。でもナチにやられたんじゃない。バクテリアのせいだ。幸運だよ、愛しい人」

八月の第四木曜日、いちばん幼い孫はこれまで言葉をだいぶ理解していたが、ようやく喋る気になり、文法的に正しい英語で、ほかの子といっしょに移動サーカスに連れていってほしいと訴えた。その子は綿飴を髪に、吐瀉物を服にこびりつけ、楽しそうに戻ってきた。「ジェットコースターなんかに乗せるんじゃなかった」とその子の父親は言った。その子は賢明にも夕食を食べようとせず、アンジェリカにお風呂に入れてもらい、母親にベッドに連れていってもらった。祖父のビジネス・パートナーのひとりがやってきて、その子の席に座った。彼はブロードウェイの後援者で、祖母の家を芝居のセットと見なし、一族の人々を三幕の喜劇の出演者に見立て、ずっとそうまくしたてていたので、祖母の言いつけでキッチンの雑用をさせられることになった。彼はその夜のあいだに二回も、長い腕をアンジェリカの肩に回した。

「空手チョップをお見舞いしてやりたかった」トビーはずいぶん後になってそう言い、平らにした手で宙を勢いよく切る真似をした。銅製の雉が床に転げ落ちた。真鍮の器は、考えあぐねるかのようにしばらくのあいだがたがたと震え、それから床に落ちた。がたのきたテーブルはその目的を失ってぐしゃりと壊れた。「やめて！」というアンジェリカの弟の声が、マールの部屋の隣にある男の子たちの部屋から聞こえた。弟は恐い夢をよく見るので、三つの物音のせいで悲鳴をあげたわけではないかもしれない。

夜更けにアンジェリカが目を覚ましたのは、別の物音を聞いたからだ。秋の訪れと別れの時を告げる風が、ガラス窓を震わせている音？　違う。絨毯の敷かれていない床を何か大きな物が引っ張られていく音だ。人の唸り声と、不愉快な言葉も聞こえた。そしてドシンという音。何かの箱の音？　中に怯えた女の子が入っているのでは……大きな木の箱で……。いやいや、もっと普通のもの、スーツケースだ。それが裏階段にたどり着いた。がたんがたんと落ちていく。

トビーは眠っている。アンジェリカは短パンとTシャツを身につけて、急いで裏階段を下りた。美しい彫刻の施された手すりがある二階に通じる扉を開ける。マールが右側の壮麗な階段を下りていた。いまはしっかりと荷物を持っている。なんて古い旅行鞄。山形模様のついた堅牢な長方形の鞄だ。昔は上品なものだったのだろう。マールは黄色いコートを着て光沢のある茶色の帽子を被っている。その服装は、彼女がよく用意するおぞましいカスタードのデザートに似ていた。独り言を呟くマールの声が大きくなった。階段の真ん中、ちょうど左右の大きな階段が合流するところまで来て、彼女は鞄を蹴り落とした。鞄は玄関ホールに音を立てて落ちていった。

祖母がキッチンから現れた。ズボンとセーターという日中の身なりのまま、煙草を吸いながら遠縁の女性を見つめた。「マール、何事なの」と言った。

「これ以上、我慢できない」とマールは言って、最後の数段をどすんどすんと下りていく。「目に余る堕落。親切にもてなしても感謝もしない。若くて美しければなにをしてもいいの？」

「みんながここにいるのはあと二日、せいぜい三日よ」

「今夜は、兄の家に泊まることにする」

祖母は煙を吐き出した。「夏のあいだここにいる、という約束でしょう。これまで通り」

「約束なんてクセくらえだ」

「それを言うならクソよ。始発のバスは六時にならないと出ませんよ」

「この肥溜めからすぐに出ていく。歩いてでも行く」

沈黙。

「聞こえた？　グレース？」

　沈黙。

「この自堕落な、腐りきった家族全員を起こすことだってできるんだからね。みんな腐った水のなかで――」

　祖母はため息をついた。マールに目を据え、それからその視線を上げてアンジェリカを見た。そしてさらに上を見た。「娘たち！　ベッドに戻りなさい！」アンジェリカが振り返ると、ちょうど三つの寝室の扉が閉まるのが見えた。アンジェリカの両親の寝室の扉が最後に閉まった。母親の興味深げな黒い目がちらりと見えた。祖母はいまアンジェリカを睨んでいる。「靴を」

　アンジェリカは階段を下り、用心しながらマールのそばを通り過ぎ、キッチンに駆け込んだ。そこでは別の煙草がくすぶっていた。アンジェリカはその煙草を揉み消し、デッキシューズを見つけると、急いで玄関ホールに戻った。祖母が何かを投げてよこした。手に受けるとヴォルヴォのキイだった。

　夜に車を運転したことはなかったが、黒いラッカーのような森の中を走るのは難しいことではなかった。銀色に光る糸状のものがあちこちに見えた――松葉が月の光を受けて光っているのだ。前に延びる長い道、一族の所有する道は柔らかく、灰色で、ピアノのカバーの房飾りに積もった埃のようだ。ロシア語の前置詞なんて見分けがつくのだろうか。時制が百はあると聞いたことがある。反復相、継続相……。車が二車線のハイウェイに出た。後ろの席にいるふたりの老女は無言で、旅行鞄がふたりのあいだで共有の求婚者のように背筋を伸ばしていた。車が町に着いた。

「どこに行けばいいの？」とアンジェリカはフランス語で祖母に尋ねた。

「駅を過ぎて右に」と祖母はフランス語で答えた。

「そのフランス語はやめな」マールの声がアンジェリカのうなじに突き刺さった。「ユダ公が。近親相姦者が。外の人間じゃだめだってのかい？」

「マール」アンジェリカは哀れな声で訴えた。

「堕落者！」

「ここを右」と祖母が言った。「ここよ！」アンジェリカはブレーキをかけ、Uターンして戻った。ようやくそこを曲がって百メートルほど進んだところに〈ビルのキャビン〉という看板があり、オフィスの前のポーチには薄暗い電球が灯っていた。ほっそりした人物が電球の下に現れた。

祖母が窓を下ろした。「ビル？」

「ラーコムさん？」

「マールなんだけれど、今夜泊めてもらえるかしら？　朝の六時のバスに乗るのよ」祖母はマールに紙幣を押しつけた。「宿泊代とバス代」マールは大きな旅行鞄を車から引き出し、扉を勢いよく閉めると、ヘッドライトの前を横切っていった。帽子の下で顔を俯け、コートの下の肩を丸めて。あの姿を描きたいとアンジェリカは思った。題をつけないでおけば、抜け目のない画廊の主人は「亡命」と名づけるかもしれない。マールはポーチで立ち止まった。

「三号室です」とビルは言った。

「わかった」とマールは言った。

「車を出して」と祖母が言った。

帰路は、往路よりはるかに短かった。これは時空連続体の永遠の真実だ、と以前トビーが言っていた。アンジェリカと祖母はキッチンに行き、オークのテーブルを前に腰を下ろした。祖母は明かりを消して煙草に火をつけた。アンジェリカは祖母に車のキイを渡した。キイが窓からのぼんやりした光を受けて輝いた。薄暗いキッチンにある見知った宝がゆっくりと姿を現していく。食器棚のなかの白鑞、コバルト色のパイロットランプのついた古いストーブ、革命家の肖像画、傘立てから逆さまに花開いている何本かの箒。

「早い話」祖母は前置きなく言った。「このまま続ければとんでもなく厄介なことになりますよ。あなたにとって、彼にとって、わたしたち全員にとってね。あなたのひいおじいさんが家族を救い出したのは、この家系を解れた古いレースみたいに、ぼろぼろにするためじゃありませんよ。アントワープの祭壇の布みたいにね。ブリュージュだったかしら」

「ええ、ブリュージュ」アンジェリカは唾を飲み込んだ。「おばあさまもいまではレースの一部でしょ」

「まさか」祖母は言った。「ラーコム家の影響などどこにも見あたりませんよ」

それはそうだ。ラーコム家は黄金時代を過ごした祖先を持たなかった。ダイヤモンドをコートに隠すこともしなかった。土地を移らず、新しく生まれ変わることもせず、悲惨な出来事もなかった。金もなかった。

アンジェリカは言った。「合意のうえの近親相姦は罪ではないわ」

「トビーが言いそうな台詞ね。わたしたちは近親相姦が罪だということを話しているわけじゃありません。そんなもの、クセよ。近親相姦は義務を果たさない、ということを話しているの。ある集団の数を増やして集団を存続させる——それがあなたに課せられた義務。あなたたちの責任であり、あなたの世代の責任」祖母は新たな煙草に火をつけた。マッチの炎に祖母の目が浮かび上がる。白目は白い。虹彩もほとんど白かった。「遅かれ早かれ、飽きがきますよ」祖母は言った。「もうおやめなさい、わたしの愛しい孫娘」

この十六年間、彼女はずっとアンジェリカという名前だけで呼ばれてきた。突然の愛情溢れる呼びかけ——実際、愛の宣言に等しい——は、祖父の長くて回りくどい祝福の十倍もの価値があった。なんて贅沢な呼び方だろう。その言葉がある限り生き続けられる。

アンジェリカは祖母を真っすぐに見つめた。「言うとおりにします」その言葉に間違いがないことを示すために、彼女は右手を差し出した。しかし祖母は煙草を吸い続けるばかりだった。

その翌年の夏、祖母はマンハッタンのブラウンストーンの家で病の床に就いた。祖父は寝室の隅にあるクッションの上で蹲った。メイン州の家をわざわざ開けに行く者はいなかった。三人の娘がやってきては去り、またやってきた。アンジェリカの母親はパリから娘を連れてきた。ニューヨークで悲しみに満ちた一週間を過ごしているとき——祖母はもう話さなくなっていた——トビーの母親がワシントンから息子とともに飛んできた。ふたりのいとこは家から追い払われた。デリカテッセンでふたりはぎこちない沈黙に包まれた。博物館の中を俯きながら歩いた。

「ぼくは天文学を発見したんだ」とトビーが言った。

「星によって運命が定められる」

「それは占星術だろ、わかっているだろうけど。きみとぼくに必要なのはベッドだ」ふたりに必要なのは、捨てられた家具と小さな菱形が集まって大きなダイヤモンド形になった窓のある寝室だ。でももう一度くらいかまわないだろう。彼女は薄汚れたホテルに行くことを自分に許した。そこで下半身の服だけを脱いで、ふたりは短いけれど安堵に満ちた快楽を味わった。最初にトビーが、次にアンジェリカが。まるで子守りに見られているかのように順番を守った。

「来年になったらロシア語を始めるつもり」とアンジェリカはサンダルを履きながら言った。

「そうか。じゃあ、ぼくもそうするよ」心許なげにトビーが言った。

祖母は八月に亡くなった。偉いラビが墓地で威厳のある埋葬式を執りおこなった。ブエノスアイレスの娘は追悼の辞を読んだが、途中で読み進めなくなった。それから祈禱がおこなわれ、全員が涙を流した。三人の娘、三人の義理の息子、九人の孫、南アフリカから来た大叔父とその子孫、エルサレムから来た大叔母。ひとりまたひとりと、松の柩の上に土塊を落とした。そしてマールを含む長老派教会の親類たちが、次々に土を落とし、無言の祖父に悔やみの言葉を述べた。彼らは風変わりで頑固な、選ばれなかった民だ。しかしアンジェリカの体には、張りつめたアントワープの血とともにメイン州の血が流れている。いつの日か、自分の娘を持つかもしれない。かぶと虫を集め、ラスパイル大通りよりルート２０１を好み、光を反射するフルートを奏でる娘を……。マールが手を差し伸べてきた。アンジェリカはその手を握った。

曾祖父の末裔たちは一週間ニューヨークに滞在し、そして故郷に帰っていった。そこが故郷と呼べるのであれば。

厚い窓に向かって囁いた。「さようなら、愛しいおばあさま」とアンジェリカはエール・フランスの無愛想な分

そして思いついて、「さよなら、トビスキー」と付け加えた。

女房

The Little Wife

二月の穏やかな朝、ふたりはボストンからバンゴアに飛んだ。ゲイルは読書グループが選んだつまらない本を読むふりをしていた。夫のマックスは、分厚い科学書を持ってきていた。だが、彼は膝に置いたその本の上にベートーヴェンの作品66の楽譜を広げ、指で太腿を叩きながら練習している。その忙しなく動く指のあいだに、ゲイルはマニキュアの施された指をふざけて差し入れてみたが、マックスはいつになく苛立たしげに彼女の手を払いのけた。

ふたりとも六十代後半で、すでに引退していた。メイン州に住む友人フォックスのところに向かっているのだが、彼に会うのはこれが最後になるだろう。フォックスを気に入っているゲイルは、最後の対面を思い描くと、好奇心と恐怖心が混じり合ったような気持ちになる。どの死も、自分の死の前触れとなる――そこには学ぶべきものがあるはずだ。ゲイルはかつて小学校の教師だった。そのため、発見することが、生涯続く習慣になっていた。

I

ベートーヴェンにまつわる逸話がある。もっともそれが真実かどうか裏付けはないのだが。ウィーンの街ですれ違った女性を見て、ベートーヴェンは友人のヤニチェックに、「なんとも素晴らしい尻だ。若いころに愛した豚にそっくりだ」と言ったという。

その昔、まだ大学生だったころ、フォックスがマックスに、この話は嘘っぱちだ、と言った。だれかがその話をしたとしたら、それはベートーヴェンのことでもヤニチェックのことでもなく、ヤナーチェクのことだ。ベートーヴェンより一世紀ほど後に生まれたチェコの作曲家ヤナーチェクは田舎が好きだったから、家畜も愛していたかもしれない。だが、ベートーヴェンは都会育ちだ、とフォックスは熱っぽく語った。ソーセージになった豚しか知らなかったさ、と。「とはいえ、豚の尻は確かに美しいよ」とさらに彼は言った。フォックスの叔父はヴァーモントの裕福な農場主で、フォックスは夏になると叔父のところで過ごし、肉付きのいい豚の素晴らしさがわかるようになったという。

マックスは、レビ記の警告に出てくる豚くらいしか知らなかった。ただ、J通りにイタリア人の精肉店があって、その窓の後ろにあった豚の死骸はよく覚えている。毎日その店の前を通って小学校に行ったからだ。豚は、ムッソリーニのように逆さまに吊された姿を晒していた。「死んで病気が癒えたんだ」とマックスはフォックスに言った。

「死んだ豚は、生きている豚とはまるっきり違うものだよ」とフォックスはマックスに言った。

「そのルームメイトとはどうやって仲良くなったの？」ゲイルがマックスにそう訊いたのは、大学を卒業してから十年後のことだった。ふたりは出会ったばかりだった。バトミツバの昼食会でたまたま隣り合わせになり、無作法にもほかの独身者たちとはまったく会話をせずに、お互いを質問責めにした。

「フォックスとぼく？　大学の仲人《シャートクザン》がぼくたちを結びつけたんだ」

ゲイルにはその意味がわかった。寮の管理事務所が新入生のふたりを同室にしたのだ。「わかりにくい組み合わせね」と彼女はあえて踏み込んで言った。

「ぼくたちも不思議に思った」当時、新入生は、生い立ちや宗教、運動実績、中等教育などが似かよった者同士が同室になるように振り分けられた。そういった共通点がひとつもなかったのに――スポーツをしないということは共通していたかもしれないが――フォックスクロフト・ホワイトローとマックス・シェルノフには気が合うところがあると思われたらしい。フォックスの父方の祖父はメイン州知事をしたことがあり、母方の祖父はニューイングランドの小さな大学の学長をしていた。それよりかなり前の祖先はプロテスタントの神学者で、自分の世代とその後に続く世代に怒りに満ちた眼差しを投げかけていた。一方、マックスの祖先たちは、金にならない小商いをしながら、東欧の暗くて小さなユダヤ人集落《シュテトル》にひっそり暮らしていたのだが、彼の祖父母はその集落を捨てて出てきたのだ。そして次の代の、ブルックリンで暮らすマックスの両親はユダヤのしきたりをほとんど守らなくなったが、それでも老人たちを喜ばせるためにコーシャー（ユダヤ教には食事に関して厳しい規律があり、その規律に従って適正に処理された清浄な食品のこと）だけは守っていた。結婚した当初はゲイルとマックスも、ときどき共に食事をする祖父母たちに敬意を表してコーシャーを守っていた。その世代がみんな死んでしまうと、若いシェルノフ夫妻はその習慣を捨て、自宅のキッチンでロブスターを茹でるようになった（甲殻類はすべてコーシャーではない）。

マックスは以前はマックスではなかった。大学に入ったのを機に、両親に押しつけられた「モーリス」という気取った名を捨てることができたのだ。でもその後、彼がいっぱしの薬学史家になると、「モーリス・レオポルド・シェルノフ」という威厳ある名をありがたく思い、二冊の著書にその名を記した。最初の本が出版されて間もなく、郵便で贈り物が届いた。モーリス・アブラヴァネルがモーリス・アンドレとユタ交響楽団を指揮したときに録音した、ラヴェルのトランペット曲だった。同封されたカードにはフォックスクロフトとあった。マックスはそのレコードを何度も掌の上でひっくり返した。「ふたりともトランペットは吹かないし、ラヴェルは好きじゃないのに……」と声に出して不思議がった。

これほど博識なのに、これほど鈍くなるときがあるとは。「あなたの名前がある、と思ったからよ」とゲイルは説明した。

ふたりのルームメイトを結びつけたのは音楽だった。寮の管理事務所は思ったよりはるかに洞察力があったのかもしれない。子供のころマックスは、恐ろしく音楽の素養のない大叔母から音階と運指と「エリーゼのために」を教わった（ゲイルはマックスと結婚したときに、存命だったその恐るべき大叔母に会った後で、彼に「あなたが鼻歌を歌えるのが不思議でならないわ」と言った）。その後、マックスは二十三丁目の本物の音楽教師からレッスンを受けた。大学一年の前期には、寮の談話室で夕食後にピアノを弾いたりした。たいていはジャズだったが、バッハとショパンも弾いた。素人にしてはみごとな弾き手だった。それにじっくりと耳を傾けていたフォックスが、実はぼくはいろいろな弦楽器をやってみたことがある、と言った。それでクリスマス休暇明けの翌日、マックスが共有の寝室で公式を覚えていると、フォックスが普段よりはるかに賑やかな音を立ててリビングルームに入ってきた。騒々しい音を立てていたのも無理はなかった。かなりくたびれたチェロのケースを抱え、二個目のスーツケースを蹴飛ばしながら入ってきたのだ。チェロのケースからは堂々たる楽器が出てきた。「どうかなと思ってさ」とフォックスは言った。楽器に保険がかかっていればいいが、とマックスは思った。

フォックスは名人級の腕前で、しかも熱心だった。間もなく彼は、一日一時間は練習するようになり、学生カルテットに参加した。そしてふたりとも実験がない日の、談話室にだれもいない午後に二重奏をするようになった。演奏は愉しかったものの、ふたつの楽器の質の差――マックスの弾くピアノは寮のアップライトで、フォックスの弾くチェロは高価な名品だった――とふたりの技量の差は、マックスがときどき引け目に思うほかの面の差違をことごとく思い出させた。この古い胸の疼きのことをマックスから聞いたゲイルは、フラットブッシュ出身の男の子ほど傷つきやすい種ってほかにいるのかしら？　と思った。

フォックスはシカゴの医学校に進み、マックスはニューヨークの医学校に進んだ。フォックスは卒業を待たずに結婚した。「驚いたよ、あんなに早く結婚するとはね」とマックスは運命のバトミツバの昼食会でゲイルに言った。「フォックスは大学では女の子には慎重だったから。まあ、ぼくもそうだったけど……」ソフィア・ホワイトローは、貴族的な自分の家庭環境を毛嫌いし、大学進学をやめて浮浪者のようにヨーロッパを放浪してきたやせっぽちで飾り気のない娘だった。結婚式ではすべての男性と踊り、妹のヒービーとも踊った。ヒービーは馬をこよなく愛する、小柄な十歳の少女だった。

「その妹さんの名前はなんというの？」とゲイルは訊いた。出会ってまだ一時間しか経っておらず、チキンの半分が配られたばかりだった。「ヒービー？　そわそわびくびく《ヒービー・ジービー》と同じ？」

「ギリシア神話の青春の女神の名だよ」

マックスはそのとき、ふたつ目の学位、今度は薬学史の学位を取るために勉強している最中だった。

「患者のベッドサイドにいるより図書館にいるほうが好きだとわかったんだ」とマックスは言った。

ゲイルは小学四年生を教えていた（後に息子を出産してしばらく休暇を取ったが、その後復職して三十年働いた）。彼女の髪は巻き毛で、鼻を整形していた。本をたくさん読み、アールデコのアクセサリーを集めていた。求婚者は何人かいた。その中には、まだ彼女が鼻を整形する前、横顔が梟のようだったときに彼女を愛して求婚した金持ちの男もいたが、医者から求婚されたときには、たとえ彼が開業する計画を立てていなくても、自分の格が上がったような気がした（もっともソフィアは、開業医などは窓拭きと同じ社会的レベルだと思っているようだった）。

フォックスはメイン州の内分泌学会に入った。マックスはボストンで教職に就いた。ふたつの家族はときどきどちらかの家で週末を過ごした。男性たちは音楽を聴いたり二重奏をしたりした。子供たちは――ホワイトロー家にはひとり娘のシーア（ギリシア語で女神という意味）がいた――チェッカーで遊び、大きくなってからはチェスをした。女性たちは、ボストンにいるときには美術館に行き、メイン州にいるときには工芸展に出かけていった。一度、ソフィアがゲイルとヒービー（青春の女神はしょっちゅう姉の家を訪れていた）を車に乗せてルウィストンまで昔の農具を見に行ったことがある。農具を集めて売っている魔女のような老女はアクセサリーも扱っていたが、ほとんどが価値のないものだった。しかしテーブルの上に、黒いエナメルの環に銀の筋が入り、そこにダイヤモンドがちりばめられたものが無造作に置かれていた。ゲイルはそのブレスレットを着けてみた。なんという変化――彼女は女王になったような気がした。いや、少なくとも手首だけが高貴な平民になった気がした。

「少しお安くできますよ」と魔女のような店主が言った。

「誕生日のプレゼントにしたら？」とヒービーがゲイルの腕を抱き寄せて言った。

「生活費から失敬すればいいの。特別なプレゼントだからといって」とソフィアが言った。「自分を満足させるために」婚約指輪すらはめていないこのヤンキー娘は熱心に言った。

ゲイルは派手なブレスレットを腕から引き抜くと、首を横に振った。とても無理よ。その数週間後、ソフィアは自分を満足させるために、夫と十代の娘シーアを家に残して再び放浪生活を始めた。しかし今回は少し違った。家を留守にするにしてもたびたび帰ってきた。ゲイルが様子を尋ねるとシーアは率直な言い方をした。「わたしはまったく気にしていないの。ママが家にいれば楽しいし、いなければのんびりできるしね」

「雪崩が起きるには、大きな集団のなかのだれかが最初に死ななければならない」マックスは前からそう言っていた。結婚して数十年のあいだに、事故や恐ろしい早期の癌で死んだり、自殺したりする人が相次いだ。それから子供たちが死んだ。ありがたいことに自分の子は無事だったが、ゲイルは息子を失う恐怖を感じないときはなかった。幸いにもホワイトロー家の娘とシェルノフ家の息子はつつがなく思春期を迎え、健康な青年に育った。ともかく近頃では、息子が同性愛者だとわかって悩んでいる、などとわざわざ口に出す者はいない。

しばらくすると、どんな保険計理士にも予測できる病気がはびこってきた。フォックスとソフィアとマックスとゲイルはそうした病気に罹らずにすんだ。しかし、老化を防ぐことはできなかった。男たちの老け方はそれぞれ違っていた。ふたりとも健康を維持できなくなった――そもそも初めから健康というわけではなかった――が、少なくともフォックスが痩せているのは生まれつきだった。マックスは少しずつ体重が増えていった。それも生まれつきか、少なくとも遺伝によるもので、病気のせいではなかった（マックスはゲイルにそう言った）。贅肉があるほうが、いろいろな病気に罹りにくいのよ、と彼の祖母が言っていたという。《アメリカ老年医学学会誌》に掲載された統計分析が、この信じがたい事実を裏付けている。年を経てマックスの狭い肩は縮まり、幅のある腰は広がった。愛を交わしたあとゲイルは（この年代では愛を交わす回数がめっきり減ると述べている研究論文もあるが、老齢の夫婦は愛を交わしている最中に互いに相手を映画スターだと想像する傾向にあると主張する論文もあった)、ベッドからバスルームへと裸で歩いていく夫の後ろ姿が、満ち足りた女の姿だと想像することもあった。しかし、彼が洗うべきだと思う場所を洗い――ゲイルは翌朝まで、汗と精液をつけたまま眠るのだが――萎びたペニスをぶら下げ、ふさふさした口髭を広げるような笑みを浮かべて戻ってくると、再び男に戻っている。彼女の男に。

彼らを苦しめる病気もわずかながらあった。ゲイルは子宮筋腫になって子宮を摘出した。マックスはヘルニアを治療しなければならなかった。さまざまな抗鬱剤を服用したフォックスは、便秘や脱毛などの副作用に苦しんだ。しかし、ソフィアは、一度も病気に罹らなかった。痩せぎすの魅力が目映いばかりの美しさに変わった。優美な骨格、健康な歯、乳液を使ったことがなく皺ひとつない肌、うなじにふわりとかかるかすかに色褪せただけの金色の髪。彼女はいまでも登山、スキー、スキューバダイビングをする。彼女がメイン州の自宅に帰ってくると、ヒービーが必ずやってきた。青春の女神はほかの人たち同様、目尻に皺ができ、小ぶりの歯は黄ばんできている。シェルノフ家の者たちが週末に招待されることもあった。そういうとき、フォックスと話をしているのはヒービーだった。ソフィアはといえば、ぐらぐらする梯子に上ってポーチのランタンの配線を直したり、切妻の上に、それがポニーでもあるかのように跨って、屋根にこけら板を張ったりしていた。ソフィアは少年の大胆さ、男性の適応力、女性の優雅さを身につけていた。とても長い人生のとば口に立ったばかりに見えた。ゲイルはいつの間にか彼女に嫉妬していた。いや、これは彼女が欲しいということなのか。

家に帰るとゲイルは、「ソフィアはわたしたち全員を見送ることになるわね」とマックスに言った。

「だれかが最後の人間にならなくちゃならない」とマックスは言った。

ソフィアは最後の人間にはならないだろう。彼女は死を知らない例外的な存在になるのだ。しかしゲイルは、その的確な認識について人に語ったことはなかったが、とうとう若いシーア・ホワイトローと話すことができた。ある夏のこと、ハーバードで教えながら修士論文を書いていたシーアが、引っ越しの狭間にシェルノフ家に滞在していたときのことだ。「あなたのお母さんは何世紀も生きられるかもしれないわね」とゲイルが言った。

「ええ、きっとそうなるわ」とシーアが言った。「あの人はクジラ目《シテーシャン》なの。シータスはラテン語で、ギリシア語のケトスに由来するんだけれど……」

「海の怪物ってことね。わたしたちのような小学校教師はたくさんの事実のまわりを回っているだけ。似非学者《えせ》」ゲイルは厳しい口調で——似非厳しさで——言った。彼女は、雨雲のように黒い瞳を持ち、茶色の髪を太い三つ編みにしているこの若い女性ととても親しくなった。

小さな集団でもだれかが必ず最初に死なねばならない。

フォックスが罹ったのは普通なら治療可能な癌だった。ところが彼の場合……それほど治療しやすくなかった。それでも、数年は持ちこたえた。治療、小休止、新たな治療、この厳しい反復はだれもが知っている。

診断が下ってから、ホワイトローとシェルノフ両家の行き来は途絶えた。フォックスの治療は時間がかかった。それにシェルノフの息子はいまジョージア州サバンナで暮らしている。シェルノフ夫妻は旅行をするときには、とにかく南に行った。マックスは体重が増えて多少行動に支障を来している。ゲイルは疲れやすくなっている。瞼に皺ができてきたが、顔のほかの部分はいまでも生き生きとし、相変わらず美しい。鋭く傾斜した顎、これは生まれつきのもの。鋭く傾斜した鼻、これは整形のたまもの。家を売ってコンドミニアムに移ってよかったと思っている。キッチンには最新の家電が揃い、カウンターも御影石だ。そこで二度と料理ができなくなってもかまわないが、そのひんやりした石の上に掌を置き、そして頬を押しつける感覚は捨てがたかった。

シーアはメイン州に戻り、父親の家で暮らしている。母親が在宅しているときもあった。そんなときはヒービーもいた。シーアは五年生を教えていた。そして一月のある朝、彼女から電話があった。

「ゲイルおばさん、とうとうその時がきたみたい」

「どういうこと？　ほんの一週間前にマックスがあなたのお父さんと電話で話をしたのよ……あ、先月だったかしら。クリスマスの前に。また入院したの？」

「いいえ。歩き回っている。食べること以外は全部自分でやっている。痛み止めの薬は飲んでる。すぐに死ぬと言っているんじゃないの。死につつあるのよ」

いまにも死ぬ、と、間もなく死ぬ、とでは大きな違いだ。確かにそうだ。避けて通れないものもあって、彼ら全員がその死ぬべき集団に属している。クジラ目のソフィアですらも。

「こっちに来てほしいの」とシーアが言った。「楽譜を持って」

「わかった……どの曲がいい？」

「ベートーヴェンはどう？」

「難しすぎると思うわ。マックスはもうピアノはほとんど弾けないの。子供が弾くような小品しか。近所の子供を教えているけれど」その近所の女の子は始末に負えないガキだ。いや、ゲイルは、自分には孫ができない運命にあることをいまだに受け入れられずにいるのだろう。「でも彼、いつだったか『オー・マイ・サン』の素晴らしいリフを演奏したわ」とゲイルは言った。

「『魔笛』の変奏曲はどうかしら」

「〝恋人か――〟」

「〝――女房か〟ね。わたしのことを似非学者だなんて呼ばないでね」

「わかったわ」ゲイルはその希望に応え、演目にも同意した。モーツァルトの「恋人か女房か」のベートーヴェンによる十二の変奏曲。

III

バンゴアで。飛行機は松林の上、海の上で機体を傾けた。シーアのボーイフレンドが空港でふたりを待っていた。彼の運転する小型飛行機に乗り込んだ。マックスは副操縦席に座った。小型飛行機は十分ほど飛んだだけで、唐檜《とうひ》林に縁取られた細長い地面に降り立った。そこからボーイフレンドの運転するジープに乗り、島と島を繋ぐ轍の多い道路を走り、粗末な橋を渡り、ようやく諸島の最後の島にたどり着き、五十軒余りの家々が建ち並ぶ見慣れた場所に出た。ほかの家と同じく茶色のこけら板に覆われた、いちばん東にある家がフォックスの住まいだった。家の三方を取り囲む広いポーチは荒れ狂う海に面していた。部屋の角や奇妙な形の窓や奥まったところは、長年見慣れてきたせいで、いまではどれを見てもしっくりくる。音楽室にあるスタインウェイは、フォックスの誕生を祝して購入されたものだ。屋根裏にはがっしりしたダブルベッドがあった。ゲイルとマックスは、ここに泊まるときには必ずそのベッドで愛を交わした。それが客としての義務でもあるかのように。

主だった広い部屋はどれも道路から離れたところにあった。窓や出入り口はすべてポーチに面し、その向こうに海が見えた。家の裏手が道路に面していた。シーアのボーイフレンドとマックスは蔦の絡まるアーチの下を通ってスーツケースを運んでいき、姿が見えなくなった。ポーチの階段を上って家に入っていったのだ。ゲイルは身を捩じるようにしてジープから降りた。家の裏側を見上げると、高窓のところに――裏階段の踊り場にあたるところだろうか――女性の人影が見えた。シーアだ。抱えているふたつの枕は、ゲイルたちの使うベッドに運ばれていくのだろう。シーアは手を振り、階段を上がっていった。一階下の紫色のガラス窓のそばに立っているのはフォックスだ。彼が手を挙げた。キッチンにはもうひとりの女性の姿が見えた。ソフィアだ。いま開いている勝手口の扉は、古い電化製品が揃った、家族が食事をとるキッチンに通じていて、そこに小柄なヒービーが立っていた。自分を抑えられないというように、そばかすの浮いた両腕で胸を抱きかかえていた。「ゲイル!」青春の女神は大きな声で呼びかけ、木製の階段を駆け下り、冷静なゲイルの腕に飛び込んできた。

そして家の中に入ると、さらなる挨拶のやりとり。美しいソフィア。痩せ衰えたフォックス。疲れ果てたシーア。

シーアとゲイルには、かなり昔にふたりで取り決めた隠れ場があった。二時間後に――フォックスが自室で眠り、マックスがダブルベッドで昼寝をし、シーアのボーイフレンドが帰り、ソフィアとヒービーが人間らしく食料品を買いに行ってから――ふたりはそこで落ち合った。昔は食料庫だったところで、それ以前は肉の貯蔵庫だったらしい。温もりは一切なかった。その日はそれほど寒くはなく、うっすらと積もった雪は午後の太陽を浴びて解けていたが、ふたりの隠れ家には数ヵ月に及ぶ冬の冷たさが留まっていた。ゲイルはパーカを着、シーアは祖母の継ぎはぎのあるセーブルの毛皮をまとっていた。

「父はひどい状態でしょう」とシーアが言った。

「ええ」ゲイルはそれを認めた。フォックスの髪は泡のような色に変わっていた。彼の肌は、ふたりの悲痛な面もちの上にかすかな光を放って天井からぶら下がっている電球のように、透き通っていた。その日、フォックスは昼食のテーブルにつきはしても、何も口にしなかった。彼が生き長らえているのは缶入り栄養剤のおかげだが、たびたび嘔吐するのはそのせいだとも言った。治療とその後遺症のせいでおれは死んでいくんだ、病気自体は消えたというのにな、とフォックスは言った。「病気が癒えて死ぬんだ」とやり場のない怒りを抱えて言った。彼が嘔吐する音――ゲイルは二度耳にした――は酔っぱらいの嘔吐とは違っていた。だらだらと続く、吐く物もないのにえずく音だった。

「わたし、お土産に美味しいチョコレートなんか持ってきて。馬鹿なことをしたわ」とゲイルは呻いた。

「ヒービー叔母さんがもうみんな食べちゃったわ。パパは刺激の強い食べ物が好きなの。香辛料の効いたクラブ・ケーキとか、流れるようなチーズとか、燻製の肉とかね。そしてベーコンが大好き。これまで毎朝ママの焼いたベーコンを食べていたんだけれど、すぐに全部もどしてしまって。それでいままではママはベーコンを焼かなくなって、ふたりは大好きな喧嘩をするようになった。互いに些細なことをでっちあげてね。パパはどこかの医療雑誌から引っ張ってきて——」

「消化季刊かな」

シーアは弱々しい笑みを浮かべた。「——ママはイギリスの小説から引っ張ってくるの。イギリスの男性は豚肉とポートワインのせいで痛風になったとか。それから申命記からも——」

「レビ記よ。〝そして豚は、蹄が完全にふたつに分かれてはいるが、反芻しない動物であるため不浄である。故に食してはならない〟」

「いずれにしても。とにかくママは、パパが眠っている午後の三時ごろにベーコンを炒めるようになった。ちょうど今頃よ。薬で深く眠らされているから、ベーコンの匂いがしてもパパは起きない。この家が焼け落ちたって起きないわ。だからパパは夜中に起きて自分でベーコンを炒めている」

「だったら買ってこなければいいじゃない」

「ああ、ゲイルおばさん。豚は不浄だと思う?」

「もちろん、そんなこと思わないわよ。豚は条件さえ整えてやれば、とてもきれい好きな動物だもの」

「そうよね」シーアは言った。「ともかく、パパはこう主張するの、痛風はおれが罹っていない数少ない病気のひとつだ。旧約聖書の制約はホワイトローの人間には適用されない、って。おれの家系にユダ公はひとりもいない――ごめんなさい、ゲイル。パパの使った言葉だから」

「だれの家系にもユダ公はいるわ」ゲイルは落ち着いた声で言った。

「〝故に《エルゴ》〟とパパは言うの。ベーコンはおれの体にいいに違いない、って。それにヒービー叔母さんはいつもパパの味方。叔母さんの生活はベーコンのみに支えられているんですって。なんとも役に立たない生活よね……。あら、いまのは聞かないことにして。叔母さんのことは大好きだから」

「シーア」

ゲイルは背の高いスツールに腰を下ろし、シーアは背の低いスツールに座っていたので、シーアが頬をジーンズに包まれたゲイルの太腿に載せるのは容易なことだった。ふたりはしばらくそのままの格好でいた。それからシーアは顔を上げた。「いまわたしの車の鍵を掛けたトランクにベーコンが入っているの。だからパパはベーコンを食べずにいる。でも喧嘩はいまも続いている。ふたりは喧嘩をやめようとはしないでしょうね。パパが死ぬまで」シーアは感情を押し殺して言った。「パパは死にはしない。喧嘩が続いている限りは」

「つまりベーコンがお父さんを生かしているのね」


シーアとソフィアが用意した夕食は、フォックスを除く全員にチキンとサラダとワインだったが、フォックスは何も食べず、どろどろした緑色の薬液を飲んだだけだった。シーアのボーイフレンドがやってきた。ヒービーとマックスは、政治のことで無駄口を叩いた。フォックスは一言も喋らず、体の内部で起きている戦いに全神経を集中していた。ソフィアの品のある気遣いもお留守になっていた。後片づけをひとりでするると言い張った。フォックスは吐くために二階に行ったきり戻ってこなかった。波が激しく岩に打ち寄せていた。「危険な闇のなかを散歩してくるね」とヒービーが言った。シーアのボーイフレンドが帰っていった。ゲイルとマックスとシーアはリビングルームで本を読んでいた。ヒービーが戻ってきて、大丈夫だった、と言った。「驚きよね。たいてい災難に遭うんだけれど」岩に打ち寄せる波の音はさらに大きくなった。

ゲイルは深夜に目を覚ました。ベイリウムを荷物に入れ忘れたからだ。マックスはかすかにいびきをかいている。彼を起こすのは気の毒だし、起こしても事態が変わるわけでもない。忍び足で一階に下り、フォックスの部屋に入り、彼の薬類の中から睡眠を促す薬を探し出したほうがいいかもしれない。それで死に至る薬を手にしたってかまわない。だが死につつある男を起こすことは、気の毒ではすまされない。

彼女は起きあがり、フックにかかっていただれかのオイルクロスのコートを羽織った（ローブも荷物に入れ忘れたのだ。脳の中にあてにできない部分ができているような気がするときがある）。裏階段を物音を立てずに下りて二階にたどり着くと、中央階段まで移動した。そこの擦り切れた絨毯なら足音を消してくれるだろう。しかしそれでも足を踏み出せば音が出る。ゲイルは立ち止まり、手すりの上に身を乗り出した。

月の光が音楽室に射し込み、だれからも顧みられない調度品を照らし、スタインウェイを銀色に染めていた。

　フォックスとソフィアが、広い窓に面して置かれた椅子に腰を下ろしていた。膝が触れ合いそうなほど近くにいた。フォックスが着ているのは、入院中に借りたか盗んだかした縦縞の病院のバスローブだ。ソフィアはコーデュロイのズボンに擦り切れたフランネルのシャツをまだ着ている。しかし、みすぼらしい服の上にあるふたりの顔はいかにも貴族的な雰囲気を湛えている。死に向かっているほうですら高貴だ。なんて羨ましい横顔だろう。ゲイルは落ち着いた小声で交わされているふたりの会話に耳を澄まそうとした。どのみち、ゲイルは客ではない。臨終に立ち会うために招かれたのだ。立ち聞きするのは小学校教師の務めだ。しかし、なんとか聞き取れたのはほんのわずかな音節で、「愛」「記憶」「怖れ」といった言葉であったかもしれないし、そのような言葉であるべきだと思ったが、違う言葉だったかもしれない。


　マックスは午前中にピアノを弾いてみた。フォックスは使い古されたソファに横になっていた。疲れていたゲイルは、だれにも気づかれませんようにと祈りながら、食事の際には使われない薄暗いダイニングルームの、隅に置かれた椅子に背を丸めて座っていた。持ってきた小説を広げたが読めなかった。アーチ型の戸口の向こうに音楽室が見え、反対側の狭い戸口の向こうにキッチンが見えた。ピアノは完璧に調律されていた。フォックスの古いチェロのケース――家から大学に引きずっていき、またここに戻ってきたあのケース――が隅に立てかけられていた。

　マックスがピアノから離れてダイニングルームを横切っていったが、そこにいるゲイルに気づかなかった。彼はキッチンでコーヒーを注ぎ、砂糖を大量に入れた。フォックスはいまはソファから起きあがっている。チェロをケースから取りだし、支柱を義足のようにはめ込んだ。スツールに腰掛け、チェロをかなり斜めに倒して構えた。支柱がオービュッソンの絨毯に深くくいこんだ。フォックスは相変わらず寝間着を着ていて、縦縞模様のローブは昨日ゲイルが見たものと同じだ。黄色い染みがあちこちに付いていた。

ソフィアとシーアとヒービーはポーチにいた。冬らしくない穏やかな気候だった。いや、冬らしいのかもしれない——メイン州沿岸部では十九世紀に暖冬が二年連続であり、一九二九年も暖冬だったことも、ゲイルは教師をしていたときに知った。シーアのボーイフレンドはまだ現れない。ゲイルは彼の名前をどうしても覚えられない。彼のほうは彼女の名前を覚えているだろうか。一九二九年のことを、バレンタインデーにはラッパ水仙が咲き終わっていたことを憶えている人間はいるのだろうか。フォックスは弦の上で弓を滑らした。バッハの組曲だ。チェリストが準備運動のために弾く曲。彼は、ポーチから入ってきた妻と娘と義理の妹のほうを見もしなかった。三人の女性はすぐにゲイルを見つけた。ソフィアが、男子が練習しているあいだ、女子はスケートをしましょう、と言った。

「スケート靴を忘れてきたわ」とゲイルは言った。

「わたしがもう一組持っている」とシーアが言った。

「大きすぎると思う」

「詰め物をすれば大丈夫」

「なにを詰めるの」ゲイルはそう言いながら三人のあとからシーアの車に向かった。四人は島から島へと車を走らせて本島にたどり着いた。そして、みなが気に入っている、コーシャー・ソルトに似た氷の粒がきらきらと輝く黒い池まで行った。シーアのスケート靴は、シーアが物干しの紐からもぎ取るようにして取ってきた不揃いの靴下をはいただけで、誂えたようにゲイルの足にぴったり合った。ゲイルは、幼い息子にスケートを教えた冬のことを思い出した。ほんの一瞬、あのときから少しも時間が経っていないかのような気がした。いまも彼は快活な少年で、自分は喜びに満ちた母親であるかのような気がした。

ゲイルは何度かターンをおこなった。シーアとソフィアは軽快に滑った。しかし氷上の花形は青春の女神だった。ホワイトロー家のトランクから救い出してきた長いスカート、ぴっちりしたジャケットにシルクハット——フォックスがだれかの就任式に着ていったもの——を身につけたヒービーは、くるくると回転し、片脚を高く上げて次にもう一方の脚を上げ、ジャンプし、蝶のように着地した。早々に疲れ果てたゲイルは、池の縁からその様子を眺めていた。本物の神があの打ちのめされた人間を縮め、陶器に変え、オルゴールの上で永遠に回り続ける人形にしたら、どんなに救いとなることだろう。「彼女はニューハンプシャーの馬牧場にあるワンルームのコテージを借りているの」とシーアが言っていたことがある。「パパとお喋りをするために、十七ものバスを乗り継いでやってくるの」ところがヒービーの右の靴のブレードが氷の出っ張りに当たったらしい。いや、毛布をかなぐり捨てようとしている子供のように、雪解けのあいだに上に伸びようとした根っこに足を取られたのかもしれない。シルクハットが飛ばされて大きな弧を描きながら池の真ん中へと転がっていった。ヒービーは勢いよく顔から倒れた。

いや、そんなはずはない。「体は目と鼻を守るためならなんでもするものだよ」とマックスは言っていた。「両手が反射的に前に突き出される——手首の骨折の多くはそうやって起きるんだ。自分に顔があるのを忘れているのは意識不明の人間だけさ。一度緊急治療室でぼくが目にしたのは……」それからマックスが語ったのは、転んで体中の骨を折った酔っぱらいのことだった。彼は折れた骨を友人のように名前で呼んだ。その尋常ではない記憶力で、研修医時代に目にしたあらゆるものを頭にしまい込んでいた。その後、彼は緊急性のともなう臨床業務から身を引いた。昨夜彼が、フォックスの命はもってあと一カ月だと思う、と言った。

ヒービーはまだ倒れたままだ。しかし顔は横向きになっているので、鼻の骨は折れていないかもしれない。姉と姪が彼女のほうへ滑っていく。ヒービーは手をついて上半身を起こし（ということは、手首の骨も無事だ）、両足を引き寄せて（足も無事）座りこんだ格好になる。ゲイルは三人のところに行った。シーアがヒービーのかたわらに跪いている。ヒービーの片頬にかなり深い擦り傷ができていたが、たいして出血はしていない。「大丈夫？」とソフィアが訊いた。

「傷の手当てをしなくちゃ」とゲイルは言った。

「急に気分が悪くなったの」とヒービーは言った。彼女はシーアの手を取って立ち上がった。ゲイルはふたりの後について岸辺に向かった。振り向くと、ソフィアが池の中央まで滑っていき、従者のようにシルクハットを拾おうとしているのが見えた。

四人が戻ると、マックスがひとりでキッチンの食卓にいた。「フォックスは眠っている」と彼は言った。「ヒービー、どうしたんだね？　ちょっと見せてごらん」シーアがジーンズのポケットから車のキイを取りだして、急いで外に出ていった。ゲイルがその姿を目で追うと、シーアが車のトランクを開けて、固そうな白い紙に包まれた物を取りだすのが見えた。キッチンに戻ってくるとシーアはキイをカウンターの上に放り投げ、白い包みを開けた。ピンク色に輝くベーコンが現れた。それを薄く切り分けてソフィアに渡した。ソフィアはすでにコンロの前に立って、火の上で大きな黒いフライパンを熱していた。薄切りにされたベーコンは丸まり、縮こまり、ジュージューと音を立てた。その匂いがゆっくりとキッチンに満ちていった。

ゲイルは食卓を整えた。マックスはヒービーに、ぬるま湯で顔を優しく洗うようにと言った。ワセリンなどつけなくていいからね、と。ヒービーは言いつけに従い、キッチンから姿を消した。ソフィアは炒めたばかりのベーコンを皿に盛って出した。

さらなる香ばしい匂い。反抗の匂い、贅沢に熱が発散される匂い、不浄の匂い。教育の標準化が声高に叫ばれる前のこと、ゲイルは四年生のクラスで家畜について学ぶ授業をおこなった。もちろん、ゲイルはしっかりと準備した。雌豚はとりわけ慈愛に満ちていることを彼女は知り、それを生徒たちに教えた。ほとんどの種類の豚が多産で、穀物を肉へと効率よく換える。大きな体にとても小さな胃がある。豚の化石、ペッカリーの祖先の化石が、中国で初めて発見された。このことは中華料理の栄華を物語っているかもしれないわね、とゲイルは心の中で思ったが、それがどういう栄華だったかは説明できないし、ましてや生や死、性的嗜好などわかりようもなかった。一度、息子が三歳になったとき、おもちゃ屋でおもちゃの豚を見た。とても小さな雌豚で、実際の豚を精巧に模してあった。息子といっしょに乳首の数を数えたら十二個あった。「ここからお乳が出てくるのよ」と彼女は言った。そして甘く切ない授乳期のことを思い出して、ふたりは抱き合った……。

「旋毛虫症って」キッチンに戻ってきたヒービーが言った。「豚から移るんじゃなかった？」

「そのとおり」とマックスが言った。「でも、豚には鼠から移るんだ。でも、そのとおりだよ、ヒービー。生の豚肉を食べると線虫の幼虫が入り込んで重い病気になる可能性がある。だからベーコンには充分に火を通さなくちゃならない。それにベーコンが焼ける匂いには鎮静作用がある」

「フォックスがこれを求めるのも無理はないわね」ゲイルはそう言うと、突然それ以上ものが言えなくなった。

ヒービーがいつになく熱心な口調で言った。「これは本当は彼には毒なのかもしれない」口を閉ざしたゲイルには、ヒービーが姉の夫に抑えた愛情を注いでいるのがわかった。ときどきここでいっしょに暮らしているフォックスとヒービーは、楽しい時間を過ごしているのだろう。彼女がスケートをし、彼がチェロを弾く。彼女が話をし、彼は耳に指を突っ込んで塞ぐ。セックスに煩わされることのない関係……。

「ベーコンはフォックスにとって毒ではないよ」とマックスが言った。「彼の体に悪いものなどもうなにもない」太っていて穏やかだが、マックスは泣き虫ではない。だがその優しい声は嗄れ、狭い肩はがくりと落ち、ふっくらした手はぴくぴく震える口髭に押し当てられた。

ソフィアはしばらくベーコンの薄切りを調理していた。ようやくその手を止めた。二階ではフォックスが薬でぐっすり寝入っている。シーアが汚れた皿を積み重ねた。ソフィアからベーコンと車のキイを手渡されたゲイルは、外に出て車のトランクに包みを入れ、鍵をかけ、それから生育の悪い松の木につかまり、体をふたつに折るようにして吐いた。手に触れた木の幹が、ツイードを着た腕のようだった。彼女は背筋を伸ばし、家に戻った。

ようやく夜が来た。音楽室に集まる前に、フォックスを除いた全員が夕食をとった。フォックスは気分を引き立てるために、有害な栄養剤をシャンパングラスに注いだ。そしてヒービーの顔を丹念に見て、「朝になったらすごい痣になっているぞ」と、痛みに苦しむ仲間に言った。

ピアノの上の色褪せた水差しには、乾燥したユーカリの枝が何本か挿してあった。その向こうに見えるマックスの顔は金属でできているようだった──白鑞のような口髭、錫を押し固めたような肌。まばらな睫の下の、アルミニウムの円盤のような目。いま見知らぬ人が部屋に入ってきたら、マックスこそが死にかけている男だと思うだろう。顔を伏せ、大きなチェロでひょろ長い体を隠しているフォックスではなく。

ふたりは演奏した。ふたりの老人と、年老いているがこの世に長く留まる運命にあるふたつの楽器。おそらくこの曲がこれほど音を外して演奏されたことはこれまでになかっただろう。こんな状況で演奏されたこともなかっただろう。パパゲーノが歌う十二の変奏曲はアマチュアのためのサロン練習曲として作られた。ゲイルはそのことを知っていた。この曲はベートーヴェンにしては軽めだし地味だ。彼女は何十年にも及ぶ結婚生活のあいだに、音楽に関して実に多くのことを学んだ。マックスがパッセージを弾きそこなった。もし彼女を選んだ男が現代美術に関心があったら、あるいはフットボールや料理に関心があったら、彼女はその知識を夢中で身につけただろう。彼女自身が家庭に持ち込んだのは、教える熱意と、ピンや留め金やクリップの入った葉巻の箱だ。そのコレクションを増やしたり、売ったり、交換したりする計画を立てていた。フォックスの奏でるドルチェ・ヴィブラートの音が外れた。ゲイルの趣味は、励まされることも貶められることもないまま、立ち消えになった。ふたりの音楽家はすべての変奏曲を十五分で演奏しきった。

シーアのボーイフレンドが拍手した。フォックスは吐くために二階に行った。ボーイフレンドが帰った。マックスは楽譜を脇に挟んでピアノのかたわらに立っていた。ヒービーは小走りでマックスのところに行き、紅潮した顔を上げ、ワセリンのことをもう一度訊いた。シーアとソフィアは家の明かりを消して回った。

「顔はそのままにしておいたほうがいい」とマックスはヒービーに言い、それからゲイルに「少ししたら上に来る?」と訊いた。

ゲイルは頷いた。それどころか、彼のすぐあとについていった。すぐに裸になり、マックスより早く頑丈なダブルベッドに横たわり、両手両足で蜘蛛のように夫の体に絡みついた。否応なく高まった瞬間、高波がはじける瞬間、彼女が今夜の想像上の相手として考えたのはミシェル・ファイファーだった。しかも自分にはふさわしくないと思って買わなかったダイヤモンドと銀と黒いエナメルのブレスレットを身につけたミシェル・ファイファーだった。彼女は瞬きをして想像上のブレスレットを追い払い、それを身につけた者も追い払った。マックスは体を洗って戻ってきた。洋梨型の彼の裸体が月の光の中で輝いた。その目は高価な硬貨のようだった。マイン・マンヒェン、わたしの愛しい男、と彼女は思った。

ゲイルは数時間ほど眠った。そして、叩かれでもしたように急に目を覚まし、起きあがってオイルクロスのコートを着て、階段を下りていったが、足音がしてもかまわないと思った。音楽室にはだれもいない。ポーチに通じる扉が半開きになっている。シーアがポーチにいた。アルミニウム製の椅子に腰掛け、ポーチの木の手すりに両腕を載せ、その上に頭を預けていた。ゲイルはもう一脚の椅子をかすかに軋ませながらシーアの横に引き寄せ、それに座った。シーアが目を上げた。ふたりの手が触れ合った。

なんと言えばいいのか。不思議なほど気の合ったルームメイト、フォックスクロフトとモーリスは、その身に与えられた人生をなんとかまっとうした、と。訊きたいと思う人がいたら、わたしは同じことをする、と。「死んでいく男に手を貸してあげる——それがみんなの務めなのよ」ゲイルはそう言った。

家の中から唸り声に似た音が聞こえてきた。無機質が立てる音だ。裏の戸が開いた音。キッチンの外にある木の階段を下りていく足音。それからかすかにあくびをする音。車のトランクが開けられるポンというくぐもった音。トランクが閉められる音。さっきよりしっかりした足取りで家に戻ってくる音。裏の戸が閉じられる音。

シーアが背筋を伸ばした。

「車のキイ——わたしがカウンターの上に置いておいたの」とゲイルは言った。「夕食のとき、彼はそれを見つめていた。あなたのママは、キイを見つめている彼を見ていた。わたしは、キイを見つめる彼をじっと見つめるあなたのママを見ていた」

キッチンからジュージューという音が聞こえてきた。間もなく、夢のような香りが漂ってきた。肉を焼く音がさらに大きくなった。喜びに満ちたメッセージを勢いよく指で叩いているかのようだ。念入りに火を通している。素晴らしい豚のばら肉の薄切りは、これからじっくりと味わわれ、咀嚼され、淡々と吐き出されることになる。

悪ふざけ

Capers

落ちている小銭を拾う——それはヘンリーの思いつきだった。純粋な遊びだった。犯罪でもないし、悪事でもない。それに最近では、夢中になれる暇つぶしならなんでもやってみてもいい、という心境になっている。とても簡単なことだ。小銭はそこいらじゅうに落ちている。郵便受けの下、エレベーターの隅、歩道にも潜んでいる。映画館の椅子のクッションのまわりを手探りすれば出てきたりする。ドロシーは側溝から油まみれの硬貨をいくつも拾い上げた。それを洗い、ときには磨きあげた。一度、簡易食堂のカウンターに座ったヘンリーのそばに二十五セント硬貨が二枚あった。ヘンリーがそれを手に取った。カウンター係が手を差し出した。「それはおれのだよ」と彼。「あんたの前にその席にいた男が置いていったチップなんだ」ヘンリーはその硬貨を返した。ドロシーはスツールに座って真っすぐ前を見ていた。ヘンリーはその硬貨をねこばばするつもりでいたのだ——盗むつもりだった。盗みは犯罪だ。しかし恥じ入ったように見えたのはカウンター係のほうだった。ヘンリーの行為が恥ずかしかったのだろう。

翌朝、ドロシーは用事があってダウンタウンに行った。人でごった返した歩道で、彼女の前を若い娘が大股で歩いていた。その娘の背負ったバックパックの口が不注意にも開いたままになっていて、ドロシーはついそこから財布を抜き取った。若い娘は、ロイヤルブルーのポンポンが付いた赤いニットの帽子を被っていた。ドロシーは――はるか昔に同じような帽子を持っていた――横にずれて店のウィンドーのほうに進んだ。財布の中の金を数えながら、なんてこと、と思った。四十ドルと小銭。いったいわたしはなにをやっちゃったの、あの娘を追いかけなきゃ、追いかけなきゃ。前方の人混みの中で、ポンポンが上下している。ドロシーは財布を自分のハンドバッグに押し込んだ。交番に届けなくちゃ。通りで見つけたと言えばいいんだから。しかし彼女は地下鉄に入り、家まで運んでくれる路面電車に乗った。落ちていた財布を交番に届けそこなうのは犯罪じゃない。ずっと持っていてもいい。そうすれば合法的に自分のものになる。交番に届けたところで、ポンポン娘が遺失物届を出さなければ、財布はドロシーのものになる。拾い主の立派な行為を讃えて。路面電車が地表に出たとき、ドロシーは自分が財布を拾ったのではないことを思い出した。盗んだのだ。

その夜、ヘンリーに打ち明けた。

「いくら?」

「四十ドル。でも四十セントだったとしても……」

「甘やかされた女子大生なんだよ。パパがまたその娘にお金をくれてやるさ」

「ヘンリー……」

「競馬をやってみようじゃないか」

翌日、ふたりは電車に乗って競馬場に行き、二十ドルを二回賭けて二回とも外れた。「罰があたったな」嬉しそうな声でヘンリーが言った。ふたりは手を繋ぎ、温かな沈黙を保ちながら電車に乗って帰った。

「ギャンブルはあてにできんな」その夜ヘンリーが言った。「ポケットから掏《す》る――これが正解だ」

「なんに対する正解？」ヘンリーは彼女を睨んだが、彼女は続けた。「掏摸をするにはプロの訓練を受けなくちゃ無理よ。それに、泥棒のフェーギン（ディケンズの『オリヴァー・ツイスト』に登場する悪党）は絞首刑になったし」

「独学でやるんだよ。おれがドビュッシーの曲を弾いていたのを覚えているだろ？　手先が器用なんだ」

ヘンリーはドビュッシーの曲をスーサの行進曲のように弾いた。そのことは当時の彼にもよくわかっていた。彼は過去を改竄している――年寄りの癖だ。倫理観も作り替えられる。道徳心も。「人からお金を失敬するのは危なすぎる」物事に精通しているような声で彼女は言った。「現金は迂回しましょう」

「迂回？」確かに一般的な言葉ではない。

「現金は、商品を買うためにあるわけでしょ」ドロシーは嚙んで含めるように言った。「直接商品をやるのよ。店先で」

ヘンリーはにやりとした。「なんて女と結婚しちまったんだ、おれは」

ドロシーもにやりとしたが、心は張りを失っていた。この古い価値観の総崩れは、認知症が始まっているしるしではないか？　彼の認知症はカプセルに保護されていて、ちょっとした悪行をやらかすときにだけ発症するのだ。軽微な罪を犯せば——哀れな老人たちがウェイトレスにちょっかいを出したがるのと同じで——もっと手強い老化という現象を遅らすことができるかもしれない。

ドロシーはときどき、ひりひりする欲望を抱く。たとえば早朝、夜明けの光が灰色の壁を娼婦のようだと思う鮮やかなライラック色に変えるとき。手がベッドカバーの上を、青い血管の浮き出た鼠さながら這いすすむ。彼は仰向けに寝ているが、睡眠時無呼吸症候群なのでその姿勢ではまずい。いびきをかいては呼吸がとまり、いびきをかいては呼吸がとまる。ドロシーは彼の肩を強くゆさぶって横向きに——彼女に背を向けた格好に——させる。彼はたいてい目を覚まさない。それでいい。ヘンリーに必要なのは休息だ。彼は眠りが浅く、しょっちゅう目を覚まし、結局は仕方なく、嫌々ながらも起きてしまう。寝覚めが悪く、昼食のビールまでいらいらし、ビールが入ると少しのあいだ元気になり、好色にさえなったりする。しかも午後になったばかりのときにそうなる……。しかしヘンリーはいつも薬に頼らざるを得ず、薬の効き目が現れるまで否応なく一時間ほど待たされる。彼女は老婦人専用のジェルをいくら大量に塗りたくっても乾いてしまう。それで歯を磨いたほうがましなくらいだ。加えて、そんな時刻では、部屋に降り注ぐ太陽の光のせいで、互いの姿が露わになる。ヘンリーの顔にできたいくつもの溝はしょっちゅう脂っぽくなっている。わずかに残った髪の下の頭皮は、牡蠣のように白い。ドロシーの胸の角質繊維は小石のようだ。頭髪は真っ白になりきっていない。太陽の光は、残酷にも藁そっくりな髪を暴き出す。そして彼が彼女の喉元のくぼみにキスでもしようものなら——昔はそうするのが大好きだったし、滑らかな上のくぼみに入れてからもっと滑らかな下のくぼみに入れるのが好きだった――目にするのは、鎖骨の上にある弛んでぶるぶる震える生クリームのような皮膚だ。それに、彼が達するのに長い時間がかかる。若いころなら絶対にしなかったのに、いつまでもしつこく腰を動かし続ける。そして彼女ももっと時間がかかる、永遠にも思える長さだ。ところが、射精すると彼は体を離し、彼女は苛立たしさと悲しみの中に置き去りにされる。

昔は、結婚してから十年くらいは、仕事と育児といつも足りない睡眠のあいだを縫って、素早く快楽を貪らなければならなかった。その後の数十年で、セックスが穏やかで慈しみ溢れるものになった。十年前ですら、ふたりは互いを慈しんでいた。しかしいちばん素晴らしい時期は、遠い昔の大学時代だった。当時は異性訪問者に関する厳しい規則があって、不道徳な行為をすれば退学になった。大学でいちばん難しかったのは、その不道徳な行為をする場所を探し出すことだった。気に入った場所がいくつかあった。大学の美術館の最上階のスペースには修復されるのを待つ絵画と彫刻が置かれていて、そこでふたりは何枚もの「受胎告知」とひびの入った裸像と親しくなった。川べりのボートハウスの中では、ひっくり返されたカヌーの下に横たわった。初秋と晩春には、学校からバスに乗って海まで行った。夕方になると浜辺から人影が消えた。

ドロシーが好んで思い出すのは、十月の特別な日のこと。足以外を浸すには冷たすぎる水が、薄い青鼠色と濃い青鼠色に色を変えて打ち寄せていた。ふたりはしばらくその様子を眺めていた。そのうち彼が眠りに落ちた。ドロシーは少しずつ体が冷えてきたが、持ってきた一枚だけのビーチタオルは彼の胸を覆っていた。そのタオルをそろそろと引き寄せて現れた金褐色の胸毛に見惚れた。それから自分の体をタオルで包んだ。「ドリー」とアサガオのような虹彩のある目を片方だけ開けて彼が言った。「泥棒め。それはぼくのだ」

「もう、そうじゃない」そう言うと、彼女は立ち上がって駆けだした。ヘンリーは起きあがって追いかけるのに手こずり、少し遅れた。ふたりは砂浜の端から端まで駆け抜けた。ビキニ姿の娘を追いかける半裸の青年。当時はたっぷりあった彼女の茶色い長い髪が後ろへなびいた。片手に持った縞模様のタオルがはたはたと揺れた。彼女が目指したのは道路から浜辺へと下る岩場だった。そこによじ登ろうとしたところで捕えられた。彼女は賢明にもそれ以上走ろうとはしなかった。いきなり体の向きを変えて向かい合うと、彼が大砲の弾のようにドスンとぶつかってきた。彼女はタオルを落とした。ふたりは激しく喘ぎながら抱き合った。前戯などではなかった。抱き合っていただけだ。愛情が片方の心臓からもう片方の心臓へとドクドクと伝わった。その交換で幸せな気持ちになり、ふたりは相手の水着のウェストバンドに指をかけた。すぐに裸になって砂の上に横たわった。人が通り過ぎても気にもしなかっただろう。

その後間もなく結婚した。物静かな娘をふたり育てた。ふたりともいまはオハイオでそれぞれ家庭を持っている。「あの投資はみごとに成功したな」娘のことを話す際に、ヘンリーは必ず笑みを浮かべてそう言う。喜びに溢れた祖父母は、成功した投資先を年に二度訪ねる。そしてほかの土地へもときおり旅行に出かけ、書店で新刊を買い、慈善のための寄付をおこなう。歳を取るにつれて、同じような集団の人々がするようなことをするようになった——コンドミニアムの管理料を払い、食料品店で買い物をし、週に一度は映画を観て落ち着いたレストランで食事をした。バードウォッチングの会に参加した。持病の手当てをした。そして旅行をするほどの気力がなくなり、読書の傾向も狭くなった——スリラー小説と、昔の小説しか読まない。というのも、そういう本なら図書館で借りられるからだ。交響楽団の年間会員を解約した。上等なステレオシステムが家にあるし、会員料が高いからだ。美術館は火曜日が無料になるので美術館の会員も解約した。《ニューヨーク・レビュー・オブ・ブックス》の定期購読をやめた。最新の情報を手に入れていると、危うい家計をさらに圧迫しかねない。年金、恩給、長期健康保険。それで充分だった。それでも——同じ世代の者たち同様に——生活が苦しいと感じていた。

「商品——まずわたしがやってみる」とドロシーは言った。「経験豊富な買い物客だから」

コンビニエンス・ストアで、ドロシーは店内に客が自分ひとりになるまで待った。それから牛乳のパックをリサイクルのトートバッグにこっそり入れ、小さなカートを押して、憂鬱そうなメキシコ人女性のレジのところまで行った。いや、アステカ族の顔をしているのでアステカ人だ。略奪されてばかりいる種族だ。ドロシーはカートをUターンさせて冷蔵品のところまで戻り、牛乳をバッグから冷蔵ケースに戻し、それから再びそれを取りだして、今度はカートの中に入れた。そしてカートを押してアステカ女性のレジに行き、すべての品物の代金を払った。

ロシア人一家が経営する店からも牛乳をこっそり持ち出そうとした。しかしここでも気後れしてしまった。カウンターの奥にいる、オレンジ色の髪にどっしりした体格の女性は、テイクアウト用のチキンとカーシャを料理していた。彼女の双子の片われは、一週間前のサラダを出していた。店全体が魚臭かった。ドロシーは、このロシア人一族が何代にもわたって味わってきた辛酸のことを考えて、無力感を覚えた。レジのところにはいちばん下の妹が立っている。ドロシーはショッピングバッグから牛乳のパックを取りだし、ほかの食品といっしょにカウンターの上に置いた。

セブンイレブンのレジ係はいささか知能に遅れがあるようだった。彼を騙すなどありえなかった。しかし、そのたびにドロシーはヘンリーに、牛乳を万引きした、と嘘をついた。

彼のほうも上首尾とはいかなかった。男性用衣料品店で靴下を二足、上着のポケットに入れて店を出た。ところが地下鉄の駅に着いてみたら靴下が消えていた。だれかがおれのポケットから掏っていったんだよ、と彼は主張した。

「ポケットから落ちたのかも……」と彼女は言いかけた。

ひどいしかめ面になった。「ふたり一組でやったほうがいいな」とヘンリーは言った。「片方は注意を逸らす役、片方は器用な手先を使う役」

彼女は黙った。

「ひとりのほうがいいかい？　ドリー」彼はそう言って彼女の顎の下をくすぐるように撫でた。「それがきみの望みかな？」

彼女が望んでいるのは彼――昔の彼――だったが、何も言わなかった。

デパートでふたりの実力を試すことになった。ふたりは実践で技を磨いた。ヘンリーがカウンターの上に並べた似たような商品を売り子と検討しているあいだ、ドロシーが商品をじりじりと動かしてカウンターから落とした。この方法で、スエードの手袋、幼児のジャンプスーツ、万年筆、小さな写真立て、輸入のチャツネの瓶詰めを手に入れた。宝石売場では、ドロシーは男性用のカフスボタンを一組、コートの右袖口の中に落とした。それから中年のころによく使った「あなたの話ならどんなことでも聞きたいわ」という笑みを復活させ、ガラスのケースの上に左の肘を突き、店員を呼んで準宝石についていろいろ話させた。そのあいだコートのポケットに右手を突っ込んだまま、袖口から右の掌にカフスが一個、そしてもう一個落ちるまでその姿勢でいた。

戦利品はどうすればいいか。チャツネは食べた。写真立ては結婚祝いになった。幼児服と万年筆と手袋は〈グッドウィル〉（非営利福祉団体）に寄付した。貧しい人たちがそれを使ってくれる。彼らは市場価値など考えもせず、利用価値のあるものだけを評価するのだ。再分配――わたしとヘンリーがおこなっているのはこれ、とドロシーは自分に言い聞かせた。とはいえ、騙された売り子たちがどうなったか心配したが、大手のデパート自体には同情しなかった。デパートは損失分を吸収できるからだ。その負債を相殺するためだけに、ドロシーは孫へのプレゼントをそうした店で惜しげもなく買って送った。しかし彼女が心から同情した相手は興奮しているヘンリーだった。万引きをした直後、彼の精神は高揚するが、二、三日経つと急激に落ち込んだ。「おれたちはこの才能を充分に使いこなしているとはいいがたいな」ある日彼は文句を言った。「銀行を襲うことを考えるべきじゃないかな」

「駅馬車を襲ったほうがいいかもね」彼女は軽く受け流した。「このきれいなカフス、どうする？」

彼は肩をすくめた。「グッドウィル行きだ」

「だれかがこの価値に気づいて売り払うかもしれない。あなたが着ければいいじゃない。パーティに行くときに」

「この前おれたちがパーティに行ったのはいつだったよ。最近じゃあ、行くのは葬式ばかりだ。おれの番が来たら――そいつをいっしょに埋めてくれ」

「わかった」と彼女は言ってため息をついた。「それで、銀行は？」

「警報システムについて書かれた本を読んでみるよ」ヘンリーはくすくす笑うと、彼女の腰に腕を回した。

それでふたりは腕を組んでいそいそと図書館に行った。ル・カレの最新刊は、予約リストを見ると半年先でなければ読めなかったが、返却本のカートの中に普通の荷物のように入っていた。ヘンリーはそれを拾い上げた。さらに、そのカートには警報装置を自分で設置するための本も入っていた。ヘンリーはドロシーに、盗難防止の回転ゲートから堂々と出ていくように合図した。その後でル・カレの本を持って回転ゲートのところまで行き、それを彼女に――「これを忘れているよ」――手渡してから、自分は警報の本を持って貸し出しデスクに戻り、本を借り出した。その様子を見ていた人はだれもが、なんて仲がいい夫婦、と思ったことだろう。

ふたりは――ヘンリーが最初に――ル・カレの本をすぐに読み、ある朝早く図書館の返却ボックスに滑り落とした。警報の本も。「複雑すぎるな」とヘンリーは言った。「専門家が必要だ」

「必要なのは休暇よ」と彼女は言った。

「どこへ行くんだ？」不機嫌な口調になった。

「そうじゃなくて、しばらく休んだほうがいいってこと」

「休んでどうするんだ」疲れ果てた口調だった。

「そういえば……バードウォッチング用の双眼鏡を見つけたのよ」
それで再びバードウォッチャーの仲間に入り、気持ちよく散歩し、可愛い鳴き声を聞き、新しい友人を作り、少しずつかつての生活に戻っていった。つましいがみみっちくない、用心深いがしみったれてはいない生活に。正しい生活に。
この寛解期は数ヵ月続いた。そしてある日、ダウンタウンに贅を尽くしたホテルがオープンすると
いう記事を読んだ。その中には高級ブティックがたくさん出店するという。
「見に行こう」とヘンリーが言った。「昔のよしみで」
「〝昔の彼に会えるならどんな犠牲もいとわない〟」と彼女は歌った。「ヘンリー、わたしたちの犯罪
は成功したと言える？」
「まずいのもあった」
「まずかったし、腐ってた」彼女はつい最近上達させた、関係のないとんちんかんな新しい表現を引
用した。「〝虫の知らせがあって〟」彼女はさらに続けた。引用句が会話のなかに入り込んでくるのだ、
脳の内壁から押し出されたかのように。彼女は置いた物の場所をよく忘れるようになった。
「わたしのお財布はどこ？」とよく叫んでいる。
そしてヘンリーは、冷蔵庫にあったぞ、と教えるのだ。
木曜の午後、ふたりはハルペリン夫妻と映画を観て早めのお得なディナーを食べるという約束を、
ファイナンシャル・アドバイザー——空想上の人物だ——に急遽会うことになったと言って取りやめ、

ダウンタウンに出かけた。この遠出のためにふたりは精一杯お洒落をした。ヘンリーは火のような赤いお気に入りのベストを着た。これを手に入れたのは、客でごった返しているメンズショップで、彼はレインコートを脱いでベストを身につけ、その上にまたレインコートを着て店からすたすたと出てきたのだ。ドロシーは最近、髪をゆったりと頭の上でまとめている。花柄のロングスカート、体にぴったり合った黒いジャケット、どれも数年前に購入したものだ。

「ルノワールの絵から出てきたみたいだよ。美しい」とヘンリーは言った。

ホテルの大きな円形のロビーも飾り気のない美しさだった。すべて茶色のビロードと紫檀で統一されていた。喫煙室では、灰皿の中に五セント硬貨が置いてあった。ここでは喫煙が犯罪ではないのだ。

「こっちだよ、ダーリン」とヘンリーが言った。

「〝オーマイダーリン、オーマイダーリン〟」と彼女は歌いながら、五セント硬貨をポケットに入れた。

ロビーの先にはガラスで囲われた店が並ぶ通路が延びている。延々と続くウィンドーには人を誘惑する品物が飾られている――革のバッグ、翡翠の象、ピラミッド型に積み重ねられたフェイスクリーム。「十八歳のお肌を取り戻せることをお約束します」ドロシーはウィンドーの文字を声に出して読んだ。「ニキビだらけの肌に逆戻りできます」とヘンリーが言った。稀覯本、男性用アクセサリー、旅行鞄、時計。〈シルク〉という小さな店がある。「警備員がいる」とヘンリーが言った。「おお、あのチェス盤を見ろよ」

しかしドロシーは夫の腕を放した。そしてふらふらと〈シルク〉の店先に歩いていった。スカーフ、ショール、ハンカチ。手袋もベルトもある。彼女は漂うように店内に入った。「おたくの蚕は優しく扱われているの？」と店員に尋ねた。

「なんでございますか、マダム？」

「ウィンドーにあるスカーフを是非とも見せてもらいたいの。さまざまな色合いの青が互いに混じり合っている――そう、それ」そして店員はそのスカーフを両手で、それがまるで赤ん坊でもあるかのように捧げ持ってくると、ガラスケースの上に、それが赤ん坊の毛布ででもあるかのようにそっと置いた。店員とドロシーは向かい合ったまま、そのシフォンのスカーフの色合いの見事さに感嘆した。店員は真面目そうだが、もちろん、青の力を感じ取ることなどできるわけがない。ドロシーがこの青の力を借りて、これまでの美しい人生を思い起こしたようには。カヌーの下から見た夜の川の黒。日暮れの海の藤色。岸辺の葦の青緑色。水しぶきの銀色。若いヘンリーの目の青さと老いた彼の曇った目の色。孫娘のパジャマにプリントされたモルフォ蝶の色。花嫁の付添人たちが着ていたドレスは駒鳥の卵色だった。そういった色合いがこの流れるような繊維にそのまま映し出されている。これは両手の静脈の色。これはパリの夕暮れ時の空のサファイア色。あの美術館の最上階の倉庫の奥にあった、彫像の頭の青紫色とその下の体のもっと薄い青紫の色。緑内障検査のリングのコバルト色。ポケットに入っている五セント硬貨を覆っていた灰の青灰色。最後の色は夜明けの寝室のライラック色。

「いくらだい？」とヘンリーが入口から訊いた。

「五百ドルです」と店員が答えた。

「ほほう」とヘンリーは口ごもった。「おれは素晴らしいカフスを持っている」

「ここでは物々交換はできないのよ、ダーリン」ドロシーは自信たっぷりにそう言った。彼女は夫のほうに歩きながら、スカーフを自分の肩にふわりとかけた。多様な使い道ができることを証明するかのように。そして指をひらひらと動かした。ヘンリーが命じられたかのように体を横向きにすると、ドロシーは頷いてそのかたわらを通り過ぎ、とても速い足取りでロビーに向かって歩いていく。

「ちょっと？――お待ちください――くそ」女性店員はガラスケースの後ろから飛び出してきた。ヘンリーが同じように脇にどいてくれるものと思っていたらしい。しかし彼の体が戸口のところで店員の行く手を阻んだ。両手で銀色に輝くガラスの枠をつかんでいる。両足は銀色に輝くガラスの敷居の上で踏ん張っている。「通れないよ～」ヘンリーは節をつけて言う。女性店員はケースのところに駆け戻ると、裏側のどこかにあるボタンを押し、ガラス製の受け台に見えないように置かれていたガラス製の受話器を取り上げた。ヘンリーはぶらぶらと歩き始めた。ドロシーはかなり先をゆっくりと走っている。スカーフがその肩の上でひとかたまりになって揺れている様子は、やはり赤ん坊のようだ。ヘンリーは速度を上げた。警備員が大股で追ってくるが、それほど速くはない。窃盗事件は店の評判を下げるからだろう。ドロシーがロビーにたどり着いた。ヘンリーはもう少しで優美な妖精に追いつきそうになった。彼女の結った髪は緩んで、スカーフはいまや彼女の手の上にふわりと浮かんでいる。彼女が突然体の向きを変え、ふたりはぶつかった。胸と胸、心臓と心臓が。そして唇が重なり合った。スカーフはふんわりと床に落ちた。

ロビーにいる人々は、上流階級の人にありがちな無関心な目つきで見た。〈シルク〉の女性店員が警備員を避けて進み、膝を折り、屈み込んでスカーフを拾い上げ、それを胸元にひしと押し抱いた。そして立ち上がって歩き去った。警備員はやるべきことを思い出したのか、姿を消した。ヘンリーとドロシーは互いの体を引き離し、手と手を繋いでホテルを出、手を挙げてタクシーを停めた。

タクシーの運転手がふたりを運んでいったのは、波止場近くのレストランだった。ふたりはそこで、冷え冷えとした十月の空の下でちらちらと揺れる海面を見つめた。穏やかな鷗と興奮したように飛ぶ鷗を見つめた。そして顔を見つめ合った。ふたりはようやく満ち足りた気持ちで過ぎ去ったことについて話した。これからのことは一切話さなかった。

自制心

The Ministry of Restraint

　こんなに魅力に欠ける路面電車を、これまでに見たことがあっただろうか。アクアマリンの色、そこにアザレアの花が渦巻いて描かれている。しかし「美しさは二の次ですよ」とアランはムニョスの市長に言った。「私の妻ならきっと絶賛すべきところがわかるでしょう」

　そう、彼女ならわかる。寛大なイザベラなら。イザベラは金髪で、アメリカ合衆国で教育を受けた。アランより英語が堪能だ。にもかかわらず、彼女は紛れもなくこの国、中央アメリカの粗野な小国の人間だ。大きな茶色の目、ふくらはぎの曲線、人目を引く服がそれを如実に物語っている。「わたしは悪趣味のこちら側にいるだけ」そう言ってからかうのを好む。

「美しさは二の次ですよ」とアランはもう一度言った。それより技術工学のほうが大事だ――路面電車はうまく製造できた。貿易のほうが大事だ――はるか彼方の日本と重要な取引をおこないつつある。彼がこよなく愛するこの国を治めるほうが大事なのだ。

　市長は安堵のため息を漏らした。「素晴らしい慧眼です。私はそれに望みを賭けたんですよ」市長は気の利いた洒落をあえて口に出した。アランが賭博大臣だからだ。アランが長年かけて手にしたのは、大半の政府の要人にとっての腹心の友であり助言者という立場だった。同僚たちはアランの判断と良識に全幅の信頼をおき、彼の野心のなさに賞賛を惜しまない。今日、首都から出向いてきたのは、運輸大臣の代理として路面電車を視察するためだった。

いま彼は市長と握手し、そして体の大きい男にしては驚くほど優雅な態度で、広い大通りを走り出した電車に勢いよく乗り込んだ。「実に快適だ」アランは窓の向こうにいる市長に声をかけて体の向きを変えたが、いささか落ち着きがなさすぎたかもしれない。できればこの無骨な田舎者とは二度と会いたくないが、もちろんそんなわけにはいかない。田舎者とかかわるのが代理人としての彼の仕事なのだ……。

鉄道の駅に行く途中で、アランは路面電車を降りてカフェに入り、グラス一杯のワインと地元特産のパテを頼んだ。アンチョビーと豚のレバーで作ったパテだ。それをもう一枚頼んだ。会議のあいだ彼が口のなかに絶えず何かを押し込んでいるのは、最終的な判断を言わずにすむようにするためだ。家では彼は冷蔵庫を襲撃した。家政婦は、彼が空腹のせいで起きた夜を知っているが、妻のイザベラは夫がベッドから抜け出しても眠り続けている。だから、太りすぎだと思われているかもしれない……それについて部下に訊いてもむだだ。彼らは思いやりと食欲は同じだと思っている。国民に訊いてもむだだ。彼が写真に撮られることはめったにないため、彼の顔を見てもだれかわからず体形の変化も知りようがない。仕立屋に訊いてもむだだ。慎み深く沈黙を守ったまま寸法を少し変えて仕立てるだけだ。しかし娘に訊けばはっきりわかる。父親を「おでぶさん」と呼んでいるからだ。ところがイザベラは、夫の明るい青い目とふさふさした髪と同じくらい胴まわりの贅肉を気に入っている。愛を交わしている最中に腹の肉を指でもてあそんだり揉んだりする。イザベラはほかの男といちゃつくそぶりをすることもあるかもしれないが、それはいつも、決まった男がいる女ならではの、深い意味のない潑剌としたいちゃつき方だ。アランも浮気をしたことはない。

ウェイターは、アランにパテをもう一切れ食べてもらおうとそばに控えている。「もう結構だ」と言ってアランは笑みを浮かべた。勘定を払い、狭い階段を上がってカジノに行った。海岸以外の場所で許可された広さ——テーブルが六脚——を厳格に守っているカジノだ。海岸では、大成功したリゾートが世界中から観光客を呼び寄せていた。

薄暗い部屋ではカーテンが午後の光を遮っていて、まっとうな場所なのに盗賊の巣窟のような雰囲気を醸し出している。ディーラーは体に合わないタキシードを身につけ、支配人は警官を捜すかのように部屋の隅々にまで目を光らせている。いや、実を言えば彼は斜視なのだ。アランは週給に当たる金額をチップに換えた。彼と同じルーレット台を囲んでいる人々は、穏やかな常連客の表情をしていた。アランは黒に賭けて数回勝った。それから13〜24に賭けてうずたかいチップの山をふたつ作った。そのチップの山の上まで指を滑らせ、下ろした。それからまた賭けた。結婚したときの妻の年齢22に賭けた。当時のイザベラは陽気で愛情こまやかな娘だったが、長い年月が経ったいまも明るく愛情こまやかだ。昔、生まれたばかりの息子を亡くしたことが、いまでも絶えず話に出るというわけではないが、ときどきは話題に上る。その息子の歳の数には賭けなかった。ゼロでしかないからだ。それにゼロというのは賭博場に属した数だ。勇敢な娘の歳16に賭けた。そして自分の年齢の因数9と5に賭けた。愛しい球が走り、止まり、回転し、溝から飛び出し、ゆっくり止まる。チップが三倍になったところで彼は勝負を止めた。

そして急に家に帰りたくなった。鉄道の駅まで歩いた。切符を買い、夕方の急行に乗った。列車は流線型で銀色に輝いていた。しかし客車内部は昔ながらのデザインにするように、アランと運輸大臣は鉄道会社を説得したのだ。つまり片側に通路、片側に六人席のボックス型コンパートメント、真鍮製の備品、マホガニーの板にするように。そして車掌は高いまびさしの帽子とダブルのジャケットを身につける。すべて一等車の仕様だが、切符のデザインは一種類しかない。彼は窓際の席に座った。夕方出発するこの列車に乗客は半分しか乗っていない。列車が駅を出てかすかに向きを変え、そのきらきら輝く車体が見えてくると、アランは小学生のように身を乗り出し、うっかり窓ガラスに額をぶつけた。

向かいの席に座っていたもうひとりの乗客が、同情するように少し顔をしかめた。三十くらいだろうか、とても背が高い。アランは計算してみた。この長い脚に上半身、とても長い首、頭を加えると百八十センチくらいになる、私と同じだ、と思った。額は狭く、髪が頭のてっぺんでひとまとめに結わえてある。まるで自分の美しさを完成させるにはさらなる高さが必要だとでも言わんばかりに……。アランにはそんな皮肉を言う妻の声が聞こえてきそうだった。もちろん、この女性の耳に届かないところで。イザベラはたいてい優しい。向かいの女性の上唇のふたつの山はくっきりしている。眼鏡をかけている。凸レンズの厚さから、遠視なのだろう。身につけているのはワンピースの原形のような服だ。袖なしで、ウェストがなく、裾は足首まで長く、その肌と同じココナッツの色だ。もしかしたら、肌に合わせて服の色を染めたのかもしれない。

彼女は本から目を上げ、厳粛な笑みを見せてくれた。「大臣」

「あ……すみません、お会いしたことがありましたか？」

「わたしは職人協会の副会長をしています。数年前、協会でお話をしてくださいました……信頼について。神父と医師は信頼できなければならない。賭事のディーラーも。〝国がディーラーを信頼できれば、組織は安全なのです〟、そうあなたはおっしゃった」

よくある演説だ。わざわざ引用されるほどのものではない。「失礼しました。いま思い出しましたよ」彼は嘘をついた。数年前の彼女はいまより背が低かったのかもしれない。今日の午後になってようやく完全な背の高さに達したのかもしれない。だが、もう夜ではないか。太陽はすでに山陰に入ってしまった。平原は熔けた金のような色になり、その向こうの丘は薔薇色となり、その先の首都の落ち着いた建物はまだ陽を燦々と浴びていることだろう。しかし銀色に輝く列車は濃くなりつつある緑色を映していた。

「わたしはディア……といいます」彼女は助け船をだした。アランは名字を聞き取れなかった。彼は再び身を乗り出し、山を貫いて走っていくきらきら輝く機関車を眺めた。機関車、第一車両、第二車両が続く。列車が直線になるにつれてほかの車両は彼のところからは見えなくなり、後ろに延びていく。車両がトンネルに入る——一瞬、真っ暗になる。しばらくしてコンパートメントのランプが点き始める。

アランは姿勢を戻した。彼女は再び本を読んでいる。そうだ、私も本を読もう。彼はブリーフケースの上に手を置いた。その中にはリストや表が入っている。農業改革に関する評論の本も。彼は非常に冗漫な序文を読んだ。それから最初の評論を読んだ。

鈍い音がした。重々しく尾を引く音。

そしてガクンと揺れた。重い車両とその中にいる乗客をゆさぶる強い揺れ。

列車が止まった。

たちまち制服姿の男たちが機関車のほうに向かって通路を走っていく。シャルル・ド・ゴールに似た格好の男たちが十二人。その後に、オーバーオールに帽子を被った男たちが続く。最後に現れたのは、怯えた黒衣の老婦人で、この国が隠れ家を提供した大昔の未亡人たちのひとりだ。

彼女は眼鏡を外した。目は暗くて判然としない古銭のような色だ。「なにがあったと思います？」と彼女は言った。

ふたり目の黒衣の魔女が通路を走っていった。惨事から逃れているつもりなのだろうが、実は惨事へ向かって走っているのだ。

「崖崩れでしょう」とアランは言った。どれくらいの量の石と頁岩が落ちたのか、損害はどれくらいか、怪我をした人がいるのか。

彼女は長い首を窓に向けて伸ばした。車内のランプは消えている。トンネルの白亜質の壁が断続的にライラック色に変わる。トンネル内の電気系統が弱まっているようだが、破壊されてはいない。

「いずれ説明があるでしょう」とアランは言った。

「はい、大臣。雑談をしているしかなさそうですね。わたしは仕事で使う素材を買いにムニョスに行っていました。籐細工の職人なんです」

「私は運輸大臣の代理として路面電車を視察しにムニョスに行ったんです。雑用係ですよ、好きでやっているんですが」

彼女はよくわかったというように頷いた。いや、本当にわかったのかもしれない。「フランス人のお名前ですね」

「母が」と彼は言った。その言葉に、この国に来てもなお一生涯パリの大通りに憧れ続けたパリ育ちの人間であることを込めた。「あなたのお名前は……神学的な響きがありますね」

「古典から取ったのです。父が教師だったので。サッカーのコーチもしていました」

「そうですか……我が国の国技はお好きですか？」

「夫は大ファンです」

ふたりは封切られたばかりの同じ映画を観ていた。それについては意見が分かれた。しかしボルヘスとデュフィについては敬愛する気持ちを共有した。聖者崇拝といったものには寛容に微笑んだ。ディアは、人は死んだらすぐに新しく生まれ変わると信じていた。「わたしたちは、人生を次から次へと旅しているのです」と彼女はアランに言った。

車掌が戸口に現れて、ふたりにだけではなく車両全体に向かって、メガホンを使っているかのように言葉を発した。「壁が崩落しました」大きな声だった。幼い女の子が車掌のところに駆けてきて、上着を引っ張った。「この列車は――」

「戻っておいで、エラ」男の呼ぶ声がした。

「――その直前で停止しました」車掌は続けた。「乗客で怪我をした方はいらっしゃいません。数人の乗務員に痣ができました。しかし列車がこれ以上進むことはできません。したがって、われわれはトンネルを歩いて戻らなければなりません」

「後ろ向きに歩くの！」女の子が笑った。「それはむり！」

「いいえ、真っすぐに歩くんです。でも来たところに戻らなくちゃならない」

「後ろ向きで歩きたい」へそ曲がりの女の子が言った。

「エラ！」男の声がまた聞こえた。

乗客は整然と列車から降りた。車椅子とそれに乗った老人を車両から下ろすのに手間取った。「わたしのスーツケース」と癇癪を起こした女性の声。「自分で運べ」という男の鋭い声。「こっちです」後ろから声がした。

七十五人の乗客が停止した列車の横を進んでいった。鉄道労働者が使う電池式のトーチライトが乗客たちを照らした。人影だけが浮かび上がる。トンネルの壁、トンネルの地面、トンネルの空気すら真っ暗だ。後ろ向きに歩くと言ってきかなかった幼い女の子が父親の肩に乗っている。革のジャケットを着た大男が両腕で脚の不自由な老人を抱えている。別の男が折り畳んだ車椅子を頭上に持ち上げている。花柄のターバンを巻いた落ち着いた付添人が三人の後ろに続く。末尾の車両の後ろにいる機関士、制動手、車掌、機関助手たちを囲むように人々が集まった。老人は再び車椅子に収まった。肩章をつけた車掌長が語りかけた。

「みなさん、われわれはムニョスに戻らなければなりません。トンネルを東に向かって進みます」

「……大事な約束があるんだよ！」と男の声がした。

「ご不便をおかけして本当に申し訳なく思います。今夜は運輸省がムニョスのホテルに宿泊できるよう手配いたします。明日になれば、首都に向かうバスにご乗車できます」

「バスは山を迂回して行くんだろ」大事な約束があると言った男の声。「それじゃあ八時間はかかる」

「お気の毒ですが……。鉄道職員がトンネルの出口までみなさんをご案内します。わずか五、六キロの距離です。出口で小型の通勤列車が待機しています」

「夜行の急行列車に轢かれてばらばらになっちゃうわ……ああ！」三人の老婦人が言った。

車掌長はため息をついた。「すべての列車の運行が中止されました」乗客たちをなだめた。

アランは今後の数日間のことを考えた。崩落を復旧させるあいだ、列車は一本も走らない。やがて片側の線路だけが開通する。職員の一団が投入され、初めは列車を一方方向にだけ進め、次に逆の方向に進ませる。テレビの間違った報道を正し、新聞の社説に反論し、臨時のバスを接収して山沿いの道を走らせる。私有の飛行機を提供させて、首都とムニョスとを往復させればいい。山に激突する機が出るまで――安全な航路はまだ発見されていないのだ。

車掌長が先頭を進んでいった。ほかの鉄道員たちは乗客のあいだに配置され、彼らのトーチライトがトンネルの揺らめく光を補強する。

アランとディアは列の終わり近くにいた。アランはブリーフケースを壁側にあるほうの手で持っている。ディアも壁側にあるほうの手で籐のサンプルの入った籐のバッグを持っている。ふたりとも内側にある手には何も持っていない。ときどきふたりの指の関節が触れる。広いが丸まった肩が特徴の、大事な約束があると言った男が、見も知らぬ隣の男相手にずっと不平を並べている。その相手は意味のない同情の言葉を呟くものの、場所を変わってくれる者がいないかとばかりにときおり首をめぐらせた。

三十分ほど経つとトーチライトの光が、別の光、灰色の夜の光に溶けていった。新鮮な空気を胸一杯に吸い込んだ。ようやくトンネルを抜けたのだ。彼らは膝丈ほどの草地を歩いた。古い木造の客車が待っていた。三両しかないので、大半の乗客はムニョスに到着するまでずっと立っていなければならない。車椅子の老人とその付添人が荷物のように片隅に積み込まれていた。エラという名の女の子は、網棚で横になると言い張った。通路に立ったディアの横には、丸まった肩の男がいて、まだぶつぶつ不平を並べていた。アランはディアの隣に立っていた。

だれもいない駅の——あの運命の急行にここで乗り込んだのは何時間前のことだろう——十九世紀に造られたアーチの下で市長が待っていた。敗走する軍隊の最後の兵士のようだった。市長はホテルの宿泊券を配った。市長とアランは歩いて市長のオフィスに向かった。途中、繊細なバルコニーのついた石造りの邸宅が何軒もあった。政府の命令で接収された家だ。ハイビスカスがいたるところに咲いている。国花だ。きれいだが傷みやすい。市長の椅子に座ったアランは、机の上の電話機で大統領と短いやりとりをし、それからイザベラと少し話し——彼女は神に感謝し、ちょっと泣いた——そのあとで運輸大臣と長いあいだ話し、最後に賭博省の副大臣としばらく話した。すべての連絡が終わると深夜になっていた。

「大臣、今夜は私の家にお泊まりください」

「とんでもない。出張続きなので、ホテルのほうがよく眠れるんですよ。でも、ありがとう」

市長はほっとしたようだった。アランは自分の宿泊券を見て、その住所を確認し、大通りに沿って歩き出した。深夜運行の路面電車がボディガードのようにゆっくりと後ろをついてきた。ホテルはぼんやりとした明かりが灯っていた。そのロビーに、女性がたったひとりで座っていた。名前はすっかり忘れていた――リアだったか――が、彼女のことを忘れてはいなかった。機転の利く機関士が直ちにブレーキをかけて列車を急停止させた瞬間から――機関士は明日テレビでこう言うだろう、「八百メートルほど手前から、トンネルの壁にひびが入っているのが見えたんですよ。そのひび割れから岩が覗いていた。なにがあったかすぐにわかった。それで機関がきっちりと止まり、客車が脱線して折り重ならないよう、ひたすら祈ったんです」――死を免れ、生き延びられたことを確信した瞬間から、アランとその女性は絡み合ってしまったのだ。実際には起こらなかった破損事故で重なり合う車両のように。アランは彼女が座っている椅子のところに近づいていき、手を差し出した。その手を、彼女は取った。


アランは数日間ムニョスに滞在した。そこで役人たちと話を詰め、首都に戻ってから動揺した役人たちに会った。この先数カ月間は、トンネル内の不運な事故の話をするたびに我慢を強いられ、ほかのだれかが会話を終わらせるのをありがたく思うようになるだろう。奇跡的に、山越えで飛行機は一機も落ちなかった。

ほかの人々は翌日臨時バスに乗って首都に戻った。バスは無料で運行された。ディアが自宅に着いたのは午後五時だった。自宅の正面がルークの薬局になっている。彼女が入っていくと、ルークは客を相手に薬の副作用について説明していた。彼はカウンターの奥から動こうとしなかったが、ディアの姿を見ると話を途中でやめた。いつものように優しい眼差しで妻を見上げた彼は――彼は背が低かった――安堵と感謝の思いが新たに胸に迫り、青白い肌がいっそう白くなった。昨夜電話で話していたため、彼は妻の無事を知ってはいたが、それでも改めてほっとした。店の隅に囲いで上手に区切られた場所から、二歳の幼な子がおかえりというように大きな声をあげた。

翌日、ディアは仕事をせずに過ごした。その代わり愛する息子を連れて公園に行き、操り人形のショーを観てバンドの演奏を聴き、Lサイズのアイスクリームを分け合って食べた。しかしその翌朝には、自宅の奥の部屋にある組立式テーブルに戻った。窓のある工房は、ハイビスカスで囲まれた小さな庭に面している。幼な子は彼女の足許で舌圧子で作った兵士と空の錠剤の瓶で作った城で遊んでいた。

ムニョスに出かける前、彼女は柳細工用の細長い枝を六十七本、水に浸け込んだ。そしてその一本一本の尖端を、オーク材でできた円盤――これが新しい籠の基部になる――の周囲にある溝の中に差し込んでおいた。それがいま、彼女のデザインの型の上に逆さに置かれている。下に向かって曲線を描くように突き出した柳の細枝は乾ききっていた。編み始める前の逆さになった籠を見ると、ディアはいつも狂女の頭だと思う。頭部が平らで、いくつもの髪の筋――この場合は六十七本――の間隔は一定で、そのあいだから狂気に染まった平凡な顔が覗いている。

ディアは長くてよくたわむ籐の芯を選びだした。老人の歯のような色をしている。それを湿らせる。柳の枝を一本取り外し、空いたスペースに長い籐芯の先を、角度をつけて差し入れ、外した柳の枝を溝に戻し、横芯となる新しい籐芯をしっかり取りつける。彼女は編み始める。柳の枝を二本毎に外したりつけたりしながら編んでいく。最初の一周がいつもいちばん骨の折れる作業で、少しのミスも許されない。だから自分の手の動きだけに全神経を集中することができた。しかし、子供の動きには油断なく気を配り、小雨が降り始めたことに気づきながらも、ため息をともなった別の動きの思い出を追いかけていた。思っていたよりはるかに繊細な、あの逞しい男の動きを。彼女は燃え上がる頬を、しばらく止めた手の甲に押しつけた。

ディアが彼に再び会ったのは十年後のことだった。広大な首都では、広場やマーケットや公園で人々は自由に入り交じり、袖と袖とが擦れ合った。しかしアランとディアは公共の場で会う機会に一度も恵まれなかった。アランとイザベラは一度も工芸展を見に行くことはなく、ディアとルークは政府の華やかな式典が好きではなかった。その十年のあいだにおこなわれた新大統領の華麗な就任式は、ふたりから見れば別の惑星での出来事に等しかった。新大統領はアランに賭博大臣の留任を要請した。

十年。コンサートホールは人でごった返していた。いまや国際的なスターとなったソプラノ歌手は、ディアの家の近所で生まれ育った幼な友達だった。ディアのところに十列目の席のチケットが二枚送られてきた。ルークは子供たち――三人になっていた――と家にいることになり、ディアは年若い職人仲間を誘った。彼の抽象的な熔接作品はまだ世に認められていなかった。

アランとイザベラも、一階前方の招待席にいた。ディアとその連れから数列後ろの右側よりの席だった。アランのところからディアのうなじと耳が、そしてときおり鼻と額がとてもよく見えた。髪は短くなっていた。ソプラノ歌手はお馴染みのアリアと恋の歌を歌った。あの歌手はディアに向かって恋の歌を歌っている、とアランは思った。私の代わりに歌っているのだ、と。

ディアと若い連れは幕間のときも席から離れなかった。アランとイザベラはロビーに出て友人たちと談笑し、シャンパンを飲んだ。燻製の鯉のサンドイッチはとりわけ美味しかった。プログラムの後半はドイツ歌曲だった。なんという多彩な声だろう。彼女の喉には無数の楽器が隠されている。アランはそうイザベラに言った——実はイザベラのその前方に向かって言ったのだ。

最後の「ブラボー」が終わり、アンコールがすむと、大勢の聴衆は立ち上がり、口々になにか呟きながら立ち去っていく……。ディアが振り向いた。十年の歳月のあいだに、彼女の両頬に胸が躍るような一本の皺ができていた。彼は腹をへこませた。ふたりはしばらくの間、見つめ合った。

この若い男性はただの友だちなの……。彼女はそのことだけは伝えたかった。でも、ほかにも胸を張って伝えたいことがたくさんあった。彼女は籐細工の名工になっていた。工芸学校で教えていた。彼女の籠は、その大半がハンドバッグだが、裕福な女性たちや観光客にひっぱりだこだ。いまは楕円形の作品を創っている。その翌日、彼女はその作品の前に座り、眉をひそめながら籐芯を引き抜き、対照的な色合いの籐芯を選び、それを重ねて、回転させ、小刻みに動かした。彼女が創っているのは、六角形の模様を編み込んだ、ふたつ並んで紐で繋がった作品の蓋だ。普通ではないデザイン。人の気を引くようなものではない。売ることすら難しいかもしれない。だが、彼女の名前が底に付いていると、必ず売れるのだった。

その午後、アランは娘を競馬に連れていった。娘は二十六歳で、すでに離婚も経験していた。彼は娘に賭馬を選ばせた。娘は牝馬の名や、種馬の名、母馬の名、騎手の勝負服の色を基準に賭ける馬を決めた。半分うとうとしながら、彼女はクラブハウスのテレビでレース展開を見ていた。アランは屋外の席で思い切り身を乗り出し、各レースのスタートからゴールまでを夢中で見つめた。息を喘がせ、息を詰め、毒づいた。ふたりはそこそこの賞金を手に帰途に就いた。


再び、あっという間に十年が過ぎた。新しい大統領が選出された。就任式はグレート・パークでおこなわれた。演壇のまわりには花が飾られ、その前には金色の折り畳み椅子が一千席並んでいた。演壇にはノーベル賞受賞者、数人の元大統領、新大統領、アランを含む全閣僚が座っていたが、アランは間もなく引退してありふれた勲章を受章することになるだろう。四人の若い士官候補生が旗を持っている。軍隊の各部署から派遣された候補生だ。ディアの息子は、いま空軍に所属していて、この栄誉ある儀仗兵に選ばれた。それは兵学校における成績が優秀だったせいかもしれないし、並外れて高い身長のせいかもしれない。演壇にいる者たちの家族は、最前列の特等席に座っていた。

いちばん年寄りの元大統領はとても高齢だった。彼は膝の上に杖を載せて演台の最前列に縮こまるように座っていた。アランはそのすぐ後ろの席にいた。ディアは前から七列目の通路側の席から彼らを見ていた。ディアが少し体をずらすと、とても長い人生を送ってきた男の猿に似た顔と縮んだ上半身がはっきりと見え、その顔の後ろに彼の顔が見えた。忘れられない肩も。一方アランには、黒い髪と眼鏡と長い首が見えていた。ディアは眼鏡を外した。そうすれば目が合うかもしれないと思った。しかし合わなかった。ふたりは離れすぎていた。それでもふたりは相手のいるほうを見ていた。ところが元大統領が震え始めたのを見て、遠視のディアは、彼が愚かにも立ち上がろうとしているのではないかと思った。それで彼女は立ち上がった。老大統領が腰を上げると、杖が膝から演壇に転がり落ち、それから地面に落ちた。ディアは演壇に向かって歩を進めた。老人は立ち上がり、よろめいた。ズボンの前が濡れているのをディアは見た。アランが滑るように前に出て、倒れかけた老人の体を抱きとめ、死んだ子供を抱きかかえるようにその体を抱え上げ、ディアが進み出てくるのを目に留め、ようやくふたりの目と目が合った。しかし彼は義務を優先して目を逸らすと、急いで空けられた四つの椅子の上に元大統領を横たえた。そして屈み込んで老人のシャツのボタンを外し、ベルトを緩めた。「私は医者です」と演壇に駆け上がった男が言い、熟練した手をシャツの下に滑り込ませた。元大統領は目を開けた。救急隊員がやってきて、警官たちが人々を静め（四人の儀仗兵は微動だにせず立ちつくしたままだった）、責任を果たしたアランは、今度はディアが席に戻っていく姿を真っすぐに見つめた。ルークが不思議そうに眉を上げて妻を見た。「心肺蘇生をしようと思って」とディアは言った。老人は死なず、アランのおかげで怪我もしなかった。「ときどき気を失うんだ。なんでもないよ」と老人は言った。救急車が彼を病院に運んでいった。就任式は穏やかに進行した。その後でアランは晩餐会に臨んだ。食事中に胃が渦巻くような気がし、食欲を失くした。イザベラが気遣わしげな目を向けた。彼女はいまも金髪で、いまも素晴らしく、貞淑な妻だ。

ディアは田舎風レストランでルークと下のふたりの息子と食事をした。儀仗兵の上の息子は晩餐会でも旗を持って立ち続けていなければならなかった。それから四人は家に帰った。ディア以外の三人は疲れ果てて眠りに就いた。

ソプラノ歌手のコンサートの後から創り始めた精緻な籠は、素晴らしい作品になった。いまや人々は彼女の作品を争って求める。果物入れ、石炭入れ、ワインの瓶を運ぶ籠、丸く可愛らしい旅行鞄――ディアは映画スターのために、テレビの出演者のために、実業家夫人のために作品を編んだ。スウェーデン王の孫娘のために揺り籠を編んだ。名のある職人しか生徒として受け入れなかった。文化大臣によれば、彼女は国の宝だった。ルークと子供たちが暮らしている家は一階分が継ぎ足され、庭は見映えがよくなり、薬局には御影石のカウンターがつき、工房はガラス張りになった。

この日の夜、彼女はいま手がけている作品――油が差してあるかのように滑らかに動く引き出しが十七個ついた籐の宝石ケース――には戻らず、等身大より少し大きめの人物を編むという自分のための作品に向かった。ここ数年ずっと創り続けているものだ。強靭な繊維質を使って分厚く編まれた像が裸の肌を感じさせるとは、ありえないことのように思える。しかし彼女の両手はありえないことを実現させたのだ。ふたつの体がひとつに溶け合っている像だ。ふたつの人体のほっそりしたほうは、その頭をがっちりしたほうの肩に載せ、その傾けられた頭のてっぺんに髪がひとまとめにされて外側に広がっている。

アランは就任式の晩餐会を早々に辞した。にわか雨が通りを濡らしていた。自分の影が映る通りを歩いて倉庫まで来た。一台の車が彼の後をついてきた。ムニョスのあの夜の路面電車のように。倉庫で彼は合い言葉を言って中に入り、数人の男たちのなかに座った――服をだらしなく着ている者もいれば、身だしなみのいい男もいるが、全員が煙草をふかし、意気揚々と現金を手にしている。彼らは一時間ほどカードで興奮する勝負をおこなった。カードが世界の中心にあった。アランは二回大勝負に勝った。一回目はストレートで、二回目ははったりをかけて。傷痕のある男が凶悪な目つきでアランを睨みつけた。それから車に乗っていた男たちが拳銃を手にいっせいに倉庫に入ってきて、アラン以外の全員を逮捕した。アランは自分が稼いだ賞金を彼らのひとりに引き渡した。ああ。やらなくてはならないおとり捜査なのだ。

さらに十年余り——十三年だ——が過ぎた。ガラス張りの工房はいまや孫たちの遊び部屋になっている。儀仗兵を務めた息子は大佐になり、父親になった。近代美術館が無題の像を購入してから、ディアは指導者の立場から身を引き、役職を退き、新しい役職には就かず、薬科専門学校に入った。学生のときに身につけた科学の知識を忘れていなかった。それで共同経営者として病弱の夫を助けるための資格をとるのに一年しかかからなかった。

雨期に入ったある日、ルークは二階のベッドで悪化した咳に苦しんでいた。盲目の客がディアに、明かりをつけたほうがいいと言った。「私には暗闇が感じ取れるんです、フランネルの生地のような暗闇がね」彼はそう言うと、杖をついて出ていった。それでディアは明かりのスイッチを三つ押し、次に四つ目のスイッチを押したとたん、ヒューズが飛んだ。ヒューズボックスのある地下室に下りていかなければならなかった。地下室にいると、店の扉が開く呼び鈴のふたつの音色が聞こえた。「すぐまいります」と彼女は声をかけ、関節炎にかかった膝にちょっと悪態をつきながら階段を上っていった。

彼の髪はまだふさふさしていた。いや、ふさふさしているように見えた――しかし、賢明な彼女には、それが一回髪がすべてなくなってから新たに生えてきたものだとわかった。その二回目に生えた髪の下の、カスタード色の額は、いま美術館に収蔵されている像とは違い、肉が削ぎ取られて薄くなっている。青い目は褪せて紫色になっている。列車の明かりが消えたときのトンネルの内部のような色に。唇は薄くなっていた。ぱりっとしたスーツの下の胸がへこんでいた。

いま彼は死にかけている。あれから三十年が経ったいまこのときに。

「アラン」長い沈黙のあとでようやくディアは言った。

「ディア」彼の声はひび割れていた。

「アラン、いつかまた……次の人生で。約束よ」

彼は頷いた。彼女も頭を垂れて目を閉じた。呼び鈴がもう一度鳴るのを聞いた。


はるか昔のムニョスのホテルで、アランに割り当てられた部屋はディアの部屋より広かった。ふたりは暗黙のうちに彼女の部屋のほうを選んだ。白い正方形の部屋の壁際に、狭いシングルベッドが置かれていた。窓は人気《ひとけ》のない通りに面していた。最初に彼が風呂を使い、次に彼女が使った。そして裸になったふたりは部屋の中央で出会い、抱き合った。ふたつの体が熔接されてひとつの体になったかのようだった。ディアの背中に回した強靭な腕で、彼は彼女の体を引き寄せた。ディアは頭を彼の肩に預けた。そうやって立ちつくしたまま、ふたりはこれまでの人生について話した。ふたりは遠慮を、礼儀正しささえ、かなぐり捨てた。ふたりは相手の言葉を遮った。

「運に左右されるゲーム……あんな興奮はほかにない……」とアランは言った。「勝つか負けるか」

「両親は、わたしを医者にしたかったの」と彼女は言った。

「私は光を放つところならどこへでも行かなければならなかった——カジノ、競馬場、宝くじ売場」

「わたしは薬学を学ぶつもりだった。でも途中で気が変わったの。今日の幼いエラみたいに。天職を見つけた。わたしの指と籐の芯。最高の組み合わせ」

「アリーナでの闘鶏、場末のサイコロ賭博、ナイフで刺されて——」

「結婚を申し込んだ男たちが恐れをなしたのは、わたしの背の高さではなく、わたしの情熱だった。ルークだけが、あの優しい人だけが……」

「死んだやつもいた」夜明けの光が部屋を明るくした。始発の路面電車が窓の外を通っていった。

「私には——」

「わたしには——」

「家族がいる」と彼は囁いた。

「家族がいる」と彼女は悲しげに言った。

「この国がある」

「仕事がある」

彼は最後の言葉を彼女に捧げた。自分の愛を彼女に捧げた。これから死ぬまで毎日、きみのことを心に抱いて生きていく。この姿形だけはきみに与えられないけれど。

ふたりは互いの体に回した腕を解き、最初で最後のベッドへ進んでいった。

ジュニアスの橋で

On Junius Bridge

I

その橋は、初めは石で造られていた。橋の下には人食い鬼が棲んでいる、と村人たち――伝説を聞いて育った樵《きこり》と農民――は言い張った。猫背で髭を生やした鬼が、鬼の種族とはそういうものだが、子供を食べたくてうずうずしている、と。十八世紀に描かれたこの橋の絵には、要石の下で袋を持って蹲っている鬼の姿がある。絵の所有者のミス・フークは、山の中腹に建つ自分の小さなホテルの玄関にそれを飾っていた。二十世紀初頭当時の、粒子が粗くていまひとつ現実味のない橋の写真も飾ってある。その写真にしても、葦が生えて霧がたちこめているせいで、鬼がいるように見えた。

アーチ型の石の橋は、山脈と、スクラールの町の周囲に広がる農地とを分断する小川の上に架かっていた。ロシア人は、木を伐採するために山まで鉄道を敷く計画を立てた。さらに、村から高地の村へと曲がりくねって進む道の幅を広げる計画を立てた。それでジュニアス橋は石をひとつひとつ剝ぎ取られた。鉄の橋が取ってかわった。その橋もジュニアスと呼ばれた。鉄のジュニアスは平らで、両の手すりはZに次ぐZで成り立っていた。ZZZZ……。鉄橋が建設されているあいだ、鬼はどこかに行っていた。少なくとも、村人たちはそう言い合った。もしかしたら、社会主義者に仲間入りしたのかもしれない。しかし、新しいジュニアス橋が完成すると舞い戻ってきて、いまも橋の下で暮らしているという。橋脚のところで眠り、河岸で愛を交わしている若者がいれば悲嘆に満ちた甲高い声を出して脅かすのだ。

鉄道は敷設されず、道幅も広がらなかった。

アルブレクト夫妻とその息子がジュニアス橋を渡ったのは五日前のことだった。三人は車で山をめぐり、村から村へと旅をして過ごした。一家がまた麓に下りてきてホテルにたどり着いたとき、ミス・フークはすぐさまさまざまな種類の液体を勧めた――三人全員にお風呂を、三人全員にスープを、がっしりした両親にはホット・ラムを、華奢な坊やにはホット・ミルクを。彼女は、広々としたロビーにあるフロントに座ったまま、頼まれてもいないのにあれこれと勧めた。ロビーは受付エリアにも談話室にもなり、アンドレイが演奏したくなったときにはリサイタル・ルームにもなった。暖炉にはいつも火が燃え、細長いいくつもの窓の向こうには守護するように松の木々が聳えていた。ミス・フークは自分がいろいろ言っても人を苛立たせることはないとわかっていた。取るに足りない人間の言葉が気に障る人などいない。

ミス・フークは痩せている。瞳、肌、髪、セーター、スカート、靴下、ブーツ。なにもかもが腐葉土そっくりの灰色だ。鋭く尖った鼻がほっそりした顔から突き出ている。眼鏡をかけている。声は並外れて柔らかかった。

「ありがとう」とロバートソン・アルブレクトはミス・フークの申し出に応えて言った。「でも妻は白ワインのほうが好きなんですよ」

「ええ」とクリスティン・アルブレクトが言った。彼女は琥珀色の目に大きな薔薇色の口、髪にはうっすらと赤い色が混じっている。思うにままならないところだけ赤くなったかのように。

「よく冷えたのがよろしいですか?」とミス・フークが億万長者のアメリカ人の夫と、その魅力的な妻に言った。

「ええ、よく冷えたのをお願いします」とアルブレクト夫人が言った。

その軽い音節が待ちに待った命令ででもあったかのように、雑用係が旅行鞄に屈み込んだ。ほっそりした肩に女性のような華奢な腰つきをしているが、雑用係はいくら重い荷物でも軽々と持ち上げられた。彼は子供の鞄を左の脇の下に、父親のブリーフケースを右の脇の下に抱え、二個のスーツケースを両手に提げて階段を上り始めた。自分のブリーフケースを他人に持たれるのが我慢できないという男性がいる。ミス・フークはそういうお偉いさんに何度か会ったことがある。しかしロバートソン・アルブレクトは気にならないらしい。彼は振り返ってロビーの様子を見つめた。貫禄のある上半身だが、兵士のような引き締まった印象を与える。彼が観察したのは(ミス・フークは、彼の横顔を見つめて、まばらに生えた睫の向きでどこを見ているかわかった）、巨大な石でできた暖炉、緑の色合いが見分けられなくなって複雑な模様が描かれていることしかわからない絨毯、暖炉の脇に厳密な角度で置かれた彫刻の施された長椅子、布張りの椅子もあった。その椅子の後ろに男の子が四つん這いになって隠れていたが、皺になった靴下とスニーカーを履いたほっそりした足首が見えていた。夫妻はいまやミス・フークに背を向け、自分たちの息子を——ほとんどその姿を隠している椅子を——見つめている。

静まり返っていた。雑用係は二階の大きな寝室と、それに隣接する小さな寝室に入り、折り畳み式のラックの上にスーツケースを置き、カーテンを開け、窓を押し開けているはずだ。キッチンでは、顔の片側に紫色の痣のある料理人が豚を一匹ローストしている。斜視のキッチンメイドは果物を煮ている。それ以外のわずかな人数のスタッフも忙しく働き、ほかの宿泊客たちはそれぞれ思い思いに時間を過ごしていた。そしてミス・フークはフロントにいる。アルブレクト氏は妻の横に立っていた。あたかも偶然にふたりの上着の肩先が触れ合っているといった具合に。

少年はまだ四つん這いのままだ。靴下とスニーカーを履いた片足が見えなくなった。今度は椅子の反対側から頭が現れた。ゆっくりと少年は立ち上がった。

ミス・フークは少年を見つめた。予想していた通り、少年は眼鏡をかけた彼女の視線を避けた。少年の目は大きく、銀色に光っている。髪も薄い色だった。頬はやつれ、顎は尖っている。前を向いていたが、両親を見ているのではなかった——浅黒い皮膚に覆われた父親の強靭な顔のあるあたりを、母親の美しい顔と見事な衣服のあるあたりを見ていた。両親が非の打ち所のないフランス語を話すことにミス・フークは気づいていた。少年は両親のいるところまで機械的な優雅さで歩いてきた。そして両親から四十五センチ離れたところでぴたりと止まった。少年は虫眼鏡をケースのなかに入れ、それをカーキ色のショートパンツのポケットに滑り落とした。ショートパンツをはいているのは、外の雪など物ともしないからではなく、ショートパンツに固執しているからだ、とミス・フークは思った。ひょっとしたら、その色が好きなのかもしれない。あるいはポケットがたくさんあるところが。「アンスレナス・スクロフラリア（ヒメマルカツオブシムシ）」ラースという名の男の子は、両親のあいだのなにもない場所、ツイードの袖が触れ合っているところに向かって言った。

「そうか。それはいるだろうね」とアルブレクト氏が息子に言った。母親はなにも言わなかった。

ミス・フークもなにも言わなかった。「カツオブシムシって絨毯を這いずりまわっていやな虫ね」と思っただけだった。

マトラ山脈の麓でホテルを、とりたてて自慢するものがないホテルを経営する場合——温泉はもちろん、素晴らしい料理もワインもあれば森の散歩道もあるものの——沐浴したり、散策したり、飲み食いしたり、持参した本や階段の後ろの図書室から持ってきた本を読んでいれば満足だと思ったりしている人々を引きつけなければならない。そのホテルがホテル以上であれば、あるいはそれ以下であれば、それを補ったり埋め合わせたりするものを提供しなければならない。それでミス・フークが提供したのが、アンドレイだった。

「アンドレイは住み込みの音楽家ではありません。まったくそういうことではないんですよ」とミス

・フークは数時間後に、お湯に浸かり水分をとったアルブレクト一家に話した。「ほかの長期滞在のお客さまと同じように、ここに宿泊している方です。アンドレイはチェンバロを運んできました――それが彼の楽器です」

「車で運んだんですの？」とアルブレクト夫人が興味もなさそうに尋ねた。

ミス・フークは、そうなんです、鍵盤と弦は詰め物をした箱に簡単に入れられますし、もちろん、脚は取り外しができます。脚は袋に入れられるんですよ、と言った。アンドレイが演奏するときには、彼と雑用係が楽器を下まで運んできます、とミス・フークは悲しみの漂う愛らしい顔に向かって言った。それに、キッチンメイドが脚を運んできます……。

「袋に入れて」とアルブレクト夫人が補いながら、絵に描かれた橋と鬼を丹念に見た。

夫のほうはなにも言わなかった。彼はプディングのように動かなかった。

「ええ。袋にね。それからこのロビーのあの窓のそばで、三人が脚を本体にねじ込んで、楽器を組み立てるんです。組み立てに関してはこの三人は玄人はだしです」

キッチンメイドがやってきて夕食を知らせた。同時に銅鑼《どら》が鳴らされた。ミス・フークは立ち上がり、アルブレクト夫妻が立ち上がり、ラースが椅子の後ろから出てきてゆっくりと歩いてきた。「わたしのテーブルでごいっしょにいかがです？」とミス・フークはこの新しい宿泊客を誘った。「最初の夜はいつもそうしているんですよ」

ラースが歩みを止めた。ということは、聴覚にはまったく問題がないのだ。その顔に一瞬、抵抗するような表情が浮かんだが、そのまま両親の後について食堂に入った。蠟燭だけで照らされた食堂にはテーブルが六卓並んでいた。そのうちの四卓はすでに人が座っている。ベルギー人たちが一卓。うつろな笑みを浮かべている地形学者が一卓。そして名字の頭文字だけで呼んでほしいと主張するSとSというふたりの女性が一卓を占めていた。残念なことにふたりとも頭文字が同じなのだが、スタッフはできるだけふたりの意に添うよう努力している。Sのひとりはスコットランド人で、もうひとりのSはノルウェー人。ミス・フークとアルブレクト一家はミス・フークのテーブルに着いた。窓際の低い演壇の上にあるテーブルで、窓の外の森がよく見える。森は濃く、どこまでも濃く密生している。

「神々のようね、あの松は」とクリスティン・アルブレクトは息を吸い込みながら言った。「ドルイド――あの不思議な存在のこと、読んだことがあるでしょう、ロブ。ブリテン諸島にいたのだけれど、ハンガリーのこのあたりにもいたかもしれない」

「ダーリン」

ミス・フークはその言葉から落ち着かせたいという思いを汲み取った。彼女も聴覚には問題がない。彼女はようやく咳払いをした。そして口を開いた。「ピナセア・シルヴェストリス（ヨーロッパアカマツ）です。みなさんは、松には変容させる力がある、というような話を小耳に挟んだりしたかもしれません。でも、いずれも農民の空想にすぎません。ここの冬は厳しいですからね。確かにカササギは客の来訪を告げますし、腹痛を治すための小枝の輪はあります。それをフラッカリカと呼んでいます。でも松はただの木です」彼女は咳をした。長い演説になった。

宿泊客が全員テーブルについた。キッチンメイドがスープを配り、しばらくしてその器を下げ、それからローストした肉と煮込んだ果物、羊歯の葉を軽く蒸したサラダを運んできた。そして潮時を見て皿を片付けた。次にチーズを配った。食堂はご馳走を食べるときの静けさに満たされた。あちらからは会話が、こちらからはシーッという鋭い声ときつい一言が聞こえ、わざとらしい笑い声がベルギー人のテーブルで上がり、短い悲鳴が聞こえた。キッチンメイドがタルトを出した。ラースは、スープをひと口、肉をひと嚙り、果物をひと匙、羊歯は一本しか口にしなかった。チーズとタルトは味も見ずに残した。「夜更けに」とロバートソン・アルブレクトがミス・フークに話しかけた。「お宅の電話を使わせてくださらい。ニューヨークの兄に電話をかけるので」

「どうぞどうぞ。おわかりでしょうが、ここではインターネットが使えないんですよ」

「私はコンピュータを持っておりませんので」

「携帯電話も、ラップトップも、腕時計もね」彼の妻が笑みを浮かべて言った。

ラースが頭を上げた。「アルブレクト兄弟《フラテルヌス》」と言って、口をつけないデザートを見つめた。

アンドレイは夕食時に現れなかった。食事の後で談話室にやってきた。細い体に大きな頭が積み荷のように載っている。小さな赤い傷が顎の両側にできていた。西洋剃刀を使って髭を剃っているのだろう。ソファに並んで座っている新しい宿泊客に会釈こそしたが、立ち止まって自己紹介はしなかった。そのまま、地形学者がいるチェス・テーブルのところに向かった。

クリスティン・アルブレクトは、ミス・フークからコニャックを受け取った。次にミス・フークはブランデーグラスを載せたトレイをアンドレイと地形学者のところに運んでいった。ふたりはグラスを手に取った。夢中で刺繡をしているSとSは、絶対禁酒主義者だ。ミス・フークは、まだ食堂であてどなく時間を潰して後片付けを妨害している三人のベルギー人にもブランデーを勧めなかった。べルギー人たちはハイキングをしに来ただけで、ここに寄る予定はなかった、と弁解した。ところが二日前に吹雪になって、スクラールにたどり着けなかった。それでまあ、こんなところにいるわけですよ、とリーダー格の男がミス・フークに言った。彼女の意見によれば彼が「首謀者」だ。この三人の男がただのハイカーなら、ミス・フークは『魔笛』の「夜の女王」であってもおかしくない。「この辺りにはなにかいますね」と首謀者は続けた。ハイエナのような顔を振って笑みを浮かべている。説得力のかけらもない型にはまったやり方だ。言葉では言い表せないもの《ジェンサクワ》が？　しかし彼はそう言わなかった。その表現を使うのは英国人だけだ。この三人はなにを企んでいるのだろう、とミス・フークは思った。この悪党たちは松葉の煎じ薬がいまは統合失調症を直すと信じていて、ここの森を買おうとでも考えているのか。あるいは無能な政府から借りよう、あるいは橋の下に住む鬼から盗もうとでも思っているのか。

ラースが奥まった窓のそばでスツールに座り、松の神々を眺めていた。ミス・フークはトレイをテーブルに置き、自分のグラスを手にして窓のところまでぶらぶらと歩いていった。少年から相応の距離を保つようにした。

「ブエノスアイレスの人たちは生きた昆虫を食べるのよ」と彼女は話しかけた。「特別な昆虫を。健康のために」

沈黙。

「アルゼンチン人の健康のためにね」もっと正確に言った。

沈黙。

「昆虫の健康ではなく」ガラス窓に映った少年の影に言った。

沈黙。すると、少年は「ウロモイデス・デルメストイデス（ゴミムシダマシ）」と彼女の影に向かって言った。

II

二日後、ミス・フークがフロントにいると、「おはようございます」とアルブレクト氏が言った。彼は音もなく階段を下りてきた。

「おはようございます」と彼女は鸚鵡返しに言った。

「ドイツ語でならもっと大きな声で話すのですか？」と彼はドイツ語で言った。

「いいえ。ハンガリー語のときだけです」と彼女は英語で言った。「それでもそれほど大きいわけではありませんけれど」

彼は両手を開くと負けたというふうに掌を見せた。

「わたしはこのホテルを売るつもりはありません」と彼女は言った。彼が眉を上げたのを見て、「ええ、違いますよね」と応じた。「あなたはここを売ってくれなどと一言もおっしゃっていませんもの。ええ、そうですとも、あなたがここにいらしたのはこの場所に不思議な力があるとお聞きになったからでしょう。それでそれをご自分で体験したいと思っていらした」ベルギー人がひとり、アメリカ人の実業家に目もくれずにそばを通り過ぎていった。実業家も彼のほうを見なかった。「でも、物を買うのがあなたの本能です」と彼女は続けた。

「本能ではありません、習慣です」実業家は低い声で言った。「このホテルが欲しいわけではありません。ここはあなたの帝国だ」彼自身の帝国は頭の中に、そして彼の兄の頭の中にあった。彼女はそのことをなにかで読んだことがある。その帝国はあらゆるところにまで手が届くのだ。「しかし、仕事をしているあなたを観察していました」彼は続けた。「もし仕事が欲しければ……」

「それはどうも」と彼女は言った。ノーという意味で。粗末なベッドに横たわって死を待つことになったら、ブダペストでの数年間を除いてここで過ごしてきた人生を思い浮かべたい。この山の敷地を縦横無尽に歩き回ったことを。

電話が鳴った。嗄れた声、フランス語だ。それがある兄弟のひとりだとわかった。バードウォッチャーたち。日曜日。「わかりました」とミス・フークは音声増幅機に向かって言った。


はるか昔、戦争が終わり、このホテルが叔父と叔母の持ち物だったころ、彼女がまだ幼い少女だったころ、その後もう少し大きくなって、宿泊客の幼い子供たちにすでに柔らかかった声で話を読んで聞かせていたころ……。はるか昔、宿泊客は、計画的に蓄えた金を慎重に使う礼儀正しい中流階級の人々だった。そのころ、まだアンドレイはいなかった。土曜の夜にはスクラールからフィドル奏者がやってきて、古い曲を弾いて金をもらい、酔っぱらって、ふらつく足取りで橋を渡って家に帰った。優しい叔母と叔父は、彼女をブダペストの大学に行かせてくれた。そこで科学を学んだ。しかし彼女は都会では息をすることすらできなかった。聖なる森の大気が恋しくてならなかった。普通の人々の中にいると、自分が間違った場所にいるような気がした。盗まれたような気がした。声が喉の奥に引っ込んだ。自分と同じような孤独な人々を見分けられるようになった――彼女の靴を修理した男、公園にいた不思議そうな表情の女性、数学の教授。でも、孤独な人々は集《つど》わなかった。だれかが彼らを集めなければならなかった。

彼女は学位を手に入れられるに足る期間だけは大学に滞在した。そして故郷に帰った。

「ここで暮らします」と彼女はふたりに言った。

「ああ、愛しい子、おまえは都会で暮らし、教師をし、結婚をするの。おまえに骨の折れる仕事などさせたくないからわたしたちは働いているのよ」

「ここがわたしの居場所です」

「ここには苦労しかないんだよ」とふたりはため息をついた。「これが孤独な仕事だと、おまえにだってわかっているはず。宿泊客やスタッフとはつかず離れずでいなければならないし……」

「わかっています」と彼女は囁いた。

ミス・フークは自ら買って出て、清掃の仕事から始めた。キッチンの石の床をごしごし擦った。電気工、配管工、会計士などの仕事の基礎を学んだ。叔父と叔母がひと月のあいだにたてつづけに亡くなった。彼女は優しい叔父と叔母のために泣いた。しかしその涙は塩辛くなかった。

ホテルの常連客はしだいに変わっていった。平凡な客が来なくなり、秘密を抱えた客が訪れるようになった。家族客が減って単独の客ばかりになった。中には自分のベッドカバーを持ち込む客もいた。

毎夏やってくるある老女は、柄付きの鍋のセットまで持参した。疲れ果てた男たちが車でやってきて、期間を限定せずに身内を預けていくようになった。ある噂が、噂というのはそういうものだが、産婆たちが村から村へと回って言い伝えていく伝説のように広まった。橋のそばのホテル。普通とは違う人々がそこに行けばありのままの姿でいられる、と。

ホテルのスタッフも変わった。ある日、しょっちゅう酔っぱらっていた雑用係の老人が、泡を吹いて倒れた。二日後にいまの雑用係が両の太腿を擦り合わせるような歩き方をして現れた。図書室でミス・フークの前に座った、青いカンテラのような目をした彼は、実は不健全な習慣があるということで訴えられたことがある、と打ち明けた。

「覗き見ね」と彼女は見当をつけて言った。

「はい。公園やアーケードや川べりにひとりでいるのが好きなんです。ぼくには悪癖や悪い性癖はありません。でも子供たちが……ぼくをからかって。通報されたんです」

彼女は彼を雇った。老いた料理人に年金を与えて退職させた。新しい料理人がやってきた。彼女の顔は手斧のようだった。あるいは手斧で削られた顔のようだった。そして斜視のキッチンメイドが現れた。

やるべきことは山ほどあった。忌々しいほどあった。料理、ワイン、タオル。宿泊者名簿。窓ガラスの掃除。いまミス・フークは台帳を開いている。アルブレクト氏は本を手に椅子に座り、彼女を帝国の雑事に専念できるようにしていた。払わなければならないつけがあった。新しい宿泊客のために——バードウォッチャーたち、三人の子持ちの太った英国人夫婦——準備しなければならないことがあった。英国人一家は毎年やってくる。子供たちは養子にすることができた里子だった。母親がそう打ち明けた……聞いてくれる人がいればだれにでも同じことを言った。ただならぬ秘密を打ち明けるような口調で。「ここにいるときだけ、わたしたちは家族だと思えるんです」

ホテルにいる全員にとって午後三時は淀んだ時間だ。アンドレイは練習をやめてベッドに入っている。料理人は外で煙草を吸っている。雑用係はどこかに行っている。宿泊客は自室にこもったり、温泉に入ったりしている。

午後三時に、ミス・フークはキッチンに行った。キッチンメイドは、たいてい色褪せたサモワールのそばに座っている。そして恥ずかしそうな笑みを浮かべる。ミス・フークはテーブルのところまで椅子を引っ張っていった。テーブルの上は食材を切り刻むための分厚いまな板になっている。その横に取りつけられた環から、肉切り包丁が下がっている。

三時がいつしか三時十五分になり、やがて三十分となり、四十五分になった。再びさまざまなことが動きだした。アンドレイは午後の悲しみが消えてベッドから起きだした。時にはスクラールのタクシーが客を運んできたり、客を乗せて出ていったりする。そしてそのタクシーの運転手が一杯ひっかけにキッチンに入ってきたりもする。雑用係が樽を引きずりながら再び現れた。その姿には見苦しいところも足りないところもない、とミス・フークは思う。こうした生き方があってもいい。夜になるとときどきバーのカウンターの後ろで、しっとりした髭のない顔にほんのり赤い唇をして控えているタキシード姿の雑用係は、まるで男装した美しい女に見える。

今日ミス・フークは、窓の向こうで斧を振り上げて薪を作っている雑用係を見ていた。彼に近づいていく人影があった。ロバートソン・アルブレクトだ。丁寧な言葉のやりとりをしている。彼女は想像してみた。ちょっと運動させてもらってもいいかな？　もちろんです。アメリカ人が斧を振り上げると、わずかな贅肉の層の下で筋肉がうごめき、それを振り下ろすと丸太はされるがままに真っ二つになる。

四時のベルがキッチンで鳴り響く。小柄なキッチンメイドがお茶とケーキを談話室に運んでいく。数分後に、「このうえないご馳走ですね」とアンドレイが、すでにフロントの定位置に収まっているミス・フークに話しかけた。彼は毎日のように同じ台詞を吐く。ノルウェー人のSが灰色の長い歯を剝きだしにしてアンドレイに微笑みかけた。「ミス・フーク、ごいっしょにどうぞ」とスコットランド人のSが言った。

「お茶はいただきました、お誘いありがとう」とミス・フークは言ったが、実はお茶を飲んではいなかった。キッチンメイドとなにも話さずなにも食べずに心を通わせていたのだ。しかし間もなくお酒でもてなす時間だ。何人かが暖炉にあたって体を温めていた。雑用係はタキシード姿になってバーを開けた。ベルギー人がひとり、階段を下りてくる。地形学者が下りてくる。ベルギー人がもうひとり下りてきた。ラースは図書室からこっそり出てきた。そこにキクイムシでもいたの？　おやおや、三人目のベルギー人もやってきた。アルブレクト夫妻以外は全員が集まった——いや、そうではない。夫妻はちゃんと窓辺に立っている。ふたりが入ってくるのがどうしてわからなかったのだろう。

III

金曜日の午後三時の淀んだ時間に、ミス・フークはリネンを届けるために雑用係の部屋に入った。畳んだシーツとタオルを簡易ベッドの上に置いた。特に柔らかい素材のものを。彼の繊細な肌に皺が寄らないように。

小塔にある四つの窓は、それぞれ東西南北に向いている。三方からは緑色にきらめく木々が見える。残りの一方からは、遠くのスクラールが見える。真下には、キッチンの前の庭と小さな駐車場がよく見える。いまはホテルのピックアップ・トラックがあるだけだ。アルブレクト夫妻のレンタカーはない。

見知らぬ人物がいた。てかてか光る頭頂を薄い黒髪が隠している。もっとよく見ようと身を乗り出すと、額がガラス窓にぶつかった。ミス・フークは後ろに下がり、箪笥の上にあった双眼鏡を構えた。平らな耳。黄褐色のマフラー。骨張った顔。尖った黒い顎鬚。

科学者のような人相だ。

彼は、この科学者風情は、両手を太腿のところに垂らして樺の木の横に立っていた。ラースが駐車場を四つん這いになって進んでいくと、男は薄い唇をすぼめた。口笛が鳴っても、ラースは顔を上げない。しかし立ち上がった。見知らぬ男に近づいていく。そしていつものように四十五センチ離れたところで足を止めた。

男の唇が動いてなにか言っている。ラースはじっと聞いている。ふたりはしゃがみこみ、男が虫眼鏡を取りだした。さらに話し、さらにじっと聞いている。男が立ち上がり、道路に向かって歩き出すと、ラースがその後に従った。

男が歩き、少年が後に続く。そしてふたりはミス・フークの視界から消えた。

勢いよく息を吸い込むとかすかにヒューという音が出た。それ以外、なにもしなかった。宿泊客が好きにするに任せている。子供は親が責任を持つべきだ。

それで彼女はそこに立ちつくして、昔読み聞かせた物語のことを思い出した。一対の翼と金とを交換した商人の話。数日前、その古い本を見つけた。暗闇の中で誤って殺し合いをする兄弟の話。それをラースに読んでやろうかと言った。金持ちになるために村を出ていって、成功したり失敗したりした農民の息子たちの話。ラースは険しい顔つきで彼女を見、足早に去っていった。その歌で世界そのものだった鏡を粉々に壊してしまった椋鳥の話。だから世界は再び始まらなければならなかったのだ。

彼女はまだ窓辺に立っている。

しかしあの小さな人影。なんと短い滞在だったことか。

「おまえは稲妻みたいに速く動けるんだね」フーク叔父がよくびっくりしていた。

いまでも動けた。すぐさま彼女は二階に下り、さらに一階に下りた。料理人はキッチンにいない。雑用係はどこかにいる。SとSは談話室で刺繍をしている。地形学者は愛想よくフロントを受け持っていた。「電話がありましたよ」と彼は言った。「私が予約を受けました」ミス・フークは再び二階に上がる途中で、感謝を込めてお辞儀をした。彼女はアンドレイの部屋の扉をノックした。こんなことをされるのは嫌に違いない。でも。「はい」という声がした。ミス・フークが部屋の中に飛び込むと、そこにはアンドレイと、キッチンメイドもいて、彼女の丸い顔はミス・フークの登場に驚いてはいなかった。

「ラースが男に連れていかれた」ミス・フークは喘ぎながら言った。

ズボンのベルトを締めながら、アンドレイは部屋から駆けだしていった。キッチンメイドは西洋剃刀をつかんでアンドレイの後を追った。ミス・フークはその後に続いた。

一階に着くとアンドレイはキッチンに入り、肉切り包丁を持って出てきた。そして三人はホテルの木の階段を駆け下り、林を抜けて道路に出た。坂を下っていく。この前の吹雪で積もった雪がまだところどころに残っていた。

ミス・フークは走り、彼女の考えも走った。もしかしたらあのアメリカ人夫妻はあの子を捨てるつもりでいるのではないか。ふたりはあの子を変えられなかった。あの子をずっと大事に育てていくつもりがないのだ。彼女の心臓が高鳴った。ラースは人を愛さない。結婚しない。驚くことすらしない。認識し、分類するだけ。さらなるラテン語の名前を学び、それをすべて暗記する。それは一種の幸せの形だ――ふたりにそう伝えたかった。

三人はジュニアス橋の幅の狭い階段にたどり着いた。アンドレイは包丁を振り上げた。キッチンメイドは剃刀を振った。ミス・フークは走るのをやめた。

リーダー格のベルギー人が両手を高く挙げて三人の前に進み出た。「子供は無事だ」と彼は言った。ラースは手すりのところ、父親のすぐそばではないが、近くに立っている。似非科学者も橋の上にいる。両腕を背中で縛られていた。ふたり目のベルギー人が巻いたロープを持っていた。その向こう、橋の真ん中にアルブレクト氏の車があり、運転席にアルブレクト夫人が座り、その横に停車している見慣れない緑色の車の運転席には、三人目のベルギー人がいた。二台の車は車の流れを遮る格好で停まっている。だが、そもそも車の流れなんてあるのか。

ロープを持ったベルギー人は、縛られた男を引き立て、緑色の車の後部座席に押し込み、前にいる同僚の横に座った。ハイカーだなんて。車はバックして橋を渡ると、向きを変えてスクラールのほうへ走り去った。

ラースは手すりにあるものを丹念に調べている。彼女にはなにをしているかわかった。斑模様の蛾がここに卵を産み付けているのだ。幼虫が繭を作っている。これは生物学的には珍しい——蛾は鉄ではなく木が好きなのだから——が、はるか昔、ジュニアス橋が鉄製になったときにどこかの雌が誤って産卵し、その誤ちを何代にもわたって踏襲してきたのだ。蛾はこの橋から飛び立ち続けていた。

アンドレイとキッチンメイドは、武器を下ろして踵を返し、道路のほうに歩いていく。リーダー格のベルギー人がその後に続く。クリスティン・アルブレクトは車を動かし、数メートルほど進んだところで夫を車に乗せた。ふたりはしばらくは互いを見もせずに、隣り合って座ったまま、夫はハンドルを握る妻の手をその手で包んでいた。それからホテルを目指して走り去った。ラースは繭に最後の一瞥を投げてから、両親の車の後を追った。

みなの姿が見えなくなると、ミス・フークは土手を下りた。ブーツが泥の上でグシャグシャと音を立てた。彼女は橋の下を覗き込んだ。

肉付きのいい顔に穿たれた青い双眸がじっと彼女を見つめた。

「わかってください、ぼくは絶対に……」彼は口を利いた。「午後はたいていここにいるんです。この鉄のデザインが好きで……」彼はまた口を開いた。

「ええ、よくわかってる」と彼女は励ますように言った。「さあ、戻りなさい」

彼女は土手を上がった。ラースに追いついた……いや、ラースの足取りが遅くなったのだ。「橋にあった藺」と彼女は言った。

ラースは彼女のほうに顔を向けたが、目は別のところを見ていた。

彼女は彼が見るまで待っていた。ようやくラースが彼女の目を見た。

「ヘピアルス・レムベルティ（キマダラコウモリガ）」彼女は彼に褒美をあげた。彼の目が一瞬彼女の目と合い、瞳が瞳を貫いた。セックスとはこういうものかもしれない、と彼女は思った。

Ⅳ

アンドレイは、彩色された楽器から音のリボンをするすると引きだした。

ラースは彫刻の施された長椅子に石のように座っている。折り畳み式の椅子の列には、ほかの宿泊客とミス・フークが座り、全員が耳を澄ましている。雑用係はカウンターに両肘をついて聴いていた。顔に痣のある料理人は戸口の柱に肩を預けて聴いていた。キッチンメイドもどこかで聴いていた。

クリスティン・アルブレクトは半分ぐらいしか聴いていないようだった。回復不可能なほどに疲れ切っていた。拍手喝采が終わると、彼女は静かにロビーから出ていった。ロバートソン・アルブレクトは妻が階段を上がっていくのを見ていた。ミス・フークはすぐそばで、そんな彼の様子を見ていた。

「図書室に行きませんか?」とアルブレクト氏は、妻をじっと見つめたまま、ミス・フークに言った。

ふたりは隣り合って座った。「今日のことは申し訳ありませんでした」と彼は張りのある厳かな口調で言った。「私たちは誘拐の企てには慣れていますし、そういう事態に備えています。でもあなたがたに迷惑をかけたくはなかった」

彼女は頷いた。

「私たちは明日帰ります。目障りなボディガードたちとともに」ふたりのあいだに沈黙が生き物のように横たわった。「温かなおもてなしに感謝します」と彼は言った。「ラースは」そう言って、言葉を途切れさせた。「ラースは特に早熟というわけではありません。あの子は昆虫以外は理解できないのです。文字すらよく読めません」

彼女は感情のない目で彼を見た。

「ニューヨークにいる私の兄は、共同経営者ですが、兄も……世界が狭いのです」

ようやくミス・フークは、できる限りの大きな声で言った。「一、二世紀も過ぎれば、対人関係に大した意味などなくなっていくでしょう」

「少数の変人が好んでおこなうフェンシングのようなね」と彼は同意した。

「わたしにはあの子の面倒が見られます」彼女は自分が大声を張りあげるのを聞いた。

「それはできません」と彼は、おそらく彼女に負担をかけまいとして言った。だがそれは、彼女の余生を灰にすることだったかもしれない。

尊き遺品

Relic and Type

ジェイの孫――ジェイのひとり娘のひとり息子――が、京都生まれの娘と結婚した。ミカの顎は小さな可愛いティースプーンのようだった。ミカはV字になった襟からレースがちらりと見える柔らかなパステル調のスーツを着ていた。彼女が毎日、金から金を生みだす仕事をしているなど、だれが想像できよう。若い夫婦は東京のマンションで暮らしている。そこの電気器具はみな別の器具の中にしまえるようになっている。孫のウッディも投資アナリストだ。

「日本語を学ぼうかと思っている」結婚式から自国に帰る飛行機の中でジェイは娘に言った。娘は彼を見つめた。その歳で！　だが、彼女はなにも言わなかった。亡くなった妻と同じく如才ない、とジェイは思い、一瞬目頭が熱くなった。妻も娘もウェルズリー大学で学んだ。娘は、そんな努力をわざわざしなくてもいいでしょう、とも言わなかった。若い夫婦は英語も日本語も流暢に話せるし、子供が生まれたとしても混血の子もバイリンガルとして育てられるのだし、第一、その子供に会うことなどめったにないのだから。娘夫婦には、年に二、三回はゴドルフィンと東京を往復するだけの体力がある。しかし、ジェイにはない。娘は、語学の勉強は記憶力がなければとてもむりよ、とも言わなかった。七十五歳のジェイは、トレードされたレッドソックスの選手の名前を思い出すことすらできない。卒業五十周年のクラス会で、胸に付ける名札が同窓生に配られたのはとてもいいアイデアだった。「ポップスの夜」では、卒業式の歌「麗しきハーバード」の歌詞も、思い出すよすがとして全員に配られた。同窓生たちは起立して歌った。

おお、われらが祖先の尊き遺品
彼らの思い出を温《ぬく》めり
荒れ地に咲く初花！　夜の星！
変化と嵐の後に平安来たれり

ジェイの声はいまも素晴らしいバリトンだ。ルームメイトだったソニー・フェッセルは鼻形成術でひと財産を築いたが、低い嗄れ声すら出せなかった。しかしジェイにしても、大きな声は出せたものの体調がいいわけではない。血液疾患がある。この病気はいまはゆっくりと進行しているが、いつ牙を剝くかわからない。それに血圧も高い。

客室乗務員が象牙色の手でトレイを片付けていった。「やりたいことを探しているんだ」とジェイは娘に言った。保険計理士として、最後は州保険長官という名誉ある任務をこなし、それで仕事から引退した（ウッディが数字に強いのはジェイの資質を受け継いだからだ。最近ではそれを「数量的思考能力」と言うらしい）。これまで週に一度スカッシュに通っていたが、クラブが新しい柔らかなボールを採用して古いコートを拡張したのでやめてしまった。彼の住むゴドルフィンはボストンの外れにある楔形をした町で、町民会議――名誉ある大騒ぎ――ですべてを決定するが、一週間にわたる会期は年に二回しかない。ユダヤ教の儀式はまったく面白みに欠ける。ここに移住したジェイの祖父はタリートを肩に掛けていたが、それは感傷を伴う思い出ではあっても見習うべき思い出ではない。父親とユダヤ教とのかかわりは、「同胞の朝食」で始まりそれで終わったし、ジェイはバルミツバの儀式を受けた翌日に、日曜学校をやめた。しかしいまは……日々をだらだらと送り、食欲もなく、血液も薄くなっている。勉強に打ち込めば励みになるかもしれない。

　帰国するとすぐに、ゴドルフィン高校で開かれているシニアのためのワークショップを調べてみた。「製本」？　「ステンドグラス」？　会堂《シナゴーグ》が主催する無宗派の人々のための講座はどうか。「シオニズムは死んだか」？　もしかしたらそうだろう。「偉大なユダヤ女性たち」。それを教えているのは、金髪を昔流行《はや》った内巻きのボブカットにしているラビ自身だ。しかし、ゴドルフィン言語センターが提供する「日本語I」は、テオドール・ヘルツル（シオニズム運動を起こしたハンガリー生まれのユダヤ人）とローザ・ルクセンブルク（ポーランド生まれの哲学者、革命家。ドイツ共産党を創設した偉大なユダヤ女性のひとり）よりはるかに心動かされた。講座の概要を読んでいると、つい最近日本に行ったときに嗅いだ匂いが甦り、耳にした音が聞こえてきた。花の香り、木々のざわめき、騒々しい都会にある寺の線香の匂い、レジのそばのラジオから「イパネマの娘」が流れていた蕎麦屋には、出し汁の匂いが満ちていた。布地のことも思い出した。京都の「哲学の道」で制服姿の生徒の一団に遭遇したが、彼女たちはジェイを通すために道を開けるかわりに、柔らかな濃紺の制服の渦でジェイを取り囲んだ。新しく孫となった娘の祖母は、髪を茶色く染めた品のいい女性で、結婚式に着物——深紅の絹にクリーム色の帯——を着てきた。その数日後、レストランで内輪だけで集まったとき、ジェイはその女性をほとんど見分けることができなかった。普段着のスラックスとタートルネックのセーターを着ていたからだ。彼女の英語はわかりやすかった。「フッディは親切で優しいです」と彼女はジェイに言った。「わたしたちはとっても喜んでいる」と言いたかったのだ。

「ミカはシャイネー・マイデレーですね」ジェイは、自分が知っている五十のイディッシュ語の中から二語を繋げて言った。ジェイはにこりとした——茶目っ気があるので彼はいつも女性たちに好かれた。そして「愛らしい女性です」と言った。だが、それがいまの言葉の意味です、と言うのを忘れた。ミカの祖母は、苦労してやっと喋れるようになった英語がちっとも役に立たないと思ったかもしれない。まあ、仕方がない。

「日本語Ｉ」の講師の飾り気のない美しさを見たら、ミカの可愛らしさは太陽を前にした月のようにすっかりかすんでしまった。ナカブタ先生は、最初の授業の九十分間、一度も椅子に座らなかった。一卓のテーブルに座った十二人の生徒は先生を見上げた。丘の上の邸宅を改装した教室からは、川の向こう岸にケンブリッジが、ハーバード大学の煉瓦造りの寮と鐘塔が見渡せた。あのいちばん左の寮にソニー・フェッセルといっしょに住んでいたのだ。

「日本語の文法は」ナカブタ先生が、朗々とした訛りのない英語で生徒たちに説明した。「最初はわかりにくいように思えるかもしれません。みなさん、どうぞ複数という概念を忘れてください。代名詞と別れてください。ほのめかしと遠回しでできた池に、睡蓮の葉のように浮かんでみてください」

学期が始まって早々に数人の生徒が脱落した。落ちなかったのは、日本に頻繁に行くビジネスマンや科学者、プログラマー、そして一度は日本に滞在したことがあり、俗語で会話ができる若者だった。ジェイは特殊なカテゴリーに属していた。白髪のなかに赤毛が、色褪せるのを断固と拒否している染みのように残っている長身の老人、生まれてもいない曾孫と話したいと思っている偏屈な老人、というカテゴリーに。

七月に若いカップルがゴドルフィンのジェイの娘夫婦のところにやってきた。もちろん、ジェイにも会いたくて来たのだ。ジェイはミカと日本語で話した。マサチューセッツでは暖かくなるのが早かったですよ、次の春は。いや、前の春は、いや、この春は。このトマトは美味しいですね。そして彼女の両親と祖母――チチとハハとババ――について尋ねたものの、その呼び方がなれなれしすぎることを思い出したが、後の祭りだった。ミカは、家族はみな元気でやっております、ありがとうございます、お気の毒に、杖を使っていらっしゃるんですね、と応じた。噛んで含めるように話した。ああ、これは関節炎になっただけです、と彼は言った。本当は「再燃した」という言い方のほうが好きなのだが、人はよく知っている言葉を言うものなのだ。そしてその言葉が必ずしも言いたいものとは限らない。

二年目は、小柄で不器量なスギヤマ先生が受動態を教えた。受動態には、気が進まないという気持ちや、してやられたという気持ちが含まれる場合があるという。スギヤマ先生は毎週単語テストをおこない、漢字の書き方を練習するときは画数を数えなさい、と言った――くらった鞭の数を数える奴隷のようだ、とジェイは思った。紙と鉛筆を使わずに書き順を練習するには、なにかの表面に指を使って書けばいいのです、と言われた。

その夏に、ジェイは妊娠したミカを連れてゴドルフィンを散策した。関節炎は快方に向かい、杖はいらなくなった。彼は、自分が育った家やボール遊びをした公園や卒業した高校にミカを案内した。長い年月が経っても、外見はなにも変わっていなかった。このデリでさえいまでも商売をしています、とジェイは日本語で言った。彼の統語は日本語において正確で、イディッシュ語にも忠実だった。私の子供時代には、ここの住民はこれほど異なっていませんでした、となんとか言葉にしたが、本当は「多様ではない」という意味の言葉を言いたかったのだ。そのころはユダヤ人とアイルランド人と……だけでした、プロテスタントを日本語でどう言うか知らないのでそこは割愛した。いまではロシア人、それからもベトナム人、それからも南アメリカ人、それからわざわざ言いませんがたくさんの人々がいます。最後の語句の意味は一音節の助詞にすでに含まれていて、しかも残念なことに、助詞を置く位置を間違えていた。それでもミカは頷いたので、ジェイは自分を誇らしく思い、スギヤマ先生から学んだことすべてを誇らしく思った。日本語を教えるというスギヤマ先生の献身的な態度は、かなりぎこちない英語を補ってあまりあるものだった。彼女の舌では「燃焼《バーン》」と「納屋《バーン》」と「丸パン《バン》」がすべて同じ発音に聞こえた。

三年目の講師ヤマモト先生は、英語の発音が素晴らしかった。しかし話し方には不安を掻き立てられた。説明している最中にくすくす笑ったり、鼻を鳴らしたり、同意する「ん、ん」を、同意しない「ん、ん、ん」よりも緩く発音したりした。ジェイはこの喘いだり唾を飛ばしたりする男にうんざりした。ヤマモトさんの青白い顔、薔薇色のねっとりした唇、鼻の穴が丸見えのだんご鼻、眼鏡の黒縁は、フィーヴィル・オストロフに痛ましいほど似ていた。フィーヴィルは六十年以上前、八年生だったジェイのクラスに突如やってきた。フィーヴィルとその兄弟からは、たいていのユダヤ人一家がとっくの昔にさっさと払い落としてしまった旧世界のにおいが漂っていた。オストロフ一家は、普通ならゴドルフィンにはたどり着けなかっただろう。父親はボストンの荒廃した地区で小さな食料品店を営み、一家は店舗の上の住まいで暮らしていた。しかし無能な父親が死に、戦争で金回りのよくなった母親の兄が、ジェファーソン大通りに大きなアパートメントを借りてそこに一家を住まわせた。この伯父は子供たちに必需品ばかりか自転車までも買い与えた。

もしオストロフ一家が敬虔派ユダヤ教《ハシディック》徒であれば、彼らは奇妙な操り人形のような衣装を着た集団に入り、敬虔派の平日学校に通っていただろう。あるいは正統派ユダヤ教徒であれば、ヤムルカを被って正統派の学校に通っていただろう。しかし彼らは敬虔派でも正統派でもなく、とりわけ律法を守る人でもなかった。ひたすら浅黒く、がりがりに痩せ細った厄介な存在だった。彼らの弁当には固ゆで卵とピクルスがぎっしり詰め込まれていた。フィーヴィルは自分が言ったジョークに自分で笑った。彼と親しくしていた生徒もいた——ラテン語の宿題にはとても頼りになる存在だったし、当時ハーバードではまだラテン語で優秀な成績をとることが求められていたからだ。だがオールAのジェイは、フィーヴィルを歯牙にもかけなかった。

しかしヤマモトに対してはそういうわけにはいかない。ジェイは本気で日本語を征服するつもりでいる。ジェイの戦いにはヤマモトの専門知識が不可欠なのだ。そしてジェイのクラスメイト――いまやたったの四人――も同じ決意で臨んでいた。彼らが通っているのは上品な丘の上に建つ語学センターではなく、一世紀前に彼の祖父が毎日十時間労働の後で体を引きずりながら通った夜間学校のように思えた。祖父の時代には、英語を身につけなければ未来は拓けなかったのだ。

クラスメイトの三人――ふたりのビジネスマンとプログラマー――は初めからいっしょだったが、新しく加わった四人目は大学時代に日本語を学び始めた若い女性だった。いまは神戸出身の医師と暮らしているという。ジェイはふたりの子供はどんな姿になるのだろうと思った。女性は青白くてそばかすがあり、ぱさぱさの髪に睫は透き通るほど薄かった。ジェイの曾孫は、ウェブの写真を見る限りでは、両家の特徴がみごとに混じり合っている。すべてがさらに小ぶりになっているが、魅力的な顎と髪と目を母親から受け継ぎ、父親からは口角の上がった口と、ジェイ自身の父親の気高い鼻を受け継いでいた。ミカの祖母が赤ん坊を膝に抱いている写真がある。眼鏡をかけた祖母の表情は読みとれなかった。

ヤマモトは練習ドリルを繰り返しおこなう鬼だった。生徒たちに動詞変化の練習ドリルを何度もやらせ、敬語、擬態語を覚えさせ、とうとうジェイは「ムカムカ、クラクラ、ゲンナリ」した。しかしそうなったのはヤマモトのせいばかりではない。ジェイの病気がとうとう牙を剥いたのだ。まあ、それがウンメイなのだろう。ヤマモトは授業のあいだずっと、騒々しく呼吸し、両腕を上下に激しく動かし、不愉快な忍び笑いを漏らしつつ大きな声で話した。まるで兵士……日本兵のようだった……ジェイが子供のころに観た戦争映画に出てくる日本兵のようだった。彼が身につけているのはサラリーマンしか着ない服――真っ黒なスーツ、真っ白なシャツ、赤黒いネクタイ――だが、腰と足首に引き締め紐のついた戦車兵の緑の作業着を着ていてもおかしくなかった。彼の口はいつもうっすらと開き、ふっくらした下唇からは白い短い歯が見えていた。手で空《くう》を切るのを好んだ。チョップ、チョップ。

ドリルは週に一度の授業のほんの一部にすぎなかった。添削された宿題と漢字テストを返されて自信を失ったり、職場での寸劇――急にプレゼンテーションをすることになったサラリーマンや契約を逃しそうになるサラリーマン――を緊張気味の俳優が演じるビデオを観たりもした。ウッディは危うい生活を送っているに違いない。生徒たちはヤマモトが問いかける形の一般的な会話を練習した。

シーラさん、この前の週末にはなにをしましたか。

しゃぶしゃぶを作り、テニスをし、庭仕事をし、日本語の勉強をしました。

では、あなたはどうですか、ラルフさん。

牛肉を焼き、ゴルフをし、映画を観に行き、日本語の勉強をしました。

先生、先生はなにをなさいましたか、とだれかがいつも質問した。するとお手本を示すように、修飾語、熟語、短縮語を多用した文章で説明した。期待に胸膨らませてレッドソックスの試合を観に行ったんですが、だらしないレッドソックスは相手に六点も献上してしまいました。みごとな音を奏でる四重奏楽団のコンサートに行って、その楽団のために作曲されたばかりの曲が演奏されるのを聴きました。犬が車にはねられましてね、とんでもないことになったんですよ。死んでしまいました。ヤマモトはこうした話をするあいだ、門歯の目立つ口の端に泡を溜め、習慣化した作り笑いを浮かべていたが、それがフィーヴィル・オストロフの不安そうな笑い方にそっくりだった。

高校でフィーヴィルは体重がかなり増え、ただのやせっぽちになった。彼のくすくす笑いはめっきり減った。ジェイとともにハーバード大学の一年生になったころには（フィーヴィルの伯父が彼の授業料はもちろん、賄い付きの寮の費用も払った）、フィーヴィルは自分のことをフィルと呼んでいた。古典文学を専攻した。卒論のテーマはオウィディウスだった。ジェイから見れば、フィーヴィル――フィル――は相も変わらず青二才の滾るような情熱を持っていたが、いまや一万人の学生のひとりでしかなく、ほかの者に比べればそれほど変わり者ではなくなっていた。イヌイットのカップルに比べたら目立たず、イスマイールの王子に比べたら地味で、ブルックリン出身の自信過剰な学生に比べたら淡泊だった。彼らは教室と実験室を往復し、際立った科学の研究を重ね、後でわかったのだが、ノーベル賞を二部門で受賞した。

フィル・オストロフが言い寄ったのは、ラドクリフ女子大のドロテアという名の、やはり古典文学専攻の冴えない女子学生だった。両親が南部のどこかの大学の教授だった。フィルとドロテアは最優等で卒業するやすぐに治安判事の前で結婚した。ふたりがシカゴの大学院に進んだのは、その大学がかなりの奨学金を出して優秀なふたりを招聘したからだった。

「日本語Ⅲ」の春期では、過越の祭りは復活祭の前の土曜の夜に始まった。この週末に私は宗教に基づいた晩餐会に出席します、とジェイは言った。パンは食べてはいけません。私の愛する妻のレシピを使って、私の娘がスープを作るでしょう。私たちは鶏肉、サツマイモ、果物、クラッカー、特別な魚を食べるでしょう。

マッツォー（過越の祭りに食べる、パン種を入れないパン）だね、とヤマモトは大きな声で言った。ゲフィルタ（ユダヤの魚料理）に相当する日本語はありません。

シーラは伝統的な復活祭の料理を用意するということだった。ハム、サツマイモ、果物。ビジネスマンのひとりは試合を観に行き、もうひとりはニューヨークにいる家族を訪ね、プログラマーは集めたコンパクトディスクを整理するつもりでいると言った。まず世紀別に分けます。同じ世紀内では作曲家別に分け、同じ作曲家では……。

ヤマモトの下唇が、日除けのような出っ歯の下で伸びた。その整理法については来週聞くのを楽しみにしていますよ。今夜の授業はこれで終わりです。

この週、ジェイは自分で尋ねてみた。センセイはなにをしますか。

前歯がジェイに向かって開いた。過越の祭りの祝宴に参加するつもりです。

祝宴に招かれているのか、とジェイは思った。ユダヤ人の中の異端者……。しかし講師は続けた。

私の妻がご馳走の準備をします。私が礼拝をおこないます。

「ヘブライ語で?」びっくりしたジェイは思わず英語で訊いた。

ヤマモトはこの無礼な質問から顔を背けた。「ヘブライ語は難しい言語です」とジェイは言うべきだった。疑問型にしないのが敬意を表す言い方のはずだから。しかし敬意などクソくらえだ。その疑問と疑問を口にした男は、答えを知りたくて仕方がなかった。

ゴドルフィンに七十七年も（ケンブリッジに暮らしていた四年間を除いて）住んでいれば、解決の糸口はすぐに見つけられる。つまり、だれに訊けば答えが返ってくるかわかっていた。

「彼はウースター出身の歯科医と結婚したのよ」とキャロル・グリックマンが教えてくれた。六月のことだ。ジェイは彼女が図書館のシニア映画の会に参加することを知っていたのだ。ジェイは彼女が現れるのを図書館で待っていた。「なんでもできる最近の若い有能な女性のひとりね」

ジェイはミカのことを考えた。ふたり目の子を授かり、自宅のコンピュータで仕事を続けていて、市場の取引が終わればきっとそこがおむつの交換台に早変わりするのだ。「ミセス・ヤマモトは……ヤマモト医師は……ユダヤ人なのか？」

「そうよ。最近のユダヤ人というのがなにを指すにしろね。彼女の一族のうち、正統派ユダヤ教に改宗して、信徒になった人もいるわね」そう言ってキャロルは笑った。ジェイも笑いを返したかったが、毎日飲まされるようになった有毒な薬を服用したばかりで息が臭うのがわかっていた。キャロルはちょっと間を置いてから続けた。「クェーカー教徒や禅宗の僧になった人もいる。そういえば、フィーヴィル・オストロフの娘がエピスコパル派の牧師になったの、知ってる？」

「フィーヴィルは同窓会に来なかったな」とジェイは遅ればせながら思い出した。

「去年亡くなったの。ダートマス大学でもっとも愛された教授だった、あら？ ウィリアムズ大学だったかしら。ラテン語を人気の講義にしたのよ、ギリシア語も」キャロルはまた間を置いた。悔やみの言葉を述べるべきなのだろうか。

「あなたは元気なの？ ジェイ」とようやくキャロルは明るい声で言った。彼女の夫は判事で、ジェイといっしょに名誉毀損防止同盟で働いた。キャロルもミカの祖母と同じくいまや未亡人だ。そしてキャロルは、やはりミカの祖母と同じように髪を染めている。同じ褐色に……。私は元気なのだろうか。私がどんな状態か彼女にはわかっているだろう。黄ばんで萎びている。来年彼が生きている確率がどれくらいか、おそらくわかっているはずだ。保険計理士のジェイは、とっくに計算済みだった。ゼロ、だ。

「私はそう長くはないよ」と彼は、冗談のかけらもない口調で言うと、顔を背けて息を吐いた。キャロルは口を開き、慰めの言葉を言おうとした。「じゃあ、また」ジェイはそう言って逃げるようにその場を去った。

九月になって彼は何十年かぶりに大祭日《ハイ・ホーリー・ディ》の礼拝に参加した。祖父のタリートを掛けた彼の体には見せかけの肉がついたようだった。すぐに立ち去るつもりで、会衆席の最後列に座った。ラビは目も覚めるような白いローブを着ていた。彼女はトーラーを持って側廊を歩き、その後ろに老人たちが足を引きずりながら続いた。同年輩だな、とジェイは思った。ラビはジェイのいる列で足を止めたので、彼はいたずらっぽい笑みを浮かべてみせた。彼の歯はまだきれいに揃っていた。ラビは笑みをうっすら浮かべて、トーラーを捧げて待っていた。それで彼は、自分の祈禱書でトーラーに触れて、祈禱書を唇に押しつけなければならないことを思い出した。しかし唇に持っていく段になると、まるで民数記の重みが乗り移ったかのようにひどく重くなった。

十月に彼は川を渡り、日本の経済についての退屈な講義を聴きに行った。十一月には雨の中、野球の試合を観に行き、途中で帰ってきた。その翌週、ワイドナー図書館に、年間五十ドルの卒業生優待パスを使って入った。図書館の書架は最近構造強化を施したが、内部自体は変わっていなかった。金属製の書棚のあいだの通路は昔より狭くなっていた。三階の石の床に立って、京都の生徒たちのときと同じように体と本がそっと触れ合っていると、再び少年に戻ったような気がした。しかし、読みたいと思う本は一冊もなかった。

ジェイは「日本語Ⅳ」に登録したいとは思わなかった。すっかりくたびれていた。しかしこれまで達成したものについては喜びを感じていた。子供の絵本を読めるようになった。日本の雑貨屋でシャイネー・マイデレーと話せるようになった。何百もの漢字が理解できる。そして夜、風呂に浸かりながら、いまでも漢字をいくつか、指で細くなった太腿の上に書ける。気に入っている寿司屋で、板前同士が素早く交わす言葉に耳を傾けた。ときどきは大胆にも、知らない言葉の意味を尋ねたりもした。小柄なインド人の血液専門医は、体が受けつける物はなんでも飲み食いしていいんですよ、と言った。体が受けつける物はそうたくさんはなかったが、日本のビールと生の鮭のほうがオートミールとアップルソースよりましだった。

チキンスープは胃に負担をかけなかった――ユダヤ人はこれに関しては正しかった。町に残っている唯一のコーシャーの店〈ウルフ〉（ジェイが子供のころには六店舗あった）は数日おきにチキンスープを作り、瓶詰めにして売っていた。ジェイは日曜日になると一瓶買って、その週のあいだに食べられるだけ食べ、残りは捨てた。日曜日が来るたびに店に通っていても、レジにいる髭を生やした男はジェイの顔を憶えていないようだった。男はもっと高尚なもの、たぶん在庫品のことを考えていたのだろう。

服がぶかぶかになった。めったにない気分のよい日に、地元のGAPで、どうやらまた流行りだしたらしいチノパンを二本買った。そして紺のブレザーも。サイズは？　Sだった。なんということだろう。ジェイの娘は毎日彼の顔を見に立ち寄り、部屋の中を片付けた。ふたりは、医者がホスピスのことを言い出すのを静かに待った。待つあいだ、週に一回、まだ〈ウルフ〉まで歩くことはできた。

そして〈ウルフ〉にいた日曜の朝のことだった。ヤマモトを再び目にしたのだ。ヤマモトの家族は、子供が全部で四人いた。ジェイは香辛料のラックの陰に隠れた。そこから歯科医をしている妻を観察した。目が覚めるほど可愛らしかったし、何度も妊娠したにもかかわらずほっそりした体つきをしていた。つばが上向きになったフェルトの帽子を被っている。魅力的だ。その帽子は、頭を剃った既婚婦人が被る鬘の代用として現代の正統派ユダヤ教徒が考え出したものだ。豊かな茶色の巻き毛が帽子の下から覗いている。彼女が押しているカートの食料品の上に、二歳の子供が乗っていた。ヤマモトは、赤ん坊を入れた抱っこ紐をつけて妻の後ろを歩いていた。男の子がふたり、父親と母親に挟まれて元気よく歩きながら話をしていた。英語だ。ジェイにはわかった。子供たちは、幼児ですら、ウッディの幼い息子と同じ黒い真っすぐな髪をしている。四人の子供の目も同じく黒いが、純粋な日本人の子供ほどつり上がってはいない。少年たちはヤムルカを被っていた。ユダヤ教徒のチチ、ヤマモトさんと同じように。

つまり、これが移民たちが通った道筋なのだ——マイノリティの集団から別のマイノリティの集団への飛躍。ヤンキーたちに混じってごまかしながら生きてきたこの何十年の——何世代にも及ぶ——

あいだに、なにが起きたというのだろう。ジェイは行政長官、グリックマンは判事、フェッセルは外科医になった。いかに細心の注意を払って特権階級のなかに紛れこんできたことか。そして大胆なフィーヴィル・オストロフは、多神教徒の文学に打ち込んで、完璧な変身を遂げた。彼の娘の牧師は間違いなくどこかで主教となるだろう……そして鯖の缶詰が並ぶ棚とカーシャの箱が並ぶ棚のあいだを、のけ者の民族が交配した結果であるヤマモトの子供たちが、堂々と歩いている。同化はジルバのように時代遅れになったのだ。

香辛料の棚に隠れている身を忘れ、ジェイは痛みが起きない程度に真っすぐに背筋を伸ばして立った。彼は自分の運命に導かれてここにいるのだ――名誉毀損防止を謳うユダヤ人、マサチューセッツ州ゴドルフィンの町民、栄えあるハーバード大卒業生。ヤマモトパパは、川向こうの大学の魅力にはまったく心動かされないのかもしれない。しかし交換可能なこの新しい世界、女性が女装愛好の男のように司祭のローブを堂々と身につける世界、抹殺しようとやりあった国同士が結局は同衾するような世界、自分の子孫がこの惑星中に飛び散り、帰ることを忘れた世界……そんな世界では、永続的なものといえば、煉瓦と鐘楼、図書館と野球場だけだ。こっちがいなくなってもそれらは残る。揺るがない。荒れ地に咲く花、夜の星。ラビがその務めとして臨終の床に訪れたときに、この真実を伝えることにしよう。

近くの教会の鐘が鳴った。わずかに肉の残った体のまわりでジャケットをはためかせながら、ジェイは香辛料の棚から離れてレジに向かった。流れている「信徒への呼びかけ」に負けないような声で、

「チキンスープ」と言った。ジェイは瓶を受け取り、無関心な男の手に金を渡した。「また来週」とジェイは約束した、いや心の底から訴えた。どちらにしても、髭の男には同じことだった。

血筋

Lineage

「おはようございます、ルービンさん」

無言。

「ルービン教授」医師はクリップボードを見てから言い直した。

無言。

「ご気分はいかがです？」

蔑みの沈黙。

「ここがどこかわかりますか？」

怒りの沈黙。

「脳神経が少し損傷しました。一過性の脳虚血発作……」

「脳卒中」彼女はようやく口を開いた。病院のベッドに横たわっている。ベッドのサイドバーが半分ほど上げられている。使われていない点滴用の支柱が病室の隅に見える。隣のベッドにはだれもいない。ぼやけたセザンヌの複製画が芥子色の壁に掛かっている。

「脳卒中？　そこまではひどくないと思います。しっかりしたお声でよかった。私は医師のモーティマー・リリーヴェクです。こちらはナタリー・ホワイト医師とエリック・ハウザー医師。ハウザー先生からいくつか質問があります」

無言。

ドクター・ハウザーは咳払いをした。「いまが何月かわかりますか？」

彼女の目は、窓に、雪もよいのシカゴの空に注がれていた。その目がドクター・ハウザーをじろりと見た。

「大統領の名前がわかりますか？」

眼差しが鋭くなった。

「おいくつですか？　どこで――」

「九十二歳」と彼女は言った。「そちらのカルテに書いてあるはずです。一九一四年生まれ。ブルックリンで」若いドクター・ハウザーがしかめ面をしたが、それは彼女を励まそうとしてそうしたのだろう。だが、世が世なら、それだけで銃殺に値する。「わたしの父はロシア人です」と彼女はもっとゆっくりとした口調で話した。「父は……父は……父というのは……」突然老人の声に戻って震えだした。やがてまったく違う言語で話し始めると、しっかりした口調に戻った。

父は皇帝《ツァー》でした。ロシア皇帝でした。

彼女は違う言語で早口にまくしたてた。

「父は飾り気のない服を着て、冷たい水で体を洗っていた。金属製のポケットケースには妻の写真を、アレクサンドラ皇后の写真を入れていた。父は潑剌とした皇后を愛していた。わたしの母は潑剌とはしていなかった。父はわたしの母を愛していなかった。

こんな話、聞きたくもないでしょうね、冷淡なアメリカ人のあなたがたは。でも、もうすぐまたきっと脳虚血発作が起きる」

「脳虚血発作……」再びぞっとするような笑みを浮かべたドクター・ハウザーは、聞き慣れた言葉に飛びついた。

「……だから、話しておきたいのです。わたしはロマノフ家最後のひとりではありません――傍系にあたる子孫があちこちにいて、清掃業を営んでいる者もいます。それにわたしはロマノフ家の嫡出子ですらない、存在を認められてさえいない。でも、ニコラス二世とヴェラ・デレフェンコのあいだに生まれたただひとりの子、ロマノフの生き残り。そうしようと思えば、フランスの銀行に保管されていると言われる宝飾品の所有権を主張することもできる。モスクワで展示されている王冠はわたしのものだと訴えることもできる。ファベルジェが皇室のために作ったあのイースターエッグもすべてわたしのものだ、と。

わたしの母、ヴェラ・デレフェンコは皇室に仕える医師の娘だった。母は看護婦として訓練を受けた。母とニコラスが交接したのは、ニコラスの愛した城ツァールスコエ・セローを取り囲む森の中、一九一三年の六月のことだった。そのころはまだ世の中は平和だった。そしてヴェラが身ごもっているとわかったのは、サンクトペテルブルクの病院に戻ってからだった。それでアメリカに逃げた。わたしはアメリカで生まれた。父はわたしのことは何も知らない。父はロシア皇帝だった」

「ルービン教授、英語で話していただけるとありがたいのですが」とドクター・リリーヴェクが言った。

「だれが?」

「……?」

「だれがありがたく思うの?」

「われわれがですよ」

彼女は焦れったそうな仕草をした。「アレクサンドラ皇后と子供たち、わたしと半分血の繋がった、地下室で死ぬ運命を担わされたきょうだいたちは、そのときは休暇で遠く離れたクリミア半島にいた。医師や家庭教師たちもね。ラスプーチンは別の田舎で飲んだくれて女と寝ていた。国家元首のニコラスは、ツァールスコエ・セローにひとり残り、書類を確認しては署名し、手紙を読んでは返事を書いていた。大臣たちがひっきりなしに皇帝のところにやってきた。議会《ドゥーマ》は意味のないものだった。

わたしの母も家に残って医師だった父親の手伝いをしていた。

毎日皇帝は森の中をひとりで散策した。母もそうだった。ふたりは森で落ち合ったのではなく、偶然に出会ったのだ。それではからずもわたしができた。

わが祖国の春を見たことがありますか? わたしはありません。どの季節も見たことがない。でも五十年前に、臨終の床にあった母がその様子を話してくれた。ぬかるんだ土、そう、ぬかるんだ土は有名ね。森の中のさんざめき。樺の木、大きな赤松、柳の木の若葉。孵ったばかりのクロウタドリの囀り。その鳥たちは秋になれば銃で撃たれてしまう」

彼女は二本の指でドクター・ホワイトに狙いを定めた。ドクター・ホワイトは怯みもしなければ、目を逸らしもしなかった。

「小さな渓谷があって、透き通った水が湧いていた。木の枝に、樺の木から作った漏斗の形をした柄杓が吊り下がっていた。ふたりは冷たい湧き水を飲んだ。それから曲がりくねった小径を歩いて、使われていない狩猟小屋に行った。ふたりはディケンズとデューラーについて話した……ロシアの貴族階級の人たちが好きな話題。夕暮れのなか、大気は琥珀色に染まり、なにもかもが紅茶の中に沈んだかのようだった。木々も、濡れた小径も、まだ触れ合ってもいないふたりの顔すらも。それがロシアの春」

ドクター・リリーヴェクは禿げ上がった頭を軽く撫でた。「通訳はいるんですが、今日は病院に詰めていないんですよ」

「わたしの母の目ははしばみ色で、歯と歯の間には隙間があった。肌にはそばかすがあり、巻き毛は薄茶色だった。宮殿に仕えていた母は、敬愛する皇后と嫌悪する僧から小言を言われたりしつこくせがまれたりしているニコラスの姿を見たことがあった。彼女はそんな彼を気の毒に思っていた。その夕方、母は無理矢理乱暴されたのではない。口説かれて貞操を奪われたのではない。ニコラスは皇帝の権威を笠に着たわけではなかった。母は彼に処女を捧げたのだ。皇帝の手は優しかった。その目はツグミのような茶色で、髭も茶色だった。かすかな痛みがあっただけ。極上の甘美だった。

そして言葉にできない瞬間が訪れた。母は目を上げ、彼の茶色い瞳を覗き込んだ。そこに殺される彼の姿が見えた。殺人がおこなわれるのが見えた。五年後の七月にね、ハウザー先生」

「いまは一月ですよ」と彼は低い声で言った。

「八人。母が見たのは八人の遺体。彼とその妻、五人の子供と侍女。そして押しつぶされた、瀕死のスパニエル犬。最初に銃で撃たれて殺された人々は、次に切り刻まれ、硫酸をかけられ、焼かれて埋められた。後になって、わずかな残骸が金属製の写真ケースと犬の骨のそばで確認された。犬の死骸は墓の中に投げ入れられていた。

母はほかの未来の出来事も、とぎれとぎれの映像で目にした。目を開けたまま死んだ幼い女の子の姿。チフスか飢えで死んだのか、銃剣で殺されたのか。革命後の混乱の中で死んだニコライ二世の大勢の子供たちのひとり。母には外套姿のトロツキーが見えた。座席が熊の毛皮で覆われているリムジンから降り立つ共産党政治局員のジノビエフが見えた。牙から血を滴らせているチェカー（レーニンによって設立された秘密警察）の委員たちの姿も。卒中で、いやおそらく毒を盛られて死んだレーニンの姿も見えた。

祖国でのこうした新しいニュースが遠く離れたブルックリンに届くたび、母は頷くだけだった。

善良な医師たちよ、ロシアの伝説に登場する動物がいる。飼い馴らされた熊で、その熊につけられた名前が思い出せない。とりあえず一過性の脳虚血……」

「一過性の脳虚血、そうですよ」とドクター・ハウザーは力づけるように言った。

「……と呼ぶことにする。その熊は未来を見る力があっても、それを伝える言語を持たない。床から主人をじっと見つめるだけ。物悲しい目で。なぜなら熊の見る未来はいつだって悲しみに満ちているから。母の未来も悲しみに満ちていた。母はあまり喋らなかった。口数が少なかった。話さなくなった。動物のようだった。看護婦として訓練を積んでいたのに、ブルックリンでは知能の遅れた人たちの施設でいちばん下っ端の介護人をしていた。わたしたちは貧困に喘ぐ従姉と共同生活をしていた。言葉を話すときはほんの数語しか話さなかった、それもロシア語で」

「通訳は明日来ますよ」

「ことが終わるとふたりは立ち上がり、衣類を直した。彼は皇后の写真を拾い上げた。ポケットから落ちてしまっていたのだ。彼は母の四本の指を自分の唇に押し当てた。ふたりは別々に宮殿に戻った。以来、母が再び彼に会うことはなかった。

皇帝は独裁的で、優柔不断で、浪費家で、国民に無関心で、〝残虐〟というあだ名通りの人間だ、と母はそれ以降何度となく聞かされることになる。でも反論はしなかった。

このことすべてを言葉を迸らせるようにしてわたしに語った夜、彼女は死んだ」

ドクター・リリーヴェクが言った。「死のことは考えてはいけませんよ」

彼女は目を閉じて医師の姿を消し去り、そのふたりの部下の姿を消し去った。思い出そうとして、やはり思い出すまいと決めたのは、貧困に苦しんだ少女期を送ったJ街のアパートメントのこと、育ててくれたふたりの陰鬱な女性のこと、長く続いたどうでもいい結婚生活のこと、幾何学へのたいして重要ではない貢献、そして三十五歳で癌で死んだひとり息子のことだった。ロマノフ家のもうひとりの末裔の死。そしていま彼女は、六つの目に見守られてベッドに横たわっている……このときになってようやく、未来を見通せる熊の力が備わったのだろうか。ペスト、動乱、奇形の赤ん坊たち――才気ある者ならだれでもこんな破滅くらいは予想できる。いや、そうではない。彼女に備わった力で見ているのは行く末ではなく、来し方なのだ。皇帝ニコラスのことを思った。生前に見捨てられ、死後に蔑ろにされた皇帝を覚えているのは、脳卒中で意識がなくなりかけたこの老数学者しかいない。父に会ったことがなくても、あのカーキ色の服を着た姿が瞼の内側に見える。髭。優しい瞳。そばかすの看護婦に笑いかけている口元。その看護婦は暖かな夕暮れに彼の乱れた心を和らげてあげた。たった一度の逢瀬、比類なき安らぎの一瞬、その結果生まれた子の、このうえなく地味な人生。つまり、このわたしの人生。そしてわたしが死ねば、永遠に消えてしまうのは逢瀬の記憶ではなく――その記憶はニコラスと共に、ヴェラと共に消えてしまったのだ――死の床で語られた記憶だ。悲劇の皇帝の名誉を……これ以上、汚《けが》してはならない……。

彼女は目を開けた。医師たちはまだそこにいて、クリップボードに何か書きつけ、互いに目配せをしている。まるでチェカーのように。「母は精神を病んでいました」と彼女は慌てて英語で言った。「母は作り話をしただけです」そう言って、語った話を取り消した。「わたしの恥ずべき出生を慰めるために。いまは冬ですわね、ハウザー先生。大統領は……愚かな男です」

ドクター・ホワイトは彼女の手に触れた。皇女さま、ドクター・ホワイトは老女の言葉で話しかけた。この話が嘘なら、見事な嘘です。もし本当なら、ふたりだけの秘密にしておきます。どうぞごゆっくりお休みください。

しばらくして廊下に出ると、ドクター・リリーヴェクは「ナタリー」と厳しい口調で言った。「きみはロシア語が喋れるのか。思いがけない才能だな。あの患者はぺちゃくちゃよく喋っていたが、どんなことを話していたんだ?」

「モーティマー先生」とドクター・ホワイトは優しい声で言った。「おとぎ話のようなものです」

茶色の紙袋を持った青い衣服の少女

Girl in Blue with Brown Bag

このふたりには、六十七歳の男と十七歳の少女には、多くの共通点があった。ふたりとも小柄だった。瞳はふたりとも明るい青色だったが、フランシスの視力は良好で、とても小さな活字を見るときにだけ老眼鏡をかければよかった。ルーアンは目が悪かった。不透明に見えるほどの分厚い眼鏡を通して世界を睨みつけていた。ふたりは左右対称の形をした二棟建てブラウンストーンのアパートメントの二階に住んでいた（どこから見てもブルジョワ階級風のこの建物は、ボストンやその周辺では大勢に支持されている様式だ、とフランシスは折に触れて言った。しつこいくらいに言ったかもしれない）。ルーアンは伯父夫婦と暮らしている。フランシスはひとり暮らしだ。ふたりともペイストリーよりアイスクリームのほうが好きだった。ふたりとも、バックパックを愛用していた。

フランシスの擦り切れたバックパックは、近頃は空っぽに等しい。中には本が一冊か二冊、《グローブ》紙の朝刊、めったに使われない老眼鏡、シスタデインの粉末薬。この薬は水と混ぜて四時間毎に飲まなければならない。しかし彼は、このバックパックが自分のトレードマークだと思っている。

マサチューセッツ州議会で――最初は下院議員として、次に上院議員として――仕事をしていた四十年のあいだ、ブリーフケースを携えたことは一度もなかった。そのころバックパックはぱんぱんに膨らんでいた。

ルーアンのバックパックは膨らんでいる。高校の教科書が詰まっているのだ。彼女は化学、微積、国語、フランス語、憲法を学んでいる。憲法は優秀な最上級生のために設置された新しい実験的な科目だった。彼女が憲法で少しつまずいているのは、この科目にはアメリカ史の知識が不可欠だからだ。彼女はほんの二年前、高校二年生のときに、ロシアからこの路面電車の走る郊外住宅地にやってきた。アメリカ史は一年生のときに習う科目だった。

「アメリカ史は絶望的」忘れもしない九月のある午後、彼女はそう言った。ふたりは階段のところで出会った。ルーアンは学校から戻ってきたところで、フランシスは散歩に出かけるところだった。

「それはどういうことだね、ゼルビンさん」

「わたしは一度もアメリカ史を学んだことがない、ということです。しかも、いまその科目を履修することができない」それから彼女はさらに言った。「わたしをルーアンと呼んでください、モリソンさん」そう言って説明を締めくくった。

彼の名がエドゥアール・ヴュイヤールではないのと同じく、彼女の名もルーアンではなかった。モスクワからたどり着いたその朝にテレビで見たカントリー歌手の名から取ったのだ。「わかった、ルーアン。じゃあ、私のことは……」フランシスは躊躇《ためら》った。上院議員とでも？

「フランシス先生とお呼びしますね、モリソンさん。フランシス先生、あなた自身がアメリカ史みたいなものでしょう。あなたはアメリカ史そのものだから」彼女は階段の二段下のところにいた。仰向いた顔が赤らんだ。鼬《いたち》の毛皮のような艶のない茶色の髪の分け目にフケがついていた。「つまり、あなたは長年立法者として働いてきて退職したばかりだ、って伯父が言ってました。それにあなたのご祖先はピルグリム・ファーザーズの一員だった。あの帆船で渡ってきたんでしょ？」

「ピンタ号」

「そういう名前じゃなかったと思うけれど。フランシス先生、教えてもらいに行っていいですか？大変申し訳ないですけど」彼女は尊大な口調で付け加えた。

フランシスは階段を後ろ向きで一段上った。「いいですか、お嬢さん、私の趣味は絵画を観ることでね。やっと手に入れた自由気儘な時間の大半を絵を観て過ごしている。美術館の理事もしている。作品入手委員会のメンバーで――」

「週に一度。週に一度でいいの」

この娘は、どれくらい前からこの奇襲作戦の計画を立てていたのだろう。

「水曜日の午後は学校がないんです」と彼女は言った。「先生たちの会議がある日だから」彼女は階段を一段上がってきて、バックパックを自分の足許に投げだした。フランシスが階段を下りていくためには、そのバックパックを飛び越えなければならなかった。「教科書を指定して」彼女は続けた。「それを読みます。わたしは手を抜かない」

手を抜かないのは知っていた。家事を完璧にやっている。土曜の朝、彼女の伯母はフランシスと同じように、アパートメントのドアを開け放ったまま盛大に掃除をおこなう。彼は、ルーアンが四つん這いになってソファの下の奥まで掃除機の尖端を入れて掃除しているのを見たことがある。彼女は質素であることにも手を抜かなかった。お洒落をせず、飾り立てず、着るものといえばジーンズとデニムのジャケットだけ。まるでやり始めてしまったことは徹底してやるのを自分の使命としているかのようだった。

「試験をしてほしいんです」と彼女は言った。

彼女が学校の友だちといっしょのところを見たことがなかった。友だちがいないことにも手を抜いていないのだ……。それに、退職したからといって充実した時間を手を抜かずに送れる確証はあるのか。はたして私にはそんなに大勢の友だちがいるのか。

「家庭教師かね」と彼は訊いた。「水曜の午後に。それはありがたい栄誉だ」

こうして半年前に、ささやかな個別指導が、たいていはフランシスのリビングルームや――三月の水曜の曇りの日、まさにふたりはそのリビングルームにいる――ときには美術館や近くの池のそばでおこなわれることになった。もともとのカリキュラム――憲法、植民地時代――に沿って厳密に進むことはせず、美術や自然や教授法にまで内容は広がっていった。

「私はマルバツ式の試験には反対なんだ。きみの作文はとてもいい」ある日フランシスは、彼女が渡してよこしたテスト用紙を返しながら言った。その試験でBプラスを取っていた。

「マルバツ式のなにが悪いの？　記憶しているかいないかだし、もし忘れていても正解率は五十パーセントだし……」

「試験は教えるための手段だ。分類できないもの、漠然としたものを生徒に考えさせる問題でなければならない」

彼女はそれについて少し不平を述べた。「わたしは生徒に試験をさせたことはないわ。きっと投げ返されちゃう」その生徒というのは、彼女が新聞に載せた広告を見て連絡してきた三人の弁護士で、すでに流暢に話すロシア語をさらに完璧なものにすべく努力していた。

フランシスとルーアンは、個人的なことにまで踏み込んで話をすることもあった。「先生は結婚したことがないでしょう」ある日ルーアンは、なごやかな雰囲気のときに率直に言った。「ひょっとしたら男の人のほうが好きなの？」

「男も好きだし、女も好きさ。そこそこの距離を置いていればね」フランシスは、崩壊した祖国に奇妙な愛着を抱いている、歯に衣着せぬ不器量な女子高生ですら好きだった。

別の日、池のそばで休んでいると、学校を卒業したらロシアに戻るつもり、と彼女が言った。そしてフランシスが眉を上げたのを見てきつい口調で言った。「先生も生まれている故郷に戻ろうとは思わない？」

「生まれ故郷、だよ」彼女は、自分の文法的な間違いを直してほしいと言っていた。「私はここで生まれた」誇らしげに言おうとしたができなかった。

「じゃあ、亡命がどういうものか、わからないわね」

「未知の分野《テラ・インコグニータ》だな」と彼は認めたが、彼女はラテン語を知らないので、その言葉について説明した。

今日、突然顔を出した太陽がフランシスの薄緑色の部屋をいっそう薄い色に変えていくあいだ、ふたりは代議制政体について議論していた。

「選挙に負けたことはなかったの？」と彼女が言った。「四十年のあいだに」彼女が曇りを拭くために眼鏡を外すと、薄青色の目と色のない睫が現れた。彼女は眼鏡を戻した。

「一度も負けなかったね。しかし対立候補が明らかに無能なときもあった。共和党はとにかくだれでもいいから立候補させたがったからね。経験も信念も政治信条もまったくない人間ですら立候補させたんだ」

「でも、対立候補がそんなに馬鹿じゃないときも、人々は先生に投票した。人々は先生を求めた。どうして？」

「私が社会の身になって考えたからだ」彼はあえてはっきりと言った。それから、彼女の硬い顔のわずかな動きと眼鏡の角度から、そのことを心から聞きたいと思っているのがわかって彼は続けた。

「民主国家とはわが身の延長だと思っている——たとえば公園はわが家の庭の延長であり、図書館は私の書斎の延長だ。警察は私の護衛、野球チームは私の……」彼はソファの上に置かれた十七世紀のマサチューセッツの地図をちらりと見た。同僚からの退職祝いだった。

「先を続けて」

「……野球チームは私の空き地。州立病院は私の頭のおかしい叔母」彼は昔おこなった演説を繰り返していた。老齢の呪いだ。しかし、ルーアンはそれを知らない。「家族とは、いろいろに定義され、一個の孤独な禁欲主義者として定義されることもあるが、私はそれが国家の枠組みであり被保護者でもあると信じている。私は……」ようやく彼は黙った。「ルーアン……今日はこれまでだ」

「だめ。お願い！　最初に上院議員に立候補することを話して」

「立候補しただよ。それはまた別の日に話そう」

「わかった。それで、別の日にはまた美術館に行くのね」

「そうだ」

「いつ？」

フランシスは腕時計を見た。「今日だ」


ふたりはいつものように最初にヴュイヤールの絵を観た。画家の母親が横向きにテーブルに座って布を切っている――その布は格子柄に似ていて、母親の服は市松模様のような柄で、壁紙には洋梨が規則的に並んでいる。食器棚はどっしりした素朴な素材だ。ランプは灯されておらず、窓もないが、どこからともなく射し込んでくる光が、ヴュイヤール夫人のうなじや巻き毛、耳、顎の横、眼鏡を照らしている。真鍮の器や蓋のついた皿の半分にも光が当たっている。光は画家の背後から、あるいは画家から、あるいは絵の前に立っている男と少女から射し込んでいるのだ。「なにもかもがいかにも自然に見える」彼は言った。前にも同じことを言った。「でも絵画は人工的なものだ」――これは新しい話題だ。「犯罪と同じく巧妙に人を騙す」

彼女は黙っている。

「これは私の言葉じゃない」と彼は打ち明けた。

「ムシュー・ヴュイヤールの言葉？」

「ムシュー・ドガの言葉だ」

「彼も独身で母親と暮らしていたわけ？」

「いや、彼はもっと……活動的な生き方をしたよ」

ふたりはそこから離れた。この少女は、居間でくつろぐブルジョワ階級の人々を描いた絵にも、労働者が描かれたポスターにもまったく関心がない——そう思うのは、少女がなにに関心を抱いているか知っているからだ。それは正面を向いた聖家族や清らかな受胎告知の絵だ。いつの日か、ひとりの天使が彼女の前にも現れて告知するかもしれない。そしてその天使が告げるのは、愛の到来などという大それたものではなく、おそらく友情の到来だろう。

ふたりはぶらぶら歩きながら絵を眺めた。それから美術館の中にあるカフェでお茶を飲んだ。フランシスはアイスクリームを注文し、ルーアンはナポレオンを頼んだ。「この力が必要なの」と説明した。この日彼女はロシア語を教えに行かなければならなかった、いまや俗語を教えろと催促する生徒たちに。

「手に負えないな」とフランシスは言った。「ぼろ儲けをすることしか考えていないんだな」

「わたしもそう思う」彼女はどうでもいい、という口調で言った。「あの人たちにはお金は充分すぎるほどあるのに」ルーアンは普段は彼らのオフィスで教えているが、ときにはそのうちのひとりの、西の郊外にあるイタリア風の邸宅に出向いていくこともあった。二系統のバスを乗り継がなければたどり着けなかったが、帰りはいつもタクシーを呼んでくれた。

「もっと金持ちになりたいんだな」フランシスはルーアンに言った。

「だれだってそう思ってるでしょ？」

ふたりは楡の木の下で別れた。小さなふたつの人影は、背中から飛び出しているバックパックのせいで歪んでいるだろう、とフランシスは思った。庭の彫刻に間違えられてもおかしくない。ルーアンは怪しげな生徒のオフィスがあるダウンタウンに向かった。フランシスは、紫色にかすむ夕暮れの公園を横切っていった。「私の庭だ」とフランシスは大いに喜んだ。

そうはいってもふたりには、引退した立法者と仮住まいをしている少女には、共通しないものもたくさんあった。たとえば言語能力だ。ルーアンはロシア語、ドイツ語、英語、初級フランス語を話す。フランシスは高校のときにラテン語とギリシア語を学んだにもかかわらず母語しか話せない。健康状態も似ていない――フランシスが背が低いのは遺伝にすぎないが、検査で心臓の状態がいささか芳しくないことがわかった。彼女のほうは発育不全で、矯正眼鏡をかけない人生は望めないようだし、彼女の伯母は栄養学の知識がゼロだ。それに政治的な立場も違う。ゼルビン夫妻はどんな形の社会主義も信用していない。民主党の穏やかな再分配のあり方もだ。帰化してからずっと共和党に投票している。ルーアンは、平等という概念をせせら笑っている。「だからだれもが、もっと高い教育を受ける権利をどこかの神様から授けてもらっているわけよ」と彼女は皮肉った。「だから、スラム街の学校の教師はラップの歌詞にもAをつけるし、短大ではテレビに広告を売り込む方法を教えているわけ。まったく民主主義ってやつは！」彼女はロマノフ王朝が復活するほうがよほどましだと思っている。

それでも、いっしょに食べる土曜の夕食が、いかにフランシスの慰めになっていることか。表面に丸い脂が浮かぶ牛肉と大麦のシチュー。サラダ――サワークリームであえた馬鈴薯の上にちらばった分葱《わけぎ》だけが、この食事の唯一の青野菜。スプーンで食べる無花果のデザート。サイズが小さすぎるスパンコールのセーターを着た、髪を染めた伯母。禿げ頭で二重顎の伯父。姪。上から不快な光を投げかけているシャンデリア。苦しそうに息をしている老犬。何枚かの絵画。原色で不思議な光景ばかりを描いた絵は、才能のない同じ亡命者の手によるものだ。宗教的な思い出の品。ジョットォの「聖母とキリスト」。その金めっきの額縁が光輪によく合っている。フランシスは愛するヴュイヤールの絵に思いを馳せた。シャガールの複製画が、下手にもほどがある複製画が壁にかかっているベージュ色の部屋で暮らすこの立派な家族を、ブラインド越しに光が射し込む部屋へと移してみたらどうだろう。あらゆるものに立体感が加わるだろう。男の髭、口紅を塗りたくった女の口、少女のデニムの袖口についた肉汁の染み、その少女は利き手ではない左手を使って食べている。「なんのためにって」彼女はフランシスの質問に答えて言った。「両義的になりたいからよ」

フランシスはその間違った言葉遣いを直さなかった。ほかの人が同席していたからでもあるが、その言葉が彼女の言いたいことを正確に伝えているのかもしれないと思ったからだ。左手のフォークが波のように揺れ、ひらひらし、ときには反転した。

伯父と姪がチェスをし、伯母が針仕事をしているあいだ、フランシスと犬は暖炉の火を見つめていた。家庭生活が素晴らしいと思えるのは、こうして夜の終わりにその生活が繰り広げられているドアを閉め、廊下を横切り、ふたつ目の、自分の部屋のドアを閉めることができるときなのだ。

別の水曜日。いまは四月。ふたりは金銭への愛着について話した。「トックヴィルが約二世紀前にそれについて書いている」

「先生はお金が好きじゃないのね」

「そうだな、これまでに貧しいと感じたことはないしね。それに私は……上等な服を着ること、旅行をすること、高級料理を食べることにも興味がないしね。こんなに住みやすい街では車もいらない」

「じゃあ、なにに興味があるの？　先生にとって超越的な価値ってなに？」

この台詞が自慢らしい。薄い笑みがそれを物語っている。そう、もし具体的に挙げなくてはいけないなら、正直さの相対的な価値、誠実さの重要性……「真実だね」彼は知らず知らずのうちに嘘をついていた。

彼女はため息をついた。「真実のほかには？」

「美しいものだ」仕方がなく彼は認めた。

「人の姿の美しさ、ってこと？」

彼は頷いた。マルバツ式の質問だ。

ルーアンの顎が引き締まった。

「それに、篠懸《すずかけ》の木の美しさ」フランシスは言った。「かなたに延びる通りの美しさ、絵画の美しさ、もちろん、それはきみがよく知っている」そして孤独の美しさ、と彼は心の中で付け加えた。

「ダイヤモンドの美しさは？　ダイヤモンドを手に入れてあげることができるわ。伯母の従弟のコーリャの知り合いに悪党がいて……」

「宝石には関心がないな」どうしてこんな尋問を始めさせてしまったのだろう。「礼儀正しさ。それもひとつの超越的な価値だよ。そこにもやはり——」

「美しいものね」彼女は言った。「それも手に入れてあげることができるわよ」

「どういう意味だい？　ルーアン。きみはすでに美しいものを私の人生にもたらしてくれている」彼は、ルーアンの眼差しを受けて立った。「きみの若さ溢れる精神の美しさ、そしてふたりの会話の美しさ」

「そう」彼女は吐き捨てるように言った。


三週間後の水曜日、彼女は丈夫な取っ手のついた大きな茶色の紙袋を持ってきた。その表情にはどこかもったいぶったところがあり、受胎告知の天使を真似ているかのようだった。彼女はさも大事そうに紙袋を下に置き、中から小さな額縁にはいったものを取りだした。それをグラスクロスの壁に立てかけるように床に置いた。

おそらく縦十二インチ横十八インチ。母親を描いた別のヴュイヤールの絵。正面から描かれている。さらに老けたその顔には陰影がある。孫の揺りかごか、あるいは病人のベッドに屈み込んでいるかのような顔つき。広い額、優しい眼差し、上唇の形が穏やかな日除けに似ている。彼女が屈み込んでいるのは、花がたくさん活けられたガラスの花瓶だ。ほとんどが雛菊だが、アネモネとアイリスもある。背景に描かれているのは壁紙のようなものだけだ。

絵に署名があった。

「何週間か前に見たのよ」とルーアンは言って、紺色のピーコートを脱いだ。「あの家で。バスルームのすぐ横にある客用寝室みたいなところで。わたし、おしっこをしに行って、そこのドアを開けて

――いつも閉まっているから――明かりを点けてみたらそれがあったわけ」

「ルーアン」囁き声だ。

「驚きはしなかった。だって、あの家にはこの手のものが溢れかえってるんだもの。あの人たち、あの悪党たちはうなるほど金を持ってる。お金を洗うために物を買ってる、わかるでしょ、フランシス先生。ロシアではもっと金がうなってる、先生が言ったとうり」

「言ったとおり、だ」

「とおり。だから、持ってきたの。昨日。だって、その男の奥さんは出ていっちゃったし、男は明日モスクワに行く予定だから、なくなったことに何週間かは気づかない。そして、きっと彼は奥さんが――」

「ルーアン」まだ小さな声。

「この絵、だれかに盗んでもらいたくて壁にかけてあったわけじゃないのよ。簡単なことじゃなかったんだから」と彼女は言った。「防犯装置の場所を探さなくちゃいけなかったし。それに紙袋を手に入れるのだって――とっても大変だったんだから。ブルーミングデールズでスカーフを買って、いけすかないそこの売り子に紙袋をくださいって頼んで、その翌日にスカーフだけ返して、紙袋は返さなかった」

「ルーアン」それしか言葉が出てこないようだ。胸がぎゅっと締め付けられた。

ルーアンは護衛のような不屈な態度でフランシスの前に立った。彼の背丈に少し足りない。「なに？」と言った。

個人が財産を所有すること、それは権利だ、それを盗むことは犯罪だ、と彼は思った。社会の契約がある。

しかし、彼女にだってなにもかもわかっている。道徳規範を、ペイストリーの生地の練り方を覚えるようにして覚えたのだ。つまり、暗記はしても絶対に実践しないものとして。それに彼は叱ることができなかった。品格はいちばん大事なものだ。彼はそう彼女に言ってきた、あるいは言ったつもりでいた。

「なにか言いたいことは?」と両手を腰に当てて彼女は言った。

「ありがとう」とようやく彼は言った。

その絵を壁に飾ったのは翌週の火曜日だった。どこにかけるか決めるのにそれだけの時間がかかった。初め、寝室にかけようと思った。掃除の女性を除き、そこに入ってくる者はひとりもいない。次に考えたのは狭い書斎だ。薔薇模様の絨毯、壁紙は百合の花、書籍、幾何学的な刺繍が施された肘掛け椅子、ひとつしかない細い窓のほとんどは大きな鸚鵡がちりばめられたカーテンで覆われている。キッチンやバスルーム、ルーアンのアパートメントとを隔てる廊下にかけることも考えた。踏み段がゴムになっている裏階段やクローゼットにかけることも。

結局、リビングルームの暖炉の上にかけた。そこにあった曾祖父(州法務長官、一八七五‐一八八〇)の肖像画は寝室の鏡のあった場所に収まり、鏡はクローゼットの奥に移した。中の数少ない衣類が二倍に増えて見えた。

顎鬚を生やした曾祖父は、片手を州法の本の上に載せ、気高い眼差しを向かいの壁にある初期のマサチューセッツ州地図に注いでいた。肖像画と地図とが部屋を横切る栄誉ある軸を形成していたのだ。ヴュイヤールの絵はその均衡を台無しにした。

「素晴らしいねえ」フランシスに助言を求めにやってきた元同僚はそう言った。「新しく買ったのかい？」

「場所を変えたんだよ」フランシスはそう言って息を凝らした。会話は現在の州知事、能なしのことに移った。

「なんとまあ、モリソンさん」掃除に来る女性が言った。

「いいねえ」浴槽の水漏れを直しに来た男が言ったが、彼は部屋全体のことを言ったようだった。

この贈り物をしてから何回かの訪問の際には、ルーアンの眼鏡が絵画を見てきらりと輝いた。そのあとはそういうこともなかった。彼女は選挙人団についての論文を書いていた。有用ではあっても時代遅れのこの選挙手続きについて、ふたりは会うたびにしきりに議論した。ゼルビン家の夕食時には、犬のことと野球のことを話した。

盗難のニュースはどこからも聞こえてこなかった。あの絵画は、そもそも初めから盗品だったのかもしれない。美術カタログでは確認できなかった。「個人所蔵」の欄のところにも「マダム・ヴュイヤールと花」やそれに類したものは見つけられなかった。しかし、直近の所有者は、すでにもう絵がないことに気づいているに違いない。もしかしたら、ロシア・マフィアがフランシスを闇に葬る計画を立てているかもしれない。

ルーアンはいまも悪徳弁護士たちを教えていた。「大邸宅に住んでいる人物だがね、そろそろ盗まれたと言い出すんじゃないかな」

「まだ言い出さない」

「言い出したら？」

「何語で？」

「何語でって……英語で」

「そうしたら、わたしは〝ロシア語で言いなさい〟と言うわ」

「じゃあ、ロシア語で言ったら？」

「お気の毒に、という顔つきをする」彼女は小首を傾げて口角を下げて実演してみせた。環になった縄の結び目を確認する死刑執行人のようだった。

フランシスは彼女の贈り物がすっかり気に入った。日が経っても愛する気持ちが弱まることはなかった。見慣れるということもなかった。女性の顔があまりにも近くにあるので、いまにも声が聞こえてきそうだった。切りつめられた線に最小限の色使い。顔の角度がわずかに歪んでいる。崇高な思想はなかった。つつましい雛菊の花。つつましい画家。全盛期にあってもなお二流と見られていた画家。

「わたしたちの憲法がアメリカの憲法よりはるかに具体的なのは、司法制度を信じていないからよ」ある水曜日に彼女はそう言った。「判事はロシア皇帝の手先だと考えられていたし――」

「そうだね」フランシスはそう言ったが、彼女の意見が正しいかどうかわからなかった。「ルーアン、この絵は手放すべきだ」

彼女の眼鏡がじっと彼を見た。

「とても大切に思っている」彼は続けた。「でも、もう充分だ。この絵のせいで私は死んでしまう」

「先生は心臓発作で死ぬのよ。だからあんな粉薬を服んでいるんでしょう？」

「シスタディンは死を阻んでくれているんだよ」

「死を遅らせているだけ。ともかく、美しいもので死んだ人はいないわよ」

「じゃあ、私がその最初の犠牲者だ」

沈黙しているあいだルーアンは彼の顔をじっくり見ていた。彼は、これが初めてではないが、ふとこう思った。おそらく彼女の眼鏡を通して見ると、その前にあるものはみな小さくなってしまうのかもしれない、と。「あの大きな茶色の紙袋はまだ持ってる」と彼女は言った。「でも、ここのところはずっとあの人たちのオフィスで授業をしているの。いつまた自宅に行けるかわからない」

「弁護士たちには返せないよ、ルーアン。あれは公共の場にあるべきものだ。公共の施設に。どんな人でも、お金がある人もない人も、教養のある人もない人も、絵の好きな人も絵に無関心な人も、だれもが見ることのできる――」

「フランシス先生？」

彼は口をつぐんだ。できるだけ簡潔に彼は言った。「美術館に置いておくべきだよ」

「なるほどね。じゃあ、寄付すればいい」

「怪しげな由来があるから無理だ」彼女を強制送還させるわけにはいかない。「だれにも見つからずに置いて来なければ」

彼女がばかみたいだと言ったのがその身内のことだといいのだが、と彼は思った。

「わたしの曾曾祖父の弟は、爆弾を投げていた。それで殺された。ばかみたい」

「爆弾みたいに」

「爆弾みたいに？」


「おはよう、ニック」

「モリソンさん、おはようございます」守衛が言った。「お会いできて嬉しいです。その……そのお嬢さんの荷物を調べなければなりません」

フランシスの思ったとおりだった。大きな茶色の紙袋はいやでも注意を引きつけるが、見慣れた彼のバックパックはまず調べられることはない、と。そしていま、確かに見とがめられずにいる。しかし、実はこれは見慣れたバックパックではなかった。ほとんどぺちゃんこなのは変わりないが、新品で、かなり大きいのだ。

「このお嬢さんは私の知り合いなんだ。その紙袋には美術用具が入っている」とフランシスは言った。

「ルーアン、中を見せて」するとルーアンはむっとしたふりをして、次から次へと紙袋の中身を取りだした。スケッチブック、スケッチボード、真ん中がゴムバンドで結わえてあり、両側が扇状に広がっている鉛筆の束。ちょうど、ヴュイヤールの雛菊が花瓶の口から上に向かって、その茎が画家の見事な筆で描かれた水の中で下に向かって扇状に広がっているように。それからルーアンは、袋を逆さまにした。ペーパークリップがひとつ、床に落ちた。

「このお嬢さんはレンブラントの模写をするつもりだそうだ」フランシスは言った。「絵をスケッチする。それで腕を磨くんだね」守衛はふたりの後ろにいる入館者に注意を向けなければならなかった。ルーアンは道具をかき集めた。

ふたりは早足で二階のレンブラントの展示コーナーに行った。ルーアンはスケッチブックに線を何本か描いた。それからまた早足で一階に戻り、会員用ラウンジに入った。そこから理事の部屋に行き、さらに奥まったところにある階段を忍び足で下りて地下に行き、さらにその下まで行った。そこには十二台ほどのロッカーが置いてあり、錠がかかっている扉はわずかで、あとの扉は半開きになっていた。

ルーアンはコートを脱ぐのに手を貸すメイドのように、この場合は青いデニムのワンピースを着たメイドだが、フランシスの背中からバックパックを外した。そういえばワンピース姿のルーアンを見るのはこれが初めてだ。彼はバックパックのジッパーを開けた。ルーアンは気泡シートに包まれたままのそれを引き出した。それをフランシスがロッカーにそっと押し入れて扉を閉めた。

ルーアンがポケットから南京錠を取りだし、ロッカーの金属の環にその錠を差し込んでカチリと閉めた。その鍵を掌にのせて彼に差し出した。フランシスは首を横に振った。鍵は彼女の掌に包まれた。後でその鍵を飲み込むのだろう、とフランシスは思った。もしかしたら、その訓練をずっと続けていたのかもしれない。これでいい。絵は監禁状態からやがて解放されるだろう。十年か、十五年も経って、管理組合がそのロッカーを処分する決断をしたときに。おそらく南京錠は壊され、ロッカーに隠されていたものが館長のところに持ち込まれる。美術界は少しだけ騒然とするだろう。だれかがその絵を真作だと鑑定する。ほかのだれかが匿名の寄贈だと言う。変わった寄贈の仕方が注目される。その絵は番号をつけられた展示室の壁にかけられる。しかしまずは、新収蔵品展で展示されるはずだ。そのときになったら、彼女に招待状と、往復航空券を送ることにしよう。

少女のあとから階段を上っていき、狭い踊り場に出るたびに足を止めて息を整え、さらに上階に向かいながら、彼はふとこう思った。そのときにはルーアンは、モスクワの暗い片隅に姿を消していて、自分は蛍光灯が眩しく輝く老人ホームに入っているかもしれない、と。「芸術は長く《アルス・ロンガ》」と彼は小声で呟いた。

ルーアンが振り返った。「あと少し階段を上がるだけよ」と彼女は請け合った。

ボランティア月間

Jan Term

二月五日
ジェンキンズ様

ジョゼフィン・ソルターから聞いたのですが、わたしがそちらに正式に要請するまで、カルディコット学園は彼女のボランティア月間についてのレポートの締切り延長を認めないとのこと。この手紙がその要請に当たるとお考えください。もちろん、ジョゼフィンが締切りを守れないのには訳があります。彼女の家庭で大きな変化がありました。二カ月も家を空けていた継母が一月三十一日に突然、思いがけなく帰ってきたのです。町の大半の住人と同じく、あなたもご存じとは思いますが、ジョゼフィンの父親は妻が帰宅するや壁に陶器を投げつけ、長らく家族で愛用していたコンピュータにスコッチ・ウィスキーをぶちまけたのです。ジョゼフィンと幼いオリヴァー――家ではトリーと呼ばれています――は、母の帰宅を喜んで受け入れましたけれど。

蛇足かもしれませんが、ジョゼフィンは一月の〈忘れな草〉にとって貴重な存在でした。いまも利用者たちは行き届いた彼女の対応を懐かしく思い、わたしは彼女の長身を懐かしく思っています。電話帳に乗っただけで、いちばん高い棚にあるアンティークに手が届いたのですから。それに彼女はアンティークについてもよく学んでいたようです。それでもなお、わたしはボランティア月間がカルディコット学園に巧妙に仕組まれたメソッドだと思わざるを得ません。教師はさらに一カ月の有給休暇を得、その間、親御さんたちはやみくもに不安を掻き立てられるのですから。十五歳の少女たちに保護施設や動物病院、エスニック・レストラン、中央アメリカの村でボランティアをさせることは、結核やオウム病やサルモネラ菌、誘惑、誘拐、果てしのない退屈にさらされる危険があります。もっとも、わたしの店で働いていたジョゼフィンは、最初の五つは免れていましたが。

ところでエレナー、その後お変わりはありませんか？　最近、エドワード朝時代のインク壺を手に入れました。あなたが見たくてたまらないような品物ですよ。

レニー

二月十五日
ジェンキンズ先生

ボランティア月間のレポートの締切り延長を快諾してくださってありがとうございます。思っていたほど長くはかかりませんでした。先生のご助言に従って、毎日三×五インチのカードにメモを書きつけ、それから書きつけたカードを何度も読み直し、フリーセル（☆）のように順番を入れ替えながら、内容について深く考えるうちに、おっしゃるとおり、難なくアウトラインがつかめるようになりました（この文章は不定詞型を分断してはならないという理由を身を以て示しているので、高校一年生の文章の実際的な例を集めていらっしゃる場合に備えて、あえて訂正しないままにしておきますね）。アウトラインは先生が提供してくださった項目──選んだ理由、おこなったこと、学んだこと──に沿っています。アウトラインができあがってからは、どんどん書き進めることができました。父からタイプライターをもらった日の朝から始めて、三日間で三篇の草稿を作成しました（わが家のコンピュータがちょっとした災難に見まわれたのです）。脚註を使うのが有効だとわかり、『シカゴ・マニュアル・オブ・スタイル』に従って番号を付けた註を入れました。

そのレポートがこれです。これを死んだ母に捧げます。ご存じのように、先生よりずっと前になりますが、母もカルディコット学園の卒業生でした。よくわたしに学校時代の思い出を語ってくれました。でも母はそれをフラッシュバックと呼んでいました（笑）。

ジョジー

＊

☆　ソリティアに似たトランプゲーム。

忘れな草　ボランティア月間　レポート

ジョゼフィン・ドロシー・ソルター

初めの計画では、ボランティア月間には盲人相手の朗読をしようと思っていました。わたしは、感じのいい声をしている、とよく言われます。母が、癌[1]で亡くなる前に目が見えなくなったので、よく午後になってから母に本を読んであげていました。母が幼かったわたしに読んでくれた大好きな『グリム童話』をです。でも、盲人相手の朗読者はボストン地区のあらゆる場所に、四方八方に、派遣されてしまいます。わたしは義理の弟トリーの託児所のそばで働く必要がありました。この時期トリーの母親が家を留守にしていて、わたしが弟の世話と家族三人の家の管理を担当していたからです。それで、近くにあるアンティーク・ショップ〈忘れな草〉に行きました。そこを選んだのは、過去の芸術作品の歴史から多くのことが学べるからです。でも、お店の持ち主で経営者のミズ・レナータ・マクリントックは、あなたがここで学べるのは、掃除と、手を震わせないようにして液体を注ぐことくらいよ、進歩的で道を外れた[2]学校であなたがマサチューセッツ州消費税の五パーセントの計算法をちゃんと習っていて、それを忘れていないといいけれど[3]、と言いました。

---

(1) 膠芽種
(2) 原文ママ

このレポートでは、ミズ・マクリントックのことを「レニー」と呼ぶことにします。ミズ・マクリントックがそう呼んでほしいと言ったからです。彼女は自分のお母さんがレナータという名をどこからとってきたのかわからないそうです。[4] わたしの主な仕事についてレナータの言ったことはまったくそのとおりでした。床と調度品を掃除し（これは一月に家でもやりました）、裏手にあるトイレをよく磨き、そのバケツの水をわたしが世話をすることになった植木箱の中に空けました。[5] それから梯子を上って、一七七五年頃に作られた真鍮のシャンデリアを磨くのもわたしの仕事でした。そのシャンデリアには電気が通っていて、六〇ワットの電球がつけられています。

こうして計算と掃除をしました。毎日するものもあれば、週に一度すればいいものもありました。それから、接客するレニーの手伝いもしました。〈忘れな草〉は、去年学校で習った植民地時代の井戸端みたいなところです。人は井戸端に集まって、新しい出来事を話したりうわさ話をしたり忠告したりします。女性たちはそこで水を汲むと同時に、気丈さと自己の尊厳を汲んでいたのですが、なかには、他人をからかったり嫌な気持ちにさせたりすることに喜びを見出している人もいました。そうした人に嫌われるタイプの女性は〈忘れな草〉にもわずかながらいました。その人については後で書きます。お喋りをしに来るだけで何も買わない客も大勢いました。プリンストン大学から入学を拒否[6]された娘がいる女性のように、ささやかな慰めを求めて店に来る人もいれば、息子を亡くしたばかり[7]の女性のように、心からの慰めを求めて来る人もいました。わたしはこの違いがわかるようになったので、前者にはお茶を淹れて出し、後者には一滴もこぼさずにシェリーを注いで出しました。

このレポートで主に書くのは、〈忘れな草〉でわたしが何を学んだか、ということです。その中には、金属の磨き方、クレジットカードの読みとり機械の機嫌をとることも含まれています。さまざまな時代のアクセサリーの様式を見分けることも学びました。ヴィクトリア朝、アールヌーボー、アールデコ、第二次世界大戦後から一九五〇年まで（レニーの店では一九五〇年以降のものは扱っていません）。ヴィクトリア朝時代のアクセサリーは、繊細で精巧です。アールヌーボーは、蜻蛉や魔法をかけられた女性たちなど、自然や神話をテーマにして、曲線を多く用いるデザインです。アールデコは幾何学的で、ジッグラト（古代メソポタミアの聖塔で、階段のついたピラミッド型の宗教建築）と菱形のモチーフを使っています。第二次世界大戦後には合成素材が初めて出てきて、レニーは、黄褐色のシルクのように見えるベークライトの幅広のブレスレットを持っています。アクセサリーと銀製品と陶磁器はお店の主要な商品です。レニーが特に集めていたのは〈サタデー・イヴニング・ガールズ〉の作った陶器と、ヴィクトリア時代の服

（3）彼女は冗談を言っていたのだろうと思いますが、違うかもしれません。算数の基礎を忘れる人もいるのです。わたしの継母のティナは素晴らしいギタリストで、六四分音符についてとても詳しく、リズムと速度の指示を間違うこともありませんし、演奏中にはそれに従わずに自由に弾くこともできますが、小切手の決算ができないのです。五パーセントの計算はわたしでも暗算でできるし、四則計算もできるのに。四歳のトリーだってできるのに。

（4）わたしの名のジョゼフィンは『若草物語』から、ドロシーは『オズの魔法使い』から母がとってつけたのです。

（5）このガーデニングの技は、自然保護活動家のティナから教わりました。汚れた水は観葉植物にも庭の植物にもいいのですが、カルディコットの理科の先生のブルースティン先生は、「わたしはミズーリ出身ですからね」と言いますが、それは証拠がないと信じないという意味のようです。

（6）最初の選考では認められませんでした。

（7）エイズ

喪用アクセサリーです。

〈サタデー・イヴニング・ガールズ〉は、一八七〇年代にジョン・ラスキンとウィリアム・モリスの理想を元にイギリスで起きた芸術工芸の改革運動から生じたものです。ラスキンとモリスは、芸術的な質だけでなく社会と教育をも発展させようとして、[8] 手工芸の職人に回帰することを提唱した重要な改革者です。十九世紀に入ってから、ボストンのノースエンドでは、そこは〈忘れな草〉からほんの数マイルのところにある場所ですが、イタリア人とユダヤ人の女性移民たちが土曜日の夜に集まり、愛他的な社交界の淑女に指導してもらい、陶器を作りました。[9] その淑女は、娘たちにお金を稼がせ、救いとなる健全な場所で仕事をさせたいと思っていたのです。しかし人々はその陶器を買いませんでした。大量生産された器より値段がはるかに高かったからです。いまではその当時のお皿は珍重され、コレクターたちはそれを手に入れるために高いお金を払っています。たいていはレニーに。その陶器は簡素でカラフルで、中には家禽や花など納屋の庭の風景が描かれているものもありました。それが都市で作られたものだと知らなければ、田舎っぽい作風だと言ったかもしれません。いずれにしても、可愛らしい作品です——レニーとわたしはそう思っています。

ヴィクトリア時代の服喪用アクセサリーは、別の膠工場から来た馬のようなものです。[10] レニーとわたしはあまり好きではないのですが、今日では大流行していて、知り合いのゴス系の少女は（カルディコットの生徒ではありません）、髑髏のついた合成樹脂の髪飾りをつけています。服喪用アクセサリーは最愛の故人を思い出すための品であり、避けられない死を忘れないための品でした。服喪用の指輪は一八六一年十二月にアルバート公が亡くなってから、[11] イギリスでとても流行しました。イギリスでは、この指輪に愛する死者の名前、享年、死んだ日付を刻むことがよくあります。初期のものは黒いエナメルで作られました。後のものは黒玉《ジェット》でした。

これは研究考察のレポートですから、この体験の中では書ききれない逸話や考えや脱線については、読まずに飛ばせるように註に押し込みました。ともかく、来期の「記事の書き方」を履修するつもりです。わたしは小さなお店の経営を見てきたので、次はそのことについて書きます。レニーは原簿を見せてくれました。ペンで書きこむタイプの台帳です。会計士は、コンピュータを使うようにとレニーに言っていましたが、とうとう「勝手にしろ」(12)と匙を投げました。レニーの手書き文字や数字は、ノートの横線から六十度傾いて書かれています。活字よりはるかに読みやすいです(13)。レニーはわたし

(8) これがカルディコット学園自体の高潔な理想とも呼応していると思います。

(9) ノースエンドはいまでもイタリア人の地区です。ティナはイタリア人の子孫で、ノースエンドに知り合いがいます。わたしたちと暮らしていないときはいつもその友人の家にいて、独自のボランティア月間を体験しているのだとわたしに言いました。平日には毎日託児所にいるトリーに会いに来ていました。このことをあえてここに書くのは、ティナがよくない母親だという噂が広まっているからです。ティナはとてもいい母親です。世の中には、育児と家事とを混同する人がいるのです。

(10) レニーの表現です。

(11) 死因は腸チフス

(12) 原文ママ

(13) レニーの書き方は、カッパープレート書体と呼ばれていて、十八世紀にイギリスで開発されたものです。初期のアメリカのお手本帳はこの平易な文字の書き方を採用していました。カルディコットも入学したばかりの生徒にこの筆記体を教えることを検討中です。素晴らしいアイデアですが、わたしには間に合いません。

を訪問買い取りに連れていってもくれました。個々の価値を品定めし、物で溢れている部屋全体の価値を見定めるには、どれほど鋭い鑑識眼が必要なのかわかりました。所有者が亡くなった[14]ばかりの邸宅には、当然のことに、素晴らしい銀器がありました。でも、お粗末なアパートメントにも珍しい芸術品はあります。レニーはいつもその価値にふさわしい金額で買い取りましたが、もちろん、それにつけて売りたい売値ではありません。

　さらにわたしは、レニーが大勢の顧客とさまざまなやり方で対応しているのを観察し、それを見習おうともしました。見るからに不幸なお客さんにお茶やシェリーを出すばかりが仕事ではありません。レニーは買うかどうか迷っているお客さんや、よく考えなければならないお客さん、これは本当は夫に訊かないとわからないという意味なのですが、そういうお客さんにも我慢強く対応します。さらなる値引きを求めるディーラーにはきっぱりした態度で臨みます。いつでも返品に応じます。レニーはいろいろなことを我慢していますが、我慢ばかりしているわけではありません。たとえば、前述しましたが、無駄話をするためだけにしょっちゅうやってくる感じの良くない女性がいました。その女性は、普段はわたしになど目を向けないのですが、その日はレニーがほかのお客さんの相手をしていたので、わたしにジェットの服喪用指輪を見せてほしいと言いました。わたしはそれを見せて、いちばん品質のいいジェットはイギリスのホイットビーから掘り出されたものなんですよ、と言いました。ホイットビーでは、あまりに多く掘り出されたので、現在は採掘が禁じられています。というのも、唯一残ったジェットの鉱脈は町の上方に聳える断崖の継ぎ目のところにしかないからです、断崖からそのジェットを掘り出せば崖が崩壊してしまうのです、これは、掘りすぎると害をもたらすといういい例です。わたしがこんな説明をしたのは、前にほかのお客さんに同じ説明をしたところいい結果になった(つまり売れた)からですが、説明をしている途中でその女性は、あなたはとてもきれいな声の持ち主ね、と言ってくれました。それから、どこのお嬢さん? と訊かれたので、自分の名前を告げました。名字もミドルネームも。するとその女性はこう言いました。ソルターなら、わたしはあなたの一家のことはよく知っていますよあなたのお母さんは聖女でしたけど継母はだらしのない女であなたのお父さんは暴君ね、と。このように、句読点のない話し方をしたのです。彼女が、あなたの弟は自閉症スペクトラムなんでしょ、と言わなかったのが不思議なくらいです。レニーはその女性を三十秒もかけないで追い払ったのですが、そのやり方というのが、これからお客さんの家を訪問する予定だから、と嘘をついて警報装置を作動させ、わたしたち三人が店の外に出ると、さも本当に出かけるというふりをして店のドアに鍵をかける、というものです。その女性が帰っていくのを見届けてから、隣のデリでレニーに昼食をおごってもらいました(わたしはたいてい、前の晩の残り物のミートローフや、その前の晩のマカロニとちょっとのレタス、傷んでいないようならそのさらに前の晩の牛肉の薄切りのクリームソース和えといったものをタッパーウェアに入れてお弁当にしていました)。昼食を食べているとき、レニーが「一週間持つミネストローネ」の作り方を教えてくれました。日曜日から土曜日まで持つ野菜スープです。それを週末に作るつもりだったのですが、ティナが帰ってきたので、テイクアウト料理に戻ってしまいました。でもトリーはテイクアウトのほうが好きなのです。

そのときレニーに弟のことを話しました。トリーは毎朝、ひとすくいのバニラ・アイスクリームと、半カップのコーヒーしか口にしません。ほかの物は一切受けつけないのです。こういうとき、感想を言わない人はいないのですが、レニーはただ頷いただけでした。レニーみたいな、井戸端を管理できるほどの慎重さを持つ人はめったにいません。わたしもアンティークの仕事をすることを考えているので、レニーのような性質を身につけたいと思います。

さて、古い眼鏡のことを書いてこのレポートを締めくくりたいと思います。レニーが心から手に入れたいと思っている時計を売っていた商人から、レニーは古い眼鏡のコレクションをもらいました。この眼鏡のコレクションを売れるようにしなさい、と言われたので、わたしは眼鏡に番号をつけて、ベルベットの裏地のついた大きな箱に並べ、少し調べたことを説明文にして大きめのカードに優雅な活字で印刷しました（そのときはまだコンピュータがあったのです）。それが次のものです。

眼鏡の短い歴史

大昔の人々は本を読むのに石――前にあるものを拡大するガラスの欠片――を使っていた。フランシスコ会の修道士ロジャー・ベーコン（１２１４－１２９４）は、凸レンズが視力の弱い人や老眼の人の役に立つと考えた。フィレンツェでは、十九世紀のガラス職人は近眼の人用の凹レンズを作っていた。しかしそうした目的のものはレンズがひとつだけだった。眼鏡を描いたもっとも古いものは、ギルランダイオの「書斎の聖ヒエロニムス」である。この作品に描かれた眼鏡が作られたのは、聖ヒエロニムス（347－420）の時代ではなく、ギルランダイオ（1449－1494）の時代だった。それ以来、眼鏡の枠は金や銅、革、骨、鯨の骨、鼈甲などで作られた。ベンジャミン・フランクリンが複焦点レンズを発明した。

ここに展示された眼鏡は、ヴィクトリア朝の特徴がよく表れている十九世紀の眼鏡である。繊細な金細工、象牙の飾りなどがその特徴で、4の眼鏡にはつるの部分に宝石がはめ込まれていた。宝石はすでに失われている。これらの眼鏡でレンズに度が入っているものはほとんどない。ということは、こうした眼鏡は主にアクセサリーとして使われていたことを暗示しているが、つるのない2の鼻眼鏡は拡大機能があり、縁が鋼製の7の眼鏡は近眼の進んだ人物のために作られたも

(15) ここでこの女性の考え違いを正したいと思います。わたしの母は聖女ではありませんでした。戦争を終わらせたり、地球温暖化を防いだり、ホームレスを救ったりするようなことはなにひとつしませんでした。パイの外皮がぼろぼろに崩れると、くそったれ（原文ママ）と言いました。ひどい近眼でしたから縫い物はしませんでした。しかも眼鏡をかけていても、いつも目をぱちぱちさせていて、しかも背が高かったので、その姿はまるで困り果てたキリンみたいでした。でも聖女じゃありません。それに、ティナはだらしない女性ではありません。不注意なだけです。彼女はいま二十三歳です。彼女は十八歳のときにわたしの父と出会ってトリーを妊娠したのです。ティナはノースエンドの友人の家にいるあいだ、ここでの生活についてじっくり考えて、ここで暮らすプラスのほうがマイナスより大きいことがわかったのです。わたしの父は暴君ではありません。生物統計学の研究に夢中になっていて放心状態になったり、ときどき癇癪を起こしたりしますが、いまは気持ちをすっかり入れ替えました。わたしの弟は自閉症スペクトラムです。弟が内省的で、自分の内面ばかりをじっと静かに見つめていても、わたしは弟をとても愛しています。もしかしたら、だからこそ愛しているのかもしれません。

のである。

わたしは眼鏡を三つ、それぞれ五十ドルで売りました。純益は百五十ドルでした。レニーは、眼鏡は時計を売っている商人から心付け(16)としてもらったものだから、仕入れ値がまったくかかっていない、と言いました。彼女が見せてくれた原簿には、時計の仕入れ値しか記入してありませんでした。彼女は百五十ドルをわたしに渡すと言いましたが、ボランティア月間は純粋なボランティア活動だからお金はもらえないとわたしは言いました。じゃあ、眼鏡を持っていきなさい、とレニーはちょっと怒ったように言いました。わたしの両目は父と同じでとても視力がいいので、度の入っていない眼鏡を選びました。あっさりした銀縁の楕円形の眼鏡です。ある晩、夕食を作っているときにその眼鏡をかけてみました。父とトリーは食事の前に必ずチェスをします。豆腐のソテーを作っているとき、父がわたしのほうを見ているのがわかりました。そして、しばらくして、きみのお母さんが我が家に戻ってきたのかと思ったよ、と言いました。これでわかったのは、眼鏡をかけるとその人の外見が変わり、それを見ている人の見方にも影響が出る、ということです。そのときトリーが「チェックメイト」と初めて言いました。それで、たとえチェスが得意な大人でも、集中していなければ子供にも負けてしまうことがわかりました。これは、ボランティア月間のあいだにわたしが得た思いがけない知識の例として書きました。わたしが学んだいちばん大事なことは、レナータ・マクリントックのような、詮索をしないでそこにいてくれるだけの人のほうが、友人や隣人や、裏のポーチに煮込み料理を置いてくれる善意の人たちよりはるかに心安まる存在だ、ということです。

〈忘れな草〉のような、過去のものを大事に保存しているお店は、わたしたちが歴史を知るうえでとても役に立ちます。アンティーク・ストアは人間の下劣な欲望――所有欲と自己愛――におもねっていると批判されてきました。でも芸術品は、それを所有している人にはもちろん、それを収めた美術館のような場所に見にくる人々にも、美的喜びを与えてくれます。自己愛について言えば、それがなくなることは絶対にないでしょう。人間は、イヴが自分が裸だと気づいたときからずっと、その身を飾り立ててきました。それに、人は、自分の愛情を示すためにほかの人に美しい物を買って贈りたいと思うものです。わたしの父がティナに「お帰りなさい」のプレゼントとして買ってあげたのは、ベル・エポック後期(17)に作られた翠柘榴石《すいざくろいし》のイヤリングでした。父は片方のイヤリングをティナに贈り、もう片方をレニーの金庫にしまいました。この先、品行方正でいたときにご褒美としてプレゼントするために。それが父のやり方であり、ティナは、いまではそれでいいと言っています。

(16) 心付けというのは無料のことで、商売を楽しくおこなうための心配りです。
(17) 一八七一年‐一九一四年

浮かれ騒ぎ

Elder Jinks

グレースとギュスターヴは、八月にギュスターヴの家で結婚した——ずんぐりした茶色いこけら板の家の一階は、奥行きのある玄関ポーチのせいで薄暗かった。敷地内にサイドガーデン用の庭が広がっていた。しかしそこにあるのは、建物を抱きしめるようにして立つ石楠花《しゃくなげ》と躑躅《つつじ》、芝生の中央に立つ戸惑い顔の林檎の木だけだった。五月が来るたびにギュスターヴは野外用の椅子を三脚、ガレージから引きずり出してきて林檎の木陰に横一列に並べた。七月にグレースが初めてこの椅子の列を見たとき老人ホームを思い出したが、傷つきやすいギュスターヴにはなにも言わなかった。彼は傷つきやすい男だった。順番を間違えたり、しかるべき名前を忘れたりすると顔を赤らめるので、すぐにそのことがわかった。だからグレースは芝生を横切って、ひとつ目の椅子をふたつ目の斜め横になるように動かした。「寄り添っているみたいに見えるでしょう」そして三つ目の椅子をひっくり返した。ギュスターヴが後でその椅子を元に戻した。

ふたりが初めて出会ったのは六月で、ケープコッドにあるボスキー野生動物園だった。目の前ではつがいの狐が気に染まない巣作りをしていた。ギュスターヴは貸しコテージで暮らす妹を訪ねるところだった。グレースは、マサチューセッツ州西部から友人のヘンリエッタと車でやってきていた。州立公園でキャンプをしていたのだ。

「テントで寝泊まりしているんですか」その運命の午後、ギュスターヴが質問した。「あなたは花のように生き生きしている」

「どんな花かしら」グレースは素人の女優であり料理人であり社交家であるだけでなく、庭いじりが大好きな素人の庭師だった。仕事に就いたことはあるのか？　昔は働いていた。二年生を担当する教師だったが、自分の子供の世話をしなければならなくなって辞めた。

「どんな花か、と？　紫陽花です」ギュスターヴは浮き立つ自分の気持ちに驚きながら答えた。「あなたの目が」彼はそう言ったが、さらに驚いたことに、今度は欲望がせり上がってきた。

問いかけるように傾けた彼女の目は、見事な青みがかった菫色だった。肌にはいくぶん浅い皺があるだけだった。灰色の髪はバレッタでまとめられ、たっぷりした髪がそこから溢れて垂れていた。体つきは緩んでいるが、それは当たり前といえば当たり前だった。

「わたしはグレース」と彼女は言った。

「私はギュスターヴ」と彼は言った。そして衝動的に息を吸い込んだ。「あなたとお知り合いになりたいものです」

彼女は微笑んだ。「ですね」

グレースは、ノーサンプトンの人々にはごく当たり前の修辞的表現——省略——を使った。簡単に補える言葉を省略することだ。ギュスターヴは、一呼吸置いて省略された言葉を頭の中で補った。そして彼はお辞儀をした（彼の死んだ母親はパリ生まれだった。ルーアンの高等学校《リセ》で教えていた五年間を除いて、彼はボストンの外れに位置するゴドルフィンから出たことがなかったが、母親のフランス風作法を大事にしていた）。

グレースは、ボーイ長のようにお辞儀をしている小柄な男が、その顎髭でわたしの指をくすぐってくれるといいのに、と思ったが、そういうことにはならなかった。その代わり彼は、私は大学で教えています、と告げた。専門は科学史。彼女の目が大きく見開かれた。わざとらしい反応だったが、心からのものでもあった。ノーサンプトンに住んでいる（大勢の）友人には、工芸家、セラピスト、自然治療の提唱者、歌手などがいる。もちろん、教授も。しかし科学史とは。科学にも歴史があるとは思ってもみなかった。コペルニクス？　そう、ニュートン、アインシュタイン、それにワトソン、そしてもうひとりの学者の名前は。「クリックだわ」彼女は勝ち誇ったように言って誘いかけるように首を傾げた……

「首の筋を違え《クリック》たんですか？」

……が、ハル・カーシュがもう似合わないとほのめかした小首の傾げ方はまったく功を奏さなかった。彼女は首を真っすぐにすると淑女のように握手をした。

ギュスターヴは、マイケル・ファラデーの伝記を書きあげていた。十九世紀の有名な科学者だが、グレースはファラデーを知らなかった。自らの直観に導かれて科学の道に入った、この無学な製本見習いのことを話すとき、ギュスターヴのわずかな尊大さは薄れ、慈しみ深い顔つきになった。死んだ妻のことを話すときに見せる慈しみ深さはそれより控えめに感じられたが、妻と別れてから何十年も経つのだからそれも当然かもしれない。

ノーサンプトンで、グレースは保護施設のボランティアとして、学校にたまにしか行かない子供たちの世話をしていた。「ネグレクトされ、母親に棄てられたも同然の子供たちよ」と彼女は言った。「母親自身も、夫に棄てられたの」ギュスターヴはたじろいだ。インストラクターと生徒の子供たちは、染みの浮いたリノリウムの床にあぐらをかいていっしょに座らなければならないの、とグレースが話し始めると、彼女の陽気な明るさが思いやりへと変わっていくのをギュスターヴは目の当たりにした。間に合わせの地下の教室にグレースは室内用の植木箱を作った。ラッパ水仙の一生を教えた。「これはいわば伝記ね」ギュスターヴは、その伝記の中にある事実に反したことをいくつかやんわりと指摘した。グレースは感謝を込めて頷いた。「実は大学で植物学を勉強したことはないの」と彼女は言った。ウィチタ大学で、と彼女は言った。しかし後になってワイオミング大学だと言い直した。だがギュスターヴが聞き間違えただけかもしれない。彼は西部のことには疎かったのだ。

ギュスターヴの友人の弁護士が、薄暗いリビングルームで結婚式を執りおこなった。その後、グレースは林檎の木陰でギュスターヴの妹とシャンパンを飲んだ。「ああ、グレース、あなたはなんて穏やかな顔をしているの。あなたなら兄の癇癪もうまくいなせるわね」

「どういうことかしら?」グレースは、義理の妹のほうに首をめぐらそうとしたが動かせなかった。ゴドルフィンの美容師は、うなじのところから髪を力一杯引っ張り上げ、ぴっちりしたフレンチロールに結ったのだ。白いソンブレロ型のベールにしなさい、と強く勧めたのはヘンリエッタだった。ドレスはグレースが選んだ。紫陽花色でサイズがひとつ小さいものを。親とともにサンフランシスコから夜行便で飛んできた孫たちは、いつもぼろを纏っているおばあちゃんの変身ぶりに目を丸くした――でも、髪の毛はどこにいったの?　と思った。「どういうことかしら?」首を動かせないグレースはもう一度尋ねた。しかしギュスターヴの妹はそれ以上話そうとしなかった。同じように、この一月にルーアンで死んだ最初の奥さんと何十年も前に兄が離婚したのは、彼女がフランス人薬剤師と恋に落ちたせいだったということも話さなかった。

ギュスターヴとグレースは新婚旅行にパリに行って盛大に愉しんだ――中庭のあるホテルに泊まり、ミシュランの星のついたレストランで食事をし、ジヴェルニーで一日を過ごし、ヴェルサイユで過ごした。ベンゼンの新しい利用についての講演にも出席した――そのテーマに興味を抱いたのはギュスターヴだった。フランス語も不得手で科学にも疎いグレースは、パスツール研究所に集まっている陰気な人々を面白く眺めた。ふたりは新しいプロムナードと新しい美術館が気に入った。そしてサン・シャペルの、古い楽器――二本のリコーダーと一丁のリュートとヴィオラ・ダ・ガンバ――を演奏するコンサートで、二時間ほど聴き入った。至福の午後だった。ギュスターヴはホテルの部屋の乱雑ぶりと、グレースが新しいことに手を出すたびにときどきげんなりするほどの興奮状態に陥ることを忘れることができた。グレースは、ギュスターヴがメニューにある料理をことごとく心配する癖への苛立ち——クリームがどれだけ使われていようと、バターがどれだけ使われていようと、人はいずれはなにかで死ななくちゃならないのに——から解放された。目映いばかりの光が窓から射し込み、彼の顎鬚と彼女の緩んだシニョンを金色に染めていた。

そしていまは九月。大学が始まった。ギュスターヴは月曜と水曜と金曜の午前九時から「詩人たちの物理学」を教え、十時から「化学の利用」について教えた。木曜の夕方には大学院の科学哲学のゼミで教えた。最初の二週間、ゼミはいつものすきま風の入る教室でおこなわれた。しかしその後グレースが提案し……ギュスターヴが反対し……グレースがなおも言い張り……ついにギュスターヴが降参して、第三週のゼミは茶色いこけら板の自宅でおこなわれた。グレースはアップルタルトを二皿焼き、温かい赤スグリのジャムを添えて学生たちをもてなした。学生たちは先週の土曜日のフットボールの試合の話をして盛り上がった。ギュスターヴは——グレースもそうだが、フットボール嫌いを自称していた——学生たちがタルトを食べ終わるまで静かにその会話に耳を傾け、それからアルキメデスの話に移った。グレースはリビングルームの隅で編み物をした。その翌日、結婚後初めて別々に過ごすことになった。ギュスターヴがシカゴでおこなわれる会議に出席するのだ。彼は「化学の利用」の講義がすむと直ちにタクシーで空港に向かうことになった。当日の朝、彼は必要な衣類をブリーフケースの片側に詰め込んだ。そして彼が新聞を読んでいるあいだに、グレースはアルミホイルに包んだ楔形のアップルタルトをすべりこませた。玄関でキスをしたとき、ギュスターヴは彼女が前日に座っていた場所に目を留めた。椅子の上には、編み物の本と毛糸玉、そして編みかけのセーターが乱雑に載っていた。間違いなく彼のセーターだ。彼女は彼に灰色のセーターをすでに一枚編んでくれていた。今度のは薔薇色だ。彼は微笑んでいる妻に目を戻した。「じゃあ、日曜日に」と彼は言った。

「ああ、あなたがいないと寂しいわ」

実際に、グレースはすぐに寂しくなった。そしてものの三十分もしないうちにノーサンプトンの旧友がふたり、ハル・カーシュを伴ってやってこなければ、寂しい思いはずっと続いていただろう。ハルはバルセロナの仮の住まいからやってきた。日曜日にはスペインに帰る予定だという。半端なビラネル詩を書く詩人で、十三行ソネットの考案者だ。そして、なんということだろう、額に垂れる詩人ならではの前髪、グレースとは八歳しか違わないのに、茶色の髪には白髪が一本も見あたらない。長い指で操るのは万年筆とピアノだけで、キイボードは受けつけない。ワードプロセッサーで書く詩は最低だ、と言う。そしてその理由も教えてくれる。延々と、どこにいようが、ベッドのなかででも。

ギュスターヴのアップライト・ピアノは調律が必要だった。グレースは調律師を呼ぶつもりでいたのだが、菊の世話をしたり球根を注文したり、高校時代に習ったフランス語を再開しようとしたりしてずっと忙しかった。それでも四人は音楽を愉しんだ。ハルを連れてきたリーとリーはフィドルを持ってきた。グレースはまだ解いていない引っ越しの荷物を探し回ってリコーダーを見つけた。その後で彼女はチリを煮込んだ。四人はギュスターヴの「地下蔵」を探検した。そしてようやく眠りに落ちた。リーとリーは客用の寝室で。ハルはギュスターヴの書斎の床で、グレースは普段着のまま夫婦のベッドで。それから土曜に四人はウォルデン池に行き、ノースショアに行った。夜にはケンブリッジの友人たちが川の向こうからやってきた。今度は別の鍋でミネストローネを作った。チリの入った鉄製の鍋はまだカウンターの上に置いてあった。

ハルは、夜から朝まで駐車禁止をするような町の陰気な家で、グレースはいったいなにをしているのだろう、と思った。取り締まりのきつい町には、人を罰したくて仕方がないという雰囲気がたちこめている。しかも、こんなに慌てふためいて結婚した夫だ、いったいどういう男なんだろう。「動物園の、オオヤマネコの前で拾ったそうよ」とリーとリーがハルに話した。ハルは、事実を歪曲する芸術家ならではのふたりの性癖がそう言わせているのであればいいが、と思った。ハルはグレースを愛していた。放蕩者の弟が姉を慕うように、あるいはみすぼらしい同僚が同胞を愛するように――昔、ふたりは同じ実験的な教育をおこなっていた小学校で子供を教えていたことがある。その学校は教師の献身的な仕事ぶりを重視していたが、学位には無頓着だった（ハルは修士の学位を持っていたが、グレースは高卒だった）。グレースは美しいが一所に落ち着いていない人間だとハルは見ていた。新しい連れ合いは、彼女が非合法な物を好むことを知っているのだろうか。ときたまなにも言わずに家出をすることを知っているのだろうか。もっとも、戻ってはくるのだが……。ケンブリッジの仲間がマリファナを持ってくるかもしれないと彼女に伝えたら、グレースの目は嬉しそうに輝いた。つまり、最近このあたりではなかなか手に入れられないのだ。バルセロナでは煙草屋で簡単に手に入るのに。ひどい物をつかませられるときもあることはあるが……。

このマリファナは上質だ。彼らはマリファナを吹かしながら話し、詩を吟じ、ジェスチャーゲームをした。昔に戻ったようだ、とハルは思った。ヘンリエッタも来ればよかったのに。ヘンリエッタは、「彼女が結婚したあの口やかまし屋に用はないわ」とぴしゃりと言った。しかし、その口やかまし屋はシカゴにいるのだ。

まるで昔に戻ったみたい、とグレースも思っていた。そしてジェスチャーゲームをしているときの友人たちは、なんて頭がいいのだろう、今回の問題はとりわけ素晴らしい。裸《ヌード》のリーとリーが背中合わせに立っていて、グレースは服を着たままリビングルームの床を鰻《イール》のように腹這いでくねくねと進んでいる。でも、これが「ニューディール」だと当てられないなんておかしい。だれも黙りこくっているのも変だ。ほんの少し前まではあんなに陽気に笑っていたのに。そしていまハルが、才能ある男が、二本の指を口に当てて口笛を吹いた。リーに向かって？　それともリーに向かって？　静けさの中、グレースが廊下まで腹這いのまま進んでいくと、磨きあげられた靴が目に入った。その靴の上にはアイロンのかかったズボン。彼女は頭をもたげた。鰻がしてはいけないことだ――いまはミミズそっくりで、クイズの問題を台無しにしているかもしれない。ズボンのベルトはギュスターヴのものだ――そう、それを彼に手渡したのはこのわたしだ。日輪に似た銅のバックルがついていて、中央には楕円形のトルコ石がはめ込まれている。それが、控えめなバックルのついた黒と茶色ばかりのベルトが並ぶラックから下がっているのを見たとき、神のように、クローゼットの主のように思えた。いま、黒いズボンの上とストライプのシャツの下に見えているそのバックルは、仕立屋の見立て違いのように、まったく不釣り合いな組み合わせで……。

慌てて立ち上がると、目の前にギュスターヴのシャツがあった。上着はどこに？　ああ、そうか、今夜は暖かいから上着を脱いで静かに家の中に入ってきたのだ、予定より十五時間も早く。彼女は視線を横に動かした。そう、廊下の椅子に彼の上着がきちんとかかっている。放り投げられていない。その椅子のそばにブリーフケースが几帳面に置いてある。放り出されてはいない。もう一度グレースは夫を見た。目の前のよく見えるシャツには大きな三角形の染みがついている。タルトの楔形に似ている、と彼女は思った。彼女は震える人差し指でそれに触れた。

「心優しいきみからのプレゼントだよ――染み出したんだ」と彼が言った。

ギュスターヴは自分のリビングルームを隅から隅まで見渡した。裸のカップルは彼の結婚式にやってきて、彼のシャンパンを飲み干して帰っていった。知ったかぶりのカップルだ。名前は韻を踏んでいた。ほかの生き物たちは初めて見る。前髪を垂らした痩せた男がギュスターヴのほうにやってくる。

「ギュスターヴ、紹介するわ、こちらは――」グレースは口を開いた。

「お引き取り願おう」彼は、グレースが一度も聞いたことのない声を出した。

彼らはこぼれたプディングのようにさあっと逃げていった……まずリーとリーが慌てて互いの服を着、小型旅行鞄と楽器をひっつかみ、ハルにキスをして車へ走っていくと、そこでは深夜駐車違反の切符が待っていた。ふたりはグレースにキスをしなかった。ケンブリッジの者たちはだれにもキスをしなかった。しかしハルは、一歩も引かなかった。ギュスターヴより頭ひとつ分背が高い。彼は手を差し出した。「ぼくは――」

「帰ってくれ」

「聞いてください――」

「出ていけ！」

ハルは出ていった、左手で鞄を提げ、右腕の中にグレースを抱いて。出ていく直前、彼女は夫を見ようとするかのように、夫に許しを請うかのように振り向いた。だがそれは、廊下のテーブルの上にあるハンドバッグをひっつかむためだった。ハンドバッグの横に花束があった。スイートピーにかすみ草に一本のガーベラ。想像力に乏しい花束。おそらく空港の売店で作り置きされているものを買ってきたのだ。

ギュスターヴは階段を上った。来訪者が浮かれ騒いでいたのは一階でだけだったらしい。客用寝室の寝乱れたベッドを別にすれば、彼らのいた唯一の形跡は、バスルームのタイルに水たまりのように置かれたタオルだけだ。彼は書斎に入り、急いで本棚に目をやった。そこには分厚いバインダーの間に原稿が、いまだに出版のあてのないファラデーの伝記原稿があった。絨毯の上には本が、開いた面を下にして落ちていた。屈み込んでみると、スペイン語の文法テキストだとわかった。蹴り飛ばした。

再び一階に戻り、ミネストローネを温めた――退屈な会議に出席するのをやめて早めに家に帰ることを突然決めたときからなにも口に入れていなかった。スープはうまかった。それからマリファナを探した――家の中にはいまもなんともいえない甘い匂いが漂っている――が、あいつらはどうやら、持ってきたものすべてを吸いきったらしい。部屋の隅でリコーダーを見つけたが、それを吸うことなどできるはずもなかった。彼は皿とグラス類をすべて食器洗い機に入れた。鍋にこびりついたチリを洗い落とそうとしたが、そのまま水につけた。それから掃除機をかけた。そしてまた二階に行って服を脱ぎ、その服を床に置いたまま――このだらしない習慣は伝染しやすい――ベッドのグレースが寝ている側に体を滑り込ませた。ため息をついた瞬間、老人のため息だと思い、仰向けになった。いくら考えても――非情なことを考えていた――睡魔にはかなわなかった。

だが数時間後、彼は目を覚ました。起きあがってもう一度家のなかを見てまわった。スペイン語のテキストを、すでにいっぱいになっているゴミ箱に放り投げ、それをガレージまで運んでいった。午前三時に投光照明の下を縞模様のパジャマ姿で歩く彼を見た者がいたら、狂人だと思っただろう。それがなんだというのだ。このあたりの者たちはギュスターヴたちを可愛らしいカップルだと思っている。魚市場でその侮蔑的な言い方をふと耳にした。可愛らしいよりも、気が触れたと思われるほうがはるかにましだ。ガレージに鍵をかけ、家に戻った。確かに、女性と結婚するようなトチ狂ったことをしでかしたのは、あの女が誘い込むような目をしていたからだ。騒々しく浮かれ騒ぐ態度を永遠に続く魅力だなどと錯覚してしまったのだ。あの女は浮わついているだけで、まったく行儀が悪い……。彼はリビングルームに入った。いまや完成間近の薔薇色のセーターが椅子の上にワインの瓶とともに載っている。最良の葡萄園の、最良の年のワイン……空っぽだ。編んだセーターをひきほどいてやりたかった。編み痕がついたままの毛糸をゆるく巻き取って大きな渦巻きにする。あの女が戻ってくると、ピンク色のファラデーの似非誘導コイルがお出迎え、というわけだ。戻ってくるのか？　戻ってくるだろう、自分の衣類やパエリア用鍋や植える予定の球根を取りに。ギュスターヴはセーターを取り上げた。これは十歳の子供にしか着られない。侮辱的な色、侮辱的な大きさ……。彼はベッドに戻って横になった。

グレースも、目を覚ましていた。ホテルの部屋は暗くて嫌な臭いがした。ハルは彼女の横で、いびきもかかず、微動だにせずに寝ている。彼は昔から熟睡するタイプだった。享楽的なタイプだった。昨夜、彼が気だるげな口調でバルセロナにいっしょに行かないかとほのめかしたけれど、いかなることがあろうと、それはありえない（さらに彼は、階下のバーまで行って飲み物を買ってこないかと彼女に言った。どうやらここの部屋代も自分で払う気はなさそうだ）。それはともかく、彼女のパスポートは、ギュスターヴの部屋のいちばん上の引き出しに、彼のパスポートといっしょにしまってある。ギュスターヴがノーサンプトンの彼女の家に送り返してくれるといいのだが。ノーサンプトンの家は、ありがたいことに、まだ売れていない。ありがとう、神様、ありがとう、責任者のだれかさん。できればギュスターヴが荷物をすべて送ってくれるといいのだけれど、異常なコメントなどなしに。彼にはもううんざりだ。ハルにももううんざり。昨夜、同じ歯ブラシを、それから同じベッドを使っただけでもう充分だ。しかも、彼の洗濯されていないシャツを着て寝ているだけで――いや、眠れずにいるだけで、もう充分。

昨日着ていたランジェリーしかないなんてぞっとする。脇の下を剃っていないのも不快だ。パンツの不快さは言うまでもない。日曜日の店は何時に開くのだろう。こっそり出かけていって新しいセーターでも買いに行きたい――そうすれば気分も晴れるだろう。孫娘のために編んだ完成間近のベスト、椅子の上に置いてきたベストのことを考えた。ギュスターヴがそれも送ってくれるといいのだが……。

「アメリー……」とハルが呟いた。

「グレースよ」と彼女は間違いを正した。

ノーサンプトンに戻りさえすれば。そこではだれもが人との繋がりを求めていて、彼女はみなから必要とされる。ケープコッドの野生動物園になんか行かなければよかった、あの狐を見るために足をとめなければよかった。博識で礼儀正しいからって、あんな男となんか結婚しなければよかった、それも想像力が乏しく、殊勝なふりをしていただけだとわかったのだから。

日曜日、ギュスターヴはふたりを結婚させた弁護士の友人に電話をしようかと何度も思った。友人は偶然にも離婚訴訟が専門だ。しかし連絡はせずに新聞を読み、フットボールの試合を見た。なんてみごとなスポーツだ。知性に裏打ちされた力。彼は翌日の授業の準備をした。充電に関するファラデーの初期の実験を学生たちと再現する授業だ。釘が飛び出した小さなフィルム入れに水を一杯に満たしてアルミホイルで包んだものを全員が持ってくるだろう。これは原始的なライデン瓶で、そこに電気が蓄えられる。電気は、スタイロフォームの皿をアルミニウム製パイ皿の上に置いて発生させる。学生たちはこの摩擦製造器も持ってくるだろう。ギュスターヴは早めにベッドに入った。通りの向こうのマンサード屋根の上に秋の月が低く出ているのが見えた。いや、見えているのは球体の上半分だけだが、見えない部分がどうなっているかわかった。

グレースはほかのものといっしょに黄色いセーターを買った。ゆっくり時間をかけてホテルに戻った。すると、シャワーを浴びたハルが微笑んでいた。川に沿って長い散歩をするあいだ、彼女はマジックリアリズムと代称に関するハルの説明に耳を傾けた。代称ってなんなのか忘れたわ、と彼女は言った。「ある名詞を形容辞を使って言うことだよ」とハルは言った。「たとえば、お喋りな人を〝口から生まれた〟っていうふうに」。そして、中世のスペインのファルサは、笑劇《ファルス》と関係があるんだと言った。グレースのずきずきしていた頭が一挙に爆発しそうになったちょうどそのとき、タクシーにハルを押し込んで空港に送り出す時間になった。タクシー代を払うくらいの金は持ちあわせているようだった。車がカーブを曲がるとき、彼は開いた窓から顔を突き出して「ぼくのアパートメントはラス・ランブラスのそば、バルセロナのいちばんいい場所だ」と叫んだ。彼女は手を振った。タクシーの姿が消えると、彼女の頭痛も消えた。

彼女はホテルの、いまは自分だけのものになった部屋に戻り、新聞を読み、テレビの前で午後に中継されたフットボールの試合の録画を見ながらひとりで楽しく夕食をとった。ナイス・インターセプト！　画面に映っているのは勇敢な少年たちだ。でも、ギュスターヴも勇敢ではなかったか？　歓迎されざる騒々しい人間を家から一掃するときの彼は無礼極まりなかった。ハルが芝居がかって手を差し出したときにはあんなに顔を真っ赤にして……ギュスターヴは不当な扱いを受けた気がしたのではないか……あるいは妻のせいだと思ったのか。たぶん友だちを家に呼んだのは彼女だと思ったのだろう。彼女をがっかりさせたと思ったのかもしれない。もしもまたギュスターヴに会うことがあったら、ハルが孤独な根無し草であることを話そう、哀れなリーとリーの、買い手のつかない納屋の絵のことを話そう。もしもう一度彼に会えたなら……。彼女は新品のナイトガウンを身につけ、ベッドに入った。マサチューセッツ州議事堂のドームが見えた。それだけ見れば全体がどのような形をしているかわかった。

講義室は三角形をしていた。三角形の頂点に位置している、書見台と実験用の作業台の置かれた教壇が、教室のいちばん低いところにある。そこを中心に放射状に並んでいるかすかに湾曲した長い机は、後ろに行けば行くほど階段状に高くなっている。机には学生が三人ずつ座っている。教授は話すときには書見台のところに立ち、実験結果を示すときには作業台に移動する。教授と学生はまったく同じ自家製の機械を使っている。教授が話して実験を見せると――電気を発生させてそれを蓄える――学生がその工程を真似する。期待するような笑いと、ときおり興奮した意見と、満ち足りた空気に占められている。詩人のなかで、方向転換をして物理学者になる者はわずかかもしれないが、科学を蔑むような者はひとりもいない。「ファラデーはこれと同じような粗末な装置でこの実験をおこないました」とギュスターヴは学生に言った。「必ず成功するという信念を持って。信念が――いまではまったくの時代遅れのものですが――彼を支えていたのです」

後ろの列の机でパイの皿もフィルム入れも持たずにひとりで座っている女性は、実験用具を持ってくればどんなによかったか、わたしも控えめで思いやりに満ちた声で出される指示に従いたい、と思っていた。しかし、彼女がもっとも驚いたのは、やはりその声で語られた話だった。つつましい若いファラデーが自ら人生を切り拓こうとした話だ。小柄な男は、「ファラデーは、自然の成り立ちのなかに神が表れていると思っていました」という言葉で授業を締めくくった。彼は明るく輝いているように見えた。

ようやく黄色いセーターを着た人物に気づいた彼は、パリの午後を思い出した。ステンドグラスで屈折した陽光があれと同じ色を作りだしていたことを、管弦楽団が奏でる音楽に耳を澄ましながら、彼の同伴者が軽く唇を開いていたことを。彼女は感動に震え、高みへと昇っていき、寛大にも彼もともに運んでいってくれたのだ……。

講義は拍手喝采で終わり、学生たちが教室から出ていき、教授は訪問者の隣の席に現れた。

ふたりはしばらく見つめ合った。

「わたしはグレース」とようやく彼女は言った。

「私はギュスターヴ」そしてどんなに彼の心臓が跳び上がったことか。「あなたと……お知り合いになりたいものです」

長い沈黙が流れるあいだに、彼は遅まきながら、この申し出が身の程知らずなものではないかと思った。というのも、彼も知られてしまうことになるからだ、さもしい秘密と時代遅れの信念を抱いていることを。ふたりは味わわなければならない失望を味わい、与えなければならない許しを与えることを学び、どんなことが相手に不安を与えるのかを慎重に心に留めることになるだろう。グレースの心も同じような軌跡をたどった。それぞれが危険を冒すことに決めたのだ。ギュスターヴはこの冒険を続ける意志を、愛らしい顔に触れることで示し、グレースは省略しないことで自分の意志を示した。

「わたしもそう思っています」彼女はそれだけを言葉にした。

ヴァリーの話

Vallies

デズモンド・チャピンが玄関の扉を開けると、地味な服を着た四十歳くらいのほっそりした女性が立っていた。鼻梁が少し曲がり、赤毛は後ろでひとつにきっちり結わえてある。「ミス……」

「ヴァレリー・ゴードンです」と彼女は言った。

「新しい子守りですね」

「ええ……お互いが気に入れば」カナダ人らしい訛りが混じっていた。

「だれかに似ていますね」とデズモンドがリビングルームに案内しながら言った。ヴァルが返事をしないので、彼はさらにこう言った。「メアリー・ポピンズかな」

彼女は首を横に振った。「メアリー・ポピンズには似ていません。想像をたくましくするときはありますが、魔法は使えません。礼儀正しいことは好きですが、お行儀の良しあしは気にしません」

これが子守りの仕事にかかわろうとするヴァルの初めての面接だったが、彼女は今回のは予行練習だと考えていた。推薦人の中には事務関係者以外の人がひとりもいなかった。デボラ・チャピンと握手をし、四歳の双子の男の子に「初めまして」と言った。ふたりは笑みを浮かべてくすくす笑った。「わたしは双子とは特別な縁があってね」と彼女は双子に思い切って話しかけた。「それはね、わたしが……」

しかしふたりは、遊ぶために柵に囲まれた裏庭へと走り去った。

デズモンドが、どうして事務の仕事を辞めたのかと尋ねた。二十年以上、あまりにも同じことの繰り返しだったので、と彼女は答えた。とても後悔したんです。はい、簡単な家事ならできます、はい、場合によっては簡単な食事も作れます、はい、繕い物も。「簡単な繕い物なら」と彼女ははっきりと言い足した。

デボラは事務所の所長ばかりのヴァルの推薦人の名を書き留めた。

デズモンドは「礼儀正しさと行儀のよさの違いとはなんなのかな」と訊いた。

「それは……生まれつきのものと後天的なものとの違いです」

ヴァルは予行練習を終えた。デボラが推薦人の名を書くのに使ったペンには透明のインクしか入っていなかっただろう、とヴァルは思った。しかしその翌日、採用を知らせる電話がかかってきた。

「でも、あなたが住み込みで働いてくれたら、とてもありがたいのだけれど」とデボラが言った。

「お給料は同額で。考えてくれないかしら？」

「申し訳ありませんが、住み込みでは働きません」

ため息。「ともかく、あなたに来てもらうわ」

ヴァルの新しい職業はこうして始まった。

チャピン夫妻は、二台のチャイルドシートが付いた車をヴァルに与え、自分の車だと思って使ってください、と言った。ヴァルはその車を使うこともあったが、男の子たちと外出するときはたいていバスや路面電車や地下鉄を利用したり、徒歩で行ったりした。それに、彼女のアパートメントには駐車場がなかったので、車はチャピン家に置いたまま、歩いて仕事に通った。夜のお守りを頼まれたときには、深夜にひとりで歩いて帰った。デズモンドの申し出を受け入れずに。「このあたりは昔ながらの安全なゴドルフィンで、いちばん危険なのは樫の葉に付く毛虫くらいなものだけれど、それでもね、ヴァル……車でならほんの一分もかからないのだから、送っていくよ」しかしそのたびに彼女は結構ですと断り、小径を大股で歩いていき、門のところで振り向いて、はるか昔に身につけたいたずらっぽい笑みを彼に向けた。デズモンドにはその笑顔が見えなかったかもしれない。彼女は不幸な出来事に遭うことなく家に帰った。

ヴァルはチャピン家が破産するまで、五年間働いた。さらに長く働くこともできた——双子はいつもふたりの見分けがつくヴァルを愛しているし、ヴァルには蓄えもあるので給金なしにしばらくのあいだ働くこともできた——が、それはかえってぼくにとって恥の上塗りになる、とデズモンドが言った。それに一家は町から出ていくことになっていた。

チャピン夫妻が、三人の女の子のいるグリーン家にヴァルを紹介した。グリーン夫妻はヴァルをすぐに雇ったが、ヴァルが屋根裏部屋に住まないというので大いにがっかりした。ヴァルは自分の地下のアパートメントを引き払うつもりはなかった。冬には、すぐ近くに暖房炉があるので暖かかったし、夏には、半地下の部屋は涼しかった。わずかな陽の光が、高い窓からまるで封筒のようにひと片ひと片入り込んできて床に落ち、拾われるのを待っているかのようだった。孤独、静けさ……。いっしょに暮らせば、絶え間なく聞こえる声やひっきりなしに動くものに耐えなければならない。礼儀正しい家庭においてもそれは煩わしいことであるし、彼女が共に育った手に負えない身内のなかであれば、それは耐えがたいことだった。

ヴァルはグリーン家の子守りとして何年か働いた。しかし一家は仕事でワシントンに越すことになった。

キッチンのテーブルでバニー・グリーンはヴァルに言った。「わたしたちといっしょに行くことを考えてみて。ワシントンに……」

「ありがたいお申し出ですが、それはできません」

バニーはため息をついた。「あなたは得がたい人よ。あなたがもうひとりいればいいのに」

ヴァルは自分の膝を見つめた。

「わたしの友人が二人目を妊娠したのね」とバニーは言った。「それに、角を曲がったところの雑然とした家族にも子守りが必要よ。まだそのことに気づいていないようだけど。あなたの電話はジャンジャン鳴り響くようになるわ」

そうでもなかった。面接をしているうちに、いくつかの申し出があった。しかし条件の合う家がなかった。ある家はゴドルフィンの外れにあって、西の郊外に隣接していた——そこに行くまでにはバスを一度乗り換えなければならなかった。別の家庭では四人の子供がいて、稽古事と活動とで予定が埋まっていた――お抱え運転手として使われそうだった。三番目の家庭には病気の子供がいて、一時《いっとき》も目が離せない状況だった。苦しみを背負った母親の目が静かに助けを求めていた。しかしヴァルは「申し訳ありませんが、わたしはそのような仕事には向いておりません」ときっぱり断った。

それで短期の仕事をした――夏のあいだだけゴドルフィンに滞在する三歳児のいる夫婦に雇われた。秋になると再び仕事探しを始めようと思ったが、見つかるかどうかわからなかった。チャピン家とグリーン家の推薦状は有利に働いたが、彼女の行儀のよさがもしかしたら不利に働いているのかもしれない。デズモンド・チャピンが彼女に見出した家庭教師のような雰囲気は、もはや時代遅れなのだ。そしていままでは、彼女の肌の色や年齢が、子供の遊び場では異端となっていた。ウガンダやブルキナファソから来た、十代だといっても通用するような滑らかな肌をした美しい痩せた女性たちは、遊んでいる子供たちをベンチから見守っているときにヴァルを仲間に入れてくれようとしたが、たちまち自分たちの言語やフランス語で話し始め、子供たちもヴァルの内気な三歳の子供には近づいてこなかった。住み込みで子守りとして働くイギリス人留学生たちは、ヴァルを女校長だとでも思っているのか、仲間に入れようとはしなかった。スカンジナビア人たちは、彼女がペットでもあるかのように笑いかけた。お母さんたちは――何人かいたが、みな失礼だった――完全に彼女を無視した。自分たちの子供の自慢をするのに夢中だった。まるでいつか子供を売り飛ばすつもりでいるかのように。

ヴァルはグリーン家の人々が恋しかった。彼らが町からそっと去っていくころには、女の子たちは公園にいてもどこにいても監督する必要がなくなっていた――両親が外出しているときに食事の用意をしたり、ときおり宿題を忘れないようにと言うだけでよかった。しかし女の子たちはヴァルにそばにいてもらいたがった。とりわけ就寝前には。女の子たちがまだ幼かったころにヴァルといっしょに創った話を聞きたがった。ヴァルはそれを「道徳的ジレンマの話」と名づけた。女の子たちは「ヴァリーの話」と呼んだ。舞台はどこかわからない中世風の町。王族は離れたところに住んでいて、恋愛もなければ宝探しもない。でも簡単な魔法が使われたり、たまには探検もおこなわれたりする。ある話のなかには、病気の母親がいる女の子が登場する。母親は芋虫のサンドイッチが大好きだ。女の子はサンドイッチを作るべきなのか。それをいっしょに食べるべきなのか。別の話では、首がはねられるのを見たがる六歳の男の子が登場する。斬首はヴァリー国では神聖を偽った者に科せられる極刑だ。幼い男の子には流血を見せないほうがいいのか、それともそれを見せて深く理解させれば、やがて彼は死刑制度反対運動に加わるようになるだろうか。あるいは、牛に姿を変えられた強欲な貴族の少年に鋤を引かせるべきか、それとも牛になるという罰を与えただけで充分なのか。

そう、グリーン家のみんなに会いたくてたまらなかった。みんなは月曜のこの朝、なにをしているだろう。ワシントンで友人ができただろうか。チャピン家の双子にも会いたかった。もう高校生になっているだろう。カリフォルニアに戻っていった三歳の子供にも会いたかった。しかし失ったものを懐かしみ、目の前にいない子供を思って泣いたところで、なにかが変わるわけではない。もう九時だ、急いだほうがいい。面接は十時に始まる。

その面接には家族全員が揃っていた——両親、娘がふたり、息子がひとり。九歳、七歳、五歳。父親は地元の大学で教えている。数学の一種ですよ、と不承不承言った。「位相幾何学です」父親の左頬にある苺のような痣は、シャツの縦縞模様と同じく美観を損ねてはいなかった。小柄な母親は子供のような背丈で、色の薄いもじゃもじゃの髪と妖精のような長い鼻をしていた。「わたしは無職なの」と母親は言った。「いまはまだ」と言い直した。「どんな技術を身につけたほうがいいか探っているところ」子供たちは物静かで、健康そうだったが、やせっぽちの末っ子の男の子はヴァルの目を見なかった。「あなたの推薦状は」とデュプリー教授が淡々と言った。「非の打ち所がありませんね」デュプリー家のくたびれたタウンハウスは、ボストンに近いゴドルフィンの外れにあり、ヴァルのアパートメントから歩いてすぐのところだった。

しかしデュプリー家とは、住み込みの契約で雇われた。

彼女の主義は融通が利くようになっていた。この一家には陽気な雰囲気がなかった。たいした会話もしていないらしいと彼女は思った。孤独と静けさが期待できるかもしれない。それにゴドルフィンは、夜になるとそれほど安全ではないところになっていた。少なくとも女性が夜ひとりで出歩くのは危険だった。つい最近、開発業者が彼女のアパートメントの建物を買い取った。コンドミニアムにするのかもしれない。

ヴァルはデュプリー教授の後について危なっかしい階段を下りていった。その後からほかの人々もついてきた。彼女のアパートメントそっくりの部屋に入った。小さな高い窓があるのも同じだ。光が同じようにそっけなく射し込んで細長い刻み目をつけている。

「わかりました」とヴァルは言った。「でも、わたしには賃貸のアパートメントがあります」

「それを契約解除すると違約金を取られるでしょう。それはこちらで持ちます」と教授は言った。

「木曜日と日曜日は終日休んでください」

高度な隷属状態というわけだ。しかし、故郷の家を出て以来、たいして人づきあいをしたことがなかった——ときたま、数少ない友人と午後に映画を観るくらいだった。

「わたしたちがしょっちゅう外出するということではありませんよ、ゴードンさん」と妻が言った。ファーストネームで呼ぶことはこの家の規則にはないのだろう。

「パパたちはぜんぜん外出しないの」と九歳のウィンが言った。

「でも、この家にはもうひとり大人が必要なんだ」と教授が言った。

「もし神様が人間に子供を三人持たせたいと思っていたなら——」とデュプリー夫人がそこまで言うと、「三人目の親を作っていただろう」と末っ子のリアムが引き取って、そのときはヴァルの顔を見つめた。

そしてもしヴァルが大人と子供と虫（デュプリー家の網戸は修理する必要があった）がひしめく家で暮らしたいのであれば、あのトロントの、ひとりきりになれる場所のないあのあばら屋に騒々しい家族を残して出てきたりはしなかっただろう。あそこで彼女は世代交代がおこなわれていくのを眺めることだってできたのだ。どんな子供かはともかく、まわりの子供たちのために「ヴァリーの話」を創ることができただろう。彼女の望みは、二十歳のときに痛感したのだが、家族というものからほんの少し離れたところでひとりでいることだった。そしてしばらくのあいだその望みは叶えられたのではなかったか。チャピン家とグリーン家と、この夏はあの小さな女の子の家と……。彼女は蚊をぴしゃりと叩いた。網戸の隙間を通って飛んでくる虫のほかにも、彼女のキッチンやその上にある——

「彼らの」――キッチンにも、かぶと虫が勝手に入り込んできた。ファーストネームが使えないので、ヴァルは雇い主たちを代名詞で考えることにした。「彼女」、「彼」、「彼ら」。「彼と彼女」。「彼」は背が高くだらしがない。「彼女」は彼女自身が子供だ。料理を焦がしたり、作っている途中でやめたり、ボタンを違う服に縫いつけたりする（「あなたが新しいスタイルを始めるのよ」とヴァルは、トグルが付いたカーディガンを見てぎょっとした二番目の娘フェイをそう言って慰めた）。そして「彼女」は計画を立てては、それを途中で放り出し、家中に虫が跋扈していても気にしない。子供たちにだけ心を開き、少しずつだが、ヴァルにも心を開いていった。

「彼と彼女」のあいだに愛情はなかった。怒りも、怨みも、愉しみもなかった。ふたりは、幼い年下の兄弟を育てるためにやむを得ず不完全な環境で暮らさざるを得ない兄と姉のようだった。むやみにねだらずよく言いつけを守る三人の幼いきょうだいは、たちまちヴァルになついた。契約を交わしたかのように三人で慎み深くヴァルを共有した。

ふたりの女の子は歩いて学校に行った。ヴァルはリアムに付き添って、リアムが午前中を過ごす別の学校まで送っていった。ヴァルは、リアムが足を止めては物をじっくり観察するのを、静かに立って待った。モルタルで固定したのではなく、石積み職人が卓越した技術で石をうまく配置してしっかりと固定した石壁のところで。蕾や半開きの花、開ききった花、萎んで楕円形になった花のあるハイビスカスのところで。リアムは日毎に変化していくひとつひとつについて感想を述べた。犬の糞をよく見るためにしゃがみこんだ。「この犬の飼い主は自分の責任を果たしていないわね」とヴァルは言った。「糞をすくうシャベルを持って犬の後をついていかなくちゃいけないのに」

「それじゃあ、犬の糞を見られなくなるよ」リアムは言った。「お腹のなかの状態を想像できなくなっちゃう」言葉少なだが正確にそう言った。ヴァルは、この子は天才なのだろう、と思った。だれもが早熟だった——役立たずのデュプリー夫人ですら、頭の良すぎる十二歳児のようだった。

近くの遊び場には風変わりな彫像があった。たびたびリアムはぎこちない動きで石の亀の背中に上り、なにかを数えるのに夢中になった。おそらく空気中の微粒子の数だ。ベンチに腰を下ろしたヴァルは、いつも集まっている大人たちには目もくれない。リアムとこの秋に何度もこの公園を訪れた。リアムはお昼にニンジンのスティック一本とチーズ・サンドイッチを半分しか食べない。この子は芋虫サンドイッチをどう思うだろうか、とヴァルは思った。

家では、朝になるとヴァルは子供たちを励ましてベッドを整えさせる。デュプリー夫人に夫婦のベッドをきれいにして、ときどきは家の掃除をするように勧める。ヴァル自身も、何十年も前に模様が薄れて見えなくなった絨毯の埃を掃除機で吸い取った。そしていつの間にか、食料品を買い出しに行き、食事を作り、害虫駆除の業者に電話をかけ大工に裏階段を直させ、週に一度やってくる掃除の女性のためにキッチンの大きな食卓にお金を忘れずに置いておくのがヴァルの役割になった（現金はキッチンの引き出しに適当に入っていて、だれもが使えた。ヴァルはそこから給料を取った）。その巨大な食卓はこの家にもともと備え付けられていたものかもしれない。リビングルームにある籐製の家具、釣り合わないクッション——これはグッドウィルから買ってきたものだろう。

十二月のある土曜日、ヴァルは大型ディスカウントショップに学校用の新しい服を買いに行きましょう、と呼びかけた。ヴァルが一家の車を運転した。子供たちひとりひとりがちょうどいい服を買えるように気を配った。格子縞模様のシャツが好きなリアムには、同じ模様の色違いを三枚買った。デュプリー夫人はティーンズのコーナーを歩き回り、フランスの孤児が着ていそうな紺色のワンピースを見つけた。ヴァルはそれを六着買った。

ヴァルが「ヴァリーの話」をするようになるまでしばらく時間がかかった。子供たちはみな優れた読み手だったが、それでも寝る前に本を読んでもらうのも好きだった。少なくとも女の子たちは。ふたりはリビングルームにある籐の長椅子に座ったヴァルの両脇で膝を引き寄せてくつろぎ、リアムは足を載せる台に腰掛けて黒ずんだ暖炉を見つめて朗読を聞いた。子供たちは無修正版グリム童話が好きだった。ロビン・マッキンリイのファンタジー小説と、その複雑な心理描写が好きだった。

そしてある水曜日の夜のこと。「お話を聞かせて、お願い」とウィンが言った。「お話をしてくれるんでしょ。身上書にそう書いてあった」

「でもね……わたしのは正確にはお話ではないの」

「じゃあ、なんなの？」

「難しい状況をみんなで考えること。解決しなければならない状況をみんなで創りだすの。そしていくつかの解決法を考え出す。そしてその中からいいものを選んだり、選ばなかったりする」

「やってみて」とウィンが言った。

「むかしむかし」とヴァルは語った。「平和な村に平和な家がありました。その宿屋に泊まり客がやってきました。その男は色が浅黒く、物静かでした。木工職人だったのです。その男は美しいスプーンや柄杓や紡ぎ用の錘《おもり》を作り、良心的な値段で売りました。しばらくして自分の小屋を買い、隣に工房を建てました。大きな広い納屋のようなもので、壁は三方にしかありませんでした。村の子供たちは最後の壁ができるはずのところに集まってきては、彼の仕事ぶりを眺めていました。

ある日のこと、この地の王が遣わした役人が村にやってきたのは、村長と税金のことや農耕のことで話があったからです。町へと帰る途中で、役人は木工職人の小屋の前をゆっくりと通っていきました。その家をきれいだと思い、馬もそう思ったからです。工房では職人が人形を彫っていて、何人かの子供たちがそれを眺めていました。役人は手綱を引いて馬を止めました。職人は顔を上げました。ふたりの目と目が合いました。役人は馬の首の向きを変え、おもむろに村長の家に馬を走らせました。

木工職人は罪を犯した罰として、王の地下牢に閉じこめられていたことがあったのです。その罪というのが、普通の罪ではありませんでした。子供への犯罪だったのです」長椅子に忍び寄ってくる人影があった――「彼女」だ。「そして役人のジレンマというのはこういうものです。この役人は、村の中にそうした癖のある人物がいることを、村長に告げなければならないのか。

役人は考えに考えました。馬は止まりました。役人と馬はどうしたらいいだろう、ととことん考えました」

「その癖が……なくなっていなければ村長に告げなくちゃならないわよね」とフェイが言った。

「そういう癖がなくなることはめったにないわ」とデュプリー夫人が言った。

「職人は罪をつぐなったんでしょ」とウィンが言った。

「役人が村長に話したらどうなるの？」とフェイ。

「そうなれば、ジレンマは役人の肩から村長の背中へと移るわね」とヴァル。「村長は職人の過去を村人たちに知らせるべきなのか？」

「職人は村人たちに避けられるようになる」とウィンが言った。「きっと村から出ていくはずよ」

「三つの壁——何をしているかみんなに見える」とリアムが言った。

「四つ目の壁を作られるまで放っておいてあげればいいのよ」とウィン。

「作るまで」とデュプリー夫人が言い間違いを訂正した。

それでお終いだった。この子たちは、ベッドに入れてもらう習慣がなかった。子供たちはなんとなくその場を離れていった。小柄な母親も。


翌日の木曜日はヴァルの休日だった。友人と映画を観に行った。そして金曜日には、デュプリー家にはめったにないことだが、夜に来客があった。子供のいる一家だった。ヴァルがミートローフをふた皿作り、子供たちにサラダを作らせた。テーブルでいっしょに食べようと誘われたが——チャピン家でもグリーン家でも誘われていた——彼女はいつも断った。キッチンの窓辺に立ち、自分で備え付けた網戸の向こうで様変わりした庭を眺めた。いま庭は、冬の月の下で灰色の闇に包まれている。しかし彼女には、自分が植えたチューリップの芽がどこから出てくるか、その後アリウムがどこに出るか、わかっていた。

土曜日の夜、「別のジレンマを話して！」とフェイが大きな声をあげた。そして日曜日にも。このときは「彼女」に「彼」も加わった。暖炉のそばの椅子に座った「彼」は、村長のように厳めしかった。そして「彼女」は長椅子の近くの床に座り、リアムは足台に、ふたりの少女はヴァルの両脇に座った。フェイは自分の腕を撫でていた。

それからというもの週に幾夜か、彼らは同じ場所に陣取ってヴァルが話す「ヴァリーの話」に耳を傾けた。その中にはまったくの創作もあったが、実話や事実を脚色した話もあった。そしてとうとう、思い出せる話がなくなった。となると、新しい話を創るしかない、脚色して……。

「山の中腹に大きな町がありました」とヴァルは話し始めた。「にぎやかな町で、景気も良く、たいていの人は幸せに暮らしていましたが、もちろん、不幸な人もいました。そのころの人々には家族が大勢いたのです……」

「子供が何人かは死ぬと予想していたんでしょうね」とデュプリー夫人が言った。

「余剰の実践者だな」と教授が言った。

「とりわけ、ある家は子だくさんでした。両親と九人の子供、さまざまなおじやおばとお祖父さんが住んでいました。だれひとりとして働くのが好きではなかったのでお金はありませんでしたが、しみったれではありませんでした。三頭の牛と雌鳥《めんどり》を何羽か飼っていました。たいてい、だれかが餌をやっていました。母親は料理を作り、父親は家を修理していました。

にぎやかな一家の中心にいたのは、二卵性の双子の女の子でした。双子の片方は明るくて元気いっぱいでした。その子の軽くカールした髪は、自由気儘に跳ねていました。そのくしゃくしゃの髪の少女には、だれもが愛さずにはいられない雰囲気がありました。もう片方の少女も愛らしかったのですが、義務を果たさなければという思いと愉しみたいという思いのあいだで揺れに揺れていました。その子はよく気のつく人でした。一家はとぼしい収入でやりくりすることをその子に任せきっていました。その子の髪は甘草のように黒い直毛でした。

明るく元気なほうの少女は、だらしない人でもあったのかもしれません。ともかく、十九歳になったとき、自分のお腹に赤ちゃんがいることに気づきました。赤ちゃんの父親はどこかに行ってしまいました。こうしたことはその子の姉のひとりやふたりの身にも起きていました。その事実はみなに受け入れられ、拍手喝采で迎えられさえしました。だから新しい赤ちゃんも、ほかの子たちと同じように、家族全員の子になるはずでした。だれもがその子の面倒を見ることになるはずでした。家族のささやかな幸福が増えるだけのことだったのです……。

ところが生まれてきた子は――」

「問題があった」とデュプリー夫人が先を越して言った。

ヴァルは唾を飲んだ。「ええ。その子は女の子で、体が不自由で、欠陥がありました。ひっきりなしに泣いて、いくら世話をしても報われません。赤い巻き毛は――」ヴァルの手が自分の髪のほうにひらひらと動いた。「呪いのようでした。町の魔女たちなら、その子を殺したでしょう。町の司祭は山のはるか彼方にある〝慈愛の園〟にその子を預けて、同じような子供たちといっしょに育てるほうがいいと言いました。魔法使いはその子を両生類に変えようとしました。でも、家族の者たちは耳を貸そうとしませんでした。〝希望《ホープ》は〟と家族の人々は言いました――〝希望〟というのが、その哀れな子のそぐわない名だったのです――〝希望はわたしたちの手で育てます〟、〝この子はあたうる限りのよい人生を送るでしょう〟といちばん年上でいちばん怠け者の姉が言いました。

心の中でそれに異を唱えている人がひとりだけいました。この出来事で、その人の家族に対する見方はすっかり悪くなりました。家族の者たちが役に立たず忘れっぽいことを知っていたので、心の中で罵りました」

「双子の片割れだ」とリアムが言った。

「自分が面倒をすべて見ることになるってわかっていたのね」とウィンが言った。

「彼女なら魔法使いの申し出を聞き入れたと思うな。素敵な蛙にしてもらうの」とフェイが言った。

「それとも司祭の申し出を」とデュプリー夫人が言った。

「あるいは魔女の申し出さえも。安楽死させてもらう」と教授が言った。

「でも、彼女の意見に耳を傾ける人はいなかったでしょうよ」と彼の妻が言った。「たとえ彼女が——

——」

「では、彼女はどうすべきだったでしょう」ヴァルは遮るようにしてそう言った。

「逃げる」と五つの声がいっせいに言った。


それから何週間か経った雨の日曜日、ヴァルは映画館の近くでお茶を飲みながら、アフガニスタンの新しい映画の上映時間を待っていた。かつてはとても上等だった服を着た男が、ヴァルの向かい側に腰を下ろした。歯も悪くなっていたが、その笑みの魅力は衰えていなかったので、彼女にはすぐにだれなのかわかった。

彼の一家は最近町に戻ってきたのだ。ヴァルは双子とデボラの近況を尋ねた。デズモンドはヴァルの近況を尋ねた。

「ある教授のお宅で子守りをしています」と彼女は言った。「それに雑用と家事も。けっこう気に入っています」

「住み込みで?」

「……はい」

「あれから、きみのことをときどき考えていたんだ」とデズモンドは言った。「初めて会った日のことはよく覚えている。私はきみを見てメアリー・ポピンズみたいだと思った。しかし、きみに似ていたのはメアリー・ポピンズじゃなかった。映画でその役を演じた女優、ほかの映画にもたくさん出演していた女優、ジュリー・アンドリュースに似ていたんだ。彼女はかつては愛らしいイギリスの純情な娘役を演じていたけれど、その後何年もずっと愛らしかった。きみは家庭教師という柄じゃなかったし、ジュリー・アンドリュースもそうではなかった。楽しいことが大好きな、身をやつした若い娘だったんだ」

ヴァルはこの無礼な暴露話になんの反応も示さなかった。

「とうとう髪を短くして、巻き毛が自由に飛び跳ねるようになったね。若く見えるよ……まだ五十だろう?」

「四十九です」サリーも四十九歳だ。もし彼女が家族にこき使われて過労死していなければ。そして希望《ホープ》は……。希望は三十歳。ヴァルは出産の痛みをまざまざと思い出した。ようやく脚のあいだから赤い柔らかな毛に覆われた大きな頭が現れてきたことを、その嬰児がほかの子供とは似ても似つかない姿をしていることがすぐにわかったことを思い出した。ただ、親との結びつきはなんら変わるところがなかったのかもしれない。

デズモンドが言った。「そういうふわふわの髪型だと、少女だったかつての自分の姿を思い出すだろうね」

「思い出すのはわたしが置き去りにした少女のことです」ヴァルは感情のこもらないゆっくりした口調でそう言った。

電話おばさん

Aunt Telephone

わたしが初めて生肉の味を知ったのは九歳のときだった。大人のパーティに連れていかれたのだ。父は投資家会議に出席していて留守だったし、弟は友人の家で過ごしていた。そしてわたしのベビーシッターは直前になって病気になった、というか、少なくともそう伝えてきた。それで母がしたことは――外出を見合わせる？　とんでもない、わたしを連れていくことにしたのだ。パーティは立食形式のカクテルパーティで、ライ麦パンの上に載った牛肉のタルタルステーキと、冷え冷えのセビーチェが目玉の料理だった――珍味を食べるのは命取りだと考えられる前の、三十年も昔のことだ。そのパーティはわが家のかかりつけのセラピストであるプランケット夫妻が開いたものだった。このふたりのおでぶさんは、収拾がつかなくなった性には性的魅力など必要ないことを見せつけるかのように、同じようなぶかぶかの服を着ていた。

母とわたしとマイローは、鮮やかな九月の夕暮れにそのパーティ会場まで歩いていった。わたしたちの家もマイローの家とプランケットの家も、ボストン郊外のゴドルフィンの一マイル四方内にあって、それはほかの大半の招待客も同じだった――招待客は精神科医、臨床心理士、ソーシャルワーカーばかりだった。だれもがみな友人で、患者を紹介しあい、それぞれ仲間内で小さなグループを作り助言しあっていた――平等でお喋り好きな人々で、嫉妬心を表に出さないよう押さえつけていた。その子供たちも友だち同士だった。中には従姉妹のように仲のいい子もいた。わたしはそういった集団を忌み嫌っていたが、好むと好まざるとにかかわらず、わたしもその群れに属していた。

マイローは仲間内でいちばん優秀な医師だった。優れた論文を次々に発表して賞賛されていた。選択的緘黙症、自動車恐怖症、十日以上続く意図的便秘症といった子供の病歴を研究していた。わたしはマイローの興味深い患者のひとりになりたいと思っていたけれど、残念なことに、セラピストはどんな病気であれ友人の子は診療しないとわかっていたし、わたしはへそ曲がりで自己中心的なだけで病気ではないことが自分でもわかっていた。出版されたマイローの本の中では、子供の患者は姓をイニシャルにした仮名になっていた。「わたしならなんという名で呼ぶの」と一度尋ねたことがある。不朽の名声を手に入れたかったのだ。

「そうだね、スーザン、きみはなんと呼ばれたいのかな」

「カタマリーナ・M」

彼は茶色の目で優しくわたしを見つめた(「あの目は」と、かつてレノア先生がわたしの母に言ったことがある。「顎がないという欠点を補ってあまりあるね」と)。

マイローは言った。「これからきみは永遠にカタマリーナだ」

それでわたしは、病名をつけてもらえはしなかったけれど、呼称を手に入れた。次にすべきことは、言葉を一切言わなくなるか、便秘になるかだった。ああ、それなのに、自然の力はあまりにも強大で、わたしはたちまち屈服した。

マイローの同僚たちは、彼の穏やかな独身生活に理解を示していた。性的興味がないことは病気とは違って人間の嗜好であり、社会に恩恵をもたらすものと見なしていた。マイローは国際的な都市ブダペストに生まれた。それで彼はさらなる名声を得た。骨董商を営む自由な精神の持ち主だった両親は、第二次世界大戦が始まる直前に国を出た。つまり、マイローはニューヨークでハンガリー人の両親に育てられたのだ。最初は一文無しだった両親は間もなく再び裕福になった。彼は古代中国の小立像の名だたるコレクションを相続した。

その日のパーティには、マイローはいつもの衣装――フランネルのスラックス、タートルネックのセーター、ツイードのジャケット――を身につけていた。当時、五十になるくらいで、わたしの両親やその友人より少し年がいっていた。若白髪となった頭髪を、狭い額から後ろへと撫でつけ、うなじのところで柔らかな箒のように垂らしていた。長身瘦軀だった。

ウィル・プランケット先生は、わたしにハンバーガーのバンに載せたタルタルステーキを持ってきてくれた。でもプランケット家の男の子たちは「ダンジョン・アンド・ドラゴン」のゲームに入れてくれなかった。だから命を危険にさらしそうなサンドイッチを食べながら、つやつやした太陽で目映く照らされている秋の庭を歩いた。敷石のテラスにある長椅子に、見知らぬ女性が座っていた。不機嫌そうで退屈しているようだった。ジューダ先生がしばらくわたしといっしょにいて、妖精は菊の下に隠れているんじゃないかな、と大きな声で言った。わたしは眉をひそめてジューダ先生の顔を見たが、先生が家の中に入ってしまうと、跪いて菊の下を覗いてみた。なにもいなかった。しばらくしてマイローがわたしを探しにやってきた。その柔らかな声で、石壁のそばにある温室のことを話した。バジルにはメランコリーを治す力が、マージョラムには頭痛を、垣通しには結膜炎を治す力があるんだよ、と言った。マイローは屈み込んで垣通しを一つかみむしり取り、立ち上がると、その葉をもみつぶしてわたしの掌に落とした。「食べてはいけないよ」と言って、彼も家の中に入っていった。

わたしはぶらぶらとテラスのほうに向かった。「あなたは運がいいわね」と長椅子に座っている女性がいきなりそう言うと、カクテルを飲んだ。

「どうして?」

「あんな思いやりのある伯母さまがいて」そう言って、女性はまたお酒に口をつけた。

「わたしの伯母はミシガンに住んでるのよ」

「じゃあ、わざわざここまで見えたのね」

「いまはヨーロッパにいるの」

「いまさっきあなたと話していた伯母さまのことを言っているのよ」

「マイロー?」

「マイローというお名前なの?」

わたしは家の中に駆け込んだ。母はマーガレット先生とジューダ先生と立ち話をしていた。「ねえ、信じられる? テラスにいる患者さんたら、マイローをわたしの伯母さんだと思ったの!」母がぎょっとしたような顔でわたしを見た。「わたしの伯母さんだって!」わたしはかまわずにマーガレット先生に向かって言い、さらにジューダ先生に向かって言った。「わたしの――」しかし最後まで言えなかった。母がものすごい力でわたしを部屋から引きずり出したからだ。

「口を閉じなさい、スーザン。いますぐに黙るの。二度とそんなことを言ってはだめ。マイローがとっても傷つくわ」母はわたしを放すと腕を組んだ。「膝に泥がついているじゃない」と母は言った。いつもなら泥はこの集団の中で著しく評価の低いものではなかった。「汚らしい」

「庭の土よ」とわたしは言った。

「テラスにいる女性は、ドクター・ウィルのお姉さんよ」

「マイローはわたしのおばさんがいいのに」

「おばさんだったらいいのに、よ」

「だったら？　どうして？」

「事実と反する条件節だから」母との会話は、文法という穏便な話題へと逸れていったので、わたしたちはパーティに戻った。マイローはウィル先生の話に耳を傾けていた。どう見ても、マイローの長い髪がウィル先生の黒いスモックより女性らしいようには思えなかった。でも、このときは母の言葉に従った。テラスにいた女性の思い違いについてわたしは二度と口にしなかった。マイローがわたしの驚きに満ちた最初の発言を聞かなかったことを祈るばかりだった。どんなことがあっても彼を傷つけたくない。そう思っていた。

マイローは感謝祭をこちらで祝い、過越の祭りをあちらで祝い、クリスマスには一日に二度も祝った。最初はコリンズ家で、次にシャピロ家で。どこの家にいても、食事の後には裏庭に出て葉巻を吸った。わたしの家で年に一回開かれる自宅開放の新年パーティにもやってきた。パーティに十五分はいるように、とわたしは両親に釘を刺されていた。それで十五分間、電気スタンドの横に立っていた。両親は並んで立ってお客さんたちに挨拶した。ときどき、母は父のポケットに手を滑り込ませた。まるで馬が砂糖を探して鼻面を入れるみたいに。

マイローはピアノ・リサイタルとバルミツバと卒業式に出席した。八月には四つの家族のところに一週間ずつ滞在した。おばさんというのが、不安に陥った親たちと――特にいつも不安を感じている母親たちと――いつでも電話で話をする心構えのある人のことを指すのであれば、マイローはまさにおばさんだった。わたしのおばさんであり、医療関係者の家に生まれた大勢の子供たちのおばさんだった。わたしたちの母親は、患者のことならなんでも理解できるのに、自分の子や孫のことで悩み始めるとどう処理していいかわからなくなった。それで逆上した子供のように電話に飛びつく。成績の悪化、遊び場での乱暴な振る舞い、反抗的な口答え、見え透いた嘘、外泊、ズル休み――そういった悩み事にマイローはいかなるときでも助言と慰めを与えた。それにマイローは、子供が外部の助けを求めるのがどんなときか――猫を絞め殺すのもそのしるしだ――を熟知していた。しかしたいてい、心を落ち着けたくて彼の理解と忠告を求めてくるのは親のほうだった。「いいえ、今日マリファナを吸ったからといって、明日すぐにコカインに手を出すわけじゃありませんよ」とマイローがレノア先生を安心させていたのを覚えている。言うまでもなく、レノア先生の娘は電話の子機でその会話を盗み聞きしていた。わたしたちは家庭内の盗聴については玄人はだしだった。受話器と、受話器を置く出っ張りのあいだに人差し指を突っ込み、受話器を耳に当て、それから外科医さながらの繊細な動作で、音を立てないようにして出っ張りからそっと指を外すのだ。

十二歳になった七月、わたしはお泊まりキャンプから逃げ帰った。してやったりと思って家にたどり着いた次の日に、マイローと母が電話で話しているのを盗み聞きした。マイローは母にこう言っていた、高速道路をヒッチハイクしないでバスに乗って帰ってきたことを褒めてあげなさい、と。

「キャンプの指導者からバス代を盗んだのよ」と母が訴えた。

「借りたんだよ、きっと。バス代を郵送で送り返すようにお嬢さんに言いなさい」

「キャンプに戻るように言うべきなんじゃないかしら」

マイローが言った。「いやでいやでたまらない場所に？」マイローが葉巻を吸うあいだ静かな間が空いた。「逃げ出すほどのことがあった場所に？」

「家に置いておくなんてできない」と母がすすり泣きながら言った。

「そうだろうね、アン。よくわかる」とマイローは言った。それから「でもそこは彼女の家でもあるんだよ」

沈黙が降りた。マイローの沈黙は真実を告げた者のそれであり、母の沈黙は真実を知らされた者のそれだった。そして第三の沈黙は、沈黙しなければならない者の沈黙、つまりわたしのだった。「そこは彼女の家でもある」という言葉。居心地のいいリビングルーム。窓から鳥や栗鼠や、ときにはゴドルフィンのもっと人里離れた場所から迷い込んできた雉が眺められるキッチン。日中に母が患者さんを診察する隣の診療所。夜に慌てふためいた患者の電話を受け、いまは母自身がマイローに電話をかけている寝室。完成間近のさまざまな模型がちらばる弟の部屋。ひとつ違いの弟は、すでに手練れの組み立て師だった。わたしの部屋にはポスター、本、すでに興味は失せたけれど捨てられないおもちゃ、床に溜まったり電気スタンドにひっかかったりしている衣類でいっぱいだった。わたしの寝室の細長い窓から狭いバルコニーに出ることができた。母が以前そこの植物プランターに植えておいたホウセンカを、わたしは枯らしてしまった。母は、わたしが家の中の広い空間をめちゃくちゃにするのを――冒瀆しさえするのを――非難せずに見ていた。この家は彼女のものでもあった。

それから七月の終わりまで、わたしは隣の子供たちのベビーシッターをした。見せかけの愛情で接しているうちに、とうとう最後には本当の愛情を感じるまでになった（「見せかけは誠実へと向かう第一歩です」とマイローは書いていた）。自分の部屋を整理整頓するためにささやかな努力をした（「トークンは安っぽいコインだが、偽物ではない」これもマイローの言葉）。八月に一家でケープコッドに行った。

どこからどこまでも地味なわが家のバンガローは海に面していた。砂浜はなかったけれど、砂利が敷き詰められた細長い浜辺で寝転ぶのが当たり前になっていた。バンガローには寝室が四部屋あった。壁が薄かったのでどんな音も筒抜けだった。バーベキューグリルと野外シャワーがついていた。ときどき父がグリルで魚を焼いた。ときどき父と母は不便なキッチンでいっしょに料理を作り、体がぶつかっては笑い声を立てた。

いつものようにマイローは第三週にやってきた。両親が寝室で交わす小声での会話や、弟が見境なくするおならの音と同じように、マイローがベッドで寝返りを打つ音、トイレの水を流す音がよく聞こえた。こぢんまりした家族だった——しかしわたしには大人数だった。「わたしひとりしかいないオフィスで働きたい」ある朝、わたしは言った。

「じゃあ、精神科医になればいいじゃん」と想像力のかけらもない弟が言った。

「わたしひとりだけなの！　わたししかいないの！　だれもやってこないオフィスなの」

「ははあ。銀行の頭取なんかどうだい」とマイローが言った。「めったに人はやってこないよ」

「それか、ホテルの清掃係ね」と母が言った。「リネンの山の中でひとりきりよ」

「天文学者だな。天体望遠鏡だけが相手だ」と父が言った。「数学の知識がちょっとばかりいるけどね」と穏やかに付け加えた。

その日遅く、マイローはわたしと弟をボスキー野生動物園に連れていった。夏には必ず一回か二回、ボスキーを訪れた。いちばん野生的な動物は狐のつがいだった。つがいの狐は子狐の世話をしているあいだは非常に愛情こまやかだ。やがて子狐が巣立つとつがいを解消し、翌年には新しい相手を見つける。ところがボスキーの塞ぎこんだ二匹の狐には、何年も何年も同じ相手しかいない。雄の孔雀も楽しそうには見えなかった。ときおりしぶしぶと広げる尾羽には大きな隙間ができていた。ヒメアルマジロ、雌のニシキヘビ、キイキイ声をあげる数匹の猿——そういったものがここの野生動物だった。しかし、哀れを誘う檻のはるか向こうには、鶏や七面鳥のいる大きな農場があり、林檎園とトウモロコシ畑が広がっていた。麦藁帽子を被ったポニーが荷車を引いてトウモロコシ畑のまわりを回っていた。帽子を被ったポニーがもう二頭いて、それに乗って広い囲いのなかを回ることができた。ただ、自由には乗れずに、ボスキーで働く地元の少年に付き添ってもらわなければならなかった。田舎の少年たちは駄馬と乗り手を蔑んでいて、それを隠そうともしなかった。

ニシキヘビは二週間に一度、生きたままのハツカネズミを餌として与えられていた。この有名な食事の風景は喧伝されたわけではなく、口コミで広がった。わたしたちがその日ボスキーに行くと、十人以上の幼い子供たちがすでに蛇の檻の前に集まっていた。親たちは、怯んだような顔つきをして遠巻きに見ていた。わたしの弟はポニーを見に行った。背の高いわたしとマイローは、子供たちの頭越しに蛇が見えたので、子供たちといっしょに食事の様子をつぶさに見ることができた。ボスキーさんの手で檻の中にだんだんと下ろされていくうちに恐怖のあまり体を動かせなくなった鼠、手際よく鼠の体を締め付ける蛇。そして鼠はゆっくりと、蝶番のように開く蛇の口に入っていく。蛇は自力で鼠を飲み込む。骨がすべて砕かれても、鼠はまだ息をしているのだろう。さらに口の奥へ、さらに奥へと送り込まれ、とうとう小さな尻しか見えなくなり、やがて白くて細い尻尾だけになった。

幼い子供たちは、尻尾が見えなくなると飽きてしまい、苦しそうな顔の親たちのところに戻っていった。痩せ細ったひとりの母親がビーチ・バッグのなかに吐いた。マイローは気の毒そうにその女性を見た。でも、わたしは同情しなかった。

「回復途中の多食症よ」檻から離れながらわたしはマイローに言った。

「あれを見てぞっとしたってことかい?」とマイローが言った。そして「そうかもしれないな」と寛大にもわたしを同じ解説者の仲間に入れてくれた。

そういうことを話せる間柄であれば、「あなたが大好きよ、マイロー」と言えたかもしれない。

秋の新学期になって、わたしは規則的に学校に通うようになり、教室で過ごす時間くらいならなんとか集団でいることを我慢できるようになった。運動クラブを選ばなければならなかったので、最小限の人づきあいですむ陸上競技にした。ほとんどの教科の宿題をこなした。前年に赤点をとった数学を再履修した。

母がマイローに電話をかける回数が減っていった。

わたしに親しい友人ができた。親友は——本当のことをいえば、同学年のジューダ先生の娘とレノア先生の娘とプランケット先生の下の息子を別にすれば、友人と言えるのは彼女だけだった——とても背が高くて首の長い少女だった。両親はインドの生まれで、ふたりとも放射線医師だった。その娘は、親の店を受け継ぐのを心待ちにする子供のように、実にのんきに、医療関係の仕事に就くつもりでいた。アンジャリ——なんて美しい名前だろう——は、瞼は垂れ鼻の穴は大きく、色が黒くて不器量だった。姓はネズフクマタシルといった。「父の故郷では、スミスと同じくらい平凡な名字なのよ」と彼女は言った。

わたしの家から数ブロック離れたところに住んでいた。毎日いっしょに同じ通りを歩いて通ったが、話をすることはめったになかった。通学路はマイローの家があるテラスハウスの前を通り、マイローのあまり手のかからない小さな庭の前を通った。そこにはミズキの木があり、その下に鉄製の白い二人掛け用の椅子《ラブシート》が置かれ、まわりに富貴草《ふつきそう》が生えていた。玄関には呼び鈴がふたつ付いていて、ひとつは住居に、もうひとつは診療室と娯楽室に繋がっていた。彼が仕事をするのはいつも午後遅くなってからだったので、わたしはアンジャリに、この特別長細い家の持ち主が知り合いであることを言わなかった。

ところが、ある五月の午後五時に、マイローがレース編みのような繊細な椅子に腰掛けて葉巻を吸っていた。患者が予約をキャンセルしたのだ、とすぐにわかった。挨拶を交わし、ふたりを紹介した。それから――マイローが葉巻をラブシートの横にある砂の入った缶に突き刺して――わたしたちは家の中に入った。そしてマイローはアンジャリに、コレクションの小立像の由来を話したり、ニードルポイント刺繍の道具一式を見せたりした。どうしてマイローは、この無口な駱駝が小さなものや繊細な手作り品を好きだとわかったのか。そのときわたしがサラ――ときどきつるんでいるもうひとりの仲良しで、とても優れた陸上選手――といっしょに歩いていたとしたら、マイローはステレオで「ヘアー」のレコードをかけ、柔軟体操について話し合ったことだろう。そう、それが彼の仕事なのだから。わたしは缶入りのコークを飲んだ。それはニガヨモギに似た味がしただろう、わたしが嫉妬で悶々としていたのだろう、と思う人がいるかもしれない。でもそれは違う。わたしは、ちょうど次の患者が来るまでの限られた時間を、アンジャリのために親族の役割を演じているマイローはなんてすごい人なの、と思っていた。そして、十分もしないうちに彼はわたしたちを門まで送り出すだろう、と。そして案の定、まず悲しそうな顔をして腕時計を覗き込み、彼はそうした。「さようなら、アンジャリ」とマイローは玄関口で言った。「またね、スーザン。友だちを連れてきてくれてありがとう」まるで、わたしがようやく苦労して手に入れた社交性を披露するために来たかのように。

一ブロックほど歩いたところでアンジャリが、めったにないことだが、こう打ち明けた――わたしはマイローみたいに生きたい、と。

「どういうふうに？」とわたしは尋ねた。きっとあの小立像や刺繡やミズキの木のことを言うだろうと思いながら。

「ひとりぼっちで生きるの」

わたしもそう思っているの！　と、わたしも秘密を打ち明けたかった。しかしこれは本心からの言葉ではなかった。わたしはすでに、いつかだれかと結婚して手のかかる子供を産むのだろうと思っていたのだ。わたしにはマイローやアンジャリのような勇気はなかった。またもや自然の力に屈服してしまうことがわかっていた。

八月、最後の学年になる前。わたしは毎朝走っていた。走ることが義務ではなくて喜びになっていた。第三週目にアンジャリがケープコッドにいるわたしの家にやってきた。そして弟の友人たちも来て、マイローもいつものようにやってきた。マイローは泳いだり、ブルーベリーパイを焼いたり、いろいろなことについてその場で即興の講義をしてくれたりした。ハリケーンの発生、星々のこと（わたしはもう天文学者になることは諦めていたけれど）、スヘーフェニンゲンの町のこと（四歳の夏をマイローはその町で過ごしたのだ）。彼はそこで出会ったオランダ人の老ウェイターのことを好んで話した。午後になるといつもレモネードを運んできては、サーカスのアクロバットをしていた時期のことを話してくれたという。「嘘はね、美しい嘘は、自尊心にはなくてはならないものなんだ」

「ウェイターの自尊心に？」とわたしは訊いた。

「私の自尊心にもだ。嘘を真に受けることは大事な能力なんだよ」

水着姿のマイローは筋肉質で日焼けしていて、女性に間違えられようがなかった。でも、弟の友人――両親は学校教師で、高貴なわたしたちの集団には属していなかった――が、マイローはすごく気が回るよな、見捨てられたオカマかもしれないな、と言ったのだ。弟はその評価を躊躇うことなくわたしに伝えた。「オカマだってさ!」

「膝に汚れがついてるよ」とわたしはピシャリと言い放った。でも当たり前のことだけれど、弟にはその言葉の意味が通じなかった。わたしは三人に対して怒り心頭に発した。恩知らずの弟の友人に、無神経な弟に、そしてマイローに。彼はパイを焼いたり思い出を語ったりしたせいでそんな非難を浴びることになったのだ。無口なアンジャリに古代の工芸品について語るように勧めたりもした。確かに工芸品は最近のアンジャリがいちばん興味を持っているものだった。おそらくアンジャリとマイローはこの春に美術館で偶然出会ったのだろう。きっとばかげた展覧会に違いない、たとえばアメリカ先住民の電話といったような。その後でマイローは彼女にお茶をおごったのだろう。

その週の木曜日に、マイローとわたしは小雨の中、アンジャリをバス停まで車で送っていった――彼女の家族が開くパーティに出るため、どうしても町に帰らなければならなかったからだ。アンジャリは後ろの座席から勢いよく外に出ると、小さな鏡がたくさんはめ込まれた旅行用のバックパックを骨張った肩にかけた。「ありがとう」と彼女はそっけない口調で言った(バンガローを出るときには、わたしの母にきちんと礼を言っていたのに)。ドアを閉めると急いでバスに向かった。

マイローは窓を開け、雨の中に頭を突き出した。「十月には根付の展覧会があるよ」と大きな声を出した。

彼女は足を止めて振り返り、彼に微笑みかけたが、その笑顔は、ちょっと長すぎるくらい続いた。そしてバスに乗り込んだ。

わたしたちはバスが出ていくのを見送った。

「ボスキーに寄って行こうか？」とマイローが言った。

「あそこは蟻でごった返している」とわたしは言った。「ボスキーは蟻地獄」わたしはふざけてみせた。マイローは黙っていた。「いいわ」わたしは折れた。これは彼の休暇でもあるのだ。

そのじめじめした日に、マイローは野生動物をいつものように真剣に見つめていた。永遠に同じ相手とつがわざるを得ない狐、無気力な孔雀、心穏やかならぬ猿。先週食べた餌をいまも消化中の物憂げな蛇をじっと見つめた。そして新しく来た動物の檻の前で足を止め、こちらがじりじりするほど長いあいだ眺めていた。ベリーズからやってきたアグーチは（下手な手書きの看板によれば）齧歯類だという。「ベリーズ人は、美味しい食材だと思っている」とマイローがわたしに言った。看板を書いた人より詳しかった。「アグーチ自体は草食動物でね。社交的な生き物さ。ほかの仲間たちと巣を共同で使っている」

「そうなの。あなたみたい」

彼は興味深そうにわたしを見た。「私は肉が好きだが――」

「言わなければよかった」とわたしは小声で言った。

「――確かに、タルタルステーキが美味しいとは思わなくなった。ひどいことを言ったわけじゃないよ、カタマリーナ・M。私たちはみなそうやって生きている。きみのお父さんとお母さん、私、私たちの友人は、互いに共同生活をしているようなものだ。そして電話のおかげでさらに親しい関係が築けている。とりわけきみたち子供が親の通話中にこっそりと入り込んでくるときはね。しゃっくりみたいな音がするからわかる。私を侮辱するつもりで言ったのかい？」

「あなたは鼠みたいだと言ったの」とわたしは言った。より軽い罪のほうを認めた。わたしが言いたかったのは——彼はわかっていたと思うが——彼が友情と引きかえに助言を与える、詮索好きで依存心の強い動物だということだった。直観があり医療の知識があるにもかかわらず、個個人のあいだで燃えさかる怒りや潰し合おうとする衝動を、彼は直《じか》には少しもわかっていないということだった。彼は激情についてはまったく疎かった。でもわたしは詳しかった。アンジャリが滞在しているあいだずっと、彼女がマイローの目映いばかりの友情の下で花開いていくのを見ているうちに——嫉妬、憎悪、怒りについて——詳しくなったのだ。わたしはあなたを嘲笑から守ったのよ、滑稽な人。

「鼠か」と彼は言った。「それでも、きみは私の大好きな……姪だよ」

「そんな嘘、わたしがまともに信じるとでも思ってる？　ハンガリー人のくそったれマイロー」

「スーザン——」

「家へ帰れ」わたしは彼と彼の友人のアグーチから数歩離れた。それから身を翻し、走り出した。ヒメアルマジロと猿の前を走り過ぎ、農場へと入り、雌鶏と雛と小さな子供を追い散らした。「おい！」とボスキーさんが怒鳴った。わたしはポニーの囲いの手すりを乗り越え、囲いの中を走り、また乗り越えた。「イカレてるぜ」と地元の少年のひとりがびっくりして見とれて言った。もしかしたら、夜に家を忍び出て積み藁の中であの子とこっそり会ってもいい。トウモロコシ畑に駆け込み、男たちばかりが整列しているようなピンと伸びた茎のあいだを走り抜けた。

トウモロコシ畑の向こうには別の畑が広がり、そこにはレタスがびっしり育っていた。その縁に沿って走った――ボスキーさんの畑を荒らしたくはなかった。さらに速く走りながら、わたしは陸上のコーチが教えてくれたスピードを生かすスパートをかける喜びを味わった。陸上コーチは、感情や個性などに関心を抱かず、ひたすら生徒を優れた選手にしようとした。森に近づいたので速度を落とし、連れ合いから逃れた狐のように森の中を歩いた。鼠を捕まえようと構えている蛇のように、滑るように進んだ。森を抜けると高速道路が走っていた。それを注意しながら渡った――両親を悲しませるつもりは毛頭なかった。石ころだらけの浜辺に通じる細い道が見えた。二マイルほど行けば家にたどり着く。家までゆっくり歩いていった。弟と友人がポーチに座って、マイローと親しそうに話していた――マイローおばさん、マイロー女王、マイロー先生は自分の愛情を均等に分配する。わたしはマイローと手を振り合い、野外のシャワーまで行って栓を捻り、その下に入って服を着たままシャワーを浴びた。


母はマイローに電話をかけなくなっていった。わたしが高校の最終学年になると、まったく電話をかけなくなった。新年のパーティに来るように誘うときだけは別だったが。

その後、大学から帰省した折や、もっと後になって、ニューヨークやサンフランシスコで医療関係者の子供たちに偶然出くわした折などに話をしてわかったのは、みんなの母親もマイローに相談しなくなったということだった。もう彼の忠告にすがらなくてもよくなったからだろう。子供はようやく成長した。そして親はみな、子供に対するマイローの主義──「子供はあなたと社会に最低限の礼儀を尽くす義務があります。それ以外のことは子供任せにすればいいのです」──を身を以て実践してしまい、もう耳を貸す必要がなくなったのだ。ちょうど始めのころに体罰に関する彼の意見──「体罰には中毒性があります。自分の子供を撲《ぶ》つよりも葉巻に火をつけたほうがましです」──を実践したように。

そしてもしかしたら親たちも、理解ある兄を見限ったのかもしれない。自分たちの心の傷をずっと見てきた兄を。

親の中には、マイローに関する噂を信じた者もいたかもしれない。彼が女子高生のアンジャリ・Nにたいそうご執心で、彼女の両親が二度と娘に近づくなと言った、という噂を。そういった作り話は驚くほど簡単に事実として定着してしまう。わたしは、その噂をマーガレット先生の娘に一度話しただけだった。わたしより二歳年下のその子は、わたしの心配りに感謝した。そのとき彼女に、このことは絶対にだれにも言わない、と誓わせた。

いずれにしても、大人になったわたしたちは連絡を取りあって、マイローが自分のほうから親たちに電話をかけ、その後の進捗や最近の旅行の話や、子供たちの新しい状況を──とりわけ子供たちの新しい状況を──熱心に知りたがるようになったことを知った。

「うざったいよね」とレノア先生の娘が言った。

「欲が深いよな」とベンジー・プランケットが言った。ベンジーは両親が離婚してしばらくのあいだ、マイローの家に住んでいたも同然だった。「大学に行っているとき、ぼくが学んでいるものをなにもかも学ぼうとしていた。分子生物学の教科書を自分で買ってくることまでしたんだぜ。彼の時代より内容が新しくなっているってことで」

「アプフェルさん一家のラスヴェガス旅行にまんまとくっついていったんだって」とレノア先生の娘は言った。

「人間は役割が終わっても生き続けるからね」とジューダ先生の娘が要約した。

「悲しいねえ」わたしたち全員、ちょっとした悪意をちらつかせて頷いた。

わたしの母はそれでもマイローからの電話に応え（ほかの昔からの友だちは電話機に彼の電話番号が表示されると出なかった）、ますます取り留めのなくなった独り語りを我慢して聞いていた。そして母はケープコッドの家に彼を招待し続け、スカンジナビアまで家族で船旅をしたときには母と父が熱心に誘ったためにマイローも参加した。ほかの人たちは冷淡だった。ラスヴェガスでこっぴどく負けたアプフェル家の人たちは、マイローとの関係を完全に断った。

わたしたちはいまや大人になった。電話より電子メールのほうを好んで使う。わたしたちの大半はいまもゴドルフィンで暮らしている。精神医療の仕事に就いた者はひとりもいない。アンジャリですら両親と同じ医療の仕事には就かなかった。シカゴで美術史を教えていて、いまや三人の娘がいる。自然の力は彼女にとっても強大だったわけだ。

わたしたちの子供にも問題を抱えている者はいる。年老いたマイローはいまも仕事を続けている——スラム地区の児童相談所の名誉アドバイザーで、青少年の犯罪者に関する先駆的な仕事をしている

——が、わたしたちが彼に相談することはない。彼に会うとだれもが思い出すのだ、知り合いばかりの社会で集団生活のような子供時代を送ったことを、不安に満ちた自分の母親を、感情移入という恐ろしい力を。わたしたちはまったく違う世代だ。子供には厳しい態度で望む。それに、いつもリタリンがある。

いまもわたしはマイローとは連絡を取っている。これは負担ではない。わたしも夫も言語学者で、マイローが言語に興味を持っているからだ。「統合失調症患者の語りのなかにすら、意図を伝えようという必死さがある」と彼は書いている。

わたしはケープコッドの家を相続した。そしてマイローは夏になると必ずやってくる。わたしとふたりの息子はいつもマイローといっしょにボスキーを訪れる。この野生動物園は縮小してしまい、いまもいるのは打ちひしがれたヘラジカが一頭、アライグマが一匹、そしてあの哀れな狐のつがい、いや、別のつがいだろう。蛇は引退し、アグーチの姿もない。しかし裏の農場は繁栄し続けていて、ポニーたちは季節が変わる毎に新しい麦藁帽子を被っている。わたしの息子たちもこの場所に来て喜ぶ歳ではなくなったが、老マイローを喜ばせるためにここに来るのだとわかっている。

白い口髭がマイローの上唇を隠している。髪も白く、相変わらず長い。生え際がめっきり後退し、剝きだしになった額に鱗状の悪性腫瘍ができている。皮膚科の医師の指示に従って、帽子を愛用している。冬はベレー帽を、夏には柔らかな縁のある布製の帽子をこれ見よがしに被っている。

今日は、サマーハットを被り、スプリット・スカートのように見える大きめのカーゴパンツをはいてポニーに乗っている。鞍が老いの骨を連打しているに違いない。もしかしたら、わたしの息子たちを面白がらせようとしているのだろうか。確かに、ふたりは面白がっている。マイローが囲みのいちばん遠くにたどり着くと、ふたりは見苦しくも忍び笑いを漏らした。

「大西部のおばあちゃん」と片方が鼻を鳴らして言う。「マダム・カウボーイだ」もう片方が言い返す。マイローは、ポニーを引いている少年のほうに身をかがめている——哀れな話を聞きだしているに決まっている。そして少年の人生を一変させるような、あるいは少なくともこの午後が少しでも楽しくなるような提案をしているのだ。

わたしは息子たちをピシャリと叩いて、さらに煙草も吸いたくなる。しかしその代わりにわたしはこう言う。マイローは人間の生き方の進化形を表しているのよ、あなたたちがいつの日か見習うかもしれない、いやむしろ選ぶかもしれない生き方を。その言葉がふたりの頭を冷やした。それであえてこう言うのはやめにした——彼はかつてとても高く評価され、その後人々に利用され、裏切られ、最後には捨てられた。国を追われた両親と同じく、彼は新しい環境に潔く適応してきたのだ、と。

わたしたちはそこに立ち、柵に肘を置いて、マイローがポニーの背に揺られて戻ってくるのを見ている。わたしたちは彼に笑いかける。布の帽子の縁の下で、彼の顔に皺が寄る。滑らかな口髭の下で口元がほころび、茶色の歯が覗く。彼はにこやかに笑い返す。まるで、自分の派手な行動をわたしたちといっしょに笑っているかのように。自分でもそれを面白いと思っているかのように。

自恃

Self-Reliance

消化器科の医師だったコーネリア・フィッチは、引退するとニューハンプシャー州の湧水池のほとりにある家を買った。ずいぶん衝動的だわ、と彼女の娘は思った。しかし、夫を亡くしてひとりで暮らしているアパートメント——灰色の壁に何枚かの絵が飾られている気の利いた三部屋のアパート——は手放さなかった。ボストン郊外のゴドルフィンにあるこのアパートは、コーネリアが働いていた病院から歩いて二十分のところにあった。娘の住まいはそのすぐ近くにあり、ふたりの友人も近くに住んでいた。それに、すぐそばのゴドルフィン・コーナーには、彼女がよく訪れる良心的な古書店があり、腕のいい仕立屋がいた。コーネリアの脚は片方が少しだけ長かったが、その粗《あら》は手先の器用な仕立屋のおかげでうまく隠すことができた。「完全な人間がいるだなんて思っているのかい」伯母のシェリーが鼻で嗤ったのは、コーネリアが十五歳になって脚の長さの違いが目立つようになってきたときだった。シェリー伯母はそのとき家族と暮らしていた。ほかのどこに伯母の暮らせる場所があっただろう。「おばかさんだねえ」と、家族に養われていた優しい伯母は言った。

池のほとりの家――コーネリアは何年もずっとその家を手に入れたいと思っていた。小鬼《ノーム》の住処のようだった。シェリー伯母は正しい発音を教えるつもりで、「グノームだよ」と間違った言い方をしたものだ。池のほとりのゆったりした住宅地にあるほかの家は、風雨に晒されて黒ずんだ木造家屋だったが、コーネリアの家は地元で採れる薄い色の花崗岩でできていて、岩に含まれる小さな金色の粒があちこちできらりきらりと光った。緑色の鎧戸がついていた。一階にひと部屋、二階にひと部屋、屋外にはトイレと小さな発電機があった。水辺を好む蔦が石を這い上っていた。蛙とイモリがじめじめした庭に棲んでいた。

コーネリアがそこで過ごす時間は増えていった。池の底では、亀が行きたいところへ向かって少しずつ移動していた。集団で移動するミノウが大きなひと群れとなってあちらへこちらへと泳ぐさまは、水の中の風に煽られて翻る旗のようだった。軽やかな葉をまとった樺の木は、池に向かって身を乗り出していた。

浜はなかった。多くの住民がボートやカヌーや小型帆船を持っていた。みなコーネリアと同じように引退した者たちで、彼女と同じように日々を過ごしていた。本を読み、穏やかな自然を眺め、ときには訪問しあった。舗装されていない道を一・五キロほど行くと大通りに出る。そこに、韓国人一家の経営する雑貨屋があった。変わり者のトンプソンは――コーネリアは彼を年寄りだと思っていたが、歳はコーネリアと同じ七十代前半だった――一日中ポーチに座って池をスケッチしていた。夜になるとスクラブルをする中年の姉妹がいて、コーネリアはときおりその遊びに加わった。

「こんな人里離れたところにいるなんて心配だわ」と娘のジュリーが言った。しかし、きらきらと石粒の輝く家、白漆喰の塗られた部屋、奥行きのある窓から見える夏の深い緑と冬の薄い青、ベッドの真上の空間の、途切れなく続く茶色……それに池と木々と水鳥と縞栗鼠……。人里離れたところではない。所在のあるところ。ここでしかないところ。

「コーネリア、いっしょに治していくべきだよ」癌科の医師が言った。「化学療法と放射線……」彼は言葉を途切れさせた。「きっとやっつけられる」

彼女は両脚を伸ばした——長い片脚と、さらに長い片脚を。彼女は医師の昔風の診察室がとても気に入っていた。ガラス戸の入った棚には使い古された本がずらりと並んでいる。そのガラスにはいま、自分の端正な姿が映っている。褐色に染めた短い髪、ベージュ色の麻のパンツスーツにクリーム色のブラウス。大きなサファイアの指輪は贅沢品だ。でも、贅沢品に見えるだけのこと。このサファイアは本物らしく見えても実はガラス玉なのだから。シェリー伯母のものだった。おそらく質屋で買ったのだろう。しかし、偽物の宝石を身につけたこの女性は信頼に足る人物だ。みな彼女を信頼してきた。結節のできた腹、膨満した小腸、出血する盲腸、捻れた腸について彼女の見立てを信用してきた。だから患者はおとなしく肛門を見せ、だから彼女はそこから内視鏡を入れ、直腸、S状結腸、下行結腸……と調べることができた。

「コーネリア?」この医師も信頼に足る人物だ——彼女より十歳下で痩せた体つきをし、少し気取ったところがあるが愚かではない。そう、彼といっしょにこの再発を退け、次の再発に備えることはできる。

「そうね、そうするしかないわね」と冷静な口調で彼女は応じた。「予定に入れてくれるよう看護師に伝えてくださる？」

医師はコーネリアに落ち着いた眼差しを向けた。「わかった。じゃあ、来週」

コーネリアは頷いた。「新しい鎮痛剤の処方箋を書いてください。それから睡眠剤も」


北に向かう途中で娘の家に立ち寄った。孫たちはデイキャンプから戻っていた――魅力的な幼い女の子たち。ジュリーは母親を抱きしめた。「夏でよかった。学校の仕事をしなくていいから、点滴のあいだずっとお母さんのそばにいられるわ」

「本を持ってきてね」コーネリアは無駄話が嫌いだった。

「もちろんよ。お昼をいっしょにどう？」

「やめておく」コーネリアは自分の髪に触れた。

「それに、この前作った素敵なかつらがあるしね」ジュリーは遠慮がちに言った。

彼女たちは手を振って別れた。娘と孫たちは玄関先で、コーネリアは車の中で。素敵なかつら。押しの強い天才肌の職人は、コーネリアの髪型と色とを完璧に再現したが、その一方でプラチナブロンドの巻き毛のほうがいいと言い張った――ねえ、先生、新しいのを試してごらんなさいって！　しかし彼女が望んでいたのはもとの髪型だったので、それを手に入れた。望んだものはたいてい手に入れてきた。しだいに高まっていった医師としての評判、妻と母親という立場、出版された研究論文。数年前、チーフレジデントをしていたときには愛人もいた――どんな顔をしていたかほとんど思い出せないが。そう、もしヘンリーがもう少し忙しくなかったら……。フランス語は身につかなかった。昔はフルートを上手に演奏できたが、いまではその腕もさびついてしまった。寛解しても、そうした欠点を直せそうにない。医者になりたてのころ、患者の結腸に穴を空けてしまったことがある――すぐに穴をふさぎ、合併症は起こらず、寛容な女性患者は引き続き彼女の患者でいてくれた。ジュリーを産んだあと何度か流産し、それで諦めた。診察では所見をひっきりなしに求められた。面倒を見ていたシェリー伯母が住んでいたのはワンルームのアパートだった。ひどいところだった。けれども、酒と煙草の好きな伯母は老人ホームに入るのを拒んだ。退職したときに、飾り板《プラーク》と十八世紀のエッチングをもらった。小説は読むが伝記のほうが好きだ。医学を学ばなかったらインテリア・デザイナーになっていたかもしれない。でも、ひどい趣味の人たちの要求を受け入れて仕事をすることなどできなかっただろう。

彼女は雑貨屋で車を停め、在来種のトマト、白葡萄ジュース、大きなボトル入りの水を買った。

「トウモロコシが美味しいよ」と店主が勧めた。笑みを浮かべると金歯が覗いた。

「そうでしょうね。明日また寄るわ」

そしていま、キッチンのカウンターに載った縞模様の器にそのトマトが盛られている。トマトにはぎざぎざの傷があり、ふっくらしている。一瞬、このトマトを置いていかなければいけないことを残念に思った。そのとき、聡明なコーネリアは目を大きく見開き、幻視に耐えた。衰弱した体、朦朧とした意識、おとなしく静かにしている子供たち。彼女はベッドを見舞う人々を薄目を開けて見ている。室内用便器にげっそりした様子で座っている。歩行器を押しながら角の郵便受けまで歩いていき、それができた褒美にメダルをねだっている。本を逆さまに見ている。責任の伴う依存状態《リスポンシブル・ディペンデンシー》（介護が必要になったときに、威厳と協調性をもってその介護を受け入れられる状態）というマント……それはこの身に合わない。片目を大きく見開いたまま、彼女はトマトに片目をつぶってみせた。

コーネリアは水着に着替え、スクラブル姉妹と変わり者に手を振ってからひと泳ぎした。家に戻るとジーンズとTシャツを着て、濡れた水着を上溝桜《チョークチェリー》の木の股のあいだに放り投げた。夕食前にカヌーに乗るとき、どんな物を持っていけばいいのだろう。双眼鏡、斜めから射し込む油断ならない陽射しを防ぐ日除け帽、タオル、慎重に調合した液体を入れた魔法瓶。薬学にはずっと興味を持っていた。「あたしが飲むのは一日三錠まで。それ以上は受けつけないよ」とシェリー伯母は言っていた。「おまえもそれを守るんだよ」

コーネリアはカヌーを勢いよく押し出してから、ひと漕ぎして向きを変え、自分の家のスレート屋根と石の壁に目をやった。小さな花崗岩の家にすぎない。幻想的なところはまったくない。質素な生活の場所をあちらからこちらへ移しただけだ。彼女はトマトのことを考え、もう一度向きを変えて櫂《かい》を動かした。右、左、右……。それから舟の乗客ででもあるかのように、背もたれを立ててそれに体を委ね、櫂を座席の下にしまった。いきなり気分が悪くならないように、液体をゆっくりと喉に流し込んだ。

何も考えず、少しずつ飲みながら、アクアマリンの円蓋のような大空の下、コバルト色の滑らかな丸い水面をゆっくりと漂った。樺の木々が彼女に敬意を表して身をかがめている。背の高い松の木々は樺の木の後ろを守っている。彼女は自分の体を見下ろした。ボート用シューズを履いてこなかった。

サンダル履きで、十本の足の爪がオレンジ色に輝いている。

湧き水はほぼ丸い池の中央にあった。いつもなら、漂うだけの舟はその方向に向かっていく。ところが今日は、カヌーはだれかの指示に従っているかのようだ。東へと向かっている。背後から照りつける西日が、足の爪をさらに輝かせる。彼女の乗り物が向かっている木々の密集した岸辺には、一軒の家もない。速度が増していく。コーネリアは、眠気を振り払って櫂を持ち上げ、漕いだほうがいいだろうか、と思った。しかしそうはせずに、木々と湿った岸辺へと迷いなく向かっていく舳先《へさき》を見つめた。だが岸辺にはいっこうにたどり着けない。池と陸地とのあいだに深い穴があるようだ。こんな裂け目があることをこれまで教えてくれた人はひとりもいない。もしかしたら、つい最近できたものかもしれない。この一、二週間のうちにできた断層かもしれない。陸地が池から遠ざかったのか、池が陸地から後退したのか。いずれにしても、裂け目がある。亀裂、割れ目……滝。

滝！ そこに向かって真っすぐに進んでいるのだ。たちまち音が聞こえてきた……。轟音ではなく、パシャパシャと水が跳ね返る音、威嚇するのではなく、誘うような音。それでも滝は滝だ。カヌーが新しくできた滝の縁に乗り上げ、彼女は立ち上がった。舟で立ち上がるのは容易なことではなく、血管の中をいろいろな物質《もの》が駆けめぐっているいまはなおさら難しい。頭上に垂れている大枝をしっかりつかんだ。そしてカヌーが傾き、タオルや櫂、双眼鏡、日除け帽、そして空っぽになった魔法瓶を乗せたまま彼女だけを残して落ちていくのを、穏やかな落胆を感じながら見つめた。

どうする？ 彼女はぶら下がっている。両手、両腕、肩、上半身、長さの違う脚、かわいい小さな足の爪。下を見ると、布に似た水面にできた亀裂は、水と岸辺のあいだにあるのではなかった。水と水とのあいだにあった。深く暗い裂け目。ポストの投函口のようだ。彼女はその中に落ちた。

投函口の中に彼女は落ちた。するりと痛みもなく落ちた。髪が頭の上にいくつもの筋となって流れている。うまく足が着いたところは苔の生えた水底だ。足の爪はまだあるだろうか。ある。それにハンカチもジーンズのポケットに入っている。人々が小さな一団になってやってくる。夜会服を着た人もいれば、民族衣装を着た人もいる。

「コーネリア」と囁くのは、ダブリン生まれの医学生時代の実習仲間だ。見事に歳を取っていない。「フィッチ先生」と呼ぶのは華やかなスパンコールのドレスをまとった掃除婦。「おばあちゃま?」と言う子供の声。「コーネリア」と言っているのは一頭の鹿、いや、もしかしたらアンテロープかガゼルだ。体を後ろに反らすと、足が浮かび上がった。いまや体は水平になっている。動物の背に乗って、廊下を運ばれていく。先に曲がり角がある。丸みのある廊下の壁はピンク色でねばついている。「ゆっくり休んで」と言っているのは、背中の下にいる姿の見えない動物だ。牛かもしれない、夫かもしれない。廊下を曲がるのに苦労する——彼女はあまりにも長く、牛はあまりにも大きい——が、なんとか曲がりきる。すると光に満ちあふれた歓迎の部屋、あるいは強制退去の部屋。書類の山が載った組立式のテーブル。彼女は自分の足で立っている。「みなさん」と彼女は口を開く。「しーっ」という声がする。松の枝から吊り下がった点滴用の瓶に、おとなしく繋がれている人たちがいる。みなトマトとトウモロコシを食べ、スクラブルで遊んでいる。歩き回っている人もいる。彼女は、わたしはここのチーフです、と言おうとする。今度は羽の生えた男といっしょに横たわっている。「ぼくがだれかわからないのかい? コニー」彼は顔の右側を見せ、それから左側を見せた。この怒った目は……そう、あの人だ、でも今度は名前が思い出せない。彼女は再び仰向けになり、両膝を立てて股をひらく。ああ、出産の最後のいきみ。ジュリー……。立って、熊手と踊っている。熊手の柄《え》を軽く握って真っすぐに立てている。熊手が笑いかける。魔法瓶が回転しながら遠ざかっていく。それを拾い上げて最後の一口を飲む。強い意志を持った生き物にキスをする。生き物の息は熱く、不快だ。「おれは気まぐれな細胞だ」とそれが打ち明ける。絶望に喘ぐ患者の鉤《かぎ》爪のような指で胸を引っ掻かれる。それから息が楽にできる生温かい水に包まれ、体が心地よく緩んでいくのを感じる。

突然冷たい水が押し寄せ、部屋の中から人々や器具や生き物や動物が運び去られる。みんないなくなり、フィッチ先生だけが残る。彼女の舌が恐怖で硬くなった。すると、シェリー伯母さんが足を引きずってやってくる。普段着姿で、むくんだ膝の下で靴下がたわみ、レバーのような色をした口から煙草が垂れ下がっている。コーネリアと妹は、シェリー伯母の太い腿によじ登るのが好きだった。たるんだ体に鼻を埋めるのが楽しかった。「この、悪童が」そう言って伯母はくすくす笑った。「役立たずだねえ」伯母の罵り言葉ほど愛情のこもったものはなかった。偶然触れた伯母の唇ほど気持ちの落ち着くキスはなかった。伯母の膝に乗ることほど心躍るものはなかった。

這い登り、有頂天で寄り添う。コーネリアのサンダルの片方が脱げた。伯母の顎と首のあいだの慣れ親しんだ柔らかい部分に額を埋める。

「そばにいて」とコーネリアは囁く。何かが彼女を軽く叩いている……後悔？　自責の念？　ああ、消えるがいい。これは無上の喜び。このゆったりした大らかな抱擁。渇ききった六十年を過ごした後でもう一度味わえた喜び。「ここにいて」

喜びは長く続かない。そしてもう、だれもいない。身内も、友人も、人も、動物も、植物も、水も、空気もない。しかしコーネリアはひとりぼっちではない。硬くて半透明なサファイアといっしょにいる。それを見ていると、ぴかっと光り、粉々に砕けて、さらに砕け、また砕けるが、そのあいだもその多面体、正確には七つの面は失われずにいる。確かめるために掌に残った欠片《かけら》を見ると、生命線のところでそれは粉々になる。欠片はもっともっと小さくなり、さらにさらに増えていく。どんどん増えていく大量の欠片は、こんもりした石の山となり、積み上がった砂利の山となり、聳える砂の山となり、塵の宇宙となっても、気高さ《ロイヤル》とトルコ石《ターコイズ》から成る青い《ブルー》色と、乳歯のような白い色が褪せることはない。その欠片の渦が、彼女を揺らし、浮かび上がらせ、揉みしだき、愛撫し、彼女の穴という穴に入り込み、彼女をくるくると回転させ、その粒子で磨きたてる。噴出するしぶきのようになって彼女を高く持ち上げる。大きな渦の塊となった欠片は、落下する彼女を受け止める。コーネリアはその渦巻きのなかで静かに横たわる。安らかな心ではない。彼女は詩的な静けさとは縁がない。疲れ果てたのだ。彼女はここではないどこかにいる。

　しばらくして、変わり者の老人が池の中央まで舟を漕ぎ出した。彼はこの一時間、漂っているカヌーを見つめていた。人がすべきことに首を突っ込んだりしてはならない。彼は隣に住む女性がカヌーの中で死んでいるのを見た。そしてカヌーの舳先を自分の舟の艫《とも》に結わえると、岸辺へと曳《ひ》いていった。

付記

ここに収録された短篇は、下記の出版物に初出した（いくつかは改稿されている）。

「ジュニアスの橋で」は《アグニ》誌。「畏敬の日」（旧題「この季節にたどりつくために」）、「自宅教育」、「非戦闘員」、「身の上話」は《アラスカ・クオータリー・レビュー》誌。「電話おばさん」、「巡り合わせ」、「浮かれ騒ぎ」、「おばあさん《グランスキー》」は《アンティオキア・レビュー》誌。「族長《アログ》」、「悪ふざけ」、「トイフォーク」は《アセント》誌。「双眼鏡からの眺め」と「上り線」は《ボストン・グローブ・マガジン》誌。「定住者たち」は《コメンタリー》誌。「自制心」と「ヴァリーの話」は《エコトーン》誌。「コート」、「落下の仕方」、「ボランティア月間」、「血筋」は《アイダホ・レビュー》誌。「自恃」は《レイク・エフェクト》誌。「遅い旅立ち」は《マサチューセッツ・レビュー》誌。「女房」は《オンタリオ・レビュー》誌。「尊き遺品」は《ペイクン・トレガー》誌。「連れ合い」と「貞淑な花嫁」は《プレアデス》誌。「愛がすべてなら」は《ターンロウ》誌。「茶色の紙袋を持った青い衣服の少女」は《ウェスト・ブランチ》誌。「祭りの夜」と「規則」は《ウィットネス》誌。

「上り線」、「畏敬の日」（旧題「この季節にたどりつくために」）、「定住者」、「非戦闘員」、「小さな牛《バキータ》」は短篇集『小さな牛《バキータ》』（*Vaquita*, University of Pittsburgh, 1996）に収録された。「族長《アログ》」、「巡り合わせ」、「トイフォーク」、「テス」（旧題「テスのチーム」）、「忠誠」は短篇集『偉人たちのあいだの愛』（*Love Among the Greats*, East Washington University, 2002）に収録された。「愛がすべてなら」、「祭りの夜」、「コート」、「連れ合い」、「落下の仕方」、「身の上話」、「規則」、「自宅教育」は短篇集『落下の仕方』（*How to Fall: Stories*, ©2005 by Edith Pearlman. Reprinted with the permission of Sarabande Books, www.sarabandebooks.org/）に収録された。

「巡り合わせ」、「族長《アログ》」、「自恃」は『ベスト・アメリカン・ショート・ストーリーズ』（*Best American Short Stories*）の一九九八年度版（邦訳『アメリカ短編小説傑作選２０００』、ＤＨＣ、一九九九年）、二〇〇〇年度版、二〇〇六年度版にそれぞれ収録された。「連れ合い」と「浮かれ騒ぎ」はプッシュカート賞受賞作品集の二〇〇一年度版と二〇〇八年度版にそれぞれ収録された。「遅い旅立ち」と「身の上話」はいずれもO・ヘンリー賞を受賞し、同賞受賞作品集の一九七八年度版と二〇〇三年度版にそれぞれ収録された。「小さな牛《バキータ》」は『20　ドゥルー・ハインツ文学賞傑作選』（*20: The Best of the Drue Heinz Literature Prize*）にも収録された。

発表年

「遅い旅立ち」　一九七七年
「定住者たち」　一九八六年
「非戦闘員」　一九九二年
「双眼鏡からの眺め」　一九九三年
「畏敬の日」　一九九四年
「上り線」　一九九五年
「規則」　一九九五年
「小さな牛《バキータ》」　一九九六年
「巡り合わせ」　一九九七年
「自宅教育」　一九九八年
「族長《アログ》」　一九九九年
「トイフォーク」　一九九九年

「連れ合い」　二〇〇〇年

「貞淑な花嫁」　二〇〇一年

「忠誠」　二〇〇二年

「愛がすべてなら」　二〇〇二年

「身の上話」　二〇〇二年

「テス」　二〇〇二年

「落下の仕方」　二〇〇三年

「コート」　二〇〇四年

「祭りの夜」　二〇〇四年

「茶色の紙袋を持った青い衣服の少女」　二〇〇五年

「おばあさん《グランスキー》」　二〇〇五年

「ジュニアスの橋で」　二〇〇五年

「自恃」　二〇〇五年

「電話おばさん」　二〇〇六年

「血筋」　二〇〇六年

「浮かれ騒ぎ」　二〇〇七年

「尊き遺品」　二〇〇七年

「女房」　二〇〇八年

「自制心」　二〇〇八年
「悪ふざけ」　二〇〇九年
「ボランティア月間」　二〇〇九年
「ヴァリーの話」　二〇一〇年

訳者あとがき

二〇一一年にアメリカで刊行された本書（原題 *Binocular Vision*）は、イーディス・パールマンの四作目の短篇集にあたり、三十四篇が収録されている。「精選された作品」には単行本未収録の初期の作品三篇と、これまでに上梓された三つの短篇集から厳選された十八篇が、「新しい作品」にはそれ以降に発表された十三篇が入っている。「精選された作品」は、パールマンと担当編集者が長い時間をかけて話し合い、これだけはどうしても外せないものだけを収めたという。過去の短篇集がなかなか入手できない現状では、この再録はなによりありがたい。

そして本書によってパールマンは、目利きの批評家が集まって選ぶ全米批評家協会賞（二〇一一）を受賞し、優れた短篇作家に贈られるＰＥＮ／マラマッド賞を受賞した。これは快挙といっていい。さらに本書は、全米図書賞（二〇一一）の最終候補五作のうちの一作となった。短篇集が最終候補に残ったのは極めて珍しいことだった。

ユダヤ系の作家イーディス・パールマンは、日本ではもちろん、アメリカでもまったく知られていなかったが、本書の「序」でアン・パチェットが述べているように、文学好きや短篇好きの読者や編集者には早くから注目されていた作家である。二〇一一年度のピュリッツァー文学賞が受賞作なしという結果に終わったとき、パールマンが最終候補にすら入っていなかったことで文学シーンは騒然となり、異例なことだが、アン・パチェットは《ニューヨーク・タイムズ》に、選考委員たちに抗議する記事を書いた。

アメリカでの本書の評価はそれほどまでに高く、多くの紙誌で書評に取り上げられ、絶賛された。

パールマンの短篇世界は実に多彩である。

まず、舞台となる場所が多岐にわたっている。アメリカはもちろん、イギリス、フランス、ハンガリー、チェコ、中央アメリカの国、帝政ロシア、イスラエル、そして日本も少しだけ登場する。さらに、ゴドルフィンという町が重要な役割を担っている作品がいくつかある。ボストンの郊外に位置するゴドルフィンは、アップダイクのターボックスやフォークナーのヨクナパトーファと同じように架空の場所だが、そこで人々の日常が営まれ、ささやかな出来事が起きる。

また、ユダヤ教徒やユダヤの歴史がときには正面から、ときにはさりげない筆致で描かれる。たとえば「愛がすべてなら」や「祭りの夜」には、第二次大戦中にドイツから逃れてきたユダヤの子供たちを救出する組織で働く女性を中心に、子供たちとの交流が描かれるが、静かな悲しみは漂っていてもそこには不思議なほど絶望がない。「巡り合わせ」では、行き場をなくしたチェコの巻き物《トーラー》を受け入れた町の人々の様子が、ポーカーのゲームを軸にして語られ、重層的な物語となっている。また「族長《アログ》」には、エルサレムに暮らす人々とそこに入ってきた誠実な外国人との心の触れ合いが、新しい国家の厳しい現実とともに描かれていて胸を打つ。「身の上話」という小品では、二組の夫婦の境遇と生き方の違いが、ユダヤ人の妻を持つ夫の視点から描かれ、妻の人生を一瞬にしてあぶり出している。

さまざまな死も取り上げられている。「非戦闘員」「自宅教育」「女房」では衰弱していく父親や夫の姿と、それを受け入れていく家族の様子が、死の側と生の側から描かれる。静かに推移する物語を支える文章には、飾り立てた言葉も気取った表現もなく、日常的な風景の奥にある人間の姿とその営みとが真摯に描かれている。

特筆すべきなのは、パールマンの作品には何かが損なわれた子や喪失感を抱いた子が多く登場することである。「テス」を筆頭に、「トイフォーク」では写真のみで存在している子、「上り線」では姉の名前も満足に言えない子、「畏敬の日」では貧困と虐待の犠牲となった子、「落下の仕方」では両親の存在そのものを理解していない子、「ジュニアスの橋で」では昆虫とラテン語名にしか興味のない子が描かれる。もちろん、これは悲惨な事実を描くために登場するのではなく、そうした子とかかわっていく大人の人生にも焦点があてられ、読み手に深い思索を促す。そして、作品の中にはパールマン独特のユーモアが漂い、温かな眼差しが注がれていて、単なる悲劇として物語が終わることはない。

豊かな色彩に溢れているのもパールマンの作品の特徴である。「忠誠」に効果的に使われるさまざまな空の色、「悪ふざけ」で重要な役割を担うシルクのスカーフの美しい色合い、「祭りの夜」や「コート」で克明に描かれる衣類の色調を初めとして、どの短篇にも必ず印象的な色が登場する。

「自恃」における光と色は忘れがたい。絵画を前にしたときのように、描かれた世界の「色」を見出すこともパールマンの作品を読む愉しみである。

そしてこの短篇集にもっとも色濃く表れているのは、故郷《ホーム》をなくしたり、そこから追われたり、どこかで迷ったり、アイデンティティを見失いかけたり、行き場を失ったりする人々の孤独、人の内部に必ず潜んでいる孤独である。だがその孤独も、暗い絶望の色に染まっているわけではなく、ほのかな光が絶えずその奥で揺らめいている。ユダヤ人の受難の歴史が下敷きになっているものもあれば、そうではないものもある。たとえば「上り線」の少女は迷子になって初めて家族のあり方について深く考え、「連れ合い」に登場する夫婦は存在の根そのもの、あるいは「所有権」がこの世にあることすらを否定するような生き方をし、周囲の人々にある種の衝撃を与える。「規則」では無料の炊き出し所が、居場所のない貧困層の人々の憩いの場として描かれ、「ジュニアスの橋で」では、やはり森のホテルがそのような人々の避難所として機能し、優しさと残酷さとがないまぜになった複雑な作品となっている。

さらに、パールマンの作品の特徴として是非とも触れておきたいのは、人間の尊厳、気高さ、自恃が作品全体を貫いていることである。大袈裟な表現を排し、静謐で簡潔な言葉を選び、人が自らを恃んで生きていく姿を描いている。そうした作品を描ける作家というのはとても貴重で、アン・パチェットは「絶望を描くのは自恃を描くよりはるかにたやすいのです」といみじくも述べている。

イーディス・パールマンは一九三六年六月二十六日にロードアイランドのプロヴィデンスで生まれ

た。一九五七年にラドクリフ女子大学を卒業。ＩＢＭのコンピュータ・プログラマーとして十年間働き、一九六七年に精神科医のチェスター・パールマンと結婚。これまでに小説を百五十篇、紀行文やエッセイを含めれば二百五十篇ほどの作品を発表している。十年以上日本語を勉強し、六十歳のときに一年間エルサレムで暮らし、ヘブライ語を学んだという。現在は、マサチューセッツ州ブルックラインで、ヴィオラ・ダ・ガンバを弾く夫とふたりで暮らしている。息子がふたりに孫息子がひとりいる。

短篇集は本書の他に未訳であるが、*Vaquita*（一九九六）、*Love Among the Greats*（二〇〇二）、*How to Fall*（二〇〇五）がある。*How to Fall* はメアリー・マッカーシー短篇賞を受賞している。また、「遅い旅立ち」が一九七八年O・ヘンリー賞、「連れ合い」が二〇〇一年プッシュカート賞、「身の上話」が二〇〇三年O・ヘンリー賞、「浮かれ騒ぎ」が二〇〇八年プッシュカート賞を受賞している。本書には収録されていない短篇 **"Conveniences"** でも一九八四年O・ヘンリー賞を受賞している。パールマンはいまも精力的に作品を書いていて、二〇一二年には短篇七篇を発表した。

これまでパールマンはいろいろなインタビューに答え、創作の仕方や秘密などについて語っているが、その中から印象的なものを紹介したい。

本書の版元である〈ルックアウト〉のインタビューで、影響を受けた作家について訊かれたパールマンは、「好きな作家はディケンズですが、天才を真似るほどの能力はこちらにありません。あえて言えば、これまで読んできたすべての短篇作家に影響を受けました。文章の組み立て方はシルヴィア

・タウンゼント・ウォーナーから、ディテールを克明に描くことはジョン・アップダイクから、日常の悲劇についてはチェーホフから、凝った表現はA・S・バイアットから教わりました」と答えている。その他にアイザック・バシェヴィス・シンガーやブルーノ・シュルツ、ウィリアム・フォークナーなどの名も挙げている。

物語とはあなたにとってなにか。「恋愛、ですね。読者と作家は協力し合って、だれかのこだわりのある欲望を暴いたり、悲しい思いを開示したり、不変の真実を新しく発見したり、少なくとも探し求めたりする。その冒険が終わる頃には、読者と作家は少しばかり恋をしているんです」

短篇小説を書くのが好きな理由。「あえてできるだけ少ない言葉で、人物や設定、出来事、その結末などを圧縮して描きたいのです。簡潔な言葉にするためには、非常に長い、とてつもなく骨の折れる努力が必要です。その逆説的な行為がわたしは好きなんです」

二〇一三年二月にユダヤ系の雑誌《ハダッサー》のインタビューで、長篇小説を書かない理由について問われたパールマンは、「わたしは生まれつき細密画家なんですよ。短篇のほうがかなり自由に書けます。それに母が、人の時間をあまりたくさん奪ってはいけないと言っていたものですから」とユーモアを交えて答えている。どの作品も小さな事柄から書き出しているのに、読み終わるととても大きなものを目にしていたことが読者にわかる。その普遍性こそが一流の文学作品の証である。

物語を読む面白さと新しい世界を知る興奮に満ちたパールマンの作品を愉しんで読んでいただければ、訳者としてこれにまさる喜びはない。アン・パチェットが言うように、「静謐でほのかなもの」

がみなさんに発見されるのをじっと待っているのだから。

なお、本書の最後を飾る素晴らしい短篇の原題“Self-Reliance”は、ラルフ・ウォルド・エマーソンのエッセイ“Self-Reliance”から取られている。これは「自己信頼」と訳すのが一般的だが、あえて「自恃」としたことをお断りしておく。

最後に、早川書房編集部の永野渓子さんには心から感謝したい。三十四の短篇を、訳者は一篇一篇訳しては編集部に送っていたのだが、永野さんはマラソンの伴走者のように、走者が疲れてくれば声をかけ、必要なときには水分を補給し、おかしな方向に向かっていけばナビゲーターとなって軌道を修正し、とさまざまな形で助けてくださった。

また、素晴らしい帯の推薦文を書いてくださった青山南さんと小川洋子さんに改めてお礼を申し上げる。そして、孤独な作業を陰から支えてくれた友人にも感謝したい。

みなさま、ありがとうございました。

二〇一三年四月十五日

訳者略歴　早稲田大学教育学部卒，翻訳家
訳書『日曜日の空は』アイラ・モーリー，『観光』ラッタウット・ラープチャルーンサップ，『ネザーランド』ジョセフ・オニール，『森の奥へ』ベンジャミン・パーシー（以上早川書房），『望楼館追想』エドワード・ケアリー，他多数

双眼鏡《そうがんきょう》からの眺《なが》め

2013年5月20日　初版印刷
2013年5月25日　初版発行

著者　イーディス・パールマン
訳者　古屋美登里《ふるやみどり》
発行者　早川　浩
発行所　株式会社早川書房
東京都千代田区神田多町2－2
電話　03－3252－3111（大代表）
振替　00160－3－47799
http://www.hayakawa-online.co.jp

印刷所　株式会社亨有堂印刷所
製本所　大口製本印刷株式会社

Printed and bound in Japan

ISBN978-4-15-209377-6 C0097

乱丁・落丁本は小社制作部宛お送り下さい。
送料小社負担にてお取りかえいたします。

早川書房の文芸書

ネザーランド

Netherland

ジョセフ・オニール
古屋美登里訳
４６判上製

〈PEN／フォークナー賞受賞作〉

春の夕方に届いた訃報によって、ロンドンに暮らすオランダ人ハンスの思いは、四年前のニューヨークにさかのぼる——妻子と別居し、孤独で虚ろなままひとり過ごしていた日々に。いくつもの記憶をたどるうちに蘇ってきた、かけがえのないものとは？　数々の作家や批評家が驚嘆した注目のアイルランド人作家がしなやかにつづる感動作。

早川書房の文芸書

冬の眠り

The Winter Vault

アン・マイクルズ

黒原敏行訳

46判上製

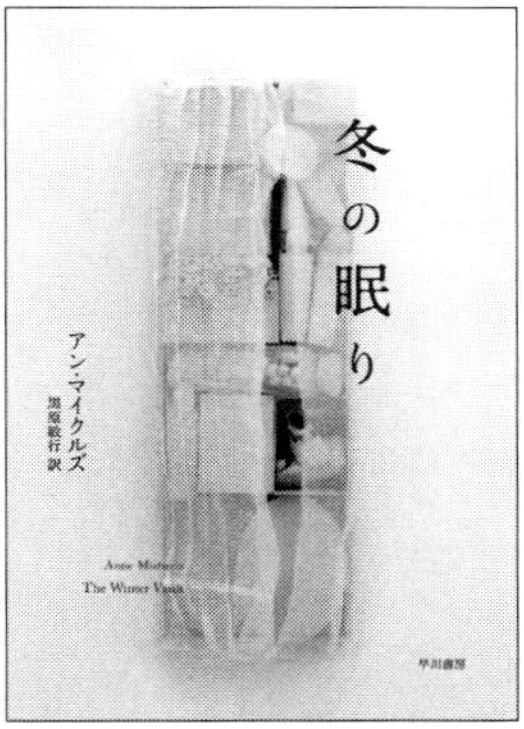

一九六四年。新婚の夫婦がナイル川のハウスボートに滞在していた。神殿の移築工事に関わる技術者の夫。植物を深く愛する妻。カナダの涸れた川のほとりで出会った二人は、壮麗な神殿が切り出される様子を見守りながら、ひそやかに互いの記憶を語りあう。しかし、穏やかに寄りそっていた二人は思いがけない悲劇に翻弄されて——。『儚い光』のオレンジ賞受賞作家が、詩情あふれる筆致で様々な喪失のかたちを探訪した傑作文芸長篇

ハヤカワepi〈ブック・プラネット〉

哀れなるものたち

Poor Things

アラスター・グレイ
高橋和久訳
46判並製

〈ウィットブレッド賞・ガーディアン賞受賞作〉

作家アラスター・グレイは、十九世紀の医師による自伝を入手した。それによれば、医師の親友である醜い天才外科医が、身投げした美女の「肉体」を現代の医学では及びもつかない神業的手術によって蘇生したというのだ。しかも、復活した美女は世界を股にかけ大胆な性愛の冒険旅行に出たというのだが……。スコットランドの巨匠の代表作。